Rosinen im Kopf

Siegfried von Schuckmann

ROSINEN IM KOPF

Reminiszenzen aus einem bewegten Leben

Bibliografische Information der Deutschen Bibliothek:
Die Deutsche Nationalbibliothek verzeichnet diese Publikation in der Deutschen Nationalbibliografie; detaillierte Informationen sind im Internet über <http://dnb.d-nb.de> abrufbar.

Umschlagfoto: Weg in unserem Wald in Raakow
Aufgenommen 1996 von Frederick von Schuckmann
Lektorat, Satz, Umschlaggestaltung, Herstellung und Verlag:
Books on Demand GmbH, Norderstedt
ISBN-10: 3-8334-4528-9
ISBN-13: 978-3-8334-4528-6

Inhalt

Vorwort

Es ist Sonnabend, der 12. Juli 2003. Da es regnet, fällt das morgendliche Golf ins Wasser. Genau der richtige Moment, um endlich mit den Aufzeichnungen zu den ersten vierundsiebzig Jahren meines Lebens zu beginnen. Geplant sind sie seit Langem, und ebenso lange bestehen die Zweifel: Wer wird diese Epistel je lesen, und warum will ich sie überhaupt schreiben? Ich bin kein Philosoph; der Aufbau einer neuen Existenz ließ mir hierzu wenig Muße, somit werde ich also kaum Gedanken über Gott und den Sinn des Lebens zu Papier bringen.

Der Terminus »Autobiografie« erschien mir als Überschrift zu hochtrabend. Und Memoiren? Prominente, Politiker, Manager aus Industrie und Wirtschaft, Diplomaten und Personen des öffentlichen Lebens haben solche geschrieben. Viele mögen interessanter sein als meine. Aber an wen richten sie sich? Doch meist an die Nachwelt, um Taten oder Missetaten zu erklären. Alle Historiker studieren solche Apologien mit großer Skepsis und mit dem Rotstift in der Hand. Eine Subkategorie ist der Egotrip – mit mehr oder weniger Übertreibungen, mit mehr oder weniger Humor. Davon gibt es viele.

Schließlich wäre da noch der Typ der persönlichen Aufzeichnungen, den ich eigentlich anstrebe. Ich will schlicht berichten, was mir in meinem wechselvollen Leben alles geschehen ist. »Reminiszenzen« gefällt mir von allen Möglichkeiten am besten, vielleicht auch »Skizzen«; für Letztere bin ich aber, so fürchte ich, zu ausführlich. Wenn es dennoch manchmal nach Egotrip klingt, so möchte ich den Leser um Nachsicht und Verständnis bitten.

Und warum das mit den Rosinen? Nun, zum einen klingt der Titel lustiger, zum anderen habe ich sie an vielen Schnittstellen meines Lebens tatsächlich im Kopf gehabt und Ziele verfolgt, die anfangs vielleicht etwas hochgegriffen oder unorthodox erschienen. Rosinen eben!

Zweifel, die die eigenen Pläne hinterfragen, sind immer gut und berechtigt, vorausgesetzt, sie sind grundsätzlich konstruktiv und ersticken Erstere nicht im Keim. »Es gibt nichts Gutes, außer: Man tut es«, sagt Erich Kästner. Man kann viel von Kästner lernen. Also befördern wir irgendwelche Zweifel in den Papierkorb (der Computer fragt: Will you really do it? Antwort: Yes!) und beginnen – in medias res!!

Ich bin in Berlin, noch während der Weimarer Republik, auf die Welt gekommen, auf einem Rittergut in der Neumark – mehr mit Pferden als mit Autos – aufgewachsen, fliege heute in der Welt herum, surfe in Caracas im Internet und mache mir – wenn auch nur gelegentlich – Gedanken über die Zukunft unserer Energieversorgung oder den Klimawechsel. Was für eine Spanne liegt dazwischen? Die Flucht, Bliestorf, Ratzeburg/Lübeck, Hamburg, Kolumbien, New York, Maracaibo und dazwischen – in Raten – ein nicht gerade kleiner Teil der großen, weiten Welt. Diesen Zeitraum zu skizzieren, ihn durch eigene Erlebnisse und Anekdoten, auch über noch weiter zurückliegende Ereignisse lebendig zu machen: Das war der eigentliche Anreiz für mich.

Wie oft haben wir selbst nach dem Gespräch mit einer älteren Person gedacht oder gesagt: Warum kannst du das nicht aufschreiben? Auch wenn das Erlebte nicht weltbewegend war, so warst du doch Zeuge von solch weit zurückliegenden Geschehnissen, die man selbst nur vom Hörensagen kennt. *Du warst dabei!* (Und man dachte zusätzlich: Wenn du eines Tages dahingehst, ist all das vergessen.) Ich selbst wiederum bin über die Jahre von einer Menge teils gleichaltriger, teils jüngerer Menschen angesprochen worden, die mir beim Erzählen meiner Geschichten und Geschichtchen anrieten, dies alles unbedingt einmal zu Papier bringen zu müssen. Ich hoffe also, dass der eine oder andere von ihnen an diesen Episteln seinen Spaß hat.

Hauptsächlich sind die folgenden Zeilen aber für die *Familie* gedacht. Und wenn sie eines Tages die Kinder der noch nicht bestehenden Enkel lesen (Frage: Werden sie überhaupt Deutsch lesen können?), an ihnen Freude haben und vielleicht auch etwas aus ihnen lernen, dann wären die vielen Stunden, die dieses Unternehmen kosten wird, reichlich belohnt. Und noch eines: Ich war immer ehrlich darum bemüht, die Dinge so zu schildern, wie ich sie aus der derzeitigen Perspektive gesehen habe, ohne nachträgliche Schönfärberei. Das gelingt nicht immer, manchmal spielt einem die Erinnerung einen Streich, aber ich hoffe doch, dass es mir im Großen und Ganzen geglückt ist.

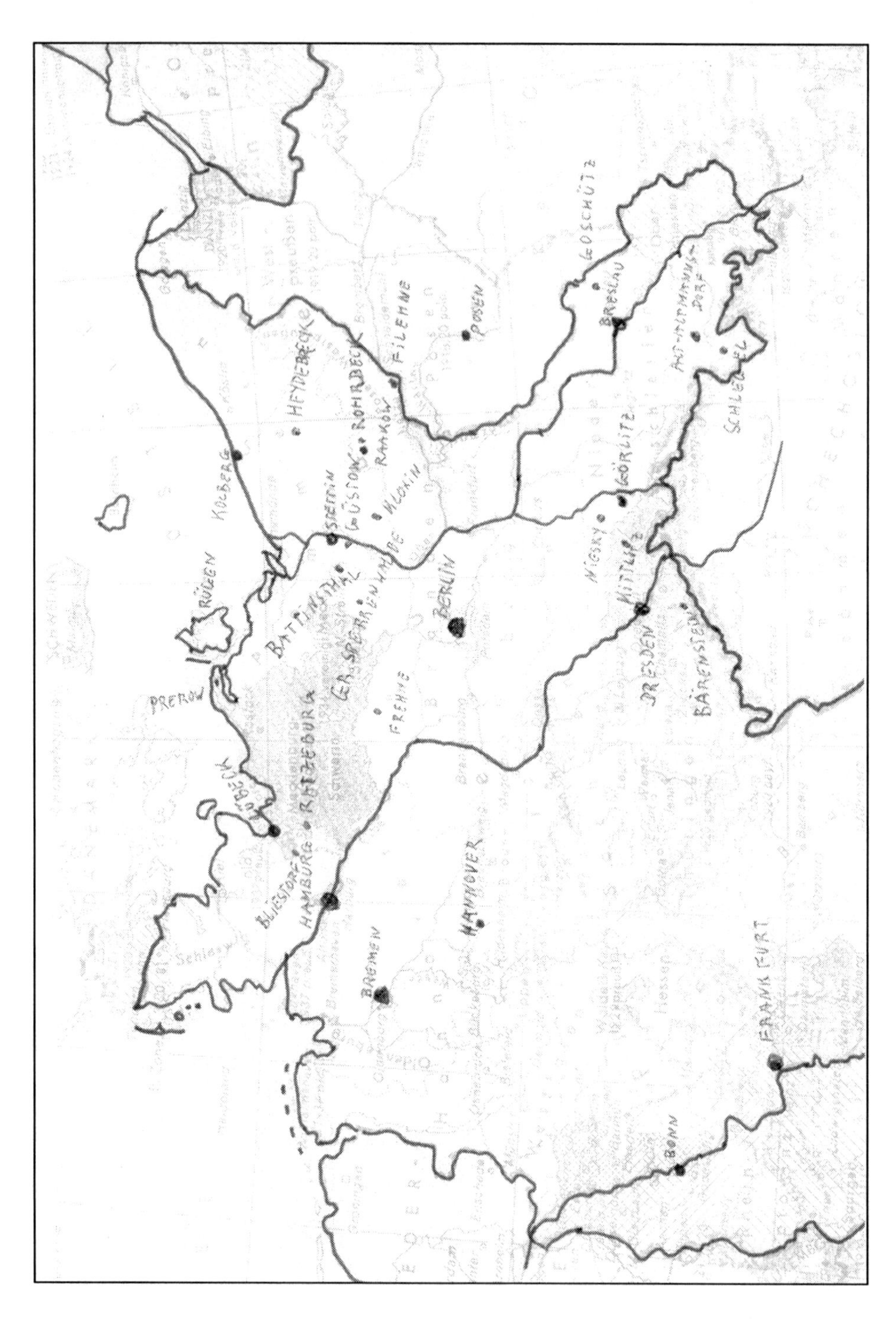

Die verschiedenen, vom Verfasser erwähnten Orte in Deutschland auf einer Vorkriegskarte

Raakow – 1929 bis 1945

Die Schuckmanns

Eigentlich wollte ich mit zwei Anekdoten anfangen, aber da ich hierfür zu lange ausholen müsste, folgen sie erst im nächsten Kapitel.

Unsere Familie kommt ursprünglich aus Westfalen. Der Name lässt sich – etwas spekulativ – bis auf den Ritter Scukke zurückführen, der um 1154 im Raum Osnabrück sein Wesen oder Unwesen trieb. Er hatte die gleiche Helmzier, die noch heute in unserem Wappen erscheint. Dann gibt es im 15. und 16. Jahrhundert einige Schuckmanns im gleichen Raum. Dokumentarisch nachweisen lassen sich die Vorfahren erst mit Heinrich, geboren 1557 in Osnabrück, dessen Enkel Hermann sechsundzwanzig Jahre lang Ratsherr in Osnabrück war, 1651 – 1677, also kurz nach dem dortigen »Westfälischen Frieden«, der den Dreißigjährigen Krieg beendete. Er war mit einer v. Lengerke verheiratet, welcher Name interessanterweise wiederum unter den Ahnen meiner amerikanischen Großmutter erscheint.

Ein Sohn, der allerdings nur Töchter hatte, ging aus Glaubensgründen ins evangelische Lübeck und wurde dort Ältester der hansischen Schonenfahrer. Wichtiger für die Familie ist Hermanns jüngster Sohn Heinrich, der 1623 in unsere eigentliche Heimat »auswanderte«: nach Mecklenburg. Heinrich, ein prominenter Jurist, gehörte dreiundzwanzig Jahre lang der Rostocker Universität an und war fünfmal ihr Rektor. Seine drei Urenkel wurden 1732 von Kaiser Karl VI., dem Vater Maria Theresias, in den Adelsstand erhoben: Heinrich Albrecht, Jurist, sowie seine Brüder Leonhard Heinrich, Offizier und Landwirt, und Johann Friedrich, Domherr und Landwirt. Im Gegensatz des nur mit Töchtern gesegneten Heinrich Albrecht haben sich die Nachkommen der beiden anderen Brüder bis heute erhalten: von Leonhard Heinrich, »Linie Mölln«, stammen unsere Freiherren ab, deren Ausgangspunkt das Prachtstück unserer Familie ist: Freiherr Friedrich, 1755 – 1835.

Friedrich stand seit 1779 im preußischen Staatsdienst und war von 1814 bis 1834 in Berlin Minister verschiedener Ressorts. 1795 hatte man ihn zum Kammerpräsidenten (des preußischen Minen-Ministeriums) von Ansbach und Bayreuth ernannt, was ihn gleichzeitig zu einem Kollegen Alexander v. Humboldts machte, der dort von 1793 – 1795 als preußischer Oberbergmeister wirkte und bei dieser Ernennung beteiligt gewesen sein soll. Alexander von Humboldt ist ein großer Name in Südamerika, der einen auf Schritt und Tritt verfolgt. Zwischen beiden gibt es eine Korrespondenz, genauso wie mit Goethe, den Schuckmann 1790 am Hof des Königs Friedrich Wilhelm II. in Breslau getroffen hatte. (Einer dieser Briefe wurde im Juli 2005 bei Stargard für 14.000 Euro versteigert.) Anscheinend schätzten sich die beiden, hatten sie doch auch Gemeinsamkeiten auf dem Gebiet der Geologie, und Goethe bot ihm einige Male – allerdings vergeblich – den Posten eines Geheimrats in Weimar an. Goethe war sehr von Schuckmanns späteren Frau, Henriette v. Lüttwitz, beeindruckt, die ihn lange beschäftigte und der er sogar ein Gedicht gewidmet hat: »Woher sind wir geboren? Aus Lieb …« Sein (aktenkundiger!) formeller Heiratsantrag wurde nach einer Weile von Vater Lüttwitz abschlägig beantwortet, und Henriette wurde ein halbes Jahr später mit Friedrich vermählt. »Goethe gratuliert nicht. Es folgt Stillschweigen … für immer …«, berichtet die Chronik.

Obwohl er kein direkter Vorfahr ist, so habe ich doch die Gelegenheit wahrgenommen, eine Kopie seiner von Christian Rauch geschaffenen Büste zu bestellen, die sich in Berlin in der Stiftung »Preußischer Kulturbesitz« befindet. Zusammen mit zwei anderen Werken von Rauch, Goethe und Alexander von Humboldt reiste sie nach Caracas, Erstere zu mir, die beiden anderen in die Asociación Cultural Humboldt. Diesen Fund verdanke ich meinem Freund Hans-Peter Rheinheimer, der in der ACH einen Raum angeregt hatte, der Humboldts Berliner Arbeitszimmer nachempfunden war. »Onkel Fritz« schmückt nunmehr die Eingangshalle der Quinta »Raakow«.

Unter vier preußischen Königen hat er gedient!

Johann Friedrich, Gründer der »Linie Kargow«, 1689 – 1755, ist unser direkter Vorfahr. Während Mölln schon 1694 erworben wurde, kam Kargow erst 1741 in die Familie. Sowohl der erste Möllner als auch der erste Kargower Schuckmann wurden 1833 in die mecklenburgische Ritterschaft aufgenommen. Zweihundert Jahre lang waren wir in Mecklenburg landgesessen. Die Schuckmanns waren Landwirte und später in der Mehrzahl Offiziere – allerdings vornehmlich in preußischen Diensten. Vierzehn Familienmitglieder haben am Deutsch-Französischen Krieg 1870/1871 teilgenommen, die gleiche Anzahl wird in der Rangliste der Königlich Preußischen Armee von 1913 aufgeführt und siebenundzwanzig haben im Ersten Weltkrieg gekämpft. In der Generation meines Großvaters zählten wir hundertsiebenundzwanzig Personen.

Insgesamt erscheinen in der Familiengeschichte von 1932 die Namen von drei Dutzend Gütern, die zu verschiedenen Zeiten den Schuckmanns gehört haben. In Mecklenburg lagen sie fast alle im Viereck Waren an der Müritz, Neubrandenburg, Stavenhagen und Malchiner See, später in der Neumark im Kreis Arnswalde und in Schlesien. Mölln – etwas westlich von Neubrandenburg gelegen – hat sich am längsten gehalten. Es befand sich, wie erwähnt, seit 1694 in der Familie und musste leider in der für die Landwirtschaft so schweren so genannten Caprivi-Zeit (Eliminierung von Schutzzöllen) verkauft werden. Battinsthal, bei Stettin gelegen und seit 1817 im Besitz der Familie, wurde in eine Stiftung umgewandelt, aus der alle männlichen (!) Schuckmanns eine Erziehungsbeihilfe bekamen. Auch der Verfasser wurde von ihr begünstigt. Es gehörte uns bis 1945. Auf unserer Flucht vor den Russen machten wir dort Station. In die Neumark kamen die Schuckmanns erst im Jahre 1849.

Ich selbst bin am 25. Februar 1929 geboren, ein Jahr und einen Tag nach der Hochzeit meiner Eltern in der Hofkirche in Dresden!

Der große Moment: 24. Februar 1928

Nachdem man bei dem Erstling – damals wusste man ja vorher das Geschlecht noch nicht – keine Fehler machen wollte, geschah dieses Ereignis in Berlin. Die Eltern waren bei Fritz Töpfer in der Dorotheenstraße abgestiegen, ein kleines Hotel, bekannter eigentlich als Esslokal. Gustav Stresemann fuhr mit meiner Mutter am Vorabend meiner Geburt im Aufzug nach oben, sodass man in der Familie bis zu meiner Taufe vermutete, ich würde Gustav getauft werden, wie übrigens auch der Vorname meines Urgroßvaters lautete. Programmgemäß erblickte ich am 25. in der Charité das Licht der Welt, und ich kann heute nach fünfundsiebzig Jahren Erfahrung erfreulicherweise entgegen Eugen Roth bekennen, dass dies nicht der einzige Lichtblick gewesen ist. Roth ist vermutlich Pessimist und Skeptiker, ich hingegen bin immer ein Optimist gewesen. Entbunden wurde ich von einem jüdischen Arzt, Strassmann hieß er, glaube ich, der später nach New York entkommen konnte. Er erzählte meiner Mutter, dass er in der Nacht zuvor von Friedrich dem Großen geträumt habe, was ihm als ein gutes Omen erschienen war. Ein weiterer Hinweis auf meinen möglichen späteren Namen! Der »Erste« hat natürlich, völlig unverdienterweise, in der Familie immer eine Sonderstellung, und somit sank bei meinen beiden Schwestern die Wertigkeit des Geburtsorts: Landsberg an der Warthe für Gabriele, Raakow mit Hebamme für Ulla.

Das Leben ist nicht gerecht, ist es nie gewesen!

Drei Generationen Schuckmanns

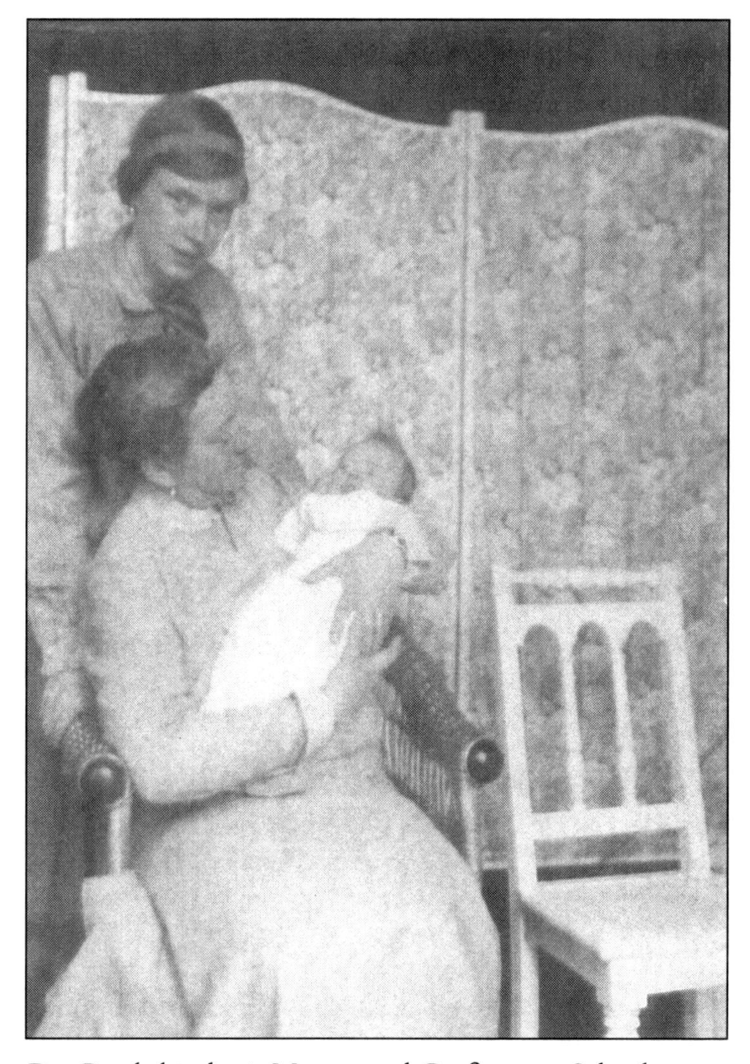

Das Prachtkind mit Mutter und Großmutter Schuckmann

Getauft bin ich in der folgenden Form:

Siegfried: nach dem Schuckmann-Onkel aus Rohrbeck, der normalerweise Raakow geerbt hätte,
Ernst: (eigentlich Siegfried-Ernst mit Bindestrich) nach dem Onkel Schuckmann, dem wir Raakow verdanken
Oskar: nach Großmutter Schuckmanns Bruder, Graf Oskar Pilati,
Georg: nach Papis landwirtschaftlichem Lehrherrn, Graf Georg(e) Sauerma-Ruppersdorf (in Schlesien).

Meine Paten waren Onkel Sizi Schuckmann aus Rohrbeck; eine Schwester meines Großvaters Salza, Jutta Krug v. Nidda; Otto v. der Decken; Tante Alexandra Tümpling, die Mutter von Papis Korpsbruder Arwed; der »alte« Onkel Oskar Pilati; Hildegard v. Eggeling (verwandt über Lüttichaus); »Onkel« George Sauerma und Wolff Lüttichau, Bruder des Großvaters Lüttichau.

Raakow

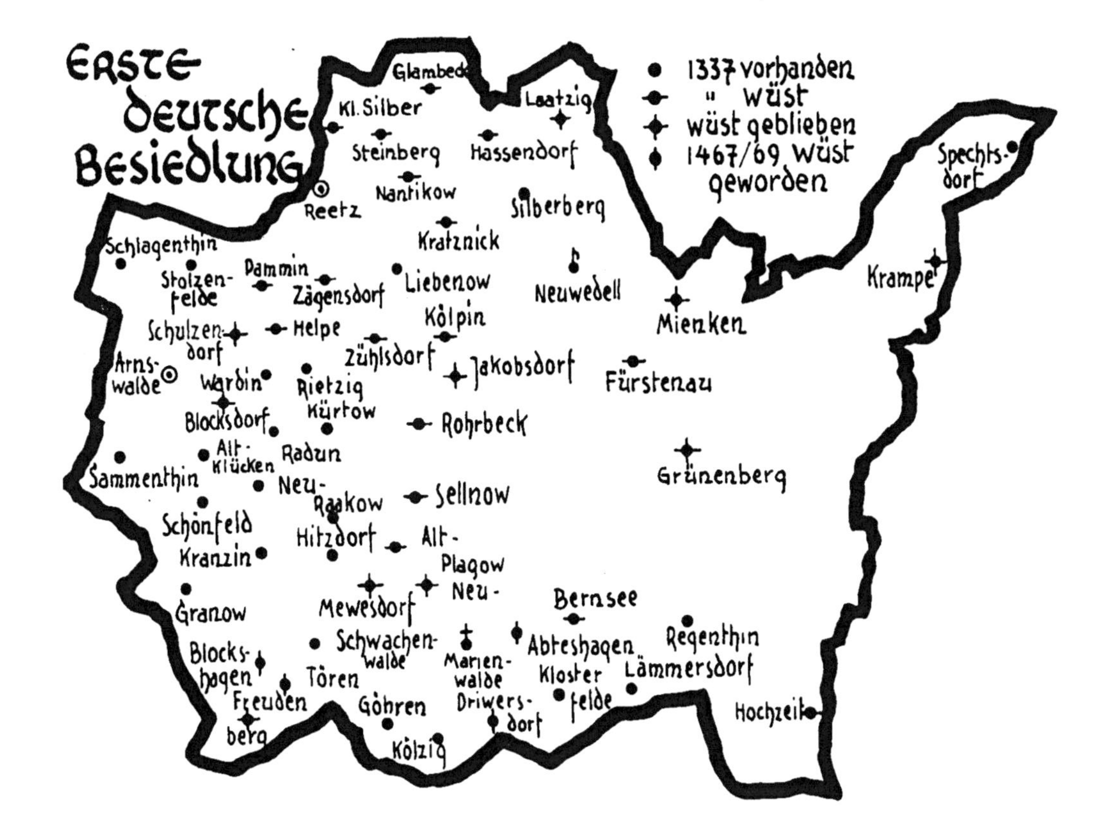

Jetzt zur unmittelbaren Vergangenheit! 1849 kaufte Otto von Schuckmann, ein Vetter zweiten Grades meines Urgroßvaters Gustav, die Güter Rohrbeck und Neufließ in der Neumark, später noch das Forstgut Rüggen, womit sich die Familie von Mecklenburg in die Mark Brandenburg ausdehnte. Sein Sohn Bruno, der bekannte Gouverneur der Kolonie Deutsch-Südwest-Afrika, fügte 1911 das Forstgut Fischerfelde hinzu.

In diesem Zusammenhang geschah nunmehr Folgendes: Otto hatte 1881 im gleichen Kreis Arnswalde ein weiteres Gut gekauft, Raakow, das sein Sohn Ernst zuerst von ihm gepachtet und dann 1889 gekauft hatte. Raakow war ein Allodialgut, das heißt, es befand sich schon seit einiger Zeit in privatem Besitz, im Gegensatz zu Lehnsgütern, die ursprünglich – meist gegen Kriegsdienste – »geliehen« waren und im Allgemeinen erst im 19. Jahrhundert in Eigenbesitz übergingen. Es war ursprünglich 588 Hektar groß. Durch das Reichssiedlungsgesetz von 1919 sollte der Landanteil des Gutsbetriebs zugunsten bäuerlicher Neusiedlungen verringert werden. In unserem Fall wurde der Betrieb um 78 auf 510 Hektar reduziert. Der Einheitswert betrug 1931 495.400 RM, während der eigentliche Wert mit 1.472.000 RM angesetzt war.

Ernst war unverheiratet und wollte sein Gut einem jungen Schuckmann vermachen, da ja der einzige Sohn seines Bruders Bruno, Siegfried (Sizi), ohnehin alle anderen Güter erben würde. Somit wendete er sich um 1922 herum an seinen Vetter Ernst Ulrich, »ob dessen Sohn Gerhard (mein Vater) nicht etwas für Landwirtschaft empfände und daran Interesse hätte, Raakow nach seinem Tode zu übernehmen«.

Das war eine gute Nachricht, denn Urgroßvater Gustav hatte den 1841 von seinem Vater erworbenen Besitz »Gottesgabe« bei Schwerin im Jahre 1898 verkauft; sein Sohn Ernst Ulrich wurde, wenn auch nur ungern, aktiver Offizier. Mehr über ihn später! Seine Mutter, meine Urgroßmutter, eine geborene v. Behr, habe ich als kleiner Junge noch kurz vor ihrem Tod im Krankenhaus in Frankenstein in Schlesien besucht, wobei ich mich noch sehr genau an das Bild der alten Dame im Bett erinnere. »Stirbst du bald?«, soll ich sie gefragt haben, was sie mit dreiundneunzig Jahren wohl bejahend beantwortet hat. Dieses Ereignis ist mit Sicherheit meine früheste Kindheitserinnerung, da sie acht Tage nach meinem vierten Geburtstag verstorben ist, im März 1933.

Papi hatte zum Zeitpunkt dieses Angebots gerade in Glatz sein Abitur bestanden, und Vater und Sohn waren beide Feuer und Flamme bei diesen Aussichten. Die Auflage war, dass Papi sowohl eine landwirtschaftliche Lehre absolvieren müsse als auch wenigstens zwei Semester beim Korps der Saxo-Borussen in Heidelberg aktiv sein sollte. (Mehr hierüber in einem eigenen Kapitel.) Beiden Forderungen kam man gern nach. Onkel Ernst starb 1926, und Vater, aus Steuergründen inzwischen von ihm adoptiert, wurde Besitzer des Rittergutes Raakow.

Jetzt bin ich so weit, die beiden im vorigen Kapitel erwähnten Anekdoten loszuwerden, die ein Licht auf die damaligen Verhältnisse auf den Gütern im Osten werfen. Emmy, die Schwester von Ernst und Bruno, hatte 1890 Georg v. Wedel auf Großgut Neuwedel geheiratet. Die Wedels waren eines der bekanntesten und ältesten Geschlechter in der Neumark, seit dem 13. Jahrhundert dort ansässig und sogar Gründer und »Inhaber« einer ganzen Stadt, Neuwedell, später auch von der dritten Stadt im Kreis, Reetz. Da Georg, dreiundzwanzig Jahre älter als sie, unter anderem auch politisch tätig, aber eher leichtsinnig, spielte (»jeute«, wie man damals sagte), war es Tante Emmy, die den Besitz zusammenhielt. Bei einem solchen Lebenswandel ergeben sich natürlich auch Schulden. Als Georg 1894 starb, erschien ein Gläubiger, der Getreidehändler Abrahamowski aus Arnswalde, um bei der Witwe einige Wechsel einzufordern. Tante Emmy erreichte eine Stundung und begann von nun an, den Betrieb intensiv zu sanieren. Ihren unverheirateten Sohn, Onkel Erich, habe ich noch gekannt. Er war Flieger, gehörte im Ersten Weltkrieg zum Geschwader Richthofen, wo auch Göring diente, hatte den Pour-le-Mérite-Orden, sah gut aus und war ein Freund von Wein, Weib und Gesang, mit Sicherheit von den beiden Ersteren. Für Raakow spielte er eher am Rande eine Rolle. Wie es in der Familie hieß, lag es am Wein, der ihn in die ewigen Jagdgründe beförderte. Onkel Erich hatte eine »Liaison« im Kreis, von der alles sprach und alle wussten, ich damals natürlich noch nicht! Die Historie weiß zu berichten, dass sowohl er als auch sein Kutscher, nennen wir ihn Hans, der ebenfalls gern trank, bei abendlichen Einladungen das Arrangement hatten: einmal ich, einmal du. Nach einer Jagd ging das gründlich schief; es waren also beide blau, und jetzt spaltet sich die Geschichte in zwei Versionen: A) Die Pferde nahmen ohne Führung den direkten Weg nach Hause, wie Pferde das so zu tun pflegen, und zwar über einen Kartoffelacker, woraufhin Onkel Erich schließlich aufwachte und rief: »Hans, wir sind ja mang die Tüften!« B) Als man wohlbehalten zu Hause ankam, wurde Hans angeblasen: »Hans, ich hab dir doch gesagt, du sollst nicht immer so schnell fahren!« Tempi passati. Im Übrigen wurden die Abfahrten nach einer Abendeinladung peinlich genau eingehalten: »Die Pferde dürfen nicht stehen«, weil sie sich sonst erkälten könnten!

Nun die Anekdoten: Als Tante Emmy bereits Witwe war, starb eine brütende Gans. Gänse kontribuieren zum Wohlstand, besonders in Krisenzeiten, und die angebrüteten Eier einfach so zu verlieren: NEIN. Also begab sich die Tante ins Federbett und brütete die Gössel mit ihrer eigenen Körperwärme aus! So einfach ist das. Ich war nicht dabei, aber es wurde mir von meiner Mutter glaubwürdig berichtet.

Eine weitere Story weiß zu berichten, dass auf dem Kornboden sich nachts jemand von dem dort befindlichen Getreidehaufen nahm. Was tun? Nun herrschte damals die Sitte, seinen Sarg schon zu Lebzeiten zu zimmern, damit er im Ernstfall gut ausgetrocknet und schnell griffbereit war. Dieses Möbel wartete auf dem Speicher der Dinge, die da kommen sollten, in diesem Fall in Gestalt von Tante Emmy, die sich nach Dunkelwerden mit einem Bettlaken hineinlegte und als Gespenst erschien, als sich die Schritte des Bösewichts näherten. Der Kornhaufen blieb seitdem unberührt.

Ein Wort noch zum politischen Umfeld! Raakow lag im Kreis Arnswalde, der den östlichsten Teil der Neumark bildete, die wiederum zur damaligen preußischen Provinz der Mark Brandenburg gehörte. Die Hauptstadt war Berlin, unser Regierungsbezirk Frankfurt an der Oder. Die im Norden angrenzenden Kreise gehörten zu Pommern. Unter Hitler wurde unser Kreis dieser Provinz zugeschrieben, Regierungsbezirk Schneidemühl, was objektiv gesehen verwaltungsmäßig gar nicht einmal so abwegig war, aber ich selbst habe mich immer der Mark Brandenburg bzw. der Neumark zugehörig gefühlt.

Raakow lag im westlichen Teil des Kreises in einer kuppigen, sog. Grundmoränenlandschaft. Bis zirka 10.000 v. Chr. lag diese Landschaft unter Eis. Die Begrenzung der letzten der verschiedenen Eiszeiten, der sog. Endmoränenzug, lief von Norden nach Süden quer durch den Kreis. Die hier im Überfluss vorhandenen Steine trugen nicht gerade zur Begeisterung des Landmanns bei. Hingegen waren die vielen Seen eine Bereicherung, und wegen der dortigen reizvollen Kombination von Berg, Wald und See wurde damals von der »Raakower Schweiz« gesprochen, eine doch wohl eher etwas prätentiöse Bezeichnung. Im Osten schloss sich eine sandige Landschaft an mit Heidekraut, Wacholderbüschen, Kiefernwäldern und schlechten Böden. Die Bevölkerungsdichte im Gesamtkreis lag damals bei 35 Personen/km^2, gegenüber der Zahl von 135 für Gesamtdeutschland.

Der Kreis Arnswalde lag ursprünglich zwischen den Gebieten der Pommern im Norden und der Polen im Osten. Als Letztere in der zweiten Hälfte des 10. Jahrhunderts begannen, ihre Herrschaft nach Westen, also in Richtung Pommern, auszudehnen, wurde der Kreis furchtbar verheert. Nachdem der Polen-Herzog Boleslaw Stettin 1121 erobert hatte, mussten die Pommern sich ihm unterwerfen und die Annahme des Christentums zusagen. So zog drei Jahre später von Gnesen aus der deutsche Bischof Otto von Bamberg auf eine Missionsreise nach *Westen,* und es begann die Bekehrung der Bewohner dieses Landstrichs zum Christentum. Das deutsche Element hielt im 13. Jahrhundert seinen Einzug, einmal mit Mönchen, vornehmlich vom Zisterzienserorden, dann mit den Johanniter-Ordensrittern. Es folgten deutsche Adelsfamilien, unter anderem die Wedels, und mit ihnen deutsche Bauern. Raufereien zwischen dem Adel und dem Orden hatten zur Folge, dass 1269 die Askanier, also die brandenburgischen Markgrafen, sich die Neumark vereinnahmten. »Terra trans Oderam« wurde das Gebiet anfangs genannt, später Nova Marca.

Raakow wird 1337 urkundlich zum ersten Mal im Landbuch Ludwig des Älteren erwähnt. Es wurde mit 52 Hufen gerechnet und den dortigen Rittersitz hatte Ludwig von Haselow inne. 1354 gingen die landesherrlichen Rechte an den Abt und Konvent des Klosters Marienwalde über.

Nach allerlei Wirren, wie Erbfolgestreitigkeiten, Einfälle der Polen, Litauer und selbst der Hussiten, der Raubritterzeit (auch Quitzow-Zeit genannt) und ständigen Fehden zwischen dem Adel, den Städten und dem Deutschen Orden fiel die Neumark 1454 wieder an Brandenburg, »endgültig«, wie man wohl noch vor sechzig Jahren gesagt hätte. In der Folge begann eine etwas ruhigere Zeit – nur unterbrochen von einer kurzen Periode (1535 – 1571) als eigener Territorialstaat unter Hans von Küstrin –, bis der Dreißigjährige Krieg (1618 – 1648), die nachfolgenden Kampfhandlungen (Schwedenkrieg, Nordischer Krieg und Siebenjähriger Krieg) und selbst die Pest erneut unsagbares Unheil über unsere Gegend bringen sollten. Erst mit den Siedlungsplänen Friedrichs des Großen begannen zwei Jahrhunderte kontinuierlichen Fortschritts. Ab 1815 gehörte die Neumark zur preußischen Provinz Mark Brandenburg.

Mit der Potsdamer Konferenz (7. Juli bis 2. August 1945) wurde von einem Tag zum anderen der Großteil des östlich der Oder-Neiße-Linie liegenden Teils Deutschlands – und somit auch Raakow – polnisch. Es endeten ungefähr siebenhundert Jahre deutscher Geschichte.

Wenn man sich mit Geologie befasst oder auch nur in Länder wie China, Indien, Ägypten oder die Türkei gereist ist, erscheint einem all dies als jüngste Vergangenheit.

Erste Erinnerungen

Sieben Monate hat meine Mutter mich gestillt, dabei musste ja etwas Ordentliches herauskommen! Das erscheint natürlich nicht in meinen Erinnerungen, die mit »Goggelga« beginnen – Fräulein Emmy Graf –, Sächsin reinsten Wassers, deren Obhut man mich kurz nach meiner Geburt anvertraut hatte. Keine Schönheit, stark kurzsichtig mit dicken Brillen und sehr lieb. Ich wolle sie später heiraten, soll ich ihr einmal erklärt haben! Dennoch war ich ein sehr mutterbezogenes Kind – »boos Mami kann besser« ist einer meiner überlieferten Sprüche –, aber wie das damals so war: Mehr Zeit verbrachte ich mit Goggelga. Zu meinen ersten selbstständigen Schritten, so schrieb meine Mutter, habe diese mich mit Langenburger Wiebeles geködert, ein fester Bestandteil der Häuser Raakow, Kittlitz und Bärenstein.

Bei anderer Gelegenheit: Ich sehe mich in meinem Kinderbett und die Eltern kamen zum Beten. Sie wollten abends »auf einen Ball« gehen, wobei mir nicht ganz klar zu sein schien, was so ein Ball eigentlich war. Auf jeden Fall tauchte der Vater – im Gegensatz zu sonst – im Schlafrock auf, was mich irgendwie so genierte, dass ich nicht beten wollte. Da geschah es das erste und einzige Mal, dass es etwas »hinten drauf« gab, sehr ungerecht, wie ich fand.

Eine etwas peinliche Erinnerung: Ich war zirka fünf Jahre alt, als ich mit voller Ritterrüstung (Brustpanzer, Helm und Schwert) bei uns im Wald die Gegend erkunden wollte und dabei in den Bach fiel, aus dem mich dann meine Mutter herausfischen wollte – ich hatte das aber schon selbst geschafft.

An Krankheiten kann ich mich überhaupt nicht entsinnen, obwohl ich Röteln, Masern und Ziegenpeter gehabt habe. Nur an die Windpocken erinnere ich mich noch: Ein Gästebett nach dem anderen wurde ausprobiert, aber alle waren zu hart, und die Pocken juckten schauerlich.

Unvergesslicher Albtraum: die obligate Mittagsruhe. »Sie ist gesund«, hieß es. War sie es wirklich? So sehr ich heute meine Siesta genieße: Damals war sie mir ein Angang, und ich habe sie gehasst, zumal man Lesen natürlich nicht erlaubte. Einmal habe ich aus lauter Langeweile das Furnier des elterlichen Ehebetts zerkratzt, wo ich für die Mittagsruhe geparkt worden war – das gab dann zusätzlichen Ärger. Dass es in anderen Häusern ähnlich zuging, war mir ein schlechter Trost. Weitere negative Erinnerungen ranken sich um das Sitzen für ein Ölgemälde, das mich in einer blauseidenen Ausrüstung mit langen Locken vor einem Gobelinsessel stehend kolportiert. Herr Keller hieß der Künstler, es war in Bärenstein, und ich zählte gerade vier Jahre. Mamis Bild, gemalt von einem Herrn v. Boxberg, hat ihr sicher weniger Verdruss bereitet. Beide Werke sind natürlich verschollen, von meinem habe ich nicht einmal ein Foto. Die Bilder selbst wurden sicherlich als Heizmaterial zweckentfremdet.

Ölbild meiner Mutter, gemalt von Herrn v. Boxberg, Anfang der Dreißigerjahre

Auf das Jahr 1936 gehen Erinnerungen an Kolberg zurück, ein Seebad an der Ostsee, scheinbar ewig weit entfernt, in Wirklichkeit dürften es nur hundert Kilometer Luftlinie gewesen sein. Meine Mutter war mit mir dort hingefahren, um von Dr. Wüstmann, der seinem Namen Ehre tat, meine Mandeln kappen zu lassen. Auf einem Stuhl wurde ich rechts und links von zwei Gehilfinnen gepackt, als auch schon eine nierenförmige Schüssel vor meinem Mund erschien, gleich darauf das Mordinstrument, eine Schere, und schwuppdiwupp – ohne Betäubung – wurde ich um einige Kubikzentimeter Mandelmasse erleichtert. Mein gewaltiges Gebrüll hat die Nachbarschaft vermutlich wenig gestört, sie dürfte sicherlich an solche Ausbrüche gewöhnt gewesen sein. »Les' bitte« war alles, was ich in den nächsten Tagen herausbringen konnte.

In erfreulicherer Erinnerung bleibt indes das Burgenbauen am Strand mit den beiden Wahlvettern (über Lüttichaus) Friedel und Ati v. Eggeling aus Schlesien, deren Mutter – meine Patentante Hildchen – sich wohl mit meiner Mutter verabredet hatte, um etwas Abwechslung zu haben. »Die Kirsche« nannte sie mich wegen meiner roten Haare. Wir wohnten direkt am Strand im Kurhaus »Siloa«. Für mich war es das erste Mal, dass ich an der See sein konnte, mit den klassischen Strandkörben vor dem Kurhaus und allem Drum und Dran. Kolberg war nebenbei eine historische Stadt, in den Befreiungskriegen gegen Napoléon hatten Bürgermeister Nettelbeck und General Scharnhorst sie gegen die Franzosen verteidigt; die »Maikuhle« erinnerte noch an die Schanzen jener Zeit. Kolberg, an der Persante, hatte auch einen kleinen Hafen mit malerischen Fischkuttern, außerdem gab es die »Frem«, die Passagiere nach Bornholm brachte, einer nahen, aber im dänischen Hoheitsgebiet gelegenen Insel. Ich weiß noch, als meine Eltern einmal damit übersetzten, wie mich die Frage einer anderen Nationalität, einer anderen Sprache etc. beschäftigt hat.

Einmal fuhren wir von Kolberg nach Barzlin zu Heydebrecks, aus welcher Familie die von uns sehr geliebte Tante »Ásthaté« stammte. Sie, eine Freundin von Mami, konnte herrlich von ihren Aventüren in Afrika erzählen und rauchte wie ein Schlot. Ihr habe ich es zu verdanken, dass ich seit meinem vierzehnten Lebensjahr rauche, zum Glück wenig und nie »auf Lunge«. Es

geschah bei einem späteren Besuch von ihr in Raakow, auf einem Apfelbaum genauer gesagt, auf den wir beide geklettert waren. Oben angelangt zauberte Tante Ásthaté eine Pfeife herbei, stopfte sie fachmännisch mit so genanntem Shag-Taback und los ging's. Inwieweit meine Mutter von diesen Missetaten Wind bekam, weiß ich nicht, zugetraut hat sie es ihr bestimmt.
Bitterliche Tränen kullerten, als ich mit geheilten Mandeln wieder nach Raakow zurückmusste! Ati ist später im Kriege gefallen, Friedel wurde Forstmeister und eroberte sich nach der Wende den früher Eggelingschen Waldbesitz Horscha bei Görlitz.

Ebenfalls ins Jahr 1936 fiel die elfte Olympiade. Wir hatten eine große Karte mit der eingezeichneten Route des olympischen Feuers vom Olymp (von wo sonst?) bis nach Berlin und mit den Flaggen aller teilnehmenden Nationen; wir kreuzten die spanische Fahne durch, da das Land wegen seines Bürgerkriegs nicht mitmachen konnte. Ich weiß noch, dass mir der Begriff Bürgerkrieg nicht richtig erklärt wurde. Stolz war man über die enormen Erfolge der deutschen Sportler, die von der Regierung auch entsprechend propagandistisch ausgewertet wurden, was mir natürlich nicht klar war. An den Amerikaner Jesse Owens, vierfacher Medaillensieger, kann ich mich absolut nicht entsinnen, wahrscheinlich wurden seine Erfolge heruntergespielt. Der »Cigaretten Bilderdienst« (ein Album mit in den Zigarettenpackungen zu findenden Sammelbildern) schilderte die Einzelheiten dieser Olympiade. Hier wurde allerdings Jesse Owens zum schnellsten Mann der Welt erklärt. Der finnische Langläufer Nurmi, der sich 1920, 1924 und 1928 neun Medaillen erlief, war hingegen immer noch sehr populär. Ein Baby, das etwas schnell nach Eheschluss erschien, wurde nach ihm benannt!

Andere Sportereignisse beschäftigten uns natürlich auch. Mein Pflegebruder Peter, von dem später noch die Rede sein wird, kam aus Berlin und zeigte sich sehr versiert in Autorennen, sodass wir zusammen die Erfolge von Bernd Rosemeyer und Carracciola verfolgten, die beiden großen Namen aus jener Zeit. Max Schmelings Sieg über den »braunen Bomber« Joe Louis 1936 elektrisierte alle, dem später – oh Graus – Schmelings Niederlage durch K. o. folgte, »unfair«, wie man das offiziell darstellte.

Ansonsten verlief das Leben auf dem Land bestimmt nicht eintönig, jedoch ohne größere Ereignisse. Aufregung herrschte, wenn die Zigeuner kamen, die man heute nicht mehr so nennen darf, sondern Roma und Sinti. Warum, weiß ich nicht: Auf Englisch heißen sie »gypsies«, auf Spanisch »gitanos«, und das sind in keiner Weise Schimpfworte. Der Große Brockhaus von 1957 erwähnt nichts dergleichen. Jeder wusste, dass ihre Frauen stehlen, unter anderem auch kleine Kinder, sie konnten wahrsagen und die Männer waren gute Handwerker und erstklassige Kesselflicker. Nach einer Weile zogen sie in ihren kleinen, bunt bemalten Pferdewagen weiter – weder fehlte ein Kind noch kann ich mich an die Vorhersage des bevorstehenden Krieges erinnern.

Eine andere Abwechslung stellten Zirkusse dar. (Jawohl, das ist laut Duden der richtige Plural, nicht etwa »Zirzi«!) Ein kleiner machte bei uns im Dorf Station, während man für Zirkus Krone vierzehn Kilometer in die Kreisstadt Arnswalde fahren musste. Welches Kind wird sich nicht an den typischen Zirkusgeruch erinnern, zu dem Raubtiere, Elefanten, Pferde, Dung und Sonstiges beitrugen.

In die Raakower Schulzeit gehört noch Elfriede Dienstbier, mein erster Schwarm, Tochter unseres so genannten »Leutevogts«. Ich kann mich noch genau daran erinnern, dass ich auf einem Klassenfoto ihr Gesicht mit Bleistift umrandete. Gesagt habe ich ihr natürlich kein Wort! Rotraud Jäck, die Tochter unseres Dorfschmieds, gehört in eine frühere, noch kindlichere Periode, sie kam oft zu uns zum Spielen. Man hatte mir einmal zum Geburtstag ein Holzhaus gefertigt. Die Villa Grünhütte, wie ich es getauft hatte, wurde im Park aufgestellt und war natürlich ein herrliches Zentrum für alle Taten und Missetaten. »Die heilige Lanze« spielte hier eine Rolle, meine Fantasie hatte sie als eine Art mythisch-mystisches Symbol kreiert.

Zu Hause bewegte sich das Leben der Eltern und Kinder damals auf verschiedenen Ebenen, was meines Wissens auf allen Landgütern so war. Und das im wahrsten Sinne des Wortes: die Kinder oben, die Eltern unten. Verursachte das ein kühles, distanziertes Verhältnis? Ich würde sagen: nein. Definitiv hatte ich zu meiner Mutter einen sehr guten Draht, zu meinem Vater – wenigstens damals – war er vielleicht nicht ganz so intim. Dabei muss ich nochmals erwähnen, dass mein Vater in den Krieg zog, als ich zehn Jahre alt war. Seitdem habe ich nur acht Monate mit ihm zusammen unter einem Dach verbracht. Ich selbst kam mit vierzehn Jahren ins Internat und sah seitdem meine Mutter nur noch in den Ferien. Das hat mich natürlich selbstständiger gemacht, als das normalerweise der Fall gewesen wäre, wo Kinder im Allgemeinen bis zum Studium zu Hause bleiben. Dennoch: Ich hatte später in Ratzeburg einmal großen Liebeskummer und wollte mich bei ihr aussprechen, marschierte zirka achtzehn Kilometer nach Bliestorf, Busse gingen damals nicht immer, und als ich bei ihr ankam, brachte ich kein Wort heraus. Ist das Distanz? Ich würde nochmals sagen, *nein*, gewisse Dinge erzählt man den Eltern einfach nicht. Insgesamt also und den späteren Jahren vorweggreifend: Ich habe zu ihnen immer das beste Verhältnis gehabt, und wenn ich auch meiner Mutter bis zum Tode die Hand geküsst habe, so weist das in keiner Weise auf eine distanzierte Beziehung hin, wie sie anscheinend die englische Königin zu ihren Kindern gehabt hat.

In Raakow kam die Mami oft zu uns nach oben, insbesondere zum Vorlesen: Das Hasenwunderland, Hänschen im Blaubeerwald, Peterchens Mondfahrt, auch Heidi von J. Spyri und natürlich die biblischen Geschichten, später Sigismund Rüstig, Die Höhlenkinder, David Copperfield, Dr. Kleinermacher, Lederstrumpf, Robinson Crusoe, Little Lord Fauntleroy, um einige zu nennen. Merkwürdigerweise wenig von Karl May! Obendrein spielte ein von Paul Heye illustriertes Liederbuch eine große Rolle: »Sang und Klang fürs Kinderherz«, die Basis für gemeinsames Singen. Insbesondere in früheren Jahren musste meine Mutter zudem endlose Geschichten vom »ungezogenen Jochen« erzählen. Mit der mir eigenen Insistenz bat ich sie immer und immer wieder um Verlängerungen, womit ich ihr sicher auf die Nerven ging. Das Register von Jochens Sünden war beachtlich, spornte mich aber merkwürdigerweise nicht zu irgendwelchen Nachahmungen an. Dann gab es das Musikzimmer mit einem Flügel, aber an Mutters Spiel kann ich mich nur dunkel erinnern. Hingegen sang sie gern mit uns und einige Melodien aus der Zeit gehen mir noch heute durch den Kopf. Gegessen wurde oben, erst mit sieben Jahren oder so durfte ich unten an den Mahlzeiten teilnehmen, wenigstens zu Mittag. Um Punkt neunzehn Uhr dreißig ging es abends ins Bett – »Das ist gesund!«, hieß es.

In diesem Zusammenhang ein Wort über Bücher: Der Anekdote nach wurde ein Ostelbier, insbesondere aber ein Balte, in dessen Haus neben »Wild und Hund«, »St. Georg« und der Bibel noch irgendetwas anderes Lesbares vorhanden war, von den Nachbarn als »Bücherwurm« abgeurteilt. Das mag in einigen Fällen so gewesen sein, bei uns mit Sicherheit nicht. Natürlich gab es auch in Raakow die Klassiker, wie »Die Barrings«, Axel Munthes Buch von St. Michele, »Der Vater« von Jochen Klepper et cetera, aber die Bücherregale bargen auch vieles andere. Wenn ich mich nicht an Goethe und Schiller erinnern kann, so liegt das sicher an mir! Ich selbst habe von Kindheit an immer viel gelesen, wobei wohl unter den pikantesten Büchern das Pferdebuch »Die Stute Deflorata« zu finden war, mit der gräflichen Freundin des Verfassers, der »Ungarischen«, und Lebensweisheiten wie:

Wer Pferde liebt ohn' Fehl,
und Frauen ohne Mängel,
hat nie im Stall ein Pferd,
im Bett nie einen Engel!

Auf van der Veldes »Vollkommene Ehe« bin ich erst später verwiesen worden. Vielleicht versteckte es sich bei uns irgendwo, wer weiß??

Nach Gabrieles Geburt tauchte Erna Teske als Kinderhilfe auf, von ihr »Gögge« genannt, mit der ich wenig im Sinn hatte. Goggelga gab es schon lange nicht mehr. Erstere war nicht direkt für mich zuständig, immerhin war ich schon sechs, gleichwohl hatte sie Autorität, die von mir oft infrage gestellt wurde. Bezüglich preußischer Erziehung stieß sie wohl ins gleiche Horn wie meine Eltern.

Dabei kann ich mich nicht daran erinnern, weder von meinem Vater noch von meiner Mutter pausenlos die bekannten Postulate gehört zu haben. Dennoch wuchs ich mit Ermahnungen auf wie: »Das tut man nicht!«, »Stell dich nicht so an!«, »Reiß dich zusammen!«, »Man lässt sich nichts anmerken!«, »Was macht das auf andere für einen Eindruck?« (insbesondere auf Leute!), »Ein Junge hat keine Angst!«, »Ein Junge heult nicht!«, »Nimm dich nicht so wichtig!«, »Man muss den eigenen Schweinehund besiegen!« und: »Was auf den Tisch kommt, wird gegessen!« Diese Maximen, so muss ich gestehen, haben mir in keiner Weise geschadet. Mit Lob wurde indes sparsam umgegangen. Abhärten wurde groß geschrieben: kaltes Wasser, nicht wehleidig sein, barfuß laufen. Letzteres habe ich viel praktiziert. Über einen Stoppelacker geht man beispielsweise, indem man die Füße etwas schleifen lässt. Noch heute bilde ich mir ein, dass Barfußgehen mir nichts ausmacht. Frieren hingegen gehörte nicht in das Abhärtungssortiment. »Wer friert, ist arm, dumm oder Soldat!«, meinte mein Vater. Andersdenkende haben dieses preußische Kultivieren der Sparsamkeit und Kargheit als eine Art »faute de mieux« belächelt, ein »aus der Not eine Tugend machen«, vielleicht nicht ganz zu Unrecht. Fest steht, dass es uns nach dem Krieg mächtig geholfen hat, unter total veränderten Lebensbedingungen unseren Mann zu stehen.

Dienstmädchen gab es zwar, für's Haus gleich zwei, sie haben unsere Zimmer geputzt, aufgeräumt und auch die Betten gemacht, Letzteres aber nur als wir noch klein waren. Später mussten wir das selbst besorgen und überhaupt Ordnung halten, darauf wurde sehr gachtet. Sommerset Maugham schrieb einmal in einer seiner Novellen, dass im Zimmer einer Dame eine so gewaltige Unordnung herrschte, wie sie nur lebenslanger Umgang mit Dienstboten hervorrufen konnte. Aus dem preußischen Osten kam diese Person vemutlich nicht!

Strenge Erziehung hat natürlich auch ihre Schattenseiten, und folgendes Vorkommnis mag ein Schlaglicht auf die Qualität mancher so genannter »Erzieher« werfen: Frl. Teske informierte mich einmal während eines Besuches der Großeltern Schuckmann, nach einer Auseinandersetzung zwischen uns beiden, dass meine Großmutter abends bei Tisch meinem Vater gesagt habe, für einen solchen Sohn würde sie sich bedanken. Und das war alles andere als positiv gemeint! Ich muss damals etwa sieben oder acht Jahre alt gewesen sein. Lange hat mich diese Aussage beschäftigt, bis ich in meinem fünfzehnten Lebensjahr in Alt-Altmannsdorf meine Großmutter danach gefragt habe. In den Himbeeren war es, ich weiß es noch genau, und die Arme war echt schockiert, dass ich ihr so etwas überhaupt habe zutrauen können. Kinder (oder nur ich??) sind eben gutgläubig.

Ein anderes Mal, ich war wohl ebenfalls sieben oder acht, rutschte ich beim Balancieren auf einer Wagendeichsel aus und fiel direkt auf den vorn befestigten Eisenknubbel, was ein Loch in der Kniescheibe verursachte. Als ich dies Frl. Teske meldete, die Eltern befanden sich gerade auf Reisen, meinte sie, dass das wohl nicht so schlimm sei und ich mich nicht so anstellen solle. Ich hatte mich hinter einen Tisch gesetzt und sie schaute nicht einmal hin.

»Aber der Knochen schaut schon heraus«, meldete ich wahrheitsgemäß.

Als sie dann die Bescherung sah, mit einer Blutlache auf dem Boden, sprang sie natürlich auf, und ich wurde umgehend mit dem Pferdewagen zum Dr. Groß ins Nachbardorf Sellnow gebracht, wo die Sache mit einigen Stichen zugenäht wurde. Die Narbe ziert mich heute noch! Plastic Surgery war damals unbekannt, ist ja auch bei einem Bubenknie nicht so wichtig.

Fräulein Teske dauerte erfreulicherweise nicht sehr lange und wurde durch die wesentlich sympathischere und auch hübschere Maria Bündiger ersetzt, die vorher bei Doetinchems in Ruhnow in Stellung gewesen war. Ein wirklich lieber Mensch. Obwohl ich ihr nur sehr indirekt »untergeordnet« war, hatte ich stets das beste Verhältnis zu ihr. Leider hatte sie durch eine durchgemachte Kinderlähmung einige Ärgernisse, so tat ihr zum Beispiel das Niesen schrecklich weh. Ihre wirklichen Probleme schienen aber eher seelischer Natur zu sein, und ganz plötzlich und unvermittelt machte sie ihrem Leben ein Ende, indem sie sich bei uns oben auf dem Dachboden an einem Balken erhing. Ich war gerade auf Ferien und las das letzte Kapitel der »Preußischen Legende« von Eckart von Naso, was mich so fesselte, dass ich die Aufregung – direkt vor meinem Zimmer – gar nicht mitbekam. Für meine arme Mutter war es ein arger Schock, denn sicher machte sie sich Vorwürfe, ob sie nicht doch etwas an diesem Entschluss hätte ändern können. Steckte wohl Liebeskummer dahinter? Nie ist die wahre Ursache geklärt worden. Wir Kinder schauten abends durch das Schlüsselloch der Tür zum so genannten Gartenzimmer, wo sie auf dem Boden lag, mit einer Decke oder einem Bettlaken zugedeckt. Später verfassten Joachim Kirsten, der damals aus Hamburg wegen der dortigen Bombenangriffe zu uns geschickt worden war, und ich eine Urkunde, die der Nachwelt von diesem betrüblichen Ereignis berichten sollte. Außerdem wurde der Balken an der Stelle, an der sie sich erhängt hatte, mit einem dicken Tintenstrich markiert, mit dem Datum des Geschehnisses.

Zuvor schon, im Sommer 1940, war Fräulein Emmy Dickow bei uns aufgetaucht, die inzwischen über zweiundsechzig Jahre lang mit und bei uns lebt; von ihr wird noch oft die Rede sein. Sie kam als Kinderpflegerin für meine jüngste Schwester Ursula nach Raakow, begleitete uns auf der Flucht und blieb die gesamte Zeit in Bliestorf und Bonn bei uns. Nach dem Tod meiner Mutter wohnte sie noch über zwei Jahre in unserer Bonner Wohnung, bis sie im Januar 2003 in ein von ihr ausgesuchtes Altersheim übersiedeln konnte. Kurz vor Vollendung ihres einundneunzigsten Lebensjahrs ist sie von uns gegangen.

Ein Wort noch zu unseren Spielen. Rückschauend betrachtet ist es verwunderlich, dass man mit wenigen Ausnahmen eigentlich nie zusammen mit der Dorfjugend »spielte«. Ebenso wenig kann ich mich an wirkliche Raufereien entsinnen. Lediglich war es eine Zeit lang »in«, aus ausgedienten, gusseisernen Friedhofsgittern Wurfgeschosse herauszubrechen – beim spröden Gusseisen ja leicht machbar – und sich gegenseitig damit zu bewerfen, Gott sei Dank nicht mit sehr großer Treffsicherheit. Grundsätzlich hatten die Dorfkinder immer schönere Spielsachen als wir. Wie viel Taschengeld sie bekamen, weiß ich nicht mehr, unseres war auf jeden Fall karg bemessen.

Hingegen erfreute sich das Soldatenspielen großer Beliebtheit. Objektiv betrachtet war es wohl etwas steril, da ich es fast ausschließlich mit meinen jeweiligen Pflegebrüdern ausübte. Dazu gehörte das Ausgraben von Unterständen teils sehr elaborater Struktur. Jeder Baum wurde bis in die höchsten Höhen beklettert, was teilweise eine etwas fragliche Mutprobe darstellte. Dann waren Uniformen wichtig, zu denen alle Freunde der

Familie beisteuern mussten. So bekam ich authentische Offiziersmützen, Rangabzeichen, Koppel mit Schulterriemen und anderes, worauf wir natürlich sehr stolz waren. Interessant ist, dass bei aller Aversion gegen das Hitlerregime die militärische Komponente einen so hohen Stellenwert besaß. Schließlich standen der Vater, beide Großväter und fast alle leiblichen oder angeheirateten Onkels im Offiziersrang.

Große Aufregung herrschte zur Manöverzeit, militärische Übungen, die im Herbst nach eingebrachter Ernte stattfanden. Ich erinnere mich speziell an ein Manöver, an dem das in Stettin stationierte Artillerieregiment No. 2 teilnahm. Der später erwähnte Oberbefehlshaber des Heeres, Generaloberst Frhr. von Fritsch, ging aus ihm hervor. Bei uns kampierte eine Abteilung, die anderen zwei lagen irgendwo in der Nachbarschaft. Man spielte richtig Krieg, die Haubitzen wurden ausprobiert und die beiden Parteien trugen rote und blaue Armbinden an ihren Uniformen. Ihr Chef, Hauptmann Kalinowski, wohnte natürlich bei uns, und wir haben ihn bestimmt mit vielen Fragen belästigt. Bei dieser Gelegenheit lernte ich, dass der Feldwebel bei der Artillerie Wachtmeister hieß, ebenso wie bei der Kavallerie, aber nur bei Letzterer wurde der Hauptmann »Rittmeister« genannt. Allseits sehr beliebt war die Feldküche, von Zivilisten Gulaschkanone genannt, eine fahrbare Küche mit aufklappbarem, senkrechtem Schornstein, der in seiner Dimension eben einem Kanonenrohr glich. Meine diesbezügliche Assoziation ist Erbensuppe mit Speck! Ungefähr um die gleiche Zeit musste ein kleines Flugzeug in der Nähe unseres Hauses notlanden. Oder war es ein Besuch?? Auf jeden Fall eine ebenfalls willkommene Unterbrechung unseres sonst natürlich eher aufregungslosen Lebens.

An Spielsachen gab es unter anderem einen Trix-Modellbaukasten und zugehörige Spieleisenbahn, die allerdings später von Peter Poserns Märklin-Modellen ausgestochen wurde. Dann Kunststoffsoldaten in jeder Menge, mit Mackensen und Hindenburg, aber ohne Hitler oder Parteibonzen, mit Pferden und Kanonen, Brücken und sonstigem Kriegsgerät – riesige Schlachten wurden mit ihnen geschlagen. Ich komme halt aus einer soldatischen Familie. Zinnsoldaten besaß ich weniger. Aber die in unseren Augen schönsten, sprich aufwendigsten Spielsachen hatten die Bauern- und Leutekinder, oft elektrisch betrieben, immer das Letzte vom Letzten.

Eltern und Großeltern Schuckmann

Über meine Eltern wird an verschiedenen Stellen berichtet. Da ich gerade zehn Jahre alt war, als mein Vater »in den Krieg« ging, sind meine Erinnerungen an ihn – was die Raakower Zeit anbelangt – nicht sehr intensiv, insbesondere als Eltern und Kinder damals nicht so intim miteinander waren. So habe ich zum Beispiel weder meine Mutter noch meinen Vater jemals ohne Kleider gesehen, was wohl meine Geniertheit erklären mag, die die erwähnte erste und einzige Tracht Prügel auslöste. Bis zum zehnten Lebensjahr – damals war das noch so – schien der Vater alles zu wissen! Dass er über dies oder jenes Zweifel oder Ängste haben könnte, wäre mir nie in den Sinn gekommen. Woran ich mich erinnere, ist, dass ich eine Menge gefragt habe, wenn er gelegentlich nach Hause auf Urlaub kam, während er allerdings nicht sehr gesprächig war. Bei einer Gelegenheit erkundigte ich mich dann, ob ich zu viel rede, was er aber unbedingt verneinte. Noch in Friedenszeiten gab es einmal furchtbaren Ärger mit ihm, als Peter und ich ein paar Hausenten vor uns hertrieben, weil sie so komisch liefen. »Tierquälerei«, »Saubengels« und so! Die Köchin Frl. Kleist hatte das auf dem Gewissen und uns »verpetzt«. Die Strafe bestand aber nur aus schulischen Strafarbeiten, die unsere Hauslehrerin Frl. Liermann zu applizieren hatte. Ansonsten überzeugte mich seine Gerechtigkeit, was und wie er alles tat, wie er mit unseren Leuten umging, und dass er von morgens bis abends schaffte. In summa: Man wusste bei ihm, woran man war.

In jagdlicher Hinsicht war er nicht mein Mentor, weil mein wirkliches Interesse erst nach seinem Scheiden begann. Auch kann ich mich überhaupt nicht an irgendwelche Lebensweisheiten erinnern, die einige andere Väter üblicherweise ihren Kindern vermitteln. Das Einzige, was mir – total nutzlos – in Erinnerung geblieben ist: »Nie auf den Schienen einer Eisenbahnüberquerung den Gang wechseln!« und »Nie einen Lichtschalter mit feuchten Fingern anfassen!« Sein häufig benutzter Spruch »Ein Ochse gibt nicht mehr her als Rindfleisch« ist da schon eher zu gebrauchen.

Im Übrigen erscheint er in meiner Erinnerung immer in mit Wildleder besetzten Reithosen und den dazugehörigen Reitstiefeln, die man damals bei Mahlmeister machen ließ (die Halbschuhe bei Breitschneider in Berlin!), nie ohne Krawatte, meist handelte es sich um die gewisse grüne mit roten Punkten, und in den damals üblichen Hemden, in denen der Kragen auswechselbar war. Einige Male, aber nicht sehr oft, sind wir zusammen ausgeritten, er auf »Domherr«, ich auf »Muckel«. Papi wurde selten laut, ohne dabei ein Phlegmatiker gewesen zu sein, und nur einmal erinnere ich mich, dass er echt ausflippte, wie man heute sagen würde: Ein Dienstmädchen hatte im Badezimmer im oberen Stock – als es dort kurzfristig kein Wasser gab – den Wasserhahn nicht wieder zugedreht, und mittags zu Tisch fing es neben dem Esszimmer an zu tropfen, sodass die ganze Decke feucht glänzte. Unter diesen Umständen kann man einige harte Worte schon verstehen.

Ein Wort vielleicht zum Thema Militär. Die meisten »von uns« waren keine Militaristen, wie man das heute nennt, aber eben grundsätzlich der Meinung, dass eine Armee sinnvoll und in ihr zu dienen vaterländisch ist. Dies mag unter anderem seinen ursprünglichen Grund in der geopolitischen Lage Deutschlands gehabt haben, umgeben von einer Menge anderer Staaten, die uns nicht immer freundlich gesinnt waren. Aus diesem Grunde entsprach es einfach der Tradition, sich freiwillig für eine militärische Ausbildung zu melden. Er war im Kavallerieregiment No. 6 in Schwedt Leutnant geworden und musste jährlich für einige Wochen an Übungen teilnehmen, meist auf Truppenübungsplätzen, von denen es einige in der Nachbarschaft gab. Er bekleidete den Rang »Leutnant der Reserve«, im Gegensatz zu den so genannten aktiven Offizieren, die aus dem Soldatenberuf eine Karriere machen wollten, um es womöglich bis zum Oberst oder gar General zu bringen. Nachdem die Schwedter nach Darmstadt verlegt worden waren, wechselte er zum Kavallerieregiment No. 5 nach Stolp in Pommern über, was eben räumlich näher lag. Bei Kriegsausbruch war er also Leutnant und wurde 1945 als Rittmeister entlassen. 1939 wurde er Bataillons- und danach Regimentsadjutant, wechselte später zur Division über, dann zum Armeekorps, und war die letzten drei Kriegsjahre Erster Ordonnanzoffizier (O1) im AOK9, also dem Oberkommando der 9. Armee, den größten Teil unter Generalfeldmarschall Model, später unter Smilo Frhr. v. Lüttwitz und General Busse, von dem er nicht gut sprach. Die Polen-, Frankreich- und Russlandfeldzüge hat er voll mitgemacht, Gott sei Dank ohne Verwundungen oder Schlimmeres. So viel zu seinem militärischen »Background«.

Als er uns am 27. August 1939 verließ, habe ich furchtbar geheult. Was das mit dem Krieg genau auf sich hatte, war mir nicht ganz klar, nur fühlte ich, dass er etwas Gefährliches tat.

Aquarell vom Vater als Rittmeister, gemalt zirka 1944 in Russland

Seit jenem schicksalvollen Augusttag 1939 bis zu unserer Flucht im Januar 1945, also fünfeinhalb Jahre lang, kam Papi nur gelegentlich auf Urlaub, sodass sich der Kontakt auf Feldpostbriefe beschränkte, deren Absendungsort aus Sicherheitsgründen nicht genannt werden durfte. Und Telefonanrufe? Nun, vielleicht hat es sie gelegentlich gegeben, erinnern kann ich mich nicht an sie. Man stelle sich das heute einmal vor, dass ein Familienvater fast sechs Jahre lang weg ist, einfach weg, und man nur froh sein konnte, wenn er nicht unter den vielen Gefallenen und Vermissten erschien. Nur zwei Weihnachten konnte er in Raakow mit seiner Familie verbringen.

Kurze Unterbrechung der dienstlichen Tätigkeit:
Vater Schuckmann bei seiner Lieblingsbetätigung, in Russland.

Meine Mutter war ebenfalls von morgens bis abends tätig. Und auch sie war gerecht! Nur wenn sie mich gelegentlich beim Verteilen von Kuchenstücken oder Ähnlichem meinem Pflegebruder gegenüber minimal bevorzugte, fiel mir das sofort als etwas peinlich auf. Kinder haben einen ausgesprochenen Sinn für Gerechtigkeit. Wie erwähnt, war sie natürlich wesentlich öfter mit uns zusammen als der Vater. Richtig wütend habe ich sie nie gesehen, sie war ein ausgeglichener Mensch. Ebenso wenig kann ich mich an »eheliche Szenen« entsinnen, sicher hat es sie gegeben, aber wenn, dann hinter verschlossenen Türen! Als gute Hausfrau konnte meine Mutter gut wirtschaften, hat aber nie selbst kochen müssen. Ob das Küchenpersonal machte, was es wollte, weiß ich nicht. Über das Essen in Raakow wird anderenorts berichtet! Ihre große Passion war der Garten, insbesondere der Steingarten, der sich im Park nahe dem Haus befand, zusammen mit den Frühbeeten. Ein Gewächshaus hatten wir nicht. Wicken und Nelken mochte sie besonders gern, ja, Blumen spielten eine große Rolle bei uns. Auf der anderen Seite war sie total unsportlich, konnte allenfalls Rad fahren, und auf einem Pferd habe ich sie nie gesehen. Eine klassische ostelbische Gutsfrau war sie nicht! Ich entsinne mich, dass ich einmal von einem Nachbargut zurückkam und meiner Mutter berichtete, dass die dortige Besitzerin reite und auch sonst sehr sportlich sei, was sie ziemlich kühl hinnahm. »Jeder Mensch ist anders!«, meinte sie lakonisch. Sehr engagiert war sie in sozialer Hinsicht, einmal per se als Gutsfrau, dann auch durch die evangelische Frauenhilfe.

In Aufzeichnungen für uns ist diesbezüglich zu lesen: »Wir hatten hierfür eine Stube mit Klavier. Wir lasen schöne Bücher zusammen, vielmehr eure Mutter las sie vor, die Frauen flickten, dann probten wir ein Lied, und zum Schluss fanden wir uns alle zusammen unter einem Kapitel aus der Bibel und dem Vaterunser.«

Hier möchte ich jetzt einige Betrachtungen über das Verhältnis zwischen den Besitzern und ihren Arbeitern einfügen oder, wie es früher hieß, zwischen Herrschaft und Leuten. Natürlich kann ich hierüber nur aus eigener Erfahrung sprechen, das heißt von Raakow. Außerdem ist mir klar, dass die Gefahr besteht, im Nachhinein manches zu idealisieren – eine sehr menschliche Schwäche. Über dieses Thema ist viel geschrieben worden, oft von Personen, die die damaligen Verhältnisse nur vom Hörensagen kannten. Da sind zum Beispiel die berühmten Fotos, die auf »Junkerland in Bauernhand«-Ausstellungen zu sehen waren, Besitzer oder Verwalter hoch zu Ross und mit der Reitpeitsche in der Hand die Arbeiter antreibend. Es handelt sich hierbei definitiv um Fälschungen, wenigstens was den Reitpeitschen-Aspekt betrifft. Mein Vater ist selbstverständlich schon mal an unseren Arbeitern vorbeigeritten, wenn sie auf dem Feld arbeiteten – und natürlich mit einer zum Reiter eben gehörenden Peitsche –, aber bestimmt nicht mit antreibenden Absichten, außer dass es immer gut ist, wenn der Chef manchmal unerwartet auftaucht und nach dem Rechten sieht! Das Verhältnis mag patriarchalischen Charakter gehabt haben, und auch das nur bedingt, aber die Leute wussten, dass man etwas für sie tun würde, wenn es irgendwo Schwierigkeiten gab. Krankheiten, Geburten, finanzielle Sorgen, Reibereien mit Nachbarn oder Beratung bei Familienproblemen dürften dazugehört haben. Denn es waren schließlich nicht nur die eigentlichen Arbeiter, die gegen Lohn im Betrieb Dienste leisteten, mit denen man verbunden war, sondern auch ihre Familien, was auf den ja meist kleinen Dörfern auch nahe liegt. Die Mitmenschen fühlten sich in eine Gemeinschaft eingebettet, während die Besitzer für sie eine gewisse Verantwortung empfanden. Die Tätigkeit meiner Mutter in der Frauenhilfe gehörte dazu. Auf den mir bekannten Gütern im Umkreis war das ähnlich, wenn nicht genauso. Etwas anders lag der Fall in der Stadt. Zwar dürfte man sich auch um die Dienstboten gekümmert haben, aber weder sie noch ihre Familien waren so eng mit der »Herrschaft« verbunden wie auf dem Land. Das alles mag unmodern oder »unzeitgemäß« klingen, ist es wohl auch, aber ob per saldo auf der Habenseite mehr stand als auf der Sollseite – das sei einmal dahingestellt. Heute erscheint der Weg nach oben unbegrenzt, was uns gut vorkommt, auf der Kehrseite stehen aber Kümmernisse, wie Ängste und Frustrationen, bei denen, die es nicht geschafft haben. Und alle können erfahrungsgemäß nicht »oben« sein.

Unsere Kirche spielte eine große Rolle und für Gottesdienste und sonstige Feste gab es immer viel zu tun an Vorbereitungen, Blumendekoration und so weiter. Die Reinstallation etwa eines alten Taufengels, den man von der Decke herabschweben lassen konnte, ging auf die Initiative meiner Mutter zurück, ebenso andere Restaurationen, wie beispielsweise eines Barockengels, der die Kanzel trug. »Echtes Gold«, erklärte uns der Restaurator, was auch stimmte und uns beeindruckte. Der Staat war übrigens kostenmäßig und auch sonst an diesen Aktivitäten beteiligt.

Wir kommen nun zu den Großeltern Schuckmann. Sie wohnten ebenfalls weit weg, in Schlesien, und zwar ebenso wie die sächsischen Großeltern in etwas über zweihundertfünfzig Kilometer Luftlinie entfernt. Das scheint einem heutzutage nicht sehr weit zu sein, um dies aber damals, sei es per Bahn, sei es per Auto, an einem Tag zu schaffen, musste man sich schon tüchtig sputen. Somit blieben Gäste im Osten grundsätzlich recht lange, damit sich die Reise auch lohnte.

Großvater Ernst Ulrich Schuckmann, Opapa, war wie bereits kurz erwähnt in Mecklenburg auf dem väterlichen Gut »Gottesgabe« bei Schwerin aufgewachsen, das sein Großvater 1841 erworben hatte. Er war passionierter Landwirt und hätte den Besitz vielleicht geerbt, wenn sein Vater Gustav ihn nicht 1898 verkauft und sich nach Schwerin zurückgezogen hätte. Ich kenne die einzelnen Gründe nicht, die ihn dazu bewogen haben, aber Opapa war sein Leben lang traurig darüber, dass er das Gut so einfach verkauft hatte, um sich in Schwerin ein ruhigeres Leben zu gönnen. Gustav hatte den Besitz nach dem Tod seines Vaters zu 260.000 Taler übernommen, aber er war zu dem Zeitpunkt gerade zweiunddreißig Jahre alt und hatte für einen Kauf wohl kaum das notwenige Eigenvermögen, was die Unterstellung rechtfertigt, dass er es einfach geerbt hat.

Was dieses Thema nun anbelangt, empfinde ich noch heute, dass ein grundsätzlicher Unterschied zwischen einem ererbten und einem zu Lebzeiten erworbenen Vermögen zu machen ist. Ersteres impliziert die Verpflichtung, es an die nächste Generation weiterzugeben, Letzteres nicht unbedingt.

Dass man es dennoch gern tut, ist normal.

Opapa wurde also Soldat und 1918 nach dem verlorenen Krieg als Major entlassen. Gleich darauf ergriff er mit achtundvierzig Jahren einen neuen Beruf: Er lernte Landwirtschaft. 1913 hatte er schon in der Landwirtschaft praktiziert, und zwar in Nustow in Mecklenburg. Wie er das neben seinem aktiven Militärdienst gemacht hat, weiß ich nicht. Etwas zu kaufen war 1918 nicht »drin«, somit pachtete er 1921 vom Prinzen Heinrich von Preußen das hohenzollersche Gut Alt-Altmannsdorf bei Camenz im Kreis Frankenstein in Schlesien, das später dem deutschen Fiskus einverleibt wurde. Nur das Gut Camenz blieb in der Hohenzollern-Familie. Der damalige Besitzer, Prinz Waldemar, ein Sohn von Prinz Heinrich – einem Bruder des Kaisers und sehr mit der Marine verbunden –, besuchte die Großeltern dann und wann.

Urgroßeltern Gustav und Luise Schuckmann

Die Prinzessin Waldemar, Calixta Lippe, der ich bei einer solchen Gelegenheit mit meinen zwölf oder dreizehn Jahren einen Handkuss geben wollte, war auf so vollendete Formen nicht vorbereitet und schüttelte mir sportlich fest die Hand, wobei ihr schweres Goldarmband mit meinen Zähnen zusammenstieß! Camenz selbst war ein großes Schloss mit vier Türmen, und ich erinnere mich, dass ich es nicht besonders schön fand. Immerhin besaß es einen imposanten, »französischen« Park mit unendlich vielen Treppen, auf denen ich – wie meine Mutter einmal schrieb – als Vierjähriger mein Kindermädchen bis zur Erschöpfung antrieb.

In Alt-Altmannsdorf hielten wir uns nicht so häufig auf wie in Bärenstein, aber oft genug, um viele Erinnerungen zu bewahren. Landschaftlich war die Umgebung flach und, wie ich fand, ziemlich langweilig. Einmal durfte ich einem Rehbock nachstellen, doch die Jagd in Raakow war etwas ganz anderes. Erst in der näheren Umgebung, so etwa in der Grafschaft Glatz, wurde es bergiger und landschaftlich attraktiver. Das Herrenhaus war sehr gemütlich eingerichtet, natürlich mit Stilmöbeln, da beide Großeltern einen guten Geschmack hatten. Ein Vergleich mit Bärenstein war nicht angebracht, dort war halt alles um eine Nummer größer. Alt-Altmannsdorf wurde schließlich auch erst in den Zwanzigerjahren eingerichtet.

Beide Großeltern unterschieden sich vom Typ her von Grund auf. Opapa hatte Sinn für Humor, kam aber eher trocken daher. Er war ein exzellenter Landwirt, konnte gut wirtschaften und liebte – im Gegensatz zu meinem Vater und mir – Gartentätigkeiten. Später, als er 235 Hektar gegen ungefähr genauso viele Quadratmeter tauschen musste, liebte er seine »gepachtete« Gartenfläche und war stolz auf ihren Ertrag. Ebenso liebte er sein altes Regiment und sprach gern davon, bei seinen »Sechzehnten Dragonern« in Lüneburg auch ohne »Wechsel« (so nannte man damals die Geldüberweisungen von zu Hause) immer gute Pferde besessen zu haben. Die meisten anderen Offiziere in besseren Regimentern, insbesondere bei der Kavallerie, bekamen eben elterliche Zuschüsse. Seinen Regimentskameraden hielt er lebenslang die Treue, was sich zum Teil auch noch auf meinen Vater übertragen hat. Nur als auch er starb, sagte meine Mutter: »Nun ist Schluss!«

Auf der anderen Seite hasste er, was man damals das »Kommissige« nannte, also diese etwas schnarrende Art, die man – leider wohl nicht ganz zu Unrecht – den Militärs nachsagte: laut, angeberisch, betont schneidig oder zackig und so. In der Tat musste man ihn von der Kadettenanstalt in Plön herunterholen, weil er die dort herrschenden sehr rüden Sitten und Gebräuche nicht verkraften konnte. Was ihn nicht hinderte, den gesamten Ersten Weltkrieg an der Front mitzumachen, wofür er mit dem Eisernen Kreuz I. und II. Klasse ausgezeichnet wurde. In diesen Kriegsjahren stand er übrigens bei den 12. Dragonern, deren Friedensgarnison sich in Gnesen in der Provinz Posen befand.

In Erinnerung blieben mir seine Geschichten aus Lüneburg bei Hannover, wo er als Mecklenburger, also nichtpreußischer Offizier gern auf den umliegenden Gütern eingeladen wurde. Den Preußen ging es nicht so gut: Sie wurden wegen des Krieges von 1866, der das Königreich Hannover in eine preußische Provinz verwandelt hatte, scheel angesehen und eher »geschnitten«. Ein oft erwähnter Ort war die benachbarte Hämelschenburg im Kreis Hameln, die einem Regimentskameraden, dem Baron Klencke, gehörte. Nach dem Krieg habe ich dort einmal auf einer Radtour Station gemacht.

Opapa besaß ein erstaunliches Gedächtnis, insbesondere bezüglich genealogischer und familiärer Zusammenhänge; in seinen Geschichten kam er aber vom Hundertsten ins Tausendste – für den Zuhörer, der die meisten der zitierten Leute überhaupt nicht kannte, etwas ermüdend. Er wurde im Allgemeinen für mühsam gehalten, vielleicht weil er sehr genau war. Sicher war er eher eigensinnig und in vielen Dingen starr in seinen Ansichten.

Großvater Ernst Ulrich Schuckmann, »Opapa«

In allen Sachen, die die Schuckmanns betrafen, zeigte Opapa sich äußerst engagiert. Seit 1927 war er Vorsitzer des Familienverbands und im Kuratorium Battinsthal tätig, er hat an der Familiengeschichte von 1932 mitgewirkt (zweihundert Jahre von Schuckmanns) und hat mir eine geradezu akribische Ahnentafel zusammengestellt, die auf graue Vorzeit zurückgeht und sie befindet sich heute noch in meinem Besitz. Durch seine Frau tauchen in meinem Stammbaum einige Fürstlichkeiten auf, und wenn man erst einmal einige solche am Wickel hat, geht die Rückverfolgung leicht bis zu Karl sowohl dem Fünften als auch den Großen oder auf Isabel La Católica zurück. Oft erwähnte er unsere Abstammung von Wilhelm von Oranien! Ich selbst zitierte später gern, nachdem ich in Österreich geheiratet hatte, dass ich ein 6facher Urenkel von Ernst Rüdiger Graf Starhemberg bin, dem berühmten Verteidiger von Wien (1683). Und das alles über meine katholische Großmutter Pilati, notabene dem einzigen preußischen Element in meinem Stammbaum! Wahrscheinlich haben die Pilatis sich damals als Muss-Preußen betrachtet, wie zum Beispiel die meisten Kölner. Die ketzerische Überlegung, dass sich dieses königliche Blut durch eine Fülle von Mesalliancen auf unser schlichtes »von« verwässert hat, kam mir damals zwar in den Sinn, jedoch hätte ich mich nicht getraut, sie mit dem Opapa zu teilen!

Großvater Schuckmann hatte nie studiert und war aus gesundem Menschenverstand zusammengesetzt. Ich sehe ihn noch vor mir, wenn er sich über seiner Ansicht nach weltfremde Menschen oder Theorien aufregte. Dabei wurde ein langes Taschenmesser auf- und zugeklappt oder beim Spazierengehen mit dem Stock imaginäre oder wirkliche Disteln geköpft, dass die Fetzen flogen. Als ich ihm einmal zeigen wollte, dass ich von einem hohen Dach herunterspringen konnte, meinte er, ein nasser Sack könne das auch! Was soll man dazu sagen? Alles in allem hatte ich ein prächtiges Verhältnis zu ihm, je älter, desto besser, und ich bin heute noch sehr stolz darauf, dass er bis zu seinem Tode große Stücke auf mich hielt. Auch gibt es eine »give-and-take-Korrespondenz« mit ihm aus meiner Kolumbienzeit. Bei jüngeren Enkeln und Kindern wurde er wohl eher respektiert als geliebt.

Omama verkörperte das genaue Gegenteil. Warmherzig und eher vollschlank war sie eine richtige Kindergroßmutter und bei uns immer willkommen. Sie hatte in Coritau in der Grafschaft Glatz, dem Gut ihres Vaters, des Grafen Carl Pilati, das später verkauft wurde oder werden musste, das Licht der

Welt erblickt. Die Familie lebte danach bei den Verwandten in Warmbrunn, wo ihr Bruder eine Tochter Schaffgotsch geheiratet hatte. Der Urgroßvater starb einige Monate vor der Hochzeit seiner Tochter. Die Pilatis gehörten zu den katholischen Schlesiern, und viele ihrer Vorfahren kamen aus der österreichischen Monarchie, so ihre Mutter, geb. Hildprandt, von und zu Ottenhausen, und Großmutter, geborene Trauttmannsdorff-Weinsberg. Ihr älterer Bruder Oskar heiratete die evangelische Margarethe v. Kessel, und wegen seines Besitzes Schlegel hatte man sich abgesprochen: Die Söhne würden katholisch, die Mädchen evangelisch erzogen werden. Der älteste Sohn würde ja im Erbfall Patron der dortigen katholischen Kirche werden. Als nun seine jüngste Schwester Gabriele, von den Neffen und Nichten Tante Baby genannt, heiratete, riet er ihr, ihm dies nicht nachzumachen, das System sei nicht so gut: »Entweder alle so, oder alle so!« Hier nun entschlossen sich meine Großeltern ihre Kinder evangelisch zu erziehen, da sie voraussichtlich im nördlichen, evangelischen Raum leben würden. Hierfür gab es eine Art Konkordat mit dem Papst, das solche Situationen abdeckte: Preußischer, evangelischer, aber in katholischen Landen stationierter Offizier heiratet eine Tochter des Landes, wodurch dann, oh Graus, alle Nachkommen katholisch würden. Somit wurden mein Vater und seine drei Schwestern evangelisch, die Omama hingegen, durch das Konkordat nicht exkommuniziert, blieb bis zum Lebensende eine brave Katholikin und ging immer zur Messe nach Gallenau: Alt-Altmannsdorf war evangelisch. Für mich stellte das Katholische ein immer etwas geheimnisumwittertes Element dar: Männer trugen Amuletten, die Kirchen in Schlesien sahen anders aus als die bei uns in der Neumark, es gab Heilige, so zum Beispiel den heiligen Nepomuk auf einigen Brücken, die Heiligenbilder wurden von den Gläubigen geküsst, und das Jesusbild einer späteren, kurzzeitig tätigen Hauslehrerin, Frl. Kless, auch Klesschen genannt, die schon meinen Onkel, »den jungen Oskar«, unterrichtet hatte, war vom vielen Küssen ganz dunkel angelaufen. Obendrein sagte man im Norden, dass alle Katholiken falsch seien!

Großmutter Schuckmann, »Omama«

Andererseits wiederum war mir das katholische Element von Kind auf vertraut, und in meiner späteren Ehe mit Alix hat es deswegen nie ein Problem gegeben.

Zu Alt-Altmannsdorf gehörte Tante Monika, die unverheiratete Schwester meines Vaters. Sie lebte bei ihren Eltern, war Kettenraucherin und stellte eine Mischung aus modernem Denken und konservativen Ansichten dar. Unvergesslich sind unsere Fahrten im offenen Auto mit ihr durch die Lande, meist in der Grafschaft Glatz, ich entsinne mich an Namen wie

Wölfelsgrund, Habelschwerdt, Wartha, Jauernig und den Stausee von Ottmachau. Herrlich waren ihre originellen Geschenke, zu denen Fischpaste, Käse und andere salzige Köstlichkeiten gehörten. Einmal machten wir bei Matilde Pesavento, Papis altem Kindermädchen, Station, die in Birgwitz verheiratet war, wo Papi ein Jahr lang in Pension gelebt hatte, als er in Glatz sein Abitur machte. Auch sie musste 1945 in den Westen fliehen, der Kontakt zu ihr hielt bis zu ihrem Tod an. Ein weiterer Kontakt wurde lebenslänglich mit Luise, der Köchin aus Schlegel, gehalten, insbesondere natürlich durch die Pilatis.

Die vier Geschwister, v. l. n. r.: Tante Monika, Tante Milie, Vater, Tante Esther

Die älteste Schwester meines Vaters, Tante Milie, hatte 1927 Onkel Christoph Graf v. Reichenbach geheiratet, der zehn Jahre später von seinem Vater die Freie Standesherrschaft Goschütz erbte. Die Reichenbachs gehörten zu den evangelischen Schlesiern! Sie lebten bis 1938 in Festenberg, nicht allzu weit von Alt-Altmannsdorf entfernt, und wir haben sie dort einmal besucht, wie umgekehrt sie uns auch in Raakow. Die beiden Vettern Heini und Konni waren um ein halbes Jahr älter bzw. jünger als ich und wir vertrugen uns eigentlich recht gut. Es besteht noch ein Foto von uns dreien im Plantschbecken. Von Goschütz wird noch im Kapitel »Mein Beitrag zur Landesverteidigung« die Rede sein!

Schließlich muss noch die jüngste Schwester erwähnt werden, Tante Esthel, die Lieblingsschwägerin meiner Mutter. Sie hatte einen Grafen v. der Recke v. Volmerstein geheiratet, Onkel Jochen, der als Zweitsohn nach Saskatchewan in Kanada ausgewandert, jedoch vor Kriegsbeginn zurückgekommen war. Er besaß in Holstein im Kreis Eutin ein kleines Fischereigut, Woltersteich, was später unser Ziel werden sollte, als wir Raakow 1945 verlassen mussten. Tante Esthel war ein Schatz, liebte Kinder, auch wenn sie selbst keine hatte. Das Foto zeigt die versammelte Hochzeitsgesellschaft in Alt-Altmannsdorf am 8. Oktober 1936.

Wen's interessiert: Hier sind einige anderenorts erwähnte Personen zu sehen:
die Vettern Heini (rechts) und Konni Reichenbach (links), vorn im Bild – Vetter Wernfried Arnim (gefallen 1940) über dem Bräutigam – Onkel Hans (Johann Baptist) Pilati, schräg hinter Vater Schuckmann – Onkel Christoph Reichenbach, direkt links neben ihm – Tante Monika Schuckmann, links außen unter dem dekorierten Offizier – Tante Teta Arnim, über ihrer Schwägerin, Großmutter Schuckmann (Letztere mit ihrem von einem Onkel, Kardinal Trauttmannsdorff geerbten Halsschmuck) – Cousine Gertie Arnim, zwischen Braut und Mutter Schuckmann – Tante Milie Reichenbach, zweite von rechts außen; links neben ihr wohl Bruder Recke.

Ein Großteil der Gäste ist Recke-Verwandtschaft und andere, an die ich mich nicht mehr erinnere.

Über die Großeltern Lüttichau soll im folgenden Kapitel »Bärenstein und Kittlitz« berichtet werden.

Die Teilnehmer vor dem Gutshaus Alt-Altmannsdorf

Bärenstein und Kittlitz

Diesen zwei Orten muss ein eigenes Kapitel gewidmet werden, da meine Mutter in beiden aufgewachsen ist, wenngleich sie auch Kittlitz immer als ihr eigentliches Zuhause betrachtet hatte. Chronologisch muss ich es mit meiner amerikanischen Großmutter, Margaret Palmer Soutter, von uns »Moma« genannt, beginnen, über deren Familie ein sehr interessantes Buch existiert: »Reminiscences of the Knox and Soutter family of Virginia«, geschrieben 1895 von Emily Woolsey Soutter, verheiratete Dix, Schwester ihres früh verstorbenen Vaters William Soutter, meinem Urgroßvater. Von der Library of Congress in Washington konnte ich Fotokopien bestellen.

Sehr anschaulich beschreibt sie darin die Geschichte eines Urahns, Sir William Alexander, 1576 – 1640, Lord of Tullior und 1. Viscount of Stirling (Schottland), später Viscount of Canada. König Jakob I., Maria Stuarts Sohn, hatte ihn beauftragt, ein Baronat im Osten Kanadas aufzubauen, dessen Kolonisator und Gründer er war. Als Schotte taufte er es »Nova Scotia«! 1621 wurde er mit einem dort befindlichen Landstrich beliehen, den er »Acadia« nannte und dessen »Besitzer« er jetzt war. Dies Unternehmen florierte allerdings nicht so wie geplant, nur achtundzwanzig »Baronets«, also erbliche Adelssitze, konnten vorerst kreiert werden; 1631 waren es zwar schon fünfundachtzig, dann aber verlor er alles in den damaligen Wirren und musste, arg verschuldet, nach Schottland zurückkehren. Er konnte sich übrigens auch als Dichter und Poet einen Namen machen! Sechstausend französisch orientierte Bewohner von Acadia wurden 1755 ausgewiesen. Sie zogen nach Süden, und nachdem ihnen keiner mehr Land geben wollte, landeten sie teilweise in den Sümpfen von Louisiana. Erst kürzlich erfuhr ich, dass eine in New Orleans bekannte, scharf und schwarz gewürzte Speisezubereitung, die so genannte »Cajun Food«, nicht indianischen Ursprungs, sondern eine Verballhornung von »Acadian« ist.

Die Alexanders der folgenden Generationen stellen eine sehr prominente Familie in den USA dar. Sie gehen auf meinen achtfachen Urgroßvater John Alexander zurück, der um 1659 aus Schottland erneut in die amerikanischen Kolonien aufbrach, eben nach Virginia, wo er beachtliche Ländereien kaufte. Ein Vetter Alexander, der für die Stuarts gegen das Haus Hannover gekämpft hatte, also auf der falschen Seite, folgte 1716.

Ein lustiges Detail: Im gleichen Buch beschreibt Emily Dix, wie ihr Vater, James Taylor Soutter, der schon in Virginia 1810 von schottischen Eltern geboren worden war, von einem Rechtsanwalt angesprochen wurde, er könne – mit seiner Hilfe natürlich – den Besitz und zugehörigen Titel von »Soutter Hill« in Schottland zurückerwerben, da die dort verbleibende Soutter-Linie ausgestorben sei. Als vorsichtiger Schotte bot er ihm »fifty-fifty« an, und das war dann das Ende der Geschichte.

In dem Zusammenhang: In Stirling (Schottland) war die dortige Alexander-Linie ebenfalls ausgestorben. Ein amerikanischer Vetter, William Alexander, der als Generalmajor im Revolutionskrieg diente, konnte seine Blutlinie nachweisen und somit Anspruch auf den Titel erheben. Dort hatten sich jedoch nach der Personalunion zwischen England und Schottland die diesbezüglichen Erbgesetze zu seinen Ungunsten geändert, weswegen er den Titel offiziell nicht übernehmen konnte. Dennoch wurde er – im republikanischen Amerika! – bis zu seinem Tode aus Höflichkeit als Lord Stirling angeredet! So Tante Emily! Ich muss an den Marques de Toro und den Conde Tovar denken, beides Persönlichkeiten auf Seiten der Republikaner in den venezolanischen Unabhängigkeitskriegen, die zeitlebens mit ihrem Titel angeredet wurden.

Emily Soutter hatte den Reverend Dix geheiratet, einen episkopalen Pfarrer, der zirka vierzig Jahre lang der bekannten Trinity Church an der Wall Street in New York vorstand und dort auch unter einem großen Marmor-Sarkophag begraben liegt. Meine Großmutter hat mir oft erzählt, dass sie in deren Haus – sie wohnten in der 23. Straße – die glücklichsten Tage ihrer Jugend verbracht habe. Ihr Großvater Meyer, ein begüterter Kaufmann und Schiffsmakler in New York deutscher Herkunft, in dessen Haus sie nach dem frühen Tod ihres Vaters aufgewachsen war, war ein recht strenger und insgesamt wohl ziemlich mühsamer Mann. Seine Frau, geb. Palmer, ebenfalls schottischer Abstammung, starb früh, und im Haus muss es ziemlich ungemütlich gewesen sein.

Nachdem Tochter Louise Soutter, geb. Meyer, Momas Mutter, einige Onkel beerbt hatte, entschloss sie sich, dem strengen Regiment zu entrinnen und nach Europa zu gehen. Der Grund hierfür muss erklärt werden: Die Soutters hatten Schottland erst gegen Ende des 18. Jahrhunderts aus Glaubensgründen verlassen und waren so nach Virginia gekommen. Momas Großvater war sehr viel später nach New York weitergezogen, hatte es dort zu erheblichem Wohlstand gebracht und wurde Präsident und Teilhaber einer Bank. Man wohnte auf einem Besitz in Astoria, zu dem ein See gehörte, auf dem man segeln konnte!! Als 1860 der Bürgerkrieg ausbrach, musste er nach Kanada fliehen, um als Virginier, also Südstaatler, im Unionsgebiet nicht gefangen genommen zu werden. Er ging weiter nach Europa, versuchte dort Stimmung für die Südstaaten zu machen und stellte unter anderem eine Art inoffizieller Botschafter von Jefferson Davis am Vatikan dar. Nach dem Krieg kehrte die Familie wieder zurück. Da man insbesondere in Sachsen gute Freunde gemacht hatte, beschloss »Granny«, nach Dresden zu ziehen, unter anderem wohl auch, weil ihr Geld dort mehr Kaufkraft hatte als in den USA.

Moma also, geboren 1880 in New Brighton auf der Insel Staten Island vor Manhattan, kam mit achtzehn Jahren nach Deutschland und heiratete nach drei Jahren, gut aussehend und nicht unvermögend, ihren um achtzehn Jahre älteren ersten Mann, Hugo Freiherrn von Salza und Lichtenau, königlich sächsischer Rittmeister beim 17. Kgl. Sächsischen Ulanen-Regiment »Kaiser Franz Joseph – König von Ungarn«, kurz Oschatzer Ulanen genannt. Mit Grannys Geld wurde das Gut Kittlitz bei Löbau in der sächsischen Lausitz gekauft, wo meine Mutter ihre erste Kindheit verbracht hat. Sie war gerade erst drei Jahre alt, als 1909 Granny starb. Im gleichen Jahr verlor sie ihren Vater Hugo, der ganz plötzlich einer Sepsis erlegen war. Seine Frau, jetzt Herrin auf Kittlitz, wurde Witwe mit insgesamt drei unmündigen Kindern. Bis dahin hatte die Familie in Dresden gewohnt, Tiergartenstraße 23, wo meine Mutter auch geboren ist. 1910 zog man nach Kittlitz.

Großmutter Lüttichau, geborene Soutter, »Moma«

Urgroßvater Hermann Salza, 1829 – 1915

Großvater Hugo Salza, Rittmeister bei den Oschatzer Ulanen, 1862 – 1909

Von meinen späteren Besuchen in Kittlitz werde ich noch berichten. Es war ein wunderhübsches, zweistöckiges Landhaus mit einem imposanten Treppenaufgang im Zentralteil. Den Hauptsalon zierte ein Riesenkamin, wo in einer antiken Kohlenpfanne mit Messingdeckel (früher zum Erwärmen winterlicher Betten benutzt) Puffmais geröstet wurde, wie einst in den USA. Auf der Südseite, dem Park zugewandt, gab es Weintrauben als Spalierobst, von Kindern natürlich – trotz sicher bestehender Verbote – sehr geschätzt. Der Park war nicht übermäßig groß, mit einem angrenzenden Blumengarten, dessen Felder mit Buchsbaumhecken eingefasst waren. Noch heute muss ich bei ihrem typischen Geruch an Kittlitz denken!

Kittlitz, Kreis Löbau, Oberlausitz (Sachsen)

An der Ostseite des Hauses diente ein kleiner, mehreckiger Anbau unten als Teeraum, oben als Spielzimmer. Die Spielzeuge meiner Mutter gab es zu meiner Zeit noch! Die Möbel waren teils Louis XVI., und von Napoleon gab es einige Erinnerungsstücke: zwei Empirestühle aus Napoleons Empfangszimmer mit Originalbezügen und einen mit „N" gravierten Löffel, aussagegemäß aus seinem Feldkoffer stammend. In Sachsen hatte man zu ihm eine andere Einstellung als im Norden. Auch erzählte man mir voller Stolz, dass die großen Heerstraßen dort, meist von Pappeln gesäumt, von Napoleon stammten! Andererseits sind in den Befreiungskriegen 1812/1823 – gegen Napoleon – dreizehn Salzas gefallen. Die Landschaft in Kittlitz war im Übrigen nicht so spektakulär wie das gebirgige Bärenstein, sondern vornehmlich ein kuppiges Gelände, das manchmal für etwas »fastidiöse« Spaziergänge herhalten musste. Sehr beeindruckt hat mich damals die Ruine des benachbarten, abgebrannten Schlosses Unwürde, im Besitz einer Familie v. Beyme, mit der die Großeltern befreundet waren.

1913 heiratete die Großmutter den um vier Jahre jüngeren Siegfried v. Lüttichau, Fideikommissherr auf Bärenstein und Leutnant beim Nobelregiment der sächsischen Gardereiter. Dies ist also mein Stiefgroßvater, jedoch sträubt sich mir beim Wort »Stief« die Feder, da er für uns immer ein »richtiger« Großvater, von uns »Popa« genannt, und nebenbei auch für meine Mutter ein »richtiger« Vater war. (Diese meine Titulierung hat ihm aber nicht so recht gefallen, wenngleich er mir das nie gesagt hat.) Ihr älterer Bruder Nickel, zum Zeitpunkt der Heirat zehn Jahre alt, tat sich hingegen wesentlich schwerer. Vielleicht fühlte er sich als zukünftiger Herr auf Kittlitz von seinem Stiefvater etwas bedrängt, insbesondere da dieser natürlich seiner Frau in der Verwaltung des Betriebs zur Seite stand.
Großvater Lüttichau rauchte dicke Zigarren, die so genannten »Importe«, und war extrem jagdpassioniert. In dem großen Revier Bärenstein konnte er sich richtig austoben. Den stärksten Hirsch seines Lebens – es gibt heute noch ein Foto – hat er »gewildert«: in seinem eigenen Revier, aber ohne Abschusserlaubnis, kurz vor Kriegsende. Erwähnenswert ist außerdem, dass er vor Hitler politisch intensiv für die Deutschnationale Volkspartei tätig war. Ich erinnere mich aus den Geschichten in Bärenstein an Namen wie Hugenberg, Stresemann und v. Hoesch, den deutschen Botschafter in Paris. Im Herbst 1934 wurde er von einem österreichischen »Standesgenossen« angezeigt, sich kritisch über Hitler geäußert zu haben. Man brachte ihn nach Berlin ins Gestapo-Gefängnis, wo er eine recht unangenehme Zeit verbrachte, aber zum Glück ungeschoren davonkam. Zu meiner Zeit war das alles vorbei: Das politische Engagement beschränkte sich auf heimliche Kritik an allem, was »das Regime« produzierte, er hatte ja auch keine rich-

tige Basis, um aktiv etwas unternehmen zu können. In dem Punkt waren sich übrigens alle vier Großeltern unisono einig.

Großvater Lüttichau, »Popa«

Zu Bärenstein gehörte eine recht große, auf Felsen gebaute Burg, zwischen drei und vier Stockwerken hoch, mit meterdicken Mauern, zwei Türmen und allem, was dazugehört. Der Ort liegt im Müglitztal im sächsischen Erzgebirge, nahe der tschechischen Grenze, mit eigener Bahnstation. Wenn man zur Bahn fuhr, führte die letzte Wegstrecke entlang der Bahnlinie, und wenn einen dabei der Zug überholte, hielt der Lokomotivführer nachher auf der Station eben etwas länger, damit man den Zug nicht verpasste! Die Burg mit dem zugehörigen ziemlich großen Waldbesitz, zirka neunhundert Hektar, bildeten zusammen ein »Fideikommiss«, also ein unteilbares Familiengut.

Schloss, eigentlich Burg Bärenstein, Kreis Dippoldiswalde, Sachsen

Es fiel gegen Anfang des 19. Jahrhunderts an die Lüttichaus, hatte sich aber schon vorher seit Jahrhunderten im Besitz der jeweiligen mütterlichen Linien befunden. Bärenstein wurde erstmalig im 12. Jahrhundert erwähnt. Im Mittelalter, so hieß es, ließ sich eine Margarethe v. Pflugk hier einmauern, nachdem sie einen Mann heiraten sollte, den sie partout nicht wollte.

Eingangsseite von Schloss Bärenstein

Diese Dame spukte fortan in den drei Margarethen-Zimmern, und es gab viele Geschichten über dieses Phänomen. Ihr Ölbild – in elisabethanischer Tracht – hing in der Eingangshalle und wurde von den Kommunisten später natürlich konfisziert. Als wir Bärenstein später besuchten, schmückte nur noch der Holtzendorff'sche Stammbaum die Wand im großen Esssaal, der offensichtlich die politischen Wechsel überlebt hatte. Eindrucksvoll bleibt in meiner Erinnerung der so genannte Rote Saal, ein Festsaal, in dessen Mitte sich oben, quer unter der Decke, eine Art Gang befand, dessen Längsseiten mit Stoff bespannt waren. Dahinter produzierten früher Musikanten die notwendige Festmusik, ohne dass man die Spieler von unten her sehen konnte. Oder umgekehrt?? Im genannten Esssaal wurden früher meine Mutter oder

ihre Geschwister, wenn sie sich schlecht benahmen, auf die Fensterbank gestellt, wo sie jeder vom Hof aus sehen konnte. Eine Art Pranger!
Meine eigene letzte Erinnerung an diesen Saal datiert vom Krieg: Onkel Hannibal, reichlich unorganisiert (»immer alles im letzten Moment«!), musste kurz nach dem Mittagessen zu seiner (Panzer-)Einheit zurück, und es ergaben sich dramatische Szenen zwischen ungepackten Koffern, kalt werdendem Essen auf dem Tisch, Foxterrier Foxl, der laut bellend überall herumtobte, dem Auto, das nicht ansprang, und der leidenden Großmutter Lüttichau, die kopfschüttelnd von der Mittagstafel aus diesem chaotischen Treiben zusah: sie litt.

Eine weitere Begebenheit aus jener Zeit: Hannibal war auf der neuen Infanterieschule (Kriegsschule) in Potsdam, wo damals der spätere Generalfeldmarschall Erwin Rommel die Lehrgänge leitete. Die Berliner Illustrierte brachte eine Reportage über den dortigen Tagesablauf, und ich erinnere mich an die Ausgabe noch, wie sie in unserem Herrenzimmer in Raakow auf dem Wandtisch lag: Onkel Hannibal in allen Situationen zwischen Morgenlauf, am Maschinengewehr in voller Kriegsbemalung bis zum Tanz mit einer hübschen Dame! Später hat er mir einmal erzählt, dass jemand Rommel gesagt habe, es gäbe doch Lehrgangsteilnehmer mit besseren Noten. Darauf Rommel, der schwäbelte: »Isch doch egal, nur gut ausschaue musch'er!« Im Zweiten Weltkrieg wurde er als Panzeroffizier mit dem Ritterkreuz ausgezeichnet.

Abgesehen von langen, mit Ahnenbildern, Jagdtrophäen und alten Waffen geschmückten Gängen war die Burg sehr gemütlich eingerichtet und durch die Initiative von Moma mit neuesten sanitären Einrichtungen versehen, sodass sie sich heute noch – nach fast einem halben Jahrhundert kommunistischer Misswirtschaft – in erstklassigem Zustand befindet. Es hat aber immer geheißen, dass Bärenstein reiche Frauen brauchte, da der Waldbesitz nicht zu viel Einkommen erbrachte.

Meine Mutter ist also in zwei Häusern aufgewachsen und hat als Kind natürlich auch in Bärenstein gespielt. Wir sind oft dort zu Besuch gewesen, und viele meiner Erinnerungen knüpfen sich an diesen Ort, was auch dieses lange Kapitel verdeutlichen mag. Als erste Erinnerung erscheint mir die Hochzeit von Mamis Schwester Anette mit Fritz Möring, einem Hamburger Rechtsanwalt, zu der ich Blumen streuen musste, die ich aussagegemäß alle wieder einsammeln wollte, was ja viele Kinder gern tun. Warum auch die hübschen Blumen so auf der Erde herumliegen lassen? Das geschah im Juli 1932.

Dann kommt mir die dortige Schulzeit in den Sinn, die ich im Kapitel »Der Ernst des Lebens beginnt« beschreiben werde, im Zuge dessen ich einige Monate in Bärenstein gelebt habe. Mir wurde – wie auch bei früheren Besuchen – eines der runden Turmzimmer als mein Reich zugewiesen, das Bett stand nicht längs der Wand, sondern ragte ins Zimmer hinein. Da noch Winter herrschte, als ich dorthin kam, benutzte man Skier, um in die Schule zu kommen. Leider ist aus mir nie ein großer Skiläufer geworden, auch habe ich mit diesem Sport bewusst aufgehört, als ich 1965 meine damals Einmannfirma gründete, aber ich habe mich auf Skiern immer sehr wohl gefühlt und nie Angst gehabt. Der so genannte »Gelbe Saal« mit einem Billardtisch in seiner Mitte stellte das Kinderspielzimmer dar, in dem auch ich nun meine Schularbeiten machen und mich sonst vergnügen konnte.

Mein Verhältnis war auch zu diesen beiden Großeltern erstklassig, wobei ich allerdings einmal als Kind den Wunsch geäußert hatte, die Großeltern hätten über Kreuz heiraten sollen, da meine Präferenz bei Großvater Lüttichau plus Großmutter Schuckmann lag, beide gütig, kinderlieb und uns gern verwöhnend. In einer meiner früheren Erinnerungen sitze ich in Kittlitz auf Popas Knien, der mir entgegen den energischen Protesten von Goggelga mengenweise Sahnebaisers in den Mund schob und sich verteidigte: »Der Junge mag die doch so gern!« Kein Meisterstück der Pädagogik, aber lieb gemeint. Resultat: gewaltiges Bauchweh, und ich konnte bis weit in den Krieg hinein Schlagsahne nicht ausstehen! Er liebte es, meine »Ohrwatscheln« zu knuddeln, »sie hätten kaum Knorpel«, meinte er. Komischerweise kann ich mich genau an die Hände beider Lüttichau-Großeltern besinnen, wohingegen mir bei Opapa Schuckmann eher die Handbewegungen in Erinnerung geblieben sind.

Eine andere Erinnerung aus dieser Zeit ist mit dem Grafen Felix Luckner verbunden, dem berühmten »Seeteufel« und Nachbar von Kittlitz. Ich landete eines Tages bei einem Besuch auf seinem Schoß, wo er mir – erfolgreich – vor einem Piepmatz Angst machte, der sich angeblich in seiner Westentasche befände, zwar klein sei, aber gewaltig zwicken könne. Er war dafür bekannt, in New York Telefonbücher zerrissen zu haben, in Kittlitz hat er das aber nicht vorexerziert. Einen anderen dortigen Nachbarn, den Dichter Borries Frhr. v. Münchhausen, habe ich leider nie erlebt; dafür konnte sich meine Mutter gut an ihn besinnen. Er nahm sich zusammen mit seiner Frau beim Einmarsch der Russen das Leben.

Zurück zu den Großeltern: Im Gegensatz zu meiner Lieblingskombination war das Gegenpaar eher streng, anspruchsvoll und Respekt einflößend. Ist es verwunderlich, dass ich gerade mit diesem später am meisten anfangen konnte? Großmutter Lüttichau sprach bis an ihr Lebensende mit englischem Akzent, zitierte gern Shakespeare und verlangte, zu Weihnachten an den eigentlichen Sinn des Festes zu denken und nicht an die Geschenke. Doch je älter man wurde, desto bessere Gespräche ergaben sich mit ihr. Ich weiß noch sehr genau, dass ich mit ihr über Dinge reden konnte, die ich meiner Mutter gegenüber nie erwähnt hätte. Von ihrem »Idealpartner Schuckmann« war bereits anderenorts die Rede. Beide schätzten sich übrigens gegenseitig in ganz besonderem Maße. Ihre Büste – modelliert von Schwiegertochter Angelika – schmückt unsere Halle in der Quinta Raakow.

Neben Fräulein Adolphi, die für alles Mögliche zuständig war, ging während meiner Schulzeit in Bärenstein Margarethe, die Tochter des Hauses, ihrem Vater im so genannten Rentamt, wo die Bücher geführt wurden, zur Hand. Eigentlich handelte es sich um meine Tante, wobei der Altersunterschied zwischen uns nur zwölf Jahre betrug, also ungefähr so viel wie zwischen meiner jüngeren Schwester und mir. Durch viele Besuche in Raakow, als sie noch ein Backfisch war, spielte sie eher die Rolle einer älteren Schwester. In meiner »Bärensteiner« Zeit war sie einundzwanzig Jahre alt, und es erschienen etliche junge Herren, die ich heute als Verehrer ansprechen würde; damals war mir das nicht so ganz klar. Viele befanden sich »auf Kriegsschule« in Dresden, und die meisten, wenn nicht alle von ihnen, sind schon am Anfang des kurz darauf beginnenden Krieges gefallen. Einer davon, Theo v. Wallenberg, mochte sie besonders gern, allerdings nicht sie ihn! Erinnern kann ich mich eher an den ebenfalls gefallenen Kuno v. dem Bussche, Bruder von Axel, der sich später zweimal angeboten hatte, Hitler eine neue Uniform vorzuführen, um mit einer versteckten Sprengladung sowohl ihn als auch sich selbst ins Jenseits zu befördern. Hitler hatte bei beiden Gelegenheiten diese Vorführung in letzter Minute abgesagt, meine Feder sträubt sich, hier an einen Schutzengel zu denken. Axel Bussche habe ich auf Bismarcks goldener Hochzeit kennen gelernt, beinamputiert, kettenrauchend, riesengroß und Eindruck erweckend. Kuno war also des Öfteren in Bärenstein und hat mir den Kopfsprung ins Schwimmbassin beigebracht, den ich noch nicht konnte, da es in Raakow ja nur Seen ohne Landungsstege gab. Auf dem Weg ins Schwimmbad durfte ich den alten »Vater Ford« lenken, einen uralten, offenen Ford, von dem es hieß, dass er früher einmal in der afrikanischen Wüste benutzt worden sei. Pechschwarz, gemäß Henry Fords Devise: »You can have any color as long as it is black!« Ein zweiter Wagen, Marke Wanderer, wurde für längere Fahrten benutzt, so zum Beispiel nach Dresden. In einer meiner Kindheitserinnerungen parkten wir dort im Winter, es lag Schnee auf den Straßen, vor dem bekannten Juweliergeschäft Elimeyer, aus dem einer der beiden Brüder herauskam und mir türkischen Honig schenkte. Die Elimeyers waren die Hofjuweliere des gesamten sächsischen Adels. Sie kamen später in ein Konzentrationslager, wurden aber 1941 entlassen und konnten so ins Ausland entkommen. Großmutter Lüttichau hat sie in Dresden, kurz vor ihrer Flucht, noch einmal besuchen können, während sie argwöhnisch von den Behörden beschattet wurde.

Nach meiner dortigen Schulzeit bin ich noch oft in Bärenstein gewesen, unter anderem zur Hochzeit von Margarethe mit Ferdinand v. Bismarck-Osten am 14. Juni 1941, dann später einige Male von Niesky aus. Die Hochzeit war ein großes Ereignis, ich durfte die Schleppe der Braut tragen, und wenn auch wegen Ferdinands gerade gestorbenem Bruder Fritz nicht getanzt wurde, so war es dennoch ein Fest, an das ich gern zurückdenke.

Ich erinnere mich noch gut an die Eltern Bismarck aus Plathe, an das Hochzeitsmenü mit Rehrücken und Reis à la Trauttmannsdorff sowie an das Gedicht, das die Tochter Hertha von Ferdinands Schwester Hilmi Heyl aufsagen musste. Es begann: »Liebes Brautpaar, hört mich an, wer von euch wohl raten kann« – und dann brach sie in lautes Schluchzen aus, weil sie nicht weiter wusste. Die beiden Brüder der Braut, Hannibal und Siegfried, traktierten mich zu meinem ersten Bier, das mir schmeckte, und meinem ersten Schnaps, der mir nicht zusagte, mich aber auch nicht betrunken machte. Am Tag darauf berichtete ich meiner Mutter aufgeregt, dass es wohl bald eine weitere Hochzeit geben würde: Onkel Hannibal habe sich mit Putzi Hohenthal in Berlin verabredet! Ich sehe die beiden noch vor mir, in einer der metertiefen Fensternischen sitzend.

»Und von Tanzen ist auch gesprochen worden!«

»Dummer Junge, red nicht solchen Unsinn!«, lautete die Antwort, wohl hervorgerufen durch eine gewisse Aversion gegen Putzi! Sie und ihr Bruder Botho kamen von der gegenüberliegenden Burg Lauenstein, wo ich ein oder zwei Mal zum Spielen hingebracht worden war.

Erwähnenswert ist, dass ich mit meiner gesamten Familie 1991 zum ersten (und bisher letzten) Mal nach dem Mauerfall in Bärenstein war, damit sie wenigstens das Äußere betrachten konnten. Kurz darauf fand Bismarcks goldene Hochzeit in Bad Godesberg statt, auf der wohl nur wenige der Gäste so wie ich auf der »Originalhochzeit« dabei gewesen waren. Im gleichen Monat wurde beschlossen, den Regierungssitz von Bonn nach Berlin zu verlegen.

Während ich dies schreibe, wird heute, am 29. Januar 2004, Ferdinand in Bad Godesberg zu Grabe getragen.

Hochzeit von Ferdinand und Margarethe, hinter dem Paar der stolze Schleppenträger. Stahlhelm für den Bräutigam war damals Vorschrift.

Die sechs Geschwister mit ihrer Mutter zur Hochzeit von Ferdinand und Margarethe, vor dem Schloss in Bärenstein, 14. Juni 1941, v. l. n. r.: Nickel Salza, Ursula Schuckmann, Hannibal Lüttichau, Mutter, Ferdinand Bismarck, Margarethe Bismarck, Siegfried Lüttichau, Anette Möring

Umfeld und Betrieb

Da meine eigenen Erinnerungen bis zu unserer Flucht am 29. Januar 1945 fast alle mit Raakow in Verbindung stehen, muss zunächst etwas über dieses Umfeld gesagt werden. Leider ging mein Tagebuch beim Einmarsch der Sowjets verloren und Notizbücher gibt es nur von späteren Jahren. Ein richtiges Tagebuch habe ich nie wieder angefangen, ebenso wenig habe ich je in meinem Leben eine schriftliche Kontrolle über Einnahmen und Ausgaben geführt. Somit muss ich mich bei all meinen Aufzeichnungen über Raakow vornehmlich auf das Gedächtnis verlassen und konnte nur gelegentlich einige noch bestehende Unterlagen einsehen.

Das Dorf Raakow bestand aus zirka dreihundert »Seelen«, wie man damals sagte, von denen wohl etwas über die Hälfte in Häusern wohnten, die zum Gut gehörten. Sie wurden gemeinhin »Leute« genannt. Dann gab es die Bauern, insgesamt etwa ein Dutzend. Sell, Krenz, Krüger, Krause, Wellnitz, Schulz und Bahnemann – Namen, die mir in Erinnerung geblieben sind.

Zu »Tante Minna« Bahnemann hatten wir einen besonderen Draht, sie konnte herrliche Kuchen backen, von denen man – nicht wie bei uns zu Hause – so viel essen konnte, wie man wollte. Wir haben nach dem Krieg bis zu ihrem Tod guten Kontakt mit den Bahnemanns und ihrer Tochter Lieschen gehalten. Hinzu kamen noch der Dorfschmied Jäck, der Schlachter Herder und der Kolonialwarenhändler August Nowald. Mitten durch den Ort führte die nur teilweise gepflasterte Dorfstraße, bei starkem Regen ein rechtes Obstakel. Ungefähr im Zentrum lagen unser Haus mit zugehörigem Gutshof und Park, die Kirche mit dem alten Friedhof und das Inspektorhaus. Am westlichen Ende des Orts befand sich die so genannte Schnitterkaserne, in der früher die aus Polen kommenden Saisonarbeiter einquartiert wurden. Zu meiner Zeit diente sie als Herberge für einige unserer eigenen Leute. Etwas außerhalb lag die Siedlung, bestehend aus zwei oder drei Bauernhöfen, welche aus dem durch die Bodenreform abgetretenen Land entstanden waren. Einer der Höfe gehörte dem Bürgermeister Paul Böhnke, mit dem wir uns sehr gut standen.

An dieser Stelle nun muss vorab erst etwas über die Umgangssprache gesagt werden – nicht den -ton, sondern die -sprache! Überall im Norden sprach man damals – und in der früheren DDR vielleicht sogar heute noch – »Plattdeutsch«, eine niederdeutsche Mundart. In der Neumark redete man neumärkisches Platt, verwandt, aber nicht identisch mit den vielen anderen norddeutschen Mundarten. Es gab pommersches, märkisches, mecklenburgisches, holsteinisches, ostfriesisches und noch eine Menge anderer Platts, und das geübte Ohr konnte genau feststellen, woher der Betreffende kam. In unserem speziellen Fall nun war mein Vater in Lüneburg, Gnesen (heute polnisch) und Schlesien aufgewachsen, während meine Mutter aus Sachsen kam, und an all diesen Orten wurde kein Platt gesprochen. Ergo ist mir dieses Idiom nicht mit der Muttermilch eingegangen. Im Umgang mit der Außenwelt habe ich in etwa gelernt, es zu verstehen und ein bisschen nachzuahmen, es aber nie wirklich gesprochen. Hinzu kommt, dass man bei uns in der Neumark in den Gutshäusern eher Hochdeutsch sprach, was zum Beispiel in Mecklenburg anders war, wo auch die Besitzer oft und schnell ins Platt hinüberwechselten, wie man das hier in Venezuela vielleicht zwischen Deutsch und Spanisch tut. Somit ergab sich eine gewisse zusätzliche Distanz, die mir selbst nicht bewusst war, die aber dennoch wohl bestand.

In diesem Zusammenhang auch noch ein weiteres Wort zu dem erwähnten Begriff »Leute«. Damals wurden alle Arbeiterfamilien so genannt, wobei der Begriff in keiner Weise etwas Negatives oder Abschätzendes hatte. Er implizierte nur eine gewisse Abhängigkeit vom – oder Zugehörigkeit zum – Gut, zur Herrschaft. Auch an dem letzteren Begriff störte sich keiner. Wir waren die Kinder der Herrschaft, hieß es. Die Bauern zählten nicht zu den Leuten, sondern waren eben Bauern. Alle wurden gesiezt, auch – wenn ich mich recht entsinne – die Dienstmädchen, nebenbei ein weiterer Terminus, an dem sich keiner störte. Diese und die Köchin »waren in Stellung«, sagte man. »Ich war drei Jahre lang bei Soundso in Stellung, bis ich zu Ihnen kam.« Wir Kinder wurden geduzt und duzten auch, bis man eben erwachsen wurde. Notabene: Als Fräulein Emmy Dickow 1941 als Säuglingspflegerin für meine jüngste Schwester zu uns kam, sagte sie »du« zu mir, wohingegen ich sie wohl mit zwölf Jahren schon mit »Sie«

anredete, was im Übrigen bis zu ihrem Tod so geblieben ist! Sie hat uns insgesamt über sechzig Jahre lang begleitet. Meine Mutter war allgemein »'nä Frau« (gnädige Frau), was mich anfangs verwunderte, denn meine Mutter war doch keine Nähfrau!

Apropos: Der später so häufig gebrauchte Begriff »Junker« war mir damals ungeläufig und eher vom Fahnenjunker her bekannt. Der vielleicht etwas polemische Vergleich mit der Mafia kommt mir in den Sinn, deren Mitglieder untereinander sich ja auch nicht »Mafiosi« nennen! »Junker Karl« mag ein Sohn der Herrschaft vielleicht in manchen Gegenden genannt worden sein, bei uns jedoch nicht. Allenfalls kannte ich den Ausdruck »Krautjunker« als eine etwas abschätzige Bezeichnung für einen hinterwäldlerischen Landwirt. Erst später lernte ich den Begriff als politisches Schlagwort und Synonym für ostelbische, vornehmlich adlige Grundbesitzer kennen. Im Lexikon konnte ich nachlesen, dass Friedrich Wilhelm I. dieses Wort schon 1717 benutzt hat. Später wurden die preußische Konservative Partei »Junkerpartei« und die erste Konservative Tagung 1848 das »Junkerparlament« genannt. Die SS-Junkerschule gab es allerdings, sie lag jedoch in weiter Ferne, und in Raakow wollten wir uns in keiner Weise mit jenen Junkern identifizieren.

Der Terminus »Nazi« wurde meiner Erinnerung nach ebenfalls selten benutzt. »Narzisse« für eine weibliche Anhängerin des Regimes war mir eher geläufig. »Ein Hundertprozentiger« wurde auch benutzt, Bonze oder Oberbonze, falls jemand ganz rabiat war, schließlich auch Goldfasan, wenn ein solcher in voller Uniform mit Orden und Ehrenzeichen auftrat. Neulich stieß ich auf eine weitere Bezeichnung: »ein Bewegter« – also ein Mitglied der »Bewegung«, wie sich das »Regime« damals auch nannte. Sonst sprach man einfach von »braun«, wollte man einen Nazi beschreiben. Der Scotchterrier »Nazi« in Bärenstein war sicher schon lange vor Hitler so getauft worden.

Ein weiterer Abschnitt muss den anderen damals bei uns üblichen Anreden gewidmet werden. In unserer Gegend wurde ein Freiherrntitel meist ignoriert und ein Frhr. v. Maltzahn beispielsweise wurde mit Herr v. M. angeredet. Ich habe mich später sehr schwer getan, die Baronin Schröder in Bliestorf/Schleswig Holstein mit »Frau Baronin« anzureden! »Herr Baron«

selbstredend nie, sondern »Baron Schröder«. In Sachsen war es hingegen durchaus üblich, bei Freiherrn oder Freifrauen den Baron zu benützen, also etwa »Baron Salza« oder Frau Baronin. Dabei ist der eigentliche Baron ein typisch baltischer Adelstitel. Die Damen wurden damals im Osten grundsätzlich mit »Gnädige Frau« angeredet (was in Österreich spießig oder »portierisch« ist, wie ich später lernte!). Graf und Gräfin dürften überall immer Graf und Gräfin gewesen sein. Ein Überbleibsel aus alter Zeit war die Anrede in der dritten Person, die meines Wissens beim Militär noch bis ins Dritte Reich hinein üblich war. »Haben Herr Oberst noch einen Wunsch?« oder »Möchten gnädige Frau noch ein Stück Kuchen?« Das hat man mir im privaten Bereich noch beigebracht, aber nur bei sehr alten Damen. Hinzuzufügen bleibt noch, dass auf dem Land der Gutsherr, wenn er einen höheren militärischen Rang bekleidete, mit diesem angeredet wurde. Also kaum »Herr Oberleutnant«, dafür »Herr Rittmeister« (wie mein Vater) oder »Herr Major« (wie mein Großvater).

Dabei fällt mir ein, dass der Begriff »Gentleman« in der englischen Sprache genau das Gleiche meint wie »Herr«, dort jedoch keinerlei Assoziationen mit »beherrschen«, »Herrentum« oder ähnlichen Begriffen bestehen, was im Deutschen leider nahe liegt. Der Begriff ist weniger polemisch.

All das hier Gesagte ist reine Vergangenheit. In Hinterpommern, der Neumark, der Mark Brandenburg und Schlesien östlich der Oder wird heute polnisch gesprochen, in Ostpreußen teils russisch, teils polnisch, und in Mecklenburg-Vorpommern hat sich die damalige Umgangssprache sicher geändert. Interessant hierbei: Unser Dorf lag vierzig Kilometer von der polnischen Grenze entfernt – und dort hörte für uns die Welt auf. Es gab kaum Verkehr, auch nicht unter den Besitzern, und alles in allem waren sich Deutsche und Polen nicht besonders grün. »Polnische Wirtschaft« lautete ein feststehender Begriff, dazu waren die Polen katholisch, wir evangelisch, kurz: Es gab wenig Austausch oder Verkehr. Dabei hatte das angrenzende Gebiet »Posen-Westpreußen« ja noch bis 1918 zu Deutschland gehört und war 1939 – 1945 kurzfristig als »Warthegau« innerhalb des »Generalgouvernements« dem Deutschen Reich einverleibt worden. Meine 1913 im »deutschen« Gnesen geborene Tante Esther wäre als Einwanderungskandidatin in die USA für diese eine Polin gewesen, da ihr Geburtsort 1936, dem Stichjahr, in Polen lag, obwohl sie kein Wort Polnisch sprach! Zwischen Österreichern und Polen lag die Sache anders. Einmal hatte man bis 1918 in der gleichen Armee gedient, dann war man katholisch und oft miteinander verwandt – es gab einfach mehr Berührungspunkte. So zum Beispiel heiratete Alix' Urgroßmutter Anna Degenfeld in zweiter Ehe (nach Aloys Liechtenstein) einen Grafen Plater-Zyberg, der erst 1928 starb, er war siebzehn Jahre jünger als sie! Meine Schwiegermutter kann sich noch gut an die vielen Besuche der polnischen Verwandten erinnern. Eine Nichte Plater-Zyberg, Maja, heiratete viel später Alix' Bruder Godfrey.

Bahnhof Kleeberg, das Tor zur großen Welt

Zurück zum Dorf Raakow! Die Bahnstation Kleeberg lag zweieinhalb Kilometer entfernt, ein gepflasterter Weg führte dorthin, parallel dazu der ungepflasterte so genannte »Sommerweg« für Pferdewagen, um die Hufeisen zu schonen. In Kleeberg befand sich auch die Post, in der Frau Frank waltete. Gleichzeitig bediente sie das Telefon, unsere Nummer war Kleeberg 3!! Die Hausapparate verfügten über eine Kurbel, mit der man »das Amt«, also Frau Frank, bekam. »Ich wecke mal zum Amt durch«, hieß das. Einmal geschah es, dass ein Ferngespräch für meine Mutter einging. Frau Frank meinte, die Kutsche mit Frau von Schuckmann sei vor einer halben Stunde vorbeigefahren, und zwar in Richtung Kranzin, »sie sei dort sicher bei ihrer Freundin, Frau Glahn«. Also wurde das Gespräch dorthin durchgestellt, erfolgreich natürlich.

Das Gut dehnte sich fächerförmig nach Norden aus, aufgeteilt in zwölf »Schläge«, alle mit Zugang zum Hof. Im Westen lag der zirka hundertzwanzig Hektar große Wald, das so genannte Gehege, mit dem schilfumrandeten »Kleinen Raakow See« in seiner Mitte, unterbrochen von Wiesen, einem Bach und dem Karpfenteich. Wildenten lebten dort, manchmal auch Schnepfen, die sich schnell und gewandt der Flinte des Jägers zu entziehen wussten. Das Gelände war sehr gebrochen, sodass das Ganze einen sehr viel größeren Eindruck machte, als es der Wirklichkeit entsprach. Alles in allem ein etwas abgelegenes, idyllisches Plätzchen, wo auch gelegentlich der Dachs erschien, ein äußerst vorsichtiger Bursche und vieler Bewegung abhold. Der zum Gut gehörende »Große Raakow See« lag außerhalb unserer Gemarkung, ungefähr einen halben Kilometer entfernt, und war mit dreiunddreißig Meter Tiefe der tiefste See im Kreis Arnswalde. Im Winter 1944/45 fror er komplett zu. Der dritte See, der Große Plagowsee, grenzte an unser Gut, wurde aber von uns selten besucht.

Der Betrieb war zwar landschaftlich entzückend gelegen, ließ sich aber nur schwer bewirtschaften. Das kuppige, also leicht bergige Gelände, voller so genannter »Brücher«, kleine Wasserlöcher und Tümpel, stellte für den Landwirt einen Albtraum dar. Oben auf dem Hügel war der Boden sandig, in der Mitte lehmig und unten manchmal moorig. Kartoffeln zum Beispiel gediehen oben besser, unten weniger gut; beim Getreide sah es umgekehrt aus. Wie damals üblich wurde bei uns alles angebaut: Kartoffeln, Zucker- und Runkelrüben, Roggen, Weizen, Gerste, Hafer, Raps und im Krieg auch noch Flachs, des Weiteren natürlich Klee, Luzerne oder Landsberger Gemenge, sowohl für das Vieh als auch zwecks Wiederaufbereitung des Bodens (Eiweiß aus in der Luft enthaltenem Stickstoff).

Auf der »animalischen« Seite hatten wir neben Pferd, Rind, Schwein und Schaf das übliche Federvieh, also Hühner, Gänse, und Enten, später Perl- und Zwerghühner, die von meiner Mutter wegen ihrer kleinen, aber wohlschmeckenden Eier besonders geschätzt wurden. Es wurde wohl auch gefüttert, aber der Hauptakzent lag auf Selbstversorgung. Fischmehl? Nie gehört, gab es damals wohl gar nicht! Schließlich das obligatorische Pfauenpaar, er arrogant herumstolzierend und gern das »große Rad« zeigend.

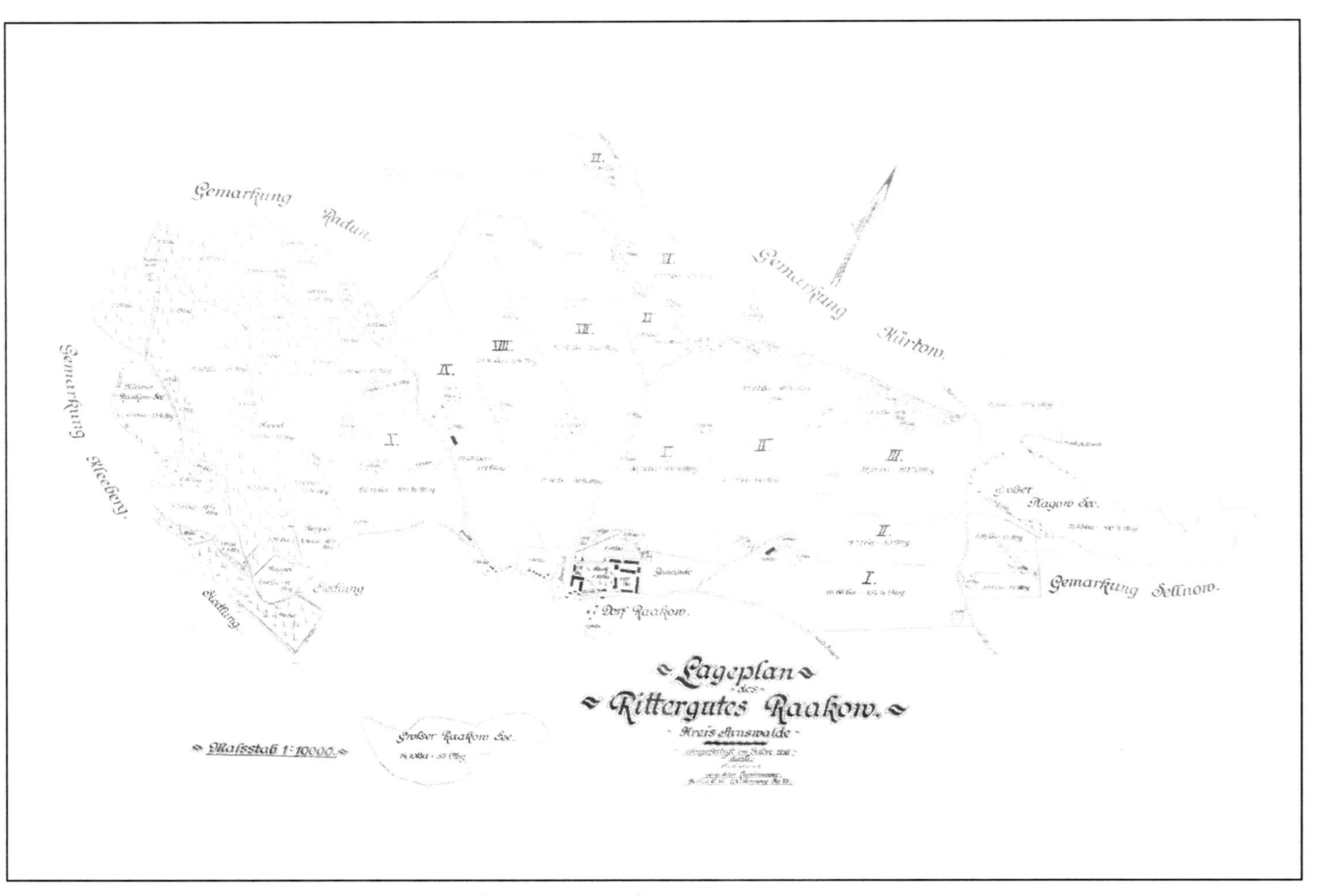

Gutskarte von Raakow, vermessen 1939

Sehr wachsam waren sie und meldeten, wenn Fremde auf den Hof kamen. Leider ging ihr Nest in der nahe liegenden Scheune eines Tages in Flammen auf, als der Blitz in sie einschlug, und Madame Pfau hat später der Fuchs geholt. Die Störche, die jedes Jahr aus Afrika kamen und immer auf der gleichen Scheune brüteten, darf man wohl nicht mitzählen. Meine Mutter hätte es so gern gesehen, wenn sie auf *unserer* Scheune gebrütet hätten. Infolgedessen wurde ein Wagenrad auf die Scheune geschafft und – nachdem dieses Unternehmen erfolglos blieb – wieder heruntergeholt, um den Eisenbeschlag zu entfernen: Sicher hatten den die Störche nicht gemocht. Da auch das nichts fruchtete, wurde die nahe stehende Eibe abgehackt: Vielleicht fühlten sich die Störche durch sie eingeengt? Leider wurde auch dieses Entgegenkommen nicht geschätzt, das Nest jedoch nun von einem Junggesellen usurpiert, der wiederum heimlich der Flinte zum Opfer fiel. Das alles nützte nichts: Das Pärchen war eigensinnig und nistete weiterhin auf der bäuerlichen Scheune von Paul Wellnitz, der ihretwegen der »Storchen-Wellnitz« genannt wurde.

Am wichtigsten waren natürlich die Pferde. Sie zählten zirka zehn Gespanne und hatten die Hauptarbeit zu leisten: pflügen, eggen, drillen, säen, mähen und die Ernte einbringen. Zum Aufklauben der letzten, noch übrig gebliebenen Halme diente die ebenfalls pferdbetriebene »Hungerharke«, bei welcher Tätigkeit meine Schwester Gabriele besonders gern mithalf. Im Krieg wurden teilweise auch Ochsen verwendet, da viele Rösser »eingezogen« worden waren. Jedes Gespann bestand aus drei Pferden, typisch für die Neumark: Je eins ging links und rechts von der Deichsel, ein drittes »auf dem Steig«, also neben dem rechten Pferd, deren beider Ortscheite an einem dritten hingen, das zusammen mit dem individuellen Querholz zur Befestigung der Geschirrstränge des linken Pferdes am Fuhrwerk befestigt war. Alle so genannten Ackerpferde hatte man in einem Stall untergebracht, der die eine Seite des Hofkarrees bildete. Hier roch es herrlich nach Pferd! Die Rösser waren eher schweren Schlags, »leichtes Kaltblut« mit dicken Behängen (Haarbüscheln) über den Hufen, nicht so elegant wie unsere Kutschpferde. Zumeist handelte es sich um »Braune«, also braun mit schwarzem Schweif, während ein Fuchs komplett braun ist. Gefüttert wurde im Sommer Gras, im Winter Heu, versetzt mit Strohhäckseln und etwas Rübenschnitzeln.

Zu erwähnen ist noch, dass wir neben den Pferdegespannen schon zwei »Bulldog«-Trecker der Firma Lanz (später John Deere) hatten und eine Dreschmaschine. Fast »Hightech« war der Edelmist, also Stroh, das »nach Gebrauch« von Pferde- und Kuhstall in die Mitte des Hofes gebracht und dort von Herrn Drews sachkundig und rechteckig gestapelt wurde, ein architektonisches Meisterwerk, welches »Misthaufen« zu nennen Blasphemie wäre. Er verbreitete weit weniger Gerüche, als man glauben würde, wurde von Zeit zu Zeit kompaktiert und mit Sorgfalt behandelt.

Die andere Seite des Hofkarrees bildete der Kuhstall, wo das Rindvieh untergebracht war, wenn es nicht weidete. Wichtig war der eigene Bulle, Torquatius genannt, vor dem jeder Respekt hatte. Ein Nasenring half, um ihn im Notfall einzufangen. Noch wichtiger allerdings waren natürlich unsere über siebzig eingetragenen »Herdbuchkühe«, also Mutterkühe, deren Zucht und Milchproduktion einer gewissen Norm unterlagen. Hier wurde auch gemolken, und so gegen sechs Uhr erschien alles, meist in Holzpantinen, zum Milchholen und dem dazugehörigen Schwätzchen. Alle Arbeiter bekamen eine Ration Milch als »Deputat«, was zu ihrer Entlohnung gehörte, ebenso wie einige andere Naturalien. Gemolken wurde von Hand, wobei die Melker auf einem einbeinigen Schemel saßen und den Kühen gut zuredeten, damit sie still hielten. Sicher ging auch mal dieser oder jener Fremdkörper in den Eimer, aber geschadet hat das wohl keinem. Die Betreuung der Kühe lag in den Händen der so genannten »Schweizer«, die zum einen meist nicht aus der Schweiz kamen und zum anderen eigenartigerweise auch nie »aus der Gegend«. Sie unterstanden einem »Oberschweizer«, zu meiner Zeit war es der Melkermeister Paul Schröder, trugen rosa gestreifte Hemden und spielten auf dem Hof eine gewisse Sonderrolle.

Für die Schweine hatte mein Vater einen neuen modernen Stall bauen lassen, auf den er sehr stolz war. Schweine sind, wenn richtig untergebracht, sehr sauber. Es waren 1945 insgesamt vierzig Muttertiere und zirka hundert Läufer und Ferkel.

Die Schafe – hundertvierzig Mutterschafe und etwa hundertfünfundsiebzig Zutreter und Lämmer – blieben im Winter in einer der vier großen Scheunen. Im Sommer grasten sie auf der Weide, überall und nirgends, begleitet vom Schäfer mit Schirmmütze und langem Stock, der, wie alle

Schäfer, wortkarg war, mehr wusste als andere und uns immer leicht unheimlich vorkam. Er war ja auch den ganzen Tag allein, nur mit sich selbst und der Natur beschäftigt, kannte dafür aber jedes einzelne seiner Schutzbefohlenen. Seine Signale bestanden aus einer Art Singsang oder Trällern, mit denen er Befehle gab, vornehmlich wo's längs ging, geholfen von seinem Hund, einer Promenadenmischung, der die Herde umkreiste und genau aufpasste, dass kein Schaf irgendwo abhanden kam. Obwohl die Schafe vornehmlich wegen ihres Fleisches gehalten wurden, nutzte man auch ihre Wolle. Im Krieg hatte meine Mutter sich ein Spinnrad besorgt und Spinnen gelernt, sodass sie die Strickwolle für Pullover, Handschuhe und Socken selbst fertigen konnte.

Eine große Rolle spielte die Brennerei, die mit einem richtigen Fabrikschornstein versehen war, in der aus Kartoffeln reiner Alkohol gefertigt wurde. Geleitet wurde sie von Herrn Buche, der ein Universalgenie war und mir einmal eine komplizierte Springbrunnenanlage zum Geburtstag gefertigt hat, versehen mit einer Pumpe, mit der man das Wasser auf eine höhere Ebene brachte, von wo aus es durch Schwerkraft weiter unten eine Fontäne in Gang setzte. Die Brennerei besteht noch heute, allerdings jetzt auf Basis von Getreide. Der Vorgang des Brennens geschah unter Verschluss, »verplombt«, wie es hieß, damit keiner unrechtmäßig Alkohol abzapfen konnte. Gebrannt wurde natürlich nur in der Herbstzeit nach der Kartoffelernte. Am Eingang wurden sie gekocht; bei dieser Gelegenheit konnte man zugreifen, besonders im Krieg war ja ein zusätzlicher Bissen nicht abzulehnen. Anschließend ging es in die Gärung, und man sah in Riesenbottichen, wie aus der braunen Masse kleine Blasen nach oben stiegen. Ein ganz bestimmter Geruch herrschte hier. Nun begann ein langer Prozess durch ein Gewirr von Kesseln, Röhren und Ventilen bis zu den Lagertanks. Man konnte das Endprodukt durch einige Glasröhren fließen sehen, glasklar, aber unerreichbar! Irgendwann in der Mitte wurde die Kartoffelschlempe abgezweigt, eigentlich ein Abfallprodukt, aber sehr wichtig zum Verfüttern an Rinder und Schweine, das durch Rohre in einen Tank beim Kuhstall gepumpt wurde. Ein weithin sichtbares Schwimmventil mit Signal zeigte dem Brennmeister an, wenn der dortige Tank voll war. Einmal im Jahr schickte das Finanzamt einen Beamten »zur Abnahme«, der Alkohol wurde in Fässer gepumpt, abtransportiert, und es herrschte wieder Ruhe im Betrieb. Später im Krieg haben einmal die kriegsgefangenen Russen irgendwo in der Nachbarschaft ein solches Fass gekapert und sich sinnlos betrunken. Alles war sich einig: Nur ein Russenmagen hält so etwas aus.

Herr Buche liebte Kinder, besonders wenn sie Augenhöhe erreicht hatten, und oft hatte ich interessante Gespräche mit ihm über technische Dinge, Gott und die Welt.

Einen weiteren Anreiz zum Besuch bot die Stellmacherei, wo Herr Lehmann tätig war. Stellmacherei nannte man das, was normalerweise als Tischlerei bezeichnet wird. Dieser Name hat wohl mit Gestell oder Ställen zu tun. In Wagenreparaturen, der Fertigung von Holzrädern (auf die dann später der Schmied die Eisenreifen aufzog) und anderen Tischlerarbeiten lagen seine Hauptaufgaben. Problematisch waren immer die Arbeiten »fürs Haus«, die wenn möglich auf die lange Bank geschoben wurden: »Der Betrieb ist ja schließlich wichtiger!!« Gelegentlich gab es darüber kleine Machtkämpfe, in denen, wenn die Sache wichtig genug war, meine Mutter vermutlich die Oberhand gewann. Ein kleiner, holzgefeuerter (Logo!) Ofen sorgte im Winter für Wärme, und ich verbrachte dort viele Stunden, um Herrn Lehmann bei seinen multiplen Tätigkeiten zuzusehen, bestimmt nicht ohne ihm gelegentlich auf die Nerven zu gehen. Aber im Allgemeinen mochten wir uns. Wichtig war immer, die Herkunft der verschiedenen Hölzer zu bestimmen: Buche, Eiche, Fichte oder Ähnliches. »Wenn du das mal nicht genau weißt, dann musst du das ›Vogeltrittholz‹ nennen!« Wie man sich an solche dummen Sprüche erinnert.

Etwas abseits von der Stellmacherei war in einem Schuppen die Motorsäge untergebracht, in der Baumstämme in Bretter verwandelt wurden. Noch weiter entfernt, am Ende des Parks, befand sich die eigene Gutsschmiede. Dort wurden zum einen die Pferde beschlagen, also mit Hufeisen versehen, und zum anderen natürlich alle anderen Arten von Schmiedearbeit geleistet. Eindrucksvoll der riesige Blasebalg, der das Feuer schürte. Typisch der Geruch von verbranntem Horn, wenn den Pferdehufen die vorher natürlich im Wasserbottich abgeschreckten Eisen aufgezogen wurden.

In der Waschküche im Haupthaus wurde ein- oder zweimal im Monat (!) gewaschen. Waschtag! Das Wasser wurde in einem großen Kessel auf dem Herd erhitzt, ehe man die Wäsche dann in Holzzubern auf Waschbrettern reinigte. In der Plättstube bzw. »Rollstube« stand ein Tischgerüst, auf dem sich einige glatt polierte Holzrollen befanden, über denen wiederum ein mit Feldsteinen bestückter Kasten lagerte. Nachdem dieser zum einen Ende gefahren und Bettlaken, Tischtücher und dergleichen auf die Tischplatte gelegt worden waren, konnte das Hin- und Herrollen beginnen, wodurch die Textilien also geglättet wurden. Ein einfaches, aber recht arbeitsaufwendiges System! Hemden, Blusen et cetera wurden elektrisch gebügelt. Den altmodischen Ofen, auf dem früher die Kerne nichtelektrischer Bügeleisen erhitzt wurden, gab es bei uns nicht mehr.

Am Kopfende des Ackerpferdestalls befand sich die Domäne von Herrn Leipe mit unseren Reit- und Kutschpferden. Mein Vater war begeisterter Reiter und Fahrer, vor meiner Zeit war er »Viere lang« gefahren, also zwei mal zwei Pferde hintereinander. In unserem Falle waren es zwei Rappen und zwei Schimmel über Kreuz. So etwas zu kutschieren war nicht leicht, was man in Benno v. Achenbachs berühmter neuer Fahrschule erlernen konnte. Sein Buch »Anspannen und Fahren« dürfte auf allen Gütern vorhanden gewesen sein. Diese etwas aufwendige Fortbewegungsalternative ist wohl später als »nicht ganz zeitgemäß« eingestellt worden.

Kutscher Leipe mit Siegfried, wohl nicht älter als drei!

Neben unseren zwei selbstgezogenen Kutschpferden gab es zum Reiten die Wallache »Domherr« und »Morgenrot«, beides Trakehner, also von dem berühmten Gestüt Trakehnen in Ostpreußen stammend. »Morgenrot«, ein riesiges Tier, war eine Acquisition vom Prinzen Friedrich Heinrich. Zu »Domherr«, übrigens ein Sohn des berühmten »Tempelhüter«, dem in Trakehnen ein Denkmal gesetzt worden war, gehört eine Geschichte: Er hatte dem Generaloberst Frhr. v. Fritsch gehört, der ihn nach einer Verletzung an der rechten Vorderhand nicht mehr zum Springen gebrauchen und irgendwo in gute Hände geben wollte. Sein Adjutant Prittwitz, Korpsbruder meines Vaters, empfahl Raakow, und so erschien der Generaloberst eines Tages mit seinem Adjutanten zur Inaugenscheinnahme des neuen Domizils. Später besuchte er uns noch einmal, um nach dem Rechten zu sehen. In beiden Fällen erinnere ich mich, wie enttäuscht Peter und ich von diesem General waren: klein, nicht gerade gertenschlank, keine Orden auf der Brust – ob rote Streifen an den Hosen waren, weiß ich nicht mehr –, kurz: Einen General hatten wir uns total anders vorgestellt!

Eine andere Erinnerung: Margarethe und ich ritten zusammen aus, sie auf »Domherr«, ich nebenher auf »Muckel«. Ich könnte noch die Stelle malen, an der sie mir plötzlich sagte: »Du, hör mal, wenn du eine Dame begleitest, musst du immer links von ihr gehen, und beim Reiten ist das genauso.« Ich habe das nie vergessen! Hier in Südamerika gilt das nicht, und im angelsächsischen Raum sollte der Herr auf der Straßenseite gehen, aber in Deutschland oder Österreich gehe ich grundsätzlich links, auch wenn das heutzutage obsolet sein mag!

Etwas abseits, in der »Remise«, standen die verschiedenen Kutschwagen und Schlitten, die damals das Hauptfortbewegungsmittel waren. Es gab zwar, wie erwähnt, ein Auto – lange Zeit ein Opel Super 6 –, aber viele Wege waren schlecht befahrbar und einige, so der »Kürtower Weg«, im Winter absolut unbenutzbar. Neben den normalen Wagen, in denen zwei oder drei Personen Platz fanden, plus noch jemand neben dem Kutscher vorn auf dem »Bock«, gab es den »Break«, wo man sich hinten in zwei Reihen gegenübersaß, den »Dogcart« für nur ein Zugpferd und den Ponywagen. Ich glaube, es gab »von früher her« auch noch einen geschlossenen so genannten »Landauer«, der aber nie benutzt wurde. Im Pirschwagen befand sich die Halterung für ein Gewehr, um es stets griffbereit zu haben. Im Winter benötigte man de-rigeur-Decken, dicke Fahrpelze und Muffs für die Hände, die im Sommer eingemottet in großen Truhen lagen. Eine von Letzteren befindet sich noch heute in meinem Besitz, sie steht – doppelt zweckentfremdet, denn ursprünglich waren es ja Aussteuertruhen – in unserer Salzburger Wohnung. Dreihundert Jahre ist sie inzwischen in der Familie: Ein Stammbaum nennt die bisherigen Besitzer, zwölf an der Zahl.

Bei diesen Betrachtungen geht einem durch den Kopf, wie schnell das Pferd – in weniger als zwei Generationen – als vornehmliches Landfortbewegungsmittel, wenigstens in unseren Breiten, vom Auto verdrängt worden ist. Außerdem hat sich seit dem Zweiten Weltkrieg der Flugverkehr gewaltig entwickelt, ohne ihn wäre das heutige Leben gar nicht denkbar. Die Eisenbahn hat sich vergleichsweise weniger verändert. Die Entwicklung geht also in geometrischer Kurve nach oben, wie lange noch?

Ein anderer Gedanke kommt einem in den Sinn, nämlich wie viel weniger

Arbeitskräfte heute gegenüber damals benötigt werden. Ein Harvester schafft gegenwärtig in vierzehn Tagen 1.500 Festmeter Holz, ein Mähdrescher ist ähnlich effektiv, somit ist der Bedarf an Arbeitskräften gewaltig gesunken, ich erinnere mich an die Zahl von zirka zehn Prozent gegenüber damals. Stellenweise soll sie noch niedriger liegen, die Arbeitslosigkeit in Agrarländern, wie Brandenburg oder Mecklenburg-Vorpommern, bestätigt dies.

An dieser Stelle ist noch einmal der Ponystute »Muckel« zu gedenken, ein uraltes Zirkuspferd, das die Großeltern Lüttichau erworben hatten, ehe sie es an uns weitergaben. Schon mein Onkel Siegfried, Jahrgang neunzehn, ist auf ihm geritten. Komischerweise bezog man sich auf »Muckel« immer als ein Maskulinum. Unter der strengen Aufsicht von Herrn Leipe lernte ich reiten: an der Longe im Kreis herum und im Gelände. Er war früher beim Grafen Maltzan in Militsch in Stellung gewesen, und oft wurde mir unter die Nase gerieben, dass die jungen Komtessen viel besser zu Pferd gesessen hätten als ich. Später durfte ich nach der Reitstunde am Nachmittag allein ausreiten, wobei mir eine Geschichte einfällt: Ich aß damals für mein Leben gern – wurde unter anderem auch »Dickie« genannt – und somit hatten mich die Geschichten vom Schlaraffenland immer fasziniert. Und nachdem diese ja schwarz auf weiß auf dem Papier standen, in einem richtigen Buch, schloss ich folgerichtig, dass es dieses Land geben und irgendwie zu finden sein müsse. Also ritt ich eines Tages los, um es zu suchen, und zwar so weit fort, dass ich den Rückweg nicht mehr genau wusste. Es war schon spät, also musste ich für diesen Tag mein Vorhaben aufgeben und probierte bei der Gelegenheit die alte Regel aus: Lass dem Pferd die Zügel, und es findet allein nach Hause. Nachdem Muckel nichts von Trab hielt – entweder sehr langsamer Schritt oder Galopp –, kam ich relativ schnell wieder zurück. Ob ich's noch mal versucht habe? Ich weiß es nicht mehr. Ähnlich gesehen hätte es mir, ich war ein sehr insistentes Kind!

»Muckel« spielte eine wichtige Rolle bei meiner Schwester Gabriele, die eigentlich pferdepassionierter war als ich und von Kind an Pferdespielzeug hatte, unter anderem ein Schaukelpferd zum Auf- und Abschirren. Dieses und eine Postkutsche, mit Postillon, Passagieren und zwei Schimmeln, die noch von unserer Mutter Kindheit stammten, waren ihre liebsten Spielzeuge. Leider kam »Muckel« später auf sehr dumme Art und Weise ums Leben: Er erhängte sich an seinem Halfter, das sich unglücklicherweise an dem Bolzen verfing, der die beiden Querbalken seiner Box fixierten. Er war nicht ganz hindurchgeführt worden, und als »Muckel« sich etwas Heu holen wollte, das vor seiner Box lag, geschah das Malheur. Ich war schon im Internat, als dies geschah. Gabriele hatte es so mitgenommen, dass sie Fieber bekam und ins Bett musste.

»Muckel« vor dem Ponywagen

Der Verfasser hoch zu Ross auf »Muckel« – 1941/1942

Es muss 1943 gewesen sein, als ich eine damals sehr bekannte Persönlichkeit kennen lernte. Während eines Ferienaufenthalts zu Hause erschien eine Remonte-Kommission, um junge Pferde für die Armee zu requirieren, die so genannten Remonten. Leiter der Kommission war Rittmeister Franz Just v. Wedemeyer aus Schönrade, ein wesentlich größeres Gut als Raakow mit einer landweit bekannten Pferdezucht. »Du musst du zu ihm sagen, er ist mit Tante Erika Schuckmann verheiratet, der Schwester von Onkel Sizi«, hieß es. Ich kann mich noch gut an sein Gesicht erinnern. Er war nicht sehr groß und hatte den Ruf, recht streng zu sein. Inwieweit er zugunsten unserer Pferde ein Auge zugedrückt hat, weiß ich nicht. »Morgenrot« wenigstens entging der Gefahr, »Domherr« war auf jeden Fall keine Remonte mehr, aber die beiden Kutschpferde gingen dahin: Leipe hatte Tränen in den Augen. Am 29. Januar 1945, am Tage unserer Flucht, wurde Onkel Franz Just in Schönrade von den Russen erschossen, als er aus einer Kanne die Milch probierte, um ihnen zu beweisen, dass sie nicht vergiftet war.

Hier *muss* ich jetzt eine Stelle aus dem Tagebuch des »Gouverneurs«, Bruno Schuckmann, einfügen, seines Schwiegervaters, das ich gerade gelesen habe.

Onkel Bruno war Ende 1914 als Vorsitzender des Wirtschaftsausschusses zur Verwaltung des besetzten Belgiens versetzt worden, in die Etappe also, sehr zu seinem Ärger: »Jetzt bin ich also im Schwamm«, schrieb er. Als er eines Tages auf dem Gestüt eines französischen Offiziers (also unseres Kriegsgegners) Pferde für die deutsche Armee einziehen musste, war ihm das reichlich unangenehm und er sinnierte: »Ich musste viel an Has (seine Tochter, besagte Erika, Franz Just Wedemeyers Frau) denken, was sie wohl sagen würde, wenn plötzlich jemand erschiene und alle Pferde in Schönrade in Beschlag nähme.« Und als Nachgedanken: »Ich würde schon gern einige Mutterstuten davon nach Schönrade bringen.« Genau dreißig Jahre später geschah sie, die Vereinnahmung, nicht nur von Schönrades Pferden, sondern vom ganzen Gut, nur unter schlimmeren Umständen. Einen Monat darauf meldete sich Bruno Schuckmann übrigens wieder zum Kriegseinsatz, da die Etappe nicht nach seinem Geschmack gewesen war. Leider holte er sich im Feld 1917 ein Lungenleiden, an dem er frühzeitig zwei Jahre später starb.

Schließlich sind auch noch einige Bemerkungen über unsere Kriegsgefangenen angebracht, die ab 1939 auf dem Betrieb arbeiteten. Je länger der Krieg dauerte, desto mehr wurden männliche Mitarbeiter eingezogen und durch Gefangene ersetzt. Die etwa fünfzehn bis zwanzig Russen bzw. Ukrainer wohnten in einer Unterkunft und wurden von einem alten Landser bewacht, der sie – mit einem Karabiner auf dem Rücken – zur Arbeit begleitete, ein eher symbolischer Akt, denn keiner von ihnen hätte je ans Ausreißen gedacht. Sicher haben sie es nie im Leben so gut gehabt wie in diesen Kriegsjahren bei uns. Einer von ihnen, Ukrainer, fungierte als unser Kutscher, nachdem Leipe eingezogen worden war. Aus Polen hatten wir anfangs, im Oktober 1939, zwanzig Kriegsgefangene, die jedoch später durch die Russen ersetzt wurden, und es blieben nur zwei. Bei diesen oder den weiteren zirka vier Franzosen wäre eine Flucht vielleicht denkbar gewesen, aber sie hatten alle Vertrauensposten, bekamen gut zu essen und wurden gut behandelt – also warum etwas riskieren? Ich bin mir sicher, dass ich im Nachhinein unser Verhältnis zu den Gefangenen nicht idealisiere. Beweis: Am 29. Januar 1945, als die Sowjets fünf Kilometer vor unserem Ort Halt gemacht hatten, hätten böswillige Gefangene unsere Flucht leicht vereiteln können. Das Gegenteil geschah: Alle halfen mit, und noch heute erinnere ich mich an Paquets »Vite, vite!«. Bei François, einem etwas älteren Sergeanten, der schon den Ersten Weltkrieg mitgemacht hatte, habe ich mein erstes Französisch gelernt; irgendwo fand sich ein altes Wörterbuch und somit ging die Verständigung recht gut. Er hat hierbei in umgekehrter Richtung sicherlich auch sein Deutsch verbessert, obwohl offiziell der Verkehr mit Kriegsgefangenen streng untersagt war. Außerdem gab es im Haus noch das ukrainische Dienstmädchen Anna. Ihre Sprachkenntnisse beschränkten sich anfangs auf »Nyet punimajesch« oder so ähnlich (»nix verstehen«), aber das wurde bald besser. Meine Mutter war für sie »Pani«!! In summa eigentlich alle angenehme Mitbürger.

Zu guter Letzt ist noch Albert Nicolai Nicolaijewitsch, kurz »Nicolai«, zu erwähnen, ein als Kriegsgefangener im Ersten Weltkrieg bei uns hängen gebliebener Russe. Er war unverheiratet, Milchfahrer und »Mädchen für alles«; sein Deutsch war nicht immer ganz verständlich. Wegen seines Klumpfußes konnte er nur humpeln, bewegte sich aber dennoch schnell von der Stelle. Ich persönlich wusste wenig von ihm, wahrscheinlich hätte er über sein Leben einen Roman schreiben können. Wie er sich mit den eigentlichen russischen Kriegsgefangenen vertrug, lag außerhalb meiner damaligen Interessensphäre.

Unser Haus

Onkel Ernst hatte das Haupthaus 1901 neu bauen lassen, das heißt vorerst einmal die Hälfte, die andere plus Dachstuhl folgten nach der Inflation 1924. Bis dahin hatte er im alten Fachwerkhaus gewohnt, das im rechten Winkel angeschlossen war. Im Winter wurden dort die Fenster im Spezialverfahren isoliert: Man goss Wasser in die Ritzen, das vereiste, damit es keinen Durchzug mehr gab. Unglaublich, aber wahr! Im milden Winter 1900/1901 gefror das Wasser nicht, und Onkel Ernst fand wohl, dass es an der Zeit sei, Geld für eine neue Behausung auszugeben. Das alte Haus ging auf ungefähr zweihundert Jahre zurück, es handelte sich um ein an die hundert Meter langes Wirtschaftsgebäude, dessen Außenmauern unten aus Natursteinen, oben aus Ziegeln bestanden. Das Dach war ebenfalls ziegelgedeckt. Durch eine Tür gelangte man vom Haupthaus in diesen alten Trakt: unten zuerst Vorratsräume, dann rechts mit Blick auf den Hof die Küche, Mamsell-, Dienstmädchen- und Handwerkerzimmer, weiter zur Rollstube und Waschküche bis in den Garten. Schließlich, nur von außen zu erreichen, die Stellmacherei. Im Obergeschoss gelangte man zuerst in ein weiteres Badezimmer, von da an war eigentlich alles Boden, also Abstellraum. Vielleicht gab es oben auch noch das eine oder andere Mädchenzimmer, wir hatten insgesamt ja eine Köchin, Mamsell genannt (auf plattdeutsch »de Köksch«), zwei Gehilfinnen sowie zwei Dienstmädchen »für das Haus«. Vor meiner Zeit gab es noch einen Diener. Die Küche war ein ziemlich großer Raum, von dessen einer Wand ein Riesenherd in die Mitte hineinragte, sicher mit sechs, wenn nicht mit acht Feuerstellen ausgerüstet, die logischerweise mit Holz beheizt wurden, allenfalls mit Briketts (Braunkohlenpresslingen). Jede Stelle hatte die üblichen gusseisernen Ringe, mit denen man das Feuerloch kleiner oder größer einstellen konnte. In diesen Environs sehe ich die Mamsell mehr als meine Mutter, die sich eher auf Anweisungen beschränkte, was es wann und wie geben solle. Frau Samulewitz hieß sie zu meiner Zeit, später Fräulein Kleist. Neben der Küche befand sich die Essstube fürs Personal.

An dieser Stelle muss eine Vorgeschichte erzählt werden. Onkel Ernst war Junggeselle, und mir hatte man noch als Kind berichtet, dass er am Tag zwischen fünfzig und sechzig Zigarren geraucht habe. Die erste steckte er sich vor dem Rasieren an, die letzte wurde kurz vor dem Einschlafen auf dem Nachttisch abgelegt. Ein Wunder, dass das Haus nicht einmal abbrannte, kein Wunder, dass er mit dreiundsechzig Jahren starb! Seine etwas ältere und unverheiratete Schwester, Tante Lisbeth Schuckmann, führte ihm das Haus. Als er starb, musste sie meinen Eltern weichen, was zu einer bis zu ihrem Tod anhaltenden Fehde führte. Sie war aber auch bei ihren direkten Rohrbecker Verwandten nicht gerade beliebt, wobei die jüngste meiner dortigen Cousinen, Barbara, oft von ihren beiden älteren Schwestern gehänselt wurde: Du wirst noch so wie Tante Lisbeth!! Ich selbst kann mich nur noch dunkel an sie erinnern, auch an Steinewerfen (meinerseits!), sicher gefolgt von einem Entschuldigungsbesuch. Sie war etwas beleibt, hatte in unserem Park das »Gehrecht«, trat aber ansonsten überhaupt nicht in Erscheinung und spielte auch im Dorf keine Rolle. Sie starb 1939 mit fast achtzig Jahren, kurz vor meinem zehnten Geburtstag. Es gab da einige furchtbare Stellen im Testament, die mir aber entfallen sind. Wenn ich mich recht entsinne, lautete eine davon, dass mein Vater nicht zu ihrer Beerdigung kommen durfte.

Es ist zu vermuten, dass der Lebensstil von Onkel Ernst und Tante Lisbeth eher karg war. Es mag ihnen gegenüber unfair sein, was ich über die Jahre von verschiedenen Seiten über den damaligen Zustand des Hauses gehört habe, aber ein Monument von Geschmack war es sicher nicht. Dabei war Onkel Ernst ein prominenter Mann, Ritterschaftsrat, sehr engagiert im Roten Kreuz und ein über unseren Kreis hinaus bekannter guter Landwirt. Einen seiner Lehrlinge habe ich noch kennen gelernt, ein Herr v. Stünzner, der in hohen Tönen von ihm sprach. Der Betrieb war also in guter Verfassung, aber das Haus …

Meine Eltern hingegen kamen aus sehr gepflegter Umgebung. Alt-Altmannsdorf war ein Schmuckstück, voller schöner Möbel, und das bei einem sehr knappen Budget, denn der Großvater war halt schließlich nur Pächter. Bärenstein und Kittlitz waren ebenfalls sehr geschmackvoll eingerichtet, wobei meine amerikanische Großmutter das ihre dazu beigetragen hat. Sie hatte Sinn hierfür und eben Geschmack, wie mir alle bezeugten, die sie kannten, und auch für überdurchschnittlich moderne sanitäre Einrichtungen gesorgt. Hinzu kommt, dass sowohl Schlesien als auch Sachsen eben einige Schritte weiter waren als die Neumark oder Pommern, was fraglos unser Zuhause beeinflusst hat. Als meine Mutter nach dort heiratete, wurde hinter ihrem Rücken – oder auch vor ihr – sicher etwas von den Füchsen gemurmelt, die sich dort gute Nacht sagen. Der gute alte Spruch »Nischt wie Jejend« mag vielleicht auch gefallen sein.

Raakow, gemalt 1935, von Conrad Felixmüller; nach dem Krieg vom Künstler für uns kopiert

Als unsere Mutter 1928 nach Raakow kam (Papi war schon 1926 nach Onkel Ernsts Tod eingezogen), war das Erste, was sie begrüßte, ein Schild mit der Aufschrift »Toilette«, und daneben eine Hand mit ausgestrecktem Zeigefinger, der in die richtige Richtung wies. Auf allen Bahnhöfen gab es damals solche nützlichen Hinweise, in Raakow wurde er sicher recht bald verbannt. Kurz nach Einzug erschien meine Großmutter auf dem Plan, um ihrer Tochter zu helfen, nicht nur mit Rat und Tat, sondern auch mit Geld. Das Endresultat war ein Heim, das sich sehen lassen konnte. Sehr viele unserer schönen Möbelstücke stammten aus einer Auktion des Inventars des kgl. sächsischen Schlosses Pillnitz und trugen somit noch das königliche Brandzeichen, während anderes Erbstücke von der Salza/ Soutter- oder Schuckmann/Pilatiseite waren. Ein Lehnstuhl stammte noch von »Granny«: sie hatte ihn 1899 von New York aus mit nach Deutschland gebracht. Der Kinderwagen war selbstredend ebenfalls übernommen worden: Schon meine Mutter hatte in ihm gelegen! So etwas erbte man; einem Neukauf wurde eher mit Stirnrunzeln begegnet.

Zurück zum eigentlichen Haupthaus: Es war zweistöckig mit einem Gastzimmer im dritten Mansardengeschoss, Sperlingslust genannt. Unter seinem Giebel befand sich unser Wappen – in Zement verewigt –, das bei unserem Besuch 1998 immer noch bestand! Unten – nach vorn hinaus – lag das Arbeitszimmer meines Vaters – Studio war ein damals noch unbekanntes Wort, eher wurde es Herrenzimmer genannt –, dem sich das so genannte Musikzimmer anschloss (inzwischen mit einem Flügel ausgestattet) mit großem Kamin und über diesem das unvermeidliche Hirschgeweih, die beste Trophäe meines Vaters, in Goschütz erlegt. Der spöttische Onkel Christoph sagte ihm damals: »Na, das Schönste daran war doch sicher, dass der Jäger dich mit ›Herr Graf‹ angeredet hat!« Symmetrisch in der Mitte die Diele mit Haupteingang (im Winter als Esszimmer dienend) mit rundem, peripherisch ausziehbarem Tisch, großem Barockschrank, in dem sich Fotoalben und die allerseits beliebten Plätzchen befanden, und der noch vom Urgroßvater Schuckmann stammenden Standuhr; nach Westen dann das Zimmer meiner Mutter und schließlich das im Winter nicht benutzte Esszimmer mit dem großen Panoramabild von Raakow, gemalt von Conrad Felixmüller. Alles also streng symmetrisch, wie es sich gehörte. Auch das am Ost-Ende befindliche väterliche Herrenzimmer wurde – auf jeden Fall im Krieg in seiner Abwesenheit – nicht geheizt: Man war sparsam! Gegenüber der Diele befand sich ein Garderobe genannter Raum mit dem perserbedeckten Gewehrtisch in der Mitte, auf dem griffbereit einige Gewehre lagen: Papis 8x64 mm-Repetierbüchse, ein 9,3 mm Mannlicher Stutzen, Beutestück aus Polen, und eine 16er Doppelflinte. Die Rückseite beheimatete einige utilitäre Räume, wie Speisekammer, »Pantry«, Gewehrschrankraum, Garderobe und Toilette. Bei dieser Gelegenheit einige Bemerkungen zu diesem Wort! Sie war in diesem Fall wirklich eine, nämlich ein Vorraum mit Toilettentisch, Spiegel und Stühlen ausgerüstet. Ansonsten betrachtete man es als »spießig«, von Toilette zu reden, wenn es nur das klassische Klo in kleinem Raum war, allenfalls mit Waschbecken versehen. Merkwürdigerweise sah man es auch als spießig an, »Büfett« wie »Büfé« auszusprechen. Warum? Keiner wusste es, das war einfach so!

Anschließend, und vom Hof aus zu erreichen, kam dann noch ein Büro für Herrn Schneider, unseren Inspektor. So wurde die Person genannt, die unter der aktiven und direkten Leitung des Besitzers einen Betrieb führte. Und last, but not least: der Weinkeller, der nebenher noch andere köstliche Dinge barg, wie Kernobst und Eingemachtes in Weckgläsern.

Im Obergeschoss lagen der Reihe nach – links und rechts vom langen Korridor mit dem üblichen Kokosläufer – das Jagdzimmer (so genannt wegen seiner Riedinger Stiche), das Elternzimmer (für die Großeltern reserviert), das Kinderzimmer mit Balkon, ein weiteres Kinderzimmer, Elternschlafzimmer, und nach hinten heraus Badezimmer, Garderobe, Gartenzimmer, Heidelberger Zimmer (so genannt wegen zahlreicher Bilder des Korps Saxo-Borussia), das Himmelbettzimmer mit den Betten der Ururgroßeltern und schließlich mein späteres Reich, vorher Hofzimmer genannt, inzwischen mit Blick auf den Hof. Kein einziges Gastzimmer verfügte über fließendes Wasser oder ein Klo. Dafür gab es einen Waschtisch mit der üblichen Waschschüssel, Wasserkrug et cetera, abgeschirmt vom Rest des Zimmers durch einen Paravent. Heißes Wasser »wurde gebracht«. Die neben allen Betten stehenden Nachttische waren mit einem Nachttopf ausgerüstet, im Allgemeinen wurde aber erwartet, dass der Gast im Bedarfsfall den hierfür geeigneteren Ort aufsuchen würde. Zum Baden gab es zwei Räume, ausgerüstet mit je einem Kesselofen, der einmal in der Woche – meist am Sonnabend – mit Holz beheizt wurde und einem nach dem anderen ein Wannenbad spendete. Das klingt von unserer heutigen Warte aus betrachtet ziemlich furchtbar, aber so war's. Überhaupt: Das alles war gut und schön, wenn es draußen warm war, aber im Winter? Eine Zentralheizung fehlte, sodass die Zimmer mit Holz und Briketts individuell beheizt wurden, in fast jedem Raum stand ein Kachelofen. Unter diesen Umständen waren dienstbare Geister natürlich recht willkommen. Eine Sonderstellung nahm der von meinen Eltern eingebaute so genannte Lutherofen ein, der mit Koks bestückt werden konnte und Diele und Musikzimmer gleichzeitig beheizte. In Letzterem befand sich dann noch der schon erwähnte einzige Kamin im Haus, der dem in Goschütz nachempfunden worden war und den eine eiserne Reflektorenplatte aus dem Jahre 1791 zierte. Insgesamt gab es also eine Menge Zimmer! Als später einmal im Internat das Gespräch auf die Anzahl der Räume in den jeweiligen elterlichen Heimen kam, musste ich meine Antwort auf den nächsten Tag verschieben. »Ich würde abends im Bett genau alle abzählen.« Ich kam auf über zweiundzwanzig!

Nach außen hin war der größte Teil des Haupthauses mit wildem Wein (Veitchs-Jungfernrebe) bewachsen, der sich im Herbst wunderschön rot färbte. Im Sommer, wenn er blühte, tummelten sich dort Unmengen von Bienen herum. An einer Stelle befand sich die Fahnenhalterung, in die an besonderen Feiertagen die schwarz-weiß-rote Fahne gesteckt wurde. Vor meiner Zeit war es Schwarz-Rot-Gold! Später kam die zweite Halterung hinzu, in welche – zähneknirschend – die Hakenkreuzfahne gesteckt werden *musste*.

Der Park, laut Gutskarte anderthalb Hektar groß, war voll von altem Baumbestand und unser eigentlicher »Spielplatz«. Onkel Ernst, der in einem Grab dort unter einem großen Feldstein ruhte, hatte eine Vielzahl von exotischen Bäumen anpflanzen lassen: amerikanische Eiche, Eibe, Ginko, Platane, Blutbuche, Nussbaum, kanadischer Ahorn, Weymouth-Kiefer und verschiedene andere Nadelbäume, und als Krönung eine Linde mit aufgepfropfter Haselnuss – mit der hat mein Vater so manchen Forstmeister aufs Kreuz gelegt, der diesen merkwürdigen Baum einfach nicht identifizieren konnte. Zudem beeindruckte eine ziemlich lange Kastanienallee, die im Frühling mit ihrer Kerzenpracht angab und nebenbei für 100-m-Wettläufe benutzt wurde. Sehr großer Beliebtheit erfreute sich der große Walnussbaum, der im kalten Winter 1928/1929 arg gelitten hatte. Besonders meine

Mutter liebte Nüsse, für sie eine Erinnerung an ihre Kindheit. Im Krieg zählte sie einmal vom Fenster aus zehn Kinder, die es sich unter diesem Baum gut gehen ließen, für Deutschland gewiss eine Menge, in Südamerika wohl kaum erwähnenswert.
Im Übrigen stellten die eigentlichen Gärten die große Passion meiner Mutter dar. Zum einen war da der etwas abseits gelegene Obstgarten, zum anderen der Gemüsegarten dicht am Haus mit Frühbeeten, Erdbeerpflanzen und Ähnlichem, und schließlich die verschiedenen Stauden- und Blumenbeete im Park und ums Haus herum, in erster Linie aber ihr Steingarten, der von Gästen oft bewundert wurde. An ihn schloss sich, etwas versteckt, das Bienenhaus an. Ihr Honig war sehr beliebt, ich entsinne mich noch an das Etikett mit ihrem Namen darauf, neben einem Heinzelmännchen, dessen Daseinsberechtigung mir nicht so ganz klar war – vielleicht eine Anspielung auf die emsigen Bienen. Heinzelmännchen sind angeblich fleißig! Notabene: Gartenzwerge gab es bei uns NICHT!!

»Waldi« und »Whisky« auf dem Pirschwagen (man bemerke die Halterungen für das Gewehr)

Hunde spielten da schon eine wichtigere Rolle. Beide Großeltern konnten getrost als Hundenarren bezeichnet werden, und somit verstand es sich von selbst, dass es sie auch bei uns gab. Ich kann mich vornehmlich an den Rauhaardackel Waldi und den Scotchterrier Whisky erinnern, ein originelles Gespann, ihre Vorgänger Heini und Hundi stammten wie sie aus der Alt-Altmannsdorfer Zucht. Waldi war, wie wohl bei Dackeln nicht verwunderlich, von den beiden der Anführer. Jagdlich total unnütz waren sie dennoch gute Gefährten im Haus, die mich während all meiner Kinder- und Jugendjahre begleitet haben. Whisky starb an Fettsucht, Waldi kam aus reiner Dickfelligkeit um: Er war es gewöhnt, dass man ihm aus dem Weg ging, nicht umgekehrt, und das funktionierte nicht so ganz bei einem rückwärts einparkenden Auto. Alle unsere Hunde bekamen im Park in der Nähe der Kastanienallee ihr eigenes Grab.

Zu den weiteren Haustieren gehörten unsere Wellensittiche, die einmal sogar erfolgreich gebrütet hatten. Ein Jungsittich wurde daraufhin unserer Hauslehrerin vermacht.

Essen und Trinken

Wie überall auf dem Land waren wir weitestgehend »Selbstversorger«. Beginnen wir mit den Kartoffeln, die in der Mark, wie man damals die Mark Brandenburg kurz nannte, und besonders in Pommern das Grundnahrungsmittel darstellten, so wie Nudeln für die Italiener oder Maismehl-Arepas für die Venezolaner. Roggen und Weizen wurden zum Müller gebracht, der die Körner in seiner Windmühle in Mehl verwandelte, womit man wiederum das eigene Brot backte. Der Ofen hierfür lag neben der Stellmacherei im Haus, also unter einem Dach mit der Küche. Semmeln oder Brötchen aus Weizenmehl gab es bei uns nicht. Der Kuhstall lieferte Milch, woraus man Sahne und Butter herstellte, mit Buttermilch als Nebenprodukt. Und dann natürlich Quark, in Österreich Topfen genannt. Ebenfalls beliebt – nur nicht bei mir – war saure Milch, ein wohl jogurtähnliches Produkt, in so genannten Satten präpariert.

Der Garten lieferte Äpfel und Birnen, die im Herbst geerntet und dann auf Liegen platziert wurden, damit man bis in den Frühling hinein frisches Obst hatte. Aus Johannis-, Stachel-, Him- und Erdbeeren kochte man Marmeladen ein, auch gab es Pfirsiche und Aprikosen (Mirabellen!) als Spalierobst, Pflaumen und schließlich Quitten. Weintrauben gediehen bei uns im Norden nicht.

Kirschen wuchsen insbesondere am Sellnower Weg, eine ganze Allee voller Kirschbäume! Sie wurden zwar verpachtet, was uns Kinder aber nicht davon abhielt, unseren Anteil zu räubern. Man versteckte sich in einem der Bäume und los ging's. Noch heute sind Kirschen mein Lieblingsobst.

Überflüssig zu erwähnen, dass es im Gemüsegarten und teilweise direkt am Haus in den Frühbeeten alles andere gab, also Gurken, Tomaten, Kürbisse, Kohl in allen seinen Erscheinungsarten einschließlich Kohlrabi, Radieschen, Rapunzelsalat, den meine Mutter so liebte, und Gewürze, kurz alles, was die Küche so braucht. Ein Gewächs- oder Treibhaus fehlte hingegen.

Den Speiseplan bereicherten in willkommener Weise Pilze, die wir entweder im Wald, meist Steinpilze und Pfifferlinge, oder auf den Wiesen und Koppeln, Champignons, suchten. Wichtig war natürlich, dass man die verschiedenen Sorten richtig identifizieren konnte. Der auffallende Fliegenpilz oder der oberflächlich betrachtet dem Champignon ähnliche Bovist bereiteten keine Probleme, aber bei manchen mit Steinpilzen zu verwechselnden Sorten musste man höllisch aufpassen. Eine Pilzvergiftung haben wir zum Glück immer vermeiden können.

Aus Zuckerrüben wurde einmal im Jahr – vor allem später im Krieg – Rübensirup gekocht, auch Rübenkreude genannt, sicher ein sehr nahrhaftes Produkt, aber bei uns Kindern ebenso unbeliebt wie der unvermeidliche, im Winter einzunehmende Lebertran. Unfair, wie das Leben ist: Für meine Schwestern gab es später ein mit Fruchtsaft versetztes Produkt, das nicht ganz so schlimm schmeckte. Die meisten Rüben gingen im Übrigen in die Zuckerfabrik der Kreisstadt Arnswalde, von der man wiederum den raffinierten Zucker erhielt. Aus ihm wurden unter anderem auch Bonbons in Eigenfabrikation hergestellt. Sehr beliebt waren auch Bonbons aus Karamellzucker. Seife wurde nebenbei bemerkt erst im Krieg selbst gefertigt, wozu man Seifenstein kaufen musste; der Rest bestand aus Talg und sonstigem Zeug.

Einmal im Jahr fand das Schweineschlachten statt. Nachdem das Opfer unter gewaltigem Gequieke sein Leben ausgehaucht hatte, dauerte es den ganzen Tag, ehe es in seine Bestandteile zerlegt worden war. Endlose Mengen Fleisch wurden durch den Wolf gedreht und in Blut-, Leber- und alle möglichen anderen Würste verwandelt, meist »im eigenen Darm«, kunstvoll gefüllt und abgeteilt. Das hierfür benötigte heiße Wasser kochte in großen Kesseln. Dann wurde normales und Griebenschmalz gefertigt, Schweinehaxen und sonstige Fleischstücke geschnitten und schließlich die Schinken vorbereitet, die zusammen mit den Würsten im Haus selbst geräuchert wurden. Einiges fand den Weg in die Einweckgläser. Des Weiteren machte man sich noch an die Fertigung von Wellfleisch und nach Eintreffen von Emmy Dickow, die aus Pommern kam, an das dort übliche Gänseschwarzsauer (natürlich erst, nachdem eine Gans hierfür ihr Leben gelassen hatte!). Für die Erwachsenen gab es als Gegenmittel für das viele Fett einen Schnaps! Während das Schweineschlachtfest in unserer Waschküche ablief, wurden die Rinder zum Schlachter Herder gebracht, von dem man später die verschiedenen Stücke zurückerhielt. Eine zusätzliche Bereicherung war Wildbret, meist vom Reh, Hasen und Karnickel, Fasan und Rebhuhn. Ob wir die beliebte Spickgans, im Allgemeinen reserviert für den Hausherrn, selbst hergestellt haben? Ich weiß es nicht mehr genau, glaube aber, sie kam von der Regenwalder Wurstfabrik, neben ihrer bekannten Teewurst hierfür berühmt.

Aus unseren verpachteten drei Seen belieferte uns der Pächter mit Fisch, Krebsen und Aalen. Raki heißt auf Wendisch Krebs, daher »Raakow« bzw. heute »Rakowo«. Im Mittelalter existierte eine Verfügung des Landesherrn, nach der dem Personal nicht öfter als dreimal in der Woche Krebse vorgesetzt werden durfte! Krebse besaßen also einen hohen Stellenwert in Raakow, und es gab hierfür ein Extrageschirr, mit einem feuerroten Krebs als Deckelgriff der Terrine, außerdem natürlich Zangen zum Aufknacken von Schere und Körper. Fische wurden von uns Kindern mit der Angel gefangen, üblicher waren Reusen, die der Pächter hier und dort auslegte. Gut schmeckten die Hechte. Natürlich wurde auch gewildert!

Eines Tages erschien unser Leutevogt mit einem Riesenhecht: Er gäbe zu, er habe schwarzgeangelt, aber dieser Fisch sei für sein Haus zu groß und somit wolle er ihn »dem Haus« überreichen, »mit Bitte um Vergebung«. Was für Zeiten!! Der Hecht wurde dann Mittelpunkt eines Diners, komplett serviert in einem Stück und mit einer Zitrone im Maul. Eine besondere Rolle spielten die Karpfen, die sich im Wald im »Karpfenteich« tummelten und insbesondere zum Weihnachtsfest das ihre beitrugen. Etwas ganz Spezielles stellten die Aale dar, die wir in einem kleinen Räucherhäuschen draußen im Park präparierten. Es war so groß wie eine Hundehütte, wo mit Sägemehlglut Rauch produzierte wurde, der durch ein vertikales Steingut-Dränagerohr nach oben abzog und die darin aufgehängten Tiere selchte.

Was kaufte man dann überhaupt noch? Für diese Zwecke stand der Kolonialwarenhändler Nowald zu Diensten, bei dem es alles gab, was das Herz begehrte. Warum Kolonial? Dieser Name hatte sich wohl in Reminiszenz an unsere früheren Kolonien eingebürgert, aus denen man so exotische Dinge wie zum Beispiel Gewürze bezog. Für uns Kinder waren eher die Süßigkeiten von Interesse, also Karamellbonbons, Drops,

Lakritzen, gebrannte Mandeln, Pfefferminzstangen und so weiter, meist sichtbar und verlockend auf dem Ladentisch in einer großen Glasdose aufbewahrt. Für die Dorfbevölkerung gab es Mehl, Seife, Haferflocken, Schreibhefte, Strickwolle und Waschpulver (ATA, Persil und IMI!), gesalzene Heringe, kurz: alles, was man so brauchte. Portionspackungen waren unbekannt: Was immer man in kleineren Mengen kaufte, wurde mittels kleiner Schaufel aus einer der Schubladen hinterm Tresen geholt und in eine Tüte geschüttet, die manchmal vorgefertigt war, manchmal kunstvoll aus Zeitungspapier gedreht wurde. Die Präzisierung des Gewichts erfolgte auf einer Waage mit Messinggewichten. Des Weiteren gab es Zigarren und Zigaretten, an »Juno Rund« und »RA6« erinnere ich mich, später »Haus Bergmann Privat«. Zigarren bestellte der Papi im Übrigen bei Bönecke in Berlin. Sehr schockiert war ich, als ich einmal den Preis von einer solchen Zigarre – bei Nowald – erfuhr: zehn Pfennig oder noch mehr! Es erschien mir frivol, so viel Geld in die Luft zu paffen.

Das Aufgezählte war jedoch noch längst nicht alles, denn Herr Nowald lieferte auch Tee, Kaffee und Kakao, Pfeffer und Gewürze, wie beispielsweise Kümmel, Anis, Vanille und Zimt, Salz, Maggi, Senf und manchmal Orangen, Apfelsinen genannt. Wir vom Gut fuhren gelegentlich in die vierzehn Kilometer entfernte Kreisstadt Arnswalde, um dort größere Einkäufe zu tätigen oder Dinge zu erstehen, die angesichts mangelnder Nachfrage nicht zu Herrn Nowalds »Bauernsortiment« gehörten, wie etwa gewisse Käsesorten, Konfekt, Orangenmarmelade, Zwieback oder sonstiges Gebäck. Klopapier? Nun, das kam bei uns schon vor, aber in unserer Gegend gab es auch noch das in kleine Stücke geschnittene Zeitungspapier, kunstvoll zum Abreißen auf einem Haken aufgespießt. Inflation? Ja, die gab es einmal vor langer Zeit, 1923, als viele Menschen ihr Geld verloren, ich selbst besaß noch Scheine von einer Million und einer Milliarde Reichsmark, aber heute? Selige Zeiten.

Was Trinken anbelangt, so war der Weinkeller eine Selbstverständlichkeit. Bier konnte man in großen, wiederverschließbaren Flaschen bei Herrn Nowald erstehen. Bei Tisch gab es für uns Kinder »Sommersaft«, eine mit Wasser verdünnte Apfelsinenschalenessenz, und zwar *eine* Ration. Ansonsten hielt man wenig von Trinken, »dieses ewige Wassergekuddele«

meiner Mutter liegt mir noch in den Ohren. Naturgemäß ist Alkohol bei Jungen unter sechzehn kein Hauptthema, aber ich erinnere mich daran, beim Präparieren von einigen Bowlen gekostet zu haben. Da gab es einmal Erdbeer- und Pfirsichbowle sowie im Mai die leckere Waldmeisterbowle. Die Älteren wussten zu berichten, dass sie einen furchtbaren Kater erzeugen kann, ein mir damals noch unbekannter Begriff! »Kalte Ente« wurde mit kurz in den Wein hineingetauchter Zitronenrinde fabriziert. Schließlich gehörte Kullerpfirsich zu den sommerlichen Vergnügen, wobei der mit einer Gabel traktierte Pfirsich in ein Glas Sekt platziert sich nach einer Weile hin und her bewegt.

Gegessen wurde bei uns in Raakow eigentlich nicht sehr gut. Ob es am Krieg lag, ich weiß es nicht. Meine liebe Mutter, der gegenüber ich später einmal davon sprach, hatte hierfür ein taubes Ohr. Überhaupt war das Kochen nicht ihre Stärke. Ich selbst habe das wohl geerbt, denn ich bin in der Küche eine Null und war später in Bliestorf bass erstaunt, dass man nicht nur mit Wasser eine Suppe verlängern kann, sondern dass eine Suppe vornehmlich aus Wasser besteht. Darüber hatte ich mir nie Gedanken gemacht, da die Suppe ja, wie alles andere, von draußen fertig auf den Tisch kam. Im Gegensatz zu Raakow war die Küche in Mutters eigenem Elternhaus hervorragend, da die Großeltern Lüttichau Feinschmecker waren. Kohl mit Kümmel, also wenn es den bei uns gab, verging mir der Hunger schon von vornherein. Aber: Was auf den Tisch kommt, wird gegessen. Diese eiserne, preußische Regel galt auch bei uns, nur beim Nachtisch durfte man passen, was ich allerdings nur bei in Essig eingelegten süßsauren Kürbissen in Anspruch nahm! Bei Roter Beete hingegen, gegen die ich noch heute eine Aversion hege, hörte die Toleranz auf: »Iss sie, bitte, sie sind gesund und blutbildend!« Herummäkeln an einer Speise war absolut tabu, eigentlich wurde selbst ein Lob nicht sehr geschätzt. Dennoch: Wenn wir kundgaben, dass uns etwas ganz besonders gut geschmeckt hatte, so wurde das toleriert, mehr aber auch nicht. Wenn man so erzogen wird, hat man später im Leben keinerlei Probleme, wenn irgendwelche unbekannten Gerichte serviert werden. Bei Tisch hatte man darüber hinaus als Kind den Mund zu halten: Man redete nur, wenn man gefragt wurde. Hat uns das zu Duckmäusern gemacht? Ich würde sagen: nein!

Geradesitzen stellte einen anderen Dollpunkt dar, gelegentlich mit einem Stock im Rücken, der die Arme nach hinten fixierte, oder Bücher unter den Armen. Hat uns aber auch nicht geschadet. Überhaupt waren Tischmanieren ein großes Thema und wesentlich wichtiger als das, was die Kinder übers Essen dachten. Bei Tisch wurde übrigens immer gebetet, zu Beginn und am Ende der Mahlzeit, aber ohne sich dabei die Hände zu geben, wie an manch anderen Orten üblich. »Guten Appetit« sagte man nicht. Meiner Mutter wurde zuerst serviert, auch wenn Gäste anwesend waren, wenigstens tagsüber: Abends habe ich damals an den formelleren Essen nicht teilgenommen. Bei solchen Gelegenheiten ist sicher auch dieses und jenes Wort des Lobes seitens der Gäste gefallen. In diesem Zusammenhang ein lustiges Detail: Ich habe nie wirklich gelernt, »richtig« mit Messer und Gabel zu essen, sondern schneide das Fleisch mit der rechten Hand, wechsle dann das Besteck und esse mit der Gabel rechts, dem Messer links. Meine Theorie hierzu: Im Land meiner Großmutter schneidet man erst alles Fleisch hintereinander und isst schließlich mit der Gabel in der rechten Hand. Die linke ruht zu allem Überfluss unter dem Tisch (eine Todsünde in Deutschland!). Sollte die so sehr auf guten Benimm achtende Großmutter ihrer Tochter das eventuell nicht richtig beigebracht haben und sie wiederum nicht mir? Se non é vero, é ben trovato.

Die Dienstboten aßen wiederum anders als wir, ich würde sagen eher ohne Manieren. Sie merkten jedoch sofort, wenn *wir* etwas falsch machten, so zum Beispiel den Arm beim Essen nicht vom Tisch abzuheben oder die Suppe zu schlürfen!

Eine Besonderheit in unserem Haus war die so genannte Schweinevesper, das heißt zur Teezeit grundsätzlich Brot mit Aufschnitt, Schmalz und Ähnlichem, also salzig, und nur relativ selten Kuchen oder Torten. Ich persönlich machte mir nicht viel aus Letzteren und entsinne mich noch, dass ich bei rein süßem Angebot immer versuchte, etwas Salziges nebenher zu bekommen. Andererseits war es bei uns erlaubt, eine Scheibe Brot mit Butter und Marmelade zu bestreichen, was in einigen sparsamen Gutshäusern ein absolutes No-No war, wenigstens für die Kinder! Entweder – oder: Das war das Gebot.

Der Tages- und Jahresablauf

Das Leben in diesen Environs ging gemütlich und ohne größere Aufregungen vor sich. Als Kind waren mir natürlich keine wirtschaftlichen Sorgen bewusst, obwohl es sie gegeben haben mag, aber grundsätzlich ging es der Landwirtschaft im Dritten Reich nicht schlecht. Seit 1930 spielte die so genannte Osthilfe eine wichtige Rolle, die den ostdeutschen Besitzungen in der damaligen Weltagrarkrise half. Es gab ordentliche Preise, zu meiner Zeit keine Missernten, und der Besitz war schuldenfrei, worauf mein Vater immer sehr stolz war. Natürlich haben meine Eltern nicht über ihre Verhältnisse gelebt, noch habe ich selbst das je in meinem Leben getan. Goethes Wort aus dem Faust, was auf Ulrich von Hutten zurückgehen soll, wurde groß geschrieben: »Was du ererbt von deinen Vätern, erwirb es, um es zu besitzen.«

Arbeit war eine Tugend, und »travailler pour le Roi de Prusse« eine Ehre, das galt sowohl für den Soldatenstand als auch für das Beamtentum. Mein Vater hat den Besitz selbst verwaltet, wenn auch – wie üblich – mit einem Inspektor. »Verwalter« wurde der genannt, wenn der Gutsherr nur relativ wenig mittat. Die Buchhaltung führte Papi selbst. Zwölf Jahre lang lief das so, bevor der Krieg begann und er »ins Feld« musste – siebenunddreißig Jahre alt war er damals, ich gerade zehn.

Einschieben möchte ich hier, dass mein Vater damals ein gutes Konzept von unserem Inspektor Schneider hatte. Dieser war zwar »braun«, was einer guten Zusammenarbeit jedoch keinen Abbruch tat. Aus den wenigen vorliegenden Briefen des Vaters aus dem Krieg geht immer wieder hervor, dass er sich mit Schneiders Tätigkeit in Raakow sehr zufrieden zeigte. 1941 kaufte er ihm ein neues Auto, um damit schnell einmal in die Stadt fahren zu können. Vorher fuhr er nur mit einem Motorrad. Dass er später keinen richtigen »Treck« auf die Beine stellen konnte – oder wollte –, wer weiß heute noch die genauen Gründe. Die späteren Geschehnisse am 29. Januar 1945 allerdings ließen, was immer das Verhältnis zwischen den beiden Männern gewesen sein mag, zerbrechen.

Ansonsten ist Vaters gesamte Korrespondenz mit der Mutter, aus der man irgendwelche interessanten Dinge über den Krieg hätte erfahren können, in Raakow geblieben. Erhalten sind lediglich einige Briefe meines Vaters an seinen Schwiegervater, vornehmlich aus Polen geschrieben, von wo aus der Krieg gegen Russland startete. Hauptsächlich ist dort von der Jagd die Rede! Die einzigen zwei nennenswerten Kommentare bestanden aus einer guten Beurteilung von zwei SS-Schwadronen und Klagen über Überfälle inklusive Verstümmelungen von deutschen Soldaten seitens der (polnischen) Bevölkerung, und zwar »nachweislich« von Juden. Im Übrigen konnte man wegen der Zensur kaum über Wesentliches schreiben und schon gar keine Kritik üben.

Zurück zu Friedenszeiten: Als Erstes war am Morgen sein Schritt zu hören, um auf dem Hof dabei zu sein, wenn die Arbeit losging. Waldi, der Dackel, sprang dann schnell vom Sofa, worauf zu übernachten er sich gelegentlich erlaubte. Wenn meine Mutter vorher erschien, drückte er sich: »Vielleicht merkt sie's ja nicht.« Wenn die Dienstmädchen ihn dann später verscheuchen wollten, begegnete er ihnen mit Knurren: mal sehen, wer hier was zu sagen hat. Insgesamt hatten wir Kinder »unten« eigentlich wenig zu suchen, unser Reich war »oben«.

Das Läuten einer großen Glocke, Bimmel genannt, betätigt durch Hofmeister Paul Balk, war das Zeichen für den Arbeitsbeginn. Den Gespannführern wurde vom Inspektor ihre jeweilige Tagesarbeit zugewiesen, der Rest wusste mehr oder weniger von selbst, was zu tun war. Gesät wurde teilweise im Herbst (zum Beispiel die so genannte Wintergerste), meist aber im Frühjahr. Die Ernte erfolgte zwischen Sommer und Herbst. Danach musste gepflügt, geschält und geeggt werden, um den Boden für die Aufnahme der neuen Saat vorzubereiten. Im Winter herrschte eher Ruhe. Gearbeitet wurde von Montag bis Sonnabend von Sonnenauf- bis -untergang und notfalls auch am Sonntag, wenn etwa die Ernte durch angemeldete Gewitter oder Regengüsse in Gefahr geriet. Die eigentlichen Arbeiten wurden vom Inspektor Schneider revidiert. Dennoch fuhr oder ritt mein Vater fast täglich »aufs Feld«, auch gelegentlich in den Wald. Mami kam oft mit, eine willkommene Unterbrechung der häuslichen Tätigkeiten!

Das Frühjahr verkörperte jene Jahreszeit, die mein Vater besonders gern hatte, wohingegen wir Kinder natürlich den Sommer am liebsten mochten. Dazu gehörte in erster Linie das Baden im Großen Raakow See, nur einen halben Kilometer vom Haus entfernt. Dort habe ich schwimmen gelernt, bekam aber das »Freischwimmerzeugnis« erst später im Waldbad von Bärenstein. Meine Mutter war meist mit von der Partie, nur gelegentlich der Vater, und immer die jeweiligen Betreuerinnen von Gabriele und Ulla, deren Hauptaufgabe darin bestand, aufzupassen, dass keiner ertrank. Das war durchaus »drin«, denn der See fiel nach wenigen Metern flachen Ufers steil in die Tiefe ab. (Im letzten Kapitel sieht man den See auf zwei fast identischen Fotos von der gleichen Stelle aufgenommen: 1943, und über ein halbes Jahrhundert danach: 1996.)

Die Höhepunkte im Jahresablauf stellten das Anmähen und das Erntefest dar, die mir in besonderer Erinnerung geblieben sind. Ersteres bestand aus dem Anschneiden des reifen Getreides, zuerst also der Wintergerste, was damals nur noch teilweise von Hand ging, also mit der Sense. Die Männer mähten, die Frauen bündelten. Später kam der pferdegezogene Mähbinder hinzu, der die Halme zusammenschnürte und seitwärts auswarf. Ob so produziert oder von Hand gebunden: Die gebündelten Garben wurden zum weiteren Trocknen in so genannten Hocken zusammengestellt, die wie Zelte aussahen.

Die ganze Familie erschien am ersten Tag dieser Tätigkeit mit dem Pferdewagen, zum »Binden«, wie es hieß. Ein Gedicht wurde aufgesagt, zum Beispiel:

»Ich habe vernommen,
dass Herr Rittmeister aufs Feld ist gekommen.
Ich binde diesen (sic) groben Band
um Ihren feinen Arm,
und ist der (sic) Band auch schlecht,
so ist der Wunsch doch recht!
Sie müssen's mir nicht übel nehmen,
dass ich bin so frei gewesen.«

Jeder von uns wurde mit einem kleinen Band dekoriert, die Mädchen knicksten dabei artig und die Männer zogen ihre Mützen, in denen diskret einige Geldstücke verschwanden.

Etwas ausgelassener verlief das Erntefest, das die erfolgreich beendete Ernte krönte. Eine aus Stroh, Margariten und Kornblumen gebundene Krone wurde mit farbigen Bändern geschmückt und uns vor dem Eingang des Hauses überreicht, wiederum von passenden Gedichten begleitet. Alle unsere Leute nahmen festlich gekleidet daran teil, in einem großen Zug kamen sie! Der Vater hielt – in Friedenszeiten – eine Rede, danach erhielt die Krone ihren üblichen Ehrenplatz unter dem Kronleuchter in der Diele, und auf ging's zum Essen, Trinken (Freibier!) und Tanz. An die näheren Details dieser Fortsetzung kann ich mich jedoch nicht erinnern, weil man dabei wohl nach dem »offiziellen« Beginn eher »unter sich« sein wollte. Schließlich war ich beim Erntefest 1941 erst zwölf Jahre alt, im Frühjahr 1942 ging ich ins Internat und kam danach bis zu unserer Flucht nur noch auf Ferien nach Hause. Was ich genau weiß, ist, dass man bei Gelegenheiten, zu denen es Kaffee und Kuchen gab, den Unterteller auf die Tasse platzierte oder diese auf den Kopf stellte, um zu signalisieren: Jetzt kann ich wirklich nicht mehr. Einfach »danke« zu sagen, war nicht genug! Nie sollten die Gäste sagen dürfen: »Es ist nicht genügend genötigt worden« – das wäre nämlich gleichbedeutend mit reinem Geiz. Sicher hat es auch gelegentlich weitere Folgen gegeben, da Bier und Schnaps reichlich zugesprochen wurde. Und so manches junge Paar mag sich danach absentiert haben. Von der alten Bauernregel »Im Roggen werden es Jungen, in der Gerste Mädchen« habe ich erst später gehört.

Nicht zu verwechseln ist dieses Ereignis mit dem Erntedanktag, dem kirchlichen Festtag, zu dem unsere Kirche mit allen Produkten der Ernte geschmückt wurde und Pastor Furian dem Himmel und den Mitarbeitern für das glückliche Einbringen der Ernte dankte. Pommern und Neumärker sind sangesfreudig, und wenn ein Lied acht Strophen aufweist, so werden auch alle acht gesungen. Ebenso erging es den dargestellten Erzeugnissen, und abgesehen von der Blumenpracht war von der Runkelrübe bis zum Kohlrabi wirklich alles zu finden, was irgendwie der Ernte zugeordnet werden konnte.

Etwas später folgte die Kartoffelernte, im Allgemeinen »Kartoffelbuddeln« genannt, in der die Knollenfrüchte damals von Hand aus dem Boden geholt wurden. Ganze speziell zu diesem Zweck angeheuerten Arbeiterkolonnen gingen die aufgehäufelten Reihen entlang, in denen die Kartoffeln wuchsen. Die Frauen holten sie mit einer kurzstieligen Hacke heraus, die ihnen zugeteilten Kinder klaubten sie auf und warfen sie in Kiepen, die dann die Männer zu einer Sammelstelle schleppten. Bezahlt wurde im Akkord, das heißt also pro abgelieferte Kiepe. Da diese Zeit Hochsaison war, bekamen die Kinder hierfür Schulferien, »Kartoffelferien« genannt. Auch wir nahmen an diesem Unternehmen teil. Alles musste eben ziemlich schnell geschehen, denn im Herbst konnte es schon mal Frost geben, der die gesamte Ernte verdorben hätte. Untrennbar verbunden mit dieser herbstlichen Zeit war der Geruch des auf den Feldern verbrannten Kartoffelkrauts und später die Sammlung der Zugvögel für den Flug nach Süden.

Das Rübenroden geschah noch später, wofür aber schon Maschinen zum Einsatz kamen, sowohl für die weißen Zuckerrüben als auch für die dunkleren, rundlichen Runkeln, die als Futter benutzt wurden, unter anderem in Form von getrockneten Rübenschnitzeln. Flachs stellte für uns ein von der Regierung gefördertes Novum dar. Die Pflanzen wurden mit der Wurzel aus der Erde entfernt und von Hand durch sehr rudimentäre Kämme gezogen, was sie von ihren Samenköpfen befreite. Dieses Produkt ging in die Textilfabriken. Raps hatten wir natürlich auch, er roch nicht besonders gut, sah aber in der Blütezeit wunderschön aus.

Ebenfalls im Herbst wurde die riesengroße, leicht rosafarbene Dreschmaschine aus der Scheune geholt. Einer der beiden Lanz-Bulldog-Trecker wurde davorgestellt, um sie mit einem langen Lederriemen anzutreiben. Heute wird wohl fast nur noch der Mähdrescher benutzt, aber damals drosch man das Getreide auf dem Hof, trennte also die Körner vom Stroh. Nachdem ein Leiterwagen voller Korngarben längsseits an die Dreschmaschine herangefahren war, wurden die einzelnen Garben eine nach der anderen in die Höhe gestakt und von drei oder vier oben stehenden Frauen vom Bindegarn befreit und in ihren Schlund befördert. Gewaltig die Staubentwicklung, ebenso der Krach, der mit diesem Unternehmen verbunden war: Jedes Mal, wenn ein Garbenbündel hineingeworfen wurde, heulte die Maschine laut auf. Das gedroschene Korn gelangte über eine Schute in den unten wartenden Sack, wohingegen das leere, in Ballen gepresste Stroh auf einem endlos langen Transportband, ebenfalls vom Trecker betrieben, in die Scheune befördert und dort fachgerecht gestapelt wurde. Ein typisches Herbst- oder Spätsommergeräusch, dieses Dreschen, im Gegensatz dazu gehörte das Dengeln der Sensen, also das helle Klingen der Hämmer, zum Sommer, mit denen die Arbeiter abends vor ihren Häusern die Schneidflächen zum Schärfen bearbeiteten.

Es folgt der Winter, meist so um den November herum. Und er dauert lang! Ein alter Spruch bezieht sich hierauf:

»Der Pommer trägt, nach guter Art, den Winterpelz bis Himmelfahrt.
Und kommt Johanni dann heran, zieht er ihn schleunigst wieder an.«

Ganz so schlimm war's nicht, aber bis zum April mit seinem sprichwörtlich wechselvollen Wetter konnte der Winter schon anhalten. Bei uns herrschte das so genannte kontinentale, trockene Klima, also heiße Sommer und kalte Winter. Und da Schnee dazugehörte, stellte eine der winterlichen Freuden für uns Kinder das Schlangefahren durch die Landschaft dar. »Muckel« wurde dafür vor eine Kette von Rodelschlitten gespannt, und weil er am liebsten galoppierte, musste man höllisch aufpassen, dass man nicht umfiel. Besonders dem Letzten in der Reihe fiel das arg schwer! Skilaufen gehörte nicht zu Raakow, während sich Schlittschuhlaufen allgemeiner Beliebtheit erfreute, einmal auf dem Teich hinterm Hof, dann auch auf einer überschwemmten Wiese am Dorfende. Auf dem Teich versahen wir in unserem hübschen Gedankenspiel die verschiedenen Ecken und Buchten mit den Namen internationaler Häfen bzw. Hauptstädten. Hier fiel, angeregt von Tante Anette aus Hamburg, das erste Mal in meinem Leben der Name Caracas, wobei sie zu berichten wusste, dass es dort eine große Firma »Blohm Gebrüder« gäbe! Einmal wäre meine Schwester Gabriele auf der zugefrorenen Wiese am Dorfende beinahe ertrunken: Sie war eingebrochen und lag bis zum Hals im Wasser; alle Kinder rannten – typisch! – davon, aber meine Mutter war zum Glück anwesend, um sie wieder herauszufischen.

Eine weitere Tätigkeit, an der wir im Winter immer teilnahmen, war das so genannte Eisfischen. Da es damals noch keine Eisschränke oder Kühltruhen gab, wurde diese Funktion von einem ausgemauerten, mit Erde bedeckten Raum von zirka 5 x 5 x 2 Metern übernommen: der Eisberg. Von fern sah er aus wie ein Hügel mit einer Tür davor. Das hierfür erforderliche Eis wurde in großen Blöcken aus dem gefrorenen Kleinen Raakow See herausgeschnitten und in das Eishaus transportiert. Zu diesem Zweck benutzte man entweder die normalen Leiterwagen mit Speichenrädern aus Holz mit aufgezogenem Eisenband oder später Gummiwagen, so genannt, weil sie auf Autoreifen fuhren. Dieses Eis hielt sich leicht bis zum nächsten Herbst und diente vor allem zum Aufbewahren von Wildbret und Fleisch. Auch die Hasen kamen dort hinein, die entweder auf einer Jagd oder von mir geschossen worden waren. Hase muss hängen, hieß es (»von wegen dem Hautgout!«). Speiseeis, das in einer Eismaschine hergestellt wurde, gab es nur zu ganz besonderen Gelegenheiten. Ein Holzfass mit mittig eingebautem senkrechten Behälter, gefüllt mit Vanillecreme oder Ähnlichem, wurde mit Eis und Viehsalz bestückt und mittels eines Zahnradsystems durch eine Handkurbel stundenlang gedreht, bis sich der Inhalt eben zu »Gefrorenem« verwandelt hatte.

Die Fische in unseren Seen wurden das ganze Jahr über mit Fischreusen gefangen, etwa 1,50 x 0,70 Meter große, runde, teils geflochtene, teils aus Draht gefertigte Körbe, in deren in der Mitte befindlichen Eingang der Fisch zwar hinein-, nicht aber wieder herauskonnte. Hechte, Schleien, Barsche, Plötzen und Karauschen fielen als übliche Beute an, ebenso wie die im vorigen Kapitel erwähnten Krebse. Obwohl die Fischerei im Großen Raakow See verpachtet war, durften wir Kinder angeln. Sicherlich trügt mich meine Erinnerung nicht, dass manchmal bei sehr magerem Erfolg ein heimlicher Besuch bei einer der Reusen unsere Beute erweiterte!

Einer meiner ersten Schüttelreime ist mir im Gedächtnis geblieben:

Am liebsten seh ich auf dem Tische
von mir selbst gefangene Fische:

Plötze, Barsche, Schleien, Stinte,
doch Hechte ich am besten finde.

Gleich stechen wir in See!

Den Karpfenfang bewerkstelligte man vom Gut aus, wobei die im Wald befindlichen Karpfenteiche im Winter durch Schleusen, so genannte Wehren, abgelassen und die übrig gebliebenen Fische aufgesammelt wurden. Auch Aale gab es dort.

Nach den herbstlichen Treibjagden, auf die ich anderenorts zu sprechen komme, folgt chronologischerweise die Advents- und Weihnachtszeit, für uns Kinder natürlich das wichtigste Ereignis des Jahres, vielleicht abgesehen von den Ferien. Schlimm, wenn man wie Onkel Sizi Geburtstag am 23. Dezember oder da herum hatte: Trotz aller elterlichen Beteuerungen kommen solche Pechvögel durchweg zu kurz.

Die Adventszeit verbinde ich mit dem Geräusch und Holzkohlengeruch des Samowars, in dem das Teewasser kochte. Es war schon dunkel, draußen lag wohl bereits Schnee, und es gab Pfefferkuchen und Plätzchen, Äpfel aus dem Obstkeller und andere guten Sachen, während den Tisch ein riesiger Adventskranz schmückte. Dabei spendet der große Lutherofen, mit einer Bank um ihn herum, gemütliche Wärme. In ihm wurden Bucheckern geröstet und Bratäpfel produziert, auf die ich aber mein Leben lang nie so wild gewesen bin. Jeden Tag konnte man im Adventskalender eine Tür öffnen und somit einen weiteren Tag abhaken, der noch bis zum Fest – sprich zur Bescherung – fehlte. Ebenfalls in diese Zeit gehört das Basteln von Geschenken, so zum Beispiel mit der Laubsäge aus Sperrholz gefertigte nützliche Dinge, wie Kalenderbasen, Untersetzer, Postkartenständer oder Wandschmuck. Geschenke kaufen gab es in unserem Weltbild nicht. Vorlesen war zu Weihnachten noch mehr *Conditio sine qua non* als sonst. Eine wichtige Rolle spielte der Weihnachtsstollen, der natürlich ein »Dresdner« sein musste und jedes Jahr von den lieben Großeltern aus Bärenstein in Sachsen zu uns auf den Weg gebracht wurde.

Sehr gut erinnere ich mich an den obligatorischen Weihnachtsmann, der am Nikolaustag kam, also dem 6. Dezember. Seine Schritte konnte man schon von weither hören, ehe er ins Kinderzimmer gestapft kam, ausgerüstet mit Rute und einem großen Sack. Auf die zu erwartende Frage, ob ich auch artig gewesen sei, soll ich wahrheitsgemäß geantwortet haben: »Manchmal ja, manchmal nein!« Am Vorabend hatten wir natürlich, alter Sitte gemäß, unsere Schuhe vor die Tür gestellt, in die der Nikolaus in der Nacht Pfefferkuchen und sonstige Süßigkeiten deponierte. Einmal hatte bei Nachbarn jemand seine großen Stiefel herausgestellt, darin befanden sich am nächsten Morgen aber nur Kohlen! Beim letzten Besuch des Weihnachtsmannes war ich fast acht Jahre alt und am Tag darauf klärte uns die Dorfjugend in der Schule auf!

Das Weihnachtsfest, also der Heiligabend, begann immer am späten Nachmittag des vierundzwanzigsten mit der Christmette in der Kirche. Es folgte die so genannte Leutebescherung, an der alle diejenigen teilnahmen, die irgendwie »mit dem Haus« zu tun hatten. (Über den Begriff Leute habe ich anderenorts gesprochen.) Ob die Weihnachtsgeschichte aus der Bibel schon bei dieser Gelegenheit oder erst bei »unserer« Bescherung vorgelesen wurde, weiß ich nicht mehr. Auch kann ich mich nicht an die obligatorischen musikalischen oder Gedichtsdarbietungen von uns Kindern erinnern. Ich fürchte, dass entgegen den Ermahnungen von Großmutter Lüttichau die Vorfreude auf die zu erwartenden Geschenke alles andere im Gehirn gelöscht hat! Unsere eigene Bescherung fand gegen sechs Uhr im Musikzimmer statt, das seit einigen Tagen für uns verschlossen war. Auf ein Klingelzeichen hin öffnete sich die große Tür und ein nur mit Lametta geschmückter Riesentannenbaum erstrahlte im Licht einer Unzahl gelber Wachskerzen. Unter ihm stand die Krippe mit geschnitzten großen Holzfiguren, sekundiert von vielen, im ganzen Raum verteilten, kleinen Engeln aus dem Erzgebirge, »wo sich meine Mutter herstammte«, wie man bei uns sagte! Auch durften die Räuchermännchen mit ihren ebenfalls aus dem Erzgebirge stammenden Bergmannsuniformen nicht fehlen. Schließlich die Geschenktische, bestehend aus mit weißen Betttüchern bedeckten Kuchenbrettern, die wiederum auf Kofferständern ruhten. Kunstvoll verpackte Geschenke erwarteten uns, Enttäuschungen gab es nie. So gegen acht Uhr folgte ein festliches Abendessen, traditionell mit Karpfen aus unseren eigenen Teichen. Am Weihnachtstag selbst tischte man der Tradition folgend Gänsebraten auf, mit Rotkraut und Beifuß. Weniger beliebt, aber unvermeidlich waren die nachfolgenden Bedankemich-Briefe, die ich bei einer Gelegenheit vorgeschrieben hatte und später nur zu ergänzen brauchte.

Weitere Kirchenfeste, wie Ostern und Pfingsten, unterbrachen den Alltag. Allerheiligen wird im Norden ja nicht gefeiert, während das Reformationsfest am 31. Oktober ein eher formeller Feiertag war. Karneval oder Fasching hatte im Norden auch keine größere Resonanz, obwohl ich mich erinnere, dass die Dorfjungen verkleidet herumzogen und um Süßigkeiten oder Geld baten. Ostern hingegen – mit den dazugehörigen Ferien – war wichtig, wenn auch nicht mit dem gleichen Stellenwert wie die »Semana Santa« in südlichen Ländern. Einmal endete zu diesem Zeitpunkt das Schuljahr und für die meisten Dorfkinder begann mit dem vollendeten vierzehnten Lebensjahr die Lehrzeit. In dem Alter wurde auch konfirmiert. Schließlich das Osterfest selbst, begleitet vom üblichen Ostereiersuchen im Garten. Meist beginnt ja um diese Zeit der Frühling, wenn einem das Wetter auch oft einen Strich durch diese Rechnung machte, manchmal mit Regen, manchmal sogar mit Schnee. Später, als ich schon »groß« war, durfte ich helfen, die Ostereier zu verstecken, sicherlich ohne deswegen auf meinen Anteil verzichten zu müssen. Eine Ostersitte war das so genannte »Stiepen: Man »überraschte« früh morgens die Eltern und Besucher im Bett mit dem Singsang:

»Stiep, stiep, Osterei – gibst du mir kein großes Ei, stiep ich dir das Bett entzwei.«

Alle waren natürlich mit »Löse-Eiern« ausgerüstet.

Zu Pfingsten bestand bei uns, wie wohl überall in der Gegend, die nette Sitte, Kirche und Häuser mit dem so genannten »Pfingstgrün« zu schmücken. Es wurden Birken- oder Haselnusszweige, vorzugsweise mit »Kätzchen«, also ihren Knospen, versehen vor die Türen gestellt, was dem Dorf ein festliches Aussehen gab.

Muttertag wurde bei uns hingegen klein geschrieben: Für meine Großmutter Schuckmann handelte es sich hierbei ohnehin um eine Erfindung von Hitler, historisch zwar falsch, aber das war der Grund für eine eher geringe Beachtung dieses Festtages.

Geschwister und die Jungen »zur Miterziehung«

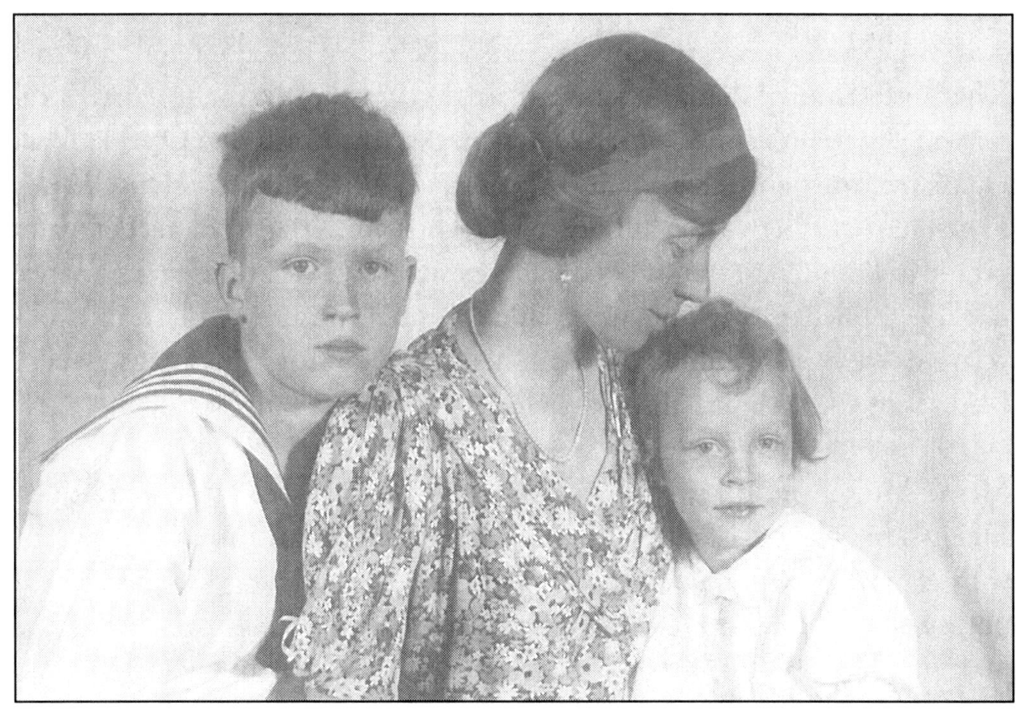

Die Familie noch zu dritt, ca. 1938

Die Familie zu viert, 1941/42

Meine Schwester Gabriele erblickte das Licht der Welt am 17. April 1935, als ich sechs Jahre alt war. Sie wurde in Landsberg geboren, die Klinik dort muss besser gewesen sein als das gerade zwanzig Kilometer entfernte Johanniter-Krankenhaus in Schwerin an der Warthe, wo mein Vater Kurator war. Auf dem Hinweg durfte ich vom Nebensitz aus den Opel lenken. Ulla kam fünf Jahre später am 8. Februar 1940 bei uns zu Hause in der so genannten Elternstube auf die Welt, schon im Krieg also, als der Vater gerade in Frankreich stand. Da die Hebamme für zwei Stunden im Schnee stecken geblieben war, musste Frau Schimmel, unsere Waschfrau, stellvertretend einspringen! Ulla war ein herziges Kind und süß anzuschauen. Beide Schwestern wurden so wie ich sieben Monate lang gestillt.

Meine Mutter hatte mir unlängst von diesem in Kürze zu erwartenden Ereignis berichtet, als ich von den Dorfkindern daraufhin angesprochen wurde. Sehr zu meinem Erstaunen, denn die Mami hatte denen das doch bestimmt nicht erzählt! Ein interessantes Phänomen: Einerseits wuchs man mit Tieren auf und sah täglich, wie die Fortpflanzung vor sich ging, andererseits war man mit den Eltern so wenig eng zusammen, dass mir Mutters körperliche Veränderung nicht aufgefallen war. Das lag eben an der häuslichen Aufteilung zwischen »unten« und »oben«, obwohl wir doch die Mutter viel sahen. Das zu erwartende Baby, dessen Geschlecht man damals vorab noch nicht präzisieren konnte, wurde familienintern das »K« (Kind!) genannt.

Hierzu schrieb mir »Tante« Margarethe einmal, dass ihr Bruder und sie nach meiner Geburt ihre Mutter gefragt hätten, wie das käme, dass da so plötzlich ein Kind erschienen sei. »How come?« – Beide waren elfeinhalb und neuneinhalb Jahre alt und wurden durch mich Tante und Onkel. Die Mama zog sich mit den Worten aus der Affäre, dass ein Kind Gottes Werk und die Krönung der Liebe zwischen den beiden Eltern sei. »Wem kann man das heute noch erzählen, in dem Alter«, fährt sie fort. Ich selbst habe von meiner Mutter einmal eine ähnliche Erklärung bekommen.

Zu den Schwestern einige Kommentare: Wir waren nie ein richtiges »Team«, ja konnten es auch kaum werden, denn als ich ins Internat ging, war Gabriele gerade sieben, also für einen Dreizehnjährigen nur bedingt ein Spielkamerad. Nicht zu reden von Ullala, die zu dem Zeitpunkt zwei Jahre zählte. Aus diesem Grund hatten die Eltern »Pflegebrüder« zur Miterziehung angenommen. Auf der Flucht waren wir Geschwister sechzehn, zehn und fünf Jahre alt, aber nachdem ich das Elternhaus nach elf Monaten schon wieder verlassen musste, war auch dieses Zusammenleben von relativ kurzer Dauer. Danach lebten wir nie wieder für längere Zeit unter einem Dach, aber dafür haben wir uns später, wenn immer möglich, gesehen. Obwohl ein gutes Verhältnis zueinander besteht, ist es halt nie so wie unter »normalen« Geschwistern gewesen.

Folglich stand ich nie mit meinen Geschwistern im Konkurrenzkampf, was in kinderreichen Familien ein großes Thema ist: Wer kann was und wie am besten, wie erobert man sich das Wohlwollen der Eltern, und wie verteidigt man die eigene Position innerhalb der Familie? Auch Streiche geschehen ja meist nur vor einem bewundernden Publikum, ohne das etwa die Benutzung des Kronleuchters als Tarzan-Liane jeden Anreiz entbehrt. Durch eine Fensterluke auf den Dachfirst des dreistöckigen Hauses zu klettern, war allerdings schon bei einem einzigen Zuschauer interessant! Meinen Pflegebrüdern war ich meist um einiges voraus, und ob zu Recht oder zu Unrecht: Als wirkliches Familienmitglied befindet man sich ihnen gegenüber doch irgendwie im Vorteil.

Um mich nicht als potenzielles Einzelkind aufwachsen zu lassen, hatten die Eltern, wie erwähnt, nach und nach andere Jungen zur Miterziehung nach Raakow geholt: Kuka Gersdorff, Botho und später Erdmann v. d. Chevallerie und Peter Posern, meine »Pflegebrüder«, wie sie genannt wurden. An Kuka und Botho kann ich mich nur noch dunkel erinnern, aber Peter blieb sechs Jahre bei uns, von 1936 bis in den Krieg hinein. Kuka, russisch-orthodox, betete anders als ich, das weiß ich noch. KUKA war übrigens das erste Wort, das ich im Leben geschrieben habe. Wer in Venezuela lebt oder gelebt hat, wird sich hierbei eines Schmunzelns nicht erwehren können.

Peter Poserns Eltern waren geschieden und die Mutter, Tante Charlie, arbeitete in Berlin im Luftfahrtministerium. Sie war mit drei Schwestern Maltzahn verwandt, die in Birkholz bei Karstädt in der Prignitz einen Besitz hatten und die wir beide einmal besuchten; ich muss so neun Jahre alt gewesen sein. Die Prignitz ist der westlichste Teil der Mark Brandenburg, in meiner Erinnerung eine sehr sympathische Landschaft mit vielen großen Wäldern. Birkholz war ein reizendes Landhaus, in einem entzückenden Park mit herrlicher Aussicht gelegen, und das Haus – und wohl auch das Gut – wurde von zwei Schwestern geführt, Tante Karla und Tante Alice. In einem nahe gelegenen Forsthaus wohnte noch eine dritte Schwester, verheiratet mit einem Herrn v. Podbielski, und ihre Tochter, Peters Cousine, spielte oft mit uns.

Leider bekam Peter später epileptische Anfälle und die Krankheit blieb, wodurch seine geistige Entwicklung gelitten hat. Das erste Mal geschah es 1940 oder 1941. Wir hatten eine Arbeit geschrieben, ich war schon fertig und hatte mich in meinem Zimmer gerade über ein Buch hergemacht, als plötzlich große Aufregung ausbrach, Peter lag mit Schaum vor dem Mund auf dem Boden und redete wirr – ganz plötzlich hatte sich das eingestellt. Der Anfall selbst verging schnell, aber die Folgen blieben. Er kehrte später zu seiner Mutter nach Berlin zurück. Peter hing sehr an Raakow, an »Tante Ursula« und »Onkel Schuckmann«, das klang in seinen späteren Briefen immer wieder durch, aber die Briefe waren eben kindlich geblieben. Noch in jungen Jahren ertrank er im Starnberger See, dass er absichtlich dazu beigetragen hat, ist wohl nicht ganz auszuschließen.

Erdmann v. d. Chevallerie kam später zu uns, ich war gerade dreizehn. Mit ihm war ich allerdings nur relativ kurz zusammen, weil ich 1942 ins Internat ging; er blieb noch eine weitere Zeit in Raakow. Einen schönen Platz in meiner Erinnerung hat eine Reise mit ihm zum Ostseebad Prerow auf dem Darß, wo seine Mutter – Tante Lisa – ein Gästehaus führte. Viele Leute aus Berlin oder der Umgebung kamen »zur Sommerfrische« dorthin. Ganz in der Nähe lag das Naturschutzgebiet Darß-Zingst, in dem es Wisente gab, die europäische Version des nordamerikanischen Bisons oder Buffalos. Ich glaube, dass die auch in der etwas weiter entfernten Schorfheide ausgesetzt worden waren, wo Reichsjägermeister Göring sein Unwesen trieb, Berichten zufolge mit höchst unwaidmännischen Methoden. So wurde zum Beispiel von einem unterirdischen Gang gemunkelt, aus dem er auf das dort befindliche Wild bequem zu Schuss kommen konnte. Honecker soll ihn übernommen haben. Wir machten lange Wanderungen in diesem typisch meernahen Gebiet, wenn wir uns nicht am Strand selbst austobten und in den üblichen Strandkörben das Leben an der See genossen. Waren wir zum Burgenbauen zu alt? Ich weiß es nicht mehr. Beeindruckt hat mich ein Herr v. Wedelstädt, der am Strand mit einem kleinen Bauchladen Zigaretten und Bonbons verkaufte. Er sah sehr anständig aus, ein Offizier des Ersten Weltkriegs mit guten Umgangsformen, der es offenbar nicht zu einer besseren Tätigkeit geschafft hatte.

Schließlich kam »nach mir« noch Joachim Kirsten zu uns, Sohn von Freunden von Mamis Schwester Anette Möring aus Hamburg, um der dortigen Bombengefahr zu entgehen. Wir halten bis heute Kontakt.

Zwei Begebenheiten sind noch berichtenswert: Einmal fuhr ich mit Erdmann im Paddelboot auf den Großen Raakow See hinaus, um die Reusen zu revidieren (Euphemismus für Krebseklauen). Unvermittelt stand er auf, sofort kippte das Boot und Erdmann verschwand in der Tiefe, und da er noch nicht schwimmen konnte, klammerte er sich an mich. Das alles mutterseelenallein und um sechs Uhr morgens! Irgendwo hatte ich gelesen, dass man in solchen Fällen den Anklammernden betäuben müsse, ehe man ihn dann an Land »schieben« könne. Bewusstlos wurde Erdmann zwar nicht, trotz all meiner Anstrengungen, aber ich bekam ihn dann doch von hinten zu packen und konnte ihn so retten. Im Gegensatz zum Boot, das war weg und konnte auch später nie mehr gehoben werden. Unsere Seen waren, wie erwähnt, so genannte Grundmoränenseen, sehr tief und mit nur wenig flachem Ufer. Noch lange erinnerte sich meine Mutter an diesen Schreck: Erdmann war der einzige Sohn!

Ein zweites Malheur geschah ebenfalls mit ihm, und wiederum früh am Morgen. Wir gingen im Wald auf Pirsch. Ich war mit der Flinte etwas vorangegangen, als ich plötzlich einen Schuss hörte: Erdmann hatte sich mit einer kleinen 6-mm-Pistole in die Hand geschossen und die Kugel steckte fest im Handteller. Über Stoppeln und Wiesen ging es auf dem Direktweg nach Hause und weiter mit dem Auto nach Arnswalde. Der Arzt zog ein Gesicht, ein Durchschuss wäre ihm wohl lieber gewesen. Gott sei Dank war der Hand nichts Schwerwiegendes geschehen. Mir ist so etwas zum Glück nie passiert, wahrscheinlich weil man mir in meiner jagdlichen Erziehung eingebläut hat, einen geladenen Lauf stets in die Luft, allenfalls auf den Boden zu halten. »Und nie auf Menschen zielen!« – das konnte nicht oft genug wiederholt werden.

Ein weiteres bleibendes Element in Raakow stellte die Familie Podeus dar, Heinrich und Elselotte, Freunde aus Berlin. Er, »der Podeuser«, hatte eine dänische Mutter, war stocktaub und voller herrlicher Geschichten. Seit Kriegsbeginn kamen nach und nach alle vier Podeuskinder zu uns: Rigmor, ein paar Jahre jünger als ich, Ute als Passerin zu Gabriele, Dag und Jens. Von vielen weiteren Besuchern und »Ferienkindern« berichte ich später. All dies zeigt, wie gastfrei man auf einem Gut war.

Enfant terrible: Eines Tages, ich zählte vielleicht elf Lenze, schneite der Steuerbeamte herein. Er aß bei uns mit zu Tisch, bei welcher Gelegenheit das Gespräch irgendwie auf Sahne kam, deren Produktion während des Krieges verboten oder eingeschränkt war. Das war mir natürlich total unbekannt, und ich begann meine Kenntnisse zu zeigen, die ich gerade auf dem Hof erworben hatte, wo aus einer Zentrifuge die Fettteile der Milch in Sahne verwandelt worden waren, was justament streng verboten war. Niemand schaffte es, mich zu bremsen, und alle Einwände, ich hätte das sicher falsch gesehen, wurden von mir in epischer Breite entkräftet. Der Steuerbeamte war zum Glück kein Taliban, und so blieb der Vorfall ohne Folgen.

Eine andere Geschichte geschah ebenfalls am Mittagstisch. Zugegen war unter anderem auch unser interner Buchprüfer, Herr Thiele. Plötzlich kam ich mit der taktlosen, in Wirklichkeit aber eher naiven Frage heraus: »Mami, wie reich sind wir eigentlich?« Vage Allgemeinheiten, das könne man nicht so sagen …, trafen bei mir auf den Falschen. Irgendwie müsse man das doch definieren können? Et cetera pp. Bei der Gelegenheit fragte ich auch, ob auf dem Boden keine Goldbarren liegen würden. Das Mienenspiel der Anwesenden, insbesondere das meiner Mutter, sei der Fantasie des Lesers überlassen.

Weitere Familie und Gäste

Wie überall im Osten war es auch bei uns üblich, dass Gäste nicht nur für ein bis zwei Tage, sondern für länger kamen. Die Reise musste sich schließlich lohnen. Auch wir waren ein gastliches Haus.

»Hast du mir was mitgebracht«, lautete mein Gruß. Hier in Venezuela begrüßen sich unsere Indianer ebenfalls in dieser Form!

Das Nächste war dann: »Wann fährst du wieder weg?« Das war nicht negativ gemeint, ich wollte nur disponieren können!

Wirklich langfristige Gäste waren die erwähnten Jungen zur Miterziehung, vier an der Zahl, die nacheinander bei uns weilten, dann Ferienkinder (also meist Stadtkinder, die ihre Schulferien bei uns auf dem Land verbrachten) und die erwähnten Podeusens mit ihren vier Kindern. In Fotos aus jenen Jahren, besonders in den Badeszenen am Raakow See, erscheint immer ein Haufen Kinder.

Fester Bestandteil in den Vorkriegsjahren waren Eberhard und Inge Salza, Kinder des zeitweilig in Arnswalde beim Zoll stationierten Onkels Wilhelm, eines Vatersbruders unserer Mutter. Eberhard fiel später leider in Afrika. Zu Inge hielt meine Mutter bis zu ihrem Tod Kontakt.

Ein sehr beliebter Onkel war Albrecht Graf Zedtwitz, ein väterlicher Freund unserer Mutter. Man hatte ihn bei einer Kur in Bad Elster aufgetan, wo er – im Egerland – einige Besitzungen hatte. Onkel Brechtl, ein Protestant, erschien uns immer als »typischer Österreicher«, der er letztlich war. Nach dem Krieg selbst Flüchtling schenkte er Mami einen Riesenspiegel, der heute Gabrieles Heim schmückt. Er erreichte uns über Momas Zofe Johanna, die ihn aus der Tschechoslowakei nach Salzburg geschmuggelt hatte. Onkel Brechtl tauchte immer in den üblichen Leinenjankerln auf, und seine Spezialität bestand darin, mit dem Honiglöffel lange Bahnen über den Frühstückstisch zu ziehen. Aus diesem Grunde entschloss man sich zum Erwerb eines Honigdispensers, ein sehr zieres Gerät. Unsere Mutter war darüber immer leicht geniert, aber den Honigbahnen wurde ein Ende bereitet. Ein weiterer und zwar doppelter Grund zum Genieren verkörperte ein Gestell, das die Maggiflasche umschloss:

einmal wegen des Gestells, zum anderen wegen des Maggiprodukts selbst, das – berechtigt oder nicht – einen leicht ordinären Anhauch hatte. Aber Mami liebte Maggi!

Im Krieg war der Maler Conrad Felixmüller mit seiner Frau Londa häufig bei uns zu Gast. Er stand dem Regime nicht gerade wohlwollend gegenüber, sodass ihm die relative Abgeschiedenheit bei uns konvenierte. Nach dem Ersten Weltkrieg hatte er die »Dresdner Neue Sezessions-Gruppe 1919« mitbegründet, der unter anderem Otto Dix und Lasar Segall angehörten. Er malte viele Bilder vom Haus, der Umgebung und Tieren und machte für mich herrlich bunte Skizzen von feuerspeienden Drachen, Räubern und Hexen.

Als ich einmal von einem braunen Baum sprach, belehrte er mich: »Braun ist keine Farbe, das musst du dir merken!« – und dann sagte er etwas von lila, wohl violett gemeint. »Das ist die häufigste Farbe!« Tatsache ist, dass viele seiner Bilder einen Stich ins Violette haben. Er kam zu uns über Bärenstein, wo er – ebenfalls wie in Kittlitz – viel gemalt hatte, unter anderem meine Großmutter. Ich selbst bin heute glücklicher Besitzer von dreien seiner Bilder: unser Haus (nach dem Kriege von ihm für uns vom alten Original kopiert), und Szenen aus Pferde- und Kuhstall, geerbt von Onkel Nickel Salza. Im Dritten Reich war sein Stil neutral. Wesentlich wichtiger sind seine holzschnittartigen Bilder und anderen expressionistischen Werke aus den Zwanzigerjahren. Seltsamerweise war *er* es, der meiner Mutter riet, mich – aber nicht von ihm – malen zu lassen.

Von Margarethe Lüttichau, Mamis jüngerer Halbschwester, war bereits die Rede. In ihren Jugendjahren hielt sie sich oft bei uns auf und sie war eigentlich mehr Cousine als Tante. Ihr um zwei Jahre jüngerer Bruder Siegfried erschien ebenfalls häufig in Raakow. Wichtig waren die beiden Brüder – Hannibal und Siegfried – für meine Garderobe, die vornehmlich aus geerbten Hemden, Lederhosen und den unvermeidlichen Matrosenanzügen bestand. Die Lederhosen dienten der »Tiroler« Ausrüstung, teilweise bestanden sie aus Hirschleder, doch lieber mochte ich solche aus glattem Leder, »wie sie alle anderen tragen«. Das bezog sich natürlich nicht auf die Dorfjugend, von der kein Mensch Lederhosen trug.

Tante Barbara »Babette« Salza, eine Cousine meiner Mutter, unverheiratet und reiselustig, tauchte einmal im Jahr für zwei Wochen bei uns auf. Sie lebte in Berlin in der Bendlerstraße, wo ihr Vater bis 1918 sächsischer Gesandter gewesen war. Sie fuhr viel in der Gegend herum und wusste somit von sämtlichem Familienklatsch zu berichten. Originell waren ihre Geschenke für uns Kinder: Malstifte, Hauchblätter, Abziehbilder oder Tuschkästen. Viel wurde von den vielen Töchtern ihrer Schwester Karin gesprochen, die einen Grafen Grote aus Wrestedt bei Uelzen in Hannover geheiratet hatte. Eine kleine Nebenbetrachtung: Die Grotes sind Welfen, gehörten also zum Königreich Hannover, das nach dem Krieg von 1866 – oh Graus – Preußen als Provinz einverleibt wurde. Somit war es für einen Welfen nicht ganz das Richtige, eine Preußin zu heiraten – aber eine Sächsin?? Die Hochzeit fand 1918 statt, also über ein halbes Jahrhundert nach diesem für die Welfen so traurigen Ereignis! Die Antipathie der Hannoveraner gegen die Preußen bestand aber immer noch, zumindest stellenweise.

Einen hohen Stellenwert hatten bei Tante Babettes Erzählungen ihre Besuche im holländischen Doorn bei Kaiser Wilhelm II. In Erinnerung ist mir geblieben, dass Seine Majestät es nicht schätzte, wenn die Damen untätig herumsaßen. Also wurde gestrickt, gehäkelt, aber vermutlich keine Strümpfe gestopft; er selbst war ja bekannt dafür, sein eigenes Brennholz zu schneiden und zu zerhacken. Beim Thema Kaiser gerieten wir uns jedoch in die Haare, und Tante Babette wurde ernstlich böse, wenn ich Kritik an ihm übte. »Du hast ja keine Ahnung!« und so. Vermutlich habe ich es damals dabei bewenden lassen, aber für mich stand fest, dass ich Recht hatte. Unser Haus, das muss bei dieser Gelegenheit gesagt werden, war nicht das, was man ausgesprochen »kaisertreu« nennen könnte. Zwar bedauerte man die Vorgänge von 1918, war auch bestimmt nicht »kaiserfeindlich« gesinnt, aber für meine Eltern lag die Zukunft, soweit ich mich erinnere, nicht in der Erneuerung der Monarchie. Wo immer sie sonst bestand: fein, aber etwas Wiederaufgewärmtes – für Deutschland: eher nein. Tante Babette sah das völlig anders.

Unproblematischer waren ihre Erzählungen von Jerusalem und dem Heiligen Grab, zweimal ist sie dort gewesen.

Tante Babette habe ich später von Niesky aus einige Male besucht. Sie lebte damals mit ihrer Mutter, Tante Marie, eine geborene Gräfin Vitzthum, in Sornßig bei Hochkirch in der Lausitz, wo sie ein sehr sympathisches Haus mit etwas Land besaßen.

Halle von Sornßig

Tante Maries Vater, königlich preußischer Kammerherr und Zeremonienmeister, war mit einer Jenisch aus Hamburg verheiratet gewesen und hat im Detail seine Erlebnisse beschrieben, unter anderem auch seine Reisen von Berlin über Hamburg nach Altona mit den verschiedenen Schlagbäumen, Zollstationen und Zollärgernissen, insbesondere zwischen den beiden letztgenannten Städten. Die deutsche Zollunion kam erst später! In Sornßig war damals viel davon die Rede, aber mein größeres Interesse galt wohl dem Essen: In Niesky war Schmalhans Küchenmeister.

Ein ergänzendes Wort muss hier dem Podeuser, Heinrich Podeus, gewidmet werden, der von Berlin aus oft zu Besuch kam, um seine bei uns stationierten Kinder zu besuchen. Anhand seines kleinen Sportwagens erklärte er mir die Geheimnisse eines Verbrennungsmotors, darüber hinaus kannte er jeden Stern am Himmel: das Haar der Berenike, Beteigeuze, Castor und Pollux und Kassiopeia – viel haben wir über diese komischen Namen gelacht. Sein nächstes Hobby war die Ornithologie, von der er viel wusste und wirklich jeden Piepmatz richtig ansprechen konnte. Fasziniert zeigte er sich von unserem Storchenpaar, das jedes Jahr aus Afrika nach Raakow kam, auch wenn es nur auf bäuerlichem Scheunendach sein Nest bezog, wo es seine Jungen aufzog. Auch von der Jagd verstand der Podeuser eine Menge. Aufgrund seiner Taubheit benutzte er ein abenteuerliches Hörrohr und seine Stimme war mal laut, mal leise, und manchmal sehr laut! Wie er sein Handikap mit der Musik, die er liebte, in Einklang brachte, weiß ich nicht. Tatsache ist, dass er mir einen genauen Plan zurechtlegte, in welcher Reihenfolge ich später Opern besuchen müsse.

Onkel Hans-Hugo Schuckmann kam leider nur selten nach Raakow. Er, der Lieblingsvetter meines Großvaters, war aktiver Offizier und sehr an Familiendingen interessiert. So verfasste er 1932 die Familiengeschichte, zweihundert Jahre nach Erhalt des Adelsprädikats, von unserer heutigen Warte aus betrachtet vielleicht mit zu viel Akzent auf mitgemachte Schlachten und Gefechte, Dienstränge und Regimenter der einzelnen männlichen Familienmitglieder, aber auf jeden Fall bis heute die Basis für alle späteren Ergänzungen.

Eine wichtige Rolle spielte der Landrat, meist selbst ein Landwirt, aber zusätzlich Jurist, der in Arnswalde residierte und für die Verwaltung des Kreises die Verantwortung trug. Bis Kriegsanfang war das Ulrich v. Borcke gewesen, mit ihm und seiner Frau Else verband die Eltern eine enge Freundschaft, und einer der Söhne wurde Mamis Patenkind. Später – nach seiner Einberufung zum Wehrdienst – folgte ihm ein schon etwas älterer Herr v. Wuthenau aus Diepholz/Westfalen. Er hielt sich oft bei uns auf, wurde von allen »der Kreisvater« genannt und hatte bei uns als passionierter Jäger mehr oder weniger freie Büchse. Nachdem er im Ersten Weltkrieg das rechte Auge verloren hatte, ließ er sich eine Büchse mit gebogenem Schaft fertigen, sodass er den Schaft rechts anschlagen, jedoch mit dem linken Auge zielen und schießen konnte. So ein Gewehr habe ich nie wieder gesehen; ein Jäger hat mir aber versichert, dass es sie heute noch gäbe, unter anderem für Träger eines »rechten« Herzschrittmachers. Warum rechts weiß ich nicht, meiner befindet sich links, wo er logischerweise hingehört.

Schließlich erschien über die Jahre eine Vielzahl von weiteren Gästen: Korpsbrüder von Papi, Freundinnen von Mami, entfernte und nicht so entfernte Schuckmann-Verwandte und Freunde von Freunden. Von vielen bin ich später daraufhin angesprochen worden. (Den Rohrbecker Verwandten wird ein Extrakapitel gewidmet.)

Silberhochzeit Großeltern Lüttichau, 16. Juli 1938

Als Krönung aller Besuche oder Feste »zu meiner Zeit« steht mir die 1938 in Raakow ausgestattete Silberhochzeit der Großeltern Lüttichau in Erinnerung. Momas sechs Kinder – drei Salzas und drei Lüttichaus – waren, soweit verheiratet mit ihren Ehegesponsen, komplett bei uns versammelt. Das folgende Bild hält den typischen Moment fest: »So, jetzt stellt euch mal alle hin, wir müssen ein Foto machen.« Damals »Photo«! Ein Jahr später brach der Krieg aus, und nie wieder sollten sich alle an diesem Ort wiedersehen. Das Bild zeigt v. l. n. r., stehend: Vater Schuckmann, Fritz Möring, Margarethe L., Siegfried L., Marie-Henny Lüttichau, ihr Mann

Wolff L. (Popas Bruder), Tante Lori Salza; sitzend: Anette Möring, Hannibal L., das Jubelpaar, Mutter Sch., Nickel Salza; darunter: Peter Posern, Gabriele und der Verfasser.

Besuche bei anderen

Entfernungen, die uns heute kurz erscheinen, kamen mir damals grässlich lang vor, dennoch: Ich erinnere mich gern an eine Menge »längerer« Reisen, die wir damals unternahmen.

Ohne mich fanden die Burgenfahrten des Deutschen Burgenvereins statt, auf die meine Mutter allein ging, da sie meist mit landwirtschaftlichen Stoßzeiten zusammenfielen, deretwegen mein Vater unabkömmlich war: Südtirol, Österreich, Jugoslawien und Italien. In dem Zusammenhang kam ich zum ersten Mal mit dem Begriff »Devisen« in Berührung, die einem nur nach langem Hin und Her »bewilligt« wurden. Meine Frage nach ihrer Bedeutung haben meine Eltern damals nicht zufrieden stellend beantwortet. Dann begleitete die Mami ihre Mutter auf einigen Reisen, so zum Beispiel nach Bad Elster, einem Kurort im Egerland. Ein anderer Kurbesuch in Bad Kissingen liegt weiter zurück, als die Mami die Kurbekanntschaft mit der etwas korpulenten Witwe Krupp machte, die der riesigen Vierzig-Zentimeter-Kanone, die die Deutschen im Ersten Weltkrieg vor Paris benutzten, ihren Namen gab: »Dicke Bertha.« Der Name »Big Bertha« für Caloways Super-Golfschläger geht auf sie zurück!

Eine große Rolle spielten die Autofahrten zu den jeweiligen Großeltern in Bärenstein und Alt-Altmannsdorf, die mehr oder weniger einen ganzen Tag beanspruchten. Während dieser Reisen machten wir oft bei Verwandten oder Freunden Station, meistens zum Mittagessen.

An einen Besuch kann ich mich noch gut erinnern: in Friedersdorf bei Marwitzens, wo die Frau des Hausherrn eine geborene Schuckmann war, Tante Moy. Es gab einen Sohn und eine Menge Töchter, die sich alle – als sie sich am Mittagstisch trafen – küssten. Ich fand das ziemlich albern, wohl weil meine beiden Schwestern dafür noch zu klein waren. Sehr genau erinnere ich, dass man zu Tisch Wasser aus einem großen Tonkrug reichte. Ich wiederum fand, dass ich als Gast Saft bekommen sollte – und darum bat ich zum Entsetzen der Eltern sicher nicht lautstark, aber doch mit der mir eigenen Insistenz. Und wahrscheinlich erfolgreich!

Friedersdorf hatte in der Familie Marwitz eine große Bedeutung und wurde jetzt von einem jüngeren Spross der Familie wieder zurückgekauft, Sohn einer der küssenden Töchter, die in zweiter Ehe einen entfernten Vetter geheiratet hatte. Historisch ist die Inschrift auf dem Grabmal eines Vorfahren in der dortigen Kirche, allerdings heute nicht mehr richtig lesbar: »Sah Friedrichs Heldenzeiten und kämpfte mit ihm in allen seinen Kriegen. Wählte Ungnade, wo Gehorsam nicht Ehre brachte.« Sie bezieht sich auf Johann Friedrich Adolph v. d. M., der sich geweigert hatte, 1760 auf Befehl Friedrichs des Großen das sächsische Schloss Hubertusburg zu plündern (als Rache für eine gleiche Tat der Sachsen im Charlottenburger Schloss!). Begründung: Ein Offizier Seiner Majestät tut so etwas nicht! Es ist dies wohl die am meisten quotierte Geschichte aus der preußisch-adeligen Vergangenheit, aber ich möchte sie dennoch erwähnen, um sie auf diese Weise jüngeren Lesern zu vermitteln, die sie womöglich nicht kennen.

Die andere Reiseunterbrechung war bei Schulenburgs in Lieberose – wie Friedersdorf ebenfalls schon ewig im Besitz der Familie und etwas östlich von Berlin gelegen. An Einzelheiten kann ich mich aber nicht mehr erinnern.

Auf einer anderen Reise wurde in Berlin Station gemacht. Wir übernachteten bei den Eltern von Friedrich und Rita v. Hesler, Freunde von Margarethe Lüttichau. Der Vater war ein »hohes Tier« im Reichsluftfahrtministerium. Die Heslers besaßen eine Riesenwohnung in der Meinekestraße in Reineckendorf, über zwanzig Zimmer groß, wie man mir sagte. Es war scheußlich kalt, als wir ankamen, und Rita begrüßte uns mit einer großen Umarmung. Obwohl die Wohnung in der Tat riesige Ausmaße hatte, beeindruckte sie mich in keiner Weise, da kein ordentlicher Park zu ihr gehörte. Nur ein winziges Vorgärtchen gab es. So beurteilte das Landkind also eine feudale Stadtbehausung! Was mir gefiel, waren die vielen Schlager, die auf dem Grammofon gespielt wurden, mit gleichzeitigen Anspielungen auf vergangene Tanzvergnügen. »Ich brauche keine Millionen«, »Für eine Nacht voller Seligkeit« und »Du hast Glück bei den Frau'n, bel ami« hießen einige davon. Zudem ist mir ein Besuch im Berliner Zoo in Erinnerung geblieben, wo man von mir ein Foto mit einem Löwenjungen auf den Knien machte. Ein weiteres Bild von unserer Gruppe unter dem Eingangstor mit der Überschrift »Orang-Utans und Menschenaffen« erregte große Heiterkeit, ich wusste aber nicht genau, warum! Rita kam später am 13.

Februar 1945 in dem Bombenangriff auf Dresden ums Leben.

Gewaltig imponiert hat mir hingegen der »Dresdner Hof« in Dresden. Warum wir dort, ganz in der Nähe von Bärenstein, abstiegen, weiß ich nicht mehr, vielleicht gab es in der Stadt ein großes Fest und man wollte abends nicht mehr lange über Land fahren. Eigentlich benutzten wir nie Hotels, es war vielleicht nicht direkt spießig, aber in der Regel suchten wir zum Übernachten irgendein Familienmitglied oder Freunde heim. Somit beschränkten sich meine Kenntnisse auf das Arnswalder Hotel und auf Geschichten, in denen meist von einfacheren Herbergen die Rede war. Bass erstaunt war ich somit über dieses Luxushotel, so etwas hatte ich bis dato noch nicht gesehen! Zu dem Zeitpunkt müsste ich zirka sieben Jahre alt gewesen sein.

Sehr beliebt waren Kurzausflüge in die Nachbarschaft der Großeltern. Von Bärenstein aus besuchten wir Reinhardtsgrimma, das einem Baron Senfft v. Pilsach gehörte, den wir später auf seinem Ansitz bei Meran wiedergesehen haben. Ich hatte damals angefangen, all jene Häuser zu skizzieren, die wir besuchten. Diese Blätter, eine Sammlung von vielleicht zwei Dutzend, sind natürlich im Osten geblieben und wurden von allen (höflicherweise?) immer sehr wohlwollend beurteilt – wohl keine Meisterstücke der Fantasie, aber sehr akkurat und wahrheitsgetreu. Ein einziges Stück besteht noch: eine Skizze von Raakow nach einem Foto aus der Kriegszeit! Ansonsten bin ich auf diesem Gebiet ein absolutes Untalent und habe mich nie wieder in dieser Richtung betätigt.

Die Burg Lauenstein lag Bärenstein direkt gegenüber, hier wohnten also die nächsten Nachbarn. Der Besitz dort gehörte den Grafen Hohenthal, eine begüterte, sächsische Familie. Sohn Botho, um ein paar Jahre älter als ich, fühlte sich zum Spielen mit mir zu erhaben! Von seiner Schwester Putzi war anderenorts die Rede.

Von Alt-Altmannsdorf aus unternahmen wir mit den Großeltern einige Ausflüge im offenen Wagen, sie mit den damals üblichen »Rennfahrerkappen« ausgerüstet, in die schlesische Umgebung, insbesondere in die Grafschaft Glatz mit Habelschwerdt und Wölfelsgrund, auch an den Stausee bei Ottmachau, einmal sogar bis in die Tschechoslowakei, später »Reichsprotektorat Böhmen-Mähren« genannt. Coritau, der Besitz des Urgroßvaters

Pilati, wo meine Großmutter Pilati noch geboren ist, war schon verkauft, und ich kann mich an keinen Besuch entsinnen. Schlegel hingegen, das Omamas ältester Bruder Oskar geerbt hatte, war bis Kriegsende im Besitz der Familie, und wir sind einige Male dort gewesen.

Eine Partie Whist: Urgroßvater Carl Pilati mit Sohn Oskar und einem Freund Zedlitz-Pischkowitz

Ich habe es ebenfalls skizziert und fand es nicht besonders schön, besonders nicht den Turm, der das Gesamtbild irgendwie störte. Innen aber hatte es einen eindrucksvollen Treppenaufgang, weiß und rot in meiner Erinnerung. Hier herrschte Tante Margarethe, von ihren Enkeln Amama genannt, eine geborene v. Kessel, evangelisch und hoch amüsant. Der Spruch einer ihrer Leute: »Unsere Frau Gräfin denkt sich immer so sinnliche Sachen aus«, ging in die Familiengeschichte ein. Auf dem Treppenabsatz befanden sich einige Glastischchen, die Memorabilien aufbewahrten, die Tante Margarethe mir stolz zeigte. Ihren Mann, den »alten Onkel Oskar«, habe ich noch kennen gelernt, er starb 1941. In meiner Erinnerung war er das, was man »typisch österreichisch« nennen würde, was immer das auch bedeutet. Sehr liebenswürdig, in heller Leinenjacke, mit weißem Haar und Spitzbart und an seinem Schreibtisch sitzend. Überhaupt fiel mir damals auf, dass die Schlesier irgendwie liebenswürdiger und von vornherein freundlicher waren als die manchmal etwas trockenen Menschen im Norden.

In Schlegel habe ich auch das erste Mal Tante Dedi, geborene Lampert, getroffen, die Frau von Papis Vetter Oskar Pilati, also dem Sohn vom oben erwähnten »alten Onkel Oskar«. Ihr Mann war damals nicht anwesend, wohl aber ihre beiden Töchter Eliza und Amélie. Sie lebten in Hamburg, wo die Lamperts einen Fabrikationsbetrieb besaßen, H. Rost & Co., Hersteller von Guttapercha- und anderen Kunststofffolien. Amélie, etwas jünger als ich, war nicht katholisch, trug aber ein Amulett an einer Goldkette. Sie war hübsch und hat mich für eine Weile beschäftigt. Für beide war Schlegel das Heim der Großeltern.

Von Raakow aus gab es außer der Fahrt nach Kolberg nur eine längere Bahnreise, an die ich mich erinnern kann: nach Heydebreck im Kreis Regenwalde, wohin Margarethe Lüttichau geheiratet hatte. Der eigentliche Bismarck'sche Besitz dort war Plathe, ein gewaltiges Schloss mit einer Riesenbibliothek, wo die Eltern Bismarck-Osten wohnten. Ferdinand und Margarethe lebten auf dem nahen dazugehörigen Gut Heydebreck, und der Anlass des Besuchs lag in der Taufe des Erstgeborenen Fritz am 16. August 1942 durch Pastor Pompe. Dieses Ereignis habe ich in lebhafter Erinnerung, da eine Menge Nachbarschaft aus dem Kreis kam, darunter viele Bismarcks, und es war trotz Kriegszeiten ein fröhliches Fest. Ich hatte das Ganze als »Jagdreise« deklariert, weil ich meine Flinte mitbringen durfte, jedoch kann ich mich an keine derartige Betätigung entsinnen. Was mir hingegen noch wie heute vor Augen steht, ist der Schreck der jungen Mutter, die wegen all dem vielen Schwatzi-Schwatzi ihren Fritz total vergessen hatte. Sie hatte ihn im Kinderwagen ziemlich abseits unter einem großen Baum geparkt, wo er seine Mutter mit etwas ungnädigem Raunzen empfing. An die Verbalinjurien erinnere ich mich noch: »Diese Rabenmutter!«

Innenansichten von Schlegel

Die Kirche

Einige Zeilen sollen nun unserem Gotteshaus gewidmet werden, eine alte – früher natürlich katholische – Wehrkirche mit dicken Feldsteinmauern, geeignet um den Raakowern in früheren Kriegszeiten Zuflucht zu gewähren. Der Innenstil gehörte zum so genannten Bauernbarock, 1941/1942 ist die Kirche auf Staatskosten renoviert worden. Viele Orte unseres Kreises wurden ab 1630 von den Schweden verwüstet, die plündernd und mordend durch die Lande zogen. Aus diesem Grunde war eine »Wehrkirche« von durchaus praktischer Bedeutung. Ganze Dörfer verschwanden damals und manchmal fand man nur noch Hinweise auf solche »verödete« Flecken. Um die Kirche herum lag der »Alte Friedhof«, den eine riesige, unter Naturschutz stehende Silberpappel zierte. Meine Mutter mit der »Frauenhilfe« hielt ihn in Stand, meistens half aber nur ein kleiner Kreis von Getreuen. »Bei Kaffee und Kuchen sah das anders aus, verstaendlicherweise«, wie meine Mutter schrieb. Hier befanden sich noch die Gräber der früheren Besitzer, der Goltz und der Delitz. Ab 1896 wurde dieser Friedhof nicht mehr benutzt, sondern ein vor dem Dorf gelegener neuer eingerichtet. Der vierfache Urgroßvater unseres späteren Freundes Erik Goltz, »aus dem Hause Kürtow«, hatte den Besitz an die inzwischen ausgestorbenen Delitze verkauft, um mit dem Erlös im Samland in Ostpreußen ein wesentlich größeres Areal zu erwerben. Von denen wiederum gelangte es in unseren Besitz. Meinem Vater als Besitzer des Gutes gebührte die Würde des »Patrons«, verbunden mit sehr erdnahen, finanziellen Verpflichtungen bezüglich des Erhalts des Gebäudes und anderer Kosten. Für den Patron gab es überall im Norden das meist erhöhte Patronatsgestühl, in dem man – von der Gemeinde abgesetzt – dem lieben Gott scheinbar näher war. In unserem Fall befand es sich an der rechten Längswand, direkt vor dem Altar, geziert mit den Wappen der Delitz und der Goltz. Unser eigenes Wappen glänzte durch Abwesenheit, weder Onkel Ernst noch mein Vater hatten es anbringen lassen, wahrscheinlich aus philosophischen Betrachtungen über diese ja eher unzeitgemäß zu nennende Einrichtung. Über eine Treppe gelangte man hinauf und thronte somit über Pastor und Gemeinde, die der Mittelgang streng nach Frauen rechts, Männer links einteilte. Ich erwähnte schon, dass meine Mutter während des Krieges einen alten Barockengel aufgetan hatte, der neu restauriert nunmehr von der Kirchendecke auf den Taufaltar heruntergelassen werden konnte, um bei dem Taufakt mitzuwirken. Sie wusste zu berichten, dass ich mit vier Jahren auf den über der Kanzel an einem Draht hängenden Heiligen Geist zeigte und ihr erklärte, dort unter dem *Flieger* würde der Pastor predigen!!

Unsere Kirche, aufgenommen 1996

Der Gottesdienst selbst ging wohl so wie überall vonstatten. Beliebt war das Singen: »Geh aus, mein Herz, und suche Freud«, »Lobe den Herrn«, »Ein' feste Burg ist unser Gott« und so weiter. Nur Lied 345, Strophe 1, 2 und 5, das lief bei uns nicht: Alle sechs, oder acht, notfalls auch zehn mussten es sein! Diese Sangesfreude hat sich auf mich übertragen und ist mir bis heute erhalten geblieben.

Alle drei Geschwister wurden in dieser Kirche getauft. Aus der Tradition heraus, dass die Namen dem Pastor erst kurz vor der Taufe genannt wurden, tippte man bei mir auf Gustav, da dies zum einen ein Schuckmann'scher Name war, zum anderen weil – wie erwähnt – Mami am Abend vor meiner Geburt den Reichsminister Gustav Stresemann im Hotellift getroffen hatte, der leider noch im gleichen Jahr starb. In Wirklichkeit bin ich dann – wie ebenfalls bereits erwähnt – anders getauft worden.

Da Raakow keinen eigenen Pfarrer hatte, kam dieser alle zwei Sonntage oder so aus Kürtow, dem Hauptort unseres Sprengels (Pfarrkreises), wenige Kilometer entfernt. Nur war der Weg dorthin eher ein Verkehrshindernis, besonders im Winter. Pastor Furian, der später Probst wurde, hat mich getauft und im April 1944 konfirmiert. Mein Vater stand sich sehr gut mit ihm, politisch gab es keine Diskrepanzen, dafür natürlich manchmal finanzielle. Eine Anekdote hierzu: Meine Eltern hatten alter Sitte gemäß und um dieses oder jenes Familienmitglied oder diesen oder jenen Freund zu ehren, insgesamt acht Taufpaten für mich aufgestellt, was in unserem Kirchsprengel eher eine Seltenheit darstellte. Pastor Furian erschien also eines Tages, kurz nach meiner Geburt, bei meinem Vater, dass es da wegen der Taufe ein kleines Problem gäbe. Friedrich der Große habe nämlich als sparsamer Landesvater seinerzeit verfügt, dass jeder Täufling nur drei Paten ohne Entgelt haben dürfe, für jeden weiteren müsse man an die Kirche einen Taler zahlen. Und das habe er, Pastor Furian, erst soeben festgestellt. Der Taler wurde damals mit drei Reichsmark bewertet, also musste der Papi fünfzehn Mark herausrücken, was er mit der Bemerkung tat, gegen die Bestimmungen des Alten Fritz nun ganz bestimmt nicht verstoßen zu wollen. Ich selbst bin nur bei drei Kindern Pate gewesen: Fabian Reichenbach, Christoph Salza und Georg Wilhelm Oppen.

Die Konfirmation zu Ostern 1944 fand insofern unter traurigen Umständen statt, als Papi in Russland an der Front stand und nicht an ihr teilnehmen konnte. Am Horizont lauerte obendrein die Gefahr meiner Einberufung als Flakhelfer, und somit wollte man nicht länger warten. Onkel Sizi und Tante Bernchen kamen aus Rohrbeck herüber, Margarethe Lüttichau war ebenfalls anwesend. Onkel Sizi hielt die Rede. Margarethe und ich hatten vorher untereinander abgesprochen, uns gegenseitig fest anzusehen, wenn die Rede wegen des fehlenden Vaters etwas traurig würde, um irgendwelche Tränen zu vermeiden. Sie hat mir nachher große Vorwürfe gemacht, dass ich mich nicht an die Abmachung gehalten hätte! Im Übrigen bekam ich, wie damals üblich, bei dieser Gelegenheit den obligaten Konfirmationsanzug, meine ersten langen Hosen, wobei ich mich zum Anziehen auf einen Stuhl stellte, damit die Hosenbeine nicht auf dem Boden schleiften und schmutzig wurden! Die Bibel, die ich geschenkt bekam, hat die Flucht mitgemacht – ich habe sie heute noch.

Dass man in die Kirche ging, war ansonsten selbstverständlich. Der Sohn unseres Pfarrers, Dr. Hans-Otto Furian, der ebenso wie sein Vater später Superintendent wurde, schrieb meiner Mutter im Jahre 1983 aus der DDR:

»Ich habe bei der gestrigen Vorbereitung meiner Andacht zum Thema ›Ich schäme mich des Evangeliums von Jesus Christus nicht‹ (Römer 1, 16) an eine Geschichte meines Vater denken müssen, welche dieser mir einmal erzählt hat. Ihr Herr Gemahl hatte nach einem Herrenabend (in Raakow) seine Gäste zu recht fortgeschrittener Stunde – es muss an einem Sonnabend gewesen sein – mit den Worten verabschiedet: ›Sie werden heute, Sonntag früh, kurz vor acht Uhr geweckt werden, damit wir gemeinsam, wie es der Sitte unseres Hauses entspricht, um neun Uhr zum Gottesdienst gehen können.‹ Unter den Gästen sollen auch Persönlichkeiten der damaligen Prominenz gewesen sein, die mit der Kirche und Gottes Wort bestimmt nicht allzu viel im Sinn hatten. Ich habe diese kleine Geschichte als Beispiel eines Bekenntnisses vor Freunden und Bekannten – gleichgesinnten und andersdenkenden – erzählt, weil wir in unserer Situation leider allzu oft dazu neigen, unseren Glauben gerade im Bekanntenkreis zu verbergen.« – Dass dieser Brief um einige Jahre vor dem Mauerfall datiert, gibt ihm doppelte Bedeutung.

Waren meine Eltern fromm? Ich denke: im Rahmen. Glauben und Gottesdienst gehörten einfach so dazu, dass irgendwelche Hinterfragungen gar nicht aufkamen. An abendliche Religionsgespräche kann ich mich nicht entsinnen und heute noch fühle ich mich bei diesem Thema unbehaglich. Wohl aber spielte die Bibel eine wichtige Rolle, für uns Kinder die von Schnorr und Carolsfeld bebilderte Ausgabe. Wir wurden im christlichen Glauben erzogen, was für mich lebensbestimmend war, auch wenn ich im späteren Leben wenig in die Kirche gegangen bin. Pietisten, die es in vielen adligen Häusern im Osten gab, besonders in Pommern, waren wir mit Sicherheit nicht.

Auch nach der Flucht in den Westen ging meine Mutter regelmäßig in die Kirche, mein Vater wohl weniger. Ihr Leben lang hat sie täglich die von der Herrnhuter Brüdergemeinde herausgegebenen »Losungen« gelesen, in denen für jeden Tag ein Bibelzitat und einige Gedanken hierzu dargelegt waren. Vor ihrer Beerdigung in Bonn nannte ein Familienmitglied dem Pfarrer gegenüber meine Mutter eine tiefgläubige Frau.

»Gläubig, bestimmt«, meinte er dazu, »aber tief? … Sie hat mir einmal gesagt: ›Wenn's wirklich schlimm kommt, dafür hat man dann ja seinen Pfarrer.‹« Und er kannte sie.

Die Jagd

Es ist stockdunkel, und alles schläft noch, wenn der Wecker klingelt. Damals klingelte er wirklich! Zähneputzen, den Kopf in kaltes Wasser gesteckt – und los geht's. Selbst auf dem Hof ist kein menschliches Geräusch zu vernehmen, und auf der Dorfstraße, die ich in Richtung Gehege entlangwandere, erscheinen die Häuser wie unbelebt. Nur ein Hund schlägt hier und da an. Das Gehege, so heißt unser zirka hundertfünfundzwanzig Hektar großer (eher kleiner) Wald, liegt ein bis zwei Kilometer entfernt, je nachdem zu welcher Ecke man hinwill. Gefährte war anfangs ein Luftgewehr, später ein 6-mm-Tesching, also beides Waffen von eher dekorativem Wert und allenfalls auf Eichelhäher zu benutzen. Und der Hund? Nein, der ist nie dabei gewesen, wir haben im Haus keinen Jagdhund gehalten und der Dackel sowie der Scotch Terrier sind zu jagdlichen Zwecken absolut nutzlos. Also ohne Hund! Das Ziel ist meist ein Hochstand, an einer Wiese oder einem freien Feld gelegen, von wo aus man das Rehwild beobachten kann. Rotwild fehlte gänzlich in Raakow und Sauen gab es nur als Wechselwild. Ansonsten hatten wir Hasen, Kaninchen, Fasanen, Rebhühner, Ringeltauben und gelegentlich den bösen Fuchs. Einmal konnte ich den heimlichen Dachs beobachten, der eigentlich nur nachts aus seinem Bau kommt.

Endlich am Ziel: der Hochstand am Rande einer kleinen Fichtenschonung; und vor mir erstreckt sich »Dietrichs Land«, so heißt der Schlag, wohl einstmals von einem Herrn Dietrich gekauft. Wie viele Flurnamen gehen mir durch den Kopf, wenn ich von Dietrichs Land spreche! Offener Kahn, eine Wiese mitten im Wald, Raduner Land, Viereckschonung, Markspfuhl, Aaskuhle, Thomas Kämpen, Zägran, Zickenfenn, Großer Pössing: exotische Namen teilweise, deren Ursprung sich in grauer, slawischer Vorzeit verliert. Auf dem Hochstand mache ich mir's jetzt gemütlich, der Lodenmantel schützt vor Kälte, denn selbst im Juni oder Juli kann es so früh noch recht frisch sein. Und dann das erste Stück, vielleicht stand es schon vor meiner Ankunft am Waldrand: eine Ricke, so sagt man hier. Im Süden ist es eine Geiß, a Gaas oder a Goas, je nachdem. Der Fernstecher, Zeiss 6 x 30, eine Reliquie, die noch von Onkel Ernst stammt, holt das Tier näher. Sehr lichtstark ist das Glas nicht, aber es wird ja langsam heller. Und schon erscheint, wie zu erwarten, ihr Kitz, brav der Mutter folgend, aber doch schon sich gelegentlich etwas selbstständig machend. Aber auch nur etwas, man kann nicht wissen ... Und die Böcke? Absolut nichts, die beiden vor mir sind die einzigen Rehe, die ich während des ganzen Morgens zu Gesicht bekomme. Enttäuschend? In keiner Weise, weil so viel anderes um einen herum geschieht. Die Vielzahl der Vögel, der andere imitierende Ruf des Eichelhähers, ein Hase, der sich vorsichtig am frischem Grün gütlich tut, ein Eichhörnchen, dieser possierliche, aber böse Räuber, der nach Vogelnestern Ausschau hält, und schließlich ein Storch, der sich aber nur kurz blicken lässt: Auf Dietrichs Land ist für ihn nichts los. So erwacht langsam das Leben: Ein Leiterwagen fährt seines Wegs, einmal sogar kommt ein Auto vorbei, dann ein Radfahrer, und schließlich erscheint die Sonne, lange nachdem Ricke und Kitz wieder zu Holz gezogen sind; wenn es hell wird, ist man lieber in der schützenden Fichtenschonung. Und ich denke an das Frühstück!

Einmal habe ich mir ausgerechnet, dass ich in den Sommerferien ein Drittel der acht Wochen früh vor Sonnenaufgang im Wald war, ein Drittel bis abends spät und nur ein Drittel »normal« verbrachte. Meine Klassenkameraden verstanden das überhaupt nicht: Sie schwärmten noch Wochen danach vom langen Ausschlafen, was eben nur in den Ferien möglich war. Wenn ich jene Zeit von heutiger Warte aus betrachte, waren meine Erlebnisse damals eigentlich eher von Einsamkeit geprägt. Mein Pflegebruder Peter Posern ging anderen Interessen nach, mit der Dorfjugend hatte man ohnehin ein eher distanziertes Verhältnis, und der gute Jackwitz, tagsüber Gärtner, abends Jäger, der mir alles über die Jagd beigebracht hat, war grundsätzlich natürlich mehr im Garten als im Wald tätig. Somit ging ich meist allein zu Holz, was mir nicht unlieb war. Ich bin zwar kein schüchternes oder eigenbrötlerisches Kind gewesen, konnte mich aber schon immer sowohl in der Natur als auch mit Büchern ewig beschäftigen, ohne Kameraderie zu vermissen.

Welche Rolle hat mein Vater hierbei gespielt? Eigentlich eine geringe, denn ich war gerade zehn Jahre alt, als er am 27. August 1939 »ins Feld« zog. In der Erinnerung sind viele Fahrten mit dem Pferdewagen durch den Betrieb haften geblieben, von wo aus auch oft ein Reh erlegt wurde. Dabei stieg mein Vater – oder ein Jagdgast – aus und ließ den Wagen weiterfahren, da das Wild den Schuss nicht mit dem Gefährt in Verbindung bringen sollte. Leider zählte ich noch keine sechzehn Lenze, als all das vorbei war, und wenn auch die Jagd in meiner Raakower Zeit eine große Rolle gespielt hat, so doch nur in einem Zeitraum von fünf oder sechs Jahren.

Herr Jackwitz war folglich, was die Jagd betraf, vornehmlich meine Beziehungsperson, dem ich in erster Linie meine jagdliche Grundausbildung verdanke. Später zog man auch ihn zum Kriegsdienst ein, bevor er nach Stalingrad als »vermisst« gemeldet wurde. Hinzu kamen Bücher! »Klaus Hansens erstes Jagdjahr« von Karl Snethlage habe ich verschlungen und in gewisser Weise nachgelebt. Meine erste Flinte bekam ich mit vierzehn Jahren zu Weihnachten, eine Hahnenflinte Kaliber 20, und in Anbetracht des Krieges war es möglich, den Jugendjagdschein schon »vor sechzehn« zu bekommen, ohne sich der strengen Jägerprüfung unterwerfen zu müssen. Auf dieser Basis bekam ich später den normalen Jahresjagdschein ohne Prüfung, zum Neid vieler Freunde! Dennoch, was ich in diesen wenigen Jahren wirklich erlegt habe, hielt sich in Grenzen. So zum Beispiel schoss ich in Raakow neben einigen Ricken nur einen einzigen Bock, im Sommer des letzten Jahres. In erster Linie beschränkte sich meine Beute auf Hasen, Kaninchen, wenn sie versuchten, in ihren Bau zu flitzen, wohl auch mal ein Rebhuhn, einen Fasan oder einen Fuchs und natürlich Eichelhäher. Sehr beliebt war der abendliche Ansitz auf Enten, wenn sie mit leicht zischendem Flügelschlag in die Brücher einfielen; Stockenten meistens, nur selten Krickenten.

In einem der letzten Sommer in Raakow hatten wir eine kleine Blockhütte gebaut, in der wir die Nacht über blieben, was sehr aufregend war.

Dann muss ich an einige Treibjagden denken, bei denen wir eingeladen waren, insbesondere jene in Rohrbeck und Fischerfelde bei Onkel Sizi und Tante Bernchen. Als Gäste fanden sich auch Onkel Erich Wedel und einige Nachbarn ein, darunter Herr v. Wedel aus Gerzlow und Herr

Friedländer aus Schönfließ. Ich fungierte damals nur als Treiber! Diese spätherbstlichen oder winterlichen Treibjagden stellen Höhepunkte des Landlebens dar, es kommt die ganze Nachbarschaft, mit Damen natürlich, und es herrscht Hochbetrieb. Jäger und Treiber versammeln sich früh morgens vor dem Haus und auf dem Hof, ehe der Jagdherr seine Anweisungen gibt und verkündet, was »freigegeben« ist. Bei uns in Raakow gab es wie erwähnt kein Rotwild, Rehe schießt man im Allgemeinen nicht auf der Treibjagd, wobei der Bock ohnehin ab 16. Oktober Schonzeit genießt; somit sind es vornehmlich Hasen, Fasanen, Kaninchen, Rebhühner und Füchse. »Fuchs kann immer kommen«, sagte in dem bekannten Witz der Jäger, als er sich auf dem Weg zur Beerdigung seiner Gattin die Flinte umhängt!

Auf Kutsch- und Gummiwagen geht es vor Ort. Jeder Jäger bekommt seinen Platz zugewiesen und wird instruiert, diesen nicht zu verlassen, ehe nicht das Signal ertönt oder die Treiberkette vor ihm erschienen ist. Weitere oft wiederholte Instruktionen: erst schießen, wenn das Wild genau angesprochen werden kann. Für die obige Freigabe wird nur Schrot benötigt, während auf Wildjagden (also mit Rot- und Schwarzwild) mit der Kugel geschossen wird, da muss man sehr aufpassen, dass nichts Schlimmes passiert. Auf der anderen Seite des Waldstücks formieren sich die Treiber und beginnen dann nach dem Signal »Jagd beginnt« in langer Kette – alles immer in Rufweite – den Wald zu durchkämmen. Mit Knüppeln wird an die Bäume geklopft, man ruft Ho-Ho und macht Lärm, mit der Absicht eben, das Wild in die Richtung der Schützen zu drücken. Nach einigen Treiben gibt es ein Mittagessen, meist Erbsensuppe mit Speck, und wohl auch ein oder zwei Glas Korn dazu, dann geht's bis zum späten Nachmittag weiter. Zum Schluss wird Strecke gelegt, und wer am meisten erlegt hat, ist der Jagdkönig. Kein Jäger steigt über ein erlegtes Stück Wild, das gäbe sofort einige rituale Schläge mit dem Hirschfänger auf das Hinterteil. An all dies erinnere ich mich mehr als Treiber denn als Jäger, aus diesem Grunde kenne ich die nachfolgenden abendlichen Veranstaltungen nur aus Berichten. Sie bestanden aus einem Diner, meist im Frack – ganz früher sogar im dunkelgrünen Jagdfrack! –, der Jagdherr hielt eine Rede auf die Gäste und insbesondere auf den Jagdkönig, der wiederum antworten musste, möglichst in nicht zu ernster Art und Weise. Insgesamt ein Hohetag des Jahres.

Jägern wird, und manchmal nicht ganz unberechtigt, unterstellt, dass sie lügen, »dass sich die Balken biegen«. Auf einer Jagd, es war später in Bliestorf, übergab der Jagdherr – Putz Schröder – nach seiner Rede das Wort an den Jagdkönig – einen Vetter Maltzahn – mit den Worten: »Damit durch deine jetzt folgenden Worte nichts Schlimmes passiert, haben wir die Balken über dir abgesichert«. Ohne dass jener es merken konnte, hatte ein Diener hinter seinem Rücken mit einer lange Stange einen der Deckenbalken abgestützt. Maltzahn war wohl für Übertreibungen bekannt, und die Heiterkeit war groß.

Wie gesagt gab es bei uns in Raakow vornehmlich Niederwildjagden, weswegen mein Vater auch eher mit der Flinte als mit der Büchse vertraut war. Dazu erzählte mir neulich meine Rohrbecker Cousine Eva-Marie Folgendes: »Nach einer Wildjagd auf Sauen, also Schwarzwild, kam der Waldarbeiter Machler zu ihrem Vater und meinte: ›Herr Rittmeister, also bei dem Herrn v. Schuckmann aus Raakow seiner Büchse, da muss sicher eingeritzt stehen: *Du sollst nicht töten!*‹« Anscheinend hatte der Papi da einige Male vorbeigehauen!

Sehr stolz war ich, als ich im Januar 1945 in Raakow eine kleine Treibjagd selbst leiten konnte bzw. musste, da der Vater noch an der Front stand, wenn auch bereits in bedrohlicher Nähe. Noch heute habe ich eine Kopie der Karte unseres Betriebs, in der ich einige Treiben eingetragen habe, in Sütterlinschrift, mit den Schützen auf der einen, den Treibern auf der anderen Seite. Was mir in Erinnerung geblieben ist, sind die Signale, die ich mit meinem Jagdhorn gab, alles andere scheint wie weggelöscht zu sein. Frühere Jagden haben da eher Einzug in meine Erinnerung gehalten.

Im Zusammenhang mit der Jagd muss Hans A(ugust) Siebs erwähnt werden, ein Freund meiner Tante Anette aus Hamburg, Seniorpartner des 1846 in Hong Kong gegründeten Hamburger Exporthauses Siemssen & Co., in das ich später als Lehrling eintrat. Hierüber wird im Kapitel »Hamburg« mehr zu erfahren sein. Die Familie Siebs wohnte am Mühlenberger Weg in Blankenese, ganz nahe bei meiner Tante. Der jagdpassionierte Herr Siebs hatte in Bärenstein bereits einen Hirschen geschossen und war nun nach Raakow gekommen, vermutlich um einen Bock zu erlegen. Freundlicherweise erklärte er sich dazu bereit, in den von mir gegründeten PHJC einzutreten, dem »Privaten Hege- und Jagd-Club«, Jahresbeitrag einige Reichsmark, wie unsere Währung damals noch hieß. Sehr zum Vergnügen meiner Eltern bestimmten die Satzungen, dass die Mitgliedskarte (sie hat die Flucht überstanden!) »stets in erreichbarer Nähe bei sich zu tragen sei«, eine Formulierung, deren Komik mir damals entging. Nachdem ich gerade angefangen hatte, Briefmarken zu sammeln, war Herr Siebs – mit einer Außenhandelsfirma – ein geeignetes Opfer, und er versprach auch, Marken zu schicken. Darüber hinaus empfahl er mir, Mitglied eines Clubs zu werden, die mir alle Neuausgaben zuschicken würden. Was das denn koste, wollte ich wissen, aber dieser Frage entzog er sich zunächst, indem er vorgab, das nicht so genau zu wissen; aber – angesichts meiner bereits erwähnten Insistenz – meinte er schließlich, dass der Jahresbeitrag wohl nicht mehr als ein- oder zweihundert RM betragen würde. Nie werde ich vergessen, wie diese Aussage ihn in meinem Weltbild zu einem neureichen Städter machte (und er war alles andere als das), denn nur Neureiche würden einen solchen Betrag für Briefmarken ausgeben: für Marken Geld zahlen, das kann jeder – *Sammeln* ist die einzig richtige Art. Schluss, aus, fertig! Von Herrn Siebs hörte ich zum ersten Mal in meinem Leben etwas von Golf: Er, vor allem aber seine Frau und ihre Tochter Loni waren Mitglieder in einem Hamburger Golfclub (Es war *der* Club dort, am Falkensteiner Ufer!) und begeisterte Spieler. Genauso gut hätte er mir etwas von Baseball erzählen können!

Der Medaillenbock in Viktring – Juli 1974 – aufgenommen vom Waidgenossen Fritz Inglitsch

In meinem späteren Leben habe ich viele begeisterte Jäger kennen gelernt, muss aber gestehen, dass meine eigene Passion Grenzen unterlag. Für mich verkörperte die Jagd eigentlich etwas, was eben zum Landleben dazugehört, wie zum Beispiel auch Reiten. Angefangen mit der Jägersprache, diesem merkwürdigen, typisch deutschen Phänomen, mit der man aufgewachsen sein muss, um sie zu beherrschen, den Gewehren, die entweder in der Garderobe auf dem teppichbelegten Tisch liegen oder im Gewehrschrank stehen, den Geweihen und Gehörnen, die die Wände (aber nur in einigen Zimmern) schmücken, dem Rhythmus der jagdlichen Ereignisse, wie Blattzeit und Treibjagden, und schließlich der Bitte der Mutter: Geh und schieß mir einen Hasen, wir haben nächsten Monat Gäste! – all dies gehörte einfach dazu. Die Jagd im sozusagen luftleeren Raum, also irgendwo hinfahren und dort gegen Bezahlung ein Tier zu erlegen: Das war nicht meine Vorstellung von Jagd – und zwar nicht nur aus Geldgründen. Auch sich bei anderen anzubiedern, um vielleicht dort etwas erlegen zu dürfen, war mir ein Gräuel. Für mich war die Jagd eben mit einem eigenen Revier verbunden. Mit Begeisterung – und Dankbarkeit – habe ich später die Jagd in Viktring in Kärnten ausüben dürfen, dem Besitz meiner Schwiegermutter, einem wunderschönen Revier, wo ich mit dem dortigen Jäger viele, viele Stunden auf Rehjagd verbringen und, wie ich soeben an der Wand zählte, insgesamt zehn gute Böcke erlegen konnte. Viel habe ich von Fritz Inglitsch gelernt, der dort die Jagd betreute.

In Venezuela folgten unvergessliche Jagderlebnisse in Flores Moradas im Staat Guarico, ein »Hato«, der den Blohms und ihrem Partner Werner Putzier gehörte, der den Betrieb leitete und selbst passionierter Jäger und sehr großzügiger Jagdherr war. Vieles kommt mir hierbei in den Sinn, Erlebnisse mit anderen Jagdkameraden, Geschichten über die knorrige Persönlichkeit des Gastgebers und die Erinnerung an einige »Venados«, die meiner Brünner Bockbüchsflinte zum Opfer fielen. Schließlich muss die Entenjagd in den Reisfeldern von Calabozo und Acarigua erwähnt werden, völlig verschieden vom alten Kontinent, verbunden mit viel Kameraderie, Bier und sonstigem Allotria. Gerd Harling, Erik Goltz, Henneke Sieveking, Wolfram Moeckel, Hans Schimonsky, Olaf Scanzoni, Oskar Schmitz, »ein gewisser« Miksch (das war Putziers Lieblingsformulierung), Peter Macaulay und Karlheinz Wagner sind die Namen der Jagdkameraden über die Jahre. Kaum einer lebt noch in Venezuela.

Karlheinz Wagner nahm mich einmal »zu den Engländern« mit, der Lancashire Investment Company, einem Riesenunternehmen, das der Familie Vesty in England gehört bzw. gehörte, denn in diesem Moment ist die Chávez-Regierung gerade dabei, die so genannten Latifundien, also Großbetriebe (und nicht nur die großen!), aufzuteilen. Die Gruppe besaß an die zehn oder zwölf »Hatos«, also Viehfarmen in der Größenordnung von je zirka 40.000 Hektar. Wir fuhren zum Hato »Turagua« im Staat Apure gelegen, wo Max und Winny Wason – wenn auch schlecht bezahlt – regierten. Die Jagd bestand aus dem Aufspüren eines geeigneten Venados, ähnlich dem Weißwedelhirsch aus Virginia, das mich aber viel mehr an Rehwild erinnert. Juan war unser unermüdlicher Begleiter, mit Augen wie ein Luchs, mit denen er das Wild ansprach, bevor wir überhaupt irgendetwas sahen. Es ging über Stock und Stein (hier nur eine Redensart, denn im Apure gibt es keine Steine!), durch Feld und Busch, und am Abend wusste man, was man getan hatte. Der mir freigegebene Venado hängt inzwischen an der Wand. Später besuchte ich einen anderen Hato, aber zu dem Zeitpunkt hatte die Betriebsleitung die Jagd bereits generell untersagt.

In diesem Zusammenhang eine kleine Anekdote, die hilft, ein Licht auf die dortigen Dimensionen zu werfen: Die Wasons machten Urlaub in Schottland und Winny erschien bei einem alten, für seine Käserei berühmten Schotten. Sie wollte etwas von ihm lernen, um davon in Venezuela Gebrauch zu machen. In ihrem Sommerkleidchen sah sie wohl nicht sehr überzeugend aus, denn der Mann gab etwas einsilbig Auskunft, bis er schließlich darlegte, dass man hierfür ja auch Kühe brauchte, und nicht nur drei bis vier, und wie viel Stück sie denn habe? Die Antwort: So ganz genau wisse sie das nicht, aber es seien schon so zehn bis zwölf … tausend! Das Gesicht des Schotten hätte ich gern sehen mögen! Es war natürlich Fleischvieh, aber dennoch. Die Regel im Apure ist zirka ein Rind auf vier Hektar.

Sympathisch war letztlich auch die Zeit in Namibia, also dem alten Deutsch-Südwestafrika, wo ich je ein Stück der dort jagdbaren Kreaturen erlegen konnte: Kudu, Springbock, Hardebeest (männlich und weiblich), Oryx (männlich und weiblich) und schließlich ein Warzenschwein auf der Farm »Sparsam« (so hieß sie wirklich) am 7. 7. 77. Sie gehörte einem »Afrikaner«, die man oft auch Buren nennt, aber diese Bezeichnung haben sie nicht so gern. Bei den beiden anderen Betrieben handelte es sich um Hummelshain, einer Familie Siebold gehörend, und um einen Besitz bei Okahandje, wo Herr Becker regierte. Hier überall musste man natürlich pro Abschuss etwas bezahlen. Das Ganze ging aber recht sportlich vor sich, nur bei Becker vom Ansitz aus, in Hummelshain meist durch Anpirschen. An die Jagd auf das männliche Hardebeest erinnere ich mich noch gut: Es bestand vornehmlich aus dem Heranrobben an das Tier, mit der Büchse

in der Hand! Die Lizenz auf ein Zebra ließ ich an mir vorbeigehen: Es handelte sich zwar um das im Gegensatz zum Steppenzebra schwer zu bejagende Bergzebra, aber ich konnte mich dennoch nicht aufraffen, auf eine Art Pferd zu schießen. Die Jagd dort geht übrigens sehr ökologisch vonstatten: Man berechnet die Anzahl von Tieren, die eine gewisse Fläche trägt, und dann entscheidet der Inhaber, ob er diese zu hundert Prozent in Rindvieh oder zu einem bestimmten Prozentsatz in Wild haben will, das dann sozusagen »auf dem Huf« an Jäger verkauft wird. Das Wildbret gehört dem Haus, die Trophäe dem Erleger.
Der weitere Grund für diese Reise war, Alix' Bruder Godfrey und seine Familie zu besuchen, die acht Jahre lang in Johannesburg lebten. Sehr nett hat mich Schwager Godfrey später auf einen Keiler eingeladen, in einem früher Auersperg'schen Besitz in der Gotschée in Slowenien. Ich habe ihn erlegt, einen kapitalen Keiler mit Medaille und vielen Punkten sogar; »kaputt«, sagte der mich begleitende Jäger, als er ihn dicht am Anschuss fand. Allerdings konnte dieses Erlebnis mit einer Ricke in Raakow oder einem Bock in Viktring nicht mithalten.

Das Korps

Zu den Erinnerungen an Raakow gehört unvermeidlicherweise ein Kapitel über »das Korps«, damals »Corps«. Es handelt sich um das Heidelberger Korps »Saxo-Borussia«, manchmal auch die »die Sachsen-Preußen« genannt, eine schlagende Studentenverbindung, die mit den Göttinger Sachsen (Saxoniae) und den Bonner Preußen ein Kartell bildeten und zum so genannten Senioren-Convent in Kösen gehörten, dem Kösener S. C. Diese drei wohl feudal zu nennenden Korps betrachtete »man« als *die* Verbindungen schlechthin. Später erfuhr ich, dass auch ein Greifswalder Korps dazugehört haben soll, obwohl ich bis dahin immer nur von den ersten drei gehört hatte. Wie auch immer, die Saxo-Borussen spielten bei uns zu Hause eine große Rolle; man möge sich des »Heidelberger Zimmers« erinnern, eines unser Gastzimmer.

Es begann wohl mit der Auflage des Erbonkels Ernst, dass mein Vater, wie bereits erwähnt, neben der selbstverständlichen landwirtschaftlichen Lehre, die er beim Grafen George Sauerma in Ruppersdorf in Schlesien absolvierte (meinem späteren Patenonkel), auch einige Semester Jura studieren müsse, und zwar in Heidelberg und dies vornehmlich, um dort bei den Saxo-Borussen aktiv werden zu können, das heißt in das Korps einzutreten. Landwirtschaft studierte er dann später in Breslau, ohne Korpsablenkung! Onkel Ernsts Bruder Bruno, »der Gouverneur«, und dessen Sohn, »Onkel Sizi«, waren ebenfalls bei diesem Korps aktiv gewesen, also jetzt »Alte Herren«, wie man die Ehemaligen nannte. Im Internet fand ich neulich eine Aufzählung von Korpsstudenten: mit insgesamt fünfzehn Schuckmanns darunter!

Nachdem Onkel Nickel, der Bruder meiner Mutter, ebenfalls Saxo-Borusse war, und zwar Konsemester meines Vaters, ergab es sich, dass sich meine Eltern gelegentlich eines Besuches in Kittlitz oder Bärenstein kennen lernten. Ihre Ehe ist also einwandfrei auf das Korps zurückzuführen, denn mein Vater hatte in Sachsen ansonsten absolut nichts zu suchen. Eine weitere Ehe ergab sich zwischen der Schwester meiner Mutter, Margarethe Lüttichau, mit Ferdinand Bismarck-Osten aus Pommern, ebenfalls Korpsbruder.

Ebenso wichtig war, dass das Korps eine Vielzahl von Papis Freunden stellte, die uns später in Raakow besuchten und bis zum Lebensende treu zusammenhielten. Ich erinnere mich an einige Prittwitze, einen Gaudecker, den bei uns sehr beliebten und lustigen Onkel Arwed »Tim« Tümpling, der so gut mit der Wünschelrute umgehen und somit Wasseradern finden konnte, des Weiteren an Namen wie Livonius, Cranach, Arnim, Kamecke, Berge, Knebel-Döberitz, Heyl, Kühne, Gaudecker und Bieler.

Von Onkel Tim gab es herrliche Geschichten. Einmal war er beim Nacktbaden der Korpsbrüder bei uns im Kleinen Raakow See vorab ans Ufer geschwommen und erwartete die Kameraden mit seiner Kamera – von vorn! Bilder, die später auf dem Geschenketisch auf der Hochzeit meiner Eltern erschienen!

Eine andere Story weiß zu erzählen, wie damals in Heidelberg die Korpsbrüder auf einem so genannten »Schnefter« (sprich Ausflug) ein ganzes Eisenbahnabteil in Beschlag genommen hatten. Als einer von ihnen beim Kartenspielen laufend Ärger machte und störte, packten sie ihn, zogen ihn aus, und warfen seine Kleider aus dem Zug. Was der Bösewicht nicht wusste: Ein Konspirant im nächsten Abteil fing die Sachen wieder auf. Auf jeden Fall sah er wohl der nächsten Haltestelle mit Besorgnis entgegen.

Nach dem Kriege wurde das Fechten ein umstrittenes Thema, zu dem mein Vater selbst keine hundertprozentig feste Position hatte. Da ich selbst nie studiert habe, stellte sich mir erst gar nicht die Frage »ob oder ob nicht«, und ich kann somit nicht mitreden. Von meiner Warte aus betrachtet, kann ich nur mit Bestimmtheit sagen, dass der Zusammenhalt unter Korpsbrüdern einmalig war. Es würde mich nicht wundern, wenn eine neutrale Studie darüber zum Resultat käme, dass es eben etwas anderes ist, wenn man zusammen mit seinen Korpsbrüdern eine Situation teilt, wo Blut fließen kann – wenn auch nur relativ harmlos und bestimmt nicht viel –, als wenn man die gleiche Zeit »nur« in einem Debattierclub oder Sportverein verbracht hätte.

Wie mein Vater mir erzählte, gab es zu seiner Zeit fast nur noch so genannte Pflichtmensuren, also Fechtgänge mit Mitgliedern anderer schlagender Verbindungen. Duelle waren selten, im Gegensatz zu früher: »Mein Herr, Sie haben meinen Hund fixiert«, und los ging's.

An eine solche Duellgeschichte erinnere ich mich noch: Ein Manteuffel, und zwar der, der 1919 mit den Freikorps Riga befreite, baute sich eines Abends – wahrscheinlich in der Studentenkneipe »Zum Seppel« und mit Sicherheit nicht mehr ganz nüchtern – vor dem Tisch eines Nachbarkorps auf und verkündete lautstark und im breitesten Baltisch: »Meine Herren, es ist mir begreiflich, dass man sich einen Ring durch die Nase zieht, und es ist mir fürderhin begreiflich, dass man sich ein Loch ins Knie schießt, um darin Tulpen zu ziehen, aber es ist mir völlig unbegreiflich, wie man in Ihrem Korps aktiv sein kann.« Das verursachte automatisch eine Forderung aller anwesenden Korpsburschen, die, nachdem Manteuffel ein Riesenkerl und guter Fechter gewesen sein soll, einer nach dem anderen von ihm »abgestochen« wurden, wie man das nannte.

Eine weniger blutige Geschichte – eigentlich nicht recht hierher gehörend, aber trotzdem – fällt mir in diesem Zusammenhang ein: Ein junger Graf Keyserlingk, Urenkel von Bismarck, besuchte 1945 seine (und meine) Tante Margarethe in Bliestorf. Er war überzeugter Pazifist, und als man ihn für die Offizierslaufbahn vorschlug, meldete er sich freiwillig als einfacher Soldat. Er landete bei der Feldbäckerei, wurde 1945 gefangen genommen und las auf den verschiedenen Märschen Äschylus im Urtext, auf einem von ihm eigens hierfür konstruierten Drahtgestell. Ein gescheites Haus also. Nachdem man ihn nach dem Attentat von Graf Stauffenberg am 20. Juli 1944 auf seinem Kasernenhof mit »Scheißgraf« und ähnlichen Bezeichnungen angeödet hatte, nahm er ein kleines Stöckchen und zog um sich herum im Sand einen großen Kreis. Dann verkündete er allen Herumstehenden: Dies ist ein Kreis, in dem steht ein pommerscher Graf, und wer sich traut, in ihn hineinzukommen, der kriegt es mit mir zu tun. Resultat: Keiner kam, denn er war zwar Pazifist, aber riesengroß und kräftig. Die Manteuffel-Geschichte hat man mir erzählt, die obige Anekdote kenne ich von Keyserlingk selbst.

Abschließend zum Korps: Eine gewisse Tendenz zum Raufen muss es wohl gegeben haben, denn ich erinnere mich an die Berichte von Bruno Schuckmann aus Afrika, wo er gelegentlich einer Mehrzahl von »Eingeborenen« gegenüberstand und dann zu sich selbst sagte: »Nu mal ran, es wäre doch gelacht, wenn hier ein alter Korpsstudent kneifen würde.«

Rohrbeck

Das wichtigste Element in unserer Nachbarschaft stellten die Rohrbecker dar: Onkel Sizi, Tante Bernchen, eine geborene Marwitz aus Cölpin, und ihre vier Kinder Bruno, Ottie, Eva-Marie und Barbara. Zühlsdorf 06 lautete ihre Telefonnummer! Unser Verhältnis war exzellent, und nur später wurde mir klar, dass es da am Anfang durchaus Spannungen gegeben hatte, da ja normalerweise Onkel Sizi Raakow geerbt hätte. Schlimmer noch: Onkel Sizi hatte nur zufällig auf dem Katasteramt in Arnswalde von der Adoption meines Vaters erfahren, mit der Raakow natürlich für ihn dahinging. Tante Bernchen ist es zu verdanken, dass es da keinen wirklichen Ärger gab, und mein Vater ist ihr deshalb stets sehr dankbar gewesen. So gelang es, dieses Problem aus der Welt zu schaffen. Ich persönlich habe erst sehr, sehr viel später von den damaligen Vorgängen erfahren. Meine Namensgebung hat notabene etwas mit diesem Thema zu tun gehabt.

Rohrbeck lag zirka zehn Kilometer von Raakow entfernt, mit dem Pferdewagen und besonders im Winter ist das nicht so nah, wie es klingt. Der Betrieb, etwa doppelt so groß wie Raakow, hatte Rothirsche als Standwild. Hinzu kamen noch die Forstgüter Rüggen und Fischerfelde, im gleichen Kreis Arnswalde gelegen. Das Gutshaus hing voller afrikanischer Jagdtrophäen von Onkel Sizis Vater Bruno, der von 1907 bis 1910 Gouverneur der damaligen Kolonie »Deutsch-Südwestafrika« war, dann aber den Dienst quittierte, da er die neue Kolonialpolitik nicht aus vollem Herzen vertreten konnte und wollte. Es ging damals um die Frage: A) mehr Infrastruktur, Hilfe an die Farmer, Ausbau von Straßen, Telegraf und Telefon, also »das Land in den Griff kriegen«, oder B) Ausbeuten der Gold- und Diamantfelder (»Die Sache muss ja nun auch mal was bringen!«). Der Leiter des Kolonialamts Dernburg hatte sich für Letzteres entschieden, und somit zog sich Onkel Bruno, der diese Politik nicht vertreten konnte, nach einiger Zeit und mit dreiundfünfzig Jahren »auf seine Güter zurück«. Bei Kriegsausbruch 1914 meldete er sich als Kriegsfreiwilliger, sprich einfacher Soldat, im Regiment seines Sohnes, den 3. Garde-Ulanen in Potsdam (er hatte ja nie als Soldat, sondern »nur« im Auswärtigen Amt gedient), wo sein Filius bereits Leutnant war. Ich berichtete von ihm schon im Kapitel »Umfeld«. Seine Frau, Tante Marita, habe ich noch oft erlebt, sie starb erst 1943.

Im Übrigen war der Rohrbecker Einrichtungsstil anders als bei uns, schon allein durch den Akzent auf Jagd und Trophäen. In ewiger Erinnerung wird mir das Gästeklo im unteren Stock bleiben, ein faszinierender, leicht zweckentfremdeter Abstellraum für Akten, alte Zeitungen, Jagdutensilien und allem möglichen Gerät.

Das Gutshaus von Rohrbeck – Winter 1938

Vetter Bruno, der ja acht Jahre älter als ich und damals schon beim Arbeitsdienst, später beim Militär war, habe ich eigentlich erst sehr viel später in Kanada kennen gelernt. Die Cousinen, für die ich »der kleine Vetter« war, mochte ich eigentlich alle. Barbara war die jüngste und frechste! Zu den beiden überlebenden Cousinen, Ottie und Eva-Marie, halten wir bis heute Kontakt. Pferde, Hunde und überhaupt Tiere besaßen bei ihnen einen hohen Stellenwert, wobei es unserem Verhältnis keinen Abbruch tat, wenn sie mir zu Hause oft als Musterbilder im Umgang mit Viechern vorgehalten wurden. So zum Beispiel soll ihr Kaninchenstall angeblich sehr viel sauberer als meiner gewesen sein, und kutschieren konnten sie auch viel besser als ich. Beides traf wahrscheinlich auch zu. Die Rohrbecker hatten ein Sportauto, in dem zwei Kinder auf einem Rücksitz – im Freien – Platz fanden. So etwas hatten wir in Raakow nicht!!

Tante Bernchen, ein regelrechter Schatz, rauchte wie ein Schlot und starb auch prompt in noch jungen Jahren, kurz nach Kriegsende. Ihr Stammbaum ging über die Marwitze und Robert-Tornows auf die berühmte Rahel Levin zurück, ein Umstand, der im »Dritten Reich« eher unerwähnt blieb, ich habe es damals auch nicht gewusst. Meine Mutter und sie hatten ein ganz besonders gutes Verhältnis. Ich erinnere mich an eine Geschichte, als bei einem Besuch in Raakow, es war wohl kurz vor dem Krieg, sich die beiden Männer – vermutlich nach einigen Gläsern Bowle zu viel – in die Haare gekriegt und die zwei Damen, im Vorzimmer, sich geschworen hatten, die Sache wieder beizulegen, wenn sie ernst werden sollte. Es ging um Politik, das Gespräch wurde immer lauter, und Onkel Sizi versicherte meinem Vater, dass man uns alle »am nächsten Laternenpfahl« aufhängen würde, wenn wir in der einen oder anderen Form »nicht mitmachten«. Dabei war er absolut kein Parteifreund, weder damals und noch weniger in späteren Jahren, er sah aber eben Probleme am Horizont. Nun, kurz darauf brach der Krieg aus, und das Schicksal nahm seinen Lauf: für Raakow, Rohrbeck, das Vaterland und die NSDAP.

An ein weiteres Ereignis, verbunden mit Rohrbeck, entsinne ich mich: Als wir von einem Besuch von dort nach Hause kamen, wurde uns von der Dorfjugend erzählt, was wir verpasst hätten: Kino in der Dorfschule. Das wäre so ein Apparat, durch den von einer Rolle ein langer Celluloidstreifen lief, der dann bewegliche Bilder an die Wand des Klassenzimmers projizieren würde. Die »Laterna magica« kannte ich von zu Hause her, auch das Kaleidoskop und einen Apparat, in den man zwei fast gleiche Bilder hineinschob, die dann beim Durchschauen ein dreidimensionales Bild ergaben – aber beweglich? »Quax, der Bruchpilot« hätte der Film geheißen, mit Heinz Rühmann, und alle hätten viel lachen müssen. Zum Glück war dies nicht die letzte Vorführung, und besonders später in Niesky bin ich oft ins Kino gegangen. »Schauburg«, glaube ich, hieß das Theater, und es gab zu der Zeit von der UFA recht ordentliche Filme, von denen ich die historischen am meisten mochte. Vorweg wurden die Wochenschauen mit den schöngefärbten Wehrmachtsberichten und der zugehörigen Eingangsmusik gezeigt. All die alten Namen tauchen aus der Erinnerung auf: Paula Wessely, Paul und Attila Hörbiger, Otto Gebühr, Hans Moser, Marianne Hoppe, Hans Albers, Heinrich George und Willy Birgel, unter anderem als Majoratsherr; Tante Babette konnte ihn nicht ausstehen, wahrscheinlich weil sie den Unterschied zu einem wirklichen Landmann spürte, ich hingegen fand ihn hinreißend!

Nachbarn im Kreis Arnswalde

Eigentlich bin ich damals noch zu jung gewesen, um heute über die verschiedenen Nachbarn sprechen zu können. Einige kannte ich noch selbst, andere nur vom Hörensagen oder von Geschichten her.

In lebhafter Erinnerung ist mir Marienwalde geblieben, zirka zwölf Kilometer von uns entfernt, wo gute Freunde der Eltern, das Ehepaar Seydel, das dortige Gut gepachtet hatten. Frau Seydel war eine geborene v. Rosenstiel, deren Eltern ganz in der Nähe wohnten. Vater Seydel nannte ich als Kind einmal – nicht ganz unzutreffend – »den Onkel mit dem Eierkopf«, welcher Spruch damals zum Vergnügen aller die Runde machte. Marienwalde war ein ehemaliges Zisterzienserkloster, zu dem früher auch Raakow gehört hatte. Es gab bei uns noch den so genannten Klosterhof, der zum Gut gehörte. Die Christianisierung hatte hier zwar schon im 12. Jahrhundert begonnen, das Kloster wurde aber erst 1268 gegründet. Die Familie lebte in der Pächterwohnung im alten Kloster aus Backsteingotik, sehr romantisch. An einen Besuch kann ich mich besonders gut entsinnen. Ich war im Sommer für einige Ferientage dorthin geritten. Das treue Pony »Muckel« wurde im Stall geparkt, und da die Seydels einige Kinder hatten, deren Freunde sie ebenfalls dort besuchten, verlebten wir eine sehr vergnügte Zeit. Im Gedächtnis geblieben ist mir aber nur Claudia v. Pawlowski, oder war es Pawlikowski? – ein Mädchen ungefähr in meinem Alter. Sie kam aus der Stadt, ich glaube aus Berlin, und sie schien irgendwie anders als wir zu sein. Gottgläubig war sie, so beichtete sie mir, als wir allein in einem Kahn auf dem Küchen See ruderten, und auch sonst wusste sie viel von fremden und weit entfernten Dingen zu berichten. Als ich einige Tage später nach Raakow zurückritt, war es schon dunkel und Claudia in und mit mir!

In der direkten Umgebung von Raakow gab es kaum »Verkehr«. Kleeberg, Plagow, Sellnow, Hitzdorf und Radun waren Bauerndörfer, und mit den »Kürtowern« (Schlieffens) verkehrten wir nicht, ich glaube wegen politisch unterschiedlicher Ansichten. Die Herrschaft Kürtow war 1237 vom Polenherzog den Johannitern geschenkt worden, die die Befugnis erhielten, in ihrem Gebiete Deutsche anzusiedeln sowie Krüge (Gasthäuser) und Märkte nach deutschem Recht einzurichten. Hiermit beginnt, wie schon erwähnt, das eigentliche Deutschtum in unserer Gegend. Kirchenrechtlich gehörte Raakow zum »Sprengel« (Pfarrkreis) Kürtow, wo auch unser Pfarrer, Pastor Furian, wohnte.

Kranzin, heute Krzecin, ganz nahe gelegen, gehörte einem Herrn Glahn, mit dem kein Mensch verkehrte, da er als etwas skurril galt. Er bewirtschaftete seine Felder nach dem Mond und soll dafür tagsüber geschlafen haben. Erst nach seinem Tod entstand eine lebenslang anhaltende Freundschaft zwischen seiner Witwe, einer geborenen v. Waldenburg, und meiner Mutter. Ihr einziger Sohn fiel kurz vor Kriegsende am Plattensee in Ungarn. Ich erbte von ihm einen sehr eleganten, auf Taille gearbeiteten Uniformmantel, der mich auf der Flucht begleitet hat. Einziger Nachteil: Er war braun und eigentlich ein HJ-Mantel! Wenn ich mich recht entsinne, ließ ihn meine Mutter verschwinden, sobald es etwas wärmer wurde!

Wardin, ein weiterer Ort im Kreis, nannte ein Herr Otto Steiger sein Eigen, den ich aber nur einmal kennen gelernt habe. Er galt als exzellenter Landwirt, Wardin als Musterbetrieb. Nemischhoff, etwas weiter weg, gehörte Arnims, Lauchstädt im Kreis Friedeberg den Brands, Birkholz Langenn-Steinkellers, Fürstenau den Waldows, Liebenow der Familie Kreich. An Herrn Friedländer aus Schönfließ erinnere ich mich nur von einer Jagd her, er war nicht ganz »arisch«, ist aber bis zum Schluss auf seinem Gut geblieben. Schließlich gab es noch Herrn v. Wedel auf Gertzlow, den die Russen beim Einmarsch in seinem Schloss einsperrten und es dann – mit ihm – verbrannten. Ich sehe ihn noch vor mir, auf einer Jagd, mit einem grünen Velourshut, auf einem Baumstumpf seine Erbsensuppe löffelnd! In einigen dieser genannten Orte bin ich nie gewesen, obwohl sie doch eigentlich sehr nahe bei uns lagen. Hingegen bin ich einmal im etwas entfernteren Regenthin gewesen, ein Staatsforst, wo in ihrer Försterei ein guter Freund meines Vaters lebte, Forstmeister Funck. Papi und ich waren dorthin gefahren, um einige neu gefertigte Möbel abzuholen. Der Weg zog sich endlos lang dahin, wenn auch nur zwanzig Kilometer Luftlinie, durch die recht karge Landschaft mit Kiefernforsten und Wacholderheiden. Mein späterer Freund Reinhard Zitelmann ist in genau dieser Försterei geboren, sein Vater war Herr Funcks Vorgänger.

Eine große Rolle im Leben meiner Eltern spielte anfangs die Familie Robert-Tornow. Zu meiner Zeit waren sie bereits nach Burgscheidungen an der Unstrut in Thüringen umgesiedelt, wo er den Schulenburg'schen Besitz verwaltete. Ihr eigenes Gut Kölzig, ganz in unserer Nähe, hatten sie verkauft. Ich habe sie bewusst nur einmal in Raakow erlebt, sie waren über Ostern zu Besuch gekommen. Über das sicher sehr amüsante Ehepaar existierten herrliche Geschichten. Einmal waren die Eltern bei ihnen zum Diner eingeladen mit verschiedenen Paaren, die sich untereinander kaum kannten. Herr Robert-Tornow hatte sich den Spaß erlaubt, den Herren zu sagen, dass ihre Tischdame recht schwerhörig sei. Den gleichen Hinweis gab er in umgekehrter Richtung. Cocktails waren damals nicht Usus, man setzte sich ziemlich schnell zu Tisch, und wirklich getrunken wurde erst danach, entweder Wein oder Bowle. Die Tischunterhaltung startete also in großer Lautstärke, bis eine der Damen ihren Tischherrn höflich darauf hinwies, nicht so laut reden zu müssen!! Ich glaube nicht, dass die Robert-Tornows wegen ihres Stammbaums – man sprach damals von »Webfehler« – im Dritten Reich ein Problem hatten. Sie stammten von Rahel Levins Bruder ab, deren beider Vater, der Juwelenhändler Markus Levin, sich zusammen mit seinen beiden Kindern auf den Namen Robert taufen ließ. Rahel hatte bekanntlich 1814 Herrn Varnhagen von Ense geheiratet und unterhielt in den Zwanzigerjahren des 19. Jahrhunderts in Berlin einen bekannten Salon. Auf ihrem Totenbett soll sie ihre Konversion bereut haben! Bemerkenswert in diesem Zusammenhang: 1812 wurden in Preußen die Juden für gleichberechtigte Bürger erklärt, lange vor der k. u. k. Monarchie oder Frankfurt am Main.

Außerhalb unseres Kreises, in östlicher Richtung, aber doch nicht zu weit entfernt, befand sich in Filehne der Besitz des Grafen Werner v. d. Schulenburg, den wir einige Male besuchten. Es gab dort einen Sohn, Werni, mit dem ich spielen sollte und wohl auch spielte, aber mit den Reserven, die Kinder haben, wenn sie mit den Sprösslingen der Freunde ihrer Eltern zusammengewürfelt werden! Filehne war ein recht großer Besitz, so an die 8.000 Hektar, als es noch zur deutschen Provinz Posen gehörte. 1919, nach der Grenzziehung des Versailler Friedensvertrags, verblieb in Deutschland ein wesentlich kleinerer Teil. Das Schloss, gelb angemalt, erschien mir riesenhaft. Wir spielten gegen eine Wand Tennis, ein Spiel, das es bei uns in Raakow nicht gab. Die Eltern Schulenburg ließen sich später scheiden; Werni ging mit seiner Mutter nach Philippsburg bei Leer/Ostfriesland und Vater Schulenburg verstarb im Dezember 1944, kurz bevor die Russen kamen. Mein Vater, sein Testamentsvollstrecker, musste mit einigen ziemlich drastischen Bestimmungen seines letzten Willens zurechtkommen, was insofern mühsam war, als beide Eltern mit Sylvie Schulenburg ein exzellentes Verhältnis pflegten. Filehne lag also nicht nur direkt an der Grenze, vielmehr ging diese sozusagen durch den eigentlichen Besitz hindurch. Notabene: Sohn Werner mit der gesamten Großfamilie wurde von den Polen im Jahre 2002 nach Filehne eingeladen (alle Kosten bezahlt!), bei welcher Gelegenheit das gute Verhältnis honoriert wurde, das Vater Schulenburg immer mit der polnischen Bevölkerung gehabt hatte. Wernis Frau Dorle ist eine geborene v. Miller, Enkelin des bekannten Gründers des Deutschen Museums in München, aber keine Verwandtschaft von Alix Miller-Aichholz. Wir haben uns über die Jahre viel gesehen, Werni wurde Patenonkel von Isabel, und es verbindet uns eine schöne Freundschaft.

Schulenburgs waren meines Wissens die Einzigen, die durch ihre direkte Nachbarschaft etwas Kontakt zu Polen hatten. Mir persönlich schien dies Land damals so weit entfernt zu sein wie der Mond! Von diesem Thema war schon die Rede.

Wolken am Horizont

Rückblickend: Wenn Hitler nicht gewesen wäre, hätte ich Landwirtschaft gelernt, dann wie geplant mit zirka dreißig Jahren die Pacht meines Großvaters und schließlich mit etwa fünfundvierzig Jahren Raakow übernommen. Mein Vater wäre zu dem Zeitpunkt zweiundsiebzig Jahre alt gewesen. Die Lust zu diesem Beruf war zweifelsohne vorhanden. Lass uns annehmen, dass ich ein passabler Landwirt geworden wäre, um neuen, veränderten Verhältnissen durch eine Modernisierung des Betriebs zu begegnen, Lust dazu hätte ich gehabt. Ich hätte in unserer modernen, weltoffenen Zeit mit Sicherheit mehr Hobbys gehabt und mehr Reisen unternommen, als dies seinerzeit meinem Vater möglich gewesen ist. So waren die Pläne, aber nach dem Zusammenbruch des Dritten Reichs im Mai 1945 sah alles plötzlich ganz anders aus. Rückschauend bin ich dennoch zu dem Schluss gekommen, dass sich mein späteres Leben letztendlich mit Gottes Hilfe wesentlich interessanter gestaltet hat, als das nach unserer Flucht vorerst den Anschein hatte.

Nun, Hitler *war* da gewesen, und mit ihm begann die Politisierung des gesamten Umfelds, auch wenn in Raakow vorerst wenig davon zu spüren war, wenigstens merkten wir Kinder kaum etwas von den aufziehenden Gewittern.

Es gab eine NSDAP-Ortsgruppe, aber ich weiß nicht einmal mehr, wo sie tagte. (Für die jüngere Generation: NSDAP war der Name der Nationalsozialistischen Deutschen Arbeiterpartei Hitlers, damals kurz »die Partei« genannt.) Herr Schneider, unser Inspektor, war Parteigenosse und später auch Ortsgruppenleiter, aber die Nummer eins im Dorf blieb halt nach wie vor mein Vater. Bis zum Jahr der Auflösung des »Stahlhelms«, 1933, war er dessen Mitglied gewesen. Der eigentliche Name war »Bund der Frontsoldaten«, eine paramilitärische Organisation. Offiziell hieß es, der Stahlhelm sei nun »gleichgeschaltet«, also der NSDAP angeschlossen. Da alle Mitglieder automatisch zu »Parteigenossenanwärtern« avancierten, behielt der Vater diesen fragwürdigen Rang – nolens volens – bis zum Kriegsende, nachdem er sich nicht in die Partei hatte einschreiben lassen. Als Selbstständiger konnte er sich das leisten. Andere, zum Beispiel Beamte im Staatsdienst, hatten es da schwerer. Dafür blieb er zeitlebens erst Ehren-, später Rechtsritter des Johanniterordens. »Bleiben« ist insofern das richtige Wort, als einige Johanniter den Orden aus weltanschaulichen Gründen verlassen hatten oder mussten.

Meine Mutter leitete die evangelische Frauenhilfe, was so ähnlich klang wie die NS-Frauenschaft, mit der sie aber absolut nichts zu tun haben wollte und hatte. Ich selbst wurde 1939 in die mittlerweile obligatorische HJ (Hitlerjugend) aufgenommen und musste am wöchentlichen »Dienst« teilnehmen, der aber meist aus Geländespielen und dem Singen markiger, teilweise »nazifizierter« Landsknechtslieder bestand. »Deutsches Jungvolk« hieß die HJ für die Zehn- bis Vierzehnjährigen, in das man als »Pimpf« eintrat. An politische Schulungen kann ich mich nicht entsinnen, überhaupt ist mir aus dieser Ecke wenig in Erinnerung geblieben. Wohl aber erinnere ich mich an den »Volksempfänger«, ein preiswertes Radio im Holzrahmen mit Tuch vor dem Lautsprecher, vornehmlich natürlich zu Propagandazwecken geschaffen, damit Hitlers Reden jedermann zugängig waren.

Kurzfristig wurde ich 1942 so etwas wie Fähnleinadjutant oder Schriftführer, mit rot-weißer Schnur, „Strippe", aber dann kam ich auch schon ins Internat.

Was hätte ich über dieses Thema gedacht, wenn meine Eltern nicht gegen das Regime eingestellt gewesen wären? Es ist sattsam bekannt, dass anfänglich vieles »dafür« sprach, und somit waren gleich nach der »Machtergreifung« viele von der »Bewegung« angetan. Auch fanden wir alle natürlich die prodeutsche Abstimmung im Saarland 1935 großartig, und die Ausweitung der im Versailler Vertrag 1919 auf 100.000 Mann beschränkten Reichswehr. »Wir haben wieder eine Wehrmacht!« Der Landwirtschaft ging es unter Hitler nicht schlecht; es gab Festpreise für Agrarprodukte, und die Arbeitslosigkeit, die zum Ende der Weltwirtschaftskrise 1932 sechs Millionen betrug, war merklich zurückgegangen. Aber feststeht, dass in unserer gesamten Familie keiner gut auf »den Führer« zu sprechen war, wobei sich meine vier Großeltern noch wesentlich rabiater aufführten als mein Vater. Dennoch: In unserem Dorf war wenig von »der neuen Zeit«

zu merken. Ich spielte hingegen von Kindheit an begeistert Soldat: Das war etwas ganz anderes!

In diesem Sinne verfolgten wir beeindruckt ab 1939 das Vordringen der deutschen Armeen. Auf einer großen Karte wurde mit kleinen Fähnchen oder bunten Stecknadeln der Vormarsch markiert. Ebenso waren wir von den Stuka (Sturzkampfbomber)-Einsätzen in Polen fasziniert. Was ich über den vorausgehenden deutschen Einmarsch ins Sudetenland und den österreichischen Anschluss gedacht habe, weiß ich nicht mehr, wahrscheinlich gar nichts, ich war ja erst neun. Darüber hinaus mussten die Eltern recht vorsichtig sein, uns nicht allzu viel anzudeuten, da Kinder sich verplappern und somit große Probleme bereiten konnten. »Ach so, ihr mögt den Führer also nicht??? Ist ja sehr interessant!« Nicht nur das konnte passieren, sondern es hat leider auch absichtliche Denunzierungen der Eltern durch ihre Kinder gegeben, genauso wie in den so ähnlichen kommunistischen Regimen, wo Linientreue erstes Gebot ist.

In dem Zusammenhang ein weiteres Wort zu dem Konflikt, dem sich damals Hitlergegner oder einfach nicht nationalsozialistische Menschen gegenübersahen, die dennoch sechs Jahre lang mit Tapferkeit und Engagement für Volk und Vaterland gekämpft haben. Am Ende standen die Katastrophe und der Verlust des deutschen Ostens einschließlich unseres Besitzes und einer ganzen Lebensordnung. Insbesondere in den ersten Nachkriegsjahren hat dieser Fragenkomplex uns alle überdurchschnittlich bewegt und beschäftigt. Nachdem dieses Thema einen direkten Bezug zu meinem näheren Umfeld hat, möchte ich an dieser Stelle die Gedenkrede des Vaters meines Freundes Heinrich Oppen wiedergeben, die dieser – Karl v. Oppen – auf die Toten des Krieges 1939 – 1945 aus den Reihen der Zöglinge der Ritterakademie Brandenburg gehalten hat, und die auf diesen Fragenkomplex eingeht, der für spätere Generationen sicher schwer nachvollziehbar ist.

»Wir können und wollen unsere Zusammenkunft nicht vorübergehen lassen, ohne unserer Toten dieses Kriegs zu gedenken. Wir werden ihre Namen nachher hören – hundertsechs sind es aus unserem kleinen Kreis. Es ist nicht die Zahl, die uns so ergreift, wie die bittere Erkenntnis, wie viel ehrliche Begeisterung, wie viel altererbte soldatische Tugenden für eine Sache bedenkenlos geopfert worden sind, die Unrecht war. Für das Vaterland wäre nicht einer zu viel gefallen, aber zu diesem Opfer zwang kein Lebensrecht des deutschen Volkes.

So wäre ihr Tod sinnlos gewesen? Sucht man die Antwort auf politischem Gebiet – gewiss. Ein politisch verfehltes Ziel kann niemals das Opfer auch nur eines einzigen Menschen rechtfertigen. Wir wissen aber, dass nichts auf dieser Welt ohne Gottes Willen geschieht, und so hat auch der Tod unserer Kameraden einen Sinn. Nach diesem Sinn zu suchen, ist unsere Aufgabe. Dazu brauchen wir den Willen zur Wahrheit, zur schonungslosen Wahrheit vor uns selbst, die nichts beschönigt und nichts verschleiert. Niemand hat mehr Recht, die Wahrheit zu fordern, als die Toten. Diesen Mut zur Wahrheit haben unsere Vorfahren gehabt, als sie nach 1806 an den Neubau des preußischen Staates gingen. Nach 1918 hingegen haben wir uns mit Halbwahrheiten, ja mit Unwahrheiten getröstet, haben das Unrecht im Kleinen geduldet, um schließlich in das große Unrecht verstrickt zu werden.

Manche haben das erkannt, früher oder später, klarer oder mehr gefühlsmäßig; mancher, der als Führer deutscher Soldaten im Felde gestanden ist, wird sich der quälenden Frage entsinnen: ›Darfst du noch Menschen sterben lassen für eine Sache, die du selbst als Unrecht erkannt hast?‹ – eine Frage, die immer unlösbarer wurde, je mehr der Krieg den Eroberungscharakter verlor und zur Abwehr des heranwogenden Ostens wurde. Niemals in der soldatischen Geschichte ist der Widerstreit zwischen dem Rufe des Gewissens und der Pflicht zum Gehorsam krasser gewesen als in diesem Kriege.

Wir haben einen unter unseren Toten, der diesen Konflikt der Pflichten männlich und kompromisslos gelöst hat, indem er dem Rufe des Gewissens gefolgt und für seine Überzeugung den Tod von Henkers Hand gestorben ist. Es entspricht der besten preußischen Überlieferung, die Ehre vor den Gehorsam zu setzen. Die Kirche in Friedersdorf bewahrt die Totentafel eines Marwitz, die neben den Daten seines Lebens die klassische Inschrift trägt: »Wählte Ungnade, wo Gehorsam nicht Ehre brachte.« Einer der besten Männer, den der preußische Adel hervorgebracht hat, Friedrich

August von der Marwitz, hat sie seinem Vatersbruder gesetzt, der sich die Ungnade Friedrichs des Großen zugezogen hatte, weil er die Ausführung eines Befehls verweigerte, die seiner Soldatenehre widersprach.

Neben diesem Toten – Albrecht Hagen – nicht nach ihm, stehen die vielen anderen, die in ehrlicher Überzeugung, für das Lebensrecht ihres Volkes zu kämpfen, treu unserer alten soldatischen Überlieferung gefallen sind, stehen die, die im Konflikt der Pflichten den Weg des Gehorsams gewählt haben. Wer in diesem Kriege mitgekämpft hat, weiß, welche Ansprüche an den deutschen Soldaten gestellt worden sind. Er kann der Toten nur mit tiefster Ergriffenheit gedenken, wenn er sich ihrer Treue und Hingabe, ihrer phrasenlosen Pflichterfüllung und ihrer Haltung im Sterben erinnert.«

(Albrecht v. Hagen, auch Saxo-Borusse, war einer der Initiatoren der Widerstandsbewegung gegen Hitler und wurde nach dem missglückten Attentat vom 20. Juli am 8. August 1944 von der NS-Regierung in Plötzensee hingerichtet. Anm. des Verf.)

»In der Reihe der Gefallenen stehen – wie schon immer – die ihren Wunden Erlegenen, an Krankheiten und Unfällen im Heeresdienst oder in der Gefangenschaft Gestorbenen, stehen auch die Opfer der Zivilbevölkerung durch Bomben oder sonstige Feindeinwirkungen und diejenigen, die auf heimatlicher Scholle aushielten, wohin ihre Lebensaufgabe sie gestellt hatte, und dort erschlagen wurden. Wir wollen auch derer nicht vergessen, die in letzter Not die Hand an sich selber gelegt haben, was wir sonst als Flucht vor der Verantwortung anzusehen gewohnt waren.

Sie sind alle gestorben als Opfer der größten Tragödie, die unser Volk, von Machtgier und Eigennutz eines Einzelnen verraten und verführt, jemals betroffen hat. Ich vermag keinen Unterschied zu machen, wie der Einzelne sein Leben geopfert hat. Das, was den Tod auf dem Schlachtfeld nach unserer Überlieferung hervorhub, nämlich als Opfer für das Lebensrecht des Vaterlandes gefallen zu sein, das hat es diesmal nicht gegeben. Diese Erkenntnis ist bitter, aber sie ist wahr, und deshalb sind wir schuldig, sie auszusprechen, schuldig unseren Toten, schuldig uns selbst und schuldig denen, die nach uns kommen.

Nur dann werden die Toten nicht umsonst gefallen sein, wenn wir uns den Willen zur Wahrheit erringen. Diese Wahrheit heißt – das ist meine Überzeugung –, dass keine Macht auf der Welt bestehen kann, die nicht auf dem Boden des Rechts gegründet ist, die nicht das Bewusstsein der Verantwortung vor Gott in sich trägt, für alles, was sie tut.

Das ist die grundsätzliche Erkenntnis. Jeder kann sie an seinem Platz Wirklichkeit werden lassen, und was das politische Leben angeht, so brauche ich nur an Bismarck zu erinnern. Das Gefühl der Verantwortung vor Gott, verbunden mit der Achtung vor dem Rechte der anderen Nationen hat ihm das Maß von Vertrauen geschaffen, ohne das sich niemand im öffentlichen oder privaten Leben durchsetzen kann. Dieses Vertrauen für das deutsche Volk in der Welt wieder zu erringen, ist die Aufgabe unserer Nation. Der Weg dahin wird lang und schwer sein. Der Wille, dem bitteren Ende unserer Toten einen Sinn zu geben, wird uns die Kraft dazu verschaffen, ihn zu gehen. Wenn wir den Weg zum Ziele finden, zum freien Deutschland im Bunde freier Völker, dann werden unsere Toten nicht umsonst gestorben sein, dann werden wir auch über ihre Gräber schreiben dürfen:

Auch sie starben für des Vaterlandes Freiheit.«

Wie treffend beschreiben diese Worte den Konflikt und den inzwischen angetretenen Weg in die Zukunft. Nein, in unserer Familie pflegte man soldatische Tugenden, aber wir waren keine Militaristen, wie man das nach dem Krieg so gern formulierte.

»Dulce et decorum est pro patria mori«, sagten die alten Römer, und durch die ganze Geschichte hindurch gab es keinerlei Zweifel daran, dass ein Land das Recht und die Pflicht hat, sich zu verteidigen. Und hierfür braucht man eine Armee! Ein Angriffskrieg ist problematischer, aber auch der ist oft geführt worden unter der Devise: Angriff ist die beste Verteidigung. Deutschland steht in dieser Beziehung nicht allein da, man denke zum Beispiel an den k.u.k. General Conrad v. Hötzendorf.

Was den Widerstand im Dritten Reich anbelangt, so muss man bedenken, dass die meisten in meiner Familie Positionen einnahmen, aus denen heraus eine sinnvolle Opposition gar nicht zu bewerkstelligen war. Unter den oben erwähnten hundertsechs Gefallenen einer! Onkel Oskar

Graf Pilati hingegen, in Paris im Stab des Generals v. Stülpnagel, dem Militärbefehlshaber in Frankreich, war insofern direkt am Widerstand beteiligt, als dort am 20. Juli 1944 nach dem Attentat auf Hitler alle namhaften Gestapo-, SD- und SS-Leute (1.200 an der Zahl) eingesperrt werden konnten. Nach der Nachricht vom Scheitern des Attentats ging es umgekehrt los. Stülpnagel schoss sich beim Selbstmordversuch blind, wurde gesund gepflegt und schon im August 1944 nach Freislers Todesurteil am Fleischerhaken erhängt. Mein Onkel tauchte unter, versehen mit allen möglichen Marschbefehlen, wobei ihm half, dass Stülpnagel den Verschwörerkreis sehr abgeriegelt gehalten hatte. Als man ihn dennoch aufspürte, kam er zuerst ins Zuchthaus von Hamburg-Fuhlsbüttel, später nach Berlin-Plötzensee in die berüchtigte Strafanstalt, aber da war es für einen Prozess wohl schon zu spät. Im Mai 1945 wurde er befreit, ausgerechnet von den Russen!

Mein Onkel Hannibal wurde zweimal eingesperrt, aber wohl mehr, weil er »eine Lippe riskiert hatte«. »Wehrkraftzersetzung« hieß der Begriff für jegliche Kritik am Regime. Er ist inzwischen gestorben, und, typisch für jüngere Menschen, habe ich ihn nie nach Einzelheiten gefragt. Somit weiß ich nichts Näheres. Seinem Bruder Siegfried wurde aus dem gleichen Grund kurzfristig die Freiheit entzogen, er kam aber wegen »Geringfügigkeit« mit einem blauen Auge davon. Ein weiterer Zwischenfall ereignete sich in Russland. Mein Vater erzählte mir davon, wie er ihn zur Weihnachtsfeier des Armeestabs eingeladen hatte, wo er sich – vermutlich nach einigen Cognacs und sicher nicht wohlwollend – über das Regime geäußert hatte. Papi musste ihn am nächsten Morgen bitten, sich umgehend bei Generaloberst Model zu melden, dem OB (Oberbefehlshaber) der 9. Armee. Dieser blies ihn an, er verbäte sich in seiner Gegenwart irgendwelche Kommentare über die Reichsführung zu machen, und entließ ihn in Sekunden. Ein sehr nobles Verhalten: Andere waren wegen weniger verfänglichen Bemerkungen im KZ gelandet.

Über die politischen Probleme des Großvaters Lüttichau berichtete ich anderenorts. Alle übrigen Familienmitglieder inklusive mein Vater – grundsätzlich keine Nationalsozialisten – standen an der Ostfront und in unteren Rängen. Man hatte gegen den Feind zu kämpfen, also in den letzten zweieinhalb Kriegsjahren gegen die aus dem Osten herandrängenden Sowjets, und das ging den meisten philosophisch sicherlich relativ leichter von der Hand als ein Kampf gegen Engländer oder Amerikaner.

Ein weiteres heikles Thema aus jenen Jahren stellte die Judenfrage dar. Bei uns gab es sie kaum, und weder der Vieh- noch der Getreidehändler – im Allgemeinen typische Judenberufe – waren zu meiner Zeit noch Juden. Die »Kristallnacht«, also das von oben angeordnete »spontane« Verbrennen der Synagogen im November 1938, ging somit spurlos an mir vorüber, es wurde darüber öffentlich auch nicht allzu viel berichtet. Die Frage der Abstammung war hingegen ein Thema, und ich bin schon 1929 bei meiner Geburt bei der EDDA angemeldet worden, dem Eisernen Buch des Adels Deutscher Art, als Adliger mit zweiunddreißig Ahnen nicht farbigen und nicht jüdischen Blutes. Und das bestimmt nicht, um später bei der SS bessere Aufstiegschancen zu haben, was jemand einmal einer solchen Eintragung unterstellt hatte. Wenn bei irgendeinem im Stammbaum ein »Webfehler« vermutet wurde: So etwas wurde kommentiert. Andererseits entsinne ich mich noch sehr genau, dass bei meinen angloamerikanischen Verwandten in New York die Stimme gesenkt wurde, wenn die Rede auf die Frau eines Vetters fiel, »who had some Jewish blood«. Blood, notabene, not religion! Diesbezügliche Vorbehalte sind also keineswegs ein typisch deutsches Phänomen. Zwischen solchen Vorbehalten und einer eliminatorischen Endlösung liegen Welten. Es sei an dieser Stelle erwähnt, dass es bei uns keinerlei Probleme gegeben hat, als später unser Sohn Georg in erster Ehe ein halbjüdisches Mädchen heiratete.

Im Internat, dem Zinzendorf-Pädagogium in Niesky, war die gesamte Schule militärisch organisiert, wenn auch später oberflächlich »nazifiziert«. (Mehr darüber im nächsten Kapitel.) Der gesamte Geist des Instituts war jedoch christlich.

Sehr gut entsinne ich mich noch an lange Wanderungen mit gleichgesinnten Freunden in den Lausitzer Kiefernwäldern. Das Maximale, was wir damals zuzugestehen bereit waren, lautete: Hitler hatte anfangs vielleicht keine schlechten Ideen, fiel aber dann seiner Kamarilla (Goebbels [mehr als Göring], Keitel, Bormann, Heidrich, Himmler etc.) zum Opfer. How wrong we were. An noch etwas anderes erinnere ich mich aus jener Zeit: Prononciert sagte ich *Guten Morgen* statt »Heil Hitler« mit erhobenem Arm, wie es später auch für Zivilpersonen »empfohlen« wurde! Ein anderes Thema waren politische Witze, die man sich vorsichtig hinter versteckter Hand zutuschelte. Zum Beispiel: Hitler, Göring und Goebbels überfahren vor einem Bauernhof dessen Wachhund. Goebbels sagt: Lasst mich das handhaben, und kommt nach einer Weile beladen mit Schinken, Wurst und Käse wieder. Wie hast du das bloß gemacht? Nun, ich ging rein, sagte: Heil Hitler, der Hund ist tot, und da waren sie alle so erfreut, dass sie mich ob solch guter Nachricht beschenkt haben. Ein anderer Witz: Aus einem Zirkus bricht ein Tiger aus. Als dieser sich anschickt, einen Kindergarten zu überfallen, erschlägt ihn jemand im letzten Moment. Dummerweise heißt dieser jemand Aaron Itzig. Das städtische Presseamt fragt beim Reichspropagandaministerium in Berlin nach, was zu tun sei. Kein Problem, sagen die, lasst uns das machen. Und am nächsten Tag lautet die Schlagzeile im VB, dem »Völkischen Beobachter«: »Dreckiger Judenlümmel erschlägt wehrlosen Tiger!«

Ich muss an dieser Stelle nochmals wiederholen, dass die vorausgehenden und nachfolgenden Kommentare von meiner kleinen, bescheidenen und eher dörflichen Warte aus zu verstehen sind. Außerdem reflektieren sie mein damaliges Alter: Ich war 1933 vier Jahre alt, bei Kriegsanfang zehn, bei seinem Ende 1945 kaum sechzehn! Sie entsprechen meinem Weltbild aus jener Zeit!

Demnach waren für mich damals alle Adligen anti, und keiner unter ihnen jüdisch, außer vielleicht der Baron Oppenheim. Dass dem keineswegs so war, habe ich erst später mitbekommen. Zu Letzterem ist nichts weiter zu sagen, als dass es eine Menge gibt und das Thema für mich keinerlei Relevanz hat. Bei Ersterem hingegen tue ich mich mit Malinowskis »Vom König zum Führer« stellenweise etwas schwer. Zugegeben, er hat sehr gründlich recherchiert und hervorragend analysiert. Auch versucht er, auf die Vielschichtigkeit des Adels einzugehen, der schließlich kein homogener Block ist. Die von ihm geschilderte Parallele besteht aber leider, und oft spaltete der Konflikt ganze Familien. So habe ich selbst erst vor kurzem erfahren, dass die Schwester meines Großvaters bei Fliegeralarm mit ihren Hitlerbildern in den Luftschutzkeller zog, für mich ein arger Schock. Somit ist mir jetzt jedoch klar geworden, warum der Großvater sich damals oft so kritisch über die sonst von ihm sehr geliebte Schwester geäußert hatte, ohne allerdings damals nähere Gründe zu nennen. Zurück zu Malinowski: Die Parallele besteht leider. Ein wirklicher Historiker wäre meines Erachtens mehr auf die Schwierigkeiten eingegangen, die sich 1918 für den Adel nach dem völligen Zusammenbruch seiner Weltordnung ergaben. Fünfzehn Jahre sind historisch betrachtet sicher eine zu kurze Zeit, um sich als ganzer, bisher »herrschender« Stand neu orientieren zu können. Jene fünfzehn Jahre Republik mit insgesamt einundzwanzig Kanzlern hatten ja auch wirklich wenig Begeisterung Erregendes zustande gebracht, aus welchen Gründen auch immer.

Stattdessen finden wir gegen Ende des Buches (Seite 546) das Fazit, dass die vermeintliche Prädisposition des Adels zum Widerstand eigentlich nicht erkennbar ist und eher aus Abscheu vor dem »braunen Pöbel« und überheblichen Herrenallüren herrührt. »Nur bei einer kleinen Minderheit zeugt sie von politisch relevanter ›Resistenz‹.« Nicht beschrieben wird, wie schon oben erwähnt, wie ein solcher Widerstand ab 1933 sinnvoll hätte organisiert werden können, selbst wenn viele mit ihm sympathisierten. Die alten Kämpfer der SPD und KPD haben schließlich auch keinen Umsturz zustande gebracht. Und wie wird man Castro los, fragt man sich heute, es sei denn, man glaubt, dass er wirklich die Ideallösung für Kuba ist.

Leider beendet Malinowski seine Studien mit dem Röhmputsch vom 30. Juni 1934, also »vor meiner Zeit«. Der Stimmungsumschwung, den es unbedingt gegeben haben muss, erfolgte später, justament nach diesem Putsch, dem ersten Vorfall, zu dem die Nazis ihr wahres Gesicht zeigten. Es folgten zunehmend schlimmere Geschehnisse, die dann im Krieg gipfelten, und sie ließen manchen ursprünglichen NS-Anhänger seine Ansichten revidieren. Malinowskis Meinung nach stellen aber die Verschwörer des 20. Juli die große Ausnahme dar. Offensichtlich ist er bei dem Thema voreingenommen, manchmal glaube ich, den Zeilen einen Klassenhass entnehmen zu können, zum Beispiel bei seinen vielen von oben herab formulierten Kommentaren, die oft bissig, ironisch, »überlegen« oder abfällig sind und von Klischees, wie »Herrentum« oder »Rittergutsperspektive«, wimmeln. Wenn ein Minister vom König als von seinem »Herrn« spricht, dann sagen seine Anführungszeichen aus, dass es ihm – wie den meisten Nichthistorikern – schwer fällt, sich in die damalige Mentalität hineinzuversetzen: Bismarck sprach zeitlebens von seinem Herrn, ohne Gänsefüßchen, wenn er sich auf Kaiser Wilhelm I. bezog, wobei er fraglos wusste, dass er dem Kaiser intellektuell weit überlegen war. Wilhelm II. natürlich machte es seinen Gefolgsleuten schwer, ihm den gleichen Respekt entgegenzubringen. Was leider stimmt, ist, dass der Adel insgesamt dem Weimarer »System« ablehnend gegenüberstand. Es waren die »Königs- und Fürstenvertreiber«, die jetzt regierten, egal, wie König und Fürsten verschwunden waren. Auch waren NS-Aspekte, wie Antibolschewismus und eben Antiparlamentarismus (»Die Quasselbude bringt uns nichts!«), anfangs nicht unattraktiv. Eine kommunistische Machtübernahme war schließlich durchaus »drin«; in Berlin zum Beispiel hatten sie zeitweise die stärkste Gruppierung.

Somit hegte man 1933 große Hoffnungen. Ähnliche Tendenzen gab es in der SPD, aus deren Reihen sich eine Großzahl der neuen Parteigenossen rekrutiert haben dürfte. Ein ganz anderer Aspekt ergab sich durch die sehr oft zwingende Notwendigkeit, der NSDAP, der SA oder gar der SS beizutreten, um als Beamter nicht seine Stelle zu verlieren. Auch durfte man nicht gerade laut anti sein, um in die neue Wehrmacht zu kommen. Ebenfalls war es stellenweise mühsam, ohne Parteizugehörigkeit zu immatrikulieren. Wer will entscheiden, welcher Bürger ein wirklich Begeisterter, welcher »nur« ein Mitläufer war?

Dennoch: Es ist für mich heute schwer nachzuempfinden, warum der Adel nach 1918 weiterhin so dezidiert antirepublikanisch eingestellt war. Es sind weder Köpfe gerollt noch Eigentum im Großen und Ganzen angetastet worden, und es gab rechtsorientierte Parteien, die man hätte unterstützen können. Die NS-Welle rollte schließlich erst sehr viel später. In meiner Generation war man viel pragmatischer, es gab 1945 dank des Marshall-Plans und einer anderen Alliiertenpolitik auch keine solche politische Krise wie nach 1918. Die Katastrophe war insgesamt betrachtet furchtbarer, aber sie betraf alle. Wenn die meisten von uns nach Kriegsende politisch auch wenig aktiv waren – und größeren Wert auf unsere berufliche Zukunft legten –, so standen wir doch alle hinter der neuen Bundesrepublik und wählten vornehmlich CDU. Im Übrigen hat der hohe Stellenwert der Arbeit, der bei uns im Osten herrschte, nach dem Krieg dazu beigetragen, dass sich die meisten »Entwurzelten« den neuen Herausforderungen gestellt haben und den drastisch geänderten Verhältnissen begegnet sind: Sie haben sich in der Mehrzahl gut geschlagen.

Der Ernst des Lebens beginnt

Raakow hatte eine Dorfschule, wo in einem Raum alle acht Klassen unterrichtet wurden, was in einigen Gegenden eine »Zwergschule« genannt wird. Die ersten vier Jahre habe ich mit nur einer kurzen Unterbrechung dort verbracht. Mit einer Riesentüte und dem so genannten »Nürnberger Trichter« versehen – beide voller Bonbons und Schokolade, um den Beginn des »Ernsts des Lebens« zu versüßen – ging es nach Ostern 1935 los. Ich war gerade sechs Jahre alt. Die Schulausrüstung bestand aus einer Schiefertafel, einem Schwamm zum Auslöschen des Geschriebenen, einem Lineal und Griffeln, Letztere in einem hölzernen Schiebekasten, denen sich später Bleistifte, Radiergummis, Tintenfass und anderes hinzugesellten. All das wurde in einem Lederranzen verstaut, den man auf dem Rücken trug. Der Schwamm baumelte an einem Bindfaden an der Seite heraus.

Zum Schulanfang – Ostern 1935

Unter der Leitung von Herrn Grunow lernte ich Lesen, Schreiben und Rechnen und habe insgesamt an diese Zeit keine schlechten Erinnerungen. Man brachte uns damals als Erstes die deutsche Sütterlinschrift bei, erst später kamen die lateinischen Buchstaben hinzu. Alles ging sehr demokratisch vor sich. Ich stellte natürlich »etwas anderes« als die Dorfjungens dar, was mir bewusst, aber eigentlich nie unangenehm war. Ich kann mich auch nicht an irgendwelche wirklichen persönlichen Fehden erinnern. Der Unterricht erfolgte für alle acht Klassen in einem Raum, hinten die Großen, vorn die Kleinen. Bestraft wurde mit Schlägen auf die ausgestreckte Hand, mal mit dem Lineal, mal mit einer Weidenrute, und bei schwereren Fällen gab es auch manchmal etwas mit dem Stock »hinten drauf«, der ansonsten als Zeigestock fungierte. Bei nicht gemachten Schularbeiten wurde man in die Ecke gestellt, aber all das ist mir selbst eigentlich nie passiert.

Etwas später: Was kommt da alles auf mich zu??

Herr Grunow zog mich offensichtlich vor, was insofern Beachtung verdient, als er mit meinem Vater eine erbitterte Fehde führte. Es ging, glaube ich, um das unrechtmäßige Tragen des Eisernen Kreuzes. Grunow war Parteigenosse, was dem Ganzen einen besonderen Akzent verlieh. Später einmal konnte ich die diesbezügliche Korrespondenz einsehen und erinnere mich noch an ein von ihm an meinen Vater gerichtetes Kuvert mit einem riesenhaften »Herrn«, dann einem winzigen »von« und dann wieder einem großen »Schuckmann«.

Wie immer dem sei, ich habe seinerzeit nie etwas davon bemerkt und wusste nicht, warum ich kurz vor Eintritt in die Oberstufe aus der Schule genommen und nach Bärenstein zu den Großeltern Lüttichau geschickt wurde.

Dort kam ich in die Hauptschule, kam gut mit und lernte nebenher fließend Sächsisch. Richter Kalle saß neben mir, der Nachname wurde in Sachsen immer zuerst genannt. Über die weiteren Einzelheiten habe ich im Kapitel »Bärenstein und Kittlitz« berichtet.

Es folgte ein sehr kurzes Intermezzo im März 1939 in der Volksschule des Nachbarorts Hitzdorf, wobei sich meine Erinnerungen an dort auf die Notwendigkeit konzentrieren, sich gegen die Dorfjungen zu behaupten, die natürlich einem »Raakower« grundsätzlich feindlich gegenüberstanden. Peter Posern erinnert sich an meine Tagebucheintragung: »Heute waren wir in Hitzdorf. Die Jungens staunten sehr, aber sie verhauten uns nicht.« An anderer Stelle, beim Einmarsch in Prag, hieß es: »In der Pause spielten wir Krieg zwischen Tschechen und Deutschen, die Tschechen aber siegten.«

Die Oberschule bestand damals aus Sexta, Quinta, Quarta, Unter- und Obertertia, Unter- und Obersekunda und Unter- und Oberprima. Man begann mit zirka zehn Jahren in der Sexta und in den meisten Schulen mit Englisch, Latein ab Quarta und Französisch ab Obertertia. Die wenigen »humanistischen« Schulen begannen mit Latein, dann Griechisch und zum Schluss Englisch oder Französisch. Die Aufteilung in sprachliche und naturwissenschaftliche Zweige erfolgte erst später.

Somit tritt nun Fräulein Erika Liermann aus Anklam in Erscheinung, die Hauslehrerin, die uns – meinen Pflegebruder Peter und mich – in den ersten drei Oberschulklassen begleitet hat. Um dem Resultat vorwegzugreifen: Ihre diesbezüglichen Versuche waren erfolgreich, was zum einen in der Kreisstadt Arnswalde getestet wurde, wo wir uns auf dem dortigen Gymnasium jährlich melden mussten, damit unsere Kenntnisse von offizieller Seite aus geprüft werden konnten. Vor wenigen Jahren traf ich jemand aus Arnswalde, der sich noch an uns erinnerte. Zum anderen hatte ich später in der bekannt anspruchsvollen Schule in Niesky keinerlei Schwierigkeiten, dem Unterricht zu folgen.

Frl. Liermann wurde im Jagdzimmer einquartiert, versehen mit dem bereits erwähnten Waschtisch und einem Paravent um ihn herum. Auf einem Ecksofa fand der Unterricht statt. Sie war eine kurzsichtige, kleine Person, mit dicken Brillen, freundlich, aber fordernd, und wurde von meinen beiden kleinen Schwestern »Ussa« genannt. Für uns blieb sie lebenslang Fräulein Liermann. Sie muss auf Erwachsene alles andere als den Eindruck einer Respektsperson gemacht haben, was ich damals nie so empfunden habe.

Folgende Situation schilderte mir später Margarethe, die sich damals das Lachen kaum verkneifen konnte: Im Gesangunterricht fand Frl. Liermann es sinnig, Peter und mich ein Duett singen zu lassen. Ich vom Sofa aus (ich hoffe richtig): »Wie fröhlich schallt aus Berg und Wald des Waldhorns lieblicher Klang«, woraufhin Peter (hinter dem Paravent und definitiv total falsch) das zugehörige Echo wiederholte: »des Waldhorns lieblicher Klang«. Mir blieb die Komik verborgen!

Derart präpariert kam ich also im Frühjahr 1942 aufs Internat. Meine Eltern hatten wohl zu spät angefangen, sich rechtzeitig danach umzusehen, denn es hagelte Absagen von den Ritterakademien Liegnitz und Brandenburg, von der Baltenschule in Misdroy, vom Arndt-Gymnasium in Berlin und auch von einigen Hermann-Lietz-Schulen. Fahrschüler nach Arnswalde wäre eine Alternative gewesen, aber davon hielten die Eltern nichts. Somit kam als letzte Rettung die Zusage des Zinzendorf-Pädagogiums in Niesky bei Görlitz in der Lausitz, ganz in der Nähe von Kittlitz. Dieses Internat gehörte der Herrnhuter Brüdergemeine, verbunden den »Mährischen Brüdern«, die besonders auch im Ausland eine Rolle spielten. Hervorgegangen aus einer pietistischen Bewegung, eng verbunden mit dem Grafen Zinzendorf, war sie doch ohne sektenhafte Enge und vor allem berühmt durch die hervorragenden, so genannten Zinzendorf-Schulen. Unsere Familie hatte keinerlei Beziehung zur Brüdergemeine, außer dass meine Mutter wie erwähnt regelmäßig die von ihr herausgebrachten »Losungen« las, aber ihre Schulen waren eben bekannt gut. Sehr genau ist mir die Kirche in Niesky in Erinnerung geblieben: ein völlig schmuckloser Raum, ohne Bilder, ohne Statuen, nur mit einem Kreuz auf der vom Predigerpult herabhängenden Samtdecke – eine Betscheune, Pietismus pur. Jeden Sonntag Gottesdienst, Beteiligung de rigeur! Auch hier, muss ich zugeben, war für mich das Singen das Schönste. Apropos Kirche und Gottesdienst: Bei Tante Babette in Sornßig ging man im nahe gelegenen Hochkirch »zur Kirche« (Katholiken gehen »in die Messe!«), dort, wo im Siebenjährigen Krieg – in den frühen Morgenstunden des 14. Oktober 1758 – die Preußen von den Österreichern furchtbare Schläge bekommen hatten. Sehr unfair fanden das die Ersteren, da sie doch alle noch in den Betten lagen, aber gemäß dem alten Sprichwort ist eben sowohl im Krieg als auch in der Liebe alles erlaubt. In dem heiß umkämpften Gotteshaus befindet sich heute noch eine Reihe von Grabtafeln Salza'scher Vorfahren. An diesem Ort also wurde an jedem zweiten oder dritten Sonntag wendisch (oder sorbisch) gepredigt, der slawischen Sprache dieser Gegend. Das über der Kanzel hängende Samttuch zierte ein Bibelspruch in wendischer Sprache, welches Idiom stellenweise bis hinauf in den Spreewald bei Berlin gesprochen wurde. In Österreich spricht man von »windisch« im Zusammenhang mit den ja ebenfalls slawischen Slowenen. Eingriffe der ja sehr germanisierungsfreudigen Nationalsozialisten hat es sicher gegeben, aber die wendischen Predigten haben solche Bemühungen offensichtlich überdauert.

Meine Mutter begleitete mich für die Anmeldung nach Niesky, wo wir vom Leiter der Unterabteilung, »Bruder« Knothe – alle Lehrer wurden so angeredet –, empfangen wurden. Ich wurde den »Gämsen« zugeteilt. Die Unterabteilung »UA«– also die vier Klassen Sexta, Quinta, Quarta und Untertertia – war ebenso wie die Oberabteilung »OA«– also alle höheren Klassen – in Zimmer, die mit Tiernamen bezeichnet wurden, zu zirka sechzehn Schülern aufgeteilt. Man schlief in großen Gemeinschaftssälen im Obergeschoss. Wenngleich der Geist des Internats, wie im letzten Kapitel erwähnt, alles andere als nationalsozialistisch war, so hatte man doch die Zimmer in etwa der Hitlerjugend-Organisation angeglichen: die UA analog dem DJ (Deutsches Jungvolk) – also Jungenschaft/Schar/Fähnlein – die OA der HJ (Kameradschaft/Zug/Gefolgschaft). Zweimal in der Woche musste »Dienst« in Uniform getan werden, also schwarze Kordhose, Koppel, Schulterrriemen, braunes Hemd mit Hakenkreuzarmbinde, schwarzes Halstuch mit Lederknoten und der üblichen Uniformmütze. Das Programm: weltanschaulicher Unterricht, Sport, Marschieren mit Liedersingen, Geländespiele, Kartenlesen et cetera, alles in Vorbereitung auf das zukünftige Militär. Besonders die hier erworbenen Kenntnisse im Kartenlesen haben mir später sehr geholfen. Die Stubenältesten waren gleichzeitig die HJ-Vorgesetzten, die gesamte UA entsprach einem »Fähnlein«, die OA einer »Gefolgschaft«. Trotz all dieses Drumherums war der Geist der Schule alles andere als nazistisch.

Viel war die Rede vom »Nieskyer Geist«, zum Beispiel war es Ehrensache, nicht abzuschreiben, selbst wenn man es gekonnt hätte. Aber entsprach das auch der Wirklichkeit? Ich fürchte zu meiner Zeit nicht mehr, und ich selbst war ein Meister nicht so sehr im Abschreiben, sondern in der Herstellung von »Spickzetteln«, die einem in irgendwelchen Latein- oder Mathearbeiten über die Runden halfen. Dass ich darin gut sein musste, beweist der Hinweis unseres Direktors Knothe, von uns »Gyps« (der Geier) genannt: »Da seht euch mal den soliden Schüler Schuckmann an!« Dieser Spruch machte die Runde, und als ich einmal beim Dienst einen wohl etwas »schlappen« Eindruck gemacht hatte, rügte mich Gefolgschaftsführer Vieregge vor allen Kameraden: »Du magst ein solider Schüler sein, ein solider Hitlerjunge wirst du nie!« Vieregge war sonst ganz in Ordnung und mit seiner Prophezeiung lag er außerdem genau richtig.

Der Unterricht stand sicher dem auf anderen Internaten in nichts nach. Da sich alles hausintern abspielte, brauchte man keine großen Schultaschen, hingegen war es Usus, seine Schreibutensilien, Tintenfässer und so weiter in Zigarrenkisten von Klassenzimmer zu Klassenzimmer zu schleppen. Als normaler Schüler, eher in der oberen Hälfte, hatte ich keinerlei Probleme, weder mit dem Stoff noch mit den Lehrern. Im zweiten Jahr kam ich in die OA, die in einem angrenzenden Gebäude untergebracht war, sonst im Prinzip ähnlich der UA.

Sport schrieb man groß, aber sehr hervorgetan habe ich mich auf diesem Gebiet nie. Fußball wurde kaum gespielt, dafür Handball, und ich war mangels besonderer Qualitäten meist Verteidigung. »Eine Flasche« hat man wohl manchmal gerufen! Zum Hockeyschläger griff man auch, aber mein einziger Bezug zu diesem Spiel stellte jener Schläger dar, der auf unserer Stube neben dem Radio lag, um damit bei Interferenzen oder sonstigen Problemen nachzuhelfen. Dennoch kann ich so schlecht nicht gewesen sein, besonders nicht in Leichtathletik, denn ich habe heute noch die Urkunde für das HJ-Leistungsabzeichen in Bronze vom 28. Mai 1943 und eine Siegerurkunde vom Reichssportwettkampf 1944 mit 209 Punkten. Das Minimum waren 180 Punkte.

Hasste oder liebte ich die Schule? Ich muss zugeben: keins von beiden. Wir haben etwas gelernt, ich konnte übers Wochenende nette Touren in die Umgebung oder zu Verwandten machen, aber ein besonderes Verhältnis zu Niesky hatte ich nicht entwickeln können. Die Lehrer waren wie überall unterschiedlich gut. Neben dem Direktor »Bruder« Knothe, dem Direktor der Unterabteilung Dr. Förster und den Lehrern Koch, Fried und v. Rennenkampf bleibt mir eigentlich nur Frl. v. Wickede in spezieller Erinnerung, unsere kleine, sympathische Deutschlehrerin. Zu ihr hatte ich einen besonderen Draht und entsinne mich an einen Hausaufsatz, in dem ich einen Morgen bei uns in Raakow im Wald auf dem Anstand schilderte. Eine »Eins« bekam ich dafür! Sie wohnte in Lübeck und erzählte mir eines Tages, dass einer ihrer Vorfahren neben einem Schuckmann in der dortigen Marienkirche begraben sei, gestorben 1679. Wie ich herausfand, war das einer unserer wenigen Lübecker Ahnen gewesen, Hugo, der von Osnabrück nach Lübeck gezogen und dort Ratsherr und Ältester der Schonen- und Nowgorodfahrer geworden war. Ein anderer Lehrer, Bruder Koch, Chef der Mädchenabteilung Haus »Spangenberg«, unterrichtete Mathe und pflegte den Unterricht mit guten Sprüchen zu würzen. Wenn ein Schüler an der Tafel Gleichungen löste, dann »fiel« gelegentlich auf beiden Seiten etwas weg. »Nehmen Sie die Füße weg, sonst fällt das drauf!« Und wenn er im gleichen Fall von »das hebt sich (auf)« sprach, meinte er: »Verheben Sie sich da mal nicht!« Klischees, aber ich erinnere mich an sie!

Die Schulkameraden waren meist Schlesier, aber eher Städter. Von unseren ländlichen Familien fand man kaum jemand darunter, und wenn, dann waren sie nicht nach meinem Geschmack. Heraus ragte Günther Heinecke aus Heide in Holstein, der damals schon wusste, dass er Arzt werden wollte. Das »Sp-rechen« des Dithmarschers hatte er sich abgewöhnt; er war deswegen einfach zu viel gehänselt worden. Mit ihm verband mich in den zwei Jahren dort eigentlich die einzige Freundschaft, zumal wir auch politisch auf der gleichen Ebene lagen. Ich entsinne mich der langen Spaziergänge in der Umgebung mit Gesprächen über Krieg, Politik und unsere eigene Zukunft. Mädchen? Nein, das Thema war damals noch nicht von primärem Interesse. Auch erinnere ich mich an keine Gedanken, was wohl nach dem Krieg einmal geschehen könnte. Ein Witz bleibt mir aber in Erinnerung: Frage: Was machst du nach dem Krieg? Antwort: Ich fahre mit dem Rad einmal um Deutschland herum. Daraufhin: Und was machst du am Nachmittag?? Die Tragweite der Pointe dürfte uns beiden nicht wirklich klar gewesen sein. Günther also war mein bester Freund, er hat nach dem Krieg auch noch einmal das Weihnachtsfest mit uns in Bliestorf verlebt, aber seine spätere Entwicklung ging in eine andere Richtung, und der Kontakt schlief ein. Schade. Andere Freunde sind aus der Nieskyer Zeit nicht geblieben. Auch schade!

Ein wichtiger Punkt war das Essen: Internatsessen ist grundsätzlich keine Gourmetangelegenheit, kann es auch nicht sein. Aber im Krieg fielen die Portionen darüber hinaus auch noch knapp aus, und so waren kulinarische Fantasien an der Tagesordnung. Kurz nach Klassenabschluss, also der Versetzung, organisierten wir Fressorgien, zu denen jeder etwas mitbrachte, was zumeist mit einem verdorbenen Magen bestraft wurde. Alkohol spielte damals keine Rolle. Fresspakete von daheim und einige »Marken«, mit denen man Brot und Butter, Käse oder Wurst kaufen konnte, halfen ebenfalls übers Schlimmste hinweg und, wie schon erwähnt, Besuche bei Verwandten. Hier ragte die liebe Tante Lori heraus, die in Abwesenheit ihres Mannes, Onkel Nickel Salza, der zu der Zeit bei der Petain-Regierung in Vichy attachiert war, Kittlitz führte. Jederzeit hieß sie mich in Kittlitz willkommen, und es war nicht nur das gute Essen, was mich dort wohl fühlen ließ.

Im Zusammenhang mit Kittlitz folgende Reminiszenz: Hitler hatte analog unserer Konfirmation bzw. Firmung die so genannte Jugendweihe eingeführt, in der die Jugend – so um die vierzehn herum – dem »Führer geweiht« wurde. Ein »Tischgebet« in dieser Richtung ging wie folgt:

»Hände falten, Köpfchen senken,
immer an den Führer denken,
der uns gibt das täglich Brot,
der uns führt aus aller Not.«
Und dann: »Eins, zwei, drei: los!«

Also auch in Niesky konnte die Jugendweihe nicht umgangen werden, nur das eine war mir klar: *ohne mich*. Rosinen im Kopf? Daher schickte ich Onkel Hannibal ins Gefecht, Panzeroffizier, Ritterkreuzträger und gerade – das war eine Lüge – auf Urlaub von der Front. Und der wolle nun seinen Neffen in Kittlitz sehen! Da sich dagegen nichts einwenden ließ, bekam ich meinen Urlaub, konnte dort in Abwesenheit von Onkel Hannibal mit Großvater Lüttichaus Browningflinte vier Ringeltauben im Park schießen, und kehrte am Sonntagabend wohl genährt ins Internat zurück. Trotz alledem erwartete mich meine »Weihe-Urkunde«, denn in meiner Abwesenheit hatte jemand beim Ausrufen meines Namens »HIER« rufen müssen! Eingerahmt habe ich sie nicht! Bin ich somit formaljuristisch diesem Unhold dennoch »geweiht« worden? Ich denke: nein.

Um irgendwelchen SS-Rekrutierungen zu entgehen, hatte ich mich mit vierzehn Jahren freiwillig gemeldet, wodurch man seine Präferenz für eine Waffengattung und ich glaube sogar für ein Regiment anmelden konnte. Ich bekam also einen Schein »Reserveoffiziersbewerber, Ersatzreserve II« und die von mir gewünschte Waffengattung war die Panzertruppe. Als Regiment hatte ich Panzer 2 in Eisenach erwähnt (später war es Panzer 31), wo der Onkel stand. Wenige Monate später erschien im Internat eine Rekrutierungskommission der meines Wissens einzigen *Militär*einheit der SA: der Division Feldherrnhalle. Ich zeigte meinen Schein und beantwortete die Frage nach dem Warum damit, dass dies Tradition in der Familie sei und die Schuckmanns schon in dem vorausgehenden, so genannten »Traditionsregiment« gedient hätten, dem Kürassierregiment »Großer Kurfürst«. Sachlich zwar unwahr, aber es klang eindruckgebietend und war nicht zu widerlegen.

»Alles Quatsch, das mit der Tradition«, lautete die Antwort, aber der Mann konnte nichts machen. Als er dann zum Ende seiner nicht sehr erfolgreichen Mission in meine Richtung rief: »Übrigens, für den Langen da hinten: Wir haben auch Tradition, und unsere Einheit führt stolz den Namen des Ortes, an dem unser Führer und Reichskanzler mit uns (seinen SA-Leuten) zum ersten Mal gegen das korrupte Regime gekämpft hat und wir unser Blut gegeben haben!«, fiel mir sofort seine Unlogik auf.

Na ja …

Das Schönste an Niesky jedoch waren die Ferien: Oster-, Sommer-, Herbst- und Winterferien, und alle verbrachte ich in Raakow. Die Bahnfahrt dorthin war ein Unternehmen für sich, im Zuge dessen gerade am Anfang das »Umsteigen« besondere Probleme verursachte. Von vornherein: immer nur Holzklasse! Meine Mutter erzählte mir später, dass bei den Reisen von Bärenstein an die Nordsee ihre Eltern grundsätzlich erste oder vielleicht zweite Klasse fuhren, die Gouvernante mit den Kindern hingegen dritte! Zwischen erster und zweiter Klasse gab es feine Unterschiede, mir mangels Erfahrung nicht geläufig, in beiden gab es aber gepolsterte Sitze. Die dritte Klasse wies dagegen nur Holzbänke auf, und in den Abteilen für »Reisende mit Traglasten« befand sich in der Mitte ein großer Raum, in dem man Kinderwagen oder Riesenkoffer abstellen konnte, während Fahrräder im Gepäckwagen »aufgegeben« werden mussten. Alle Waggons waren in Raucher und Nichtraucher unterteilt. Die Lokomotiven wurden mit Kohle geheizt, was einen nach längeren Fahrten ziemlich rußig machte. Von Niesky ging es mit dem »Bummelzug«, offiziell »Personenzug« genannt, nach Wehrkirch, früher Horka, dort Umsteigen in den Eil- oder D-Zug über Cottbus nach Berlin. Berlin besaß damals nur Endbahnhöfe. Aus Niesky am Schlesischen Bahnhof angekommen musste man dann durch die Stadt hindurch via U- oder Stadt-Bahn zum Stettiner Bahnhof, von wo aus es mit dem E- oder D-

Zug über Eberswalde und Angermünde nach Stettin ging. Dort wieder Bahnwechsel in den E- oder D-Zug über Stargard nach Arnswalde, wo in den Bummelzug nach Kleeberg umgestiegen wurde, und dann weiter mit dem Pferdewagen nach Raakow. Wow! Das alles an einem Tag zu schaffen, war unmöglich, somit musste man in Berlin über Nacht Station machen, meist bei Podeusens in Nikolassee. Bei der Gelegenheit kam ich mit Fliegeralarm und Bombenangriffen in Berührung, zum Glück keinen sehr schlimmen. Luftschutz wurde groß geschrieben, ebenso Verdunklung. Wer dagegen verstieß, musste mit einer Anzeige rechnen. Die Autos durften nur kleine Schlitze in den ansonsten verklebten Scheinwerfern offen lassen. Wie sehr hat sich die Technik verändert, wo heute mit Infrarot gearbeitet wird und Geschosse – per Computer gelenkt – ganz bestimmte Ziele herauspicken können.

Später ließ sich die Fahrt von und nach Raakow an einem einzigen Tag über Polen machen, via Liegnitz, Posen und Kreuz. Gegen Kriegsende fielen diese Bahnfahrten immer abenteuerlicher aus, mit überfüllten Zügen, Verspätungen, Fahrplanänderungen und den sich daraus ergebenden langen Stunden in gleichfalls überfüllten Wartesälen der dritten Klasse, wenn man Pech hatte mit Übernachtung am Tisch mit Kopf auf den Armen. Hatte man aber Glück, erwischte man den Zug noch, und wenn es einem ganz besonders hold war, dann konnte man sogar mit etwas sportlichem Engagement oben im Gepäcknetz schlafen. Im Notfall tat es aber auch ein Stehplatz! Voller Urlauber steckten die aus dem Osten kommenden Züge, deren Waggons gelegentlich noch mit Schildern versehen waren wie: »Vorsicht, nicht aus dem Zug schießen!!« Andere Sprüche zierten die Bahnhöfe: »Räder müssen rollen für den Sieg«, manchmal mit dem Graffitizusatz eines waghalsigen Witzbolds: »Achsenbruch verkürzt den Krieg!« (Hitler hatte das Bündnis Berlin–Rom–Tokio »die Achse« genannt.) In den Zügen selbst gab es besondere Sitzplätze für Schwerkriegsversehrte und werdende Mütter. Auch hier hatte der Volksmund sofort den entsprechenden Witz zur Hand: Es hat sich dort ein müder, aber nicht verwundeter Fronturlauber niedergelassen, als ihn ein schlankes Mädchen um diesen Platz bittet. »Na, junge Frau, im wievielten Monat sind Sie denn?«, fragt der Landser. Daraufhin sie: »Monat? Nee, es ist gerade zwei Stunden her, aber ich fühle mich immer noch ganz schwach auf den Knien.« Vox populi!

Insgesamt habe ich in Niesky zwei Klassen absolviert: Unter- und Obertertia. Was nach der letzten Versetzung geschah, wird im Kapitel »Mein Beitrag zur Landesverteidigung« berichtet.

Mein Beitrag zur Landesverteidigung im Zweiten Weltkrieg

Der Sommer 1944 war besonders heiß und trocken. Ich zählte fünfzehn Lenze, die Versetzung in die Untersekunda lag hinter mir und lange Sommerferien erwarteten mich in Raakow. Die Möglichkeit, als Flakhelfer eingezogen zu werden, hatte ich wohl verdrängt. Von Niesky ging es diesmal nicht über Berlin nach Hause, sondern über Posen »im Warthegau«, wie dieser Teil Polens jetzt hieß, nachdem er dem »Reich« einverleibt worden war. Diesmal sollte ich einen Teil der Ferien mit meinem guten Freund Günther Heinecke verbringen, dessen Großvater auf Rügen in der Nähe von Sassnitz ein Gut besaß. Ein Kurzausflug nach Hiddensee, eine lang gestreckte Insel westlich von Rügen, deren Nordspitze auf einem hohen Steilfelsen liegt, ist mir am meisten in Erinnerung geblieben. Dort angekommen sahen wir plötzlich, wie vom Strand her zwei Mädchen, um einiges älter als wir, den Hang hinaufstiegen. Sie kamen direkt auf uns zu und waren – große Aufregung – pudelnackt. Als ob es uns nicht gäbe, gingen sie an uns vorbei – und das war's. Dennoch: unvergesslicher Eindruck! Wie wir später erfuhren, gab es auf Hiddensee eine Künstlerkolonie und das Nordkap war FKK-Strand (Freikörperkulturstrand, sprich unten und oben »ohne«).

Mit solch schöner Erinnerung fuhr ich im Juli zurück nach Raakow, wo meine Mutter mich mit langem Gesicht empfing: Kurz nach meiner Abfahrt in Richtung Rügen sei ein Brief des Internats eingetroffen, nach dem ich mich sofort zum Ausheben von Panzergräben in Niesky einfinden solle. Sie hatte geantwortet, dass ich unterwegs sei, wo wüsste sie nicht, reine Lüge, aber jetzt zum Ferienende hieß es zu reagieren, und ich fuhr eben nach Niesky zurück, um mich zu melden. Das »Unternehmen Barthold« erwartete mich, so genannt nach einem früheren Landesverteidiger Schlesiens. Die Aufgabe lautete, längs der alten deutsch-polnischen Grenze einen Graben von zirka vier Metern Tiefe zu ziehen, mit sanftem Einstiegswinkel vom Osten her, hingegen sehr steilem nach Westen. Dahinter steckte die Idee, dass die sowjetischen Panzerwagen da leicht hineinfahren, auf der anderen Seite aber nie wieder hinauskommen könnten. So absurd das heute klingt: So hieß genau die Aufgabenstellung, durchzuführen von aus ganz Schlesien herbeigeholten HJ-Einheiten, also 14- bis 17-Jährigen, denn die 18-Jährigen dienten bereits als Luftwaffenhelfer, wenn sie nicht schon in den Arbeitsdienst eingezogen worden waren, beides Vorstufen zum Militär.

Meine Einheit, zu der unsere Gruppe aus Niesky gehörte, wurde in Buchenhain, dem germanisierten früheren Bukowine, stationiert. Wir waren im Hauptraum des dortigen Gasthauses untergebracht, lagen auf Strohschütten und mussten am Tag sechs Stunden arbeiten. Anschließend gab es vormilitärische Ausbildung. »Das Gewehr '98 besteht aus ...«, und so weiter. In Turnhosen und mit bloßem Oberkörper waren wir da tagsüber zugange, um ein total unsinniges Projekt zu realisieren, das in erster Linie zur Leutebeschäftigung und Ablenkung von den wirklichen Problemen diente. Militärisch Sinn machte es nicht. Einmal ritt oben am Grabenrand der schlesische Gauleiter Hanke auf einer süßen Fuchsstute an uns vorbei, um den Fortschritt der Arbeit zu inspizieren: Wie ein Sklave fühlte ich mich da und wünschte ihm alles Schlechte. Zur Erklärung: Gau hieß damals die politische Einheit, die einer Provinz entsprach, in diesem Falle also Schlesien. Der Gauleiter verkörperte in der Provinz die oberste Instanz »der Partei«, also der NSDAP. Die männliche Jugendorganisation war, wie bereits erwähnt, in DJ (Deutsches Jungvolk – 10- bis 14-Jährige) und HJ (Hitlerjugend, 15- bis 18-Jährige) unterteilt, und das Provinzpendant hieß »Gebiet«, ihr oberster Chef »Gebietsführer«.

In unserer Einheit ergab sich oft eine Polarität zwischen Oberschülern und denen, die es nicht waren. Letztere kamen mehrheitlich aus dem oberschlesischen Kreis Kreuzburg, dem Industriegebiet und »Kohlenpott«, unter uns nannten wir sie die Proleten. Ich sagte damals »Poleten«, ein Zeichen, wie wenig dieses Wort zu Hause benutzt wurde. Zum Glück beschränkten sich die Reibereien aber meist auf Verbalinjurien. Nur einmal gab es eine richtige Schlägerei, in die ausgerechnet ich verwickelt war: Seit relativ kurzer Zeit waren Bernd v. Arnim und sein Bruder Alard vom Arndt-Gymnasium in Berlin-Dahlem zu uns gestoßen. Bernd hatte gelegentlich Probleme mit »den anderen« und wurde von ihnen mehr als gewöhnlich angepöbelt. Ich befand mich unten auf dem Steg, den man alle vier oder fünf Meter aussparen musste, um von ihm aus die letzte Tiefe auszugraben, üblicherweise voller Grund- oder Regenwasser. Der Haupträdelsführer »der anderen« befand sich ebenfalls dort, als ich mich einfach gemüßigt fühlte, für meinen Klassenkameraden Partei zu ergreifen. Bei dem sich ergebenden Handgemenge sah ich rot und schlug so lange auf ihn ein, bis er ins Wasser fiel, von wo ihn seine Kameraden herausfischen mussten. Wilde Flüche gab es, und wenn ich an ihrer Unterkunft vorbeikäme, dann würde ich schon sehen ... Nun, es geschah nichts, und vermutlich ließ man uns nach diesem Zwischenfall eher in Frieden. Nach sechzig Jahren sollten Bernd und ich uns in seinem Heimatort Brandenstein bei Burg wiedersehen, wo er dabei war, mit seiner Frau Gisela den alten Arnim'schen Besitz wieder in den Griff zu bekommen. An den geschilderten Vorfall konnte er sich nicht mehr besinnen; er war ja letztlich auch nicht gerade denkwürdig, nur halt für mich! Ansonsten geriet das Graben zu einer eintönigen Angelegenheit, wenngleich sie mich auch nicht besonders angestrengt hat. Lustig war die Besorgung im Wald der so genannten »Faschinen«, Geflechte aus Kiefernzweigen, die das Einstürzen der westlichen »Steilwand« verhindern sollten.

Die nachmittägliche vormilitärische Ausbildung zeigte merkwürdigerweise wenig politische Akzente. Hauptsächlich bestand sie aus Waffenkunde, Kartenlesen, Geländespielen und – unvermeidlich – Marschieren, wobei ich nochmals zugeben muss, dass mir das Singen dabei sogar gefiel: Schwarzbraun ist die Haselnuss, der Westerwald, die Blauen Dragoner und viele andere.

Privatim gab es einige sehr nette Abwechslungen. Einmal war ich oft im Hause Meyer-Houssell eingeladen; die Tochter hatte einen Herrn v. Loesch geheiratet, Korpsbruder meines Vaters. Den Loeschs gehörte das dortige Gut, er selbst stand an der Front und fiel noch 1945. Meyer-Houssell, ein pensionierter Offizier und großer Pferdemann, hatte in Berlin einen eigenen Reitstall betrieben. Das Haus quoll über von Preisen und Trophäen, ich fand es zu voll. Dann gab es einen weiteren Korpsbruder meines Vaters, Stanislaus v. Korn, dem Rudelsdorf gehörte und der mich einige Male zu sich einlud, einmal zusammen mit meinen Vettern Heini und Konni Reichenbach, deren Eltern sehr mit ihm befreundet waren. Beide Vettern waren ebenfalls zum Unternehmen Barthold eingezogen worden und lagen ganz in unserer Nähe in Distelwitz. Abgesehen von dem Tapetenwechsel war die Hauptattraktion dieser Einladungen aber wohl das anständige Essen, das es in beiden Häusern gab!

Schloß Goschütz, Hauptfassade (um 1940)

Die Hauptfassade vom Schloss-Karree Goschütz – um 1940

Den spektakulärsten Kontrast zu Buchenhain bot jedoch Goschütz, und schwer zu beschreiben ist es, wenn man aus einer Strohschüttenunterkunft in das zirka zehn Kilometer entfernte Schloss kam, wo zu Tisch von einem Diener in blau-weiß gestreifter Jacke serviert wurde. Das Schloss, ein Barockbau aus dem 18. Jahrhundert – im Karree gebaut –, stand unter Denkmalschutz und ist 1947 nach vorheriger Plünderung leider abgebrannt. Goschütz war eine Freie Standesherrschaft und vor dem Ersten Weltkrieg etwa 10.000 Hektar groß, zu meiner Zeit durch Aufsiedlungen etwas reduziert. Zehn ganze Rittergüter gehörten dazu. Das dementsprechend großzügig angelegte Schloss gehörte den evangelischen Grafen Reichenbach, und wie anderenorts erwähnt, hatte Tante Milie, die älteste Schwester meines Vaters, Onkel Christoph Reichenbach geheiratet. Er selbst hatte noch im Ersten Weltkrieg gedient, und zwar beim Leibkürassierregiment in Breslau, dem edelsten Regiment Schlesiens. Als Fahnenjunker geriet er 1918 in französische Gefangenschaft und kam so mit dem Leben davon. Alle seine drei Brüder hingegen fielen in Frankreich ziemlich schnell hintereinander, und somit erbte er 1938 als einziger überlebender Sohn den Besitz, in dessen Verwaltung er schon seit Längerem tätig war. Ich erinnere mich noch an ein Riesenbild, eine Allegorie auf den traurigen Tod der drei Söhne, mit rotem Himmel, Schlachtenszenen, Donner und Blitz, und einem Engel, der einen der drei Gefallenen in die Arme nimmt. Ich erklärte das Bild meiner Mutter gegenüber für kitschig, was sie aber als Blasphemie empfand: »Dummer Junge, was weißt du davon, das malte man damals so.« Ich vermute aber, dass sie mir im Inneren Recht gab, aber es war eben ein Bild im Geschmack der Zeit und das erschütternde Zeugnis einer Familientragödie. Wie dem auch sei: Goschütz nimmt in meinen Jugenderinnerungen einen besonderen Platz ein und meine Besuche stellten ein Gegengewicht zu der nutzlosen Tätigkeit im »Unternehmen Barthold« dar. Einmal konnte ich Bernd Arnim dorthin mitbringen. Dann organisierten die beiden Vettern bei einer Gelegenheit eine kleine Hasenjagd, ein sehr vergnügtes Unternehmen. Goschütz war ein wirklicher Lichtblick in jenen so unerfreulichen fünf Monaten.

Heini hätte den Besitz vermutlich geerbt; heute lebt er als emeritierter Professor in der Heimat seiner Frau Helene, geborenen Knigge, in der Nähe von Hannover in einem entzückenden Landhaus, verglichen mit Goschütz natürlich eine Hütte, dafür mit weniger Kosten verbunden.

Wir kommen zum Ende dieser Zeit. Trotz schöngefärbter Wehrmachtsberichte (sehr beliebt: »Wir haben uns siegreich vom Feind abgesetzt!«) merkte auch ein Blinder, dass die Rote Armee immer näher rückte. Schon im Juli 1944 begann eine Großoffensive von Lemberg aus, gerade sechshundert

Kilometer östlich von uns. Zudem geriet der Balkan mehr und mehr in russische Hand und im Oktober wurde in Ostpreußen bereits auf deutschem Boden gekämpft. Mein logischer Schluss: Hier musst du so bald wie möglich raus und der einzige Weg geht über eine Krankheit. Also: Ende November mit dem Fahrrad fünfhundert Meter wie wild gefahren, dann zu Fuß – heiß und verschwitzt und tief einatmend – weitere fünfhundert Meter gegangen und so fort, bis Goschütz. Resultat: nicht etwa die angepeilte Lungenentzündung, sondern lediglich eine leichte Grippe. Gleichwohl war sie nützlich, denn der dem Hause Reichenbach nahe stehende dortige Arzt verwies mich ins Lazarett, wo ich erst einmal für acht Tage Ruhe hatte. In der Folge wurden meine eigenen Pläne vom Lauf der Ereignisse überholt: Wir wurden in schon ziemlich zerdepperten Zügen über Liegnitz an unseren Ausgangsort Niesky zurückgebracht, wo unser Zinzendorf-Pädagogium inzwischen nationalsozialistisch »gleichgeschaltet« worden war; meine Mutter hatte mich daraufhin wohlweislich dort schon abgemeldet. Die mit »Heil Hitler« gezeichnete Abmeldungsbestätigung der »Staatlichen Internatsschule Niesky«, datiert vom 8. Januar 1945, besitze ich noch! Somit endet mein nicht gerade effektiv zu nennender Beitrag zur Verteidigung unseres Vaterlands.

Im Nachhinein sei gesagt: Wenn ich an meine Pfiffigkeit zurückdenke, mit der ich im November 1944 zielbewusst eine Lungenentzündung geplant hatte, um – so stellte ich mir das jedenfalls vor – nachfolgend in ein sicherlich weit westlich gelegenes Krankenhaus, gegebenenfalls nach Niesky, eingewiesen zu werden, so war dies wohl der erste selbstständige Entschluss, der zur Auswahl des Titels dieser Erinnerungen beigetragen haben mag. Natürlich kann man ihn auch als schlichten Überlebensinstinkt buchen. Umso unbegreiflicher erscheint es mir heute, dass ich danach, im Dezember, seelenruhig nach Raakow zurückfuhr, dort noch eine Treibjagd organisierte, ohne mir auch nur im Entferntesten auszumalen, was von den immer näher rückenden Sowjets zu erwarten war. Zumal Meldungen von den Gräueltaten im besetzten Ostpreußen durchaus vorlagen. Außerdem übernachteten Trecks mit Flüchtlingen aus Ostpreußen bei uns auf ihrem Weg nach Westen, einige von diesen »Evakuierten« wollten sich sogar in Raakow dauerhaft niederlassen. Was lässt einen so den Kopf in den

Sand stecken? Nichts von Rosinen ... Natürlich war ich damals noch keine sechzehn Jahre alt, natürlich hatte die Gauleitung Trecks verboten, aber ich kann mich nicht entsinnen, Tag und Nacht über diese immer näher heranrollende Gefahr pausenlos nachgedacht zu haben. Nur einmal, auf einer kleinen Anhöhe, von wo aus alles, was man sah, uns gehörte, kam mir der Gedanke: Wie lange bleibt das wohl noch so? Aber dabei blieb es. Vielleicht lag es daran, dass ich in Schlesien für mich allein denken musste, in Raakow hingegen die Planung meiner Mutter überlassen konnte: Wer will das heute wissen. Wie auch immer: Kaum sechs Wochen nach meiner Heimkehr mussten wir am 29. Januar 1945 flüchten. Die Russen standen fünf Kilometer vor Raakow.

Die Flucht

Ich fürchte, nicht begabt genug zu sein, um ohne pathetische Worte das zu beschreiben, was dem deutschen Osten im Allgemeinen, und am Montag, den 29. Januar 1945 im Besonderen uns geschah: unsere Flucht vor den Russen. Diese steht ja nicht nur für den Verlust unseres gesamten Hab und Guts, unserer Heimat, dem Lebenswerk der Eltern und den Stätten der Kindheit, sondern – mehr noch – für das völlige Zusammenbrechen eines Wirtschafts- und Wertesystems, einer freiheitlichen Lebensart, eines ganzen Lebensstils und – last, but not least – für den Verlust eines Großteils des Ostens unseres Vaterlandes: Ostpreußen, der größte Teil von Pommern und Schlesien und der östliche Teil der Mark Brandenburg gingen dahin.

Während ich dies schreibe, also zirka sechzig Jahre später, scheinen in unserer neuen Heimat Venezuela die Lichter auszugehen. Ich weigere mich noch, das so einfach hinzunehmen, noch steht uns das Referendum ins Haus, durch welches – wenn es rechtens zuginge – der jetzige Präsident Hugo Chávez mit einer Mehrheit abgewählt werden würde (ging schief – d. V. 2005). Aber die meisten sind skeptisch. Mit schier endlosen Geldmitteln, die dem Präsidenten durch die hohen Ölpreise zur Verfügung stehen, hat er eine absolute Mehrheit im Parlament aufgebaut, die Armee in seine Hand gebracht, die Selbstständigkeit der Justiz eliminiert und sich alle anderen Instanzen gefügig gemacht, sodass eine Diktatur nicht nur vor, sondern bereits in der Tür steht. Es ist hier nicht der Ort, auf Einzelheiten einzugehen, auch haben wir – im Gegensatz zu damals – alle nur möglichen Vorkehrungen getroffen, um dieser Katastrophe zu begegnen, dennoch muss man Papa Dios hier zurate ziehen, der allein weiß, warum dies alles geschehen muss. Wie lautet seine Antwort?

Zurück nach Raakow! Es ist bitterkalt, »klirrender Frost«. Papi erschien vor einigen Tagen aus Küstrin, da er sich von der immer näher nach Westen rückenden Front Kurzurlaub hat nehmen können, um sich um seine

Familie zu kümmern. Unsere Ostpreußen sind teilweise noch hier und auf jeden Fall das gesamte Dorf: »Trekken« – also mit Pferd und Wagen in den Westen flüchten – ist von der Gauleitung streng verboten worden, es heißt, es stehe Todesstrafe darauf. Inspektor Schneider, weiterhin Ortsgruppenleiter, hat das Seine dazu beigetragen, um eventuell dennoch bestehende Pläne in dieser Richtung zu vereiteln. Jetzt wird ein Treck in letzter Minute vorbereitet, aber fast alle Pferde sind eingezogen worden, somit müssen Zugochsen eingeplant werden – nicht die besten Ausgangsbedingungen für eine erfolgreiche Flucht.

Es herrscht vollkommene Aufregung, vorsintflutlich aussehende russische Schlachtflieger fliegen über uns hinweg, offensichtlich um das Gelände zu rekognoszieren. Und da kommt auch schon die Nachricht durch, dass die Russen auf ihrer Westoffensive wie durch eine Seifenblase und ohne Widerstand bis tief in den Kreis Arnswalde eingedrungen sind und schon durch Marienwalde gekommen sein sollen. Damit fällt ein Gesamttreck schon einmal ins Wasser.

Papi ruft alle seine Leute in der Brennerei zusammen einschließlich unserer polnischen und französischen Kriegsgefangenen, um ihnen zu erklären, dass er sich als Offizier wieder bei seiner Einheit melden müsse und dabei Frau und Kinder nicht zurücklassen könne. Auch wäre sein Beistand den Leuten gegenüber von sehr relativem Wert. Alle nicken bejahend, denn jeder weiß, dass Gutsbesitzer als »Kapitalistas« einfach erschlagen würden. Nur Inspektor Schneider spricht von Verrat. »Aushalten bis zum letzten Moment« und so fort lauten seine Sprüche, die aber nicht ankommen. Alle stimmen unserem Vater zu und versichern, dass sie schon für sich selbst sorgen werden.

So geht es sofort daran, die zwei noch verbleibenden Kutschpferde vor den Schlitten zu spannen und in Windeseile dem bereits gepackten Plangummiwagen die wichtigsten Teile zu entnehmen. Während die Franzosen und Polen dabei helfen, ruft Paquet »vite, vite« – ich höre ihn noch – und los geht's.

Für mich bedeutet das – neben Anziehsachen – eine riesige 9-mm-Browning-Pistole, ein Silberleuchter mit unserem Wappen, anscheinend das älteste Schuckmann'sche Familienstück, Onkel Ernsts 7x30-Zeiss-Glas, eine Bibel, einige Papiere und eine Extrahose – mehr nicht. Der Schlitten ist halt nicht sehr groß; und wir fünf, Papi (43), Mami (39), ich (fast 16), Gabriele (fast 10) und Ullala (5) plus Emmy Dickow (30), alle dick vermummt, passen gerade so hinein. Es ist inzwischen dunkel geworden, fünf Uhr oder so, als wir das Gut nach einem ordentlichen Essen verlassen. Noch ein Blick zurück, dann die verschneite Dorfstraße entlang und weiter in Richtung Kleeberg. Tatsächlich: Als wir die Bahngeleise überschreiten, sieht man in nicht allzu großer Entfernung im Osten die starken Lichter der russischen Panzer, die dort für die Nacht kampieren. Wir sind ihnen um Haaresbreite entgangen.

Vorab und an dieser Stelle wichtig: Herr Schneider und seine Frau sollten sich später in der gleichen Nacht, trotz eigener Durchhalteparolen, mit Herrn Buche und seiner Meta heimlich auf und davon machen, Letztere wohl eher als Mitläufer. Das erfuhren wir erst nach Monaten. Sie waren irgendwo in Mecklenburg hängen geblieben und kamen nicht mehr in den Westen. Herr Schneider nahm sich noch im gleichen Jahr das Leben, wie uns Herr Buche berichtete, mit dem die Eltern noch lange korrespondierten. Papi war nach dem Kriege sehr intensiv im Heimatverband tätig, fast bis an sein Lebensende Kreisbetreuer, fuhr jedes Mal nach Wunstorf, wo die jährlichen Treffen des Kreises Arnswalde stattfanden und zu denen jedes Jahr mehr Leute kamen. Beide Eltern führten bis zu ihrem Lebensende eine Korrespondenz mit vielen der Raakower. Die damalige Situation hatte also keinerlei Ressentiments hinterlassen.

Was geht in mir in dieser Abschiedsstunde vor? Denke ich an das, was wir zurückließen, möglicherweise für immer? Denke ich daran, was die Eltern empfinden, wie sie sich fühlen? Ist mir die Gefahr bewusst, der wir zu entkommen suchen? Ich muss zugeben: nein. Es ist vielmehr Herzklopfen vor dem Neuen, vor dem, was uns erwartet, und das unbewusste Empfinden einer zukünftigen Herausforderung. Es ist mehr das Gefühl eines neuen Abenteuers in mir als Depression wegen des Vergangenen.

Zurück nach Kleeberg, wo wir gerade die Russen hinter uns gelassen haben. Es herrscht Saukälte, trotz der vielen Decken, aber mit dem kleinen

Schlitten geht es zügig voran. Papis Plan: Die Russen werden versuchen, so schnell wie möglich direkt gen Westen nach Küstrin zu stoßen, um dann die Oder hochzugehen und aus ganz Pommern einen Riesenkessel zu machen. Wir werden somit nicht diesen direkten Weg nach Westen wählen, sondern eher versuchen, nordwestlich nach Stettin zu fahren, um dort über die Oder zu kommen.

Als erstes Ziel peilen wir Kloxin im Kreis Pyritz an, etwa dreißig Kilometer Luftlinie, der Besitz von Korpsbruder und Regimentskamerad Klaus Kühne, Patenonkel von Ulla. Als wir ankommen, erfahren wir, dass die Kühnes sich bereits nach Westen abgesetzt haben. Der Kutscher – interessante Feststellung – meint, dass Papi die Pferde wohl selbst versorgen könne – ob er sich wohl schon als zukünftiger Herr auf Kloxin fühlt? Sonst ist das Personal aber sehr zuvorkommend. Die Eltern schlafen in den Kühne'schen Ehebetten, alle anderen verstreut im Haus. Unter großen Gewissensbissen nimmt sich Mami am nächsten Morgen ein Stück Seife mit. »Hoffentlich verzeihen mir die Kühnes das!«, seufzt sie.

Nächste Station ist Stettin, in ungefähr doppelter Entfernung, aber hierfür steht uns auch der ganze Tag zur Verfügung. Unsere Emmy »stammt sich« von dort, ihre Eltern haben in Güstow, südlich von Stettin und westlich der Oder, einen Hof, der unser Ziel bedeutet. Der Schlitten macht uns zum Glück beweglich, denn oft müssen wir Wehrmachtseinheiten ausweichen, da diese auf der Straße natürlich Vorrang haben. Dann geht es einfach quer über die Felder! Ein weiteres Hindernis bilden polnische Offiziersgefangene, die aus Arnswalde kommend nach Westen gebracht werden. Sie bewegen sich auf der gleichen Route und verstopfen sie. Gott sei Dank fragt uns keiner nach Papieren. Es ist schon spät, als wir zur großen Oderbrücke südlich von Stettin kommen, fast schon der 31. Januar, also genau zwölf Jahre nach Hitlers Machtergreifung. Gedanken über das Tausendjährige Reich gehen einem durch den Kopf. Hier gibt es natürlich Kontrollen, aber Papi hat seine Papiere in Ordnung und weiß auch mit den Posten umzugehen, kurz: Wir können die Brücke ohne Probleme passieren. Todmüde kommen wir in Güstow an und fallen in große Federbetten: Wir haben es geschafft!!

Nach einem Tag Verschnaufpause geht es weiter nach Westen in Richtung Battinsthal, kaum fünfzehn Kilometer von Güstow entfernt, unserer

Familienstiftung, wo immer nur ein Verwalter gewohnt hat; jetzt ist es Herr Block, in dessen Haus wir übernachten. Nachdem es inzwischen langsam zu tauen anfängt, müssen – und können – wir unseren Schlitten gegen einen Wagen eintauschen.

Wir fahren über Prenzlau. Groß-Sperrenwalde in der Uckermark ist das Interimsziel unserer Reise. Da eine Wehrmachtseinheit den gleichen Weg hat, nimmt man die Frauen nach dorthin mit. Papi und ich kommen etwas später an und finden ein Riesenhaus vor, in dem Tante Teta regiert, die Tochter des »alten« Onkel Oskar Pilati, also Papis leibliche Cousine, wenngleich auch wesentlich älter. Zur Hand geht ihr Mucki, das Faktotum der Familie, die uns etwas reserviert gegenübersteht. Tante Teta hat einen Grafen Arnim geheiratet, der den Besitz noch vor dem Ersten Weltkrieg gekauft und das Wohnhaus sehr schön ausgebaut hat. Er ist 1929, fünfzig Jahre alt, relativ früh verstorben und Papi ist sein Testamentsvollstrecker geworden. »Ich muss wieder nach Sperrenwalde«, bekam ich als Kind oft zu hören. Uns wird ein Gästezimmer zugewiesen, das unser neues Reich war. Ihr ältester Sohn Wernfried ist schon im Mai 1940 in Belgien gefallen, sein Bruder Dankwart – Jahrgang 1919 – hält sich in Paris auf, Tochter Gerta und ihr Mann, Jobst v. Chamier, sind aber anwesend und sehr verwandtschaftlich und nett zu uns. Von Vetter Dankwart habe ich kurz zuvor einen grasgrünen Anzug mit Knickerbockerhosen geerbt (oder stammte er noch von Wernfried?), der mir in Niesky den Spitznamen »der grüne Graf« eingetragen hat und an den ich, wenn ich beim Schippen in Hemd und Turnhose, von zukünftigen »normalen« Zeiten träumend, wenn man sich wieder anständig anziehen konnte, oft dachte.

Dankwart wurde später Arzt und starb leider schon 1981 mit zweiundsechzig Jahren. Seine Witwe Gaby lebt heute in München.

Sperrenwalde ist ein großes Haus mit Zentralheizung, die mit Holz befeuert wird, welches aus den umliegenden zugehörigen Forsten Gollmitz und Zervelin kommt. Tante Teta scheint irgendwie sehr hoheitsvoll zu sein, sodass ich nicht so recht warm mit ihr werde. Dennoch bin ich hochbeglückt und dankbar, dass sie mich einlädt, im Zerveliner Forst ein Stück Damwild zu schießen, was ich auch an meinem sechzehnten Geburtstag erlege.

Fast einen Monat sind wir nun schon von Raakow fort, und die Russen stehen an der Oder. Papi muss zurück zu seiner Einheit, die jetzt zusammen mit dem Stab der Heeresgruppe ganz in der Nähe von Prenzlau liegt. Wenn ich mich recht erinnere, hat man diese in Heeresgruppe Weichsel umbenannt, deren OB der militärisch völlig unpräparierte Heinrich Himmler ist. Ich bringe meinen Vater mit dem Einspänner dorthin und sehe an den Türen in der Baracke die Schilder der verschiedenen Einheiten, mit den Begriffen, die man sonst nur vom Hörensagen kennt – also 1A für Operationen, 1C für Abwehr, O1 der Ordonnanzoffizier und so weiter.

Wann und wie werden wir uns wiedersehen??

Jetzt geschieht etwas, das wahrscheinlich unserem weiteren Leben eine entscheidende Wendung gibt: Margarethe Bismarck erscheint auf dem Plan. Sie ist, etwas besser vorbereitet als wir, mit ihrem dreijährigen Fritz aus Heydebreck geflüchtet. Der Schmied Laske und seine Frau begleiten sie. Der Mann fährt den großen, mit einer Plane bedeckten Gummiwagen, der etwas mehr irdische Habe bergen kann als unser Schlitten. Sie ist nach Rohrlack getreckt, welches einer Familie Quast gehört, mit deren Tochter Adelheid auch Mami befreundet ist. So geht das bei den meisten, die aus dem Osten geflüchtet sind: Wen immer man in der Zielgegend kannte, wurde »überfallen« – und meist freundlich aufgenommen. Und so zog man von einem Besitz zum nächsten. Margarethe hatte auf Umwegen von ihrer Schwester gehört, sie telefonisch angerufen und kurzerhand besucht, um sie auf ihrem Weg in den Westen mitzunehmen. Ihr eigenes Ziel ist das Gut Bliestorf, das einem Baron Schröder gehört, dessen ältester Sohn Hans Rudolph mit Vera v. Bonin verheiratet ist, deren Großmutter Eisenhart wiederum freundschaftliche und nachbarliche Verbindungen zu den Bismarcks pflegt. Eine eher indirekte Beziehung! Vera also hat ihr O. K. gegeben, dass wir kommen sollen. Wir wiederum haben als Endziel Woltersteich angepeilt, wohin Papis Schwester Tante Esthel geheiratet hat. Margarethes Vorschlag: Laske holt euch ab und wir fahren zusammen weiter. Und so geschieht es auch, denn nur einige Kilometer östlich, jenseits der Oder, stehen die Russen, die ihren Angriff auf Berlin vorbereiten. Es ist demzufolge angeraten, sich weiter nach Westen abzusetzen, und Bliestorf liegt, wenngleich noch ostelbisch, so doch so weit westlich, wie wir nur denken können. Und unser eigenes Endziel Woltersteich liegt nur wenige Kilometer davon entfernt.

Wir verlassen Tante Teta, übernachten wieder auf einem Gut bei Zehdenick und erscheinen in Rohrlack, bei Ruppin im Havelland, wo wir einige sehr nette Tage bei Tante Adelheid verbringen. Sie hat den Verwalter Rogowski geheiratet, ein eher verschlossener Mensch. Dann werden unsere Siebensachen, erweitert durch einige geschenkte Kleidungsstücke, in den Planwagen gepackt, und wir befinden uns schnell wieder auf der Landstraße.

In der Tat wäre es durchaus denkbar gewesen, das man mich auf dieser Flucht in der Nähe von Berlin von unserem Treckwagen heruntergeholt und - in HJ-Uniform gesteckt - justament in diese Stadt geschleppt hätte, um sie und Hitler gegen die Sowjets zu verteidigen. Im Film »Der Untergang« konnte man jene Momente so wirklichkeitsnah miterleben. In dem Fall wäre es vermutlich nicht zu diesen Aufzeichnungen gekommen.

Erfreulicherweise geschieht nichts dergleichen, und wir befinden uns ungehindert auf dem Weg nach dem zirka achtzig Kilometer entfernte Frehne in der Ost-Priegnitz, also noch in der Mark Brandenburg, aber nahe der mecklenburgischen Grenze gelegen. Es gehört Tante Miete v. Graevenitz; die Beziehung zu ihr geht über ihre elterliche Familie Robert-Tornow, über die ich früher berichtet habe. Ihr Mann ist schon vor einiger Zeit gestorben. Auf dem Weg dorthin geht irgendwie ein Handtuch über Bord, immerhin ein wichtiger Bestandteil unserer Habe. Ich laufe ein oder zwei Kilometer zurück, finde es und kann mich als Held des Tages fühlen! Überhaupt fühle ich mich mit meinen sechzehn Jahren schon sehr erwachsen, als Beschützer der Familie sozusagen. Aus diesem Grunde lege ich natürlich großen Wert darauf, mit den »Großen« zu essen, was die Schwestern wahrscheinlich unloyal finden. So wird mir von ihnen einmal in epischer Breite geschildert, wie herrlich die Rote Grütze mit Vanillensauce geschmeckt habe: An unserem Tisch hat es sie leider nicht gegeben! Frehne steckt voller Flüchtlinge und Tante Miete ist sehr lieb zu uns. Sie schenkt mir einen ihrer Jägerhüte – Unisex, würde man ihn heute nennen –, den ich noch lange trage. Viel später trafen wir in Venezuela die Tochter Dagmar eines

Neffen Graevenitz, der Frehne eigentlich erben sollte, denn Tante Miete hatte keine Kinder. Kleine Welt.

Als nächste Station steuern wir Brüsewitz an, an der Chaussee von Schwerin nach Ratzeburg gelegen, direkt gegenüber »unserem Gottesgabe« und etwa hundert Kilometer von Frehne entfernt. Es gehört einer Familie v. Boddien, ich erinnere mich aber nicht an unsere Beziehung zu ihnen. Es besteht eine Verwandtschaft mit der Hamburger Familie Sieveking, und ein Neffe, Henneke Sieveking, hält sich zurzeit dort auf, um den Bombenangriffen auf Hamburg zu entgehen. Noch oft werde ich ihn später bei den unterschiedlichsten Gelegenheiten und in verschiedenen Ländern treffen. Auch hier quillt das Haus über von Flüchtlingen; wir bleiben allerdings nur einen Tag, denn wir bekommen langsam »Stalldrang« nach unserem Endziel, Bliestorf.

Wir legen die zirka fünfzig Kilometer recht schnell zurück und treffen am Nachmittag dort ein. Die Schröders empfangen uns mit ganz besonderer Herzlichkeit, ehe wir im großen Haus provisorisch untergebracht werden. Sehr wohl fühlen wir uns hier, und Woltersteich verlor zunehmend an Reiz, zumal sicherlich auch die sechsköpfige Familie Reichenbach und die Großeltern mit Tante Monika aus Schlesien dem kleinen Haus dort zustreben. Wir vermuten das nur, da ja jegliche Kommunikation inzwischen unterbrochen ist – es gibt weder Post noch Telegramm oder Telefon. Wir wissen weder etwas von ihnen noch von unserem Vater. Mami bereitet also bei Schröders vorsichtig das Terrain vor, und tatsächlich kommen sie in Kürze mit dem Vorschlag: »Flüchtlinge müssen wir sowieso aufnehmen, ihr scheint nett zu sein, also warum bleibt ihr nicht bei uns, statt nach diesem Woltersteich weiterzuziehen?« Diese Einladung wird dankbar und mit Freude angenommen, und wenig später hat man uns auf dem Boden und mit einer eigenen, unten aus der bisherigen Garderobe umfunktionierten Küche untergebracht. Ich beziehe ein Bett auf dem Boden hinter einer Zeltwand (mehr hierüber in einem späteren Abschnitt).

Die Flucht ist zu Ende, und Gott sei Dank kommen die Russen nicht bis hierher: Nur einige wenige Kilometer östlich von uns machen sie Halt, an der später ratifizierten Grenze zur Deutschen Demokratischen Republik.

Es ist Anfang März. Wir haben für unsere Reise – zweihundertfünfzig Kilometer Luftlinie beträgt die Entfernung Raakow–Bliestorf – knapp sechs Wochen gebraucht. Keine große Distanz, aber Raakow liegt weiter weg als China, besonders nach den kurz darauf folgenden Potsdamer Beschlüssen. Wir stehen bettelarm da, ohne irgendwelche Besitzungen im Westen; Bärenstein und Kittlitz werden in Kürze ebenfalls in kommunistische Hände fallen, und somit ist der gesamte Grund und Boden unserer näheren Familie Vergangenheit.

Mit solchem trockenen, knappen Fazit darf ich diesen Abschnitt meiner Reminiszenzen beenden. Rückschauend betrachtet sind diese ersten sechzehn Jahre die wichtigsten meines Lebens gewesen.

Eine weitere reflexive Feststellung: Verglichen mit dem, was viele andere in jenen Monaten durchgemacht haben, war unsere Flucht das reinste Zuckerschlecken.

Bliestorf – März 1945 bis Februar 1946

Ein neues Leben begann, wenngleich ich zugeben muss, dass mir das damals so ganz klar noch gar nicht war.

Bliestorf, ein ziemlich großes Gut, gehört, obwohl etwas südlich von Lübeck gelegen, zum Kreis Herzogtum Lauenburg. Es war ursprünglich neunhundert Hektar groß, ein beachtlicher Teil davon Wald.

Hier seine Vorgeschichte: Frhr. Johann Heinrich v. Schröder, geboren 1784 in Hamburg, gestorben daselbst 1883, Chef der Bankhäuser J. Henry Schröder & Comp. in Hamburg, London und Liverpool, hatte mehrere Kinder, aber nur die Nachkommen seiner Tochter Klara ergriffen das Bankgewerbe. Sie hatte 1849 den Hamburger Kaufmann und italienischen Konsul Hans Rudolph Schröder geheiratet, und die beiden Söhne dieses Ehepaars, Johann Rudolph und Rudolph Bruno Schröder, wurden jeweils die Chefs der Bankhäuser Schröder Gebrüder & Co. in Hamburg und J. Henry Schröder & Co. in London (heute »Schroder« geschrieben).

Beide Brüder wurden separat 1905 respektive 1904 in den Freiherrnstand erhoben. Auf der Suche nach einem standesgemäßen Domizil kam der in Deutschland lebende Johann Rudolph auf Bliestorf.

Es hatte einem Baron Schrader gehört, der Kammerherr und Zeremonienmeister, ich glaube, am Oldenburgischen Hof war, wo eines Tages Fotomontagen zu zirkulieren begannen, auf denen die durchlauchtigsten, großherzoglichen Herrschaften in höchst verfänglichen Stellungen zu betrachten waren. Irgendwie kam es dazu, dass Schrader einen Herrn v. Kotze als den Urheber dieser Missetaten verdächtigte, woraufhin dieser ihn zu einem Duell auf Pistolen forderte. Da der gute Schrader kein großer Schütze war, probierte er stundenlang seine Fertigkeit an einer alten Linde aus, die 1945 noch im Park stand, wobei der alte Förster Willer ihm Hilfestellung leistete. Trotz all dieser Bemühungen ging die Sache schief und Schrader fiel, so geschehen in Potsdam am 11. April 1896. Bliestorf gelangte bald darauf auf den Markt und in die Hände des neuen Barons. Als kleines Postskriptum hierzu: Herr v. Kotze wurde, wie üblich, auf Festung geschickt, und zwar nach Glatz: Duelle abzulehnen bedeutete zwar gesellschaftlicher Selbstmord, dennoch verbot sie das Gesetz streng. Bei unglücklichem Ausgang bekam der Überlebende eine Festungsstrafe, aber es war ein Kavaliersdelikt. Somit hatte man gewisse Freiheiten, und meine Großmutter Schuckmann, geborene Pilati, die in Glatz ausging, konnte sich noch gut daran erinnern, dass Kotze auf einigen der Feste auftrat und die jungen Mädchen zu vielen Tuscheleien über seine Vergangenheit anregte.

Zurück zu Bliestorf! Es war ein landschaftlich nicht sehr aufregendes, aber ertragreiches Gut, der Wald flach und die Bäume standen in geraden Reihen wie die Soldaten, ganz anders als in Raakow. Überhaupt Raakow …, aber das lag in weiter Ferne, und hier waren wir trotz vorbildlicher Aufnahme seitens der Schröders eben »nur« Flüchtlinge. Der Begriff »Flüchtling« sollte einem noch lange anheften. Und die Holsteiner schienen auch ganz anders zu sein. »Stur« seien sie (sicher in harter Konkurrenz mit den Pommern!) und sie sprachen so merkwürdig: »Das kann dscha nun mein Mann gor nich ab!«, »ein Kilo gode Bodder«, »das isches dscha gerade«, »do kömmt nix nach« und dergleichen. Nun: Man gewöhnt sich an alles. Das Gutshaus selbst war für meinen Geschmack etwas schmucklos, aber umgeben von einem schönen Park, durch den eine schnurgerade Allee auf das Haus zuführte, sodass es schon von weiter Ferne in Sicht kam. Früher war es weiß gewesen (und später wieder!), 1944 aber gegen Luftangriffe mit Tarnfarbe angestrichen worden, was seinem Charme weiterhin abträglich war. Innen sehr sympathisch eingerichtet und von schier unerschöpflichem Fassungsvermögen für die vielen Menschen, die zu der Zeit dort hausten.

Allen voran der alte Baron Schröder – nennen wir ihn wie alle Vater Rudo – und seine Frau Julinka, geborene Stein, aus der bekannten Kölner Bankiersfamilie, Schwiegertochter Vera, geborene v. Bonin, mit drei Kindern (Mann Hans Rudolph in jugoslawischer Kriegsgefangenschaft), Tochter Ingrid Plotho – Edle Tochter und Freifrau von Plotho – (von allen Tante Tutzi genannt, ich aber durfte sie Ingrid nennen!) mit zwei Kindern (Ehemann Manfredo in russischer Kriegsgefangenschaft), Schwiegertochter Lori, geborene Gräfin Pückler, mit zwei Kindern (Ehemann Manfred kam erst einige Zeit später), Ohmchen Eisenhart mit zwei Töchtern (eine davon Mutter von Vera), Onkel Ernie Schröder und Ehepaar v. Buengner mit Tochter (mecklenburgische Verwandte, der Sohn Herbert befand sich noch in französischer Kriegsgefangenschaft), Tante Olga Peltzer mit Sohn Rudolf, Cousine Ingrid Schilling, das Faktotum »Böthchen« und Dienstpersonal, schließlich vier (bald fünf) Schuckmanns, Emmy und zwei Bismarcks (Mann in russischer Kriegsgefangenschaft), kurzfristig noch Emmys Neffe Horst Siebert, der ein Bett neben mir auf dem Boden zugewiesen bekam. Wenn man alles addiert, kommt man auf über dreißig Personen. Alle sieben Enkel waren sich später einig: Bliestorf ist für sie eine bestimmende Zeit gewesen! Ingrid Plotho leitete den Haushalt, immer fröhlich, aber mit fester Hand.

Eine große Rolle spielten in Bliestorf die vielen Hunde, meist Dackel, die alle ihre eigene Persönlichkeit aufwiesen. Der Schröder'sche Urdackel »Jeck« gab den Ton an, was außer Frage stand. Auch wir hatten bald wieder eine Hundeseele: den Kurzhaardackel »Lütten«.

Für mich ergab sich kurz nach Ankunft meine Musterung für den Wehrdienst, der ich mich in Lübeck im März kurz nach meinem sechzehnten Geburtstag unterziehen musste. Nackert steht man vor einem Komitee, welches schnell zum Resultat kommt: kv (kriegsverwendungsfähig). »Sie hören von uns in Kürze!«

Die Engländer hielten unsere Gegend Anfang Mai schon besetzt, als noch einmal die Briefkästen ausgeleert wurden, und da kam sie: die Einberufung. Der beiliegende Wehrpass verschwand schnell im Gutsteich, in dem schon vorher meine 9-mm-Browning-Pistole gelandet war: Waffenbesitz wurde mit einer hohen Strafe geahndet. Das Soldbuch hätte man erst später bekommen. Fest stand für mich: Wäre die Einberufung früher eingetroffen, so hätte ich mich »seitwärts in die Büsche geschlagen«, zu Besuch bei Verwandten etwa, in kurzen Hosen hätte ich ja noch nicht sehr verdächtig als Fahnenflüchtiger ausgesehen. Das war übrigens kein Spaß: Die Feldpolizei, wegen des auffallend großen Brustschilds Kettenhunde genannt, erschoss standrechtlich jeden, der ohne Marschbefehl angetroffen wurde. Schon auf der Flucht hatte die Familie große Angst gehabt, dass man mich vereinnahmen und in irgendeine Truppeneinheit stecken würde. Später mussten sich alle über sechzehn Jahre alten Männer bei einer britischen Dienststelle melden. Natürlich auch ich, wodurch ich dort offiziell mit einem Schein einschließlich Fingerabdruck aus einer symbolischen Gefangenschaft entlassen wurde. Sehr nützlich sollte mir dieser Wisch einmal werden!

Am Tag von Hitlers Selbstmord waren wir fast alle im Schröder'schen Salon versammelt. Keine drei Wochen zuvor hatte er sich zu seinem Geburtstag noch als »Gröfaz« feiern lassen, dem größten Feldherrn aller Zeiten. Die politischen Ansichten der Anwesenden waren in der Mehrzahl gegen ihn, wenngleich Mutter Juju gewisse Sympathien nachgesagt wurden. Auf jeden Fall verließen zwei Personen laut schluchzend den Raum, als die Nachricht durchkam. Klaus Bismarck sehe ich noch vor mir, sehr ernst, im grauen Militärpullover, die rechte Hand über der Brust. Er hatte wohl die Frau seines Vetters besucht; jeder kannte seine politische Einstellung. Gerade hatte er ihr berichtet, dass Himmler einer Reihe von Offizieren verkündet hätte, das Altertum habe uns zwei Übel hinterlassen: die Syphilis und das Christentum. Kurz vorher war das im Hauptraum hängende Hitlerbild (jawohl, da hatte es gehangen, in Raakow gab es keins) verschwunden. Nie ist der Täter ans Licht gekommen. Man tippte auf Tante Annie Bonin! Natürlich weiß ich nicht, was alle zu diesem Zeitpunkt empfanden, aber trotz aller Erleichterung wegen Hitlers Tod erzeugte es wohl bei keinem ein Hochgefühl, dass nunmehr »alles zu Ende« war: das Vaterland nach sechs Jahren Krieg von den Gegnern besetzt, insbesondere von den Russen, das Land zerstört, die Städte zerbombt und ein Großteil der Bevölkerung auf der Flucht. Hitlers Versprechen: »In zehn Jahren werdet ihr Deutschland nicht wiedererkennen« war in Erfüllung gegangen.

Kurz nach Kriegsende, am 2. Juni, stand plötzlich beim Abendessen eine etwas abgerissene Gestalt vor dem Küchenfenster: der Papi! Er hatte eine abenteuerliche Flucht hinter sich. In Kürze: Sein Stab, von hundertachtzig auf zirka zwanzig Mann geschrumpft, hatte sich am 30. April südlich von Berlin aufgelöst, Devise: Rette sich, wer kann! Vorher war er zweimal in Friedersdorf gewesen, wo Vater Bodo v. der Marwitz, verheiratet mit Tante Moy Schuckmann noch die Bestellung der Felder beaufsichtigte, angesichts der unmittelbar hinter der Oder sich zum Großangriff auf Berlin rüstenden Russen – via die Seelower Höhen –, keine fünfzehn Kilometer vom Fluss entfernt! Papi verbündete sich mit einem ostpreußischen Landser, Gustav Skodzig, und die beiden bewegten sich südwestwärts. Ihre Route verlief über Briesen, Kemlitz, Mehlsdorf und Arnsdorf bis zur Schwarzen Elster, dann bei Wittenberg über die Elbe und schließlich südlich von Dessau über die Mulde, in der Annahme, dort, westlich der Elbe, die Amerikaner zu treffen. Die Flussüberquerungen waren abenteuerlich, mit selbstgebauten Flößen über die Elbe, über die Mulde vorerst auf einer Brücke – da aber warteten auf der anderen Seite einige US-Soldaten, die erst einmal alle Wertsachen requirierten, darunter Papis goldene Uhr, die ihn den ganzen Krieg über begleitet hatte. Dann wurden sie zurückgeschickt, da ab heute Waffenstillstand herrsche und sie keine Gefangenen mehr machen dürften. Somit hieß es: ab nach Osten zu den Russen. Dort schlief der Posten Gott sei Dank, die beiden und einige fünfzig andere warfen sich bei einer Furt in die Fluten. Die Amis schossen auf sie, ob »in echt« oder nur aus Spaß sei dahingestellt, auf jeden Fall kamen die beiden heil ans westliche Ufer, während sie die anderen aus den Augen verloren.

Als Nächstes ging es ans Umkleiden als Zivilist bei sympathischen, völlig unbekannten Menschen und weiter, möglichst unauffällig, über Wanzleben, wo Korpsbruder Kühne sie empfangen konnte, Neugattersleben, Breese und Lüdersburg bis Bliestorf. Wie er von dieser Adresse wusste, kann ich nicht mehr sagen. Der erste Teil der Reise bis zur Elbe betrug zirka hundertfünfzig Kilometer. Was sich während dieser Flucht, insbesondere in den ersten zwei Wochen, alles zugetragen hat, beschreibt ein Zwölfseitenbericht. Nachts marschieren, tagsüber in Astgabeln schlafen, Hunger und Durst, zigmal in Gefahr, von Rotarmisten entdeckt zu werden – kurz: Auch hier wieder muss ein Schutzengel seine Hand im Spiel gehabt haben.

Nun, das war eine wirkliche Freude für uns, zumal es sich in Kürze ergab, dass die Stelle des Gutsinspektors frei wurde, die die Schröders netterweise Papi anboten und die er sofort annahm. Wie viel anderen Ostelbiern wurde ein solches Glück zuteil? Viele schlugen sich als Arbeiter, Vertreter aller möglichen Artikel, Fuhrunternehmer (falls sie einen Wagen gerettet hatten) oder sonst wie durch: Landwirte und Offiziere waren nicht gerade Mangelberufe. Im folgenden Jahr ergab sich für uns somit eine neue Wohnung im ersten Stock des Inspektorhauses, in dessen Haupträumen bereits ein Herr v. Flemming mit Frau und Tochter residierten. Letzterer hatte einen Besitz in Pommern gehabt, war nach Bliestorf durch entfernte verwandtschaftliche Verbindungen gekommen und übte eine Art Oberleitung des Betriebs aus. Papi vertrug sich so weit gut mit ihm. Über seine Familie bestanden Verbindungen zur Likörfabrik »Danziger Lachs«, was deren Bliestorfer Umsatz an Kurfürsten Kräuterschnaps, Krambambuli und Danziger Goldwasser enorm zugute kam. Gleichfalls beliebt war der »Pasewalker«. Insgesamt sollte Bliestorf zwanzig Jahre lang der Beziehungspunkt unserer Familie sein. Unser erstes Weihnachtsfest im Westen feierten wir dort, zu dem ich meinen Freund Heinecke eingeladen hatte, und das folgende Foto legt davon Zeugnis ab.

Eine besondere Rolle in unserer Familie spielte Emmy Dickow, die auf dem Bauernhof ihres Vaters in Güstow bei Stettin aufgewachsen war, wo wir auf unserer Flucht Station gemacht hatten. Sechsundzwanzigjährig kam sie 1940 zu uns nach Raakow, um sich der gerade geborenen Ulla anzunehmen und natürlich auch, um sich um die zu der Zeit gerade fünfjährige Gabriele zu kümmern. Seither gehört sie zur Familie. Nach dem Tod meiner Mutter blieb sie noch bis zur Auflösung unserer Bonner Wohnung bei uns und ging dann in ein von ihr ausgewähltes Altersheim in Niederkassel am Rhein. Insgesamt lebte sie zweiundsechzig Jahre bei und mit uns. Rückschauend möchte ich sagen, dass ohne sie das Leben der Eltern wesentlich anders ausgesehen hätte. Emmy kochte, was meiner Mutter überhaupt nicht lag, und war kurz gesagt die Säule des Haushalts. Sie wusste alles über uns, aber nie drang durch sie irgendein Detail an die Außenwelt. Umgekehrt stellte sie in ihrem Umfeld eine Vertrauensperson dar, der man viel von Sorgen, Nöten und Problemen erzählte.

Am 13. Oktober 2005 starb sie, fast einundneunzigjährig, und wurde in Niederkassel beerdigt.

Weihnachten 1945 in Bliestorf, v. l. n. r. stehend: Vater, Gabriele, Günther Heinecke; unten sitzend: d. V., Emmy Dickow, Mutter, Ulla

Die Zeit der drei Frauen in einer kleinen Küche (Margarethe, Emmy und meine Mutter) näherte sich dem Ende, ein Wunder, dass die Harmonie selten gestört war (lag es an der Mami mit ihrem ausgleichenden Temperament??). Die Zeit war bestimmt nicht leicht gewesen, mit einem Mann und Sohn, die anfangs nichts Rechtes zu tun hatten, außer »Siedlerstolz«-Tabak anzubauen, ein Teufelskraut, und ihn – auf dem Herd in der kleinen Küche natürlich – mit Pflaumensaft und Sonstigem zu präparieren. Zudem wurde auf abenteuerlichen Geräten Schnaps destilliert. Ich weiß nicht mehr, auf welcher Basis das geschah, fest steht aber, dass das Produkt mit schwarzem Johannisbeersaft verschnitten wurde.

Zu Silvester 1945/46 war ein großes Fest anberaumt worden, und schon vorher ergingen die Älteren sich in Reminiszenzen an frühere derartige Unternehmungen mit Tanz, Musik und dergleichen. Da ich selbst mich mit noch nicht siebzehn Jahren recht unsicher, hausbacken und unmondän fühlte, beschloss ich, meinem Wohlbefinden mit etwas Selbstgebrautem nachzuhelfen. Kurz vor Mitternacht, ich erinnere mich daran noch sehr genau, wurde ich abkommandiert, um »Hamburg« im Radio zu finden. Damals waren die Sender in schrägen Reihen namentlich aufgeführt, und mir erschien es platterdings unmöglich, diese Station so schnell aus etwa einhundert Namen herauszufinden. Kurz darauf geschah, was geschehen musste! Die Mutter: »Oh Gott, der Junge hat Magenbluten!« Des Vaters Antwort darauf: »Quatsch, der hat zu viel getrunken.« Womit er zum Glück Recht hatte. Das Fest war somit bloß leider (nicht!) gelaufen.

Im Rückblick kann ich mich aber an keine großen Auseinandersetzungen während jener mühsamen Monate erinnern. Meinen Eltern lag der Verlust von Raakow – unserer Einkommensbasis – sicher sehr auf der Seele, aber davon wurde nie gesprochen. Auch wie wir finanziell über die Runden kamen, stellte nie ein Gesprächsthema dar. Ich selbst weiß bis heute nicht, wie sie es gemacht haben, denn wir hatten keinerlei Bankkonten, Mieteinnahmen, Aktien oder sonstige Papiere: Alles, aber auch alles war im Osten geblieben und somit wertlos. Rückschauend lässt sich sagen, dass die Eltern diesen Verlust ihrer irdischen Habe mit Haltung und großem Anstand ertragen haben. Da es uns allen schlecht ging, war es sozusagen geteiltes Leid, halbes Leid. Dennoch …

Ein reguläres Einkommen ergab sich erst, als Papi erfreulicherweise die Inspektorstelle übernehmen konnte.

Einen ziemlichen Schock verursachte Mamis plötzliche Erkrankung an Scharlach, die zum Glück im Lübecker Krankenhaus kuriert werden konnte. Als weiterer »Hammer« kam Papis spätere Tuberkulose dazu, die er sich in Russlands Sümpfen zugezogen hatte. Sie konnte zwar geheilt werden, allerdings war die Lunge angegriffen, und starkes Rauchen half natürlich auch nicht gerade.

In diesem Zusammenhang ist ein Wort zu den amerikanischen Verwandten fällig. Von Großmutter Lüttichaus Vettern und Cousinen lebten noch einige in den Staaten, und man hatte immer einen gewissen Kontakt mit den deutschen Verwandten gehalten. Onkel Nickel war vor dem Krieg als Einziger von uns drüben gewesen, umgekehrt hatten die Vettern David Trimble und Lamar Soutter Bärenstein besucht. Lamar konnte bei der Besetzung 1945 den Großeltern in Sachsen nur bedingt behilflich sein: Die Amerikaner mussten sich aus dieser Zone zurückziehen und sie den Russen überlassen. Bewundernswert, wie sie uns mit Lebensmitteln (so genannte CARE-Pakete – **C**ooperative for **A**merican **R**emittances to **E**urope) und Textilien versorgt haben. All das beweist die Familienzusammengehörigkeit, ist aber auch Teil der typisch amerikanischen Hilfsbereitschaft. Kürzlich kam mir ein Bittbrief meiner Großmutter in die Hand, und ich kann mir lebhaft vorstellen, wie schwer ihr dieser gefallen sein musste, nachdem sie fast fünfzig Jahre lang als Herrin auf Kittlitz und Bärenstein immer auf der gebenden Seite gestanden hatte.

Da das ganze Jahr 1945 wie erwähnt ohne Schule und wirkliche Aufgaben verlief, ist es nur in der Erinnerung etwas vergoldet. Was hatte man nicht alles gemacht? Unter anderem arbeiteten Horst Siebert, der Neffe unserer Emmy, und ich in der Gärtnerei. Böse Zungen behaupteten, wir hätten in unseren Knobelbecherstiefeln (Militärstiefel mit ziemlich lockerem Schaft) immer Gurken mitgenommen! Netterweise hatte man mir eine Flinte geliehen, mit der ich die zahlreichen Dohlen etwas dezimieren durfte. Überhaupt hielt ich mich oft im Wald auf, um Wild zu beobachten. Dann fertigte ich Bürsten aus Pferdehaaren (wo die wohl herkamen??) und strickte mir aus entflochtenen Fallschirmseilen einen Pullover, vier rechts, vier links, versetzt. Letzteres Corpus Delicti gibt's nicht mehr, während die Bürsten noch heute bestehen! Gelegentlich konnte ich im Wald beim Stubbenroden helfen oder die Mami eines Tages mit der »dicken Berta« ins Nachbardorf kutschieren, wo es angeblich Butter auf Abschnitt D2 unserer Lebensmittelkarten geben sollte. Diese existierten weiterhin wie in Kriegszeiten, überhaupt war noch vieles »bewirtschaftet« – Textilien, Schuhe, Zigaretten, kurz: eigentlich alles. Man bekam karg bemessene so genannte »Zuteilungen«. Auf dem Weg nach Berkentin also, in Richtung

Abschnitt D2, gerieten wir unter Beschuss durch englische Jagdflieger, die offensichtlich großen Spaß daran fanden, mit ihren 2-cm-Bordkanonen die Chausseen unsicher zu machen. Gegenmittel: schnell in den Knick – das sind diese typisch holsteinischen, mit Schlehdorn oder sonstigen Büschen bepflanzten Erdwälle, die die Straßen säumen und den immer wehenden Wind brechen sollen. Ein Bauer pflügte gerade auf dem benachbarten Feld, als die Pferde ihm durchgingen, ein ziemlich furchtbarer Anblick. Bei anderen Gelegenheiten durfte ich nach Lübeck kutschieren, um bei Besorgungen zu helfen; die Stadt lag damals noch ziemlich am Boden. Einmal vor der Hauptpost sprach mich eine Dame auf meinen Vater an: Sie sei in Breslau mit ihm ausgegangen und ich sähe ihm so ähnlich! Eine andere häufige Aufgabe bestand darin, die verschiedenen Damen auf dem Weg zu Nachbargütern zu begleiten als »männlicher Schutz«.

Ein Positivum war, dass mir viel Zeit zum Lesen blieb, was ich auch ausgiebig tat. Geschichte hatte es mir besonders angetan, und ich habe in der Zeit den gesamten Ploetz in Kurzform von Hand in ein kleines Buch von zirka dreihundert Seiten übertragen. Sehr gern erinnere ich mich an lange Gespräche mit Manfred Schröder, Loris Mann, der relativ kurzfristig heimkehren konnte. Er war Attaché an der deutschen Botschaft in Athen gewesen und zeigte großes geschichtliches Interesse. Schach mit Urgroßmutter »Ohmchen« Eisenhart war weniger ergiebig: Sie schlug mich immer. Irgendwie fehlt mir für Schach, und eigentlich auch für Karten, ein wirkliches Interesse. Bemerkenswert: Ohmchen bezog monatlich eine Leutnants-Witwenrente durch ihren verstorbenen Mann, der im Krieg 1870/71 in Frankreich gekämpft hatte!!

Immer erfreulich waren gemeinsame Spiele, wie zum Beispiel Scharaden mit der ganzen Schröderei. Die Familie war unheimlich begabt im Dichten, Aufführen von Sketches und Ausdenken origineller Vorhaben. Nie werde ich den fünfundsiebzigsten Geburtstag vom rennbegeisterten Vater Rudo im September 1953 vergessen, kurz vor meiner Ausreise nach Kolumbien. Es gab eine komplette Aufführung mit Gedichten und Sketches, in denen lustige Nachkriegsbegebenheiten dargestellt wurden. Zum Schluss eine Art Ballett (ähnlich den damaligen Rockettes in der Radio City Music Hall in New York), in dem alle sieben Enkel in den Uniformen der verschiedenen

Gestüte nach den Klängen des Colonel-Bogey-Marsches – vom Film River Kwai – »Spitzmaus, wir gratulieren dir« die Beine schwenkten, was seit jeher sein Spitzname gewesen war. Ein denkwürdiges Fest und ich besitze heute noch die von Papi geerbte große silberne Zigarettendose mit Datum und eingravierter Unterschrift von Vater Rudo. Sein Sohn Hans-Rudolph, »Putz« genannt, konnte mitwirken, da er inzwischen aus ziemlich langer jugoslawischer Kriegsgefangenschaft zurückgekehrt war. Von ihm wurde mir mein erster Scotch Whisky angeboten, ein Getränk, das mich mein Leben lang begleitet hat.

»Spitzmaus, wir gratulieren dir!« – Manfred, Putz und Ingrid mit insgesamt sieben Enkeln: Verena, Armin, Karoline, Wilfried, Sylvi, Rüdiger, Angelika

An eine Fahrt mit Vater Rudo (für mich übrigens zeitlebens »Baron Schröder«) nach Hamburg, wohin ich ihn begleiten durfte, erinnere ich mich gut. Der Chauffeur verhedderte sich bei der Auffahrt zur Autobahn bei Lübeck wegen der dort mengenweise geparkten englischen Panzerwagen, schaffte es aber schließlich und konnte jetzt dem Wagen Vollgas geben. Ich saß hinten, war noch nie dort gewesen, sah aber die aufgehende rote

Sonne rechts von uns: Wir fuhren also stramm nach Norden, wohingegen wir doch nach Süden fahren mussten.

»Donnerwetter, der Junge hat ja Recht«, meinte Vater Rudo auf meinen schüchternen Einwand hin, und das Steuer musste herumgeworfen werden.

Hamburg bot einen erschütternden Anblick: die Vororte komplett dem Erdboden gleichgemacht, Schutthalden und Krater auf Schritt und Tritt, nur die Innenstadt war relativ unversehrt geblieben. Die hübsche Villa der Schröders in der Adolfstraße mit angrenzendem Grundstück, das sich bis zum Feenteich erstreckte, war arg mitgenommen, das Dach teilweise zerstört, sodass es hineinregnete, kurz: ein desolater Anblick. Dennoch ging mir damals durch den Kopf, dass das ja alles zu richten und das Grundstück schließlich noch vorhanden sei, Raakow hingegen einem Totalschaden gleichkam. Bei der Gelegenheit sah ich das erste Mal in meinem Leben die Riesenschiffe, die bei den »Amis« als Autos dienten.

Das Jahr 1945 steht wohl bei allen Deutschen als ein Jahr des Neubeginns in Erinnerung – ein Jahr des Umbruchs auf allen Gebieten. In Bliestorf auf dem Land allerdings merkte man davon eigentlich wenig. Das große Haus musste einmal innerhalb von vierundzwanzig Stunden geräumt werden, um einem englischen Stab Platz zu machen, ich schlief zwischenzeitlich auf dem Heuboden, aber bald zogen die Engländer wieder ab, und es blieb alles beim Alten. Vater Rudo veranstaltete sogar eine Jagd, zu der englische Offiziere und einige Nachbarn eingeladen wurden. Zum anschließenden Diner holte er einen guten Rotspon aus dem Keller, wobei ihm Getreidehändler Rautenberg heimlich zugeraunt haben soll: »Na, Herr Baron, so was hätten wir früher ja nicht getrunken.« Auf die erstaunte Frage, was er denn getrunken habe, lautete die Antwort: »Schampus, Herr Baron, Schampus natürlich!« Ich fungierte bei dieser Jagd als Treiber.

Unsere Begegnungen mit Engländern waren ansonsten spärlich, die offensichtlich nicht mit uns »fraternisieren« durften. Einmal wurde ich im Lastwagen irgendwo hingeschleppt, um meinen Status als eventueller Kriegsteilnehmer zu definieren. Der Soldat, der uns hinten bewachte, tolerierte allenfalls meine englischen Annäherungsversuche, blieb aber dezidiert einsilbig. Im Übrigen glaubte ich damals, dass von nun ab alle Deutschen englisch sprechen müssten, auch untereinander!

So sah unsere kleine Welt in Bliestorf aus, aber was war inzwischen alles in der übrigen Welt geschehen? Ich brauche hier nicht auf die politischen Ereignisse einzugehen, die kann man woanders nachlesen. Aber allein in der eigenen Familie hatten sich aufregende Ereignisse ergeben. Die Großeltern Schuckmann konnten mit Tante Monika den Russen entrinnen, als sie in zehn Minuten am 28. November ihr Haus räumen mussten. Vorerst waren sie in Friedland/Mecklenburg bei Omamas bester Freundin Erika Frfr. v. Biedenweg gelandet, zufällig auch eine Cousine meines Großvaters, deren Tochter einen Herrn v. Bülow geheiratet hatte, der aber gefallen war. Danach sind sie schließlich in Woltersteich untergekommen, wohin dann seinerseits Sohn Jobst Bülow aus der DDR floh, über Ratzeburg, wo ich ihm behilflich sein konnte. Ebenfalls konnten Reichenbachs nach Woltersteich entkommen, während Onkel Christoph noch jahrelang in russischer Gefangenschaft blieb. Die Großeltern Lüttichau jagte man nach Abzug der Amerikaner aus dem Schloss und wurden dann mit anderen sächsischen Besitzern in Viehwaggons auf die Insel Rügen evakuiert, von wo sie aber – ziemlich abenteuerlich – nach Berlin entfliehen konnten. Hannibal wiederum war im Rheinland gelandet wegen der dortigen Verbindungen seiner Frau Angelika, geborene Haniel, wo beide vorerst auf dem Gut von Angelikas Bruder in Wistinghausen bei Bielefeld Unterschlupf fanden. Hannibal lernte Landwirtschaft. Dorthin zogen dann die Großeltern aus Berlin. Bruder Siegfried hatte im letzten Kriegsjahr Kinderlähmung bekommen, konnte sich aber in den Westen absetzen und war schließlich in Göttingen gelandet, wo er später Jura studierte. Mamis Bruder Nickel kam nach einigen Umwegen mit der gesamten Familie nach Hannover, wo seine guten Beziehungen zur Leipziger Hagelversicherung, deren Vorstand er bis zum Kriegsende angehört hatte, es ermöglichten, für sie dort ein Büro zu eröffnen. Eine Ausnahme war Mamis Schwester Anette, die mit dem Hamburger Rechtsanwalt Dr. Fritz Möring verheiratet war und mit ihm in Hamburg-Blankenese lebte. Das ist in dürren Worten die Beschreibung der Schicksale der nächsten Familienmitglieder. Es sei der Fantasie des Lesers überlassen, sich vorzustellen, was alles auf diesen Wegen geschehen ist.

Bemerkenswert ist im Nachhinein, wie viele Menschen es bis zum letzten Moment in ihrer Heimat ausgehalten haben, oft bis es gar zu spät war. Aus den spärlichen Überresten der Korrespondenz meines Großvaters Schuckmann geht hervor, wie unvorstellbar ihm eine Besetzung Deutschlands vorgekommen war und die Umstände, unter denen sie vor sich ging. Er machte sich Sorgen, die Felder zu bestellen, »vielleicht geht ja doch noch alles in Ordnung«; und noch im März meinte er: »Wenn wir wirklich einmal fortmüssen«, ehe schließlich Ende März die Erkenntnis kam: »Ich habe jetzt doch keine Hoffnung mehr, nach Alt-Altmannsdorf zurückzukehren [er musste dann noch acht Monate unter den Russen ausharren, d. V.], hätte nur gern dem Siegfried bei seiner Übernahme geholfen.« Dabei war er absoluter Realist, kein Träumer, und stand dem Regime extrem negativ gegenüber, konnte also kaum an die Wunderwaffen glauben, von denen man uns damals vorfaselte.

Dennoch mussten wir dankbar sein, dass schließlich alle gesund in den Westen entkommen konnten und somit in der Lage waren, ein neues Leben zu beginnen.

Ein Wort noch zu meinen Schwestern: Sie waren wie bekannt um einiges jünger als ich und somit im Alter der Schröder-Enkel, bei denen sich sicher diese oder jene »Flüchtlings-Diskriminierung« ergeben hatte, die sie manchmal zu Außenseitern machten. Meine Erinnerungen an Bliestorf bleiben davon ungetrübt: Sie beschränken sich auf die ersten zehn Monate, wo alles noch nicht so ganz eingefahren war, außerdem war ich wesentlich älter als alle anderen. Wie früher schon einmal erwähnt, sind wir – altersmäßig bedingt – halt nie ein richtiges »Team« gewesen. Lediglich das knappe Jahr in Bliestorf durfte ich mit der gesamten Familie unter einem Dach verbringen, seit Papi 1939 in den Krieg zog beziehungsweise ich drei Jahre später ins Internat ging. Die Schwestern konnten übrigens zwischendurch auf dem Krogkh'schen Nachbargut Groß-Weeden Privatunterricht bekommen. Für mich ergaben sich zwischen 1944 und 1946 insgesamt zwanzig Monate ohne Schule!

Erwähnenswert sind vielleicht noch zwei abenteuerliche Reisen in jenem Jahr: einmal ins Weserbergland, um dort für Bismarcks das Produkt eines Tauschgeschäfts, ein Radio, von Detlev Arnim aus Kröchlendorf abzuholen. Nach abenteuerlicher Bahnfahrt landete ich endlich in Hameln, ehe ich per Anhalter die wunderschöne Platanenallee längs der Weser weiter nach Süden fuhr, ich glaube, es war Bodenwerder, um dort das Radio in Empfang zu nehmen.

Die andere Reise ging ins Rheinland nach Wistinghausen zu den Großeltern. Alles per Bahn, aber man muss es erlebt haben, um zu glauben, was auf so einer Reise alles geschehen konnte. Zuerst blieb ich in Hannover hängen, abends natürlich, da die Anschlusszüge gestrichen worden waren, obwohl man ohnehin schon an Mo-Mi-Frei und Di-Do-Sa gewöhnt war, also nur dreimal pro Woche ein Zug. Schlafen im Wartesaal dritter Klasse war nicht gerade ideal, aber immer noch besser als andere Alternativen. Plötzlich kam die Nachricht, es ginge um Mitternacht ein Güterzug nach Bielefeld.

Somit fuhr ich im offenen Viehwagen, eigentlich nur auf einem Bein stehend, dafür umhüllt von viel menschlicher Wärme, nach Süden. Kurz nach Abfahrt fing es an zu regnen, auch das noch. Trotz alledem verschlief ich am Morgen die Porta Westfalica, das Wahrzeichen am Teutoburger Wald, der doch für den Norddeutschen eine Art Limes zum Süden bedeutet und wo – wie wir alle gelernt haben – im Jahre 9 n. Chr. Hermann der Cherusker die allmächtigen Römer entscheidend geschlagen hatte. Nun, ich kam nach weiteren Hindernissen gut in Wistinghausen an, konnte der Familie von allem berichten und kehrte unter ähnlichen Bedingungen wieder nach Hause zurück.

Im Dezember neigte sich meine Zeit in Bliestorf ihrem Ende zu: Ich begann ab Jahresbeginn 1946 auf Hof Dänischburg, einer »lübschen« Stadt-Domäne, eine landwirtschaftliche Lehre, bis die Schulen wieder aufmachen würden. Der Pächter war ein Herr v. Arnim, bei dem ich in der kurzen Zeit einiges gelernt habe. Ich las damals gerade »Vom Winde verweht«, was einem als Vertriebenen natürlich besonders nahe ging. Das Buch war der Grund für wenig Schlaf, denn erst musste man am abendlichen Esstisch noch lange Konversation machen, dann Lesen im Bett und am nächsten Morgen in aller Herrgottsfrühe aufstehen und Pferde putzen. Was hält man mit sechzehn Jahren nicht alles aus!

Es waren dort im Übrigen sehr nette Flüchtlinge gelandet, unter anderem einige Stevers aus Mecklenburg, mit denen ich viele Berührungspunkte hatte. Unangenehm fiel nur eine Menge Polen auf, die dort noch herumhing und sich als Sieger aufführte. Für die allgemeine Sicherheit gab es einige recht scharfe Hunde, vor denen die Hausbewohner aber mehr Angst hatten als die Polen.

Gabriele, um 1955

Ein Vorkommnis ging in die Geschichte ein: Es gab damals noch einen stillen Ort auf dem Hof, ein »Häusel« mit Herzchen, dem um Mitternacht ein neues Hausmitglied zustrebte, ich glaube die soeben eingetroffene Köchin. Sie kam gerade noch hinein, nicht aber wieder heraus: Die Köter, die sie ja nicht kannten, lauerten grimmig knurrend vor der Tür – im Januar, nur mit einem Nachthemd bekleidet, alles andere als komisch. Irgendjemand befreite sie dann, eher zufällig. Am nächsten Morgen lachte jeder hinter vorgehaltener Hand, außer der Köchin natürlich. So etwas gehörte damals halt zu den Freuden des Landlebens.

Ulla, um 1955

Ein Neffe des Lehrherrn hat mich damals sehr beeinflusst, Claus Arnim aus dem Hause Züsedom. Er und Spenglers »Untergang des Abendlands« ließen in mir die Überzeugung aufkommen, dass die Sowjets bald ganz Europa überfluten und in absehbarer Zeit am Atlantik stehen würden. Somit reifte in mir schon damals der Plan, nach Übersee zu gehen: Die Russen hätten mich 1945 beinahe geschnappt, ein zweites Mal sollte mir das nicht passieren. Raakow hatte ich im Geiste abgeschrieben. Es erscheinen wiederum Rosinen im Kopf!

Im März wurde dann schließlich bekannt gegeben, dass die Schulen wieder geöffnet würden, und ich zog Richtung Ratzeburg davon, wo die Eltern mich in der »Lauenburgischen Gelehrtenschule« einschreiben konnten.

Hello Ratzeburg, Goodbye Dänischburg, gemäß dem bekannten Song.

Ratzeburg – März 1946 bis September 1949

Diese Stadt gehört zum Herzogtum Lauenburg, das nach einer wechselvollen Geschichte, in der auch Dänemark eine Rolle spielte, schließlich bei den Preußen gelandet war. Bismarck wurde 1871 mit der Domäne Lauenburg – in der sich der Sachsenwald befindet – dotiert, er hat aber den Titel nie geführt. Dennoch hat sich der Name »Herzogtum« bis auf den heutigen Tag gehalten.

Die Stadt selbst ist entzückend gelegen, mit dem Zentrum auf einer Insel im Ratzeburger See, auf deren nördlichem Teil der Dom steht. Dieser gehörte, damals wenigstens, zum Bistum Schönberg und somit kirchlich zu Mecklenburg, welches wiederum »hinter dem Eisernen Vorhang« lag. Dieser begann nur wenige Kilometer östlich der Stadt, und man musste beim Wandern aufpassen, nicht plötzlich die Grenze zu passieren oder sich im Niemandsland zu bewegen.

Die »Lauenburgische Gelehrtenschule«, in der ich die nächsten drei Schuljahre – Untersekunda, Obersekunda und Unterprima – absolvieren sollte, war ein Gymnasium von gutem Ruf. Als »Neuer« in eine schon lange bestehende Klasse hineinzukommen, ist bekanntlich nicht immer ganz leicht. In diesem Fall waren aber nicht nur ich, sondern auch eine Menge anderer Flüchtlinge hinzugestoßen, sodass es viele neue Gesichter gab. Das erleichterte manches. Dennoch spürte man eine gewisse Distanz zwischen Einheimischen und Flüchtlingen. Einige Namen aus der Zeit: Dörthe Ahrens, Hans Haeckermann, Pieter Poel, Klaus Peter Juettner, Heinz Blöss, Wolfgang Glantz, Wolfgang Goltz und Karin Schultze-Mosgau, ein stiller beziehungsweise nicht so stiller, aber heimlicher Schwarm von mir: Als Frau Stielow traf ich sie später wieder. Das Schulpensum war seit meinem letzten Schultag im Juni 1944 streng entnazifiziert worden, insbesondere natürlich die neuere Geschichte. An »2 x 2 = 4« hingegen ließ sich nichts rütteln, das blieb unverändert.

Bei der Wohnungssuche waren die Eltern auf die Pension von Frau v. Oertzen gestoßen. Ihr Haus, Domhof 24, lag direkt am Wasser, unmittelbar unterhalb des Doms und war von einer Fülle ausgesprochener Originale bewohnt, die der Krieg irgendwie dahin verschlagen hatte. Unter ihnen befand sich ein Herr Kirsch, hochintelligent, überzeugter Nazi, aber trotzdem recht sympathisch, geschichtlich enorm beschlagen und ein stets bereiter Gesprächspartner. Die unmittelbare Vergangenheit wurde dabei weniger verdrängt als ausgeklammert! Unvergesslich zwei Schwestern, Alwine Thyssen und Frau Janson, von deren gefallenem Sohn ich einige Sachen erbte und deren für mich gestrickter »norwegische« Pullover noch lange zu meiner Garderobe gehören sollte.

Politisch war ich damals eher unterbelichtet, Schule und Mädchen hielten einen in Trab, und außer Gesprächen, wie zum Beispiel mit Herrn Kirsch, kann ich mich auf kein sonderliches Interesse besinnen. Die Nürnberger Prozesse stellten natürlich ein Thema dar. Ich fand, dass alle Angeklagten es dick verdient hätten, aber rein juristisch betrachtet dieser Prozess der Siegermächte natürlich anfechtbar sei. Und die KZ? Furchtbare Enthüllungen, über die man seit Kriegsende las und hörte, kamen ans Tageslicht und entsetzten und schockierten. Dennoch: Als potenzieller »Minigegner« des Regimes fühlte ich persönlich keine Schuld oder Mitverantwortung, das muss ich ehrlich zugeben. Eher freute ich mich darüber, dass ich selbst nicht – wie unzählig viele andere – wegen irgendeiner vorlauten, »Wehrkraft zersetzenden« Bemerkung dort gelandet war. Die Verbrecher waren zwar (wenn auch nicht nur) Deutsche, aber man gab den »anderen Deutschen« die Schuld, mit denen man – solange ich mich erinnern kann – wenig im Sinn gehabt hatte. Den Begriff »Kollektivschuld« hingegen habe ich zum ersten Mal am eigenen Leibe gespürt, als man mich nach dem 20. Juli beim Ausheben von Panzergräben als Adligen anpöbelte, ich gehöre ja wohl auch zu dieser Clique der Vaterlandsverräter.

Wesentlich einfacher war die Einstellung zu den Russen, von deren Missetaten man direkt durch hunderte von Augenzeugen gehört hatte: Verschleppungen, Vergewaltigungen, Zwangsarbeit, Morden und Plündern. Dass alle Deutschen östlich der Oder-Neiße-Linie (Ostpreußen, Pmmern, Mark Brandenburg und Schlesien) ausgewiesen wurden, konnte vergleichsweise noch als milde betrachtet werden. Aus unserem nächsten Umkreis waren acht Familien einfach totgeschlagen worden oder spurlos verschwunden.

In Bärenstein, wo die Großeltern anfangs Flüchtlinge einquartierten, waren die Russen in eines ihrer Zimmer eingedrungen, und meine Großmutter erschien wegen lauter Hilferufe auf dem Plan: Eine der Damen lag auf dem Boden, die Hand an den Bettfuß geklammert, während ein Russe in die andere Richtung zog. »RAUS«, schrie sie, und da sie damals als Amerikanerin noch eine gewisse Autorität besaß, verschwand der Mann auch. Eine der damals anwesenden Damen hat mir dies später selbst erzählt.

Jeder von uns hatte solche Geschichten aus erster Hand gehört. Man wusste zwar theoretisch, dass wir Deutsche uns in den besetzten Gebieten ebenfalls schlimm benommen hatten und durch uns wesentlich mehr Russen und Polen umgekommen waren als umgekehrt, aber das buchte man im Geiste – zu Recht oder zu Unrecht – eher auf das Konto »der anderen«, also von Partei und SS. Dennoch sollte in den kommenden Jahren noch viel über dieses Thema diskutiert werden. Der Krieg hat insgesamt, laut Ploetz, 55 Millionen Tote gekostet, davon fast die Hälfte Russen. Kein Wunder also, dass die Sowjets so brutal vorgingen, zumal ihre Soldaten auch noch gegen die Landbesitzer im Osten aufgehetzt worden waren und sie in ihnen Hitlers Steigbügelhalter sahen. »Der Fragebogen« von Ernst v. Salomon geht auf dieses Thema ein, ein damals viel besprochenes Buch, desgleichen »Draußen vor der Tür« von Wolfgang Borchert und ähnliche Bücher über die »verlorene Jugend«. In Erinnerung bleiben auch Axel Eggebrecht, Peter von Zahn und die NWDR-Sendungen mit »Wir sind noch einmal davongekommen« von Thornton Wilder oder »Sind wir auf dem richtigen Wege?«.

Per saldo fühlte ich mich, wenn nicht gerade befreit, so doch erlöst von den Gefahren des Krieges, und die folgenden Jahre waren eher gefüllt durch gesunde Lebensfreude als durch Grübeleien, wie das nun alles so hatte kommen können.

Mein bester Schulfreund aus der Ratzeburger Zeit hieß Hermann Rössiger, mit dem ich in dieselbe Klasse ging. Er wollte Musik studieren und nahm schon Geigenunterricht, als er sich mit einem alten Kavalleriesäbel eine Sehne in der linken Hand zerschnitt, sodass diese Karriere dahinging. Er wurde später Gärtner, beeinflusst wohl von Ernst Wiechert mit seinen Schilderungen von dampfender Erde und reifendem Korn. Meine eigenen literarischen Präferenzen lagen eher bei Thomas Mann, Hesse, Storm, Stefan Zweig, Bergengrün und Zuckmayer. Musikalisch hat Hermann mich sehr beeinflusst. So begann ich mit Klavierunterricht und habe es bis zu Bachs Kantate »Oh du mein gläubig Herze« gebracht. Mit Klavier muss man aber spätestens anfangen, wenn man sechs ist: Mit achtzehn Jahren hat man zu viele andere Dinge im Kopf, sodass ich es nach einer Weile wieder aufgab. Meine Mitarbeit im Kirchenchor dauerte länger, unter einem exzellenten und inspirierenden Chorleiter. Kurzfristig hatten wir auch eine Jazzband zusammengestellt, bei der ich das Schlagzeug bediente. Hermann verdanke ich vieles, dennoch haben wir uns später aus den Augen verloren.

Rückschauend betrachtet waren es keine sehr aufregenden, wenngleich doch positive Jahre. Herausragt in der Erinnerung eine schier unendliche Reihe von Konzerten und Musikabenden und noch heute besitze ich die Programmzettel, zirka fünfzig an der Zahl. Einmal waren Hermann und ich per Anhalter (Autostopp) nach Lübeck gefahren, um »Figaros Hochzeit« zu erleben. Natürlich ausverkauft. Der Sopran, Käthe Möller-Siepermann, sah uns am Schalter mit langen Gesichtern stehen und verschaffte uns zwei Karten. Nach dem Schluss gab es absolut kein Auto mehr, das uns nach Ratzeburg hätte zurücknehmen können. Die Bahnhofspolizei vertrieb uns aus einem Zweite-Klasse-Abteil, in dem wir uns schon häuslich niedergelassen hatten, um dort die Nacht zu verbringen. Somit blieb uns nur eine Gartenbank übrig, nicht sehr bequem, aber im September gerade noch machbar. Immerhin: Wir waren bereit, für die Musik Opfer zu bringen.

Schulstreiche nehmen selbstredend einen weiteren Platz in der Erinnerung ein. Herausragt das in der lokalen Presse als »böser Bubenstreich« zitierte Anmalen des Braunschweiger Löwen vor dem Dom, wie ein Zebra sah er aus. Schon etwas schlimmer mag erscheinen, dass wir uns einen Nachschlüssel zum Schulgebäude besorgt hatten und dort nachts das verschlossene Türschloss des Chemiezimmers vergipsten, um somit eine dort am nächsten Morgen drohende Chemiearbeit (erfolgreich!) zu torpedieren. Leichter zu entschuldigen waren nächtliche Bootsfahrten ans gegenüberliegende Ufer, um dort Brennholz zu »organisieren« oder nächtliche Angriffe auf die im Keller hängenden Keulen eines soeben geschlachteten Mitglieds von Frau v. Oertzens selbstgezogener Schafherde. Möglichst unauffällig wurden Filetstücke abgesäbelt, um sie dann woanders braten zu können. Hunger stellte in jenen Jahren schon ein Thema dar, auch knappes Taschengeld, aber das menschliche Gedächtnis verdrängt ja weitestgehend negative Erinnerungen. Woran ich mich aber noch gut erinnern kann, ist, dass ich mit ein paar Pfennigen in der Hosentasche – wohl kurz vor Monatsende – durch die Stadt lief und mir überlegte, ob mir ein Brötchen oder etwas Süßes mehr Kalorien einbrächten.

Dann gab es lange Wanderungen und in den Ferien Radfahrten mit Zelt und wenig Geld in den Süden. Zelten konnte man damals überall in der Natur, eigentliche Zeltplätze gab es kaum. Eine Fahrt, zusammen mit Günther Heinecke, meinem alten Freund aus Niesky, der inzwischen in Schleswig-Holstein lebte, ging bis in den Spessart, wobei wir teilweise auf Gütern übernachteten, zu denen ich über die Eltern eine Beziehung hatte, in letzterem Fall natürlich gepaart mit tüchtigem Zugreifen bei den Mahlzeiten. Die Hämelschenburg, ein Herr v. Münchhausen in Stolzenau am Steinhuder Meer, Barntrup bei Bielefeld und Schloss Reinhartshausen in Eltville am Rhein stehen mir besonders in Erinnerung und die Werbung »Sommer, Sonne, kühles Bier«, darunter ein beschlagenes Glas dieses Getränks. Und das schwitzend bergauf im Spessart! Dabei konnten wir uns ohnehin auf der ganzen Tour kein einziges Glas leisten, dafür reichte das Geld nicht. Man erzähle das einmal einem heute Achtzehnjährigen oder sogar einem Arbeitslosen!

Durch einen Kontakt in Lübeck hatte ich herausgefunden, dass man die polnische Staatsangehörigkeit »inoffiziell« für 50.000 Reichsmark erwerben könne. Dadurch wäre ich in der Lage gewesen, mit einem einjährigen Vertrag als Holzfäller nach Kanada auszuwandern. Als Deutscher kam man damals nur äußerst schwer aus dem Land heraus. Aus diesem Grunde begann ich einen schwungvollen Schwarzhandel, auch hier machten sich die Rosinen anscheinend wieder bemerkbar. Mit Schweinefleisch, Feuersteinen, Zigaretten und anderem versuchte ich mich damals, wobei die Fischergrube in Lübeck »die Szene« bildete. Leider stiftete das Ganze nur wenig Nutzen, denn im Juni 1948 war es damit vorbei, nachdem die Währungsreform meinen Kunkeleien ein Ende bereitet hatte und die Reichsmark nur noch ein Zehntel wert gewesen war. Von nun an sollte uns die D-Mark begleiten, bis 2002 hielt sie aus. Mit dem verbleibenden Geld leistete ich mir den Führerschein mit den hierfür notwendigen Fahrstunden, einen Mantel und ein antikes Sèvres-Tintenfass mit Untersetzer, das erste Stück einer bunten Sammlung, die sich über die Jahre bei mir akkumulieren sollte.

Was mir natürlich am meisten in den Sinn kommt, wenn ich an Ratzeburg denke, sind die ersten Begegnungen mit dem weiblichen Geschlecht. Da ist zuerst Ilse-Marie Held zu nennen, mit ihren langen Korkenzieherlocken. Wir pflegten lange Spaziergänge miteinander zu machen, auf denen wir redeten und redeten und redeten. Auf dem Abtanzball unserer Tanzstunde erklärte sie mir dann, leicht lispelnd: »Ich weiß gar nicht, wie das kommt, aber ich mag Uwe so gern.« Das war das Ende von Ilse-Marie! Irgendetwas musst du da falsch gemacht haben, sagte ich mir. Uwe, dieses Scheusal, war Seekadett und offensichtlich erfahrener im Umgang mit Frauen.

Erfolgreicher war meine Beziehung zu der drei Jahre älteren, sehr musikalischen Christa-Maria Petersen, die gerade ihren A-Schein für Orgel gemacht hatte. Bis zum Ende meiner Ratzeburger Zeit blieben wir zusammen, und noch heute begleiten mich drei, von ihr handgeschriebene Bücher: der Kornett von Rilke und viele seiner Gedichte. Ihre Widmung hat mich sehr bewegt, der Beginn von Rilkes »Liebeslied«:

Wie soll ich meine Seele halten, dass sie nicht an deine rührt? Wie soll ich sie hinheben über dich zu anderen Dingen?

Etwas Besonderes war eine Tour im Sommer nach Wyk auf Föhr, wo wir in Strandkörben und bei Bauern auf dem Heuboden übernachteten und eine Superzeit zusammen hatten. In Ratzeburg, wenn man mal allein sein wollte, musste Mutter Natur helfen, insbesondere in Gestalt einer dichten Fichtenschonung in der nächsten Umgebung. Der gleichen Meinung war einmal aber auch eine Rotte Sauen, die aufgestört mit großem Krach an uns vorbeibrachen.

Christas Vater war Lehrer und tief mit Psychoanalyse verwickelt. Durch ihn habe ich Freud, Jung und Adler kennen gelernt und viel von ihnen gelesen. Nie im Leben habe ich je zu einem Psychoanalytiker gehen müssen, aber das Gebiet interessierte mich ungemein. Sicherlich haben mir im späteren Leben die erworbenen Einblicke im Umgang mit und bei der Analyse von Mitmenschen geholfen. Einer seiner Sprüche: »Fühlen Sie sich wie zu Hause, da wird ja auch gespart!«

Gegen Hergart Heydebrand und eine Beziehung zu ihr sprach die Logistik. Sie lebte in Hamburg und zwei Tage Schuleschwänzen mit der fadenscheinigen Begründung einer Fußbehandlung bei Dr. Scholl in Hamburg stellten keine langfristige Lösung für dieses Problem dar. Von ihr wird noch die Rede sein.

1949 wurde ich in die Oberprima versetzt, mithin fehlte nur noch ein Jahr bis zum heiß ersehnten Abitur. An dieser Stelle ergibt sich jetzt nach dem missglückten polnisch-kanadischen Abenteuer ein weiteres Vorkommnis, das den Titel dieses Buches rechtfertigen sollte: Die heimatlichen Finanzen ließen es einfach nicht mehr zu, die teure Pension weiterzubezahlen, sodass noch vor der Versetzung ein Familienrat anberaumt wurde. Papis Vorschlag lautete, den Schulunterricht abzubrechen, um eine Molkereilehre zu beginnen, in der ich industrielle Kenntnisse bei gleichzeitig engem Bezug zur Landwirtschaft erwerben würde. Auch eine Tischlerlehre stand zur Debatte. Ich kann mich an keine violenten Auseinandersetzungen wegen dieses Vorschlags erinnern, wenn er auch überhaupt nicht meinen Vorstellungen entsprach und ich finster entschlossen war, mit anderen Alternativen aufzuwarten. Die Möglichkeit *Fahrschüler aus Bliestorf nach Lübeck* war gar nicht besprochen worden. Ich setzte sofort alle Hebel in Bewegung und kam nach Konsultierung von Verwandten, insbesondere Margarethe Bismarck, und Freunden zu folgendem Vorschlag:

Es bestünde die Möglichkeit, als Kriegsteilnehmer (der ich mit meinem Entlassungsschein pro forma war) in Lübeck an einem Kurs teilzunehmen, mit dem ich das Abitur schneller als erst in einem Jahr erlangen könnte. Damit würde sich meine Lehrzeit automatisch von drei auf nur zwei Jahre verkürzen, ich würde demzufolge am Ende genauso dastehen wie in der vorgeschlagenen Version. Darüber hinaus würde ich mir tagsüber irgendwo zusätzliches Geld verdienen.

Dieser Vorschlag stieß auf Verständnis.

Durch einen Freund konnte ich mir eine Praktikantenstelle in der Lübecker Maschinenbau A. G. (Orenstein Koppel) organisieren, Hersteller von Gleisrück- und anderen Maschinen. Der Betrieb lag in der Nähe des Lübecker Bahnhofs, die Arbeitszeit war von sieben bis fünfzehn Uhr.

Gleichzeitig schrieb ich mich in dem erwähnten Abiturkurs der Volkshochschule Lübeck ein, wobei der Unterricht dreimal in der Woche im Katharinaeum stattfand.

Die hierfür erforderliche Übernachtungsmöglichkeit ergab sich durch die freundliche Hilfe einer Freundin der Eltern, die in Lübeck in einem Heim für alte Damen vor dem Mühlentor lebte. Ich durfte dort dreimal in der Woche die Nacht in einem alten Eisenbett in der Waschküche verbringen. Angesichts der Schwierigkeiten, in Lübeck eine »Zuzugsgenehmigung« zu bekommen, waren diese Klimmzüge notwendig; außerdem war das kleine Zimmer von drei mal vier Metern in Ratzeburg extrem preiswert, das die Pension Oertzen ersetzen sollte. Dies wollte ich auf keinen Fall aufgeben. Ob vielleicht auch Christa-Maria das ihre zu diesen Entscheidungen beigetragen hat?

Folgender Wochenablauf ergab sich nun:

Montag früh mit dem Zug nach Lübeck, acht Stunden Arbeit, Schularbeiten in der Volksbibliothek, anschließend vierstündiger Unterricht im Katharinaeum und ab ins Damenheim;

Dienstag früh vom Damenheim zur Arbeit, anschließend mit dem Zug nach Ratzeburg und Schularbeiten zu Hause;

Mittwoch wie Montag – Donnerstag wie Dienstag – Freitag wie Montag und am Sonnabend früh zurück nach Ratzeburg. Sonntag dort.

Bei meinen Klassenkameraden handelte es sich ausnahmslos um wirkliche Kriegsteilnehmer. Viele kamen aus südamerikanischer Gefangenschaft, in die sie schon im Dezember 1939 geraten waren, nachdem der Kommandant des Kreuzers »Graf Spee« diesen vor Montevideo in Uruguay versenkt hatte. Andere hatten den Krieg in Russland mitgemacht. Der Älteste, ein Major, erschien eines Abends ganz verstört: Er hatte am Tag zuvor festgestellt, dass sein Sohn in der Sexta auf demselben Platz saß wie er.

Ein Wort noch zu der Ausbildung im Maschinenbau. Sie war vorbildlich, und in der kurzen Zeit durchlief ich mehrere Abteilungen, unter anderem auch die Gießerei und die Tischlerei, in der die Gussformen gefertigt wurden. Nebenher gab es theoretischen Unterricht in der Berufsschule und auch praktische Betätigungen, wie zum Beispiel die Aufgabe, einen Würfel genau auf Pass zu schleifen. Ein Millimeter an der Kante zu viel abgenommen, und man musste alle drei Seiten neu bearbeiten! Bemerkenswert, wie die Menschen miteinander umgingen, anders als auf einem Gymnasium. Ich kann mich an keinerlei Ärger mit den Mitarbeitern erinnern, und es war mir bewusst, dass einem eine solche Zeit fürs ganze Leben dienlich ist. Schockierend allerdings waren die Gesprächsthemen, in denen es zu fünfundneunzig Prozent um Geld und Frauen ging.

So gegen September 1949 zeichnete es sich ab, dass wir schon im Dezember das Abitur machen könnten. Bereits vorher hatte ich mit den Vorbereitungen begonnen, um in der Hamburger Export-Import-Firma Siemssen & Co. als Lehrling anzufangen. Von der Molkereilehre wurde nicht mehr gesprochen! Und warum keine landwirtschaftliche Lehre? Nun, ich hatte einfach keine Lust, für andere Kartoffeln zu züchten. In einer kaufmännischen Firma würde ich zwar letztendlich ebenso für den Gewinn der Inhaber arbeiten, aber darüber hinaus gab es auch für einen selbst Verdienstmöglichkeiten. Ein guter Freund von mir war noch konsequenter: Da ihm der Gedanke unerträglich vorkam, »für eine Privatperson zu arbeiten«, ging er in den diplomatischen Dienst, wo alle dem Staat dienten, sei es als Außenminister, als Botschafter oder als Mitarbeiter im letzten Glied.

Zu Siemssens Seniorpartner, Hans A. Siebs, bestand eine Beziehung über die Schwester meiner Mutter, Tante Anette Möring. Er hatte im Kriege in Bärenstein einen Hirsch und bei uns in Raakow einen Rehbock geschossen, worüber ich bereits berichtete. Durch ihn bekam ich die Lehrstelle in der Firma, und da sie am 1. Oktober 1949 anzutreten war, beschloss ich, die letzten drei Monate des Kurses von Hamburg aus in Angriff zu nehmen. Wie genau ich das technisch meisterte, weiß ich nicht mehr, es wird wohl mit einer Menge Hin- und Herfahrerei verbunden gewesen sein, aber es ging. Fest steht, dass zum Zeitpunkt, zu dem meine Ratzeburger Klassenkameraden im Frühjahr 1950 ihr Abitur machten, ich:

1) ebenfalls das Abitur, also die vollwertige Hochschulreife besaß,
2) eine wenn auch nur kurze Mechanikerausbildung vorzeigen konnte und
3) bereits sechs Monate Ausbildung zum Exportkaufmann hinter mir hatte.

Um die Abiturprüfungen, kurz vor Weihnachten, machen zu können, nahm ich Urlaub bei Siemssen. Zirka vierzig Kursteilnehmer hatte es in den sieben Monaten gegeben, wovon die meisten allerdings wieder ausgeschieden waren. Elf wurden zur schriftlichen, zehn zur mündlichen Prüfung zugelassen und nur fünf schafften es letztendlich. Ich selbst hatte es natürlich von allen am leichtesten, da ich nahtlos von der Schule in den Kurs übergewechselt war. Der zuständige, sehr gefürchtete Schulrat Möhlmann saß der Prüfungskommission vor. Ein Gedicht sollte ich aufsagen, aber ich bat um andere Fragen, weil ich, wie ich ihm darlegte, ein schlechter Deklamierer sei. Das ging gut über die Bühne: Naturalismus, Realismus, Romantik: Überall stand ich Rede und Antwort. Dann kam Geschichte dran, meine wirkliche Stärke: Wallenstein, der Große Kurfürst, die Französische Revolution: alles kein Problem. Aber als ich nach dem Unterschied der Kompetenzen von Eisenhower und Adenauer gefragt wurde, fiel mir absolut nichts ein. Und dann kam das Furchtbare: Ich hatte irgendetwas von »bei uns hier im Westen« gemurmelt, woraufhin Möhlmann mich plötzlich fragte: »In welchem Land leben Sie eigentlich?« »Britische Besatzungszone«, fiel mir gerade noch ein, als er müde abwinkte. Wir lebten ja seit sieben Monaten, nach der Ratifizierung des Grundgesetzes am 23. Mai 1949, in der BUNDESREPUBLIK DEUTSCHLAND, ein Umstand, der zwar nicht an mir vorbeigegangen war, sich aber doch noch nicht so recht in meinem Bewusstsein verankert hatte. Resultat: eine »Fünf« in Geschichte – die einzige. War das nun eine realistische Einschätzung meiner Kenntnisse??

Wie dem sei, ich hatte das Abitur bestanden und besaß nunmehr Hochschulreife, mit der ich aber in Anbetracht unserer leider immer noch prekären finanziellen Lage wenig anfangen konnte und angesichts meiner Langzeitpläne auch nicht wollte. Dennoch durchströmte mich ein Hochgefühl. Als Erstes fuhr ich zu den Großeltern, um ihnen von diesem erfreulichen Ereignis zu berichten, dann zu den Eltern. Was ich nicht wusste, war, dass mein Vater am Tag zuvor in den »Lübecker Nachrichten« bereits davon gelesen hatte. So erwarteten mich stolze Eltern und eine gedeckte Festtafel.

Dies war das etwas unorthodoxe Ende einer Schulzeit und setzte den Schlussstrich unter die Stationen Ratzeburg und Lübeck.

Hamburg – Oktober 1949 bis Oktober 1953

Auf nach Hamburg, dem »Tor der Welt«: Das Endziel rückt näher.

Das winzige Zimmer in Ratzeburg verließ ich nicht ungern, zumal das Verhältnis zu Christa-Maria auch nicht mehr das von früher war, somit zog ich freudig in die neue Zukunft. Mit meinem Fahrrad und ansonsten mit irdischen Gütern wenig belastet hielt ich Einzug in die alte Hansestadt. Quartier hatte ich schon vorher machen können: als »möblierter Herr« bei Frau Burmeister in einem kleinen Zimmer in einem Vororthäuschen in Rahlstedt am Barsbütteler Weg, von wo aus man mit der Bundesbahn in ungefähr einer halben Stunde den Hauptbahnhof Hamburg erreichte. Von dort waren es fünf Minuten zu Fuß bis in die Steinstraße zu Siemssen & Co., der Firma, der ich acht Jahre lang verbunden sein sollte.

An dieser Stelle ist wieder einmal eine kleine Anekdote fällig. Wie in Lübeck war es damals auch in Hamburg sehr schwierig, eine »Zuzugsgenehmigung« zu bekommen. De jure erhielt man sie, wenn man eine Arbeitsgenehmigung hatte, die ich für Siemssen brauchte; doch diese gab es nur, wenn man eine Zuzugsgenehmigung vorweisen konnte. Ein Circulus vitiosus. Als ich nun auf dem Wohnungsamt durch die Gänge irrte, stand ich plötzlich vor einem Türschild: Ferdinand Freiherr von Schuckmann – Rechtsabteilung. Also, nichts wie rein! Ein etwas unsympathischer Herr empfing mich.

»Schuckmann!«

»Schuckmann!«, und dann: »Wo kommen Sie (!) denn her?«

Auf meine Antwort »Raakow« meinte er, dass dann wohl Gerhard mein Vater und Ernst-Ulrich mein Großvater seien, was ich ob solcher Kenntnisse hocherfreut bejahte. »Tja«, meinte er, »die beiden haben mich vor dem Krieg aus dem Familienverband herausgeworfen, weil ich Nationalsozialist war.«

Als ich daraufhin aufstand und meinte, dann könne ich ja gehen, sagte er, nein, nein, das sei ja alles lange her, und wo der Schuh denn drücke?

Um es kurz zu machen: Zum einen bekam ich in Kürze das gewünschte Papier, zum anderen berichtete mir mein Vater, dass man nach 1933 keinem Menschen aus einem solchen Grund etwas hätte antun können. Tatsache war hingegen, dass die Bücher vom Familiengut Battinsthal, für die er irgendwie verantwortlich zeichnete, nicht ganz stimmten. Ob dem so war oder nicht: Mein sehr akkurater, um nicht zu sagen pingeliger Großvater, damals im Kuratorium, hatte auf jeden Fall für sein Ausscheiden gesorgt. Mit der Arbeitsgenehmigung in der Hand stand meinem Eintritt bei Siemssen nunmehr nichts mehr entgegen.

Hatte ich nun gewusst, was im Kaufmännischen auf mich zukommen sollte? Antwort: NEIN. Als mir am Anfang der Lehrtätigkeit jemand sagte, dieser oder jener Artikel sei interessant, ging ich davon aus, dass er als solcher interessant sei, vielseitig vielleicht, nicht aber, dass es um seine Verkäuflichkeit ging. Zu Hause war über Geld oder Gewinn und Verlust eben nie gesprochen worden, wenngleich auch der Landwirt sehr wohl kaufmännisch denken und vor allem die Kosten im Auge behalten muss. Wie immer dem gewesen sein mag: Ich hatte keinen Schimmer, wusste aber eines: Ich wollte raus aus Deutschland und nicht für andere Brotherren Landwirt werden.

Siemssen war eine alte Ostasienfirma, die 1846 in Hong Kong gegründet worden war. Vor dem Krieg hatte sie in China eine Unmenge von Filialen gehabt: Schanghai, Kanton, Tientsin, Tsingtao, Beijing (damals Peking), Chungking, Harbin und andere mehr. Jetzt neigte sich alles dem Ende entgegen, nur noch ein Partner, Herr Jannings (Bruder des damals sehr bekannten Filmschauspielers), war in China verblieben, um zu retten, was zu retten war: erfolglos; denn genau am Tag, an dem ich bei der Firma Siemssen anfing, dem 1. Oktober 1949, hatte Mao Tse-tung in Beijing die Volksrepublik China ausgerufen. In weiser Voraussicht hatte die Firma schon damit begonnen, ein Geschäft mit Südamerika aufzubauen. Dennoch: Das Herz der Oldtimer, insbesondere das der Partner Ernst Lund und Dr. Otto Garrels, schlug für China. Das merkte man, wenn die Telegramme von unserem noch verbliebenen Hong Kong-Kontakt Chan Haupo eintrafen, um Eipulver oder Kapok anzubieten respektive nach Industriewaren zu fragen, und dies meist in gewaltigen Mengen. Wir alle wussten, dass zu dieser Zeit wenig aus solchen Anfragen werden würde, aber sie wurden vorrangig bearbeitet, wohingegen bescheidene Anfragen aus Ecuador, Kolumbien oder Honduras nach Wasserröhren, Taschenmessern, Vorhängeschlössern oder »Safety Pins« – von den Sekretärinnen »Safetti Pins« ausgesprochen – von den hohen Chefs und den alten »China hands« eher an die unteren Ränge weitergegeben wurden.

Insgesamt arbeiteten zirka fünfzig Leute in der Firma. Die Arbeitszeit ging offiziell von acht bis siebzehn Uhr, am Sonnabend nur bis zwölf. Als Lehrling sollte man alle Abteilungen durchlaufen, jedoch kann ich mich nur an sehr kurze Stippvisiten in der Buchhaltung, der Importabteilung und anderen Abteilungen erinnern. Vornehmlich war ich in der allgemeinen Exportabteilung unter Leitung von Prokurist Pönisch und Herrn Schettler tätig. Alles, was nicht niet- und nagelfest war, wurde von uns angeboten. Unsere Hauptkontakte stellten Vertreter in den einzelnen Ländern dar, insbesondere Fritz Witte in Guayaquil und Quito, Enrique Prueter in Cali, Heriberto Schwartau in Medellin und andere in Bogotá und Barranquilla, des Weiteren existierten Verbindungen in Venezuela und einigen mittelamerikanischen Staaten. Mit Peru, Bolivien, Chile und Argentinien lief weniger. Die Arbeit machte Spaß, und als Abiturient wurde man ziemlich schnell ein vollwertiger, wenn auch niedrigst bezahlter Mitarbeiter: Das Lehrlingsgehalt betrug damals im ersten Jahr 50 DM, im zweiten 60 DM und im dritten 70 DM monatlich. »Erziehungsbeihilfe« wurde das genannt, den Vertrag besitze ich noch heute. Ich bekam ziemlich bald die Verschiffungsabteilung in meine Hand, die ich zusammen mit meinem dienstjüngeren Mitlehrling Reimar Mucks leitete. Das beinhaltete die Bearbeitung des gesamten für den Export von Waren notwendigen Papierkrams. Insbesondere handelte es sich um die Frachtbuchungen, das Ausstellen von Rechnungen und Konossementen (Seefrachtbriefe), der Verkehr mit den Reedereien und Konsulaten, Besuche an den Kais, wo die Waren angeliefert wurden, und die Versicherung jeder einzelnen Sendung. Wir hatten so viel zu tun, dass wir manchmal früh vor sechs Uhr erschienen und abends bis in die Puppen wühlten, aber: Wir konnten selbstständig in unserem Bereich handeln. Hätten wir uns beklagt, wäre uns ein älterer Angestellter vor die Nase gesetzt worden.

Zweimal in der Woche mussten die Lehrlinge nachmittags die Berufsschule am Lämmermarkt besuchen, in der wir theoretisch auf die Kaufmannsgehilfenprüfung vorbereitet wurden. In den Monaten, in denen ich in der Verschiffungsabteilung tätig war, blieb für die Schule wenig Zeit übrig. Prokurist Pönisch meinte, wenn es in der Schule Ärger gäbe, würde er schon intervenieren. Als ich eines Tages doch einmal hinging, traf ich einen Ersatzlehrer an, der über seine Hühnerzucht sprach. Als ich mich daraufhin abmelden wollte, wurde er wütend und meinte, gemäß Liste hätte ich doch schon seit Monaten gefehlt. Ich antwortete ruhig, dass der Klassenlehrer hierüber Bescheid wisse, aber da flippte er völlig aus: »Wissen Sie, wen Sie vor sich haben?«, raunzte er. »Ich bin der Rektor dieser Schule und werde dafür Sorge tragen, dass Sie zur Prüfung nicht zugelassen werden.«

Da war Gefahr im Verzug und Pönisch musste eingreifen. Die Prüfung bestand ich später mit »gut«. Ich durfte sie als Abiturient und auf Vorschlag der Firma hin nach zwei statt nach drei Jahren absolvieren und avancierte zum »kaufmännischen Gehilfen«!

Wie haben sich die Zeiten seit meiner Tätigkeit bei Siemssen geändert! Die Kommunikation mit dem Ausland erfolgte damals fast ausschließlich per Telegramm. Dafür gab es zur Wortersparnis den deutschen Mosse- und den englischen ACME-Code, in denen alle nur denkbaren kaufmännischen Formulierungen und Begriffe auf fünf Buchstaben reduziert wurden. Beide Bücher waren dicker als ein Telefonverzeichnis. BIPNO zum Beispiel bedeutete »we confirm«. Ein anderes Codewort stand für: »We have received your quotation but cannot close business at this price. However we feel that we could close business at …« und das nächste Codewort war dann der Preis. Das Entziffern dieser Telegramme stellte eine typische Tätigkeit für Lehrlinge dar, unter denen ein gutes Verhältnis herrschte. Zwei von ihnen verliebten sich gar ineinander und heirateten später.

Die Chefs, zu meiner Zeit also Ernst Lund und Dr. Otto Garrels, machten ihre eigenen Sachen und griffen relativ selten in die eigentliche Geschäftsabwicklung ein. Herr Siebs war leider gleich nach Anbeginn meiner Tätigkeit gestorben. Der weitere Partner Jannings kam erst kurz vor meiner Ausreise aus China zurück. Gesellschaftlich wurde ich einmal bei Herrn Lund zum

Abendessen eingeladen. Auf die Begrüßung »Wollen Sie Wermut, Wermut mit Gin oder Gin pur?« wählte ich, so wie er, Letzteres! Ein Gesprächsthema an dem Abend bestand darin, dass Herr Lund einen alten Freund aus Schanghai auf der Straße getroffen hatte, jetzt Geschäftsführer der Hong Kong & Shanghai Banking Corporation. »How many are you?«, war Lunds Frage gewesen, woraufhin er geantwortet hatte: »Just four, the others are natives«. Das hatte ihn nun recht erbost, dass Deutsche so klassifiziert wurden, nämlich als »Eingeborene«. Alle »China hands« sehnten sich nach den alten Zeiten vor dem Krieg in China zurück, wo sie wohl auch vergleichsweise mit Hamburg ein fürstliches Leben geführt hatten.

Alle großen Fabriken hatten Exportvertreter in Hamburg, aber schon damals gab es größere Werke, die direkt exportierten. Auslandsreisen begannen erst zu meiner Zeit. Alte Hasen wurden monatelang mit ein oder zwei riesengroßen Musterkoffern nach Übersee geschickt, um unsere Waren anzubieten oder auch neue Vertreter zu suchen. Mein späterer »Lehrlingsvater« war Herr Grewe, ein Mann mit guten Sprüchen. Darunter: »Herr von Schuckmann, Sie werden es im Leben weit bringen, denn Sie sagen den Leuten, was sie gerne hören wollen.« Gelegentlich besuchte uns auch jemand von drüben, was aber eher selten vorkam. 1950 durfte ich einen Kunden aus New York auf die Hannover-Messe begleiten, Jerome Kohlberg, Vater des später bekannten Kohlberg von KK&K. In summa wurde man zu einem selbstständig denkenden und handelnden Außenhandelskaufmann erzogen. Ich vertrete die Meinung, dass diese so genannte »duale Berufsausbildung« (also das Praktikum in der Firma, die Theorie in der Berufsschule) exzellent ist. Noch heute wird sie über die deutschen Handelskammern den Gastländern in Übersee als Alternative zu deren eigenen Ausbildungssystemen angeboten. Warum lautet eine Notizbucheintragung aus jener Zeit: »Wer weiß, ob ich noch mal ein guter Kaufmann werde?« Ich weiß es nicht mehr.

Nach zwei Lehrjahren ging ich Ende 1951 ins Angestelltenverhältnis über, mit etwas besserer Bezahlung. Ein Auslandsposten war aber noch nicht in Sicht, somit sah ich mich ziemlich bald woanders um und landete bei der Firma Böhm & Wahlen, Brandstwiete 4, zwischen Nikolaifleet und

Zollhafen, unterhalb des Alten Fischmarkts. Mit den alten Speichern, Schuppen und besonderen Gerüchen war es eine beinahe romantisch zu nennende Ecke. Schon allein die Straßennamen hatten ihren besonderen Klang: Pickhuben, Sandtorkai, Alter Wandrahm, Großer Burstah. Später ging die Ost-West-Straße mitten hindurch, ein eher funktioneller Name. Man verkaufte Industriewaren, Motoren und Pumpen in Mittelamerika und ich sollte als Nächster raus. Die Sache war allerdings nur von kurzer Dauer. Genau drei Monate war ich dort. Als ich wegen eines ziemlich schlimmen Motorradunfalls im Streckverband im Hamburger Hafenkrankenhaus lag, erhielt ich meine Kündigung. Diese machte firmenseitig Sinn, denn wer konnte wissen, wie lange ich im Hospital verbleiben und man mir ein Gehalt zahlen musste. So leicht ging das damals! Bei Siemssen hatte man davon gehört und mein Weggehen wurde mir nicht krumm genommen. Herr Lund bot mir eine Beschäftigung in der Eisenabteilung an, und ich sei der Nächste, der ins Ausland gehen solle. So kehrte ich im August 1952 reumütig in die Steinstraße zurück! Rosinen wirken sich nicht immer positiv aus.

In der Eisenabteilung lernte ich eine Menge. Hier herrschten Herr Puttfarcken, alter »China hand«, und sein Adlatus Oswald Putzier, mit dem mich später eine gute Freundschaft bis zu seinem Tode verbinden sollte. Ikee Bussenius war als Sekretärin die Vierte im Bunde, ein gutes Team. Wir verkauften Röhren, Eisenprofile, Draht, »Fittings«, NE-Metallhalbzeug und anderes. Gelegentlich ergaben sich Reisen zu den Werken ins Rheinland und Ruhrgebiet, einmal mit dem Firmen-Mercedes für eine Woche zur GHH, VDM Werdohl, Eisenwerke Gelsenkirchen und Phönix Rheinrohr, Übernachtung im Duisburger Hof für 10 DM die Nacht. Außerdem musste ich gelegentlich Anträge auf Ausfuhrgenehmigungen bei den Behörden in Frankfurt und Düsseldorf verfolgen. Ich genoss diese willkommenen Abwechslungen und die Fahrten im Schlafwagen der Bundesbahn. Bei der Gelegenheit konnte ich häufig die Großeltern im Rheinland besuchen, einmal mit Abstecher nach Köln, dessen Innenstadt damals noch völlig zerbombt dalag.

Mitte 1953 ergab es sich dann, dass unser Vertreter in Cali einen Mitarbeiter suchte. Grewe meinte zwar, Schuckmann sei zu schade für Cali, weil gleichzeitig Karachi im Gespräch war (später landete dort ein Schwerin), aber Kolumbien kam eben zuerst und sollte meine nächste Lebensstation werden. Welche Zufälle stellen manchmal die Weichen für den Werdegang eines ganzen Lebens?

Insgesamt haben diese vier Jahre in Hamburg für mich einen hohen Stellenwert. Es war das erste Mal, dass ich ganz auf eigenen Beinen stand, wenn man von den väterlichen Zuschüssen absieht, die während der ersten beiden Lehrjahre noch erforderlich waren. Sehr wichtig war in diesem Zusammenhang, dass ich zweimal in der Woche bei Vera Schröder und einmal bei ihren Schwiegereltern, den alten Schröders, in der Adolfstraße am Feenteich zum Mittagessen kommen durfte. Ein »Jour fixe«! Das war sehr großzügig von der Familie und wird mir stets in Erinnerung bleiben. Bei Vera erschien gelegentlich Bodo Zitzewitz, ein Riesenkerl, der das Kompott aus der Schüssel mit dem Vorlegelöffel aß. Die beiden heirateten später, Putz hingegen vermählte sich 1951 mit Bodos Halbschwester Karin-Blanka. Die restliche Nahrungsaufnahme beschränkte sich auf Brot und Aufstrich: Für Restaurants reichte das Geld nicht aus, und Kochen war zum einen nicht meine Stärke und zum anderen sowohl bei Frau Burmeister als auch in den späteren Behausungen kaum möglich: Sie beschränkten sich alle auf *ein* Zimmer. Da kam der Mittagstisch bei unserer Konkurrenzfirma Carlowitz & Co. gerade recht, den ich mir später organisiert hatte, bei Siemssen gab es den nicht.

Da sich die Bahnfahrten von und nach Rahlstedt bald als recht zeitraubend herausstellten, sah ich mich nach Alternativen um. Hier nun erscheint Claudius v. Samson-Himmelstjerna, der in Bliestorf Landwirtschaft gelernt hatte und nunmehr nach Hamburg wollte, um dort beim Opel-Händler Dello eine kaufmännische Lehre zu beginnen. Sein Vater war doppelt vertriebener Balte: einmal aus seiner Heimat nach dem Ersten Weltkrieg, dann aus dem »Warthegau«, sprich Polen, wo die Familie nach 1939 angesiedelt worden war. Wir hatten uns in Bliestorf kennen gelernt, mochten uns und beschlossen, in Hamburg gemeinsam ein Zimmer zu nehmen. Wir bekamen ein solches bei Dr. Baur, Harvestehuder Weg 47, gegenüber der Krugkoppelbrücke, wo wir gut zwei Jahre zusammen hausten. Spätere

Domizile waren in der Alsterchaussee und der Heilwigstraße, allesamt gute Adressen! In die Office fuhr ich nun mit der Straßenbahn Linie 9, (früher 28). Man war stolz, wenn man so wie wir in ihrer Nähe wohnte. Das bekannte Pöseldorf wurde ebenfalls von der 9 bedient. Ein bekannter Witz in Hamburg: Frau Puttfarcken beklagt sich bei ihrer Freundin Frau Puvogel, dass ihre beiden Töchter ins Ausland geheiratet hätten: die eine nach Caracas und die andere an die Linie 18. Das war die Ringbahn, eben nicht so fein wie die 9 und jenseits von Pöseldorf! Claudius gelang es später, einen eigenen Besitz zu erwerben, Gut Falkenberg bei Schleswig, und sowohl mit ihm als auch mit seiner Frau Ina, geborene Hülsen, verbindet uns eine lebenslange Freundschaft. Leider starb Claudius frühzeitig im Jahre 2001.

Claudius Samson mit seinem »Lehrherrn«, Vater Schuckmann

Nachdem Arbeit, Wohnen und Essen weitestgehend unter Kontrolle waren, konnte ich damit beginnen, mein Privatleben zu organisieren, auch wenn ich nicht ahnte, was mich da so alles erwartete.

Am Anfang stand der Freitagskreis. Eine Frau v. Winterfeld hatte ihn mit der Absicht gegründet, junge Leute aus dem Osten zusammenzubringen, die wie ich mehr oder weniger zufällig in Hamburg gelandet waren und somit wenig lokale Bindungen hatten. Mit den eigentlichen Hamburgern war das nämlich so eine Sache; meistens blieben sie unter sich und der Freitagskreis erwies sich als willkommenes Begegnungszentrum (jawohl, genau das war er!!). Man traf sich einmal im Monat, es wurde getanzt und in Anbetracht bescheidener Einkommen wenig getrunken. Einige Namen: Gerd Bassewitz, Goswin Borries, Hilmar Campe, Gerhard Gayl, Franz Putbus, Achim und Helga Ruediger, Friedrich Karl Stechow und Basil Wevell v. Krueger. Viele Bindungen haben sich hier angeknüpft, die manchmal das ganze Leben halten sollten. Sogar einen Vetter, eigentlich Onkel, Schuckmann (Joachim) habe ich hier kennen gelernt, den späteren Vorstand unseres Familienverbandes. Des Weiteren begegnete ich dort Hans-Henrik Blankenburg, der neben Claudius mein bester Freund in Hamburg werden sollte und auf meine Entwicklung großen Einfluss ausübte. Lebenslange Freundschaften ergaben sich durch den Freitagskreis mit Klaus Reinhard Wachs, der damals studierte, mit Heinrich Oppen, der wie Blankenburg kaufmännisch tätig war, und mit Wolf-Dietrich Eisenhart-Rothe. Layli Sloman als wirkliche Hamburgerin spielte eine besondere Rolle: Wir feierten in ihrem elterlichen Haus, Bebelallee 15, viele sympathische Feste. Fritz Dallwitz gab aufschlussreiche Hinweise über die Interna, insbesondere der politischen, großer Firmen: Er war bei der Metallgesellschaft tätig. In summa stellte der Freitagskreis *die* Ausgangsbasis für meine Hamburger Zeit dar.

Auch ein Herr v. Koppenfels gehörte hierzu. Durch ihn kam ich mit den Johannitern in Verbindung, in dem meine beiden Großväter und mein Vater Rechtsritter waren, Großvater Lüttichau sogar Kommentator der sächsischen Genossenschaft, ebenso wie später sein Sohn Siegfried. Zwanzig Schuckmanns waren Johanniter gewesen. Ich trat dem Orden bei, musste ihn aber 1961 vor meiner späteren Heirat wieder verlassen, da ich in die katholische Erziehung möglicher Kinder eingewilligt hatte. Oft habe ich damals den Prinzen Oskar von Preußen gesehen, den jüngsten Sohn Kaiser Wilhelms II., zu der Zeit Herrenmeister des Ordens. Später wurde es sein

Sohn, Prinz Wilhelm Karl. Nachstehend abgebildetes und alle anderen in der Sonnenburg der Johanniter hängenden Wappen wurden 1945 von den Russen requiriert und tauchten vor einigen Jahren via Polen in einem Museum in Stockholm auf. Danach wurden sie von einem privaten »Käufer« dieser Sammlung zum Verkauf angeboten; 3.900 DM sollte »unseres« kosten: Nein, danke.

Wappen meines Großvaters (geb. 1874!) in der Sonnenburg, dem Hauptsitz des Johanniterordens

Ferner spielte für mich mein Onkel Oskar Pilati eine große Rolle. Er hatte eine Hamburgerin geheiratet, Margarethe (»Dedi«) Lampert, deren Vater die Firma H. Rost & Co. gehörte, Hersteller von Guttaperchawaren in Hamburg-Harburg. Sein Vater, der »alte Onkel Oskar«, würde seinen Besitz Schlegel in der Grafschaft Glatz in Schlesien dem ältesten Sohn Hans vererben, also sah sich der jüngere Bruder Oskar genötigt, etwas anderes zu unternehmen. Nach Soldatspielen, Rennreiten, Tennisspielen und ähnlichem Allotria landete er in Hamburg, trat in die schwiegerväterliche Firma ein und leitete sie zusammen mit seinen beiden Schwägern Lampert bis zu seinem Tod. Erwähnenswert in diesem Zusammenhang ist, dass viele von Tante Dedis alten Hamburger Freunden sie ab Hochzeitsdatum »schnitten« (»ein hergelaufener Graf, der nur auf das Lampert'sche Geld aus ist«), wohingegen man in Schlesien die Vorstellung hatte, dass ein Kaufmann wie im Kolonialwarengeschäft »Tüten drehe« und die Heirat mit der Tochter von so jemand eine totale Mesalliance sei. Um der Wahrheit die Ehre zu geben: Beide erzählten mir, dass bei den Pilatis diese Vorurteile sehr schnell abgebaut wurden, während sie bei den Eltern Lampert nie bestanden haben – aber bei den »Freunden« hielten sie sich. Viel später begannen einige mit Annäherungsversuchen, doch zu diesem Zeitpunkt hatten die beiden keine große Lust mehr zu einer aufgewärmten Verbindung.

Als ich nach Hamburg kam, waren Pilatis gerade von Harvestehude nach Tötensen umgezogen, einem kleinen Dorf vor den Toren Hamburg-Harburgs, wo sie in einem alten Bauernhof lebten. In meinen letzten Schulferien hatte ich geholfen, das Haus mit einem Reetdach zu versehen, eine Kunst, die nur noch wenige Dachdecker beherrschten. Eliza, die ältere ihrer beiden Töchter, war damals schon verheiratet, während Amélie, die jüngere, noch zur Schule ging. Später heiratete sie Ulrich Frhn. v. Varnbüler, und beide sind heute auf ihrem Bauernberg bei Prien fast unsere Salzburger Nachbarn. Onkel Oskar war für mich absolutes Vorbild. Einmal überzeugte mich seine Art, mit Menschen umzugehen, dann erklärte er mir auf langen Spaziergängen mit seinem Kovasz kaufmännische Grundweisheiten. Folgendes wirft ein Licht auf seine Persönlichkeit: Als ich beim Dachdecken half, fielen auch andere Tätigkeiten an, unter anderem den unter dem gleichen Dach befindlichen Kuhstall zu säubern. Ich tat das wohl nicht ganz so intensiv, wie er sich das vorgestellt hatte; also zog er sich um, griff mit seinem Arm tief in den Jaucheabfluss hinein und säuberte ihn derart, dass der Abfluss fortan wieder richtig lief. Einige Stunden später kamen Gäste und er – ein großer Erzähler – unterhielt sie wie »ein Mann von Welt«. So sah *ich* das; eine seiner Cousinen war da kritischer, und ich erinnere mich an einen ihrer Kommentare: »Wenn der Oskar bei dir ist, glaubst du, er kann ohne dich nicht leben, aber wenn er weg ist, ist er weg.« Ein anderer Spruch dieser Tante kommt mir in den Sinn, den sie über jemand anderen mit übermächtiger Präsenz äußerte: »Er ist immer so *da*.« Ein weiterer Kinderspruch von ihr: »Von dem bin ich satt, aber von dem kann ich noch!« – eine klare Aussage.

Onkel Oskar und Tante Dedi – zirka 1970

Eine Geschichte steht mir noch in Erinnerung, die für spätere Generationen von Interesse sein mag! Onkel Oskar war als Leutnant oder Oberleutnant mit seinem Regiment, Reiter 13 in Lüneburg, im Sommer 1940 in Frankreich einmarschiert. (Ihr Traditionsregiment waren die 16. Dragoner, bei denen mein Großvater gestanden hatte.) Da man an irgendeinem Ort für länger bleiben musste, hatte der Kommandeur ein Schloss für sich und seinen Stab besetzt. Am ersten Abend begrüßte der Besitzer, ein französischer Graf, seine »Gäste«, ehe zwei livrierte Diener die Türen zum Esssaal öffneten und der Hausherr sich mit der Begründung zurückzog: »Da Sie, meine Herren, mit meinem Land im Krieg stehen, werden Sie verstehen, dass ich mich nicht mit Ihnen zusammen an einen Tisch setzen kann.«

Ein anderes Erlebnis: Sein langjähriger Chauffeur, Werner, konnte einmal den Wagen, damals ein DKW, nicht anlassen. Onkel Oskar, nicht ohne Temperament, jagte ihn nach einer Kaskade harter Worte davon und brachte Minuten später den Wagen selbst zum Anspringen. Schreien kann jeder, dachte ich damals, aber Bessermachen, das ist etwas anderes. Kurzum: Ich hielt mich oft draußen in Tötensen auf und habe die Zeit dort immer sehr genossen. Onkel Oskar – so erinnere ich mich noch – stellte neue Mitarbeiter nach folgenden Kriterien ein: Auftreten, Zeugnisse und Glück. Pechvögel, ob durch eigene Schuld oder nicht, hatten bei ihm keine Chance. Spielte es bei Friedrich dem Großen nicht ebenfalls eine Rolle, ob ein Offizier auch »Fortune« hatte oder nicht?

Eine weitere Anlaufstelle hätte die Schwester meiner Mutter, Tante Anette, sein können, die mit dem Hamburger Rechtsanwalt Fritz Möring verheiratet war. Sie lebten in einem süßen, kleinen Haus im Baurs Park in Blankenese, direkt an der Elbe. Da die »Chemie« einfach nicht stimmte, empfand ich meine Besuche dort eher als Pflichtübungen. Sehr viel netter waren die Besuche bei Vetter Ekkehard Schuckmann (Joachims Bruder) und im Hause Siebert, wo es vier Arten von Kindern gab: deine, meine, unsere und ihre! Es waren Verwandte von Claudius, und noch heute habe ich Kontakt mit der Tochter Mireta, damals v. Gossler, heute Bretschneider.

Natürlich stand für einen jungen Mann das Interesse am weiblichen Geschlecht an erster Stelle. Zuerst wäre da Marlies zu nennen, eine Pferdenärrin, die einen kleinen Reitstall unterhielt, dann Angela, halbjüdisch und hochmusikalisch, deren Vater jahrelang Mitglied eines sehr bekannten Streichquartetts war. Von ihr habe ich die »gedruckten« großen Anfangsbuchstaben übernommen, die ich noch heute benutze. Musik stellte bei ihr aber einen in meinen Augen zu hohen Stellenwert dar. Des Weiteren muss ich an Röschen denken, ich nannte sie Sylvana, da sie der Schauspielerin ähnlich sah (so fand ich), deren frecher Schwager einmal beim Ankleiden für ein Maskenfest ihr trägerloses Kleid betrachtete und meinte: »Pass mal auf, dass dein Kleid nicht runterrutscht, sonst zeigen alle Männer mit dem Finger auf dich und sagen: Ach, da steht ja Röschen!« Schließlich nahm Helga-Sylvia eine besondere Stelle ein, geschieden, sehr gescheit und Lektorin bei der bekannten Buchhandlung Felix Judd. Sie war acht Jahre älter als ich, was mich gegenüber meinen Freunden etwas genierte, aber ich verbrachte viele anregende Stunden mit ihr. Sie trug Tabac, und heute noch muss ich an sie denken, wenn mir manchmal dieses Parfum in die Nase kommt.

Nach diesem und anderem Hin und Her belegte schließlich Gwendolyn den Platz Nummer eins: Anke Holfeld. Sie machte gerade ihr Abitur, als wir uns 1951 kennen lernten; im November 1953 brachte sie mich bei meiner Ausreise ans Schiff. Gwendolyn, bis ins Mark Künstlerin, malte mit Passion und begann nach dem Abitur ein Studium an der Kunstschule. Politisch stand sie, wenn überhaupt, eher rechts! Die Esoterik lag ihr im Blut, auch die Astrologie, und sie hat später beides auf verschiedene Weise ausgeübt. Wir haben uns einander viel gegeben, in Sachen Kunst habe ich viel von ihr gelernt. Unschlagbar war hierfür die Hamburger Kunsthalle. Einerseits ein Ziel von Niveau, die einem Besuch mit Freundinnen Cachet gab, andererseits bildete man sich – und schließlich war der Eintritt frei, in jenen Tagen nicht zu verachten. Darüber hinaus konnte ich mit Gwendolyn viele schöne, anspruchsvolle Konzerte besuchen, meist in der Musikhalle bei erschwinglichen Eintrittspreisen. Auch müssen die neuen Filme erwähnt werden, die jetzt nach der langen Nur-UFA-Zeit aus England und den USA zu uns kamen, mit uns bisher völlig unbekannten Schauspielern, wie James Mason, Stewart Granger, Jimmy Stewart oder Vivian Leigh. »Der Dritte Mann« war der erste europäische Nachkriegsfilm, gedreht im besetzten Wien.

Von all diesen Taten wussten meine Eltern herzlich wenig. Vielmehr zeigten sie sich besorgt, dass ich einer Frau in die Hände fallen könnte, wie sie das nannten. Besuche bei ihnen waren leider relativ selten und ohne Auto kaum durchführbar, zumal man ja am Sonnabend noch bis Mittag arbeitete. Mit der Bahn ging es erst nach Bad Oldesloe, dort Umsteigen in den Zug nach Ratzeburg bis Kastorf und dann noch einmal einige Kilometer mit dem Pferdewagen oder Bus bis Bliestorf: eine Odyssee. Telefon schied aus Kostengründen als Kommunikationsmittel aus, somit blieben nur Briefe. Aber dazu kam ich sicher selten – später aus Übersee schrieb ich wesentlich mehr, und es gibt von allen Briefen noch Kopien. Durch diese Übung drückt sich meine und natürlich auch die ältere Generation schriftlich im Allgemeinen besser aus als die heutige.

Ansonsten ergaben sich in Hamburg eine Menge Feten, wie wir sie damals nannten. Die monatlichen Einkünfte waren zwar gering, aber einen Smoking hatte ich mir besorgt, und Blumen für die Dame des Hauses wurden in verlassenen und etwas verwilderten Nachbarsgärten requiriert, oft Magnolien. Heute befindet sich dort der Alsterpark! Ein Problem bereitete nur die Sitte, dass man damals – so gebot es der Anstand – seine Tischdame oder das Mädchen, mit der man am meisten getanzt hatte, des Abends nach Hause begleiten musste, mit der S-Bahn natürlich, Taxis waren ein fremder Begriff. Wenn die Beziehung also nicht so »ideal« war, musste man sich rechtzeitig vor Ende der Party von ihr absetzen, insbesondere wenn sie sehr weit weg wohnte. Gelegentlich fand man sich nach langem Feiern auf dem Altonaer Fischmarkt wieder, wo der Genuss von Räucherfisch oder Salzheringen zur Ernüchterung beitragen sollte. Wahre Bacchanalen ergaben sich auf den Künstlerfesten »Li-La-Lerchenfeld«, die alljährlich zur Karnevalszeit in der Kunstschule am Lerchenfeld stattfanden. Alle Klassenzimmer waren total zweckentfremdet, und es roch nach Sünde! Das Motto in einem Jahr lautete: »Wenn dich die bösen Buben locken, dann folge ihnen nit: Vom Lerchenfeld zur Finkenau (der Frauenklinik!) ist's nur ein Schritt.«

Etwas Besonderes versprachen immer die Feste bei Manfred Schröder in der Adolfstraße zu werden, der 1948 in zweiter Ehe Claudius' Schwester Benita geheiratet hatte. Die Schröders waren in Hamburg sehr tonangebend. Auf einem Maskenfest erschien dort mein späterer Schwiegervater, der für die Londoner Schröders nach New York gegangen war. Wir konnten uns später beide gut an dieses Fest erinnern, da man auf einer schiefen Ebene in den Salon hineinrutschen musste, wo einem als Erstes aus einem Nachttopf Sekt gereicht wurde. Ebenfalls konnten wir – sehr viel später – rekonstruieren, dass Alix als Kleinkind auf Putz Schröders (Manfreds Bruder) Schoss gesessen hatte, als dieser Anfang der Dreißigerjahre die Millers in Bernhardsville, N. J. besuchte.

Mit Hans Henrik Blankenburg auf der Alster

Zu jener Zeit unternahmen Claudius und ich viel mit Hans-Henrik Blankenburg. Andere Namen tauchen hier aus der Erinnerung auf: Jens Uwe Zimmermann, Burli Hanschke, Lutz Baethge, Maruschka Bartram, Carola Sperber und Christa Martin. Rückschauend betrachtet fällt mir auf, wie wenig Sport wir damals betrieben haben. Segeln auf der Alster ging aus Kostengründen nur gelegentlich. Gleichermaßen waren Clubs, wie der NRV (Norddeutscher Regatta Verein), der HTHC (Harvestehuder Tennis und Hockey Club) oder Der Club an der Alster, für unser Budget unerreichbar. Fußball hätte man wohl irgendwo spielen können, aber das lag wiederum außerhalb *unserer* Interessensphäre.

Lustig war der Kontakt mit dem »Rendezvous«, dem Kabarett am Georgsplatz von Peter Ahrweiler, auch wenn er nicht zu lange anhielt. Einmal organisierten wir für die Künstler im Winterhuder Fährhaus ein großes Fest, um für sie in unserem Bekanntenkreis Werbung zu machen. Eine große Rolle spielte das »Hamburger Spring-Derby«, ich glaube, ich war bei allen als Zuschauer dabei. Dann besaß Jazzmusik einen hohen Stellenwert. Hans-Henrik wusste hier schwer Bescheid und machte uns mit Louis Armstrong, damals gerade fünfzig Jahre alt, Duke Ellington, Count Basie, Sidney Bechet oder Coleman Hawkins, besonders aber auch mit Stan Kenton und seinem »Progressive Jazz« bekannt und mit den für mich neuen Begriffen, wie Dixieland, New Orleans, Chicago et cetera. Armstrong und Ellington erlebte ich »live«, übrigens auch Maurice Chevalier. Durch Hans-Henrik kam ich auch mit amerikanischer Literatur in Berührung, unsere Favoriten waren damals Hemingway, Sinclair Lewis und Tennessee Williams, während ich Faulkner nie so recht verstanden habe. Später ging Hans-Henrik in die USA, wo sein Großvater Marwitz die Witwe des Fleischmagnaten Charles Swift geheiratet hatte: Claire Swift, ehemals Claire Dux, eine damals sehr bekannte deutsche Sängerin. Hiervon wird noch später die Rede sein.

Politisch engagierten wir uns damals kaum, jeder wollte für sich selbst vorankommen und Politik war »für die anderen« da. Zudem lief auf diesem Gebiet mehr oder weniger alles nach Wunsch, sodass sich keine zwingende Notwendigkeit ergab, sich diesbezüglich zu engagieren. Auf Bundesebene war die CDU am Ruder, mit der man leben konnte. SPD zu wählen, war für meinen Freundeskreis und mich absolut unmöglich. Heute sieht man die Dinge differenzierter, wenngleich ich zugeben muss, dass ich auch jetzt noch nur in ganz bestimmten Ausnahmefällen diese Partei wählen würde. Im August 1953 konnte ich eine Rede von Adenauer in der Ernst-Merck-Halle anhören, und ich sehe ihn noch vor mir, wie er sehr schlagfertig Zwischenrufe aus dem Publikum konterte. Am folgenden 6. September gewannen er und die CDU die Wahlen.

Eine Gewerkschaft hatte sich einmal um mich bei Siemssen bemüht, man würde durch sie bessere Arbeitsbedingungen bekommen und so weiter. Das Interview war von kurzer Dauer! Meine Antwort: Mein Platz liegt auf Seite des Managements. Und das bei einem Gehalt von 60 DM monatlich. Rosinen eben! Eine Notiz vom 15. August 1953 besagt: Ich lebe seit 1. August von 20 DM – wie macht man das? Dennoch hatte ich es fertig gebracht, mir einen Fotoapparat zu kaufen, eine Akarette, mit der ich später in Kolumbien viele Bilder machen sollte. Eine meiner ersten Fotos machte ich vom Evangelischen Kirchentag im August in Hamburg, wohin auch die Großeltern Lüttichau und Margarethe gekommen waren: eine Riesenansammlung von aufgespannten Regenschirmen!

Im Übrigen waren »Westdeutschland« (die Bundesrepublik Deutschland) und »Ostdeutschland« (die Deutsche Demokratische Republik) ein fester Bestandteil der politischen Szene geworden, von Anbeginn streng voneinander getrennt. Die russische Besatzungszone, durch den Eisernen Vorhang vom Rest der Welt abgeschnitten, umfasste die DDR, und meine Mutter sprach noch bis zum Mauerfall von »der Zone«, wenn sie sich auf die DDR bezog. Die drei anderen waren die britische, die amerikanische und die französische Zone – »Trizonesien« nannten das Spaßvögel! »Wir sind zwar keine Menschenfresser, doch wir küssen umso besser«, hieß es in einem Song über die »Eingeborenen von Trizonesien«, der damals umging. Hamburg gehörte zum britischen Protektorat. Unsere Gefühle den »Besatzern« gegenüber waren aber durchweg positiv, wir betrachteten sie als Freunde und für die Übergangszeit unbedingt erforderlich. An direkte Kontakte kann ich mich aber nicht erinnern.

Sehr aufgeregt haben wir uns jedes Mal, wenn wir von alten Nazis hörten, die trotz ihrer Vergangenheit wieder irgendwo zu Rang und Würden gekommen waren. Ich erwähnte schon das bekannte Buch von Wolfgang Borchert »Draußen vor der Tür«. Sehr bewegend geht er darin auf genau dieses Thema ein.

In die Hamburger Zeit fielen zwei größere Reisen, die eine per Autostopp nach Belgien und weiter an die französische Riviera, die andere mit Claudius per Motorrad nach Italien.

Die erste unternahmen wir im Sommerurlaub 1951. Eine Freundin von Hans-Henrik, Sankisha Rolin-Hymans, wohnte in Belgien auf Schloss Beloeuil, das dem Bruder ihrer Mutter, dem Prince de Ligne, gehörte. Sie leitete dort ein katholisches Jugendheim, während der Prinz selbst Botschafter in Madrid war. Das erste Mal im Ausland, ein besonderes Gefühl, besonders nach den Kriegs- und Nachkriegsjahren, in denen man ja recht isoliert gelebt hatte. Das Schloss besaß einen englischen und einen französischen Park, im ersten schossen Sankishas Bruder Guy und ich Kaninchen! Zum Abendessen – auch wenn es nur Bratkartoffeln gab – zog man den Smoking an, den wir uns damals wahrscheinlich geborgt hatten; mit Sicherheit gehörte dieses Möbel nicht in mein Reisegepäck. Eine Tour konnten wir mit dem Familien-Renault nach Brüssel und Knokke unternehmen, und ich durfte fahren! Da Sankisha die gewohnte Umgebung zu langweilig wurde, schlug sie vor, per Autostopp an die Riviera zu fahren. Wer würde da nein sagen? Es ergab sich also eine Supertour über Paris und Lyon nach Cannes, wo wir auf der Ile Sainte Marguerite im Mittelmeer einige Tage verbrachten. All das wäre ohne Jugendherbergen nicht machbar gewesen, eine großartige Institution. Für wenige D-Mark konnte man in diesen Herbergen übernachten, musste sich aber in der einen oder anderen Form am Saubermachen beteiligen. Jugendliche aus aller Herren Länder traf man dort. Einige hatten ihren Job unterbrochen, um ein paar Monate mit dem ersparten Geld zu »gammeln«, wie man das nannte, ein Modus Operandi, der mir jedoch nicht zusagte. Ich ging stattdessen nach den drei Wochen mit Freude wieder an die Arbeit.

Die nächste Tour unternahmen Claudius und ich im Mai 1953 auf seinem Motorrad nach Italien. Schwester Benita und Schwager Manfred Schröder hatten sich mit uns in Como in der sehr schicken Villa d'Este verabredet. Über Lugano und den verschneiten Sustenpass gelangten wir dorthin und erschienen in unserer recht abenteuerlich aussehenden Motorradkluft im Hotel, umringt von befrackten Dienern. Die Herrschaften würden erst so gegen fünf Uhr zum Tee erwartet, erfuhren wir. Claudius wäre beinahe gestorben, als ich diesen feinen Herren erklärte, in der Jugendherberge zu wohnen, und dass wir wiederkommen würden. Wir trafen uns später zum Abendessen und verabredeten uns nochmals in Mailand, wo ihr supermodernes Palace-Hotel bei mir unauslöschlichen Eindruck hinterließ. Weiter über Genua und Bordighera nach Cannes zu meiner alten Jugendherberge auf der Ile Sainte Marguerite, wo sich dieses Mal Mengen von Commonwealth-Jugendlichen auf dem Weg nach London zur Krönung von Elizabeth II. befanden. Ihre vermögenden oder prominenten Eltern machten die Reise im Flugzeug. Zurück über Arles (Hermann Rössiger hatte gerade seine Ferme verlassen) und Beloeuil (ohne Sankisha) nach

Hamburg, ohne einen Pfennig im Beutel! Einen dreizehn Seiten langen Bericht habe ich hierüber verfertigt, den es noch gibt, und ich muss über meine Betrachtungen schmunzeln, die ich vor einem halben Jahrhundert zu Papier gebracht habe.

Die Hamburger Zeit neigte sich dem Ende zu. Mein Mitlehrling aus der Verschiffungsabteilungszeit, Reimar Mucks, war schon zu unserem ecuadorianischen Vertreter Fritz Witte nach Guayaquil geschickt worden, und ich stand als Nächster auf der Liste. Es sollte Kolumbien werden, wo in Cali unser Vertreter, Enrique Prueter, einen Mitarbeiter suchte, der den Umsatz von Siemssen heben sollte. Es dauerte eine Weile, bis alle Papiere der Ordnung entsprachen. Einreise- und Ausreisegenehmigungen waren erforderlich, ebenso die Arbeitserlaubnis in Kolumbien, der offizielle Drei-Jahres-Kontrakt – im Tropeninstitut wurde von Prof. Dr. Mohr meine Tropentauglichkeit konstatiert –, und schließlich mussten auch die Schiffsbuchungen durchgeführt werden. Jawohl: Schiff – Flugzeuge setzten sich erst später durch. Die günstigste Route war Hamburg–New York, dann weiter von New York bis Buenaventura, der Hafen für Cali am Pazifischen Ozean. Der Preis für die Gesamtpassage betrug 435 US-$.

Anfang November, nach manchen Good-bye-Feten, Abschiedsbesuchen bei Eltern und Großeltern und der Wohnungsauflösung (eine etwas prätentiöse Bezeichnung für das Ausziehen aus einem Zimmer) war es endlich so weit: Die »Flying Spray« der Isbrandsen Linie war für den 19. November angesagt und sollte am Abend auslaufen. Drei Tage später, am Sonntag, ging es wirklich los, in der Schifffahrt geht es halt nicht so pünktlich zu wie bei der Eisenbahn. Gwendolyn brachte mich zum Hafen. Was geht in einem jungen Mann vor, der endlich am Ziel seiner Wünsche steht und gleichzeitig einen geliebten Menschen zurücklassen muss? Goethe, der große Kenner menschlicher Gefühle, lässt seinen Faust von den zwei Seelen in seiner Brust sprechen, in einem nur leicht anderen Kontext. Wer geht, hat es leichter, neue Eindrücke übertönen den Abschiedsschmerz; aber nie werde ich meine Gefühle vergessen, die mich bewegten, als das Schiff langsam ablegte und Gwendolyns zurückbleibende Gestalt am Kai kleiner und kleiner wurde, bis sie sich ganz im abendlichen Dunkel auflöste. Meine im Allgemeinen spärlichen Tagebuchnotizen konstatieren: »Was soll ich noch schreiben? – we had the time of our life«.

Waren wir füreinander geschaffen? Wohl nicht, aber während meiner Kolumbienzeit haben wir uns gegenseitig regelmäßig Briefe geschrieben, zweieinhalb Jahre lang. Als wir uns nach fünf Jahren wiedersahen, waren wir beide in anderen Händen.

Gwendolyn – Studioaufnahme 1954

Kolumbien – 1954 bis 1956

D ie Reise dorthin

Die »Flying Spray«, ein 5.000 Bruttoregistertonnen großer Tramp-Frachter der Isbrandsen Linie, war das Schwesterschiff der »Flying Enterprise«, die kurz zuvor auf der Höhe von Cornwall gesunken war. Das Foto von Kapitän Carlson auf dem kaum noch aus dem Wasser ragenden Bug des untergehenden Dampfers ging damals durch alle Zeitungen. Solange der Kapitän noch an Bord ist, kann bekanntlich ein sich in Seenot befindendes Schiff nicht von den oft schon darauf lauernden Bergungsfirmen, auch »Seeräuber« genannt, geborgen werden, die es dann als ihr Eigentum betrachten dürfen.

Für die insgesamt acht Passagiere gab es vier Kabinen an Bord, der Hauptakzent lag also auf Fracht, die nun justament Schwierigkeiten bereitete: Es gab kaum Ladung; ihr Großteil bestand aus Karbolineumfässern, die alle auf Deck verstaut worden waren, während der Bauch leer blieb. Weitere Fracht sollte in Rotterdam aufgenommen werden.

Die Fahrt dorthin verlief eher ereignislos. In Schulau die obligaten Nationalhymnen – erst die amerikanische (wir fuhren unter amerikanischer Flagge), dann die deutsche –, vorbei am Feuerschiff Elbe I und längs der Küste, schließlich die Maas hinauf bis Rotterdam. Cuxhaven verschlief ich. Novemberwetter war noch nie ideal, aber die See blieb relativ ruhig. Nachdem ich als Erster an Bord gegangen war, hatte ich mir mithilfe des pechschwarzen Stewarts das beste Bett aussuchen können. Das Schiff ziemlich schmuddelig, aber nette Besatzung, die aus aller Herren Länder kam, allerdings meist mit US-Nationalität. Ich habe wenn immer möglich mit ihnen geredet und eine Menge darüber gelernt, wie so ein Schiff funktioniert. Das ist ein Vorteil gegenüber dem reinen Passagierdampfer, wo man solche Kontakte nicht so leicht knüpfen kann. In Rotterdam sollten wir schließlich vier Tage verbringen, allerdings mit wenig Erfolg: Trotz dieses langen Ausharrens ergab sich kaum zusätzliche Ladung, was sich auf unsere Atlantiküberquerung fatal auswirken sollte.

Ich hingegen genoss diese Wartezeit, konnte ich doch so die Stadt gut kennen lernen. Deutsche hieß man nicht gerade willkommen – die Stadt war im Mai 1940 schwer bombardiert worden, obwohl die Niederlande schon den Waffenstillstand unterschrieben hatten. Der Angriff konnte wohl nicht mehr gestoppt werden und neunhundert Menschen kamen ums Leben. Nur in einem Antiquitätengeschäft sagte mir die Besitzerin, als ich nach langem Überlegen und Herumsuchen *eine* Delfter Kachel kaufte, die Amerikaner seien zwar ihre Befreier gewesen, aber von Antiquitäten verstünden sie nichts und würden ihre Kacheln per Dutzend kaufen. Ihr war also mein langes Hin und Her offensichtlich sympathischer! Die Kachel besteht heute noch!

Eine nette Tour ergab sich über die entzückende kleine Stadt Delft mit ihren Grachten und alten Häusern nach Den Haag, wo ein Vetter meiner Mutter, Bill Trimble, Botschaftsrat an der US-Botschaft, mich zum Lunch eingeladen hatte.

Ausgerüstet mit zwei Flaschen Whisky »George IV« zu jeweils 2 US-$ geht es am 25. endgültig los. Camel kosten an Bord 1 US-$ die Stange! Das Letzte, was man von Europa sieht, sind die Scilly-Inseln, und ab da wird es ziemlich furchtbar. Bei einer Kapazität von 9.000 Tonnen haben wir nur 2.000 Tonnen geladen, und von denen das meiste auf Deck. Somit weist das Schiff überhaupt keinen Tiefgang auf und ragt hoch aus dem Wasser heraus, bei Sturm nicht so gut. Von den Passagieren haben sich fast alle auf ihre Kabinen verzogen, warum wohl? Zur Unmoral fehlen die notwendigen Partner, sagt mein damals für Eltern und Freunde verfasster Bericht. Darüber hinaus stehe ich natürlich auch noch unter dem Eindruck des Abschieds von Gwendolyn. Schon jetzt schätze ich am Heck die Differenz von oben und unten auf fünfzehn Meter. Die Crew meint: »The sea is like a mirror«, well, well …

Eine Woche später beichtet mir der Kapitän, dass dies in seinen vier Jahren an Bord die schlimmste Überfahrt gewesen sei. Crew und Passagiere purzeln durch die Gegend, Schlafen gehört zu den höheren Künsten. Als obendrein in der Mitte des Atlantiks ein Maschinenschaden auftritt und das Licht ausgeht, die Alarmglocken läuten, das Notaggregat nicht funktioniert und wir für einige Stunden ohne Fahrt auf derselben Stelle schlingern und stampfen, von den Wellen bös gebeutelt, werden wir um vier Uhr morgens mit Schwimmwesten auf die Notstationen befohlen. Gott sei Dank bleibt es dabei: Das Wetter beruhigt sich zwar nicht, aber dem Ersten Ingenieur gelingt es, die Maschinen wieder in Gang zu bringen. Als wir die kanadische Küste erreichen, sind wir alle geschafft und können es nicht erwarten, am 7. Dezember in New York endlich von Bord zu gehen: Zwölf Tage hat diese Überquerung gedauert, die ich ohne Seekrankheit überlebe.

Es ist abends, als wir in Brooklyn anlegen und ich zum ersten Mal amerikanischen Boden betrete. Er schwankt, keine Frage, und ich bewege mich mit dem wiegenden Schritt des Seemanns in Richtung Einreisebüro. Mein Hauptgepäck bleibt dort, es wird später zum Pier der Grace Line am Westufer von Manhattan gebracht werden, von wo es mit einem ihrer »Santa«-Dampfer nach Buenaventura weitergehen soll.

Hans-Henrick Blankenburg holte mich ab und wir gingen durch die verlassenen Straßen zur U-Bahn, hier Subway genannt. Die Hafengegend in Brooklyn machte abends natürlich einen besonders verwahrlosten Eindruck. Nach kurzer Fahrt tauchten wir am Times Square wieder auf, genehmigten uns einen Whisky in einer der vielen Bars, ehe es zu Cousin Margareth Lawrance an der 63rd Street Ecke Lexington Avenue weiterging, bei der ich die nächsten Tage verbringen sollte. Diese direkte Cousine meiner Großmutter lebte in einem der typischen Brownstone-Häuser, schmal, aber vier Stock hoch und unten mit einer Garage. Als wir ankamen, öffnete uns ein uniformiertes Dienstmädchen und geleitete mich in mein Zimmer, »mit Bad«, wie mir, aus Europa kommend, auffiel. Ich muss jetzt in Erinnerung rufen, wie beeindruckt ich nicht nur von diesem Haus war, sondern auch von anderen, die ich später zu sehen bekam. Ich berichtete den Eltern damals über die Inneneinrichtung: »wie in einem ostelbischen Schloss, nur eben übertragen ins Städtische, also in kleineren Dimensionen«.

Ölbilder teils gemeinsamer Ahnen, elegante, meist antike Möbel, eine gemütliche Kaminecke, Perserteppiche, hinter dem Paravent eine Bar, von der wir uns, bitte, bedienen sollten – insgesamt so, wie man es von früher her kannte und nach der Flucht nur langsam wieder zusammenbekam. Ich weiß nicht mehr, was ich mir eigentlich unter Amerika vorgestellt hatte, aber es war ein Konglomerat aus Stahlmöbeln, Ringelsocken, Soda Fountains und dicken Autos, an die ich dachte. In meinen Berichten an die Lieben daheim erwähnte ich immer wieder, wie überrascht ich über den hohen Lebensstandard in den USA war. Die drei Komponenten des Abends, Brooklyn, Times Square und dann dieses Haus, blieben unvergessliche Kontraste: Das also war die Neue Welt!

James Taylor Soutter, geboren 1812, Großvater von Margareth Lawrance, geborene Dix, und meiner Großmutter, gemalt zirka 1835 von Chapman

Die Hausfrau erschien etwas später. Damals so Ende sechzig, geschminkt, gepudert, jugendlich aussehend, was für eine Erscheinung. Sie war auf einem Diner gewesen, was sie meinetwegen nicht absagen konnte: John Foster Dulles (der damalige Außenminister) sei dort gewesen, »the dullest man you can imagine«, meinte sie. Cousine Margareth war ein Schatz und zeigte mir von New York, was gesellschaftliche Unternehmungen anbelangt, so viel sie konnte. Außerdem drückte sie mir gleich fünfzig Dollar in die Hand, »das gäbe sie allen ihren Enkeln, wenn sie sie besuchten«. Zeitlebens haben wir ein besonders nettes Verhältnis zueinander gehabt. Ihr Mann hatte den luftgekühlten Motor entwickelt, mit dem Lindbergh 1927 den Ozean überquert hatte, und stolz bewahrte sie sein Telegramm aus Le Bourget Airport auf: »We crossed the ocean. Lindbergh.« Ihr Vater, Reverend Morgan Dix, war vierzig Jahre lang Rector der Trinity Church an der Wall Street gewesen, wo er nach seinem Tod in einem Marmorsarkophag beigesetzt wurde, der heute noch dort steht. Ihre Mutter war die Schwester des früh verstorbenen Vaters meiner Großmutter, die im Dix'schen Haus an der 23. Straße die schönsten Tage ihrer Jugend verbracht hatte, wie sie mir oft erzählt hat. Cousine Margareths Bruder, John Morgan Dix, war Mitbegründer des Metropolitan Museum of Art, während ihr Großvater Gouverneur des Staates New York gewesen war, kurz: Sie hatte die besten verwandtschaftlichen Beziehungen, und ich habe durch sie eine Menge interessanter Menschen getroffen. Leider lag sie am Tag des alljährlichen »April in Paris«-Balls mit Grippe danieder, und so habe ich sowohl den Ball als auch den Duke of Windsor verpasst, der an diesem Fest immer teilnahm. Sie kannte ihn aus ihrer Jugendzeit in Frankreich sehr gut.

»Er küsst mich immer«, meinte sie halb verschämt, halb stolz. Von seiner Frau »der Simpson« allerdings und dem bekannten Drum und Dran hielt sie gar nichts. Nach unserem Arrangement konnte ich kommen und gehen, wie ich wollte, nur musste ich zum Frühstück sagen, ob ich zum Lunch da wäre, und beim Lunch, ob ich auch zum Abendessen käme, wohl bereitet von einer ebenfalls dort vorhandenen Köchin. Großer Stil!! Ich benutzte damals meistens die »El« – also die »Elevated« oder Hochbahn –, die über und entlang der 3rd Avenue bis zur Wall Street führte. Schwiegervater Miller hatte sie seinerzeit immer benutzt, um ins Geschäft zu kommen.

Ein paar Jahre später wurde sie abgerissen und die hölzernen Laufplanken längs der Schienen, die so genannten »cat walks«, stückweise als Andenken verkauft.

Im Übrigen taten Hans-Henrik und ich unser Bestes, so viel wie möglich von New York zu sehen. Oftmals traf ich mich auch mit einem alten Mitlehrling von Siemssen, Helmuth Schnack. Hineinschieben konnte ich noch eine Stippvisite in Burlington, wo ich das erste Mal in einem Flugzeug saß, einer DC3! Der Besuch galt meiner alten Freundin Hergart Heydebrand, die inzwischen einen amerikanischen Luftwaffenoffizier geheiratet hatte, und Cousin Lamar Soutter in Boston. Sein Somerset Club an der Beacon Street hat bei mir unauslöschlichen Eindruck hinterlassen. Große Aufregung herrschte zu dieser Zeit unter den Mitgliedern: Im New Yorker Knickerbocker Club habe man neue Ledermöbel bestellt, und irgendwelche traditionslosen Burschen vom Union Club wollten das auch vorschlagen, also so was … Ebenso eindrucksvoll war der »Women's Club« um die Ecke, wo mich Cousin Anne Soutter empfing.

Nachdem die Herfahrt sich verzögert hatte, erlaubte ich mir, die Weiterreise um eine Woche zu verschieben, womit ich insgesamt fast zwei Wochen in New York und Umgebung verbringen konnte. Seither fühle ich mich in dieser Stadt fast wie zu Hause, umso mehr, als ich später drei Jahre dort leben sollte.

Die achttägige Fahrt auf der »Santa Cecilia«, zwar auch ein Frachter, 7.000 Tonnen, aber viel komfortabler als die »Flying Spray« mit zweiundfünfzig Mitreisenden und mir als einzigem Deutschen, war erfreulicher als der erste Teil der Reise. Es gab gedruckte Passagierlisten und etwas formellere Essgewohnheiten. Ansonsten waren die Mitreisenden so lala und lagen mir eigentlich nicht sehr. Wie hier üblich wurde man sofort mit Vornamen angeredet. Die Grace Line bediente die gesamte Westküste Lateinamerikas. Damals war sie ein tonangebendes Unternehmen, mit Peter Grace als Spiritus Rector, obwohl er schon damals nur drei Prozent der Aktien besaß.

Vom kalten New York kommend erreichten wir langsam ein immer tropischer werdendes Klima. Das Meer in der Karibik war freundlicher als auf dem Atlantik, aber auch nicht so ruhig, wie ich es mir vorstellte. Wir passierten die Bahamas, das Leuchtfeuer von Kuba, damals noch eher mit den USA befreundet, und gingen am Heiligabend in Cristobal am Panamakanal für einige Stunden von Bord. In der »Dog House Bar« ergaben sich alkoholische Exzesse, auffallend eine gekachelte Spuckrinne außen um die Bar herum, von weihnachtlicher Stimmung keine Spur. Am Weihnachtstag ging's durch den Panamakanal mit seinen Schleusen und Seen, den entgegenkommenden großen Schiffen und teilweise mitten durch den Urwald: ein besonderes Erlebnis.

Am 26. Dezember kamen wir endlich im kolumbianischen Buenaventura an, jenes Land, das mich für wenigstens drei Jahre beherbergen sollte. Eine Beschreibung des Gewimmels am Kai könnte Seiten füllen. Die Luft war heiß und feucht, und die Haut klebte an den Kleidern: Das konnte ja nett werden. Im Zoll ergaben sich die üblichen Probleme; zum Glück hatte ich einem in Panama billig erstandenen Radioapparat einen Gebrauchteindruck verschafft, was den Zoll niedriger machte. Die fünfstündige Fahrt von über hundertfünfzig Kilometer durch den Urwald nach Cali war abenteuerlich, wobei sich meine Konversation mit dem Fahrer aufs Notwendigste beschränkte, weil meine Sprachkenntnisse trotz Unterricht bei dem gesellschaftlichen Engagement der letzten Zeit keine nennenswerten Fortschritte gemacht hatten. Die Unterhaltung verlief also etwas stockend, dennoch sah ich zuversichtlich in die Zukunft: Irgendwie würde das schon laufen.

Cali – Dezember 1953 bis Januar 1957

Wie kann ich die folgenden drei Jahre strukturieren? An erster Stelle sollte wohl die Beschreibung meiner Tätigkeit stehen, eine völlig andere übrigens als die in Hamburg. Zum VERKAUFEN war ich hergekommen, und obwohl mir das Etikett des »Verkäufers« nie so recht sympathisch gewesen ist, so habe ich fünfzig Jahre lang doch nichts anderes getan. Gewiss, später sollten sich zusätzliche Aufgaben ergeben, aber essenziell war es der persönliche Verkauf, von Mann zu Mann sozusagen, worauf es ankam. Vergleiche mit der Jagd drängen sich einem auf: Der Jäger sucht auf der Pirsch seine Beute, Kesseltreiben ergeben sich leider seltener, aber immer ist ein gewisses jagdliches Element im Spiel. Das zur Strecke gebrachte Wild ist der Auftrag. Dennoch, die Bezeichnung »Trader« oder »International Trader«, die man mir später in New York gab, gefiel mir wesentlich besser. Ebenfalls hat mir die englische Bezeichnung »merchant« immer gefallen.

Unsere Office lag im ersten Stock des Kaufhauses Mora Hermanos in einer recht lärmigen Straße, Carrera 8 #13–46 (also sechsundvierzig Meter auf der rechten Seite der Carrera, von Calle 13 in Richtung Calle 14 gehend, das alte spanische System, das man auf dem ganzen Kontinent immer wieder findet). Das Klima in Cali, zirka achthundert bis tausend Meter hoch gelegen, entpuppte sich als ziemlich heiß, dennoch bewegte man sich tagsüber immer mit Krawatte. Am ersten Morgen im Hotel Cervantes (maximal drei Sterne) ließ man mich ohne Jacke und Krawatte nicht einmal in den Frühstücksraum! »Paltó! Paltó!«, rief der Kellner immer. Wenn ich früh morgens die Treppe vom Correo Aereo, unten am Fluss gelegen, hinaufging – nachdem ich das Apartado Aereo 9 geleert hatte –, lief mir der Schweiß schon den Rücken runter. Wurden abends die Telegramme zum Office der »American Cable & Radio Co.« gebracht, war es indes schon kühler. Danach leistete man sich gelegentlich einen »Old Parr« im Hotel Alferez Real, zusammen mit dem Aristi die besten Hotels am Platz. Dazu »agua en cantidades industriales«, wie der Kellner Alfonso sagte.

Sehr oft ging das nicht, denn das karge Gehalt sprach dagegen. Siemssen hatten mit Prueter 500 Pesos monatlich ausgemacht, was anfangs genau 200 US-$ entsprach. Zur D-Mark stand der Dollar damals 1:4,20! Siemssen zahlte die Hälfte. Das war nicht schlecht. Dann aber stieg der Dollarkurs, das heißt, der Peso fiel, und Prueter zahlte immer weniger, denn die 100 US-$ bekam er, nicht ich.

»Anders herum würden Sie ja auch auf Ihren 500 Pesos bestehen; außerdem ist der offizielle Kurs schließlich unverändert 2,50, und wenn ich – schwarz, also unerlaubt – die Dollar in Peso umtausche, so ist das mein Risiko«, argumentierte er. Gewaltiges Risiko!! Siemssens Vertreter in Ecuador, Fritz Witte, der uns einmal besuchte, zeigte sich über dieses Vorgehen reichlich entsetzt. Als der Kurs dann über 6,00 ging, trafen wir nach langem Kampf eine Neuregelung.

Im Gegensatz zu einigen anderen jungen Deutschen, die eine Verkaufsprovision bekamen, übrigens meist von Juden, war das bei mir anfangs nicht vorgesehen. Ich habe sie mir erst später erkämpfen müssen. Eine andere Zahl: 1.000 Pesos Ersparnis bedeuteten bei Vertragsanfang 400 US-$, bei seinem Ende nur noch 142!! Prueter war ein eher geiziger Mensch, wohl auch, weil es ihm selbst nicht besonders gut ging. Dafür blieb mir viel Freiheit, und ich konnte eigentlich tun und lassen, was ich wollte.

Im Rückblick: Sagen wir, der Jahresverkauf hätte bei 500.000 US-$ gelegen, dann ergäbe das bei einer Durchschnittsprovision von sechs Prozent (weniger für Wasserrohre, mehr für Uhren, Schmuck etc.) ganze 30.000 US-$ p. a. brutto. Die folgenden Jahre waren aber nicht so »gut«. Das Gewinnpotenzial – sowohl für Siemssen als auch für ihn – hielt sich somit in Grenzen. Kein Wunder also, dass er bei den Verhandlungen über meine Bezüge so hart blieb. Mitte 1956 fuhr Prueter – im Schiff!! – für zwei Monate nach drüben. In diesem Jahr hatte ich ebenso viel verkauft wie er! Ich erinnere mich noch an seinen nichts sagenden Bericht aus Deutschland: nur Kommentare über Preise, Hotelqualitäten und schlechten Service.

Die Palette unseres Angebots – teils über Siemssen, teils durch direkt von uns vertretene Lieferanten – hörte sich furchterregend an: Wasserrohre, Hosenknöpfe, Leder, Taschenmesser, Fensterglas, Geldschränke, Türschlösser, Werkzeug, Rippenstreckmetall, Halbmetallzeug, Drahtseile,

Elektrokabel, Bügeleisen und Haushaltsmaschinen bis hin zu lokal gefertigten Gummischläuchen. Sogar eine Grubenlokomotive habe ich einmal an den Mann gebracht. Hinzu gesellte sich später noch Modeschmuck, den man, wie ich den Eltern schrieb, bei Unverkäuflichkeit wenigstens »erfolgreich« verschenken konnte!

Aus New York schickte man uns einmal eine seltsame Offerte: eine Art Maschine, die man in die Wand einbauen müsse, und dann würde der angrenzende Raum kalt. So geschehen im Jahre 1954, als es doch schon Luftkühlanlagen gab, aber wir wussten erst nichts mit diesem Ding anzufangen. Später leuchtete uns ein, dass man so etwas auch nur mit einem gut aufgebauten Servicenetz an den Mann bringen könnte. Unsere eigentliche Kundschaft bestand hauptsächlich aus Händlern, weniger Industrien. Zweimal in den drei Jahren kam Herr Grewe mit großen Musterkoffern angereist, während wir auf die »Neuigkeiten« gespannt waren. Dann herrschte zwei oder drei Wochen lang Hochbetrieb. Während seines ersten Aufenthaltes verkauften wir Waren im Wert von über 280.000 US-$.

Wenn man das alles einmal durchgemacht und dazu noch das Abitur in Abendstunden nach acht Stunden Arbeit geschafft hat, so glaubt man, alles zu können. Ein Nebenprodukt: Man verliert Vorurteile. An die Eltern schrieb ich damals, dass ich wirklich alles anfassen würde, was Erfolg verspräche. Die in dem Zusammenhang damals erwähnte Eisdiele war wohl eher als Eisdielenring gemeint, wegen deren Führung ich mich nicht geniert hätte. Der Graf Dohna war mit seinen Schnellwäschereien schon lange vor mir zu diesem Schluss gekommen.

Ohne viel Federlesen wurde ich auf die Straße geschickt und musste mich mit meinem anfangs doch recht lückenhaften Spanisch verteidigen. Ebenso wenig Ahnung hatte ich von der Materie: Ein kurzes Studium der Kataloge, bevor man losmarschierte, musste genügen. Kolumbianer, Syrier, sowohl in Kolumbien als auch in Venezuela »Turcos« genannt, da sie als ottomanische Staatsbürger eingewandert waren, Libanesen, Juden, gelegentlich andere Europäer – daraus rekrutierte sich die Kundschaft, über hundert an der Zahl. Meinen ersten Auftrag konnte ich kurz nach Ankunft vom Libanesen Diego Constantino ergattern: 1.000 US-$ in Hemdenknöpfen, für Rudolf Kaufmann in New York, ehemals Spielzeugwarenhändler aus Nürnberg. Der erste Engländer, den ich besuchte, entpuppte sich als begeisterter Anhänger Hitlers und erklärte mir, dieser hätte alle Juden umbringen müssen. Wollte man ihm etwas verkaufen, hielt man am besten den Mund; ich besuchte ihn schließlich nicht, um weltanschauliche Diskussionen zu führen. Adolf Hitler war damals noch ein großes Thema, viele drückten mir ihre Sympathie für ihn aus und begrüßten mich mit erhobenem Arm. Bei aller Toleranz Kunden gegenüber: Bei diesem verhassten Gruß habe ich jedes Mal entschieden abgewinkt.

Ich komme zu der eigentlichen Kunst des Verkaufens. An erster Stelle steht – und dies in zunehmendem Maße – die Kenntnis der Materie. Oft ist diese leider recht lückenhaft. Dann folgt auf dem Fuße auch schon die menschliche Seite. Zuerst muss man wissen, mit wem man es zu tun hat, wobei man sein Gegenüber oft zum ersten Mal im Leben sieht. Kann man ihm trauen, wird er auch zahlen? Wie fasse ich den Mann an? Gleich in die Materie einsteigen oder lieber erst über Politik, die allgemeine Lage oder Frauen reden, oder Witze erzählen, oder gemeinsame Hobbys finden: Jeder Mensch ist da verschieden. Man darf nicht schlecht von seinen Mitbewerbern reden, aber auch nicht über die Konkurrenz der Kunden klatschen: Diskretion ist wichtig. Und dann muss man selbst das halten, was man verspricht, und nichts versprechen, was man nicht halten kann. Darin tun sich die Europäer im Allgemeinen hervor, sie »cumplieren«, wie man hier sagt. Das schafft Vertrauen, der Ausgangspunkt für alles. Eigentlich alles Binsenweisheiten, dennoch werden sie nicht immer beherzigt. Rückschauend betrachtet glaube ich, dass wenige Berufe so vielseitig sind wie der des Kaufmanns.

Warum bin ich nicht Landwirt geworden, der ich ohne Hitler gern geworden wäre? Der Knackpunkt war fraglos der verloren gegangene eigene Besitz, sodass ich einfach nicht für andere Kartoffeln züchten wollte, wie ich das damals formulierte. Und ich habe später nie mehr an eine Rückkehr nach Raakow geglaubt. Hinzu kam die Furcht vor einer russisch-sozialistischen Übernahme ganz Europas, unangebracht, wie wir heute wissen. Somit stellte ich schon früh die Weichen, ins Ausland zu gehen, und das ging am leichtesten über ein Exporthaus. Rosinen im Kopf? Manchmal bezweifle ich es. Es gehörte zwar eine gewisse Courage dazu, sich so ins Ungewisse zu begeben. Aber schlussendlich muss ich mir wohl auch eingestehen, dass die Landwirtschaft mir eben doch nicht so nahe stand, wie ursprünglich geglaubt. Schließlich haben andere diesen Weg erfolgreich beschritten, wenngleich er ohne eigenes Kapital sicher eher dornenvoll war. Viele Ostelbier machten später nebenher irgendetwas in Landwirtschaft, sowohl in Deutschland als auch im Ausland. Ich habe mich dazu nie aufraffen können und glaube auch, was Venezuela anbetrifft, richtig gehandelt zu haben. Das Milieu hier ist einem feindlich gesinnt und jeder versucht dir am Zeug zu flicken. Das Leben auf dem Land unterscheidet sich außerdem in diesen Breiten völlig von dem in Europa, das heißt also ohne nette Nachbarn und all das, was in Europa das Landleben reizvoll macht. Andererseits muss man vor Ort sein: Betriebsführung aus der Ferne bringt nichts.

Zurzeit – 2005 – laufen in Venezuela wieder politisch motivierte Enteignungsbestrebungen, die inzwischen nicht nur größere, sondern auch kleinere Betriebe aufs Korn nehmen. »Tod den Latifundien!!«, lautet die Parole. Keiner weiß, was geschehen wird.

Wie dem auch sei, ich habe mich nie in dieser Richtung betätigt und bereue es auch nicht. Ich habe aber diesen Mangel an landwirtschaftlicher Passion immer den »Komplex meines Lebens« genannt. Gib's zu, Siegfried, trotz aller Liebe zum Land bist du ein Stadtmensch. Dessen ungeachtet habe ich noch mit sechsundzwanzig Jahren meinem Vater geschrieben, dass Landwirt der beste Beruf sei, und ihm versichert, bei Rückgabe von Raakow »in absehbarer Zeit« doch noch umsatteln zu wollen. Das war auch ehrlich gemeint, jedoch: Dieser Fall trat nie ein!

In diesem Zusammenhang möchte ich der Geschichte vorweggreifen und einige Gedanken zu diesem Thema darlegen, die ich mir nach der Wende zu Anfang der Neunzigerjahre gemacht habe.

Was hätte ich wohl getan, wenn sich unser Besitz in der ehemaligen DDR befunden hätte? 1990 war ich einundsechzig Jahre alt, ohne jegliche land- oder forstwirtschaftliche Erfahrung. Meine beiden Söhne waren ebenfalls keine Landwirte, Raakow für sie ein Begriff aus grauer Vorzeit und ihren Frauen nicht einmal das. Früher hätte man in dem Fall die bis dato noch ledige Tochter mit einem Landwirt verheiratet, das geht aber bekanntlich nicht mehr!! Gravierend wäre hinzugekommen, dass man den Besitz ja nicht zurückerstattet bekommen hätte, sondern allenfalls sich bei der Treuhand hätte darum bewerben dürfen, vielleicht einen Teil zu pachten, um sich dann später auszuweiten. Nun, es war Gottes Wille, dass Raakow zu Polen gehörte und die Frage einer Rückkehr in meinem Fall sich gar nicht erst ergab.

Doch zurück nach Cali: Der Mitbewerb war wie überall emsig dabei, einem das Leben schwer zu machen. Zumeist handelte es sich um Deutsche. Die Firmeninhaber, eher ältere Leute, entweder schon lange in Cali oder seit 1938 eingewandert, gingen aber auch noch »auf die Straße«. Viele hatten so wie Prueter junge Kaufleute aus Deutschland »gebracht«, mit denen sich die meisten privaten Berührungspunkte ergaben. Mein eigener Kreis bestand aus etwa sechs bis sieben Deutschen, die ich durch Vermittlung der Familie Schlubach aus Hamburg ganz am Anfang kennen gelernt hatte: Hans Horstmann, Charly Flugel, Gustav Curtius, die Gebrüder Boecker, Klaus Schmider, Hermann Loheide, Ernesto Klahn, später Wolfgang Rey und andere. Heinrich Oppen gehörte nur am Rande dazu, die Chemie zwischen meinen Freunden und ihm stimmte nicht so recht. Später heiratete er Nata Negenborn, die ich noch von Hamburg her kannte. Peter Albrecht hatte dessen Gruppe zur Philosophen-Clique erklärt, zu denen später noch Wolf-Dietrich Eisenhart stieß, außerdem bewegten sich dort Mangelsdorf, Schmidt-Liermann und Orthmann. Meine Gruppe verkörperte nach seiner Terminologie die Säufer-Clique. So ganz falsch kann er damit nicht gelegen haben, denn ich berichtete 1954 an meine Eltern, dass mir während einer Geburtstagsfeier drei Stunden Lebensfilm abhanden gekommen seien! Im Großen und Ganzen vertrugen wir uns aber gut. Tagsüber versuchte man, sich gegenseitig das Wasser abzugraben, abends saß man zusammen und unternahm dies und jenes gemeinsam. Seit jener Zeit trage ich übrigens, etwas kurzsichtig, eine Brille: Man warf mir vor, arrogant zu sein und die Leute auf der anderen Straßenseite zu ignorieren! Im Jahr 2005 sollte ich durch Staroperation »neue Augen« bekommen. Erfolg:

Brille allenfalls noch nur zum Lesen, für die andere Straßenseite, Golf, Kino oder Autofahren das unbewaffnete Auge.

Das Abendessen wurde vornehmlich im Salon de Té Victoria eingenommen, der einem deutschen Schlachtermeister namens Harf gehörte. Er war 1938 emigriert, seine christliche Frau hatte die jüdische Religion angenommen. Sein Schwager, Emilio Kamp, führte ein kleines Uhrengeschäft und ich kam oft auf einen Schnack bei ihm vorbei, da ich nach den Verkaufsanstrengungen bei meist furchtbar ungebildeten Kunden nach etwas Abwechslung lechzte. Viel haben wir über das jüdische »Problem« gesprochen. Er borgte mir einige Bücher über dieses Thema, besonders erinnere ich mich an die Geschichte der Juden in Deutschland des bekannten Schriftstellers Elbogen. Eigentlich bin ich erst in Cali mit wirklichen Juden in Berührung gekommen, von denen es eine Menge gab, teils sehr nette, teils ziemlich furchtbare: wohl ein Spiegelbild der gesamten Menschheit. Im Übrigen war man als Deutscher im Allgemeinen gern gesehen. Wir scheinen in Südamerika eine bessere Presse als die Amerikaner zu haben, vielleicht weil viele Deutsche sich mit Einheimischen verheiratet haben und somit mehr integriert sind.

Eine andere willkommene Unterbrechung des Tagespensums war ein Tinto (am besten mit Mokka zu beschreiben) in einem der vielen Cafés, gelegentlich mit einem Kunden, manchmal auch mit Bekannten. Diese Kaffeehäuser bilden eine Institution in Kolumbien, wo sich das ganze öffentliche Leben abspielt. Die Kellnerinnen besaßen alle ihren Gesundheitspass, obwohl sich eigentlich nichts in dieser Richtung abspielte. Für Frauen waren diese Cafés tabu, die besuchten eher die so genannten »Salons de Té«. »Ambiente Familiar« lautete ein weiterer Begriff, der die Anwesenheit von Frauen und Kindern erlaubte. Des Weiteren muss die Siesta erwähnt werden, für welche die Mittagspause benutzt wurde und der ich mein Leben lang wohlwollend gegenüberstand! Die Arbeitszeit war von acht bis zwölf und von vierzehn bis achtzehn Uhr. Ansonsten verlief die Freizeit unter der Woche anders als in Hamburg: Das Gesellschaftsleben war eher limitiert. Dennoch sprechen meine Notizen von einer Unmenge privater Aktivitäten, oft natürlich der Weiblichkeit gewidmet. Ab und zu ging man ins Kino (Frage: »In welches gehen wir?« Antwort: »Ins nächste!«), gelegentlich gab es gemeinsames Bechern, seltener Jazz auf Platten, vereinzelt Konzerte und im Übrigen viel Zeit zum Lesen und, jawohl, Briefeschreiben. Meine gesamte Korrespondenz mit den Eltern und Großeltern aus jenen Jahren ist erhalten geblieben, Quelle und Gedächtnisstütze für vieles hier Geschriebene. Etwas mehr Wind in diesen Wochenablauf brachte später Susi.

Ferner nahm bald das Fotolabor »Studio Avenida« viel von unserer Zeit in Anspruch. Nach dem ersten Jahr in einem eher bescheidenen Zimmer zog ich zusammen mit Wolfgang Rey in eine moderne Wohnung, und wir erstanden die hierfür erforderlichen Geräte. Beide fotografierten wir gern und viel. Das Badezimmer wurde als Dunkelkammer umfunktioniert und das Bidet zweckentfremdet, indem es zur Wässerung von Vergrößerungen diente. Wir machten Porträtaufnahmen, verdingten uns für Hochzeiten, Innenaufnahmen, Chefbesuche bei Firmen oder Reiterfeste beim »Obristen« Skowronski. Die Zeitung »El Paìs« und ein anderer Verlag aus Argentinien veröffentlichten sogar einige meiner Werke. Die »Wiener Bildpost« zahlte 15 US-$ für einen Artikel. »Studio Avenida« trug somit einiges zu unserem kargen Budget bei.

Nata Oppen – Starbild unseres »Studio Avenida«

1955 hatte ich zusammen mit Charly Flugel einen kaum gebrauchten '53 Jeep gekauft, mit dem man herumfahren konnte. 31.000 Kilometer legten wir in diesem Vehikel in den nächsten anderthalb Jahren zurück. So oft wie möglich versuchte ich, trotz des knappen Budgets, etwas vom Land kennen zu lernen. Ich bin in den drei Jahren viel gereist und kannte somit mehr als die meisten jungen Deutschen: Buenaventura, Cartagena, Barranquilla, Santa Marta, Valledupar, den »Ruiz« mit 5.400 Metern Höhe, Popayan, Pasto, Tumaco, Tuloa, Pereira, Medellin, Manizalez und die nähere Umgebung von Cali einschließlich der so genannten »Paseos« zum Baden an umliegende Flüsse. Kurz: eigentlich alles außer Quibor im Chocó und das berühmte San Agustin, das ich erst später mit Alix besuchen sollte. Schließlich zwei oder drei Besuche in Bogotá, wo das gastliche Haus der Wahlerts von besonderem Anreiz war. Und last but not least: einige Fahrten zum Hafen Buenaventura, wo Freund Otfried Sthamer bei der HAPAG tätig war und uns Zugang zu deutschen Schiffen verschaffte, wo man – endlich mal wieder – deutsches Bier bekam und sich auch Köstlichkeiten wie Schwarzbrot, Räucherschinken, guten Käse oder deutsche Zigaretten besorgen konnte.

Im ersten Jahresurlaub Ende 1954 hatte Cousine Margareth Lawrance mich lieberweise nach New York eingeladen einschließlich Tickets und allem. Weihnachten bei ihr war sehr stilvoll. Nach dem Diner zum Heiligen Abend ging ich allein zum Mitternachtsgottesdienst in der bekannten »Little Church around the Corner«. Eine Menge *social life* ergab sich in New York, ich war nach Cali richtiggehend ausgehungert und genoss es in vollen Zügen. Silvester konnte ich mit Cousin Lamar Soutter, seiner Frau Mary und den beiden Töchtern auf deren Insel »Bowman Island«, die Lamar in den Depressionsjahren relativ preiswert erstanden hatte, auf dem zugefrorenen Squam Lake in New Hampshire verbringen, mit Schnee und allem Drum und Dran. »Au claire de la lune« und »The Fox« mit Burl Ives waren die von den beiden Kleinen immer wieder gewünschten Platten. Sein Haus in Dedham bei Boston erschien mir riesenhaft, mit zwei Hilfskräften, zwei Autos und großem Park, der an den Charles River grenzte – insgesamt alles eben recht herrschaftlich.

Zwei zusammengelegte Jahresurlaube unternahmen wir zum Jahreswechsel 1955/1956. »10.000 Kilometer durch Südamerika«, lautete der Titel meines ausführlichen Berichts für die Nachwelt. Cali, Pasto, Heiligabend vor dem kalten Lavaausfluss eines soeben ausgebrochenen Vulkans, Quito, über die kolonialen, steingepflasterten Straßen bis Guayaquil, Treffen mit Witte und Mucks, dann mit der Fähre über den Guayas bis Talara in Peru und weiter auf circa tausend Kilometer Wüstenstraße längs der Küste über Pacasmayo und Trujillo bis Lima. Auf dem Weg besuchten wir das ethnologische Museum in Chiclin, wo wir mit dem berühmten Señor Herrera Lara sprechen konnten, der die drei von mir gekauften Stücke als authentisch guthieß: ein Chavin Steintiger (kurz vor Christus) und zwei Keramiken der etwas späteren Mochica- und Chimú-Kulturen. Das Museum befindet sich heute in Lima und enthält – sehr schlecht ausgestellt – eine Unzahl von recht expliziten, teils sodomistischen Darstellungen der Inkazeit. Damals war diese Sektion für Frauen verboten, heute für Jugendliche unter achtzehn!! Lima strahlte damals noch kolonialen Charakter aus, und wir fühlten uns – aus Cali kommend – wie in einer Großstadt. Schließlich stellte Lima einst unter den Spaniern die Hauptstadt des Vizekönigtums Peru dar. Weiter ging's über Huancayo, Ayacucho, Cuzco bis Machu Picchu, und zurück über Puno, Arequipa, Lima und Cuenca bis Cali. Die letzten zweieinhalb Tage fuhren wir »durch«, wobei sich bei kurzem Aufenthalt im Busch Charly auch noch eine Malaria holte. Ich selbst habe auf dieser letzten Gewalttour weiße Mäuse gesehen, das erste und letzte Mal in meinem Leben. Mit einem Wort: ein Supererlebnis mit Abenteuern jeglicher Natur! Die Reisekosten hatten wir mit 300 US-$ pro Mann veranschlagt, sie wurden etwas – aber nicht sehr – überschritten.

Nun wird es Zeit, zum weiblichen Geschlecht zu kommen! Große Angst verursachten die allgemein bekannten Storys von Müttern mit Klappaltar und den die Familienehre verteidigenden Brüdern. Mir persönlich ist nur ein Fall bekannt, wo das geschehen ist: Der vierzehnjährige Bruder eines angeblich »verführten« Mädchens überraschte den Bösewicht, Revolver in der Hand, als dieser nichts ahnend aus seinem Auto stieg. »Nein«, rief der,

»wir wollen uns doch verloben!« »Liborio, ya es tarde«, lautete die Entgegnung, und bums schied Liborio aus dem Leben.

Uns ist solches nie passiert, aber die wenigsten von uns wollten sich auch mit einer Kolumbianerin binden. Die Kehrseite: Die fünfzehnjährige Tochter eines deutschen Bekannten bekam von ihrem Freund ein Kind, der sie dann heiratete und verließ, dennoch aber weiterhin eine Art Besitzerrecht für sich beanspruchte und in ihr Leben eingriff. Sie konnte fortan nicht tun und lassen, was sie wollte, weil sie ja mit ihm verheiratet war. Begreif das einer! Scheidung gab es damals in Kolumbien nicht. Ich fand, dass, wenn man gewisse Spielregeln beachtete, so etwas nicht passieren sollte. Wenn man zum Beispiel deine Freundin als »novia« bezeichnete, dann hieß es, sich schnell abzusetzen, denn der Terminus ist zwar nicht gleichbedeutend mit »Verlobte«, kommt ihm aber doch recht nahe.

Die kolumbianischen Mädchen waren anders als die deutschen. Unsere Freundinnen stammten meist aus bekannten Familien, ausnahmslos reizend und sympathisch – was machte sie nun so verschieden? Man soll sich vor Verallgemeinerungen hüten, aber ich tat mich eigentlich schwer mit ihnen. Herumblödeln, sehr beliebt in jenen Breiten, lag mir nicht; Charly Flugel war da ganz groß drin, ergo war er sehr beliebt. So im Auto: »Caramba, so viele Kurven, und ich ohne Bremsen!« Große Bildung und Interessiertheit fand ich eher selten. Klassische Musik, Geschichte, Literatur, Malerei, Kunst oder selbst Politik: Die wenigsten interessierte das. Bach oder Beethoven: schimmerlos! Meine Vergleichsbasis, nämlich die alten Freundinnen aus Hamburg, war vielleicht auch besonders anspruchsvoll. Viele Caleñas hatten amerikanische Colleges besucht, aber offenbar nur mit Latinas verkehrt, sodass ihr Englisch recht kümmerlich war. Dabei waren sie fast alle sehr musikalisch und auf die lokalen Tänze, wie Bambuco, Cumbia oder Porro, fuhren sie voll ab. Als dauerhafte Lebensgefährtin, insbesondere außerhalb Kolumbiens, und als Mutter meiner Kinder konnte ich sie mir einfach nicht vorstellen. Und dann war da immer noch Gwendolyn …

Oft habe ich mich innerlich meinen vielen Freundinnen und Bekannten gegenüber undankbar gefühlt, denn alle waren sie nett und offen, meist gut ausschauend und von guter Figur, auch in keiner Weise dumm, aber … Waren sie prüde? Wohl kaum, aber die Vorurteile waren groß, Cali sehr klein und alle passten höllisch auf ihren guten Ruf auf. Dabei waren sie pragmatisch und verständnisvoll: Wenn sie uns abends nach einer Party nach Hause fuhren – alle hatten, im Gegensatz zu uns, ein Auto zur Verfügung –, so fragten sie grundsätzlich: Willst du nach Hause oder soll ich dich in der Stadt lassen? Letzteres, das war ihnen klar, bedeutete, dass man an dem Abend noch anderes vorhatte und nicht nur »einen Cafecito« trinken würde, von dem man schicklicherweise murmelte. Unvergesslich der mir zugetragene Kommentar des Vaters einer deutschen Freundin von mir, Gisela: Ich solle mir doch wohl nicht einbilden, seine Tochter heiraten zu können. Erst wusste ich gar nicht, was er eigentlich meinte, bis man mich aufklärte: Ich sei ein kleiner Habenichts und für seine Tochter habe er Besseres im Sinn. Sozusagen Klappaltar in revers! Er arbeitete als Musiker im städtischen Symphonieorchester. Somit wurde also nichts aus dieser nie geplanten Ehe! Flor, aus Tumaco, hätte sicher nicht nein gesagt, aber auch sie habe ich nie gefragt.

Dabei liefen die zwei mir bekannten Fälle, in denen Caleñas geheiratet wurden, gut aus: Hans Horstmann heiratete Haydée Hormaza, mit der ich heute noch Kontakt pflege. Sie lebt, leider Witwe, in Hamburg. Wolfgang Rey verband sich mit Irene »Mona« Jaramillo, sie lebten beide bis vor kurzem glücklich in Bogotá/Kolumbien, aber auch Irene wurde jüngst Witwe. Alix hat 1980 während einer Augenoperation bei den Reys gewohnt.

Susi gehörte nicht zu dieser Gruppe. Ich hatte sie bei einem Kunden kennen gelernt, eine sehr interessierte und lernbegierige Person, wenngleich eher einfacher Herkunft. Dessen ungeachtet: Susi war anders als die anderen. Fast zwei Jahre lang pflegten wir unsere Freundschaft, wobei viele schöne Erinnerungen mit ihr verknüpft sind. Sie fing meinetwegen mit Englischunterricht an. Als ich in New York weilte, schrieben wir uns noch lange Briefe auf Englisch, bis ihre letzte Mitteilung kam, am 26. Oktober 1959: Sie habe geheiratet, er sei ein ordentlicher Mensch, aber auch nicht mehr, und sie könne den Briefwechsel nicht fortsetzen. Sie habe immer noch gehofft, ich würde eines Tages zurückkommen, aber … Nie habe ich ihr irgendetwas versprochen, doch an jenem Tag war ich sehr nachdenklich. Ich fühlte mich schuldlos schuldig. Susi und ich haben uns nie wiedergesehen.

Einmal jagte sie mir indirekt einen großen Schrecken ein. Es war der 7. August 1956, und ich war mit einigen Freunden beim deutschen Konsul Dr. Rabes eingeladen, mit Smoking, wie sich das gehörte, als auf dem Heimweg plötzlich eine gewaltige Explosion die Stadt erschütterte. Wir fuhren sofort auf eine nahe liegende Anhöhe, sahen aber nur ein Riesenfeuer, das aus der Richtung von La Floresta loderte, dem Ortsteil, in dem Susi lebte. Da auf dem Weg dorthin die Stadt bereits mit Militär abgeriegelt worden war, musste ich unverrichteter Dinge umkehren. Was war geschehen? Einige mit Sprengstoff beladene Militärlastwagen wollten die Nacht in der Kaserne verbringen, einen halben Block von meiner Wohnung entfernt. Der UvD hatte sie jedoch weggescheucht, sodass sie nun am Bahnhof Station machten. Dort explodierten sie gegen Mitternacht, wahrscheinlich hatte bei einer Schießerei ein Geschoss den Sprengstoff getroffen und entzündet. Mein Telegramm: alles o. k., Verlust (bei mir) nur Fensterscheiben, erreichte die Eltern in Bonn zum Frühstück, als sie gerade in den Nachrichten von diesem Unglück hörten. Über zweitausend Tote gab es, ganze Häuserblocks total vernichtet und ein Riesenkrater am Bahnhof, wenigstens zehn Meter tief. Susis Stadtteil hatte das Unglück Gott sei Dank verschont.

Susi – auch ein Werk vom »Studio Avenida«

Familien, mit denen man verkehren konnte, gab es herzlich wenige. Sehr sympathisch und kultiviert war das Haus Dette, sie Baltin, er Bestäubungsflieger. Als Halb- oder Vierteljude war Wilhelm Dette um 1934 herum das Offiziers-Portepee aberkannt worden. Daraufhin wanderte er aus, wurde Pilot bei der SCADTA, Sociedad Comercial Anónima de Transporte Aéreo Alemana, nebenbei die älteste Fluglinie in der Hemisphäre, kehrte aber nach Kriegsausbruch über Japan und Russland nach Deutschland zurück, »um das Vaterland zu verteidigen«. Recht bald wurde er abgeschossen und verbrachte den Rest des Kriegs in alliierter Gefangenschaft. Wahrhaft aufzeichnungswerte zehn Jahre. Bei ihnen also konnte man ein ordentliches Gespräch führen. Dann gab es noch Lörkens, bei denen der Akzent auf Musik lag, und natürlich Heinrich und Nata Oppen. Noch oft sollte ich sie in meinem späteren Leben sehen. Heinrich landete später bei der BASF, nach seiner Pensionierung leben beide in Berlin und widmen sich heute dem früheren Besitz Alt-Friedland, wo Heinrich inzwischen einen beachtlichen Wald sein Eigen nennt. Nata organisiert Ostreisen.

Schließlich war das Haus Konietzko eine Anlaufstelle, beides Bremer, Tochter Bessy war allgemein beliebt, und ihre Cousine May Grobien heiratete 1956 meinen Freund Ernesto Klahn. Die übrigen Familien waren nicht mein Fall, lass es uns dabei bewenden!

Ein großes Thema stellte damals die deutsche Wiederaufrüstung dar. Behörde Blank koordinierte sie. Im Sommer 1956 wurde die allgemeine Wehrpflicht für Männer zwischen achtzehn und fünfundvierzig Jahren eingeführt. Oft haben wir in Cali über ihr Pro und Contra diskutiert, wobei sich die Gemüter erhitzten. Ich nahm damals den Standpunkt ein, dass ich ungern mitmachen würde, um nach all den Verunglimpfungen, denen deutsche Soldaten und überhaupt ganz Deutschland in den letzten elf Jahren ausgesetzt waren, wieder ein Gewehr in die Hand zu nehmen, nur weil nun plötzlich eine deutsche Armee wieder von Nutzen sei. Andere dachten wiederum schon daran, ihren Leutnant zu machen. Zum Glück blieb all das für mich reine Theorie: Da ich zum so genannten »weißen

Jahrgang« gehörend eingestuft wurde, war ich von zukünftigem Wehrdienst befreit.

Zur Erheiterung des Lesers einige Perlen aus meinen täglichen Notizen des Jahres 1956, die das reflektieren, was ich damals gedacht – und gehört – hatte:

»Reizlos angezogen, reizlos ausgezogen!« (die Meinung einer spitzzüngigen Deutschen über einen weiblichen Hausbesuch)

»Ich werde wohl doch wieder nach Deutschland gehen!« (nach einer langweiligen Abendeinladung)

»Zum Reichwerden besitze ich viel zu viel Hobbys.«

»Stilvolles Besäufnis, eine Flasche Rum pro Kopf – lobe den Herrn.« (Diesen Choral hatten wir ausgiebigst gesungen!)

»Südamerikaner werden es nie zu etwas Überragendem bringen!« (nach langem Gerede hin und her auf einer Party)

»E. ist *der* Vertreter in Cali, der am wenigsten verdient, aber am meisten das Maul aufreißt!«

»Philosophisches Gespräch mit W. D. Ich bin demnach ein sehr primitiver Mensch, habe aber, glaube ich, mehr vom Leben!«

»Ich denke bei Mondschein an meine zukünftige Frau!« (nach dem Besuch bei zwei Freundinnen)

»Susi hat Kopfschmerzen, so können wir uns mal in Ruhe unterhalten!«

Aus der Fotostudioarbeit: Für Amparos Porträt ihren Busen vergrößert, durch geschicktes Arrangement ihrer Bluse. Margarita hat eine zu große Nase. Bei Aktaufnahmen: Alle werden sie klein vor der Kamera.

»Un Baño siempre vigoriza« (Susi)

»Ich schenke Susi morgens zum Geburtstag das von ihr gewünschte Parfum »Scandal« – abends bin ich von Kopf bis Fuß skandalumwittert.«

»Es ergeben sich Diskussionen, die mit Kolumbianerinnen nie zu führen wären!« (nach einem Abendessen mit Oppens und Dettes)

»Da der BH kaputtgeht, können wir nicht ins Trapiche (eine beliebte lokale Bar) gehen, „wegen der dünnen Bluse“«.

»Politische Gespräche mit Leuten wie E. (mit Nazi-Tendenzen) machen mich wild!« (nach einem solchen Gespräch!)

»Susi merkt etwas von Susanne!« (leider mit Beweisen)

Wir kommen zum Ende von drei ereignisreichen Jahren. Was bewog mich wegzugehen? Wieder Rosinen im Kopf? Wohl schon, ich hatte Weiteres im Sinn, nachdem ich meinen Vertrag ordnungsgemäß erfüllt hatte. Kolumbien war mir wirtschaftlich nicht interessant genug, die Ersparnisse entsprachen nicht meinen Erwartungen, auch hatte ich bei aller Liebe zum Land an meiner dortigen Arbeit kein so großes Gefallen gefunden. Die Regierung verfolgte eine Politik, die wenig für die Landwirtschaft tat und nur die Industrie vorantreiben wollte. Die Einfuhren waren für die Firmen in den letzten zwei Jahren immer mühsamer geworden, und Siemssen hatte das Land als zu riskant eingestuft, um dort weiterhin auf Kredit zu verkaufen.

Ich zählte also die Tage bis zu meiner Abreise.

Politisch sah es schließlich auch nicht gut aus: Fünf Monate nach meiner Abschied wurde der diktatorische Staatspräsident Rojas Pinilla gestürzt, und es begann eine turbulente Zeit.

Eine interessante Betrachtung von mir aus jenen Tagen: Venezuela stünde als einziges Land in Südamerika gut da, aber bedenklich sei die Abhängigkeit vom Erdöl (ich erinnerte mich noch mit Schrecken an den Verfall der Kaffeepreise, Kolumbiens damaligem Hauptprodukt), und wenn Atomkraft weiter ausgebaut würde – was dann? Diese und ähnliche Überlegungen gingen mir durch den Kopf, aber was sollte ich konkret anvisieren, ab 1. Januar 1957? Siemssen stand im Begriff, Ostasien auszubauen, war das etwas für mich? Südamerika war Europa doch sehr viel ähnlicher als der Orient, zu dem ich gar kein Verhältnis hatte, aber überall gab es Korruption und schlechte Verwaltung: Die Länder dieser Hemisphäre waren einfach nicht krisenfest. Somit konnte ich mich auch nicht für das Angebot unseres mir sehr sympathischen Ecuador-Vertreters Fritz Witte erwärmen, für ihn in Quito tätig zu sein. Überhaupt Lateinamerika, war es wirklich das Land der Zukunft? Skeptiker meinten, das würde es wohl noch lange bleiben.

Ich muss zugeben, dass damals die Alternative bestand, nach Deutschland zurückzukehren, um von dort für ein industrielles Unternehmen erneut ins Ausland zu gehen. Oder vielleicht sogar dort zu bleiben, wenn sich etwas Interessantes ergäbe. Vielleicht könnte ich mich irgendwo einkaufen – aber womit? Meine Präferenz ging hingegen dahin, mir erst einmal die USA anzusehen und insbesondere New York zu erkunden. Ich wollte in Wirklichkeit von diesem Erdteil noch nicht weg: Da müsse sich doch sicher noch irgendetwas machen lassen. Siemssen hatte ich das mitgeteilt, und Herr Lund meinte, etwas lauwarm, das wäre eine gute Idee, und über meine Rückkehr zu ihnen könne man ja zu gegebener Zeit sprechen. Somit begann ich an diesem Projekt zu arbeiten.

Das Einreisevisum bekam ich für den 1. Januar 1957 über die deutsche Quota – damals bestand noch das Quotensystem –, mit der fast automatisch die Arbeitserlaubnis verbunden war, die so genannte »Green Card«. Wie ein Damoklesschwert hing meine mögliche Einberufung in die Armee über mir. Einige Anfassbilletten für New York hatte ich. Cousin Margareth informierte ich nur sehr vage über meine Pläne, weil ich das Berufliche dort allein in Angriff nehmen wollte. Der Hausstand wurde aufgelöst, einiges nach Hamburg verschifft, der Jeep verkauft, und los ging's. So einfach war das.

Zum Abschluss gab es noch eine sehr lustige Silvesterparty in Bogotá bei einem Ehepaar Koblinski. Minki Adamovich lernte ich erst später kennen, merkwürdig, denn sie ist eine Institution in Bogotá und kümmert sich sehr hilfsbereit um alle Neuangekommenen. Das Visum konnte ich auf dem Konsulat in Cali am 2. Januar abholen, womit meinem Abflug am Tag darauf nichts mehr im Wege stand. Charly Flugel, Oppen und Eisenhart brachten mich zum Flugplatz, großer Bahnhof, wir leerten den letzten Whisky auf unser gegenseitiges Wohl – and that was it.

Wer weggeht, hat es leichter, sagt man. Das ist grundsätzlich richtig, leicht fiel es mir dennoch nicht. War mein Scheiden von Hamburg nicht recht ähnlich gewesen? Die Erwartung an das Neue überwog aber die Nostalgie über das und die Zurückgelassenen, und ich flog mit der Gewissheit davon, die richtige Entscheidung getroffen zu haben. Zu diesem Zeitpunkt stand ich kurz vor meinem achtundzwanzigsten Geburtstag.

New York City, here I come!

New York, N.Y., 1957 – 1959

Erster Teil: Die Reise dorthin

O. k., ich war also beim Ausgangspunkt meiner zukünftigen Pläne angekommen, saß im Flugzeug und finster entschlossen, so viel wie möglich auf dieser Reise kennen zu lernen. Noch begieriger aber war ich auf die zu erwartenden Herausforderungen in New York: ein junger Mann voller Tatendrang! Den Flug bis Guatemala mit Zwischenlandung in Panama hatte ich mit Panagra gebucht, einem Gemeinschaftsunternehmen zwischen Pan American Airways und der Grace Line, damals die Nummer eins an der Westküste.

Erster Eindruck von Panama City: unheimlich tropisch. Zweiter Eindruck: keine hübschen Mädchen, da war ich von Cali her Besseres gewohnt. Die Stadt ansonsten pittoresk mit hübschen, weißen Gebäuden. Den Kanal kannte ich ja schon. Der Weiterflug nachts über Nicaragua und Costa Rica mit herrlicher Aussicht auf teils noch aktive, feuerspeiende Vulkanberge.

In Guatemala blieb ich vier Tage. Die gleichnamige Stadt war sympathisch, sauber, altmodisch und provinziell. Dann ging die Fahrt weiter nach Antigua, der alten, von einem Erdbeben total zerstörten Hauptstadt mit malerischen Ruinen in Gartenlandschaft, und zum Lago Atitlan mit Künstlerkolonie und Bambu-Bar, Hotel St. Regis 8 $. Am Lago Amatitlan besuchte ich das Haus von Vera Nottebohm, verwandt mit Schröders, die mich zu einem Cocktail mitnahm: Die Zeit wurde optimal genutzt. Ein großes Thema war damals die Zukunft der Kaffeehaziendas, bisher meist in deutscher Hand. Guatemala befand sich 1957 mit Deutschland noch im Kriegszustand. Die Landeswährung, der Quetzal, stand pari zum Dollar. Mit fünfzehn Kilogramm Übergepäck (eine Decke á 14 US-$, zwei Kilogramm meist kolumbianischen Silbers und anderem) ging es weiter nach Mexico City.

Acht Tage in dieser aufregenden Stadt, mit dem heutigen Mexico kaum zu vergleichen. Hotel Meurice zu 11 US-$ die Nacht!! Meine Anlaufstelle war ein Graf Rantzau, Freund von Achi Schuckmann, der dort eine

Deutsch-Mexikanerin geheiratet hatte und in der Keramikfabrik ihrer Familie Honsberg tätig war: El Anfora. Ich bekam einen vor mir handgemalten Teller mit meinem Namen drauf, der noch heute besteht! Es folgten viele Unternehmungen mit den Rantzaus, die mich nach echt südamerikanischer Tradition »attendierten«. In Erinnerung bleibt Maria Lilienfeld, eine Freundin des Hauses. Die Avenida Reforma, mit Honsbergs »Anforas« gesäumt, Chapultepec, Xochimilco, Teotihuacan, selbst Cuernavaca: Wie anders sieht das alles heute aus.

Das Nationalmuseum war schon damals *die* Attraktion, interessant auch die moderne Ciudad Universitaria mit den Wandgemälden von Rivero und Orozco, in denen Kaiser Max immer wieder vorkam: Er spielt in der mexikanischen Geschichte eine Rolle. Der Bruder meines Urgroßvaters Schuckmann wechselte 1863 zu seiner österreichischen Armee über und floh vier Jahre später nach dem Scheitern des Unternehmens auf dem Landweg nach New York; seine Frau folgte per Schiff via Kuba. Am Tag vor meiner Abfahrt war großes Gelage bei Rantzaus, Whisky und Tequila wurden groß geschrieben, und ich weiß nicht mehr, wie ich ins Hotel kam. Um die gleiche Zeit starb drüben plötzlich und unerwartet mein lieber Großvater Schuckmann, zweiundachtzig Jahre alt. Erst in Baltimore erreichte mich diese traurige Nachricht.

Im Pullman ging es weiter nach Ciudad Juarez, zwei Nächte und anderthalb Tage dauerte diese Bahnfahrt quer durch Mexico. Über so eine Reise wäre ein Roman zu schreiben! Passkontrolle und »Einreise« im Zug, dann schließlich El Paso auf der US-Seite. Prescott, Arizona, wo der Sohn einer Cousine meiner Großmutter, David Churchman Trimble, Rector der St. Lukes Church war, sollte meine nächste Station sein. Sein Bruder Ridgeway und er hatten vor dem Krieg Bärenstein besucht, wo die dort spukende Margarethe einen bleibenden Eindruck bei ihnen, wie auch bei Lamar Soutter, hinterlassen hatte. Eine ganze Woche lang habe ich dort mit Cousin David, seiner Frau Cousin Anne und ihren drei Kindern das wirkliche, kleinstädtische und so überaus gastfreundliche Amerika kennen lernen können. Cousin David stellte mich überall vor, unter anderem auch in seinem Rotary Club, und nach kurzer Zeit kannte mich jeder am Ort. Lange Diskussionen über die Prostitution, wer war wohl dafür, wer dagegen?? Sehr schön war eine Fahrt durch das schneebedeckte Arizona zum Gran Canyon und den Hopi-Indianern. Dennoch: Als ich mit dem Greyhoundbus Prescott verließ, fühlte ich mich, wie ein Zigeuner sich fühlen muss, der nach langen Wochen am gleichen Ort endlich wieder auf der Landstraße ist. Ich kam mir schlecht vor, hochgradig undankbar, aber froh und frei: Für Prescott schien ich nicht geschaffen zu sein!

Den Rest der Reise legte ich im Greyhoundbus über Amarillo, Albuquerque, Dallas, New Orleans, Memphis, Charlotte, Chattanooga, Richmond bis Washington und Baltimore zurück. Einen größeren Teil des Gepäcks schickte ich immer einige Stationen voraus und konnte mich somit auf den Zwischenstationen freier bewegen. Über diese Fahrt könnte ich ebenfalls einen Roman schreiben, will aber nur auf zwei Städte näher eingehen. In New Orleans lernte ich durch den dortigen Jazz Club William »Bill« Russell kennen, den Verleger von sehr guter Jazzmusik (American Music) und ein Name in der Jazzwelt. Al Hirt gab es damals schon! Wir fuhren mit der Fähre nach Westwego, wo eine schwarze Band spielte und eine Woche zuvor ein weißer Navy-Leutnant mitgewirkt hatte, der daraufhin sofort eingesperrt worden war: No whites in a black band! Nur durch Washingtons Vermittlung kam er wieder frei mit dem Hinweis: Das Federal Government sei zwar gegen Segregation, aber er müsse auch die Regeln des jeweiligen Bundeslandes berücksichtigen. Segregation verfolgte einen auf Schritt und Tritt, vom »stillen Örtchen« bis zu Restaurants: hie Coloreds, hie Whites. Einmal bot ich in einem lokalen Bus (Weiße vorn, Schwarze hinten) einer hochschwangeren Negermami auf der Nahtstelle meinen Platz an: Wow, wenn Blicke hätten töten können! Und die wollen uns Deutschen Demokratie beibringen, ging mir damals durch den Sinn.

Ein weiteres großes Thema, das einen in allen Südstaaten verfolgte, war der »Civil War« von 1860 bis 1864, die Rolle der Konföderierten, General Robert E. Lee, »Vom Winde verweht« live, und Dixie-Musik.

Auf der Reise ging ich ab und zu ins Kino. »Das US-Kinoniveau ist erschreckend«, sagen meine Aufzeichnungen, wobei ich mich nicht daran erinnere, ob sich das auf die Filme oder das Publikum bezog, denn es gab ja schon damals exzellente amerikanische Filme. Es war dort übrigens Usus, zwei Filme hintereinander für den gleichen Preis zu geben. Eine wichtige Institution stellte der »Drugstore« dar, wo Soda Pop, noch besser »Ice Cream Soda«, Hamburger und Frankfurter Würstchen neben Kosmetica und Pharmazeutica erhältlich waren.

Washington wurde ebenfalls eingehend erkundet. Einige Gerüste von Eisenhowers »Inauguration« im Januar standen noch, er hatte Ende 1956 die Wahl für die Republikaner gegen Adlai Stevenson gewonnen. White House, Capitol Hill, Constitution Avenue, National Galerie, Lincoln Museum und das Smithsonian Institute: ein ziemliches Programm für zwei Tage.

Darauf folgte die letzte, etwas längere Station in Baltimore bei Cousin Ridgeway Trimble, Bruder von David (in Prescott) und William »Bill« (in Den Haag). Ridgeway war Arzt am Johns Hopkins Hospital. Jahre später wurde ich in Peru von einem Medicus auf ihn hin angesprochen: »Oh yes, Dr. Trimble, he was a real gentleman«. Im »Pacific Theater« hatte er unter MacArthur gedient, im Range eines Obersten im Medical Corps. Er sprach in hohen Tönen von seinem damaligen Chef, zeigte sich jedoch ziemlich enttäuscht darüber, als dieser sich 1945 beim Abmelden kurz erhob, ihm »good luck« wünschte – und das war's. »Muy seco«, sagt der Latino. Auch hier wiederum reizende Aufnahme. Die Trimbles hatten ebenfalls drei Kinder, die Frau – Francis – stammte aus Australien. Den dort gemachten Maryland-Führerschein besitze ich heute noch, Adresse: »6 Charles Mead Road«. Schuhe gekauft für 9 und 12 US-$, sagen meine Notizen, sehr wichtig!!

Mit der Staten Island Ferry – für ganze fünf Cents! – komme ich in Manhattan an, bis dorthin Autogelegenheit: immer an die Kosten denken. Insgesamt fast acht Wochen lagen hinter mir, die ich in vier Ländern verbringen konnte. Unheimlich viel habe ich in dieser Zeit hinzugelernt, eine Menge gesehen, eine Menge erlebt, viele Eindrücke gewonnen, neue Menschen und reizende Verwandte kennen gelernt. Insgesamt hatte ich jetzt von Guatemala, Mexiko und dem Süden der USA eine recht ordentliche Vorstellung. Das steht auf der Habenseite. Im Soll befanden sich 400 Dollar in meiner Tasche, »That was all I had to my name«, wie die Amerikaner sagen. Der Rest der kolumbianischen Ersparnisse war auf dieser Reise ausgegeben worden. Monetär betrachtet für drei Jahre nicht gerade ein Erfolgsergebnis.

Zweiter Teil: Business

Endlich war es so weit: Ich erreichte am 20. Februar 1957 das Ziel meiner Träume. Im W. Sloan House vom YMCA an der 32th Street fand ich für 2,10 US-$ ein entsprechendes Quartier. Erste Enttäuschung: Am nächsten Tag, Freitag, war Washingtons Geburtstag, dem ein langes Wochenende folgte. Dafür hatte ich nun Zeit, mir die Stadt genau anzuschauen. Lunch bei Cousine Margareth, ich wollte sie ja nicht ausschließen, nur eben alles allein organisieren. Einige private Adressen hatte ich, das half. Christoph Malaisé war der Erste, den ich traf, seine Schwester Maja kannte ich noch von Hamburg her.

Am Montag, den 25. Februar, meinem Geburtstag, ging es los! Unglaublich, bei der zweiten Adresse wurde ich fündig: The Otto Gerdau Company, 82 Wall Street. Dort hatte ich keinerlei Einführung, sondern nur gehört, dass die Firma eventuell jemand mit Überseeerfahrung brauchen könnte. Mr. Gerdau, der Inhaber selbst, unterhielt sich über eine Stunde mit mir, später noch einmal seine »Nummer zwei« zwei Stunden. Das Angebot: 75 $ die Woche, was 62 $ netto entsprach, also zirka 270 $ netto monatlich. Nicht schlecht, zumal ich mich auf höchstens 60 $ brutto vorbereitet hatte. Dennoch sagte ich Mr. Gerdau, dass ich ein »baby in the woods« sei (große Heiterkeit: Es heißt »babe in the woods!«) und ob er mir das bis Freitagnachmittag fest an Hand geben könne? Die Antwort war positiv. Nachdem verschiedene andere Besuche kein sofortiges Resultat zeitigten, sagte ich bei Gerdau zu und fing am Montag dort an. Ich war – das versteht sich – auf Wolke sieben und fühlte mich siegreich. Am ersten Tag fündig, auf total fremdem Terrain – sollte das an meinem Geburtstag liegen? Als am gleichen Tag in der alten Met auch noch Wagners »Siegfried« gegeben wurde, betrachtete ich dies als Gottes Fingerzeig und ging hin. Mit nassen Füßen ließ ich die Oper über mich ergehen, verstand absolut nichts und marschierte, weniger siegreich, aber dennoch in Hochstimmung, in mein Sloan House zurück. What a day …

Die Ernüchterung kam am Montag mit der ziemlich schnellen Erkenntnis: Dieser Job war nichts für mich, reine Routine. Dafür war ich nicht nach New York gekommen. Die Tätigkeit meiner Abteilung bestand aus dem Koordinieren von aus Japan importierten Korbstühlen und den dazugehörigen, in den USA gefertigten Basen aus Betoneisen. In einem Lagerhaus wurden beide Teile zusammengesetzt und an die großen Warenhäuser verkauft, zum Beispiel Sears, Roebuck & Co., Marshall Fields, J. C. Penny, Woolworth und andere. Unser Team bestand aus drei Leuten: Kollege Charly war nett, mit meiner Vorgesetzten hingegen, Ruth Shaiken aus Brooklyn, stimmte die Chemie absolut nicht. Vielleicht weil ich Deutscher war? Der Holocaust lag ja gerade erst zwölf Jahre zurück. Auch wenn die Firma Weiteres mit mir im Sinn gehabt haben mag – denn Südamerikaerfahrung brauchte ich für diese Tätigkeit sicher nicht –, mir war die Arbeit als solche einfach zu langweilig, und ich wollte weg. Heute macht man das kaltblütig, ich aber hatte damals wirkliche Hemmungen, so einfach wegzugehen, nachdem man mich von vornherein so nett behandelt hatte. Also erfand ich eine Geschichte mit Notfall in Deutschland und dergleichen, aber so oder so: Ich ging.

Jetzt kam Gillespie & Co. of New York, Inc. ins Spiel, für die ich acht Jahre lang tätig sein sollte. Ich war bei ihnen schon in der ersten Woche vorstellig geworden, da ich sie aus Cali als Konkurrenten für Rippenstreckmetall kannte. Bei einem Kunden hatte ich mir den Namen der Person geben lassen, die die Gillespie-Offerten unterschrieben hatte: Mr Victoria. Als ich nach ihm fragte, hieß es aber, er sei in Urlaub.

»Was wollen Sie denn?«, fragte der Mann vom Empfang.

»Einen Job«, war meine klare Antwort.

Dann, fuhr er fort, würde er mich zu jemand bringen, der wirkliche »power« hätte, Jerry Rabassa. Er sei zwar nicht der oberste Chef, aber als Vice-President der richtige Mann für mich.

Das Gespräch war hervorragend, und Rabassa meinte, vor einer Woche hätte er mich sofort genommen, aber zurzeit sei dummerweise kein Posten frei. Er verstand, dass ich nicht ewig warten konnte, bat mich aber, ihn sofort anzurufen, falls meine neue Tätigkeit mir nicht behagen sollte. Das war nun der Fall und ich rief ihn an.

»Mr. Rabassa, I am in the market again.«

Diesmal klappte es!! Gehalt: 85 US-$, also sogar besser als bei Gerdau.

Am 1. April 1957 fing ich bei Gillespie an, 96 Wall Street (später 2 Broadway), einer Exportfirma, Ende des 19. Jahrhunderts gegründet mit über sechzig Angestellten, die sich vornehmlich mit Südamerika befassten. Es gab verschiedene Abteilungen, und ich landete vorerst bei den Autoteilen, wechselte jedoch bald in die Dairy-Abteilung über. Gillespie hatte mithilfe eines venezolanischen Partners, Ron Velutini, dort Milchabfüllmaschinen von Excello eingeführt, die Milch in 1-Liter-Kartons abfüllten. Meine Tätigkeit bestand aus der Koordinierung der regelmäßigen Lieferungen an die »Pasteurizadoras« von fertigen Kartons, Paraffin, Leim und Verschlussdraht. Mein Chef Joel Meltzer, wiederum ein Jude, war kein unrechter Mann, aber etwas einsilbig und wohl im Geheimen besorgt, dass ich ihm eines Tages seinen Job streitig machen könnte. Rabassa hatte das wohl bemerkt und nahm mich ziemlich schnell unter seine eigenen Fittiche: Er war für das Regierungsgeschäft mit Venezuela zuständig und ich arbeitete direkt unter ihm. Viel ging damals über meinen Schreibtisch, immer herrschte Druck, oft wegen irgendwelcher Ausschreibungstermine oder zu erwartender Auslandsgespräche, und ich wusste manchmal nicht, woher ich die Zeit nehmen sollte, um kurz zu verschwinden. Wäre es mir nicht selbst passiert, ich würde es nicht glauben. Dennoch habe ich mir bei all der Hektik immer meine innere Ruhe bewahren können, obwohl sie viele andere Mitmenschen in die Arme von Psychiatern oder Psychoanalytikern trieb. Ich buchte dies zugunsten meiner gesunden Jugend auf dem Lande in Raakow.

Lustig verliefen gelegentliche Fahrten zu Lieferanten, so zum Beispiel eine Tour nach Chicago, wo ich mit venezolanischen Kunden gebrauchte Registrierkassen bei NCR (National Cash Register Co.) kaufen sollte. Ich musste zwischen den beiden Parteien dolmetschen, die ausschließlich englisch beziehungsweise spanisch sprachen, und zwar über eine Materie, von der ich absolut gar nichts verstand (Lieblingsbeschäftigung eines jeden tüchtigen Exporteurs!). Am Ende des Tages sprach ich englisch zu den Venezolanern, spanisch zu den NCR-Leuten, aber als ich anfing deutsch zu reden, beschloss man, jetzt sei es Zeit für ein paar ordentliche Drinks und Dinner.

Unser größtes Projekt zu meiner Zeit war die neue Pferderennbahn »La

Rinconada« in Caracas, für die wir eine große Menge von Komponenten lieferten. Der Totalisator ging an uns, ebenso die Fernsehkabinen, alle Wandkacheln, die Teppiche für den Jockey-Club (Ratschlag für mich für die Verhandlungen mit den Teppichleuten: immer mit dem Rücken zur Wand stehen!), Leuchtkörper und anderes. Mit dem Lieferanten für Türschlösser Curzon hatte ich mein erstes Business-Lunch und handelte ihn um vier Prozent herunter, was bei 72.000 US-$ Gesamtwert immerhin fast meinem Jahresgehalt entsprach. Mit drei Martinis war ich für den restlichen Nachmittag ziemlich unbrauchbar, meinte aber, für diesen Tag meine Arbeit getan zu haben.

In einem Jahr wurde ich »Assistant Export Manager« und war gewaltig stolz auf diesen Titel, im folgenden Jahr »Assistant Treasurer«. Nun als »Officer« der Firma konnte ich Schecks mitunterschreiben. Das Gehalt war schon im Juli 1957 auf 100 US-$ erhöht worden und ging später weiterhin nach oben. Kurz vor meiner Abreise nach Venezuela ernannte man mich zum »Assistant Secretary«, 1964 in Caracas zum »Assistant Vice-President«.

Damit, dass man Überstunden bezahlt bekam, tat ich mich anfangs etwas schwer. Ich fühlte mich dadurch irgendwie in die Arbeiterklasse degradiert. Nun, bei anderthalbfacher Bezahlung, warf ich diese Vorurteile schnell über Bord und kassierte schamlos dieses recht einträgliche Zusatzeinkommen. Immerhin war es ja rechtmäßig verdient, im Durchschnitt verließ ich das Geschäft um neunzehn Uhr und erschien dort gelegentlich sogar am Sonnabend früh.

Eine kleine Episode, geschehen an einem solchen Morgen: Ich befand mich allein in der Firma und beantwortete den Anruf eines Mr Loewenstein. Wir kamen ins Gespräch und es stellte sich heraus, dass ich einen entfernten Vetter von ihm aus Tokio kannte. Dann klatschten wir über einige Personen, die bei Gillespie arbeiteten. Als wir auf einen gewissen Schwerin zu sprechen kamen, meinte er, dieser sei zwar ein Gojim, aber doch ein ganz netter Kerl. Als ich ihn aufklärte, dass Schuckmann vielleicht nicht so klänge, ich aber auch ein Gojim sei, ging er elegant darüber hinweg, es käme auf die Persönlichkeit eines Menschen an et cetera – nun ja …

Ich habe erst sehr viel später mitbekommen, dass dieses Thema auf der

Gegenseite genauso besteht wie auf der christlichen. Auf jeden Fall kamen in den wenigen mir bekannten Fällen die Antipathien auf der jüdischen wesentlich mehr zum Ausdruck als auf der christlichen Seite. In Hamburg kursierte übrigens der Spruch: Ideal ist nicht weniger als ein Sechzehntel, nicht mehr als ein Achtel!

Meine neue Privatadresse P. O. Box 337 – Wall Street Station machte mir Freude: Ich fühlte mich sehr international. Am 1. September notierte ich, dass ich die 900 US-$ für den geplanten Kauf eines VW zusammen hätte. Im gleichen Monat kaufte ich meinen ersten Anzug bei Brooks Brothers in der Madison Avenue; die Anzüge hingen damals nicht auf Bügeln, sondern lagen auf langen Tischen übereinander gestapelt. Bis heute habe ich Brooks Brothers die Treue gehalten, auch wenn Press um die Ecke in der 43rd Street eine vorzeigbare Alternative ist.

Finanziell sah das nunmehr ganz ordentlich aus, nachdem ich nur am Anfang hatte sehr sparsam wirtschaften müssen. Leider ohne jegliche Lust oder Begabung zum Kochen musste ich mittags im Restaurant essen. Da war die Historic Tavern sehr nützlich, unweit der Wall Street, wo man das Hauptmenü für 1 US-$ bekam. Gelegentlich – wenn auch selten – konnte man sich etwas Besseres leisten: »Angelo's« oder »Oscar's Delmonico« oder »Frauncis Tavern«, alle in der Nähe des Office.

An dieser Stelle einige Zahlen: Ende 1957 kam ich bei 100 $ Bruttoverdienst wöchentlich einschließlich Überstunden auf zirka 100 $ netto, was jährlich 5.200 $ bedeutete. Ein Freund von mir in der Großindustrie erhielt drei Jahre später 1.100 DM monatlich brutto, bei ungefähr fünfundzwanzig Prozent Steuern und einem Kurs von 4,20 DM zum Dollar also 196 $ gleich 2.352 $ netto jährlich, demnach weniger als die Hälfte. Ein ziemliches Gefälle, wenngleich die Kosten in New York natürlich entsprechend höher lagen. Meine Ersparnisse lagen 1960, schon in Caracas, bei 12.000 DM, wobei ich anstrebte, bis Ende 1962 50.000 DM zu haben. Zu meinen damaligen Ideen, mich hiermit vielleicht in eine deutsche Exportfirma einkaufen zu können, meinte ein guter Freund allerdings, dass ich damit wohl wenig anfangen könnte. Auf jeden Fall: Sparen war ein Thema. Jemand sagte mir einmal, dass die Menschen sich in zwei Kategorien aufteilen:

Der eine, mit nur ein paar Dollar in der Tasche, steigt im besten Hotel am Platz ab und ist sich sicher, hier irgendwie einen Kontakt aufzugabeln, der ihm weiterhilft. Kaschoggi gehörte zu dieser Klasse. Der andere Teil wohnt so billig wie möglich, damit das Geld länger reicht, und sucht sich eine ordentliche Arbeit. Der erste Typ ist sicher lustiger und kann bessere Geschichten erzählen, ich gehöre erwiesenermaßen zum zweiten.

Der Präsident der Firma hieß Fred Brummer, Jahrgang 1907, kam 1929 aus Hamburg nach New York, war Präsident der Firma seit 1953 und besaß fünfzehn Prozent des Aktienkapitals. Jerry Rabassa war seine rechte Hand. Zwei sehr unterschiedliche Charaktere! Gillespie gehörte zur »Amsinck-Sonne-Gruppe«, früher einmal mit der bekannten Hamburger Familie verbunden, um die Jahrhundertwende hatte Baron Rudolph Schröder bei Amsinck volontiert. Die jetzigen Inhaber, die österreichisch-ungarischen Barone Ofenheim, waren reiche Leute mit Bergwerken im Banat. Nie habe ich jemand von ihnen getroffen. Der Nettowert von Amsinck-Sonne wurde 1960 von D & B auf 6 Millionen US-$ geschätzt, der von Gillespie auf 1,5 Millionen US-$. Zur gleichen Gruppe gehörte auch die sich mit Ostasien beschäftigende »American Trading Co.«. Der verantwortliche Mann für die gesamte Gruppe war Norbert Rössler, ein Österreicher, der noch meinen späteren Schwiegervater von der Wall Street her kannte. Zwischen ihm und seinen Leuten – »dem oberen Stock« – und Brummer bestand eine Art Fehde, und nachdem ich später einige von ihnen privat kennen gelernt hatte, hat mir das bei ihm sehr geschadet. Er litt unter einer Art Verfolgungswahn, wobei ich ihm schon allein durch Herkunft und Namen reichlich suspekt war. Das merkte ich erst sehr, sehr viel später! Seine einzigen Hobbys waren Agatha-Christie-Romane und Trabrennfahren. Ich selbst habe ihn als Selfmademan immer respektiert und anfangs eigentlich auch geschätzt.

Beruflich lief mithin alles bestens, gleichwohl bekümmerte mich meine Familie. In Kolumbien erst musste ich so richtig feststellten, was wir voneinander hatten, aus unserem Briefwechsel geht das immer wieder hervor. Ich wusste, wie sehr sich die Eltern auf mich freuten, da New York schließlich nur einige Monate dauern sollte. Aber Versuchung und Herausforderung, hier etwas aufzubauen, waren zu groß, als dass ich sie hätte beiseite schieben können. Außerdem beruhigte ich mich, Deutschland würde ja nicht davonlaufen und sollte darüber hinaus ohnehin nur eine Zwischenstation für weitere Auslandstätigkeit sein. Heute würde man einen Urlaub als Interimslösung anpeilen, aber damals ging das nicht so leicht: Zum einen war man knapp bei Kasse, zum anderen bekam man erst nach einem Jahr Urlaub. Dieser ergab sich letztendlich fünf Jahre nach meiner Ausreise!

Zur Überbrückung langer Trennungen half die Korrespondenz, und es ist erstaunlich, was man in langen Briefen alles zu Papier bringen kann. Im Zeitalter der E-Mails leidet die Kunst, sich gut auszudrücken. Außerdem ist Telefonieren mittlerweile so billig geworden, dass mit der richtigen Verbindung ein nicht zu langes Überseegespräch fast ebenso viel kostet wie eine Briefmarke. Alix hat immer sehr bedauert, dass mein Vater in den letzten Jahren von Brief auf Tonband umgesattelt war. Seine Briefe waren exzellent gewesen, seine Bänder weniger. Ich selbst habe als Vorbereitung für diese Aufzeichnungen alle damals geschickten und erhaltenen Briefe durchgelesen und viel Freude an ihnen gehabt. Vieles, was ich damals über dieses oder jenes Thema schrieb, würde ich heute noch genauso formulieren.

Wohnungsmäßig war mir das Glück hold. Nach einigen Tagen im YMCA hatte ich ganz zu Beginn einen jungen Deutschen kennen gelernt, Fritz Beyer, der mich einlud, für die nächste Zeit bei ihm in Key Garden auf Long Island zu wohnen. Nach einem Monat zog ich in ein eigenes Zimmer:

1356 Madison Avenue off 95th Street, und ab Juni teilte ich mit einem Freund, Dieter Wandel aus Bremen, eine richtige Wohnung in der 34th Street off Lexington Avenue für 55 US-$ monatlich. In dieser Behausung sollte ich bis zum Ende meiner New-York-Tage bleiben. Die Weichen waren nun für die Zukunft gestellt!

Dritter Teil: New York mit Alix

Was für eine Stadt! Selbst mit wenig Geld konnte man damals – und auch heute noch – eine Menge anstellen. Restaurants in exotischen Stadtteilen waren erschwinglich, Jazzmusik ebenfalls. Bauchtänze im Café Egypt und Port Said waren für New Yorkerinnen aus gutem Hause ein Novum, außerdem origineller und gleichzeitig preiswerter als der Stork Club. Weniger originell, aber dennoch gut: Radio City Music Hall mit seinen Rockettes, eine Tanztruppe mit drei Dutzend Girls, die sich alle im gleichen Takt bewegten und ihre Beine hochwarfen. Herausragte das Metropol Café am Times Square, wo man Musiker hören konnte, die man sonst nur von Platten her kannte: Rex Stewart, Gene Krupa, Buster Bailey, Henry »Red« Allan, einmal sogar Coleman Hawkins, und das alles für einen allerdings teuren Drink. New York war im Gegensatz zu Louisiana bereits nicht mehr »segregated«, somit spielten schwarze und weiße Musiker friedlich nebeneinander her. Birdland, Basin Street, Jimmy Ryan's und Eddie Condon waren weitere Jazzplätze. Dizzie Gillespie, Louis Armstrong, Jack Delaney, Billy Holiday, Miles Davis, Erroll Garner und Lionel Hampton habe ich während der nächsten drei Jahre ein oder mehrere Male »live« erleben können.

In diese Zeit fielen die Baby-Boom-Jahre, der große New York Blackout, die Eisenhower Doktrin (US-Hilfe im Falle eines kommunistischen Angriffs auf Nahost-Staaten), Elvis Presley und Roy Lichtenstein, das Newport Jazz Festival, der Beginn der Filterzigarette, die Hula-Hoop-Welle, der Film »River Kwai«, Sputnik, Chruschtschows Auftritte in der UNO und der Militäreinsatz in Little Rock, Arkansas, um dort den Eintritt eines schwarzen Mädchens in eine weiße Schule zu erzwingen. Willy Brandt war Bürgermeister in Berlin, Heinrich Lübke wurde nach Theodor Heuss Bundespräsident, und die ersten 100.000 deutschen Wehrpflichtigen wurden eingezogen. Vietnam war in den USA noch nicht akut, stand aber am Horizont. Sowjetrussland und die kommunistische Gefahr stellten *die* Bedrohung jener Jahre dar.

Spaziergänge längs des Hudson Flusses auf der New-Jersey-Seite, bei der Damenwelt beliebt, kosteten lediglich die Busfahrt. Museen kosteten damals fast überall keinen Eintritt, im Museum of the City of New York hingen die Ölgemälde zweier Ahnen, Mrs Meyer und Mrs Bell, und eines vom Rev. Morgan Dix. Es gab die neuesten Filme, damals gleich zwei hintereinander, Konzerte in der Carnegie Hall und woanders und schließlich Broadway Musicals, Letztere allerdings sehr teuer – somit »My Fair Lady« und »West Side Story« nur per Stehplatz. Billy Graham, der im Madison Square Garden begann und große Massen anzog, gehörte in dieses Jahr; ich selbst habe ihn nie gesehen. Weitere Schlaglichter: Die Bowery mit ihren »bums«, die Lower East Side mit ihren orthodox-jüdischen Bewohnern, Orchard Street, wo die ersten Einwanderer landeten, Mulberry Bend, das italienische und Mafia-Viertel, Jubilee und Gospel Singers in Brooklyns Negerkirchen, Harlem mit Apollo Theater, Small's Paradise, Baby Grand und dem Savoy Ball Room mit Cootie William's Band, das Greenwich Village mit seinen Cafés und Künstlerambiente, Picknick im Central Park, Cloisters mit mittelalterlicher Atmosphäre, das Latinoviertel um die 14. Straße herum und das deutsche Viertel an der 86. Straße, heute vollkommen verändert, kurz: There is no place in the world like New York!

Negativ, und das beklagte ich immer wieder in meinen Briefen, empfand ich die Unzahl an Menschen: Warteschlangen vor guten Kinos, Cocktailpartys mit derart vielen Gästen auf engem Raum, dass man nur mit Mühe von der einen Gruppe zur anderen kam; ähnlich die Situation in der Untergrundbahn, wo man besonders in den Stoßzeiten sich sprichwörtlich wie die Sardine in der Büchse fühlte. Restaurantbesuche ohne vorherige Reservierung waren nicht ratsam, Broadway Musicals für Monate ausverkauft. Kurz: überall einfach zu viele Menschen. Dabei half die Überlegung wenig, dass man selbst einer von den vielen war.

Des Weiteren, so fand ich jedenfalls, konnte man sich mit Europäern grundsätzlich einfach besser unterhalten als mit Amerikanern. Man mag es »Probleme wälzen« nennen oder von »tiefsinnigen Gesprächen« reden, ich weiß es nicht, vielleicht hatte man schlicht nur eine größere Berührungsbasis. »Eine gute Unterhaltung ist das, was man hier am meisten entbehrt«, so schrieb ich einmal – und weiter: »Sollte mal jemand an einem Platz gewesen sein, den wir beide kannten, so war der Kommentar ›very nice‹ oft der einzige Beitrag des Gegenübers, allenfalls mit detaillierten Hotel- und Restaurantkommentaren. Vorurteile oder Verallgemeinerungen? Vielleicht …«

Erstaunlich, wie schnell man mit anderen zusammenkam, natürlich in erster Linie mit Deutschen, die im kaufmännischen Bereich arbeiteten, also in Exportfirmen, Schifffahrtslinien, Banken, Versicherungen oder bei Börsenmaklern. Einige Namen aus der Zeit kommen mir in den Sinn: Joachim »Bino« Kirsten und Gowi Mallinckrodt, die ich beide von Hamburg her kannte und mit denen ich heute noch guten Kontakt halte, ebenso wie zu Peter (später mit Helga) Schliesser: Oft sehen wir uns in New York. Des Weiteren Dieter Wandel, Nico Schmidt-Chiari, Harald Hübener, Layos Hanstein, die Brüder Stromeyer, Rosemarie Höppler und Dori Klimburg. Ein Problem stellte damals der Wehrdienst dar, der »Selective Service« hatte schon junge Einwanderer gleich bei Ankunft in Empfang genommen und in die Armee gesteckt; einem Bekannten von mir ist das passiert. Ich selbst befand mich zu dem Zeitpunkt mit achtundzwanzig Jahren nicht mehr in Gefahrenzone eins. Später landete ich durch einen neuen Freund, Bernhard Goltz, bei einer sehr netten amerikanischen Gruppe, alles ehemalige Jurastudenten der New York University; auch mit einigen von ihnen stehen wir heute noch in Verbindung, zum Beispiel mit Agnes Gilligan und Dick Nolan, die später heirateten. Dann spielte Monika eine Rolle, ich wollte ja nicht immer nur mit Männern zusammen sein. Zur gleichen Zeit tauchte plötzlich eine sehr entfernte Cousine auf, Isi Marwitz, mit der ich zu einem »Dancing« gehen wollte, was für mich irgendwie der Begriff von einem Lokal war, in dem man tanzen konnte. Am Broadway sah das allerdings ganz anders aus: »A dime a dance.« Als man uns zu einem Ball schickte, den »Hakoa« Ball – »da würde getanzt« –, war uns schon im Lift komisch zumute, und es stellte sich bald heraus, dass es sich um einen jüdischen Wohltätigkeitsball handelte. Wieder etwas hinzugelernt.

Sehr beeindruckt zeigte sich damals jeder vom deutschen Wirtschaftswunder. Überhaupt habe ich als Deutscher nie Probleme bekommen, obwohl der Krieg doch gerade erst zwölf Jahre zurücklag. Und das in New York, wo das jüdische Element sehr stark ist. Andererseits bestand durchaus eine

Diskriminierung. Ein Freund von mir wollte 1957 in Darien, Connecticut ein Haus kaufen, aber alle Anrufe beim Makler liefen ins Leere. Als er dann einmal selbst dort erschien, nannte man ihm gleich drei oder vier Objekte. »Aber meine Sekretärin hat doch viele Male erfolglos angerufen?«, lautete seine berechtigte Frage. Als er ihren Namen nannte, Mrs Rebecca Epstein, hellte sich das Gesicht des Maklers auf: »Ja, für eine Mrs Epstein haben wir hier nichts.« Ähnliches hätte damals umgekehrt einem Christen in den Catskills geschehen können.

Wie erwähnt gab es in New York keine »Segregation« mehr, dennoch war sie nach wie vor zu spüren. So hatte mir Susi einmal aus Kolumbien eine Freundin geschickt, Rosmary, um auf dem Weg nach Chicago in New York ein Quartier zu haben. Sie blieb ein paar Tage bei mir. Ich nahm sie zu einigen Restaurants oder auch ins Kino mit und erinnere mich noch sehr genau an das Getuschel und die Blicke, die ich dabei erntete: Rosmary war nicht nur dunkel, sondern einfach schwarz.

Ähnlich war es, als ein kolumbianischer Freund eines Tages auftauchte. Er hatte eine lange Reise durch den Süden gemacht und wollte in einem kleinen Ort in New Mexico einen Hamburger bestellen.

»Aqui no servimos a Mexicanos«, sagte ihm der Verkäufer. »Yo no soy Mexicano, soy *Colombiano*«, antwortete Elemer, woraufhin der Mann mit leicht angewidertem Gesicht fragte: »Y eso que es??« Übersetzung erübrigt sich wohl. So geschehen im Jahre 1958; inzwischen sind wahrscheinlich alle Hamburger-Plätze in mexikanischer Hand.

Der Wendepunkt in meinem Leben ergab sich durch eine Cocktailparty bei der Familie Mutius. Er arbeitete bei der deutschen Beobachtung an der UNO. Mein Onkel Nickel war ein Jugendfreund seiner Frau Stephanie gewesen, hatte mir ihre Adresse gegeben, und als ich sie anrief, lud sie mich spontan zu einem Cocktail am 17. Mai ein. Dort traf ich auf Alix und ihren Bruder, dessen Visitenkarte ihn als Reichsritter von Miller zu Aichholz auswies. Einen solchen hatte ich noch nie in meinem Leben kennen gelernt, ich wusste nicht einmal, was ein Reichsritter eigentlich war, aber ich mochte ihn und – mehr noch – seine Schwester. Es folgte eine Einladung zum Abendessen, die beiden wohnten zusammen an der Gracie Terrace am East River, Nähe 86. Straße. Von da an waren Alix und ich unzertrennlich.

Sie war für eine Ärztin tätig, organisierte ihre Termine und Tagesablauf und verdiente etwas mehr Geld als ich. Gottfried arbeitete in der Bank of New York. Durch Alix kam ich mit einer völlig neuen Gruppe in Berührung: dem österreichisch-ungarischen Kreis, aber auch mit Amerikanern. Viele Freundschaften entstanden damals, die heute noch andauern: mit Alix' »roommate« Julie Boyd, später verheiratet mit Russel Patterson, schon ihr Vater Bill Boyd hatte mit Alix' Vater eine Wohnung geteilt; dann mit Patsy und Margie Farrelly, heute Mrs. Richards und Mrs. Gottscho, Caroline Look, die später Jean Lareuse heiratete, und Bass und Sally Winmill, eigentlich alles Freundinnen aus Alix' Bernhardsviller Jugendzeit. Abgesehen von gemeinsamen Unternehmungen ergaben sich Feste, Bälle, Tanztees und sonstige Einladungen. Frack und Smoking: Conditio sine qua non. Einer meiner Kommentare im Notizbüchlein des Jahres lautete: Mein social life nimmt beängstigende Formen an!! An anderer Stelle: Meinen Frack musste ich heute mit Bindfaden befestigen, der richtige Hosenträger war irgendwo abhanden gekommen. Dabei waren wir beide eigentlich keine ausgesprochenen Feiertypen, doch man traf bei solchen Gelegenheiten meist nette Leute, und wir hatten viel Spaß miteinander.

Das neue Jahr 1958 begann mit einem Ball, in dessen Verlauf ich jemanden fragte, was er so treibe, worauf er mich aufklärte, er sei der Gastgeber! Sehr peinlich. Es war ein Baron Neuman de Vegvar, und ich kannte nur den anderen Gastgeber, seinen Bruder Edward, der uns eingeladen hatte. Nun, so etwas passiert.

Was würde das neue Jahr bringen? Bei Gillespie ging alles voran, die Arbeit machte mir Spaß, und eine Auslandstätigkeit für Gillespie war durchaus »drin« – aber wollte ich das überhaupt noch? Ich weiß es nicht mehr, erinnere mich nur, dass ich damals trotz aller Sympathien für Deutschland meine amerikanische Staatsangehörigkeit beantragt hatte und somit anscheinend bereit war, in diesem Land zu bleiben, um hier »mein Glück« zu machen.

Warum es schließlich im Sande verlief, ist ein späteres Kapitel.

Mitten in dieses Jahr fiel meine Ernennung zum Ehrenritter des Johanniterordens, meinem Vater wurde die Urkunde 1958 auf dem Rittertag überreicht. Doch diese Ehre sollte nicht von Dauer sein.

Das Jahr begann mit einigen Skiausflügen nach Vermont, wo ich leider auf dem »Push-over Hill« zu Fall kam: Zerrung im Knie, das im Nu zur Größe eines Kinderkopfes anschwoll. Alix pflegte mich. Einige neue Gesichter tauchten auf, wie in New York so üblich, darunter Bernhard Goltz, bei Dillon Read tätig. Unendlich viele andere Namen erscheinen in meinen Notizbüchern. Ein Kurs bei Dale Carnegie sollte für meine *public relations* nützlich sein, gemeinsame Französischstunden mit Alix unseren Sprachkenntnissen. Carnegie war, glaube ich, effektiver. Das Geld reichte inzwischen für einige Ausflüge mit Alix, so zum Beispiel nach Washington und Cape Cod, zu den Universitäten von Harvard und Rutgers, Princeton und Yale. Schließlich ergaben sich an den Wochenenden unzählige Fahrten an den Strand draußen auf Long Island, in die Adirondacks im Norden von New York, eine davon mit unserem gemeinsamen Freund Pit Ballauff, der inzwischen leider gestorben ist, aber noch heute halten wir Kontakt zu seiner Frau Tanya, oder Besuche bei Freunden auf dem Land. Bereichernd waren Besuche in New York bei Alix' Freundin Gisela Quitzau, die viel von Kunst verstand und in ihrer Wohnung gelegentlich Vernissagen veranstaltete.

Auch besuchten wir die Farm »Bolder Hill« in Danbury, New Hampshire, die Alix' Vater nach seinem Fortgehen von der Wall Street bei Kriegsende gekauft hatte. Er war in den Zwanzigerjahren für das Londoner Bankhaus Schröder nach New York gekommen, die später die »Prudential Investment Company« ins Leben riefen, nachdem den Banken das Effekten- und Anlagengeschäft (heute »Private Banking«) verboten worden war. Herr von Miller verdiente dort als ihr Manager sehr gut. Ladenburg Talman, deren Eintritt in »Prudential« er befürwortet hatte, übernahmen die Firma leider recht bald in eigener Regie. Er war bei diesen Leuten bis gegen Kriegsende tätig, unter anderem wohl auch, damit man in ihm als »Renommier-Christen« einen Kontakt zu Deutschland hätte. Als es nach Stalingrad offensichtlich wurde, dass der Krieg für Deutschland verloren war, wurde sein Schreibtisch immer leerer, bis er halt ging. Nachdem Joe

Miller, wie man ihn dort nannte, sehr erfolgreich gewesen war, konnte er es sich leisten, sich nach diesem Erlebnis, mit Mitte vierzig, völlig von dort zurückzuziehen und eben die erwähnte Farm zu kaufen. Bis dahin hatten sie in Bernhardsville, New Jersey gelebt, wo Alix ihre Kindheit verbracht hat. Alix' Mutter habe ich damals nur einmal in New York getroffen; sie lebte zu der Zeit schon mit zweien ihrer Söhne in Grundlsee in der Steiermark. Der Vater pendelte zu der Zeit hin und her, während Alix und Godfrey ständig in New York lebten.

Warum haben wir damals nicht geheiratet? Diese Frage stellten sich alle unsere Freunde, die unisono fanden, dass wir gut zueinander passten. Auch ich stellte mir die Frage, und in meinen wenn auch spärlichen Aufzeichnungen kommt immer wieder das Thema des Konfessionsunterschieds auf. Wenn ich ehrlich bin, so war dies nur eine unbewusste Ausrede. Ich fühlte mich einfach noch nicht bereit dazu, in den Hafen der Ehe einzulaufen, den viele zu Unrecht den »stillen« nennen. Da ich mich in dieser Richtung schwer tat, lösten wir unsere Beziehung im Spätsommer 1958. Aber auch die Trennung bereitete mir Schwierigkeiten und wir telefonierten noch häufig und länger miteinander. Dennoch ging jeder seine eigenen Wege, wenngleich man sich an drittem Ort gelegentlich traf. Als sie mir später ihre Verlobung mit Hugh Lawrence mitteilte – ich lebte schon in Venezuela –, war ich eher erleichtert: Die Sache war gelaufen, und ich brauchte nicht mehr zu grübeln, »hätte ich doch« oder »warum hast du nicht« und dergleichen. Hugh war ein netter, gutklassiger und dazu noch wohlhabender Amerikaner, den ich von Gillespie her kannte. Wir hatten einmal zusammen »geluncht«, seine Bank machte Geschäfte mit uns.

Vierter Teil: New York ohne Alix

Wir kommen jetzt zum letzten Jahr in dieser Stadt. Bei Gillespie war man inzwischen zu der Überzeugung gekommen, dass eigene Leute vor Ort wichtiger seien als in New York, wo die Office mehr oder weniger zu einem »Confirming House« herabgesunken, das heißt vornehmlich mit der Routineabwicklung eingehender Aufträge beschäftigt war. In dem Zusammenhang dachte Fred Brummer (»F. B.«), der hohe Chef, daran, mich für einige Zeit nach Venezuela zu schicken, wo unser erster Mann einen längeren Urlaub haben wollte, danach weiter nach Kolumbien. Von meinen eigenen Deutschlandplänen war nicht mehr die Rede, man muss flexibel sein! Andererseits hatte man bei Gillespie einmal sogar über eine Hamburger Niederlassung nachgedacht, die ich übernehmen sollte; das waren jedoch Hirngespinste. All dies geschah gegen September 1959. Bis dahin hatte ich die Zeit genützt, um mein Privatleben sozusagen auf eigenen Beinen, also unattachiert, zu organisieren.

Zunächst wollte ich jedoch nach fünf Jahren die Eltern, Großeltern, Schwestern und alten Freunde wiedersehen, bekam für sechs Wochen bezahlten Urlaub – ein großzügiges Entgegenkommen seitens Gillespies – und flog rüber. Es wurde ein Superherbst und eine Superzeit. Um keine Unterlassungssünde zu begehen, hatte ich verschiedene Gespräche angestrebt, das interessanteste davon mit Dr. Sohl, dem großen Mann bei Thyssen, bei dem Bernhard Goltz inzwischen Direktionsassistent geworden war. Andere Besprechungen folgten, aber nichts reizte mich wirklich. Auf dem Hin- und Rückweg besuchte ich in London meine Schwester Ulla und sah bei der Gelegenheit Vivien Leigh und Ann Todd live in »Duel of Angels«.

Woran ich mich klar erinnere, ist, dass ich mich trotz der fünf Jahre Abwesenheit in Deutschland durchaus zu Hause und wohl fühlte. In allen meinen Briefen an Freunde und Verwandte klingt immer wieder durch, dass ich lange mit einer möglichen Tätigkeit in Deutschland geliebäugelt hatte, dies vornehmlich, weil auf der privaten Seite mein Heimatland mir eben doch am liebsten war. Beruflich hingegen lockten Gillespie und die dortigen Verdienstchancen, zum einen mit der Alternative Südamerika und zum anderen eines Tages in die Geschäftsleitung nach New York zu kommen. Zu diesem Zweck hatte ich damals, wie schon erwähnt, sogar die amerikanische Staatsangehörigkeit beantragt! Jedoch: Der Mensch denkt und Gott lenkt. Wohin, steht in den nächsten Kapiteln.

Was folgte, war ein weiteres Jahr pausenlosen Einsatzes in New York, wobei ein Volkswagen half, den ich mir von Deutschland mitgebracht hatte. Der Arme musste auf der Straße übernachten, auf täglich wechselnden Straßenseiten. Denkwürdig eine Zelttour nach Maine in äußerst origineller Besetzung: ein englischer Freund, Peter Somerville, der bei unserer Fernost-Schwesterfirma AMTRACO tätig war, seine französische Freundin mit rosa Negligé und einem Pudel, der vor einem Sprung Rehe ausriss, die wir überraschten, ferner meine neue russische Freundin Olga und ich. Frischer Lobster in einem alten Ölkanister gekocht, herrlich. Oft sollte ich ihn später in London besuchen; heute lebt er in der Vendée in Frankreich, aber mit Joan, einer anderen Dame! Sympathisch das Singen von Weihnachtsliedern (»Christmas Carols«) in irgendwelchen Hinterhöfen, die es heute kaum noch gibt, wo man uns einige Münzen hinunterwarf, wenn wir gehört wurden. Ebenfalls bemerkenswert eine Autotour nach Toronto, in baltisches Milieu, zum Lake George zu Freunden, mit Maya Whitthall nach Williamsburg, Virginia und Washington, und später nach Montreal, wohin sie leider verzogen war.

Eine andere Episode erzählt von einem Abend im damals berühmten »El Morocco« Nightclub, in dem Sandra Pietrasanta und ich die 100 US-$ auf den Kopf hauten, die eine georgianische Prinzessin uns bei einer Abendeinladung mit den Worten gegeben hatte, sie könne sich leider nicht um uns kümmern und wir sollten uns mit diesem Geld amüsieren. Letzteres taten wir ohne Geld am Strand von Southampton und gaben es später in dem besagten Nightclub aus, in dem Sandra und ich weder je gewesen waren noch so schnell wieder hinkommen würden. Sicher bekamen wir den schlechtesten Tisch! Beim Tanzen kam jemand unverhofft auf uns zu und fragte mich, ob ich Nickel sei. Als ich das verneinte, meinte er, dann müsse ich Siegfried sein! Es handelte sich um einen entfernten Vetter, der wusste, dass sowohl mein Onkel Nickel als auch ich seine Eltern besucht

hatten, nur konnte er uns nicht mehr unterscheiden. Sandra kam später zu unserer Hochzeit nach Österreich.
Ein lustiger Fall ereignete sich parallel dazu, als nämlich zur ungefähr gleichen Zeit Alix von Mrs Roebling in denselben Nightclub eingeladen worden war einschließlich Escort. Die Roeblings waren Freunde und Nachbarn der Millers in Bernhardsville, Washington. Röbling – so schrieb er früher seinen Namen – hatte 1883 die Brooklyn Bridge gebaut. Auch Alix hat El Morocco weder vorher gekannt noch nachher je wiedergesehen!

Mit den amerikanischen Verwandten stand ich ansonsten in gutem Kontakt, wobei ich grundsätzlich zu der älteren Generation einen besseren Draht als zu der jüngeren hatte. Ganz besonders gern mochte ich Lamar Soutter, Dr. med. und Dean der Medical School der University of Massachusetts. Er war zu meiner Zeit der drittälteste Dean einer Medical School in den USA. In dieser Eigenschaft hatte er das Krankenhaus in Worcester, Massachusetts aufgebaut und viel mit den beiden Senatoren zu tun gehabt: Edward Kennedy und Edward W. Brooke. Lamar, wenn auch Demokrat, hielt wenig von Kennedy, er habe nie seine Hausaufgaben gemacht; hingegen schätzte er Brooke, der Republikaner und dazu auch noch schwarz war. Mit Lamars Frau Mary und seinen beiden adoptierten Töchtern hatte ich ja auf ihrer Insel »Bowman Island« auf dem Squam Lake in New Hampshire das Silvesterfest 1954/1955 gefeiert. Er führte mich in den Harvard Club ein, in dem er als junger Arzt eine Zeit lang gewohnt hatte. In diesem Club habe ich über die Jahre wenigstens zwanzigmal genächtigt. Als großer »outdoor man« besaß er ein Boot, in dem wir einmal eine tolle Fahrt den Hudson hinauf bis nach Albany, N. Y. gemacht haben; anschließend um ganz Manhattan herum, Übernachtung an Bord auf halbem Weg, und um Punkt sechs Uhr Cocktails unter der eigens hierfür kreierten Flagge, die zu der Stunde gehisst wurde.

Im Dezember fuhr ich mit meinem Freund Klaus Reinhardt Wachs und seiner Freundin Marion Remé in meinem VW ins Grüne. Klaus Reinhardt machte damals in New York seinen »Master of Cooperative Law«. Als ich nach der Tour ein gemeinsames Dinner anregte, winkte er ab. Seine

Entschuldigung kam am nächsten Morgen: Wir haben uns gestern Abend verlobt!!

Ein weiteres Erlebnis: Auf einer Party bei Nico Schmidt-Chiari, ganz am Anfang, traf ich ein sehr sympathisches Mädchen, das von meinen kolumbianischen Abenteuern fasziniert war. Lucy hieß sie, saß auf einem Tisch und ließ die Beine baumeln. Ich erzählte ihr, dass ich kurzfristig bei einem Exporteur tätig sei, aber wohl bald nach Deutschland zurückkehren würde. Wie die Firma denn heiße, wollte sie wissen, und als ich den Namen nannte, legte mir jemand – Mac Bollman, ihr Verlobter, wir wurden später gute Freunde – die Hand auf die Schulter und sagte: »Please meet the daughter of your boss!« Da saß ich bös in der Tinte, zumal ich Gillespie gerade erklärt hatte, dort mein Leben zu beenden. Glücklicherweise war sie »nur« die Tochter des bereits erwähnten Chairman Norbert Rössler und seiner holländischen Frau, und das Verhältnis zwischen ihm und F. B. konnte keineswegs als sehr intim bezeichnet werden. Dennoch, was für ein Zufall in einer Millionenstadt …

Schließlich noch eine Kreuzfahrt! Ich hatte auf einem Cocktailempfang ein wirklich sehr nettes Mädchen getroffen; sie kam aus dem Osten und war Hostess auf der »Ariadne«, einem Kreuzdampfer der Hanseatic-Linie, der gerade in New York angelegt hatte. Kurz darauf rief ich sie auf dem Schiff an und fragte sie, wo sie in zwei Wochen sei. Lissabon, antwortete sie, und so bat ich um eine Kabine für zehn Tage. Das entsprach dem Abschnitt Lissabon, Madeira, Kanarische Inseln und Agadir in Marokko, wo ich wieder von Bord ging. Eine tolle Reise, die jedoch nicht so lief, wie ich gedacht hatte. Den letzten Abend verbrachten wir etwas bedrückt, bis sie meinte, es hätte da wohl an der richtigen Antenne gefehlt. Womit sie den Nagel auf den Kopf traf. Nun, sie war die Reise wert gewesen. Später hat sie Alix und mich noch einmal in Caracas besucht.

Im September wurden die Weichen endgültig gestellt und der Termin meiner Reise nach Venezuela festgelegt. Franz Lücke, ein Hamburger, den F. B. angestellt hatte – er war durch mich anscheinend auf den Geschmack gekommen, denn es folgten außer Franz später noch zwei weitere Deutsche –, würde vermutlich bald nachkommen. Charly Flugel hatte ich ebenfalls eine

Anstellung bei Gillespie vermittelt, die aber nicht von Dauer sein sollte. Auf jeden Fall: Für mich ging es abermals zu neuen Ufern. Bye-bye New York, hello Caracas.

Das vierte nautische Abenteuer, die Fahrt nach La Guaira mit dem Schiff der KNSM »Maron«, 4.500 Tonnen, erfolgte im Oktober 1959. Vier Seereisen habe ich in meinem Leben genießen können, davon drei auf Kosten meiner jeweiligen Firma. Die Fahrt zu unserem Bestimmungshafen, via Curacao, wo wir uns etwas verspäteten, verlief relativ schnell und ohne Zwischenfälle, »Abenteuer« ist also nicht das richtige Wort! Man fühlte, wie das Klima schon vor der Karibik langsam wärmer und wärmer wurde, bis es in La Guaira ausgesprochen heiß zu nennen war. Wie anders stellt sich die Sache heute im Jet-Zeitalter dar, in dem man diese Distanz in etwas über vier Stunden zurücklegt und – im Dezember – von einem Moment zum andern vom Winter in den Sommer kommt. Schadet uns das? Wohl kaum: Als in Europa im vorletzten Jahrhundert die Eisenbahn begann, dem Pferd Konkurrenz zu machen, haben Wissenschaftler die furchtbarsten Konsequenzen vorausgesagt, die sich für den Körper bei solchen wahnsinnigen Geschwindigkeiten ergeben würden.

Nachdem ich einen Hamburger Freund, der in Caracas arbeitete, von meiner Ankunft unterrichtet hatte, erwartete dieser mich netterweise am Ankunftskai, am 7. Oktober 1959. Reinhart Zitelmann, geboren im Kreis Arnswalde, ein Original; leider ist er inzwischen verstorben. So manchen gemeinsamen Whisky sollten wir später in »seiner« Carso-Bar im alten Edificio Galipan leeren.

Meinen Volkswagen hatte ich mitgenommen. Da ich ihn am gleichen Tag nicht mehr durch den Zoll bekam, fuhren wir in Reinharts Auto in Richtung Caracas, und zwar auf der alten Carretera, die bis zum Bau eines großen Tunnels unter dem Diktator Pérez Jiménez die einzige Verbindung zum Meer darstellte. Dreihundertsechzig Kurven soll sie gehabt haben, und ich glaube es. Heute ist sie für eine Benutzung zu gefährlich, nicht wegen der vielen Kurven, sondern wegen zu erwartender Überfälle. Heute ist sie nach dem Einsturz des Viadukts von Caracas zur Küste wieder von größtem Nutzen. In Caracas angekommen wurde ich stehenden Fußes in das dortige Nachtleben eingeführt, Reinhart kannte sich da bestens aus. Seine Geschichte von einem Zug durch die Gemeinde, den er gerade mit einigen Venezolanern hinter sich hatte, ist mir von diesem Abend in Erinnerung geblieben. Beim Verlassen einer Bar, wohl in den frühen Morgenstunden, habe er gesehen, wie einer von seinen Kumpanen dem Türsteher ganze hundert Bolivar in die Hand drückte: zum Kurs von damals 3,30 immerhin 30 Dollar. Auf die berechtigte Frage, warum so viel, habe dieser gemeint: »Ich will doch nicht, dass der Kerl denkt, ich sei irgendein hergelaufener Habenichts.« Antipode zu Moltkes berühmter preußischer Devise: Mehr sein als scheinen.

So denkt man also hier, dachte ich bei mir: Auf welch merkwürdiges Land habe ich mich da eingelassen?

Venezuela – ab 1959

Caracas und Maracaibo ohne Alix – Oktober 1959 bis März 1961

Wir befinden uns also in Caracas, der nächsten Station in meinem Leben. In keiner Weise war mir damals klar, dass das, was erst einmal als Urlaubsvertretung angepeilt worden war, sich bis zum heutigen Tag ausdehnen sollte. Vorerst stellte Venezuela nur eine Zwischenlösung dar. In jenen Jahren waren weitere Alternativen ins Visier genommen worden. Einmal wollte Rabassa mich in New York haben, um das Eisengeschäft von dort aus aufzubauen, eine Idee, die ich ihm zum Glück ausreden konnte. Dann hatte man mich für zehn Tage nach Bogotá geschickt, einmal um bei dortigen Verhandlungen zwischen Brummer und argentinischen Pferdeleuten schmückendes, aber eher überflüssiges Beiwerk zu sein, zum anderen aber auch um eine eventuelle Tätigkeit für Gillespie zu eruieren. Als Letzteres keinen Erfolg versprach, kehrte ich nach Caracas zurück. Das war im September 1960.

Zurück zum 7. Oktober 1959: Ich hatte erst einmal als »möblierter Herr« in einem Zimmer der Wohnung einer ungarischen Witwe in der Avenida »Mis Encantos« in Chacao im Osten der Stadt Quartier bezogen. Der VW folgte später. Dann meldete ich mich in Gillespies Büro, im nagelneuen Edificio EASO in Chacao, ebenfalls im Osten gelegen, gegenüber dem Country Club. Es hatte vor kurzem das bis dato höchste Gebäude in Caracas überragt, das Edificio Polar. Unser dortiger Manager sollte erst im März von einem langen Europaurlaub zurückkommen, bis dahin war ich der alleinige Boss. Herr Hübsch gefiel mir später vom ersten Augenblick an. Er war ein Oldtimer, so um die sechzig, hatte einen herrlichen Humor, und es hat zwischen uns beiden nie Reibereien gegeben. Er war der Mann mit der lokalen Erfahrung und ich der junge Mann vom Mutterhaus, beide Angestellte von Gillespie respektive deren lokaler Firma: Internacional Comercial S. A. Eine weitere Firma für besondere Zwecke kam mit DITEX C. A. hinzu. Walter Hübsch war früher bei der bekannten Firma Zingg tätig gewesen. Er hatte für Gustavo Zingg von Maracaibo aus in den Anden

Kaffee eingekauft, um dort gleichzeitig deutsche Waren, wie Werkzeuge, Schlösser und Beschläge, Buschmesser und sonstiges Gerät, an den Mann zu bringen. Seine Geschichten aus jenen Zeiten waren köstlich; ein gewisser Máximo Lang hat über seine ähnlichen Taten ein Buch geschrieben.

Unsere Aufgaben waren mannigfaltig. Zum einen gab es ein Direktgeschäft zwischen Gillespie und den venezolanischen Kunden, zum anderen hatten wir damit begonnen, ein Lagergeschäft in Eisenprofilen aufzuziehen, dem sich nach einigen Jahren Durchlauferhitzer aus Brasilien hinzugesellten, Marke FAME, ein sehr interessantes Geschäft. Später übernahmen wir die Vertretung von deutschen Stahlwerken, um deren Produkte beim hiesigen Großhandel zu platzieren. 1964 verkauften wir für 10 Millionen DM, insgesamt brachte es die Gruppe auf einen Umsatz von ungefähr 17 Millionen DM. Das Gewinnziel für das Jahr lag bei 600.000 DM, also 150.000 US-$. Über Gillespie kam Nino Mommsen zu uns, Sohn des bekannten Mommsen von Thyssen und Phönix Rheinrohr, die wir später vertraten. Nino war ein Mensch sui generis, Sohn reicher Eltern, aber lustig und kein Freund von Traurigkeit, nur als Mitarbeiter nicht gerade optimal. Dennoch bekamen wir durch ihn die richtigen Kontakte im Rheinland und konnten in den nächsten Jahren ein recht ordentliches, so genanntes Streckengeschäft aufbauen. Gillespie kaufte außerdem venezolanischen Kaffee und Kakao. Und man engagierte sich stark in der neuen Pferderennbahn »La Rinconada«, einem Regierungsunternehmen, der wir allen möglichen Bedarf geliefert hatten. Schon in New York hatte ich wie erwähnt viel hiermit zu tun gehabt. Für Gillespies Autoabteilung konnte ich einen Freund erwärmen, der auf diesem Gebiet tätig war: Fred Norrmann. Autofinanzierung zu horrenden Zinssätzen stellte eine Art Nebengeschäft dar, und schließlich gab es noch die Finanzierung von Comercial Jaeger S. A. in Maracaibo für deren Einkauf von Wurlitzer-Musikautomaten (»Nickelodeons« oder »Rokkolas« –Geräte, die gegen Einwurf von Münzen eine auszuwählende Musikplatte spielen). Separat wurde das Purepack-Geschäft gehandhabt, die Lieferung von Maschinen und Kartons zum Abfüllen von Milch an die Pasteurizadoras. Diese Linie – im Handel nennt man all das »Linien« – wurde von einem venezolanischen Vertreter betreut, José Antonio Ron Velutini, mit dem ich wenig zu tun hatte.

Ich selbst musste mich anfangs in erster Linie um das Eisenlagergeschäft kümmern, das Produkt einer im Nachhinein betrachtet ziemlich undurchdachten und am grünen Tisch entstandenen Entscheidung von Mr Brummer. Das Eisen war aber zu einem Gesamtwert von etwa 1 Million DM bestellt, näherte sich immer mehr der venezolanischen Küste, doch wir hatten weder einen geeigneten Lagerplatz noch die notwendige Infrastruktur. Ich machte das Beste daraus und organisierte die Logistik, ehe ich im Land herumfuhr, um Kunden zu suchen: null Ahnung, weder von der Materie noch von deren Handhabung noch vom Markt. Südamerika ist das Land des Improvisierens, und irgendwie gelang es mir, diese multiplen Hindernisse zu überwinden. Herr Hübsch befand sich noch auf Deutschlandurlaub, hatte aber schließlich auch wenig Ahnung vom Eisengeschäft. Somit befand ich mich allein auf weiter Flur, und Erfolg oder Misserfolg lagen ausschließlich bei mir.

Da das spätere Direktgeschäft in Eisenprofilen sinnvoller war, lief es dementsprechend auch wesentlich besser. Zu diesem Zeitpunkt gab es drei Konkurrenten, deren ähnliche Namen bei den Kunden immer Verwechslungen hervorriefen: Thulmann bei Ferrostaal, Schumann bei H. Blohm/Rheinstahl und Schuckmann bei Ditex/Thyssen Handelsunion. Ein interessantes Geschäft bestand damals noch darin, gusseiserne Röhren an das staatliche Wasserwerk »INOS« zu verkaufen, außerdem Ölfeldrohre von Youngstown Sheet and Tube an das Regierungs-Stahlwerk SIDOR. Hinzu kam eine Spezialvertretung, Houston Well Screen Company in Houston, Texas, Hersteller so genannter »well screens«, die einen Wasserbrunnen nach außen abstützen, das Eindringen des Wassers aber von draußen nach drinnen zulassen. Ihr Inhaber, Mat Matlock, ein wilder Mann, mit einem Viertel Cherokee-Blut, war Wein und Weib nicht abhold, dennoch ein Vollblutunternehmer. Seine Besuche waren anstrengend, aber erfolgreich, im Sinne von erteilten Aufträgen. Einmal holte ich ihn früh im Hotel Tamanaco für einen Kundenbesuch ab, er war aber vom Abend zuvor noch reichlich angeschlagen. Einen Oberst habe er in der Hotelbar kennen gelernt, und nach Mitternacht seien sie durch die Stadt gefahren, um umschichtig mit seinem Revolver auf Straßenschilder zu schießen. In dem folgenden Kundengespräch war Mat eher einsilbig. Mein Gegenbesuch in Houston bleibt mir in ewiger Erinnerung. Große Ausschreibungen gab es auf diesem Gebiet, auf denen man die Vertreter der Konkurrenz traf, oft Deutsche, darunter Ernemann Riehl, dessen Frau Wendula mich in den Literaturkreis von Frau Dr. Lotte Vareschi einführte. Noch oft sollte ich sie später sehen.

Auf jeden Fall habe ich bei all dem eine Menge von Land und Leuten kennen gelernt, es war eine höchst interessante Zeit. Per saldo machten wir immer Profit. Das Eisenlagergeschäft musste jedoch, wie vorauszusehen, liquidiert werden: Es ließ sich gegen lokale Großhändler, die hierin mit aller Energie und viel Kapital engagiert waren, auf die Dauer nicht halten. Unser Eisenverkäufer Asdrubal Mendoza, den ich mittlerweile angeheuert hatte, wurde zum Verkäufer für die FAME-Durchlauferhitzer umgepolt, die Kundschaft war teilweise die gleiche. Wenn wir zum Jahresende in Catia, einem etwas verrufenen Vorort, unser Eisen zählen mussten, schoss man mit Enthusiasmus überall um uns herum; in der Weihnachtszeit wurde man dort besonders aktiv. Waren es »Guerilleros« oder einfache Banden? Wer wusste das schon? – war auch in solchen Momenten ziemlich egal.

An dieser Stelle sind einige Betrachtungen zur politischen Lage fällig. Der insgesamt sehr effektive Diktator Marcos Pérez Jiménez, dessen Werke teilweise heute noch Bestand haben, war am 23. Januar 1958 gestürzt worden. 1959 wurde Rómulo Betancourt, der Kandidat der Acción Democrática, einer sozialdemokratischen Partei, zum Präsidenten gewählt. Das alles ergab ein gewaltiges Revirement auf allen Gebieten mit der zusätzlichen Beschwernis, dass die Bezahlung aller Lieferungen an die vorige Regierung erst einmal gestoppt wurde. Das betraf in erster Linie unsere Außenstände mit der Pferderennbahn. Unser Vizepräsident Jerry Rabassa, mit dem ich wie gesagt sehr gut konnte, musste die Zahlungen tröpfchenweise erkämpfen. Einmal träumte ich, dass er in die venezolanische Armee eingetreten sei und Rekruten drillte, um so die richtigen Kontakte zum Militär zu bekommen. Unser Engagement in Venezuela belief sich auf 6 Millionen US-$, da kann man schon nervös werden. Es dauerte auch nicht lange, bis Rabassa nach Caracas geschickt wurde, um in Sachen »Rinconada« nach dem Rechten zu sehen. Zu allem Überfluss verkündete die Regierung Ende 1960 eine Devisenkontrolle, die erste von bis heute insgesamt vieren, die per saldo alle das Gleiche gebracht haben, nämlich nichts. Außer vielleicht, dass wir damals längst bezahlte Stahlrechnungen erneut einreichen konnten und somit einen Vorzugskurs bekamen, ein zusätzlicher Nettogewinn also. Es war ein stürmisches Meer, in das man mich geworfen hatte. Bis 1962 war der Dollarkurs von 3,35 Bs. auf durchschnittlich 4,54 Bs. »gefallen«, die Regierung liquidierte den Petrodollar zu 3,09, verkaufte ihn hingegen zu 4,54. Diese Ausnutzung des Ölreichtums gehört bis heute zu den Lieblingsbeschäftigungen aller Regierungen, leider mit wenig sichtbaren Erfolgen.

Dann kam, was kommen musste: Wie immer und überall sind Firmen, die bereit sind, hohe Zinsen zu zahlen, schwache Schwestern. Sowohl auf dem Autosektor im Osten des Landes als auch bei Comercial Jaeger in Maracaibo erschienen Wolken am Horizont: Man konnte – oder wollte – seinen Verpflichtungen nicht nachkommen. Holland war in Not. Mr Brummer löste die Angelegenheit denkbar einfach: Als »watch dog« wurde ein junger Hamburger, den Gillespie in New York angestellt hatte, in die Wildnis geschickt, um die Autoimporteure in Anaco und Puerto La Cruz zu überwachen, während Schuckmann nach Maracaibo musste. Der junge Mann, Franz Lücke, wurde später ein sehr guter Freund. Er kam direkt aus New York, ich lieferte ihn nach acht Autostunden in Anaco ab, dem Zentrum großer Erdölvorkommen im Osten, aber dennoch ein Nest. Franz' Gesicht wurde lang und länger, je mehr wir uns dem Zielort näherten, und als dann noch an der Landstraße ein in grauem Wasser schwimmender Weißkäse angeboten wurde, den ich ihm als mit die beste der hiesigen Delikatessen schilderte, »Queso de mano«, war seine Fassung fast dahin. Desaströs auch die finanziellen Schwierigkeiten der Firma Antoni in Carupano, deren Manager und Inhaber zu allem Überfluss auch noch an Leukämie erkrankte und starb. Im Nachhinein betrachtet waren all diese Problemfälle auf mangelnde Voraussicht unseres Chefs zurückzuführen, Krampfgeschäfte zu Wucherzinsen, die sich auf lange Sicht eben einfach nicht bezahlt machen konnten. Franz, seit 1959 bei Gillespie, wurde von Venezuela nach Brasilien versetzt, wo ähnlich riskante Geschäfte getätigt worden waren. Bei einem Kunden allein hatte man eine halbe Million

Dollar verloren! So geriet er sich wegen dieser Situation mit Brummer in die Haare und kündigte 1963, ein gutes Jahr vor mir. All diese Vorkommnisse verursachten in New York bei den Aktionären eine tiefe Krise, die wohl der Anfang des bald zu erwartenden Endes darstellte.

Mir selbst war meine Verbannung nach Maracaibo auch nicht sehr geheuer. Mein Verhältnis zu Carlos Jaeger und Hans Zittlosen, den Inhabern der Firma, konnte zwar besser nicht sein, aber die Interna in einem Ladengeschäft zu überwachen, war eigentlich nicht die Idee gewesen, deretwegen ich nach Venezuela gekommen war. Wir verkauften neben den »Wurlitzern« auch Eisschränke, Waschmaschinen, Ventilatoren, Radios et cetera, kurz alles, was ein Haushalt an Elektrogeräten benötigt. Aber man kann überall etwas hinzulernen, und nachdem die Aufgabe zeitlich limitiert war, ließ ich es mir gefallen. Insgesamt trieb ich mich fast zwölf Monate dort herum, das letzte halbe Jahr bereits verheiratet. Da die Firma sich schlussendlich nicht in der Lage sah, ihre Schulden zu bezahlen, mussten diese in Partnerschaftsanteile konvertiert werden. Das später erlassene Einfuhrverbot kompletter Wurlitzers machte es erforderlich, die einzelnen Komponenten zum Zusammensetzen vor Ort zu bringen. Die Geräte verkauften wir traditionell an Großhändler in den Anden, die in sechs Monaten meist pünktlich zahlten.

Mein Austritt aus der Firma erfolgte im Januar 1965, mehr darüber im nächsten Kapitel. Um den künftigen Ereignissen vorwegzugreifen: Man verdiente bei dem Wurlitzergeschäft ungefähr vierzig Prozent von oben, wogegen wirklich nichts zu sagen war. Nach meinem Weggehen 1965 wurde Mr Brummer eingeredet, dass man das Doppelte verdienen könne, wenn man an die Abnehmer direkt verkaufen würde. Diese wiederum – vornehmlich Bars und Bordelle – zahlten nur, wenn genügend Geld im Automaten klingelte, was erfahrungsgemäß nie der Fall war. Es sei der Fantasie des Lesers überlassen, sich auszumalen, wie man bei solcher Kundschaft sein Geld eintreiben kann!! Comercial Jaeger kam also in die bekannte fatale Schere: kurzfristige Verbindlichkeiten gegenüber langfristigen Außenständen. Gleichzeitig wurde nach meinem Weggehen ein wesentlich größerer Wagen gekauft, »mein« Ford Futura sei für Mr Brummer kein standesgemäßes Vehikel, hieß es. Die Philosophie hatte sich grundlegend geändert, aber der Spaß sollte nicht von Dauer sein.

Ein weiteres voraussehbares Missgeschick waren falsche Zollerklärungen für die erwähnten, einzeln zu liefernden Komponenten. CKD lautet der Fachausdruck: Completely knocked down. In Wirklichkeit wurden aber fast komplett zusammengebaute »Wurlitzers« gebracht, was natürlich bald aufflog, und der Firma wurden extrem hohe Geldstrafen auferlegt. Diese beiden Negativa gesellten sich zu Fehlentscheidungen in New York, wie zum Beispiel riskante Geschäfte in Tapeten, von denen man nichts verstand. All das verursachte zwischen 1971 und 1972 Gillespies Bankrott einschließlich ihrer venezolanischen Niederlassungen. Viele Freunde und Bekannte, die ihr Geld – zu verlockend hohen Zinssätzen – im Vertrauen auf Mr Brummer in seiner Firma angelegt hatten, mussten Federn lassen: Es handelte sich um einige Millionen Dollar, die dahingingen. Die Angestellten, auch Vizepräsident Rabassa, verloren ihre Pensionsansprüche, eine höchst unerfreuliche Angelegenheit. F. B. tauchte in Argentinien unter, von wo seine eigentlich sympathische, unter anderem Sekretärin Elsa Martinez stammte. Ich selbst war Gott sei Dank nicht mehr davon betroffen: All dies geschah nach meinem Ausscheiden.

In ganz persönlicher Hinsicht war die erste Zeit in Caracas im Vergleich zu New York eher deprimierend. Das Zimmer bei der Witwe wurde recht bald gegen eine Wohnung umgetauscht, die ich mit zwei Freunden – Udo Westphal und Henri Bosshard – bis zu meiner Abreise nach Maracaibo teilte. Neben den Exkursionen im »Interior« in Sachen Eisen fuhr man gelegentlich an den Strand, einmal 1960 an den Paragua Fluss, wo flussaufwärts Diamantensucher schürften. Für Clubs reichte das Geld noch nicht. Immerhin verdiente ich 3.000 Bolivar monatlich, also zirka 900 US-$, hinzu kam ein jährlicher Dollar-Bonus aus New York, was sich zusammen durchaus sehen lassen konnte. Aber ich wollte schließlich etwas Geld zurücklegen.

Maracaibo war noch langweiliger. Das einzige Vergnügen bot ein Star-Boot, die »NEREID«, das ich mit dem Skipper teilte, das heißt, ich durfte vorerst nur das Focksegel halten, wenn zum Beispiel Regatten auf dem

Maracaibo-See abgehalten wurden. Das Clubhaus befand sich in einem alten, ausgedienten Dampfer, der in der Nähe des Shell-Geländes seine letzte Ruhe gefunden hatte. Durch Carlos Jaeger wurde ich 1961 Mitglied des Rotary Clubs Maracaibo und ich gehöre dieser Organisation bis zum heutigen Tag an. Was in Maracaibo Rang und Namen hatte, befand sich in diesem Club; er tagte einmal wöchentlich im »Hotel del Lago«, dem besten Hotel am Platz.

Eine andere Erinnerung an jene Tage taucht auf: Hans Zittlosen war Alkoholiker geworden, vielmehr war es wohl schon lange gewesen. Es endete traurig mit ihm. Sein Vater, ein angesehener Kaufmann, Mitbegründer der Zulia-Brauerei, seiner Firma INCOZA, und Hauptteilhaber bei Comercial Jaeger, im Übrigen gut mit Mr Brummer befreundet, war bereits gestorben. Von meiner Warte aus betrachtet hatte er seinen Sohn nie gefordert, der guten Willens war, aber einfach nicht das Standvermögen besaß, und dazu weder angeleitet noch gezwungen wurde, irgendeine vernünftige Arbeit konsequent durchzuführen. Trotz all meiner Bemühungen war es mir nie gelungen, ihn in der Firma sinnvoll und produktiv einzubinden. Als seine Abwesenheiten länger und länger wurden, ging ich der Sache auf den Grund und fand ihn in einer kleinen Bar am Strand, total blau natürlich. Ich war damals noch so naiv, seinen Beteuerungen zu glauben, dass er sich ab morgen bessern würde. Wahrhaft habe ich mich um ihn bemüht, aber – wie vorauszusehen – ohne Erfolg. Hans starb bald nach meinem Weggehen, wohl an Leberschäden.

Caracas und Maracaibo mit Alix – ab April 1961

Jetzt wird mein Privatleben etwas spannender! Von Alix habe ich bereits berichtet. Sie war ja zwischenzeitlich verlobt, und auch wenn sie mir oft durch den Kopf ging: Der Zug schien abgefahren zu sein. Wie aus heiterem Himmel erhielt ich einen Brief von ihr vom 25. November, sie habe die Verlobung mit Hugh Lawrence inzwischen gelöst, er sei wohl doch nicht der rechte Mann für sie gewesen. Ihr Vater hatte das vorausgesehen. »Alix«, hatte er ihr einmal nach einem Besuch von Hugh gesagt, »der Mann kann dich nicht handhaben.« Zwar hatte ich inzwischen einige weitere Frauen kennen gelernt, aber es war alles nicht so ganz das Rechte. Somit kam mir dieser Brief wie eine Offenbarung vor: Siegfried, das ist Gottes Fingerzeig, jetzt lass diese Gelegenheit nicht noch einmal an dir vorbeigehen. Gleichzeitig verriet sie, zu Weihnachten mit einer Freundin in Mexiko zu sein, wo inzwischen mein Freund Charly Flugel lebte, den sie in New York kennen gelernt hatte. Kurz entschlossen rief ich sie eine Woche später an, dass ich »zufälligerweise« über Weihnachten ebenfalls in Mexiko sei und mich freuen würde, sie dort zu sehen. Tolle Lösung, bloß schrieb sie etwas später, sie hätten keine Flugtickets mehr bekommen und flögen nun nach Puerto Rico. Also jetzt wieder zum Telefon gegriffen und ein Gespräch nach New York angemeldet, so ging das damals. Ich bekam Alix nach einigen Mühen des Fräuleins vom Amt an den Apparat: große Aufregung, noch einmal ein Ferngespräch aus Venezuela! Ich verkündete also, dass ich mich inzwischen nun so darauf eingestellt habe, sie zu sehen, dass ich meine Pläne ändern und auch nach Puerto Rico kommen würde. Sie tat sehr erfreut, beichtete mir aber später, dass sie so sehr erfreut gar nicht gewesen sei: Jetzt geht *das* wieder los, hatte sie – nicht zu Unrecht – gedacht. Jedoch: Wir besprachen die Details und ich würde sie am Flugplatz abholen.

Vor meinem Abflug erschien ich in der Joyería Bauer, bat alle Verkäuferinnen, mir ihre Hände zu zeigen und entschied mich schließlich für eine: Nach ihrem Maß sollte ein Verlobungsring gefertigt werden, also ein Goldreifen mit Saphir in der Mitte und zwei kleinen Diamanten rechts und links, wie es in meiner Familie Sitte ist. Gleichzeitig ließ ich einen für mich fertigen, da ich das von meinem Vater gewöhnt war. Mit beiden Ringen in der Tasche machte ich mich auf den Weg.

Puerto Rico war damals noch ein Traum, San Juan sehr malerisch mit seinem alten Stadtteil und westlich davon die großen, modernen Strandhotels, wie zum Beispiel das Condado Beach. Alix' Freundin Anne Kukos hatte in einer Pension Quartier gemacht. Ihr puertoricanischer Freund Picón fertigte herrliche Rumdrinks, Picón Specials; wir unternahmen einiges zusammen, aber das Glück war nicht von Dauer: Innerhalb weniger Tage gab Anne ihm den Laufpass, und sie wurde das fünfte Rad am Wagen. Wir hatten ursprünglich geplant, zusammen im Auto um die Insel zu fahren, aber nun schickte sie uns allein los: »I myself will go to Condado beach and pick up a man«, meinte sie.

Nun, am Ende der Fahrt, am 31. Dezember 1961, hielten wir zum Lunch in einem Bergresort in Barranquitas zwischen Ponce und San Juan. Böse Zungen berichten, ich hätte drei Scotch Sours getrunken, danach meinen Heiratsantrag gemacht, gleichzeitig die Ringe aus der Hosentasche gezogen und Alix den ihren überreicht. Ich muss natürlich zugeben, dass ich zu dem Zeitpunkt mit keinem Korb mehr gerechnet hatte, was zum Glück auch stimmte. So beringt gab ich dem Bartender ein fürstliches Trinkgeld, während das hübsche Etui in die Blumenrabatten flog. Ein Omen für die Zukunft: Der Ring saß wie angegossen, im Gegensatz zu Hughs Riesendiamant, der trotz dreimaliger Änderung nie richtig gepasst hatte.

Nach dem Mittagessen machten wir uns auf den Weg nach San Juan, um dort Silvester zu feiern. Alix musste am Neujahrstag zurück nach New York. Wen trafen wir in der Pension an? Anne Kukos, Sektglas in der Hand und auf Wolke sieben schwebend: Sie hatte tatsächlich den Mann ihres Lebens gefunden, am Condado Beach, und sie heirateten noch vor uns. Dabei war Anne, wenngleich nicht mehr ganz jung, ein gut ausschauendes Mädchen, die an Verehrern keinerlei Mangel litt.

Hier endet unsere kurze Verlobungszeit: Genau fünfundvierzig Stunden waren wir als Verlobte zusammen gewesen und trafen uns erst zur Hochzeit in Grundlsee wieder. »VERLOBTE MICH MIT ALIX MILLER-AICHHOLZ«, lautete mein lapidares Telegramm an die Eltern.

Das Verlobungsfoto – Studioaufnahme in New York, Januar 1961

Unsere Hochzeit war auch wieder eine Geschichte für sich. Jeder findet natürlich seine eigene Hochzeit am schönsten – was übrigens nicht immer der Fall ist –, aber die unsere hatte doch etwas ganz Besonderes. Schon die Verlobung selbst konnte nicht gerade als alltäglich betrachtet werden, dann war es erforderlich, für die Papiere Österreich, New York und Caracas zu koordinieren. Zuvor musste ich erst einmal nach guter Sitte bei Alix' Eltern um ihre Hand anhalten. Beide kannten mich ja bereits, und ich habe bis zu beider Tod immer das beste Verhältnis zu ihnen gehabt.

Als Termin war nach Absprache mit beiden Eltern der 8. April vereinbart worden, das gab uns wenig Zeit. Wir hatten vereinbart, dass wir katholisch heiraten und auch mögliche Kinder in dieser Konfession erziehen würden. Dazu musste ich schließlich dreimal den entsprechenden Revers unterschreiben: einmal auf einem von Kardinal Spellman unterschriebenen Dokument aus New York, dann nochmals in Caracas bei den Jesuiten und »für alle Fälle« noch ein letztes Mal in Österreich. Nebenbei erwähnt fiel Alix' Adoption durch Tante Nelly Forni aus dem italienischen Bozen in genau diese Zeit, die wir aber unterschlagen haben: Es wäre einfach zu kompliziert gewesen. Schließlich stießen zur Hochzeit zwar zwei sehr homogene, aber untereinander total unbekannte Gruppen aufeinander. Wie würde das wohl ausgehen?? Wie zu erwarten war: Es ging hervorragend, und es gab sogar einige familiäre Querverbindungen. Nach dem im Elternhaus ausgerichteten Polterabend, in Österreich Brautsoirée genannt, fand die Trauung – im Frack »mit Orden« – in der kleinen Dorfkirche in Grundlsee statt, wo der Pfarrer Pater Feiner – Stalingradheimkehrer – unseren Entschluss einer »Mischehe« geradezu als Pionierleistung wertete; ich fürchte, sein Bischof hat das nicht ganz so gesehen. Das Essen hinterher im »Seehof« lief sehr gemütlich ab, mit über fünfzig Personen, vielen Reden und Unterhaltungen, die sich bis in den Abend ausdehnten. Großmutter Lüttichau konnte zugegen sein wie auch ein guter Teil meiner Familie: Pilatis, Tante Milie Reichenbach, Manfreds, Tümplings und die Schwestern. Ich selbst kannte neben den Eltern Miller-Aichholz nur Bruder Godfrey, die beiden Zwillingsbrüder Alfred und Andreas traf ich erst dort. Dass man in Österreich in diesem Fall sofort per Du ist – das heißt Herren und Damen untereinander –, bereitete den Nordländern keine Probleme. Hannibals Frage an die Schwäger, in Anführungsstrichelchen, ging in die Familiengeschichte ein: »Wie ist das hier bei euch, sind wir jetzt per Sie oder Du Arschloch?« – Fehlen durfte natürlich auch nicht der landesübliche Brautraub, den die Preußen aber ernst nahmen: Alix saß schon im Volkswagen der Räuber, als meine Freunde und Vettern Heinrich Oppen, Claudius Samson, Günther Salza und Fritz Bismarck den Wagen hinten in die Höhe hoben, sodass die Räder in der Luft hingen und Alix von den Bösewichtern befreit werden konnte. Endlose Geschichten wären noch zu berichten, aber ich will es bei dieser Schilderung belassen.

Wenn man mich als Preußen aufs Korn nahm, so zog ich mit meinem achtfachen Urgroßvater Starhemberg auf, der 1683 Wien gegen die Türken erfolgreich verteidigt hatte, oder mit einem Vetter zweiten Grades, Hallo Pilati, der über seine Mutter Khevenhüller eines der schönsten Barockschlösser Österreichs geerbt hatte, die Riegersburg in Niederösterreich. Jedoch: Nur selten musste ich mich dergestalt verteidigen!

Das glückliche Paar vor dem Backenstein in Grundlsee

Unsere Hochzeitsreise startete unorthodox spät: Schließlich hatten wir beide unsere jeweiligen Familienmitglieder ewig nicht gesehen, sodass wir die Gelegenheit beim Schopf packten, wenigstens noch einen Tag mit ihnen zu verbringen. Ich hatte in Deutschland einen Volkswagen gekauft, mit dem wir schließlich nach Süden starteten, zuerst zu den Liechtensteins in Rosegg in Kärnten, wo Alix geboren ist, anschließend zur Erbtante Nelly Forni in St. Michele bei Eppan in Südtirol, deren mittelalterlichen Ansitz dort Alix eines Tages erben sollte. Dann endlich hatten wir die nächsten Wochen für uns allein. Es ging über den Gardasee, Genua, die Riviera, Barcelona, Valencia, Granada, Córdoba und Sevilla bis nach Cadiz, wo ich den Wagen am Kai einer spanischen Schifffahrtslinie ließ, die ihn nach La Guaira befördern würde. Per Bahn fuhren wir weiter nach Madrid und von dort per Flugzeug nach Caracas. Die Spanienreise wurde sehr von Franco beeinflusst, der immer einen Tag nach uns die gleiche Tour verfolgte, weswegen Hotelbuchungen und dergleichen erschwert wurden. In Sevilla sahen wir ihn schließlich in der Stierkampfarena, wobei ich mich mehr an die berühmten »Banderilleros«-Gebrüder Pereira zu Pferde entsinnen kann. An der französischen Riviera besuchten wir übrigens noch meine guten Freunde Klaus Reinhardt und Marion Wachs, die sich selbst gerade auf Hochzeitsreise befanden und somit nicht zu unserer Hochzeit kommen konnten. Unsere Freundschaft hielt lebenslang. Klaus Reinhardt wurde später ein in Hamburg recht bekannter Anwalt, und noch heute sehen wir uns des Öfteren.

Anfang Mai trafen wir in Caracas ein, ehe es weiter nach Maracaibo ging. Wenn Caracas schon ein Kulturschock bedeutete, wenn auch aus der Warte des Hotels Tamanaco, aber mit dem eher provinziellen Einkaufszentrum in der Sabana Grande oder dem chaotischen Straßenverkehr, so war es Maracaibo in noch höherem Maße. Wir hatten eine kleine Wohnung gemietet, im Penthaus eines Gebäudes, in dem unten eine Bäckerei Wohlgerüche verbreitete. Die Mitmenschen waren zwar nett, aber auch nicht mehr. Die Segelei implizierte, dass Alix im Clubhaus hocken musste und auf jeden Fall nicht mitsegeln konnte, da ein Starboot ein reines Regattaboot darstellt, mit nur zwei Mann Besatzung. Dann war das Klima doch sehr heiß und eine Fahrt in die Anden zwar lustig, tat aber auch nichts weiter fürs Alltägliche, kurz: Wir freuten uns, als die Umstände uns im November 1961 wieder zurück nach Caracas führten.

Inzwischen hatte es sich herausgestellt, dass für Anfang 1962 Nachwuchs zu erwarten war, der dann auch prompt am 4. Februar in Gestalt von Friedrich Cyril eintraf. Er nahm sich mit seiner Geburt so lange Zeit, dass Alix mir erlaubte, in der Nachbarschaft ein ordentliches Steak zu essen. Als ich wiederkam, leuchtete das blaue Licht: ein Bub, mit rötlichem Haarschopf und in jeder Hinsicht komplett!! Die Taufe fand in der Guadalupe-Kirche in Las Mercedes statt, und Helga Scanzoni schwor im Namen von Patenonkel Godfrey dem Teufel ab. Ein anderer Patenonkel, Oskar Pilati, schenkte zur Taufe 138 DM: Ein Glückwunschtelegramm hätte das Gleiche gekostet, meinte er, und somit wäre es sinnvoller, das Geld zu überweisen. Ein praktischer Onkel.

Am 26. Juli 1963 folgte Georg Henry, der aber in Bad Aussee in Österreich zur Welt kam. Somit waren wir in kürzester Zeit zu einer ordentlichen Familie herangewachsen.

Die Familie 1976 auf dem Rasen vor dem neuen Haus

Isabel erschien fünf Jahre später in Caracas, am 27. März 1968. Alle bekamen ihren US-Reisepass durch die amerikanische Mutter, den deutschen durch ihren Vater und schließlich – außer Georg – auch den venezolanischen (»ius solis«). Meine US-Staatsbürgerschaft war angesichts zukünftiger Pläne in den USA beantragt, jedoch gab ich dieses Vorhaben später wieder auf. Unser für damalige Verhältnisse sehr elegantes Domizil befand sich im sechsten Stock des Edificio IASA, 132 Quadratmeter groß, direkt an der Plaza Castellana im Osten der Stadt gelegen. Wir hatten die Wohnung von Peter und Barbara Pick übernommen, einschließlich eines Gasherds, den es heute noch gibt! Viele schöne Erinnerungen knüpfen sich an diese Zeit. 1966 boten uns wegziehende Freunde, Henneke und Imogene Sieveking, ihre Behausung an: 170 Quadratmeter im oberen Stock eines Duplex-Hauses mit zirka 200 Quadratmeter Garten, im Villen-Stadtteil La Floresta, ebenfalls im Osten der Stadt, sehr bequem gelegen und zu einer recht günstigen Miete: 1.045 Bs. Damit waren wir richtig gesettled! Zehn Jahre haben wir in diesem Haus gelebt. Der Weg zur deutschen Humboldtschule war kurz, ein weiterer Vorteil: Alle drei Kinder sind dort bis zum (deutschen!) Abitur zur Schule gegangen – also ungefähr dreiundzwanzig Jahre Schultransport.

Später kam eine Bleibe in der Colonia Tovar hinzu, die wir in diesem Bergdorf erst gemietet, dann gekauft hatten. Deutsche Einwanderer hatten es als »Kolonie« Mitte der Vierzigerjahre des 19. Jahrhunderts gegründet. Ein herrlicher Ort für die Kinder, um dort etwas naturnäher als in Caracas die Wochenenden zu verbringen. An das frühe Aufstehen um vier Uhr am Montagmorgen gewöhnte man sich! Später ergab sich noch eine Wohnung am karibischen Bilderbuchstrand in Cata, etwa drei Autostunden von Caracas entfernt.

Weitere Ausführungen zu diesem Thema folgen unter dem Kapitel »Familie«. Vorerst will ich mich dem Beruflichen zuwenden.

Der Bilderbuchstrand vor unserer Behausung in Cata

Seitdem Jerry Rabassa in Caracas stationiert war und sich um die Pferderennbahn-Inkassos kümmern musste, hatte ich mehr und mehr direkten Kontakt mit Mr Brummer. Ihm galt zwar meine volle Anerkennung als Chef der Firma, dennoch fühlte er, dass ich selbstständig dachte und auch ohne ihn jemand war. Erst später erfuhr ich, dass Standesunterschiede bei ihm eine große Rolle spielten. Er kam halt aus kleinen Verhältnissen. In den Staaten hatte er sich von unten nach oben hochgearbeitet, ein Umstand, der gerade mir besonders imponierte. Es gefiel ihm aber in keiner Weise, dass ich seinen Vorgesetzten Rössler und dessen Tochter privat kannte, auch John Pálffy, der in der Firmengruppe etwas zu sagen hatte, und die alle aus einem anderen Milieu stammten. Hinzu kam, dass er ohnehin einer Art Verfolgungswahn unterlag: »Alle wollen mir am Zeug flicken.«

Einige Wolken am Horizont gab es bereits, wie anderenorts erwähnt. Die eigentliche Trennungsphase begann Ende 1964 mit Diskussionen über meine Gewinnbeteiligung. Den letztendlichen Ausschlag gab, dass ich einmal in der Tamanaco-Bar vor ihm und in Anwesenheit von anderen bezüglich des sozialen Engagements eines venezolanischen Industriellen, Eugenio Mendoza, noch dazu unser Kunde, eine andere Meinung vertreten hatte als er, sicher nicht sehr diplomatisch, aber ich war eben anderer

Ansicht. Kurz darauf, am 23. Januar 1965, warf er mir vor, dass alles, was ich bisher getan hätte, nicht sehr produktiv gewesen sei. Ein Wort ergab das andere, einige Whiskys spielten wohl auch eine Rolle, kurz: Ich wurde »en el acto« entlassen. Nun kannte ich ihn gut genug, um zu wissen, dass solche Affekthandlungen bei ihm häufig vorkamen und er die Entlassung mit Sicherheit nicht ernst gemeint hatte. Ich aber war nachdenklich geworden, erging mich in jener Nacht für einige Stunden im Park von La Floresta und kam zu der Erkenntnis: Der Grund für den Vorfall lag tiefer und würde eine zukünftige Zusammenarbeit eher verschlechtern als verbessern. Außerdem war ich zu einem weiteren Schluss gekommen, dass nämlich auf lange Sicht betrachtet Gillespie nicht krisensicher genug sei, um Konzessionen zu machen. Zu solchen trugen auch die verschiedenen oben geschilderten Vorgänge mit bei. Wie sehr Recht ich hatte, sollte schon die nähere Zukunft zeigen!

Ein logischer Folgeschluss: »Ich akzeptiere die Entlassung stillschweigend und bereite mich auf meine geplante Tätigkeit als selbstständiger Vertreter vor. Was Brummer kann, kann ich allemal, ich bin von keinem abhängig.«

Am nächsten Morgen besprach ich den Fall mit Alix, die mich Gott sei Dank voll unterstützte, was nicht alle Frauen getan hätten, denen Sicherheit oft wichtiger ist als eventuelle Chancen. Freunde, insbesondere Wolfram Moeckel, gaben konstruktiven Rat: Erstens: Deine Frau muss hundertprozentig mitmachen. Zweitens: Du musst so viel Rücklagen haben, dass du von ihnen ein Jahr lang leben kannst, bevor Provisionen eintreffen. Und drittens: Du musst kerngesund sein. Dass ich in etwa wissen müsse, was ich tun wollte, war selbstverständlich. Nur mit Rosinen im Kopf geht so etwas natürlich nicht, dennoch muss man sie haben, um einen solchen Sprung von einem Tag zum anderen zu wagen. In meinem Umkreis hier haben das auch relativ wenige so gemacht. Die meisten haben sich entweder in bestehende Firmen eingekauft oder sind in ihren bisherigen Unternehmen zum Partner aufgestiegen. Nur bei wenigen begann die selbstständige Tätigkeit wie bei mir.

Zwei Monate nach dem Vorfall schickte ich Mr Brummer ein Telegramm, dass ich bei neunzig Tagen Kündigungsfrist nur noch einen Monat bei Gillespie tätig sei und ich deshalb wissen wolle, wer den Kram hier übernehmen würde. Daraufhin kam er selbst angeflogen, brachte einen Vertrag mit fünf Prozent Gewinnbeteiligung mit und behauptete, er habe mich nie entlassen, ich sei doch für die Firma so überaus wichtig ... Das hatte er schon vorab telegrafiert. Rabassa und andere versuchten zu vermitteln – vergebens. Im Endgespräch meinte er, dass er Rabassa zwanzigmal entlassen habe, und er sei immer noch da. Meine Antwort: »I am sorry, Sir, but you fired me once, and that was it.« Meine Abfindung betrug – nach einigem Gefeilsche – 20.000 Bs.

Per 1. April 1965 war ich technisch arbeitslos, genau acht Jahre nach meinem Eintritt in die Firma am gleichen Tag 1957. Aprilscherz??

INDUSTRIAL ESCO S. A.

Diesem Thema muss einfach ein ganzes Kapitel gewidmet werden. ESCO hat mich, meine Familie und viele andere in einigen Varianten vierzig Jahre lang begleitet. ESCO, die Quelle von viel Freude und vielem Interessanten, bildete die Basis für irdischen Wohlstand und war ein kontinuierlicher Ansporn, Neues in Angriff zu nehmen.

Die Rosinen kommen hier wieder ins Spiel.

Am Anfang gab es natürlich auch viele Sorgen und Enttäuschungen. Und im Hintergrund stand die Familie, Frau und zwei Kinder, die ernährt, gekleidet und auch sonst wahrgenommen werden wollten. Aber letztendlich ist uns das Glück hold gewesen, wenn auch, wie Moltke 1871 laut Büchmann in seinem Aufsatz »Über Strategie« dargelegt hat: »Glück hat auf die Dauer doch zumeist wohl nur der Tüchtige.« – Falsche Bescheidenheit war nie meine Stärke!

Wir schrieben also den 1. April 1965, und ich konnte den ganzen Tag tun und lassen, was ich wollte. Ein merkwürdiges Gefühl, nachdem man jeweils acht Jahre bei einem Hamburger und einem New Yorker Exporteur tätig gewesen war. Auch wenn mein Tagespensum dort in fast allen Jahren meinem eigenen Ermessen unterlag: Das heute war doch etwas anderes. Jedoch: „Bangemachen gilt nicht“ und ich stürzte mich in die Vorbereitungen für die Zukunft.

Ich muss gestehen, dass ich am Anfang auch Alternativen bedacht und mit einer Menge anderer Leute Verbindung aufgenommen hatte, um eine mögliche Zusammenarbeit zu eruieren. Man wollte keine Unterlassungssünde begehen. Letztlich kam aber nichts Gescheites dabei heraus, und ich nahm das in Angriff, was mir wirklich vorschwebte: eine eigene Vertretungsfirma. Eine Menge Briefe wurden an Firmen geschrieben, die infrage kommen könnten, in Venezuela vertreten zu werden. Noch wichtiger aber war die von mir angepeilte Reise durch Deutschland, um dort persönliche Kontakte herzustellen. Die Familie wurde bei den jeweiligen Großeltern geparkt, ein Opel Karawan käuflich erworben und los ging's. 15.000 Kilometer zeigte der Tachometer nach drei Monaten Herumfahren an. Für einen ziemlich tristen Tag haben dabei Alix und ich Ostberlin besuchen können, via Check Point Charlie, eine unerfreuliche Erinnerung an die humorlose Atmosphäre einer grauen Stadt. Und wie viele Erinnerungen an die Nazizeit kamen mir dabei.

Die Kaltbleche auf dem Lastwagen im Hafen von La Guaira – davor Mannesmann-Angestellter Schorn; im Hintergrund das alte Zollgebäude

Was hatte die Reise insgesamt gebracht? Eine Menge Verbindungen, die aber kein sehr großes Volumen versprachen. Der Durchbruch kam in Caracas, wo mich mein Freund Otfried Sthamer anrief: Die Mannesmann-Leute seien in der Stadt und suchten einen Vertreter. Da ich auf diesem Gebiet Erfahrung besaß, wurden wir handelseinig. Mannesmann hatte angeblich im vergangenen Jahr Waren im Wert von 500.000 US-$ verkauft. Das Problem war jedoch, dass ich es nur mit den kolumbianischen Vertretern zu tun hatte, nicht mit Mannesmann direkt. Als ich merkte, dass das, was sie wirklich planten, ihre eigene Filiale in Caracas war, gab es

Krach, und ich setzte ihren schon zur »Einarbeit« aus Bogotá eingetroffenen Mann kurzerhand vor die Tür. Es wiegten Intrigen hin und her, aber es gelang mir zum Glück, mit den inzwischen aufgebauten Kontakten bei Mannesmann die Direktvertretung zu übernehmen. Eine sehr gute Rolle spielte hierbei Heiko Nicolay, Mannesmanns Gebietsdelegierter für diese Zone. Fleiß war auch erforderlich: In den ersten zehn Monaten hatte ich an Mannesmann 424 Briefe geschickt!

Diese Verbindung wurde später – 1969 – durch private Intrigen und eine notleidende Kaltblech-Order problematisch. Ich kündigte der Firma, bevor sie es mit mir tun konnte, und der Weg war frei für die weiter unten erwähnte Partnerschaft, für die Mannesmann ein Störfaktor gewesen wäre.

Dennoch blieb immer noch Zeit für die Jagd übrig: Entenschießen in Calabozo und schöne Jagderlebnisse auf dem bereits erwähnten 10.000 Hektar großen Besitz der Blohms, »Flores Moradas«, mit Herrn Putzier als großzügigem Jagdherrn.

Mit diesen verschiedenen Verbindungen war es jetzt an der Zeit, durch eine eigene Firma alles zu formalisieren. Meine Idee: einmal einen zugkräftigen Kurznamen oder ein Logo zu haben, dann aber auch meinen eigenen Namen hinzuzufügen. So entstand: Industrial Esco, von Schuckmann & Cia. S. A. – (Esco = S für Schuckmann und Cia für Alix [als Kompagnon]). Die Eintragung ins Handelsregister erfolgte am 12. August 1965. Dietrich F. Gerstel half bei den Statuten der Firma, und seine Tochter überwacht heute noch unsere Buchhaltung. Unser Rechtsanwalt war bis zu seinem Tode Dr. Frank Jurgens. Nach einem Jahr, das hatte ich mit Gillespie so abgemacht, konnte ich eine Konkurrenzlinie für die brasilianischen Durchlauferhitzer übernehmen namens LORENZETTI. Somit stand das junge Unternehmen auf zwei Beinen: das Vertretungsgeschäft und Montage plus Verkauf der Duschen. Letzteres in der sprichwörtlichen Garage, wo die Montage stattfand, ein »Unternehmen Schraubenzieher«, aber man konnte zum Schutz der lokalen Industrie – die in diesem Falle noch nicht bestand – nur Teile importieren. 1966 zogen wir in ein kleines

Anhängsel, später in den ersten Stock eines großen Hauses im östlichen Wohnstadtteil Los Palos Grandes, mit einem riesigen Mangobaum vor uns und Blick auf den Avila, zirka 300 Quadratmeter, mehr brauchten wir wirklich nicht. 3a Ave. Los Palos Grandes entre 5a y 6a Transversal! Juan Perdomo, Inhaber des Gebäudes, hat uns als »hermano« seit über fünfunddreißig Jahren begleitet.

Das Haus hatte mini-historische Vergangenheit: Unter dem Diktator Pérez Jiménez gab es die gefürchtete Seguridad Nacional: SD. Ihr Chef Pedro Estrada, ein Frauenheld, hatte das Haus gemietet und wohnte dort nach Scheidung mit seiner temporären Freundin, später sah das Heim aber auch andere Frauen. Die der Nachwelt überlieferte Geschichte, dass einige SD-Funktionäre mit griffbereiter Maschinenpistole vor dem Eingang zu unserem jetzigen Büro Wache geschoben hätten, ist mir berichtet worden, dabei gewesen bin ich nicht!

Vor unserem Büroeingang: Fahrer Ramón Bravo mit seinem Vehikel, davor mein Honda Civic. Aufgenommen ungefähr 2001. Dahinter verbirgt sich unsere Office im ersten Stock.

So begann langsam der Weg nach oben, auch wenn ich mich noch sehr gut daran erinnern kann, im März 1966 nur 46 US-$ an Provisionen erzielt zu haben. Im April 1967 waren es schon 3.549 US-$ und ab 1970 fast nur noch fünfstellige Zahlen; in einigen Monaten lagen wir sogar darüber.

Bei 46 US-$ monatlich kann man natürlich kalte Füße bekommen, und so begann ich, mit meinem guten Freund Wolfram Möckel an der deutschen Version eines venezolanischen Wirtschaftsblattes mitzuarbeiten, monetär betrachtet ein Fiasko. Ebenfalls wirkte ich mit seiner Hilfe als Korrespondent für den Heidelberger »Außenwirtschaftsdienst für Betriebsberater« mit. Nach 3.000 DM Gesamtbruttoeinkommen gab ich auf: Der Gewinn stand zum Zeitaufwand in keinem gesunden Verhältnis. Schließlich wollte mich das Handelsblatt als Korrespondenten für Venezuela einstellen, nach diesen Erfahrungen sagte ich aber von vornherein ab. Nützlicher waren andere Tätigkeiten auf geistigem Gebiet: ein Fernkursus beim Alexander-Hamilton-Institute in BWL und ein Kursus für Kreditmanagement bei Dun & Bradstreet.

Nach einem Jahr ergab sich ein Glücksfall: Ein rotarischer Freund, Miguel Angel Arevalo, der dadurch auch mein Speditions- und Zollagent geworden war, verwies mich an seinen Büronachbarn John Lindsay, der im Begriff stand, seine Möbel zu verkaufen, weil er sein Geschäft auflösen wollte. Ich erstand einen Schreibtisch von ihm, wobei er mich fragte, ob ich nicht an »Woodpulp« interessiert sei. »Ja, aber was ist das?«, wollte ich wissen. Daraufhin erklärte er mir, dass man das aus USA und Kanada liefere, und zwar zur Herstellung von Papier. Er gab mir noch einige weitere Hinweise, wie ich das in Angriff nehmen könnte. Woodpulp also: auf Deutsch Zellstoff, auf Spanisch »Pulpa«, und über dreißig Jahre habe ich dieses Zeug verkauft. Im Jahre 1989 gingen 45.000 Tonnen durch meine Hand, was in etwa fünfundzwanzig Prozent des gesamten Zellstoffimports entsprach. Im Gegensatz zu unseren späteren Verpackungs- und anderen Maschinen stellt Zellstoff ein reines Handelsgeschäft dar. Es lief damals vornehmlich über skandinavische, amerikanische und kanadische Handelsfirmen, die von den großen Herstellerwerken kauften und das Kreditrisiko für Länder wie Venezuela übernahmen. Meine Verbindung war Price & Pierce, sowohl in Montreal, Kanada, als auch in New York. Zwischen dem jeweiligen Verbindungsmann und mir musste die Chemie stimmen, und zeitweise war es zwischen uns so ideal, dass ich schon die Antwort wusste, bevor mein Gegenüber die Frage stellte.

Ein Lot »Pulpa« im Hafen, davor sein stolzer Verkäufer

Typisch für die Geschäftswelt: Price & Pierce verlor aus verschiedenen Gründen den Schwung, mein dortiger Hauptkontakt, George D. Edwards, machte sich selbstständig, war aber noch kapitalmäßig zu klein, um das Venezuelageschäft mit neunzig Tagen Zahlungsziel verkraften zu können. Also übernahm ich zwischenzeitlich eine Art Nachfolgefirma, Consolidated Fibers, bis George 1978 endlich seine Kapitaldecke so organisiert hatte, dass er mit seiner Firma Intercontinental Cellulose auch Venezuela bedienen konnte. Leider verkaufte er I. C. 1990 an eine skandinavische Firma, die wiederum bereits einen Vertreter hatte. Somit: *Adios I. C.!* Diese Notiz erhielt ich in einer wenig erleuchteten Bar in Katmandu/Nepal, flog sofort nach Rückkehr weiter nach New York und konnte die Vertretung einer Konkurrenzfirma, Koplik & Sons, bekommen, mit der wir dann vier Jahre lang zusammenarbeiteten, bis sie Bankrott ging. Heute sind die großen Herstellerwerke leider alle in festen Händen, somit war dies das Ende von dreißig Jahren »Pulpa-Geschäft«.

Ein Bonus in diesem Zusammenhang waren unendlich viele Besuche in New York mit multiplen Unternehmungen einschließlich Golf, Cocktails und Nachtleben, Besichtigungen der Zellstoffwerke, manchmal in firmeneigenen Flugzeugen von zum Beispiel Crown-Zellerbach an der Westküste, Georgia Pacific, Scott Paper oder International Paper, und die Teilnahme an den großen Zellstoff- und Papierkongressen. Ein besonderes Erlebnis: Cocktails und Abendessen mit den Scott-Paper-Leuten ganz oben im Dach-Club des World Trade Centers mit phänomenaler Aussicht von 360 Grad auf ganz Manhattan, Jersey City, Statue of Liberty, Staten Island und Brooklyn. Past glory.

George D. Edwards und seine Crew, v. l. n. r.: Pat D'Achille, J. Hurst, Lee Anzelmo, Michael Walsh, Lee DePasquale, J. Gaisser und Coley Sewell, sitzend GDE, Natalie Manning and Joe Regan. Mein späterer Hauptkontakt Lorne Zwaresh war damals noch nicht »bei uns«.

Eine Anekdote, an die ich heute noch gern zurückdenke: Die US-Exporteure in New York, wenn auch alle Konkurrenten, trafen sich regelmäßig zu einem Mittagessen. Ich befand mich zufällig in New York, als wir soeben mit unserer neuen Verbindung Georgia Pacific den Markt bis oben hin voll gesetzt hatten, zu töricht niedrigen Preisen, wie in einem solchen Fall die Konkurrenz zu nörgeln pflegt. Man traf sich im Metropolitan Club und ich schaute von meinem Platz aus genau auf das Plaza Hotel am Central Park. Gäste mussten aufstehen und nach guter Sitte ihren Namen und Firma nennen. Als die Reihe an mich kam, ertönte im Saal unisono ein lautes »Buuuuuh«, woraufhin ich mich vor den Anwesenden verbeugte und laut verkündete: »Gentlemen, I take this as a compliment.«
Auf der Kundenseite ist der bekannten Firmen Venepal, Manpa und Pa-

peles Venezolanos zu gedenken, besonders auch meiner Freundin Barbara Legkow, die immer sehr hilfsbereit war. Und Cruz Pérez muss erwähnt werden, »la cruz de mi vida y siempre a la órden«! Weiterhin gehören hierher Reisen nach Jamaica, wo wir Karton an die Firma WIPAP verkauften.

Trotz all dieser Erfolge hatte man als Einmannfirma doch große Nachteile: Ein längerer Urlaub, auch wenn wir uns den immer geleistet haben, war mit Problemen verbunden, zumal man damals nicht so leicht kommunizieren konnte wie heute. Zum anderen ist es von Vorteil, mit einem guten Partner einen Gedankenaustausch haben zu können. Schließlich müsste so jemand auch neue »Linien« mit einbringen, um die Basis der Firma zu erweitern. Außerdem hatte ich die Vorstellung, dass man in zunehmendem Maße Wert auf Technik legen würde, in welcher Richtung ich wenig Ausbildung hatte. Zu diesem Zeitpunkt suchte ein guter Freund von mir, Hanns-Dieter Elschnig, ein neues Tätigkeitsfeld, weil er mit seinem bisherigen Brötchengeber nicht sonderlich zufrieden war. Nach einigen Überlegungen taten wir uns 1970 als gleichberechtigte Partner zusammen, »Industrial Esco S. A.« wurde neu gegründet und meine bisherige Firma in »Industrial Lorenzetti« umgetauft, da ich das Duschengeschäft allein weiterführen würde, dieses einige Jahre später jedoch aufgab: Es zog zu sehr in eine Richtung, die mit unserem Vertretungsgeschäft kollidierte. Dieter, ein Diplomingenieur, war mit Werkzeugmaschinen vertraut und kam aus dem Anlagengeschäft. Wir waren uns darin einig, dass man eine laufende Basis haben müsse, da Anlagen zwar viel brächten, wenn es klappte, bei Misserfolg hingegen großer Zeitverlust zu verkraften sei. Nach einigen Überlegungen kamen wir zu dem Schluss, dass Verpackungsmaschinen interessant sein müssten. Sie sind im Allgemeinen maßgeschneidert, das heißt, keiner, auch mit noch so viel Kapital, würde sie auf Lager nehmen, um uns dann mit günstigen Zahlungsbedingungen letztendlich auszustechen; wir selbst verfügten ja über nur wenig Kapital. Notabene: Wir hatten keinerlei Kenntnis, weder von der Materie noch von den möglichen Lieferanten oder von der Kundschaft, aber wir schrieben eine Menge Firmen an, von denen einige wenige positiv antworteten, und langsam konnten wir ein beachtliches Geschäft aufbauen. Für den Uneingeweihten: Es handelte sich um Maschinen zum Füllen und Verschließen von Flaschen mit Flüssigkeiten oder Pulver, um Etikettierer, Kartonierer, Blistermaschinen für die Pharmaindustrie, Flaschentransporteure, um Maschinen zum Umhüllen von Gebinden mit Folie, dann auch um einige Produktionsmaschinen, wie Tablettenpressen, Wasserdestillierer oder Wirbelschichttrockner, und andere!

Es folgt später eine Aufstellung all jener Artikel, die wir über die Jahre verkauft haben. Man muss in diesem Geschäft recht flexibel sein, die Verhältnisse können sich schlagartig ändern.

Eine schöne Erinnerung war der Auftrag von Procter & Gamble für eine Anlage zum Füllen, Verschließen und Eikettieren eines Waschmittels. Man führte uns in einen leeren Raum, deutete auf die Elektro-, Wasser- und Druckluftanschlüsse und bat um eine Offerte »für alles«, schlüsselfertig nennt man das. Wir gaben unser Angebot ab, erhielten den Auftrag und übernahmen die komplette Installation, darüber hinaus verdienten wir auch noch gut an Kursdifferenzen. Als weiterer Lichtblick müssen die umfangreichen Installationen bei Bristol Myers für deren MUM-Deostifte genannt werden. Patrick Fleming aus England war dabei von großer Hilfe und ist bis heute ein guter Freund geblieben.

Die beiden Seniorchefs an ihren Schreibtischen

Womit haben wir uns nicht alles herumschlagen müssen!

Da sind zuerst Bolivar-Abwertungen zu nennen, insgesamt drei, die erste am 18. Februar 1983, dem schwarzen Freitag. Der Bolivar-Kurs zum Dollar, seit ungefähr zwanzig Jahren auf 4,30 festgelegt, »fiel« in den folgenden zweiundzwanzig Jahren in einer stetigen Abwärtsbewegung über 13,50 Ende 1983, 25 Ende 1986, auf heute 2.500, offiziell 2.150. Allein im Jahr 2002 »sank« der Kurs von 750 auf 1.500 Bs. – bei dem gewaltigen Öleinkommen eine wahre Meisterleistung!

Neben Devisenbewirtschaftungsgesetzen hatten wir Arbeitsgesetzauflagen, Änderung von Soziallasten und Steuergesetzen, Schwierigkeiten bei der Erlangung verschiedener »Permisos«, Besuche von Fiscales mit offener Hand, Probleme im Zoll und jeweils wechselnde Einfuhrbestimmungen. Da einige Jahre lang fast jeglicher Import verboten war, begannen wir zwischen 1986 bis 1989 Schrumpftunnel im Land herzustellen. Heute sind wir so weit, dass auf »Devisenvergehen«, also dem »schwarzen« Kauf oder Verkauf von Fremdwährungen, hohe Gefängnisstrafen stehen.

Ein weiteres Novum war ab 1966 Korkimitationsmundstückbelag für die Zigarettenindustrie, ein Tipp meines »roommates« Udo Westphal. Zuerst importierten wir den fertigen Belag von der mexikanischen Filiale der deutschen Firma Benkert/Herne, ehe wir ihn zwischen 1977 und 1989 zusammen mit Benkert selbst herstellten, natürlich mit eingeführtem Papier. Das geschah in der Nähe von Maracay. Wir verkauften zwölf Jahre lang an die beiden Tabakfabriken. Zu der Zeit aßen fast fünfzig Menschen Esco's Brot, also alle Mitarbeiter und die von ihnen abhängigen Familienmitglieder. Den Zigarettenfirmen versuchten wir auch englische Zigarettenherstellungsmaschinen der Firma Molins zu verkaufen, kamen aber nur selten gegen die deutsche Konkurrenz von Hauni/Hamburg zum Zuge.

Die erste, selbstgefertigte Einsiegelmaschine mit Schrumpftunnel, Modell IE 3540

Der Spruch von einem der Molins-Leute aus London, Steve Dreyfus, fällt mir dabei ein: »A victory, spelled out in detail, is tantamount to defeat.« Think about it!! Ein weiteres Zitat von J. P. Morgan wurde oft von ihm erwähnt: »A man always has two reasons: the one he tells you, and his real reason.«

Nachdem letzteres Geschäft intensiven Einsatz erforderte, bedachten wir eine Filiale in Maracay mit einer großen Industriezone, wo sich auch einer der beiden Hauptkunden befand – Tabacalera Nacional – zirka anderthalb Autostunden von Caracas entfernt. Hier nun fand sich ein guter Mitarbeiter in Gestalt von Dieter Fleischhacker, ebenfalls Ingenieur und mein Gesprächspartner in einer Textilfirma, der ich Spinndüsen und Filter für die Nylonfertigung verkaufte. Ich machte ihm ein Angebot, und er baute mit uns die Esco-Filiale in seinem Wohnort Maracay auf, von deren Nettoverdienst die Hälfte an ihn ging. Auch war er für die Mundstückbelag-Produktion verantwortlich. Zwanzig Jahre hielt diese Zusammenarbeit, dann trennten wir uns, leider nicht ganz ohne Ärgernisse. Unser industrielles Papierabenteuer liquidierten wir 1989, sofort nachdem die Einfuhr wieder erlaubt war: Mit den großen internationalen Produzenten konnte man ohne Zollschutz nicht mithalten.

Isabel Lissandrelli beim zehnjährigen Dienstjubiläum

Bei Esco haben wir immer erstklassiges Personal gehabt, wobei sich besonders die Frauen an Arbeitseinsatz und Mitarbeit hervortaten. Der Duschenverkäufer Mendoza, geräubert von Gillespie, blieb weiterhin ein Schlitzohr: Kaum hatte er sein Monatssoll erreicht, schlaffte er ab, bei der Arbeit wohlgemerkt und nicht so sehr bei seiner Mezzosoprano, wie er sie nannte.

Eines Tages rief er mich an: »Señor von Chukman, ich habe eben meine Frau erschlagen.« Gott sei Dank war sie bei einer Rauferei nur ohnmächtig geworden, Mendoza musste aber trotzdem ins Gefängnis, wo ich ihn dann auch besuchte. Ein Erlebnis! Julieta Fernández, Pharmazeutin, war acht Jahre bei uns, ihre Nachfolgerin Stella Saulle, Chemikerin, nach bald zehn Jahren, ist es noch heute. Meine erste Sekretärin, Margarita Peterssen, musste in meiner Abwesenheit alle Probleme lösen, und tat es auch. Es folgten Haydée, eine kleine aber sehr energische Person, dann Frau Hille – Señora Pulpa genannt, und schließlich seit 1985 Isabel Lissandrelli, die Säule unserer Firma. Zwanzig Jahre ist sie inzwischen bei uns. Isabel weiß alles: wann, wo, wie, wie viel, warum, warum nicht.

Wir haben ihre erste Hochzeit mitgemacht, später ihre zweite, Kindergeburtstage – sie gehört zur Familie. Überhaupt kann ich rückblickend sagen, dass die Stimmung in unserer Firma immer sehr familiär war und die meisten Mitarbeiter auch ewig lange bei uns geblieben sind. Über die Botenjungen könnte man Bücher schreiben, bekam man durch sie doch gewisse Einblicke in die Volksseele. Farbe spielt hier ja keine Rolle. Ganz am Anfang fand die Weihnachtsfeier um meinen Schreibtisch herum statt. Als das Thema Apartheid aufkam, wurden die verschiedenen Farbtöne kommentiert, und alle waren sich einig: Der links außen sei der schwärzeste (el más negro!).

**Isabel Lissandrelli beim zwanzigjährigen Dienstjubiläum.
Der Seniorchef (vierzig Jahre), Isabel (zwanzig Jahre), und Torte und Sekt zu diesem Ereignis. Venezuela im Hintergrund.**

Eine Geschichte steht mir noch in der Erinnerung. Der Officeboy Tobias bat eines Tages um Sonderurlaub von nur einem Vormittag. Auf meine Frage hin berichtete er, dass seine »novia« ein Kind bekäme, und ihre Brüder ihm die Alternative gestellt hätten: entweder Heiraten oder Gefängnis. Die Dame war nämlich darüber hinaus auch noch minderjährig. Nach der erfolgten Hochzeit fragte ich ihn, was denn die Brüder nun gesagt hätten? »Tobias, da hast du dich angeschmiert«, hätten sie gesagt.

Sehr lustig waren oder sind vielmehr immer noch die Unternehmungen zu Weihnachten und zum »Tag der Sekretärin«: Ausflüge im Stadtbereich, zur Colonia Tovar, in die Berge, an die Küste, auf den Avila (die Bergkette zwischen Caracas und der Karibik), meist gekoppelt mit irgendwelchen sportlichen oder kulturellen Aktivitäten und natürlich immer mit kulinarischen Exzessen. Betriebsausflug würde man auf Deutsch sagen.

Weihnachtsausflug 1995 nach Tovar: Dieter Fleischhacker, Astrid Elschnig, Manfred Brichta, dahinter Harry Groß, ganz hinten Alix v. Schuckmann und Julieta Fernández

In Colonia Tovar: Nach Tisch wird getanzt! Weihnachten 1995 im Hotel Bergland: S. v. Schuckmann – Isabel Lissandrelli – Office »Boy« Eduardo Carrasquel, »en plena acción«

1985 hatten wir angefangen, mit einem Computer zu arbeiten, ein Riesenvieh, mit dem man aber Fakturierung, Angebotserstellung, Korrespondenz und Buchhaltung wesentlich vereinfachen konnte. Ab 1993 wurde es gegen ein verbessertes System eingetauscht, durch das jetzt alle Schreibtische vernetzt sind. Heute gehört es zum Standard, damals noch nicht unbedingt. Ich entsinne mich an spöttische Fragen, ob ich vielleicht glaubte, mit einem Computer mehr verkaufen zu können! Antwort: ja!

Georg kurz nach seinem Eintritt in ESCO

Zum Jahresanfang 1993 trat Georg in die Firma ein, Hanns-Dieter hingegen schied 1999 aus, da sein Sohn Lars eher in Deutschland sein Glück machen wollte. Noch heute, 2005, steht Dieter sein alter Schreibtisch zur Verfügung. Von Anfang an hatte sich unter ihm das Geschäft mit Klöckner Industrieanlagen, später mit KHD-Humboldt-Wedag recht beachtlich ausgebaut, also Maschinen und Anlagen für die Zement- und Aluminiumindustrie. Zusammen mit Zellstoff waren es die beiden Hauptbeine, auf denen wir standen. Als Nachfolger trat Andreas Probst bei uns ein, kurzfristig unterstützt von Andres von Puky, der dann aber in die USA abwanderte. Georg und er bilden jetzt die beiden Partner von ESCO, wohingegen ich nur noch die Finanzen betreue, aber kaum mehr »auf die Straße« gehe: Meine Gegenüber könnten meine Söhne, gelegentlich sogar meine Enkel sein! Man ist zu dem alten Herrn höflich, kauft aber von den Spezis, mit denen man Bier trinkt und sonstiges treibt. Zudem wird das Geschäft immer technischer – nicht meine Domäne!

Werbeplakat für ESCO, mit Manfred Brichta, Julieta Fernández, HDE, S. v. Schuckmann, einen Flaschenhals abmessend, und Dieter Fleischhacker, 1992

Dennoch habe ich mich eigentlich mit der Technik nie schwer getan, verstand auch immer, was die Kunden wollten, und auf vielen Verpackungsmaschinenmessen habe ich meinen Mann gestanden. Die weltweit größte, die Interpack, findet in Düsseldorf statt; seit 1972 habe ich sie alle besucht, zwölf an der Zahl. De rigeur waren bei der Gelegenheit Besuche bei Jobst und Wuffi Bülow, später bei Cousine Florence Lüttichau. Ebenso konnte dabei oft ein Besuch bei Vetter Günther Salza, Rückversicherungsmakler in Köln, »eingebaut« werden, verbunden mit kulinarischen Genüssen. Das Pendant der Interpack in den USA ist die Packexpo, die alle zwei Jahre abgehalten wird, zumeist in Chicago; seit 1973 habe ich ebenfalls fast alle mitgemacht. Auch haben wir uns bei einigen Messen in Venezuela beteiligt und gelegentlich sogar dort ausgestellt. Viel Spaß haben wir dabei gehabt, auch wenn der Erfolg nicht immer unseren Erwartungen entsprechend ausfiel.

Abgesehen von solch produktiver Arbeit kommen mit den Jahren natürlich einige ehrenamtliche Tätigkeiten hinzu. So war ich seit 1973 zwanzig Jahre lang im Vorstand der deutsch-venezolanischen Handelskammer, CAVENAL. Vier deutsch-venezolanische Partnerschaftsaustellungen, EIVA genannt, haben wir 1975, 1980, 1986 und 1991 in Zusammenarbeit mit der NOVEA-Düsseldorf organisiert: Für zwei EIVAs war ich der verantwortliche Mann, Mr EIVA nannte man mich schon. Durch CAVENAL habe ich über die Jahre eine Menge von Persönlichkeiten kennen gelernt und mit ihnen sprechen können: Ehrhardt, Heinemann, Brandt, Scheel, Genscher, Otto Wolff, Wischnewski, Bahr, Fridrichs und eine Anzahl von Ministern einschließlich Graf Lambsdorff, den ich aber schon von vorher kannte.

1. deutsch-venezolanische Industrie-Ausstellung EIVA – 1975

3. EIVA – 1986, der Verfasser mit eingeschrumpftem Packgut

Die gesamte Truppe während der 2. EIVA:
v. l. n. r.: Harry Groß, SvS, Claudia, HDE, Rosa, Dieter Fleischhacker,
Isabel Lissandrelli, Bernhard Federer

Es folgt die angedrohte Aufstellung unserer über die Jahre verkauften Dinge unter der Devise »Change is the only constant«. Der Leser mag sie nach Lust und Laune überspringen:

Stahlprofile und NE-Metalle inklusive Zink in Barren, Messingband für Autokühler und Antimon für Autobatterien aus Mexiko, Durchlauferhitzer, Borsten, Pinselzwingen, Spinndüsen und Filter für die Nylonindustrie, Isolierkarton, Gießharz für Elektromotoren, rostfreie Brunnenrohre, Zellstoff, Altpapier (Letzteres in Hochkonjunktur mit dem voll beladenen Dampfer »Victoria«, siebenmal kam er her), Teebeutelpapier, Kühlarmaturen, Kohleplatten für die Herstellung von E-Motorenbürsten, Zigarettenherstellungsmaschinen und Korkimitationsmundstückbelag, Chemikalien für Oberflächenbehandlung für Rohrverzinkung, Rohrbiege- und Auspuffherstellungsmaschinen, Schraubenautomaten, Ölprodukte für Zylinderschonung (das mit einer separaten Firma), Drahtlacke für die Kabelindustrie aus lokaler Fertigung (BASF) und schließlich Filter für die Pharmaindustrie ab eigenem Lager. Valdo, das motorkolbenschonende Mineralölprodukt, ein »additive«, wurde ein Reinfall. Jack Hine hatte es uns aufgeschwatzt. Zusammen mit Oskar Hille, Leni Hilles Mann, wurde es als Lagergeschäft aufgezogen, später haben wir es sogar aus importierten Rohstoffen selbst gemischt und abgefüllt. An Einsatz unsererseits hat es nicht gehapert, aber das Produkt entsprach einfach nicht der venezolanischen Mentalität: Der Nutzeffekt war nicht schnell genug erkennbar.

Im Hotel Tamanaco auf dem Weg zu einer der vielen Veranstaltungen – 19. Februar 1988

Am konsequentesten aber kümmerten wir uns um Verpackungs- und Prozessmaschinen aller Art. Auf diesem Sektor haben wir insbesondere und konstruktiv an der Industrialisierung Venezuelas teilgenommen. Wie viele Namen erscheinen da immer wieder in den alten Orderbüchern: Polar und die anderen Bierbrauer, Savoy, Fiesta, Chicle-Adams, Alimentos Nina, Caramelos Royal, La India, Ciepe, Indulac, Inlaca, Inep, Marlon, Pralven, Yukery, Bristol-Myers, Procter & Gamble, Quaker, Heinz, Pampero, Lever, Laboratorios Behrens, Montana, Celanese, Elecon, Sudamtex: Mit all diesen Firmen haben wir über die Jahre gelebt.

Hinzu kamen einige verkaufte Anlagen: eine ganze Zementfabrik, ein Mangroven-Sägewerk, Fabriken für die Herstellung von Marmeladen und Süßwaren durch unseren italienischen Anlagebauer Bertuzzi und anderes mehr. Die Lieferung aller Apparate für ein Krankenhaus fiel leider ins Wasser, weil die Aktionäre, alles Ärzte unter der Fahne »Promotora Médico«, das Projekt nicht auf die Reihe bekamen. Nur eine kleine Beteiligung an den Stornierungskosten blieb für uns übrig. Dabei hatten wir uns wirklich angestrengt und sogar eine Feldmesse auf dem Terrain mitgemacht, wo das Hospital stehen sollte.

Weihnachten 1999 in unserer Office, kurz nach der Überschwemmungskatastrophe an der Küste; v. l. n. r.: Andreas Probst, Ivonne Ferrer, Liany Anzola, Ramón Bravo, Stella Saulle, Eduardo Carrasquel

Die Familie

Ist es bezeichnend, dass ich dieses Kapitel nach Esco stelle? Rein rechnerisch habe ich mehr wache Zeit im Beruf verbracht als mit Frau und Kind. Dennoch: Alles, was wir tun, geschieht doch letztendlich zugunsten der *Familie*, den Familienvater natürlich inbegriffen. Sie sollte also einen höheren Stellenwert haben und *vor* dem beruflichen Werdegang stehen. Andererseits: Ist dieser Aspekt für andere Leser wirklich so wichtig?

Wenn immer in irgendwelchen Schilderungen die so harmonischen Urlaubstage in Rimini erscheinen, natürlich mit Oma und Opa, und womöglich noch gepaart mit einer Serie von Strandfotos des nackerten Nachwuchses in allen Positionen, dann schalte ich ab. Ein zu knapp gehaltenes Kapitel mag hingegen auf ein Desinteresse des Erzeugers an seinen Kindern hindeuten. Was ist richtig? Bei diesen Betrachtungen bin ich zu dem Schluss gekommen, dass ich vornehmlich das aufzeichnen sollte, was den Werdegang unserer Familie von anderen unterscheidet, insbesondere von solchen, die den größten Teil an einem Ort verbracht haben.

Dennoch sei es mir vergönnt, wenigstens einige liebenswerte Erinnerungen an die Kinderzeit aufzuzeichnen.

Frederick war von Geburt an sehr bestimmt und hatte einen ausgesprochenen Ordnungssinn. Mit drei Jahren, zum Osterfest bei den Freunden Moeckel, deponierte er die von ihm gesammelten Ostereier geordnet nach Typ und Größe unter dem Stuhl seines Vaters. Er war auch sehr selbstständig, machte sich einmal gar blitzschnell allein auf den Weg. Es geschah vor unserem Altamira Tennis Club – mit einem Mal war er weg, einfach weg. Nach sehr besorgtem Suchen – Kindesentführungen sind hier keineswegs unüblich – erschien er plötzlich hoch zu Ross: Ein uns bekannter Pferdehalter, der mit drei oder vier Pferden in diesem Stadtteil tätig war, damit Kinder mit ihm für ein paar Blocks reiten konnten, hatte ihn aufgelesen. Recht erbost sprach er mit der vermeintlich verantwortungslosen Mutter. Hutsch-Hutschi beim Einschlafen war eine Obsession bei ihm, das rhythmische Hin und Her mit dem Kopf gegen die Stirnwand seines Betts.

Worauf deutete das hin? Wer immer im Nebenzimmer schlief, musste sich einfach daran gewöhnen. Dann beschützte er seit ihrem Erscheinen seine kleine Schwester Isabel und erschien zielbewusst mit angewinkelten Armen auf dem Plan, als die so beliebte Großmutter »Nanni« Isabel im Nachbarzimmer wegen irgendeiner Missetat beschimpfte: »Was ist hier los?«

Zwei treue Begleiter hatte er: den Teddybär »Bärli«, der noch zu seinem neunten Geburtstag auf dem Geschenktisch auftauchte, und »Pols«, ein Kissen, in Österreich eher Polster genannt, das er vor allem als Kleinkind mit sich herumschleppte und unter anderem half, Schrammen und Schlimmeres beim Hinfallen zu vermeiden. Als sich bei »Bärli« gewisse Alterserscheinungen einstellten, wacklige Augen und aufgeschundene Pfoten, wurden diese von der Großmama wieder gerichtet: Ein Ersatz kam nicht infrage. In irgendeiner Ecke existiert »Bärli« vermutlich heute noch. Seine Paten sind Achi Schuckmann, Oskar Pilati, Claudius Samson, Maidi Seyffertitz, Alix' Bruder Gottfried, meine Schwester Gabriele und Fritz Bismarck:

Nachdem Friedrich der Große in Venezuela nichts zu sagen hatte, ersparten wir uns die viermal drei Taler!

Georg kam rund, wohl genährt und mit rosigen Wangen auf die Welt. In Österreich sei das geschehen und – wie er früher stolz erklärte – »die Mami war auch dabei!«. Tempi passati. Seine Paten sind Heinrich Oppen, Heini Reichenbach, meine Schwester Ulla, Georg Seyffertitz, Wolfram beziehungsweise Marie Helene Moeckel und Alix' Bruder Alfred. Mamis Vetter Henry v. L. Meyer aus New York hatten wir auch gebeten, er winkte aber ab, er sei à conto Entfernung als Pate wenig nützlich.

Essen stellte Georgs Lieblingsbeschäftigung dar. Bei unserem Erdbeben, 1967, meinte er, als wir wieder ins Haus zurückkehren konnten, eine zweite Welle aber noch befürchtet wurde: »Ich will aber, dass es keine *Erdbeeren* mehr gibt.« Der kleine Hund »Bienchen«, der Zwergschnauzer in der Bonner Wohnung, hatte arge Not, an seine Hundekuchen heranzukommen, wenn mal gerade keine großelterliche Aufsicht da war. In Viktring wiederum war das beliebteste Besuchsziel Frau Pfister, die Frau des Försters, bei der es herrliche hausgebackene Sachen gab, Kipferln und Ähnliches. Auch Frederick schloss sich diesen Besuchen gern an. Als gute Katholikin ging sie sonntags in die dortige Stiftskirche, begleitet von den beiden Kleinen. Sie machte einen ordentlichen Kniefall, wie sich's gehört, und das Kreuzzeichen vor der Brust. Frederick tat ein Gleiches, während Georg zwar auch in die Knie ging, dann aber das Kreuzzeichen auf seinem Hinterteil machte. Der liebe Gott wird's ihm verziehen haben. Mit seiner Schwester vertrug er sich eigentlich gut, hatte sich aber ursprünglich ein Brüderchen erhofft und bot somit Isabel bald nach ihrer Geburt einer Freundin des Hauses zum Kauf an – Kleider und Spielsachen würden gratis mitgeliefert! Spricht das für kaufmännische Begabung? Die beiden Brüder rauften wohl gelegentlich miteinander, Einhelligkeit bestand aber immer gegen andere. So geschah es eines Abends, als unser Babysitter wegen irgendwelcher Missetaten bös wurde, dass sich die beiden bis zu unserer Rückkehr in der Küche einschlossen. Am Morgen darauf musste ihre Mutter entdecken, dass alles, aber auch wirklich alles in den Schränken umgestellt worden war: das Besteck beim Mehl, die Gläser neben den Kochtöpfen, Salz und Zucker im Geschirrschrank. Wir mussten unwillkürlich an den Rottweiler »Baron« denken, der einmal, nach einer Reise, seinem Unmut über unsere Abwesenheit Luft machte, ins Schlafzimmer kam, sich ostentativ vor unseren Betten aufstellte und sich löste. Auf dem Wand-zu-Wand-Teppich!

Isabel war ein auffallend hübsches Kind. Schon in der Klinik, wo die Mütter ihre eigenen Windeln und Kleider mitbringen mussten, erschien sie fortwährend in neuer Ausrüstung: Die Schwestern hatten sie einfach mit von Nachbarn »geborgten« Sachen bekleidet einschließlich bunter Bändchen im Haar. Venezolaner legen mehr als andere Wert auf gepflegtes Äußeres, aber Isabel war sowieso immer süß angezogen, wie eine kleine Prinzessin. Als solche erregte sie Aufsehen. In Wien, mit gerade drei Jahren, machte sie sich vor dem Antiquitätengeschäft ihres Onkels selbstständig, das heißt, sie verschwand. Ähnlich wie Frederick in Caracas! Nach langer vergeblicher Suchaktion erschien sie plötzlich an der Hand einer alten Bäuerin, die sie gerade zur Polizei bringen wollte und keine wohlwollenden Worte für die Mutter fand, die sie freudestrahlend in die Arme nahm.

Mit neun Monaten machte sie ihre ersten Schritte, viel früher als ihre Brüder, aber erst mit zwei Jahren begann sie zu sprechen, sozusagen die

Babysprache überspringend und gleich wohl artikuliert. Auch sie wusste, was sie wollte, und ich kenne kaum ein Kind, das wie Isabel so gegen acht Uhr, auch wenn Gäste da waren, verkündete: »Ich will jetzt schlafen gehen.« Einmal nahm ich sie beiseite, um ihr endlich die spanischen Namen für die fünf Finger beizubringen. Wir schafften den Daumen, den Zeigefinger, aber bei dem allein ausgestreckten Mittelfinger sagte sie: »Papi, das ist unanständig!« Mit zwei älteren Brüdern war sie auf- und abgeklärt. Im Übrigen verbrachte sie viel Zeit mit ihrer Querflöte.

Isabels Paten sind Margarethe Bismarck, Alix' Mutter, Klaus-Reinhardt beziehungsweise Marion Wachs, Elisabeth Spiegelfeld, Elisabeth Lindeiner, Bernhard Lüttichau und Werner beziehungsweise Dorle Schulenburg.

Isabel, zirka 3 Jahre alt

Bei allen drei Kindern haben wir immer großen Wert darauf gelegt, dass der Sport nicht zu kurz kam. In der Humboldtschule mit einem scholastisch anspruchsvollen Programm war das nicht immer leicht. Schwimmen nahm in der Schulzeit wohl den ersten Platz ein, und Alix hat viele Stunden darauf verwendet, beim Üben und bei Wettkämpfen mit dabei zu sein.

Die Säule unseres Gesellschaftslebens war damals Fräulein Tschirmer. Sie hatte als Krankenschwester während des Ersten Weltkriegs in der Türkei gearbeitet, bevor sie später in Caracas hängen geblieben war. Sie fungierte über Jahre als Babysitter. Die Kinder mochten sie nicht ungern, dennoch: Als wir einmal vor Weihnachten in Brasilien waren und bei unserer Rückkehr nach den Weihnachtsliedern fragten, die sie ja wohl mit den Kindern gesungen hätte, meinte Georg, dass nie gesungen noch der Weihnachtsbaum angezündet worden sei: »Wir waren immer schlimm.« Dieses Vorkommnis kündete ihr Ende bei uns an.

»Das ist aber eine internationale Familie«, bemerkte einmal jemand, der uns bei irgendeiner Gelegenheit – ich glaube in Kenia – beobachtet hatte: Vater wohl Deutscher, aber er wechselt ab und an ins Englische über; sie spricht auch deutsch, aber ist doch eher Engländerin oder Amerikanerin; die drei Kinder sprechen untereinander deutsch, jedoch rutschen sie auch schnell ins Spanische, dabei erzählt der eine von seiner Tätigkeit in Hamburg, der andere von seiner Uni in den USA; sie leben anscheinend in Südamerika, aber nicht alle. Eine Menge Rätsel. Das ist aber genau das, was uns von einer »normalen« Familie unterscheidet. Auf Fredericks Taufe zählten wir unter den Gästen zehn Nationalitäten.

Ist das nun gut oder schlecht? Insgesamt sind das wohl überflüssige Überlegungen, das Schicksal hat uns nach Venezuela gebracht, »verschlagen« klänge zu hässlich, wir mögen es hier, wenigstens bisher, und wir sind nicht unzufrieden. Dennoch kommen einem manchmal Gedanken über die Pro und Contras.

Was sind sie?

Auf der positiven Seite steht Verschiedenes: Der Horizont wird größer, besonders wenn man sich zwischen Venezuela, Europa und den USA nahtlos hin- und herbewegen kann, das hilft beim Hineinversetzen in eine andere Mentalität. Das Verständnis für manches, was auf der Welt geschieht, wird verstärkt. Zusätzliche Sprachen sind ein Gewinn. Das gute Klima steht auch zu Buch. Die etwas lockere Lebenseinstellung in Lateinamerika ist sympathisch. Man mag hier sicher chaotischer als in Deutschland sein, das einem »Südamerikaner« manchmal etwas überorganisiert vorkommt, aber irgendwie gelangt man immer zum Ziel. Österreich erscheint uns übrigens mit Venezuela verwandter zu sein als die Bundesrepublik. Zu guter Letzt: Die Fortkommensmöglichkeiten in Südamerika waren, zu meiner Zeit wenigstens, wesentlich besser als in Europa nach dem Krieg. Heute ist das nicht unbedingt so.

»Wuffi« Buelows Bemerkung zeigt vielleicht besser als alle Erklärungen dieses Positive. Es war in Düsseldorf, ihr Mann ist ein Vetter von mir, nur haben wir nie genau präzisieren können wie – unsere Eltern betrachteten sich aber als verwandt. Schon bei den Cocktails kamen wir vom Hundertsten ins Tausendste, und bei Tisch waren wir drauf und dran, alle Probleme der Welt zu lösen. Mit einem Mal legte sie ihr Besteck hin, lehnte sich zurück und meinte: »Siegfried, du bist für mich der Inbegriff eines Weltbürgers.« Das ist die Goldseite der Medaille.

Natürlich hielten wir über die ganzen Jahre konsequent durch Besuche und Weihnachtsbriefe Kontakt zu unseren europäischen Verwandten und Freunden. Somit sind wir drüben heute noch präsent, obwohl ich vor über einem halben Jahrhundert ausgewandert bin und Alix überhaupt nie in Europa gelebt hat. Die Feier zu meinem siebzigsten Geburtstag in der Redoute in Bonn war beredtes Zeugnis hierfür.

Im negativen Bereich gibt es die Abgrenzung vom Umfeld respektive die Polarität zwischen diesem und uns Europäern. Ich selbst kam mit fast fünfundzwanzig Jahren nach Südamerika, in dem Alter ist man mehr oder weniger ein fertiger Mensch, man hat seine Überzeugungen, seine Sympathien und Antipathien, seine Vorurteile. Das Gleiche gilt für meine Frau, die ihr Leben lang in den USA gelebt hat und schon dreißig war, als sie nach Venezuela kam. Man weiß, dass man sich der Umgebung anpassen muss, um zu überleben, dennoch kann – und will – man nicht über Bord werfen, was einen so lange begleitet hat.

Wir beide hatten demzufolge immer eine große Affinität zu Europa oder den USA, und ich habe über die Jahre immer wieder versucht, vornehmlich in Europa mögliche Berufsmöglichkeiten auszuloten. In einem Briefwechsel zum Beispiel mit Klaus-Reinhardt Wachs 1964 geht es um den gemeinschaftlichen Kauf einer Hamburger Exportfirma, 1,5 Millionen DM Umsatz, zwölf Mitarbeiter. Daraus wurde nichts. In einer anderen Korrespondenz erwähnte ich 1965, dass ich für ein eventuelles Einkaufen in eine Firma in Deutschland unter Umständen 80.000 DM zusammenbrächte. 1963 hatte ich bei Gehaltsideen von möglicherweise interessierten Firmen von 24.000/30.000 DM per anno abgewinkt. So blieb ich schließlich auf diesem Kontinent sozusagen »hängen«.

Bei Fredericks Geburt 1962 beabsichtigten wir aber noch, wieder nach Europa zurückzugehen, sobald er vierzehn würde. Andere dachten anders und integrierten schneller. Mit der Auswahl der Schule ging es los. Für uns bestand keine Frage, dass unsere Kinder auf die hiesige Humboldtschule gehen würden, und zwar in den deutschen Zweig, wo nach den Richtlinien von Nordrhein-Westfalen unterrichtet wird und man das deutsche Abitur machen kann. Andere schickten ihre Sprösslinge in gute venezolanische Schulen wie La Salle oder San Ignacio, wo sie natürlich besseren Kontakt zu den Einheimischen bekamen. Die Mehrheit der deutschen Einwanderer entschied sich aber für die Humboldtschule. Die Freunde ergaben sich insofern ebenfalls aus dem europäischen Milieu, sodass der Umgang der Kinder weitestgehend aus Klassenkameraden bestand. Verkehr mit Venezolanern ist nicht gerade unüblich, aber insgesamt betrachtet glaube ich sagen zu können, dass diese sich untereinander wohler fühlen, meist ja auch riesige Familien haben, die sie gesellschaftlich voll auslasten und »Zugereiste« gar nicht brauchen. Der Spross einer prominenten deutsch-
[illegible] Familie sagte uns einmal, dass zwischen Hochzeiten, Tau-
[illegible], Erster Kommunion und den Festen für die »Quince
[illegible] kaum Zeit für irgendetwas anderes übrig sei.

Bei im Lande geborenen Deutschen ist der Kontakt zu Venezolanern sicher besser, sie sind im Allgemeinen integrierter als die nach dem Krieg gekommenen Einwanderer. Meine Bemühungen in Richtung Integration ließen mich 1961 Rotarier werden, mit gemischtem Erfolg. Somit kam in Gesprächen mit den Kindern gelegentlich das Wort »Getto« auf. Das schmerzt. Hätten wir uns von Anbeginn wie die Chamäleons völlig auf die Umwelt, also auf Venezuela, einstellen sollen? Haben wir eine falsche Entscheidung getroffen? Ich weiß es nicht. Die Eltern können aber letztendlich nur das tun, was sie unter den gegebenen Umständen sowohl für sich selbst als auch ihre Kinder für richtig halten, und das glauben wir beide getan zu haben.

Die gleiche Polarität ergab sich bei der Feriengestaltung. Wenn immer möglich haben wir mit den Kindern die Verwandten und Freunde in Europa besucht, um ihnen die Verhältnisse dort drüben näher zu bringen. Meine Eltern zogen 1965 nach Bonn in eine Wohnung in der Buschstraße, nicht so ideal für Kinder. Alix' Eltern lebten indessen auf dem Land, anfangs in einer Villa am Grundlsee in der Steiermark, später auf ihrem kleinen Waldbesitz in Viktring/Kärnten, den ihre Mutter von ihrem Vater Liechtenstein geerbt hatte. Nachdem mir das Leben auf dem Land, um es mal so zu nennen, so viel gegeben hat, freute ich mich sehr, dass sich 1970 Viktring ergab und die Kinder eine kleine Vorstellung von diesem Milieu bekommen konnten. Das war natürlich kein Weg in Richtung Integration, ebenso wenig wie die vielen Ferientage in amerikanischen »Summer Camps«: Camp Kabeyun, The Infinite Odyssey, Waukeela in Maine und Vacance des Jeunes in Frankreich.

Was unterschied unsere Familie sonst noch von denen unserer Freunde und Bekannten in Europa? Einmal wachsen unsere Kinder hier behüteter auf als drüben, sie können einfach nicht so »auf die Straße gehen«, das ist zu gefährlich. Zu viel ist schon passiert. Der Schultransport gibt Gelegenheit zum Gespräch, auch wenn dieses beim morgendlichen Hinweg um halb sieben nicht besonders intensiv sein mag. Der Politik sind alle unsere Kinder hier weniger ausgesetzt als drüben. Die Lehrer der 68er-Generation wurden als Kommunisten eingestuft und ihre liberalen Ansichten größtenteils abgelehnt.

Gemeinsame Reisen standen besonders in unserem Fall an der Tagesordnung. In Deutschland beneidete man uns einmal darum, dass wir diese Touren noch so lange mit unseren Kindern machen könnten. In Deutschland sei das so ab zirka vierzehn nicht mehr drin. Es kam uns überhaupt oft so vor, als ob in Venezuela in jenen Jahren eine heilere Welt bestand als in Europa.

War ich ein guter Vater? Im herkömmlichen Sinne bestimmt nicht. Ich habe nie mit ihnen Sport betrieben, auch selten Dame, Halma oder Schach gespielt, und unter der Woche kam ich ohnehin meist spät nach Hause. Bei den Schularbeiten musste natürlich auch ich ran, insbesondere bei Mathe. Ansonsten war ich von meinem eigenen Vater her wenig in dieser Richtung gewohnt, und per saldo hat Alix die Kinder erzogen.

Übers Wochenende besuchten wir anfangs Freunde, die einen Garten besaßen, später hatten wir selbst einen.

1972 mieteten wir, wie schon erwähnt, in der Colonia Tovar eine Wohnung, die zirka 1.800 Meter hoch lag. Um 1846 herum waren deutsche Einwanderer aus dem Schwarzwald dorthin ausgewandert und hatten diesen Ort gegründet, wo bis vor kurzer Zeit noch viele deutsch, besser gesagt alemannisch sprechen konnten und man der Natur näher war. Ein Fluss bot sich zum Bauen von Dämmen und Höhlen an, einfach ideal für Kinder. 1981 kauften wir dort sogar noch ein Haus, das Refugium von Herrn Putzier aus Flores Moradas, für 150.000 Bs. (74.000 DM). Zu dem Zeitpunkt war jedoch die Zeit fürs Spielen am Fluss schon vorbei: Frederick war neunzehn, Georg achtzehn und Isabel dreizehn, da haben Partys, »Reuniones« und ähnliche Unternehmungen Priorität.

Meinen väterlichen Pflichten bin ich vielleicht noch am ehesten auf unseren gemeinsamen Touren nachgekommen. Hierüber etwas mehr im Kapitel »Reisen«.

Eine Zäsur erfolgte im Jahr 1974. Wir waren im Vorjahr sechs Wochen in den USA gewesen, um Freunde zu besuchen, und hatten die Hälfte davon auf Cousin Lamar Soutters Insel »Bowman Island« im Squam-Lake verbracht. Alle fünf Schuckmanns und Irmgard Schwenke, die 1942 für die Zwillinge zu Alix' Familie gekommen war und zu der sie heute noch

engen Kontakt pflegt. Die Kinder waren zu der Zeit elf, zehn und fünf. Nachdem wir überall Freunde und Verwandte besucht und bei ihnen gewohnt hatten, fassten wir den Entschluss, ein Haus zu bauen, um uns für ihre Gastfreundschaft revanchieren zu können. Das wurde 1974 in Angriff genommen. Es dauerte eine Weile, ehe wir das Richtige gefunden hatten. Es *musste* der Stadtteil »Alto Hatillo« sein, 300 Meter höher als Caracas und damals wie eigentlich auch heute noch »im Grünen« gelegen, wo die Grundstücke groß waren und die Häuser etwas distanziert voneinander standen. Nach langem Suchen fanden wir das Ideale: ein Grundstück von etwas über 2.000 Quadratmetern, Teil einer alten Kaffeehazienda. Bis zum endgültigen Abschluss gab es einiges Hin und Her, sodass wir erst im Folgejahr bauen und am 12. März 1976 einziehen konnten. Jedes Kind besaß nun sein eigenes Zimmer. Ein neues Lebensgefühl! Unser Architekt war Karl Bauer, Anhänger eines eher modernen Baustils, aber er versprach, sich unseren mehr konservativen Vorstellungen anzupassen. Einige Elemente des Hauses darf ich auf mein Konto buchen. Das Bauen selbst mit einem neapolitanischen Konstrukteur hat von Anfang bis Ende Spaß gemacht. Meister Penn widmete sich den Schreinerarbeiten: Noch heute werden einige seiner Werke von Gästen bewundert. Nach venezolanischen Gepflogenheiten bekommen alle Häuser, hier »Quintas« genannt, neben den offiziellen Nummern auch Namen, etwas verwirrend für den Zugereisten. Welch anderer Name käme da infrage als »RAAKOW«??
Von Anfang an hielten wir dort oben Hunde, meist Rottweiler, zum Schutz für das Haus. Wenn auch eher friedlich, so jagten sie doch den Hiesigen große Furcht ein. Groß, schwarz, gelegentlich schreckenerregend bellend, da traut man sich nicht so schnell hinein. Erst »Baron«, dann »Peter«, danach »Nico«, später der Riesenschnauzer »Davie«, schließlich »Brandy«, ein völlig nutzloser Labrador, und der Gescheiteste von allen, der Dackel »Charly«, haben uns über die Jahre begleitet.
Einige Streiflichter oder Episoden aus dieser Zeit sollten nicht unerwähnt bleiben.

Salon der Quinta »Raakow«

Quinta »Raakow« von der Gartenseite aufgenommen

Herausragte eine lange Urlaubsreise 1963 nach Europa, wo Georg geboren wurde. Den Großeltern konnten wir so ihre beiden neuen Enkel vorstellen und der Moma ihren ersten Urgroßenkel. Alle waren begeistert und beide Buben in der Tat einfach zu handhaben. Gabriele und Christoph Haehling, inzwischen verheiratet, holten uns in Frankfurt ab und brachten meinen soeben abgeholten neuen Ford Taunus 17 M, der später nach Venezuela verschifft werden sollte (7.400 DM hat er gekostet, also 8.000 Bs. zum damaligen Kurs von 1.145 Bs. zur Mark. Heute liegt [läge!] der Kurs bei 1,110.00 Bs., ein Musterbeispiel für schlechtes Wirtschaften). Eine soeben auskurierte Gelbsucht unserer Mutter beeinträchtigte zum Glück nicht das Familientreffen. Auf der Rückreise via New York erlebten wir den Anschlag auf Kennedy, sehr dramatische Tage. Wir klebten am Fernseher.

»Sur les toiles de Raakow«

Im Jahr drauf machten wir die Hochzeit von Alix' Bruder Godfrey mit Maja Plater-Zyberg in Paoli, Pennsylvania mit, sehr schick im Radnor

Hunt Club und vielen sehr sympathischen polnischen Verwandten. Bei dieser Gelegenheit sah ich das letzte Mal bei Gillespie in No. 2, Broadway, ihrer neuen Adresse, vorbei. Eine weitere Reise brachte uns nach Brasilien: Rio, Santos, Ouro Preto, Sao Paulo: herrliche Erinnerungen.

Im gleichen Jahr ereignete sich folgende Episode im Hafen von La Guaira: Eisenharts hatten ihre Zelte in Bogotá abgebrochen und kamen nach Caracas, um sich von hier mit der »Anna C« nach Genua einzuschiffen. Auf der Suche nach ihrer Kabine führte man sie tiefer und tiefer, bis es nicht mehr weiterging. Der sehr hoheitsvolle Steward ließ sich nicht von Wolf beeindrucken, der ihm immer wieder den Werbeprospekt vor die Nase hielt, wo ein riesiges »State Room« abgebildet war, darunter ein Preis. Was der gute Wolf jedoch nicht beachtet hatte: Es handelte sich nicht um »den« Preis, sondern um die Angabe, dass man »bis zu diesem (niedrigen) Preis« diese Reise buchen könne. Finstere Drohungen fielen, »Krach schlagen«, »wegen Irreführung anzeigen« und dergleichen – nun, damit hätte er wohl wenig Erfolg gehabt. Auf jeden Fall kamen sie gut in Genua an.

Erwähnenswert die vielen guten Tennisspieler, die wir in unserem Altamira Tennis Club sehen konnten: Lever, Frazer, Emerson, Buding, Connors, Maria Ester Bueno und Koch.

Des Weiteren sind wir immer mit erstklassigen musikalischen Darbietungen versorgt gewesen. So erlebten wir über die Jahre Igor Strawinsky, Celibidache, Van Remortel, die Bamberger, das Berliner Symphonieorchester, die Prager und Moskauer Orchester, »I Musici«, die Wiener Sängerknaben, die Brüder Stenzl, Kurt Masur, Helmuth Rilling, Yehudi Menuhin, Zukerman, Barenboim und andere. 1998 wäre beinahe Wolfgang Wagner hergekommen, sagte aber im letzten Moment ab, und es kamen »nur« seine Bayreuther Sänger, Janis Martin, Max Wittges, Peter Straka, Margaret Jane Wray und der Dirigent Gregor Bühl. »Die Walküre« kam zur Aufführung, und es war lustig, in der Deutschen Botschaft mit Wotan und Brünnhilde, Siegmund und Sieglinde Mittag zu essen.

1965 hörte Papis Mitarbeit in Bliestorf auf, wo Vater Rudo inzwischen den Besitz aufgeteilt hatte: Putz bekam Bliestorf, Ingrid den Wald und Manfred das Haus in der Adolfstraße. Durch Vermittlung von Moma

ergab sich für ihn ein neues Betätigungsfeld als zweiter Geschäftsführer im Bundesverband Natursteine in Bonn, gleichzeitig, welche Fügung, eine Wohnung direkt daneben: Buschstraße 10. Bis zum Tode unserer Mutter sollte dies unser Bezugspunkt in Deutschland sein. Die Eltern wiederum konnten uns zweimal in Caracas besuchen, in einem Fall hatte ich zur gleichen Zeit in Heidelberg zu tun, im August 1968, unvergesslich dieser Aufenthalt, überschattet vom Einmarsch der Sowjets in Prag.
1967 suchte uns ein Erdbeben in Caracas heim, Totalschaden von fünf Gebäuden mit dreihundert Toten. Mein Archiv enthält für dieses Jahr allein vierzig eng beschriebene Seiten Korrespondenz mit den Eltern, erstaunlich, wie sich seit jenen Jahren die Zwischenbeziehungen verändert haben. Schon 1970 ersetzten in unserem Fall besprochene Tonbänder den Briefwechsel, heute wird telefoniert oder man besucht sich. Nichts wird das ändern, aber welche Freude auf beiden Seiten bereiteten damals diese Briefe, wie gut drückte man sich in ihnen aus und wie wertvoll sind diese Aufzeichnungen heute zum Nacherleben dieses oder jenes Ereignisses. »Tempora mutantur, et nos mutamor in illis«! Dafür sind unsere weihnachtlichen Rundbriefe eine gute Datenbank, wenn man mal etwas rekonstruieren will: Seit 1975 bis heute sind es dreißig.

1968 kam Frederick in die Schule, 1970 Georg und 1974 Isabel: Die Kinderzeit war vorbei. Frederick beendete 1981 die Schule, Georg zwei Jahre später, und Isabel verließ uns gleich nach bestandenem Abitur 1987: Das große Haus stand nun leer – eine weitere Zäsur in unserem Leben.

Frederick besuchte zwei Colleges in den USA: St. Andrews und die University of North Carolina at Greensboro. 1985 beendete er seine Studien mit einem B. A. in »Economics and Business« und absolvierte danach ein zweijähriges Praktikum bei der Hamburger Exportfirma Schlubach, nachdem er schon einmal dort in den Ferien bei Jebsen & Jessen als Trainee tätig gewesen war. Seit 1987 wirkt er in Caracas, zuerst »in Versicherungen« bei der hiesigen Maklerfirma WAVECA, dann ab 1991 selbstständig als Finanzberater. Er lebt mit seiner Freundin Carol Alonso im Stadtteil El Rosal.

Georg machte seinen »Bachelor in Mechanical Engineering« in Syracuse, New York, ging ab 1987 in New York City verschiedenen Tätigkeiten nach, vornehmlich im »Private Banking« in der UBS, Union Bank of Switzerland. Im College wurde er vom ROTC (Reserve Officers Training Corps) aufgefordert mitzumachen und tat das bis zum Zeitpunkt seiner Abreise nach Caracas. Auch ist seine Reise nach Medjegorje bemerkenswert. Später erwarb er eine Eigentumswohnung in der Nähe des Lincoln Centers, die aber bald wieder veräußert wurde: Er war schließlich immer als mein Nachfolger bei ESCO vorgesehen und trat 1993 in die Firma ein. Wie sein Vater nahm er von Anbeginn an den Aktivitäten der deutsch-venezolanischen Handelskammer teil und gehört seit 2000 ihrem Vorstand an. Sport ist schon immer seine Passion gewesen, über die Jahre waren es Hockey, Karate, Fallschirmspringen, Tiefseetauchen, Tennis und Golf, Bergsteigen und heute Mountainbiking. Zweimal hat er den New-York-Marathon mitgemacht, einmal mit seiner Frau Cristi.

Isabels Werdegang war sehr verschieden. Schon als Kind hatte sie in einem Schulaufsatz über die Zukunftsabsichten der Schüler dargelegt, dass sie den »Neger-Puppis« in Afrika helfen wolle. Das hat sie zwar nie getan, jedoch gingen ihre Präferenzen in diese Richtung. 1987 ging sie nach Berlin, es war das Jahr, in dem wir zusammen in Caracas den Halley-Kometen beobachten konnten. Sie machte 1993 ihren Abschluss in BWL in Marburg, ging dann aber bald nach London und landete nach »Health Food« in biodynamischer Therapie verbunden mit Reflexology. Ihren Lebensunterhalt verdient sie sich andererseits noch als Holzhandwerks-Lehrerin an einem College – eine vielseitige Palette.

Alix hat in unserer Ehe nie einen eigentlichen Beruf ausüben müssen, somit konnte sie sich in den ersten Jahren voll und ganz der Erziehung unserer Kinder widmen, ein Full-Time-Job. Über die Jahre kamen später eine Menge karitativer, sprich unbezahlter Tätigkeiten hinzu, wie zum Beispiel ihre Mitarbeit im VAUW, durch die zirka vierzig Kinder armer Familien ganztägig betreut werden, in der Children's Service League, die acht Waisenhäuser unterstützt, in den Bibliotheken der beiden deutschen Kirchen, Betreuung von Insassen einer Nervenheilanstalt (ein ziemlich anspruchsvolles Wort für dieses Unternehmen) und anderes mehr. Zurzeit steht ihre Mitarbeit bei Gefängnisbesuchen zur Debatte, wobei es sich vornehmlich um »Mulas« handelt, also meistens wissende, selten unwissende Drogenschmuggler. (Bis zu zehn Jahren gibt's darauf; dabei wird das wirklich große Geld woanders gemacht. In Venezuela wurden im Jahr 2005 72.000 Kilogramm Drogen beschlagnahmt, ein Bruchteil von dem, was wirklich durch unser Land geschleust wird.) Selbstverständlich war das Mitmachen bei den jährlich stattfindenden Weihnachtsmessen unserer beiden Kirchen: in der lutherischen Gemeinde San Miguel, meiner Kirche, und in der Kirche der deutschsprachigen katholischen Gemeinde in la Trinidad, beides fürwahr ökumenische Veranstaltungen.

Hausherr und Hausfrau im Salon Quinta »Raakow« – Weihnachten 2004

Bei all dem bleibt immer noch Zeit, um einmal alle zwei Wochen nach Cata ans Karibische Meer zu fahren, um dort ungestört lesen und schwimmen zu können. Mit ihrem weißen Haarschopf, der die Bucht hin und her kreuzt, ist sie allbekannt. Ihr Spitzname »El Pez de Cata« (der Fisch von Cata). Hier oben in Alto Hatillo ist sie allbekannt durch ihren Wagen, ein VW Käfer, Baujahr 1964. Wann immer ich ihr ein neues Auto anbiete, werde ich in die Schranken verwiesen: »Misch' dich da nicht hinein!«

Die drei Geschwister sind inzwischen erwachsen und Alix kann sie mit Wohlgefallen und Dankbarkeit betrachten. Ich darf mich ihr anschließen.

Rotary, Golf, Numismatik und Literatur

Wie bereits erwähnt trat ich 1961 in den Rotary Club Maracaibo ein, eingeführt durch Carlos Jaeger, in dessen Firma ich für Gillespie den Wachhund spielte. Schon früher hatte ich von Rotary gehört, deren Philosophie mir gefiel. Außerdem war es eine ideale Plattform, um Venezolaner auch im privaten Bereich näher kennen zu lernen. Der Club tagte wie üblich einmal in der Woche, dienstagabends im Club Nautico. Hundertfünfzehn Mitglieder zählten wir, und alles, was in Maracaibo Rang und Namen hatte, versammelte sich dort. Familien, wie Abbo, Belloso, Casas, Cupello, Chumaceiro, D'Empaire, Muchacho, Urdaneta und Villasmil, waren gleich mehrfach vertreten. Ein häufig angeregter zweiter Club kam lange Zeit nicht zustande, da keiner zur Nummer zwei »herabsteigen« wollte.

Nachdem wir zum Jahresende nach Caracas umgezogen waren, bewarb ich mich im größten Club der Stadt: dem »Rotary Club Caracas«. Ich wurde angenommen, wechselte aber bald zum »Rotary Club Chacao« über: Zum einen lag er mehr in meiner Nähe, zum anderen tagte man mittags und nicht abends, was mir besser passte. Man versammelte sich im Hotel Tamanaco, was bis auf den heutigen Tag geblieben ist. Zwei deutsche Botschafter habe ich für unseren Club gewinnen können.

Rotary zählte damals in Venezuela an die tausend Mitglieder, in Deutschland sind es inzwischen über dreißigtausend. Das allgemeine Niveau würde ich dort höher einschätzen als hier, dennoch: Ich habe über die Jahre viele freundschaftliche Verbindungen anknüpfen können. Eigentliche Geschäfte habe ich mit Rotariern nie gemacht, was ja auch nicht der Sinn der Vereinigung ist.

Nur zweimal ergab sich konkret Positives für mich! Ich saß im Vorraum des Ministeriums, in dem Importlizenzen vergeben wurden, die ich beantragt hatte. Ein rotarischer Freund, Felix van Dam, sah mich dort sitzen und fragte nach meinem Begehr. Er saß zufällig in der Kommission, die über meine etwas verzwickten Fälle zu entscheiden hatte – und meine drei Lizenzen wurden am nächsten Tag erteilt. Den anderen Glücksfall habe ich bereits erzählt: Die »Pulpa«-Verbindung. Ohne Rotary hätte ich Miguel

Arevalo nie kennen gelernt, und somit kann ich diese Verbindung auf das Konto Rotary buchen.

Ein weiteres rotarisches Positivum ist, dass man auf der ganzen Welt die verschiedenen Clubs besuchen kann, um dort seine obligatorische Assistenz zu machen. In den zwei Stunden des Zusammenseins hat man Gelegenheit, die Prominenz des jeweiligen Ortes zu treffen. Ich selbst habe das selten ausgenutzt, aber die Möglichkeit besteht. An einen kürzlichen Fall muss ich hier denken, in Bonn, wo ich im Hotel Bristol meine Assistenz erfüllte. Ich saß zu Tisch neben einem Herrn, der mir erzählte, wie er als Junge in Bayreuth in der gleichen Loge wie Hitler gesessen sei. Ein Kommentar aus jener Zeit ergab den anderen, sodass ich darüber die anderen Tischgenossen vernachlässigte. Nach dem Essen sprach mich einer von ihnen an, ich sei doch aus Venezuela, und was ich von Caldera hielte, dem er übermorgen den Doktor h. c. der Uni Bonn überreichen würde: Es war ihr Rektor, Professor Dr. Borchert. Meine eher negative Meinung nahm er mit Haltung hin.

Unter meinen relativ wenigen Club-Besuchen stehen mir besonders zwei bei Rotary One in Chicago in Erinnerung, dem ersten Rotary Club auf der Welt, von Paul Harris im Jahre 1905 gegründet, also vor genau einhundert Jahren. Wie ein Botschafter aus fremdem Land wurde man dort empfangen.

Neben dem Gesellschaftlichen sind die vielen Projekte zu erwähnen, die unser Club Chacao über die Jahre realisiert hat, insbesondere die Paul-Harris-Bibliothek, eine Bäckerei im Colegio Kennedy in ziemlich schlimmer Gegend, die Einrichtung einer Zahnklinik, eine Tischlerei für Prothesen, die Einrichtung einer Computerschule und Hilfestellung bei AIDS-Beratung. Vornehmlich aber beteiligen wir uns an einem sehr anspruchsvollen Programm, das Volksschülern das Weiterlernen bis zum Abitur ermöglicht. Eine FUDEPA genannte Institution führt es, die auch die Schüler betreut und überwacht. Unser Club hat im letzten Jahr dreißig von den insgesamt sechshundert Stipendien übernommen.

Eine interessante Kombination ergibt sich bei den so genannten »Matching Grants«: Zwei Clubs aus verschiedenen Ländern tun sich für ein Projekt zusammen, jeder nimmt mit einer Geldsumme und/oder Arbeitseinsatz daran teil und Rotary International seinerseits verdoppelt den gemeinsamen Betrag aus eigenen Mitteln. Zweck dieses Systems ist nicht nur das Projekt als solches, sondern die Verzahnung der beiden Clubs durch die sich hieraus ergebende Zusammenarbeit. Drei solche Projekte haben wir in den letzten Jahren durchgezogen.

Insgesamt und rückschauend betrachtet bin ich durch Rotary mit recht verschiedenartigen Menschen in Verbindung gekommen und besonders viel mit Venezolanern, aber es ist normal, dass man nicht zu allen den gleichen Draht hat. Neben dem bereits erwähnten Carlos Jaeger habe ich zu den folgenden rotarischen Freunden einen besonderen Kontakt gehabt: Miguel Arevalo, Karl Heinz Boetticher, Otto terHorst, Axel Bostelmann, Carlos Bullos, Moshe Cohen, Alex de Santis, mein Padrino im Chacao Club, Francisco »Pancho« Gabaldon, Alfredo Gerstl, Jan Hoogesteijn, Heribert Hirschfeld, Giuseppe Mandolfo, Uwe Pauser, Manuel Pérez Sánchez, Mile Pinkas, Leonid Rozental, Manuel Pérez Sánchez, Klaus Schaeffler, Edgar Scheller, Eberhard Schops, Juan Seif, Nelo Sekler und Horst de Vry.

Zwei deutsche Botschafter brachte ich in unseren Club: Eike Bracklo und Harald Hofmann, außerdem Carlos Jerg und schließlich Herman Diekmann: Meine Eltern kannten schon seine Großeltern, und wenn er auch nicht mehr zu unserem Club gehört, so sehen wir uns doch dann und wann.

Leider ist zurzeit ein nachlassendes Interesse an Rotary – und wohl auch an anderen Service Clubs wie Lions und Ähnlichen – festzustellen. Kürzlich wurde mir vom Club die »Paul Harris Medaille« überreicht, eine Ausdzeichnung benannt nach dem Gründer von Rotary.

Nach unserem Umzug in die Quinta »Raakow« wurden wir Mitglied im Lagunita Country Club, sechs Minuten um die Ecke gelegen. Der LCC ist eigentlich – neben der Pferdeabteilung – ein reiner Golfclub. Direkt vor dem Clubhaus sah man die so genannte »Driving Range«, wo Golfer, jung und alt, unermüdlich Bälle in die Gegend feuerten. Nachdem wir den Club ohnehin wenig benutzten und eher unseren alten Altamira Tennis Club frequentierten, beschlossen wir, die LCC-Aktie wieder zu verkaufen. Die Hauptüberlegung: Das Leben hat bisher so viel Spaß gemacht, dass Golf eigentlich wenig hinzufügen kann.

Abschlag zum ersten Loch: Die Welt ist noch heil!

Dann kam 1980 der Tag, an dem wir im Country Club von Bogotá, wo Freunde uns einquartiert hatten, frühmorgens über den Platz gingen. Ganz allein, der Tau lag noch auf den Fairways, gelegentlich kam man an merkwürdige, teppichgleiche Grünflächen mit einem Loch in der Mitte, und erst später tauchten Gruppen zu viert auf, die versuchten, ihre Bälle in dieses Loch hineinzubekommen. Das war der Morgen, an dem mich der Golf-Bug gestochen hat.

Meiner Art gemäß kaufte ich am Tag nach meiner Rückkehr einen Satz Golfschläger der obskuren Marke: »Flying Iris«. Ich nahm Stunden im Anauco Country Club und absolvierte dort meine ersten Golfstunden, später eine Runde mit Ebbo Mecklenburg, wahrscheinlich der Einzige, der mich Anfänger mitnehmen wollte. Bald danach kaufte ich erneut eine Aktie vom Lagunita, 35.000 Bs. kostete sie damals, also 8.000 US-$ (zu 4,30 Bs.).

Seither spiele ich dort, leider ohne Alix, ziemlich regelmäßig und mit großem Enthusiasmus, wenngleich mit eher mäßigem Erfolg: Mein bestes Handicap war 24. Eine Menge anderer Clubs in den USA und Europa habe ich kennen gelernt, aber eher außerhalb unserer Urlaubsreisen: Ohne mitspielenden Partner ist Golf mit insgesamt zirka fünf Stunden Zeitaufwand einfach zu egoistisch. Dabei ist dies, wie wohl auch Bridge – was wir beide nicht spielen – das wohl geeignetste Vehikel, um verschiedene andere Menschen kennen zu lernen.

Der Lagunita Country Club wurde also eine Basis für viele Berührungspunkte, und ich habe über die Jahre mit unzählig vielen Clubmitgliedern und anderen Golfern gespielt. Dennoch verursacht unser Einschreibsystem, dass man doch immer wieder mit denselben Leuten spielt. Ekke Krueger, Nelson Sánchez, Alonso Velasco, Peter Senn, José Rafael Ortíz, Freddy Klindt und das Ehepaar Hernández sind da zu nennen, auch Giovanni Batista und Efrain Cardona. Früher waren es Horst Schulz, Ulli Steuer, Eva Eickert, Valdemiro Machado, Orlando Cobo, das Ehepaar Anzola und Manuel Treviño, Ehrhard und Heidi Uhder und schließlich Peter & Christel Macaulay, und Frans & Myrna van Hofwegen, mit denen wir uns dann und wann woanders sehen. Schließlich sind de rigeur periodische Golfrunden mit Daggi Ondarza, in denen wir die Welt gerade richten.

Letzlich sollten auch die vielen Angestellten erwähnt werden, mit denen ich es jahrelang zu tun gehabt habe: Allen voran der Kubaner Julian Fernández, eine Institution, Head-Pro und inzwischen Ehrenmitglied des Clubs, die weiteren Pros René Alvarez und John Jordan (der jetzt allerdings mehr in einer Stiftung tätig ist, wo er weniger bemittelten Jugendlichen Golf beibringt), die Starter Isidro und Johnny, die Caddymaster Manuel und den »Chino« (alias »Señor Chino«!), Jesús im Pro-Shop, die Caddies Oscar Corro (heute im »Shad Room«), Felix Machado, »Papelón« und »Pilón« schließlich der »Morocho«, der sich im Locker-Raum unserer Schuhe annimmt und Armando, der am Morgen den Café und mittags am 19. Loch gegebenenfalls stärkere Getränke serviert.

In Vorbereitung auf einen möglicherweise späteren längeren Aufenthalt in Deutschland hatte ich die Mitgliedschaft im Golfclub Bonn-Bad Godesberg in Wachtberg beantragt und kam 1993 auf die Warteliste. Ab 2000 hätte ich da beginnen können. Inzwischen hatten aber Alix' Verwandte, Franz Joseph und »Mausi« Kempis, auf ihrem Besitz bei Bornheim selbst einen Golfclub aufgezogen. Nachdem beide sich immer besonders verwandtschaftlich gezeigt hatten, trat ich lieber dort ein, also in den Golfclub Römerhof. Leider war das nicht von Dauer, da wir Bonn als zweiten

Wohnsitz gegen Salzburg eingetauscht hatten. Dort steht seitdem ein Satz Schläger, aber das ist bisher alles. Mitgliedschaft in Cati Hofmanns Golfclub »Gut Altentann« in Hendorf bei Salzburg ist angepeilt.

Im Übrigen bin ich nie ein großer Sportler gewesen und habe erst mit ungefähr fünfzig Jahren angefangen, in dieser Beziehung etwas zu tun. Anfangs war es Laufen – a mile in eight minutes – später und bis heute auf Anraten des Arztes Schwimmen, täglich fünfhundert Meter; fad, aber angeblich sehr gesund!

Marie Helene Moeckel und der Verfasser in Holstein

Die Numismatik begleitet mich seit 1977. Ihr Anbeginn war etwas unorthodox, so wie auch mein Einstieg in den Golfsport. Es begann auf dem Lindwurmplatz in Klagenfurt, wo ich über ein neues Projekt nachdachte. Eine Familie hatte ich gegründet, Bäume gepflanzt, eine Firma gegründet, ein Haus gebaut, also was nun? Da kam mir plötzlich die Erleuchtung: Frederick sammelte seit einigen Jahren südafrikanische Münzen, und so etwas in dieser Richtung könnte auch mich interessieren. Es ist ein schönes Gefühl, etwas in der Hand zu haben, was schon vor vielen Jahren eine Rolle gespielt hat. Der Besitz von Silbermünzen erschien mir also attraktiv.

Gemäß der alten Sammlerweisheit, erst einmal die Literatur studieren, bevor man sich in irgendwelche unüberlegte Käufe stürzt, besorgte ich mir ein gutes Einführungsbuch: »Auf Heller und Pfennig« von Herbert Rittmann. Nach seinem Studium von A bis Z war ich zwar um einiges orientierter, jedoch war mir immer noch nicht klar, was ich eigentlich sammeln sollte. So konsultierte ich einen rotarischen Freund in Caracas, Leo Mooy, von dem ich wusste, dass er Numismatiker war. Er sammelte mexikanische Pesos aus der Republik, von 1824 bis heute, zirka neunhundert Münzen gibt es davon, und mehr oder weniger gleicht ein Stück dem anderen, nur Münzstätten und Jahreszahl ändern sich. Das fand ich nun völlig unattraktiv und bohrte nach weiteren Möglichkeiten. Alles von Ekuador wäre zum Beispiel finanziell »machbar«, ebenso Venezuela, wo aber auch die Mehrzahl der Münzen die gleiche Bolivar-Büste und Wappen zeigen würden – demzufolge nicht so aufregend. Schließlich meinte Leo, dass ich ja auch eine Typensammlung aller Hemisphären-Taler beginnen könne (also »Crowns«, Pesos, Duros, Fuertes, 8-Reales, Dollar, das heißt Silbermünzen von zirka fünfundzwanzig Gramm Gewicht), und er erklärte: »Das beinhaltet alle verschiedenen Ausgaben oder Typen von den Talern aller Länder und aller Münzstätten, gegebenenfalls von Christoph Kolumbus an, aber immer nur durch ein Jahr vertreten.« Somit würde man bei Komplettierung *alle* nord-, mittel- und südamerikanischen »Typen« sein Eigen nennen, nur eben nicht in allen, sondern nur in einem Jahr. Letzteres, also alle Jahre, sei ohnehin praktisch und finanziell nicht durchführbar. Das leuchtete mir augenblicklich ein, und ich beschloss, dieses Ziel mit Fleiß und Energie zu verfolgen.

Zuerst muss man die Lieferanten ausfindig machen. Von folgenden, meist verlässlichen Leuten habe ich über die Jahre gekauft: Al Almanzar, Christiansen Vater und Sohn, Mike Dunigan, Jim Elmen, Louis Hudson, Baldwin, Don Canaparo, Randolph Zander, Alessandrini, Miguel Santana, Jess Peters, Paul Karon, Dale Zeppa, Holland Wallace, André de Clermont, Paul Bosco und sicher noch von einigen anderen mehr. Major Pridmore, ein großer Name in der Numismatik, hätte ich in Südengland beinahe besucht: Leider war er kurz zuvor verstorben, und so habe ich nur eine kleine Korrespondenz mit ihm. Einige Stücke konnte ich aus seinem Nachlass erstehen.

Je mehr man sich komplettiert, desto mehr muss man auf Auktionen gehen, denn gute Stücke sind rar und tauchen nur selten auf. Ihre Besitzer hoffen – nicht zu Unrecht –, durch eine Versteigerung den bestmöglichen Preis zu erhalten! Gute Auktionen wurden von folgenden Firmen durchgeführt: Superior, SBV-UBS mit Lutz Neumann, Ponterio, Spinks/London, Glendinning, Cayon/Madrid und einige der oben erwähnten Personen, die auch Auktionen organisierten. Mit vielleicht einer Ausnahme kann ich über alle nur Gutes sagen.

Schließlich hat sich über die Jahre neben obigen Beziehungen auch eine Reihe von Freund- und Bekanntschaften entwickelt, manchmal nur kurzfristig auf den meist mit Auktionen verbundenen Konventionen, manchmal von längerer Dauer: Achi Schramm, Clyde Hubbard, in dessen Haus in Cuernavaca in Mexiko Alix und ich übernachten konnten, ebenso wie bei Clifford Collins in Morris, Illinois bei Chicago, Horace Flatt, Clifford Collins, Tomas Stohr, Jim Hunnicutt, Al Buenoguro, Cunietti-Ferrando, Coco Derman, Harald Salvesen, später Fritz Rudolf Künker, Vater und Sohn Kaiser und Dieter Gorny, schließlich Ute Wartenberg von der American Numismatic Society, der ich seit zwanzig Jahren angehöre. Viele von diesen sind in der Numismatik große Namen.

Freeman Craig mit dem Verfasser, 2000 in New York.

An erster Stelle steht jedoch Freeman Craig, ein Amerikaner aus Kalifornien, der ursprünglich bei Almanzar gearbeitet und sich dann selbstständig gemacht hatte. Mit ihm bin ich seit 1978 verbunden. Erst war er »Coin Dealer«, dann aber wurde er mehr und mehr mein Berater, und ich verdanke es ihm, wenn ich zum Schluss eine mehr oder weniger vollständige Typensammlung akkumulieren konnte: von Christoph Kolumbus an bis zum heutigen Tag. Eine wichtige Rolle spielte anfänglich das so genannte Schiffsgeld, auf Englisch »cobs«, auf Spanisch »Macuquinas«, das zum Transport der großen Silbermengen aus den Bergwerken von Peru und Mexiko ins Mutterland diente. Zubringerflotten brachten das Material nach Habana, von wo aus große Konvois nach Cadiz in Spanien starteten. Hierfür wurde das Silber in sehr rustikalem Verfahren praktisch von Hand in eine rohe münzenähnliche Form geschlagen. Das Produkt ist nicht sehr ansprechend, hatte aber ziemlich genaues Gewicht und die korrekte Feinheit. Hat man zwei identische »Macuquinas«, so ist eine davon gefälscht. Erwähnt werden muss an dieser Stelle, dass sowohl Gewicht als auch Legierung sich über die Jahre zugunsten der Krone und zuungunsten des Bürgers verschlechtert haben.

Des Weiteren beinhaltete meine Sammlung mexikanische Notmünzen, also die in den Unabhängigkeitskriegen zu Beginn des 19. Jahrhunderts und den Revolutionsjahren 1914 – 1917 herausgegebenen Pesos. Im ersten Fall wurden sie sehr provisorisch von verschiedenen Provinz-Münzstätten geprägt, da der Silbertransport aus Mexiko-Stadt zu gefährlich wurde. Im zweiten Fall waren es Rebellen (heute Patrioten!!), wie Pancho Villa, Emilio Zapata oder Huerta, die sie in ihrem Einflussgebiet fertigten, sehr einfach und manchmal sogar im Sandgussverfahren. Dann gehört auch die karibische so genannte »cut coinage« hinzu, also auf die Hälfte, ein Drittel, ein Viertel oder ein Achtel reduzierte 8-Real-Stücke des Kontinents. Der notorischen Münzknappheit auf den Karibikinseln sollte auf diesem Weg begegnet werden. Alle diese Notmünzen sind oft mit so genannten »counter stamps« versehen, ein Gebiet, auf dem es von Fälschungen nur so wimmelt. Ein bekannter spanischer Numismatiker meinte einmal: »Bei einer solchen Münze gibt es nur zwei, die wirklich wissen, ob sie echt ist oder nicht: Gott, der Herr, und derjenige, der den Stempel angebracht hat!«

Zu meinen Glanzstücken gehörte der erste Dollar der amerikanischen Hemisphäre, 8-Reales, ohne Datum, geprägt 1586 – 1588 in Lima, Peru, unter Philipp II. Nur sechs bekannte Stücke gibt es von dieser Münze weltweit!

Als ich gegen 1999 einsehen musste, dass die wenigen Stücke, die mir noch fehlten oder deren Qualität zu verbessern mich unproportional hohe Summen gekostet hätten, beschloss ich, sie zu verkaufen: Recycling könnte man das nennen. »Renaissance Auctions« sollte das übernehmen, eine durch Freeman Craigs Initiative gegründete Firma mit vierzehn Partnern, alles internationale Münzhändler.

Freeman Craig und Clifford Collins auf seiner Farm in Morris, Illinois: Cliffords Schätze werden von Freeman revidiert.

Zuerst kamen Ende 2000 die republikanischen Taler an die Reihe, im New York World Trade Center, neun Monate vor dem 11. September. Im gleichen Jahr folgten die kolonialen in Madrid, das für diese Münzen den besseren Platz darstellte: Im Hotel Ritz fand die Auktion statt, unter besonderer Mitwirkung der Brüder Cayon. Eine solche Sammlung geht nicht en bloc weg, meine Schätze befinden sich also im Besitz vieler Numismatiker, die sie dann mit »ex Siegfried von Schuckmann collection« bezeichnen, ein Egotrip!

Mit Freemans Hilfe schrieb ich den Text für die beiden Auktionskataloge, die eigentlich ein Standardwerk über dieses Thema darstellen. Leider konnten bisher, außer den Gratiskopien für die beiden Auktionen, nur wenige davon verkauft werden: Der dazugehörige Markt ist eben klein! Spink übernahm die übrig gebliebenen Exemplare. Zu Beginn meiner Aventüren auf diesem Gebiet hätte ich viel Geld für solche Informationen ausgegeben.

Wie ich in einem dieser Werke schrieb, war für mich der historische Aspekt fast noch wichtiger als der metallische. Somit habe ich immer versucht, so viele Bücher wie möglich über das jeweilige Thema zu ergattern, ein nicht immer ganz leichtes Vorhaben. Zum Schluss besaß ich eine ansehnliche Bibliothek, die aber ebenfalls verauktioniert wurde, da sie mir ohne die entsprechenden Münzen zu steril vorkam. Zehn Kartons waren es mit 175 Kilogramm Gewicht, George F. Kolbe hat sie in den USA versteigert.

Adolfo Cayon, Freeman Craig und Achi Schramm

Der interessierte Leser wird spätestens jetzt fragen: War das Ganze ein Geschäft? Antwort: Unter anderen Umständen hätte es eins sein können. Zum Beispiel haben Sammler, die vor oder kurz nach dem Zweiten Weltkrieg begonnen haben, eine wesentlich bessere Valorisierung erreicht. Da ich aber zu einer Zeit anfing, als die Preise schon wesentlich angezogen hatten, konnte ich per saldo nur einen kleinen Gewinn erzielen. Dennoch: Die Numismatik ist und bleibt seit über fünfundzwanzig Jahren eine große Bereicherung meines Privatlebens und hat mir viel gegeben. Nichtsdestotrotz sollte man natürlich finanziell schon darauf Acht geben, keine zu großen Dummheiten zu machen. Bei den Büchern bin ich übrigens bedeutend besser davongekommen: Kolbes Auktion erzielte sehr gute Preise, mein Einstand lag wesentlich niedriger.

Was ich noch behalten habe, ist eine venezolanische Typensammlung aller Denominationen. Ich hoffe, dass sie eines Tages im Wert steigen wird, wenn in diesem Land wieder vernünftige Verhältnisse herrschen. Derzeit ist ihr Preisniveau gegenüber früher ziemlich gefallen.

Nachdem die Katze bekanntlich nicht das Mausen lässt, habe ich mich nun auf die Taler und Silbermedaillen während des Spanischen Erbfolgekriegs geworfen, dem ersten wirklichen Weltkrieg, der ja auch in Übersee erbittert gekämpft wurde. Es handelt sich um die Zeit von 1700 bis 1714, beginnt aber schon vorher, eigentlich seitdem man wusste, dass der letzte Habsburger auf dem spanischen Thron, Carlos II., kinderlos sterben würde. So lerne ich jetzt einiges über europäische Geschichte und Verhältnisse, nach bisher rein amerikanischer Ausrichtung. Schade, dass mir meine Mutter hierbei nicht zur Hand gehen kann, sie war geschichtlich und vor allem genealogisch sehr beschlagen, und gerade die Genealogie spielt in der europäischen Geschichte, und in der Numismatik, eine große Rolle.

Auf diesem Gebiet ergibt sich eher ein Kontakt zu Firmen, die vornehmlich auf dem europäischen Gebiet tätig sind: Fritz Rudolf Künker, Gorny & v. Mosch, Dr. Peus, Herinek in Wien, Rauch, Hess-Divo und nach wie vor die UBS in Zürich. Münzhändler Kaiser aus Frankfurt und Sohn Andreas gehen mir hierbei mit guten Ratschlägen zur Hand.

Der Literaturkreis: Keine Angst, ich werde keine Aufzählung all der vielen Werke (550!) beginnen, die in diesem Kreis durchgenommen worden sind, womöglich noch erweitert durch die von mir allein gelesenen Bücher! Es sind aber einige Worte angebracht, um »die Bibliotheksgespräche« von Lotte Vareschi zu würdigen, denen ich zwanzig Jahre lang die Treue gehalten habe. Selbst Germanistin leitete sie von 1970 bis 1992 die Deutsche Abteilung der hiesigen Universidad Central. Die Gespräche begannen 1968, ursprünglich in der alten Asociación Cultural Humboldt in Bello Monte, später in »Humboldts Arbeitszimmer« in der neuen »ACH« in San Bernardino, schließlich in der Kirche der deutschsprachigen katholischen Gemeinde in La Trinidad. Sie finden alle zwei Wochen statt, wobei immer so um die zwanzig bis fünfundzwanzig Interessierte mitmachen. Ein vorher gelesener Text wird besprochen, und es ist jedes Mal erstaunlich, aus wie vielen verschiedenen Aspekten jeder das jeweilige Werk betrachtet. Mir selbst sagten böse Zungen nach, dass ich immer die pikanten Stellen herauspickte: *non solum sed etiam*, würde ich sagen, und auf jeden Fall eher mein Interesse an den geschichtlichen Verbindungen hervorheben.

Einige betrachten die Texte aus philosophischem, andere aus esoterischem Blickwinkel, manche wiederum sind eher Literaturkritiker mit teilweise recht profunden Kenntnissen, kurz: Die zwei Stunden sind nie langweilig und immer bereichernd. Gelegentlich wurden wir auch animiert, Eigenes zu fertigen: Es war beachtlich, was da alles zusammenkam.

Die Palette reichte über die Jahre vom Nibelungenlied über Goethe, Dostojewski und Hölderlin bis zu Wilde, Mann, Brecht, Groß, Lenz, Härtling und Hildesheimer, vielleicht mit weniger Akzent auf Enzensberger oder verwandte Autoren. Unsere Chefin kommt in die Jahre, und wir alle hoffen, dass sie uns noch recht lange wird begleiten können.

Die folgenden Personen möchte ich erwähnen, die mit mir in den letzten 25 Jahren an diesen Gesprächen teilgenommen haben: die inzwischen leider verstorbenen Brigitte Berner und Ernst Gunz, dann Wendula Riehl, Brigitte Michels, Maria Petersen, Lia Hoffmann, Ulla Maiweg, Elisabeth Bez, Eva Aristeguieta, Barbara Fedak, Anna Luisa Volkenborn, Ingrid Sierich, Horst Barz, und die Ehepaare Bornhorst, Jencquel und Jeschke.

Lotte Vareschi, Ernst Gunz, Roland Mathies

Unbekannt, Wendula Riehl, der Verfasser, Anna Luisa Volkenborn

Mitmenschen

Wer nicht in Venezuela gelebt hat, sollte dies Kapitel überspringen!

Viel habe ich über sie nachgedacht. Mancher rät einem, sie gar nicht zu erwähnen: dem einen werden deine Kommentare über sie oder ihn nicht gefallen, ein anderer wird gemifft sein, wenn er in deinem Buch nicht erscheint. Ich bin jedoch letztlich zu dem Schluss gekommen, diejenigen namentlich zu nennen, zu denen ich einen etwas näheren Kontakt gehabt habe.

Mit wie vielen Menschen hat man es über die letzten 46 Jahre in Venezuela nicht zu tun gehabt, und wie viele haben uns auf unseren Wegen begleitet? Mit so manchen von ihnen verbindet uns bis heute eine enge Freundschaft, zu anderen haben wir nur noch losen Kontakt, zu einigen gar keinen mehr: man hat sich »auseinandergelebt«. Dennoch waren unsere Lebenswege eine Zeit lang miteinander verflochten: Man hat Gemeinsames unternommen, unsere Kinder gingen in die gleiche Humboldtschule, manchmal hat man sich auch gestritten, mit dem einen hat man sich besser ergänzt als mit dem anderen, aber alle nachstehend Genannten haben in irgend einer Form in unserem Leben eine Rolle gespielt.

Das ist der Grund, weswegen ich diese Menschen namentlich nennen möchte, sie sind – oder waren – ein wichtiger Faktor in unserem Leben. Dabei habe ich keinen Unterschied zwischen »Freunden« und »Bekannten« gemacht, gemäß dem hiesigen Sprachgebrauch, demnach alle hier Genannten »amigos« sind. Kommentare über die einzelnen Personen würden den Rahmen dieses Buches sprengen!

Leider ist es in meinem Alter unvermeidlich, dass man schon so manche zu Grabe begleitet hat. Von den etwas älteren waren dies Olaf Scanzoni, ermordet auf der Strasse vor seinem Haus, Burkhart Lehmann, Volkmar Vareschi, George Pollak, Alexander Dehn, Werner Moller, Johannes Johannsen und Manfred Schröder. Zu meiner eigenen Generation gehörten Rodolfo Roetter, Reinhard Zitelmann, Charly Flugel, Wolfgang Rey,

Frank Jurgens, Adolfo Aristeguieta, Hans Horstmann, Claudius Samson, Pit Ballauff, Peter Albrecht, René Svetlik, Georg Stillfried, Eckhard Wahlert, Karin u. Oswald Putzier – beide kurz hintereinander –, Wolf-Dietrich Eisenhart, Michi Fedak und Axel Krueger. Ganz am Anfang meiner selbstständigen Tätigkeit halfen er und sein Bruder Ekkehard mir einmal kurzfristig mit einem Darlehen von US$ 1000,00. Es ist gut, sich gelegentlich an die Größenordnungen von damals zu erinnern. Zwei weitere Freunde haben ihre Ehefrauen verloren: Uli Meyer und Franz Lueke. Einige von ihnen sind schon in früheren Kapiteln erwähnt, und manche erscheinen noch oft in unseren Gesprächen über vergangene Unternehmungen.

Sehr betroffen waren wir alle, als in den Siebzigerjahren Alfons Genger, Leiter der hiesigen Siemensfiliale, von einem gerade aus der Anstalt entlassenen Dementierten schwer verwundet wurde. Alfons, schon wieder nach München versetzt, wollte während einer Tagung in Kanada in seinem Hotel mit dem Lift ins dortige Restaurant gehen, justament um mögliche Ärgernisse auf der Straße zu vermeiden. Er wurde mehrfach mit dem Messer in den Kopf gestochen, und seine Frau Ingrid pflegte ihn lange, bis der Tod – durch Krebs – ihn erlöste.

Thema für eine Kirchenpredigt: Was kommen soll, kommt.

Caracas ist für viele nur eine Durchgangsstation gewesen, zum Beispiel für Diplomaten oder Delegierte und Angestellte deutscher Firmen, weitere haben aus anderen Gründen das Land verlassen. So haben sich die Reihen gelichtet! Viele Namen gibt es hier, teilweise sind sie schon früherenorts erschienen, und wenn ich mir die Liste anschaue, so ist beachtenswert, dass wir doch noch mit weit mehr als der Hälfte Kontakt haben, manchmal engeren, manchmal nur via unserem Weihnachtsbrief und zugehöriger Antwort, aber man hat sich nicht aus den Augen verloren. Alphabetisch: Dirk und Beate Below, Horst und Lieselotte Bierkamp (Horst war bis zu seinem Fortgehen stiller Teilhaber in meinem Lorenzetti-Duschengeschäft), Eike und Dominique Bracklo, Jürgen und Jutta Carlson, Detlef und Barbara Dörken, Bernhard und Rosemarie Goltz, Erik und Barbara Goltz, Ernst und Doris Himmel, Harald und Alma Hofmann, Thomas und Petra Holle, Albrecht und Annabel Kadgien, Karl Otto und Brigitte Kühne, Norwin und Amélie Leutrum, Erika Liebenwein, Michael und Christiane Lingenthal, Helmuth Loeck, Franz Luecke, Goetz und Roswitha Martius, Ebbo und Hertha Mecklenburg, Uli Meyer, Wolfram und Marie Helene Moeckel, Monika Olleschick, Michael und Manetti Quiqueran, Dieter und Isa Reigber, Hans Rheinheimer, Lynne (Rheinheimer) Gilchrist, Oskar und Rosemarie Rohde, Constantin und Petra Rom, Joachim und Gisela Schirnding, Dorothea Schönfels, Henning und Tamar Schroedter-Albers, Max und Alexa Schubert, Werner und Dorle Schulenburg, Edgar Seltzer, Henneke und Imogene Sieveking, Bill und Monika Snodgrass, Roger und Anamaria Stepski, Helmuth und Lizzie Stromeyer, Karheinz und Renate Wagner, Ulli und Ina Walther-Weisbek und Carlos und Carmen Wimmel.

Die in Caracas verbleibenden Amigos sind also arg dezimiert, zumal unter den geschilderten Umständen viele nur halbzeitig hier sind. Traurig, aber so ist's. Wiederum alphabetisch sind es: Dirk und Ragnhild Bornhorst, Richard Brown und Daggi Ondarza, Jorge und Elli Brucker, Ingeborg Dehn, Wolf und Gladis Craushaar, Pedro und Doris Dornheim, Ivi und Gertrud Fedak, Orban und Barbara Fedak, Karl Friedrich und Elke Fuhrmeister, Hans und Lia Hoffmann, Dieter und Ildigo Kunckel, Peter und Christel Macaulay, Fred und Susi Norrmann (die sich inzwischen auch ins Ausland abgesetzt haben), Ronald und Sabine Osbahr, Eugen und Christine Papen, Angelina Pollak, Rudolf und Jutta Reineke, die Familie Scanzoni und Helga Lehmann, Luis Sedgwick, Reinhart und Carolina Wettmann und Walter und Dagmar Zando. Letztlich müssen Alberto & Christina Vollmer genannt werden – wir sehen uns nicht allzu oft, aber konnten an den meisten, sehr edlen Hochzeiten ihrer zahlreichen Kinderschar teilnehmen. Hermann Erath, unser augenblicklicher Botschafter, denkt mittlerweile auch schon ans Kofferpacken.

Weitere menschliche Berührungspunkte ergeben sich in den verschiedenen Sektoren, in denen wir uns bewegen. Manchmal gibt es zwischen ihnen viele, manchmal gar keine Querverbindungen. Ich denke an den Literaturkreis, die deutsch-venezolanische Handelskammer »CAVENAL«, Rotary, an einige Kunden und Mitarbeiter bei von uns vertretenen Firmen, Golf, die Musik und schließlich auch unsere Nachbarn.

Lass uns mit den Beziehungen beginnen, die sich durch Industrial Esco ergaben! Zu vielen meiner Kunden und Lieferanten habe ich mehr als nur kühl-professionelle Beziehungen gehabt, und sie sollten erwähnt werden. Da sind einmal die vielen bereits früherenorts genannten »Wood Pulp Suppliers«, zu denen ich immer ein besonderes Verhältnis gehabt habe. Auf der Kundenseite gab es Ken Johnson und Gustavo Larrazabal von Venepal, Torbjorn Lovas und Barbara Legkow von Papeles Venezolanos, Gustavo und Alejandro Delfino, Rolando Mosquera und Pedro Bosque der Manpa-Gruppe, Rudi Hollander, Raul Cardenas und Yani Douzoglu: Viele, viele Aufträge verdanke ich ihnen.

Unter den Maschinen- und anderen Lieferanten verband mich besonders viel mit Otto Bolsinger der Firma Benkert, Dr. Roth von Hilgeland, Heiko Nicolay von Mannesmann, mit der Familie Kallfass, Rolf Boje von IWK und Patrick Flemming in England, mit dem bis heute ein besonders enges Verhältnis besteht.

Auf der Kundenseite wiederum, Pharma- und andere Firmen, habe ich ein freundschaftliches Verhältnis zu Ramon Matos Pulido gehabt, zu Gerhard Guhl, Hans Wurth, Wilhelm Adolphi, Eduardo Salomone, Andreas Meyer, Maria Teresa Prautzsch, Franz Radivojevich, Federico Leute, Guillermo Valentiner und seinem Mitarbeiter Jesús Romero, Klaus Meyer, Jacques Alexander, Jerry Elie, Juri Vitols, Fred Franchi, Carlos Wimmel, Herman Leyba, Hans v. Schimonsky, Pedro Manzin und Karl Heinz Hettmann.

José Javier Sequeiro ist ein besonderes Phänomen, ein Brasilianer, der früher Elektro-Isoliermaterial verkaufte und jetzt Kohlebürsten für E-Motoren herstellt. Vierzig Jahre besteht unsere Zusammenarbeit, 1966 gab er mir seinen ersten Auftrag, und heute noch ist er ein treuer Freund und regelmäßiger Abnehmer von Vormaterial.

Die Arbeit in und mit CAVENAL, der Deutsch-Venezolanischen Industrie- und Handelskammer, brachte mich wiederum mit Personen aus ganz anderen kaufmännischen Kreisen in Verbindung. Jürgen Carlson brachte mich vor 25 Jahren in den Vorstand, in dem ich zwanzig Jahre lang tätig war. Heute gehört ihm unser Sohn Georg an. Otfried Sthamer, Bernhard Pfeiffer, Dieter Reigber, Fred Loeffler und Herman Diekmann waren die Präsidenten, zu denen ich beziehungsweise wir neben der Zusammenarbeit auch viel gesellschaftlichen Kontakt hatten. Karl Heinz Boetticher, Graf Schlieffen, Alejandro Szilagyi, Sven Heldt und Gerd Petersen waren die Geschäftsführer zu meiner Zeit, und auch zu ihnen bestand ein freundschaftliches Verhältnis. Weitere Namen aus diesem Kreis sind Dirk Dyckerhoff, Alfredo Gruber, Tilo Joos, Heinz Luedemann, Fritz Maiweg, Walter Monecke, Wolfgang Möricke, Roland Matthies, Claudia Moller, Wolfgang Peuchert, Wolf Renner, Claus Remy, Werner Rinderknecht, Claudia Sierich, Wilhelm Tell, Peter Werner, Hasso Vultejus und kürzlich Arno Erdmann: Manchen Whisky haben wir zusammen getrunken und meistens auch zu den Ehefrauen Kontakt gehabt.

Außerdem beteilige ich mich seit einigen Jahren am sog. Venezuelan Business Leaders Forum, eine von Marilu Gruber de Tschaludy geleitete und dem »THE ECONOMIST« nahestehende Vereinigung, in der über politische und wirtschaftliche Fragen diskutiert wird. Man trifft sich alle drei bis vier Wochen, und jedesmal spricht eine hochkarätige Person des öffentlichen Lebens über ein verabredetes Thema. Schon viele Prominente haben wir uns anhören können, u.a. kurz vor dem fehlgeschlagenen Putsch gegen Chavez am 11.4.02 seinen Mittelpunkt, Pedro Carmona, ein in seinem Dilettantismus leider etwas peinliches Ereignis. Viele interessante Menschen trifft man dort und jedes Treffen ist eine Bereicherung.

Weitere Verbindungen haben sich über die Jahre durch die Venezuelan American Chamber of Commerce »VENAMCHAM« ergeben, der Industrial Esco seit Anbeginn als Mitglied verbunden ist. Noch heute leiste ich Dienste im Kommittee für Kleine und Mittlere Firmen – »PYME«, in welches ich Guido Fischer hineinbrachte, Schulkamerad von Georg und Sohn von Freunden, die wir ewig lange kennen. Ein engagiertes Mitglied!

Jorge Brucker, Harald Lungerhausen, Adrian Christ und Max Schubert spielten eine Rolle im finanziellen Bereich.

Die Musik ergab einen zusätzlichen Kreis, oft mit anderen sich überschneidend. Wir sind ihr nur als »Nichtausübende« verbunden. Eine nähere Beziehung hatten wir zu der inzwischen leider verstorbenen Frau Gosewinkel, viele Jahre lang Leiterin und »Spiritus Rector« der »Música Antigua« und heute noch zu Florian Eversberg mit seiner Asociación Pro Música de Cámara. Beide haben alle ihre Energien dieser Kunst gewidmet. Ebenfalls hat Rolf Meijer-Werner viel für die Musik getan und junge Musiker gefördert; wir kennen uns seit fast vierzig Jahren. Hanno & Rosi Schall-Emden, Joachim Fischer, Carlos und Blanca Helena v. Einem sind weitere gute Bekannte, mit denen man sich auf Konzerten trifft. Ins Reich der Künste gehören fernerhin Luise Richter und Miguel und Lies Sanoja, er leider kürzlich verstorben: Inhaber der Galerie Felix, wo wir viele Ausstellungen besucht und manches Bild gekauft haben. Alix hat vier von Miguels Skulpturen erstanden.

Und die Nachbarn? Eigentlich hat man wenig Kontakt zu ihnen, unsere »Urbanización« Alto Hatillo besteht aus meist etwas auseinander gelegenen Häusern, den sog. »Quintas«, und man sieht sich eher selten. »Man kennt sich«, aber dabei bleibt's. Etwas besser kannten bzw. kennen wir Frau Duderstadt, die Ehepaare Brecht, Fischer, Engelberg, Alvarez, Rohrscheib, Penfold, Azuaje, die »Nena« Travieso und schließlich unsere direkten Nachbarn: Aquiles und Elizabeth Méndez.

Venezuela – das politische Umfeld

Für den uneingeweihten, aber interessierten Leser sollte ich jetzt vielleicht einige Kommentare zu diesem Thema abgeben.

Venezuela, ein Land von 902.050 Quadratkilometer und somit zweieinhalbmal so groß wie die derzeitige Bundesrepublik Deutschland, hat heute zirka 25 Millionen Einwohner. Zwar eine demokratische Republik, hat das Land über die Jahre mehr Diktatoren als demokratische Regierungen gesehen, wobei manche behaupten, dass es dem Land unter Ersteren besser gegangen sei als unter Letzteren. Ich selbst will das nicht unbedingt unterschreiben.

Der am längsten regierende Diktator war General Juan Vicente Gomez, von 1908 bis 1935, dann folgte nach kurzem semidemokratischem Intermezzo der General Marcos Pérez Jiménez von 1953 bis 1958. Seit seinem Sturz haben wir eine Demokratie mit fünfjährlich stattfindenden Präsidentschaftswahlen, wobei die Parteien bisher oft gewechselt haben. Bis 1998 waren die beiden größten Parteien Acción Democrática, eher der SPD nahe stehend, und die christlich-soziale Partei COPEI abwechselnd »am Ruder«. In der letzten Regierungsperiode gab es noch einmal Caldera, früher COPEI, der sich 1993 in eigener Regie aufgestellt hatte. Sein Regierungsprogramm war populistisch, antiquiert und im Ganzen katastrophal, insbesondere für die Wirtschaft. Man hat ihn den Totengräber der 4. Republik genannt. Dabei war er ein gebildeter Mann, der sogar etwas Deutsch sprach und sich gut auszudrücken wusste.

Seit 1998 haben wir ein neues Phänomen, den derzeitigen Präsidenten Hugo Chávez Frías, dessen von ihm gegründete Partei MVR (»Movimiento Quinta República«) zurzeit die absolute Mehrheit im Kongress besitzt. Er hat es zuwege gebracht, die klassischen demokratischen Gewalten – Exekutive, Legislative, Justiz – total in seine Hand zu bekommen, bei zusätzlicher Dominierung von Militär, der obersten Wahlbehörde und aller sonstigen Kontrollorgane, womit wir uns jetzt de facto in einer Diktatur befinden. Nur dem Namen nach ist sie mit einem demokratischen Mäntelchen umhüllt. Parallelen zu unserer deutschen Vergangenheit lassen sich nicht übersehen: Ermächtigungsgesetze, gesunder Volkswille, der Ausdruck »das Regime«, Beeinflussung der Jugenderziehung, Verfolgung politisch Andersdenkender und parteiische Justiz. Zwar herrscht noch Pressefreiheit, aber jeder fragt sich: Wie lange noch? Und auch der Name der Partei »Bewegung der Fünften Republik« erinnert an das Dritte Reich.

Die Frage, was man konstruktiv hiergegen tun könne, stellt sich ebenso wie damals zu Beginn der Hitlerzeit. Nachdem momentan ein beachtlicher Teil der Bevölkerung hinter dem »Regime« zu stehen scheint, lautet die Antwort: vorerst leider sehr wenig. Unter normalen Umständen können die augenblicklichen Verhältnisse nicht ewig andauern, Chávez benutzt aber die riesigen Öleinkünfte erfolgreich, um an der Macht zu bleiben. Und: Wir haben andererseits auch seit vierzig Jahren einen Castro in Kuba.

Zurück zum Anbeginn: Chávez hatte 1992 einen Putsch gegen den demokratisch gewählten Präsidenten Carlos Andrés Pérez angestrengt, der blutig und erfolglos endete; Chávez wurde eingesperrt, jedoch nach einigen Jahren von »CAPs« Nachfolger Präsident Caldera wieder begnadigt. Während seiner Haft schrieb er ein Buch, in dem er alle seine mehr oder weniger sozialistischen Zukunftspläne dargelegt hat. Schon mal gehört?? Jetzt ist er dabei, seine Ideen in die Tat umzusetzen.

Wie kam es zu diesem Debakel?

Als ich 1959 nach Venezuela kam, war das allgemeine Urteil: Nur eine Militärregierung sei in der Lage, dieses Land zu regieren. Wenn ich die Demokratie verteidigte und meinte, die Bevölkerung müsse ja erst langsam lernen, mit ihr umzugehen, wurde ich als Greenhorn ausgelacht: Lies doch mal die Bücher von Rómulo Betancourt, dann weißt du, dass er ein Kommunist ist. Inzwischen ist selbiger Betancourt der unantastbare Altvater von Venezuelas Demokratie geworden. Wie dem auch sei, wir haben etwa vierzig Jahre lang eine halbwegs funktionierende Demokratie gehabt. Zugegeben: Angeblicher Patriotismus diente – und dient auch noch heute – meist nur als Vorwand, um an die Fleischtöpfe heranzukommen. Wie ein alter Hase hier einmal sagte: »Der Trog bleibt der gleiche, nur die Schweine wechseln!«

Korruption stellte also bei den meisten den Hauptantrieb dar, in die Politik zu gehen und diese Korruption zu eliminieren, war genau das, was

Chávez den Wählern versprach. Der sprichwörtliche »kleine Mann« fühlte, dass er an dem ölbedingten Wohlstand kaum teilnahm, und dieser Kandidat würde das nun ändern. So erklärt sich in Kurzformel ausgedrückt Chávez' Wahlerfolg, der besonders unter den eher ungebildeten Wählern über eine geradezu unheimliche Beliebtheit verfügt. Er hat Charisma, das muss man ihm lassen. Doch die Diebstahldelikte sind größer als je zuvor, die Armut ist gestiegen, ebenso Arbeitslosigkeit und Kriminalität. Im Radio hörte ich gerade, dass die Zahl der seit Beginn des Irakkrieges gewaltsam umgekommenen Iraker und Besatzer bis dato der Zahl aller in Venezuela im gleichen Zeitraum gewaltsam Umgekommenen gleichkäme. Landwirtschaftliche Betriebe werden derzeit von städtischem und ländlichem Proletariat invadiert oder schlichtweg enteignet, und wir segeln mit Beihilfe von Chávez' Mentor, Fidel Castro, dem »Reich der Seeligen«, wie er es einmal nannte, entgegen, in dem alle gleich sind, sprich gleich arm, nämlich Kuba.

Die Hauptursache, die Chávez hilft, im Sattel zu bleiben, liegt im reichlich fließenden Erdöl, und das zu Preisen, die sich seit seinem Regierungsantritt vervielfacht haben. Nachdem er die früher relativ selbstständige staatliche Erdölgesellschaft PDVSA ebenso wie die Zentralbank ganz unter seinen Einfluss gebracht hat, stehen ihm nun noch mehr flüssige Mittel zur Verfügung als je einem Präsidenten zuvor. Alle diese Mittel werden zielbewusst in populistischen Kampagnen eingesetzt: Alphabetisierung, medizinische Betreuung in armen Gegenden, meist von kubanischem Personal durchgeführt, Arbeitsbeschaffung von zweifelhaftem Wert, Erleichterung zur Erlangung von Universitätsgraden durch kürzere Lernzeiten, Bodenreform und eine geplante Beeinflussung der Kindererziehung. Zurzeit ist vom so genannten »asymmetrischen« Krieg gegen die USA die Rede, wofür ein Heer von Reservisten aufgebaut wird, direkt dem Staatspräsidenten unterstellt. Man spricht von 100.000 Mann, und die zugehörigen 100.000 Maschinengewehre sind schon in Russland bestellt worden. Weiter 1.000.000 Reservisten werden angepeilt. Wir steuern auf eine Konfrontation mit den USA zu.

Über allen derzeitigen Zukunfts- oder Investmentplänen hängt also ein Damoklesschwert. Man lebt zwar *noch* weitestgehend so wie bisher, aber jeder fragt sich: wie lange?? Unser Mitwirken an inzwischen sechsundzwanzig Protestmärschen, einige Male zusammen mit fast einer Millionen Menschen, hat auf jeden Fall nicht zu Chávez' Abdankung geführt.

Wie haben sich die zitierten vierzig Jahre auf das normale Wirtschaftsleben ausgewirkt? Wenn ich meine fast dreißig Weihnachtsbriefe durchlese, stehen eigentlich in fast allen nur negative Kommentare über die hiesige Wirtschaftspolitik. Die Währung hatte einige Abwertungen zu verkraften, was Zahlen anderenorts belegen. Einfuhren wurden also teurer, was deutlich zu Buch schlägt, wenn man bedenkt, dass dieses Land weit über die Hälfte seiner Lebensmittel importiert. Der Erlös des produktiven Erdölgeschäfts gelangte nicht nach unten, wurde also nicht optimal angelegt. Es gibt noch eine Menge weiterer Negativa, aber für den nicht hier lebenden Leser sollten diese Schilderungen genügen.

Natürlich gab es vor Chávez auch viel Positives, zum Beispiel Alphabetisierung, Gründung von vielen Universitäten, Studentenerziehung im Ausland, Straßenbau und der Aufbau der Aluminium- und Eisenindustrie. Unsere Firma hat sehr konkret am Aufbau der lokalen Industrie mitgeholfen. Auf jeden Fall wurde in jenen vierzig Jahren mehr geschafft als unter dem jetzigen Regime.

Als Allerletztes: Die Brücke, die Caracas mit seinem Flugplatz und dem Hafen La Guaira verbindet, brach soeben zusammen, und die alternativen Zugangsstraßen sind bestenfalls Notlösungen. Seit ungefähr zwanzig Jahren haben Experten davor gewarnt: Früher oder später müsse das geschehen. Aber Chavez, mittlerweile sieben Jahre lang am Ruder, wird es sicher fertig bringen, seinen Anhängern glaubhaft darzustellen, dass dies alles die Schuld der früheren, korrupten Regierungen sei.

Abschließend ein Vergleich mit unseren eigenen zwölf dunklen Jahren. Wäre Hitler bis 1944 etwas zugestoßen, hätten wir bis zum heutigen Tag mit einer zweiten Dolchstoßlegende zu kämpfen gehabt. Das deutsche Volk musste einfach den Kelch bis zur bitteren Neige austrinken, was für einen wirklichen Neuanfang unvermeidlich war. Gleiches lässt sich heute von Venezuela behaupten, wo die Atmosphäre auf Jahre hinaus vergiftet worden ist. Chávez' Populismus hat vornehmlich Klassenhass erzeugt und einen unstillbaren Appetit auf ein besseres Leben geweckt, obwohl die entstandenen Erwartungen auf lange Sicht leider unerfüllbar sind. Wie eine Änderung erfolgen kann: Keiner weiß das. Fest steht nur, dass unser gewaltiger Ölreichtum großzügig vergeudet wird, um Wähler und Nachbarländer gleichermaßen zu bestechen, und somit leider dazu beiträgt, dass dieses irreale System sich noch lange halten kann.

Nachdem die Oberste Wahlbehörde von Chávez hundertprozentig beherrscht und somit nicht unparteiisch ist, haben sich alle Oppositionsparteien von der Abgeordnetenwahl am 4. Dezember 2005 zurückgezogen, sodass im nächsten Parlament nur noch Pro-Chávez-Leute zu finden sind. Bemerkenswert die geringe Wahlbeteiligung von nur ungefähr zwanzig Prozent. Eigentlich war dies eine Schlappe für Chávez, aber die Opposition ist so unorganisiert, dass man aus dieser Zahl leider keine Prognosen für die Präsidentschaftswahlen stellen kann, die für Dezember 2006 anstehen. Wie von offizieller Seite erklärt, soll das Jahr 2006 zur Konsolidierung des Sozialismus dienen. Sollte Chávez mit einer möglichen Niederlage rechnen, so ist zu befürchten, dass es die Wahl gar nicht erst geben wird.

Eine wahrhaft düstere Prognose.

Reisen

Lange habe ich gezögert, ob ich diesem Thema ein Kapitel widmen soll. Diese Aufzeichnungen sollen keine Reiseberichte werden, auch könnte die schiere Menge unserer Unternehmungen den Leser erdrücken oder ihre detaillierte Schilderung als Angeberei gedeutet werden. Oder, schlimmer noch, ihn langweilen! Andererseits haben Reisen bei uns beiden jedoch einen zu hohen Stellenwert gehabt, als dass ich sie einfach übergehen könnte: Sie gehören zu unserem Leben. Auch haben wir durch unsere Weihnachtsberichte den Ruf aufgebaut, in dieser Richtung sehr aktiv zu sein, also erwartet man vielleicht sogar einige diesbezügliche Schilderungen. Wir stehen sozusagen unter Zugzwang. Also habe ich mich entschlossen, doch einiges zu diesem Thema zu sagen!

Wie viele Erinnerungsfetzen gehen einem abends vor dem Einschlafen nicht durch den Kopf: Neujahrsbeginn auf dem Ganges, Drinks im New Yorker Harvard Club, Indianermarkt in Pisaj in der Nähe von Machu Picchu, das (erfolgreiche!) Heranrobben an ein Hardebeest in Namibia, die Bahnreise durch die Taklamakan-Wüste in China, Rom aus der Perspektive des Palazzo Borghese, die Wüstenstadt Palmyra in Syrien, der Morgenkaffee vor dem Zelt im Yosemite-Park, Ägypten »von unten bis oben« während des Golfkriegs, der mühsame Schlaf auf 4000 Metern Höhe und harter Pritsche in der obersten Hütte vom Mount Kenya, Besuch bei einem Stammesfürsten auf West-Timor oder die Wanderung vom Victoria Peak hinunter nach Hong Kong: Was haben alle diese Unternehmungen nicht zu unserem Leben beigesteuert.

In medias res: Die Reisen in meiner Junggesellenzeit habe ich bereits beschrieben. Nach unserer Eheschließung erschienen ja recht bald die beiden Buben, und wir sind mit ihnen schon von Anfang an viel nach Europa gereist, damit unsere Eltern und Verwandten sie kennen lernen konnten und umgekehrt. Später kam natürlich Isabel dazu. In der ersten Zeit konzentrierten wir uns mehr auf Europa. Später aber haben wir mit ihnen intensiv sowohl das Landesinnere von Venezuela als auch Süd-, Mittel- und Nordamerika einschließlich der Galapagos Inseln und fast aller nennenswerten karibischen Inseln erkundet. Wir haben Land für Land »beackert« und fast alle Sehenswürdigkeiten erlebt. Nur in Uruguay und Paraguay waren wir nie. In den USA »hikten« – also wanderten – wir mehrmals, im Jahr 1983 zählte ich hundertsechzig Kilometer; vornehmlich in den National Forests und Parks, Erstere eher urig, Letztere etwas organisierter, immer aber mit Übernachtung im Zelt. Dreimal sind wir mit unserem eigenen Auto durch Kolumbien gefahren, darunter eine Tour 1967 im Volkswagen nach Bogotá, 4.000 Kilometer lang, auf dem Rückweg voll gestopft mit Antiquitäten, die uns heute noch begleiten. Und einige Ausflüge in die Umgebung mit der Audubon-Gesellschaft sind erwähnenswert. Wie viele schöne Erinnerungen verknüpfen sich nicht mit jener Zeit!

Erwähnenswert ist unser erstes Zusammentreffen im Jahre 1975 mit den Panares, einem Indianerstamm im Süden Venezuelas, dessen Mitglieder, nur mit Lendenschurz bekleidet, wohl noch genau so leben wie zu Bolivars oder sogar zu Kolumbus' Zeiten. Über die Jahre haben wir sie oft besucht, und obwohl sie immer »zivilisierter« wurden, haben sie ihren eigentlichen Lebensstil kaum geändert. Hochzeiten, Initiationsfeste, Jagdunternehmen, gemeinsames Baden im Fluss: Vieles haben wir mit ihnen erlebt. Mit den dortigen New-Tribes-Missionaren, besonders der Familie Price, stehen wir noch heute in Kontakt. Meinen fünfzigsten Geburtstag verbrachte ich dort nur mit Damen, da alle männlichen Begleiter im Gefängnis saßen. Der Grund: Die acht Indianer, die wir im Auto zum Fischen gebracht hatten (was diese dürfen), hätten in Wirklichkeit nur für uns gefischt (was *wir* nicht dürfen). Zwei Besucher aus Deutschland hatten dazu auch noch keinen Reisepass bei sich, und die Guardia Nacional wollte einmal zeigen, was sie kann.

Unsere Fotoalben geben eine genaue Aufstellung aller dieser Unternehmungen. Alix' Dias-Abende gehören ab 1988 zum festen Bestandteil unseres Gesellschaftslebens, trotz Fernsehkonkurrenz.

»The Explorer« im venezolanischen Busch

Mitte der Achtzigerjahre kamen – in eigener Regie – Schottland, Frankreich und Italien hinzu, Letzteres sehr feudal aus der Perspektive unseres Domizils, des Palazzos Borghese. Später folgten Kreta, Griechenland, Slowenien, Kroatien und Tschechien. In Frankreich sind heute unsere Freunde Snodgrass ein großer Anziehungspunkt. Sie haben bei Toulon ein altes Bauernhaus gekauft und ganz neu hergerichtet. Ein gastfreies Heim! Dann begannen wir, unsere Reisen nach Asien und Afrika auszudehnen. Die Türkei besuchten wir ab 1987 dreimal, im gemieteten Wagen, ebenso Marokko und zweimal Kenia, zuletzt 1986 zwischen den Extremen Lastwagen mit jungen Peace-Corps-Leuten zum Turkana-See und im Mietwagen von Edellodge zu Edellodge im Süden. Südafrika hatten wir schon 1977 bereist, als wir Alix' Bruder Godfrey und seine Frau Maja in Johannesburg besuchten und einen Jagdausflug nach Namibia anhängten. Hiervon berichtete ich bereits. Inzwischen schmücken die Trophäen sehr stilvoll unsere Halle in der Quinta »Raakow«.

Auf dem Roraima, 1979

Je weiter man jedoch nach Asien kommt, desto weniger ratsam erscheint es, selbst zu fahren. Natürlich kann man sich überall ein Vehikel mit Fahrer besorgen und die Touren allein organisieren. Wir aber kamen nach reiflicher Überlegung zu dem Schluss, dass wir mit einer Reisegesellschaft besser fahren würden. Vielleicht wird man im Alter auch bequemer, aber es ist schon von Vorteil, wenn Hotels, Eisenbahnen oder sonstiger Transport vorher gebucht und auch die Reiserouten so gelegt worden sind, dass man die Sehenswürdigkeiten ohne große Klimmzüge zu sehen bekommt. Ein weiterer Vorteil liegt in den meist sehr gut ausgebildeten Reiseleitern, die einen begleiten und über alles Auskunft geben. So haben wir seit 1992 angefangen, den Nahen und Fernen Osten und Südostasien zu bereisen, meist mit Marco Polo und Studiosus, inzwischen zusammengelegt.

Wir begannen in Indien, wo eine Schulfreundin von Alix in Bombay verheiratet war, hinzu gesellten sich weitere Reisen in diesem faszinierenden Land. Mit Gebeco »machten« wir 1995 die Seidenstraße von Pakistan nach Beijing. Später ergaben sich Syrien, Libanon und Jordanien, Thailand (verschiedene Male), die kleinen, indonesischen Sundainseln von Bali bis Timor, Burma, Vietnam, Kambodscha mit Angkor Wat (Letzteres das erste Mal in Eigenregie), Bhutan, Sikkim, Nepal, Ladakh (das indische Tibet), später noch einmal der Osten Chinas mit Hong Kong, Ägypten bis nach Assuan (während des Golfkriegs mit wenig bevölkerten Pyramiden) und schließlich Tansania.

Jetzt fühle ich mich doch als Angeber, aber wir waren tatsächlich überall dort und meist auch recht brav vorbereitet. Hinzu kamen noch ungezählte Reisen in Südamerika, nach Europa, anfangs mit Billiglinien, wie Trans-Caribbean oder Air Caribe von Sir Freddy Laker via Barbados/Luxemburg (zu zwei Dritteln des IATA-Tarifs), nach Kanada, wo seit 1967 meine Schwester Gabriele und ihre Familie in London, Ontario lebte, oder in die USA, mit New York als fast einer Art zweiter Heimat. Eine große Rolle in Europa spielen Elisabeth und Peter Lindeiner in Frankfurt, Sabine und Achaz Arnim in Hofheim sowie Angelika und Johannes Coronini in London, als Möglichkeit zum Übernachten und gleichzeitigem à-jour-Bringen von Familiendetails, Klatsch und den letzten politischen Entwicklungen. Cousine Stephanie Lippe beteiligte sich an Letzteren. Umgekehrt haben über die Jahre viele bei uns übernachten können, wenn auch leider nicht so viele, wie wir uns wünschen würden. Venezuela ist als Touristenland eben einfach nicht so attraktiv wie Mexiko oder Peru.

Alix mit ihrem Bruder Andreas Miller-Aichholz

Schließlich, etwas aus dem Rahmen fallend, mein Besuch bei Vetter Bruno Schuckmann aus Rohrbeck in Kanada, der nach dem Krieg unbedingt auswandern wollte. Über seinen Großvater bestanden Verbindungen zu General Smuts in Südafrika, aber sein paralleles Einreisegesuch nach Kanada wurde schneller beantwortet; und so zog er dort hin, zuerst nach Edmonton, Alberta, dann nach Victoria Island, B. C., in der Nähe von Vancouver. Dort hatte er Gewächshäuser und betrieb außerdem Garteninstandhaltung. Diese Tour konnte ich mit der Besichtigung einiger Zellstofffabriken kombinieren, die eine davon in Alberni auf der gleichnamigen Insel. In seinem Wohnwagen, in dem wir zusammen mit einer Flasche Cognac die Nacht verbrachten, fuhren wir an die Pazifikküste. Er liebte es, diese wilden Gestade zu erforschen, wo in den verschiedenen Buchten von gewaltigen Wellen angeschwemmte Riesenbäume wie Streichhölzchen oder Mikadostäbchen durcheinander gewürfelt herumlagen. Auch Bären gab es hier. Auf einer Fahrt mit dem Boot in diesen abgelegenen Gegenden kam er später leider ums Leben. Drei Kinder gibt es, die zur Familie Schuckmann immer guten Kontakt gehalten haben: Wulf, Ida und Sylvia. Auch Frederick hat sie dort einmal besucht und berichtete von einer Übernachtung im Hausboot: Canadians are outdoor people!

Abschließend ist zu erwähnen, dass sich die elterliche Reiselust definitiv auf alle unsere Kinder übertragen hat. In unzähligen späteren Unternehmungen auf eigene Faust haben sie die Welt näher kennen gelernt, ein jeder auf seine Art.

Lo Cotidiano hasta hoy …

1974 erhielt ich zusätzlich die venezolanische Staatsangehörigkeit, kurz bevor ich wieder in die BfA eingetreten war, sodass ich seit meinem fünfundsechzigsten Lebensjahr eine Rente aus Berlin bekomme. Interessant: Die Rente ist zwar recht niedrig, dennoch höher als die Pension, die selbst der bestverdienende Venezolaner aus der hiesigen Sozialversicherung I.V.S.S. bekommt.

1989 fand Haehlings sehr gelungene Silberhochzeit statt, sie wurde auf dem Wasserschlösschen Morenhoven bei Bonn gefeiert. Ein Jahr später fiel die Mauer in Berlin.

Alle drei Geschwister in Wien gelegentlich der Hochzeit von Vetter Stefan Liechtenstein – Sommer 1988

1990 – 3. Oktober …

1991 – 3. Oktober: Alle fünf Schuckmanns waren nach Berlin gekommen, um dabei zu sein beim ersten Jahresjubiläum des neuen deutschen Nationalfeiertags – im Brennpunkt des Geschehens. Im Fernsehen hätte man mehr gesehen, aber in der Riesenmenge am Brandenburger Tor zu stehen: Das war einfach unvergesslich. Bewegend das Deutschlandlied, gesungen von uns allen. Vorher Besuche in Kittlitz und Hochkirch unter Führung von Vetter Hermann Salza, und in Bärenstein, auf den Spuren der Vergangenheit.

1993: Georg heiratete in New York Kim(berly) Strome, unter Mitwirkung von vielen Freunden und Verwandten aus Europa. Intelligent und eine hübsche, rassige Erscheinung. Sie graduierte mit Auszeichnung, und ihre These »Plato auf der Couch« wurde vom Dean of Studies selbst korrigiert und veröffentlicht. Leider wurde aus dieser Ehe nichts, Kim kam nie nach Venezuela, und das Verhältnis wurde nach kurzer Zeit gelöst.

1995: Frederick erwirbt kurz vor Choroni ein Haus mit großem Grundstück, fast mitten im Urwald gelegen, aber in der Nähe der Hauptstraße, die zum Hafen führt.

1996: Mutter Schuckmann feierte ihren 90. Geburtstag im Hotel Dreesen in Bonn. Das Geburtstagskind war in Hochform und absoluter Mittelpunkt des Geschehens.
1998: Chávez wurde gewählt, und mein Weihnachtsbrief konstatiert: »Noch nie in vierzig Jahren hat es so trübe um Venezuela ausgesehen wie jetzt.« Prophetische Worte!!

1999: Mein 70. Geburtstag wurde in der Redoute in Bonn gefeiert, mit zirka neunzig Gästen, eine Menge hatte wegen des am selben Tag stattfindenden neunhundertjährigen Jubiläums des Johanniterordens absagen müssen. Sehr gerührt war ich ob solcher Teilnahme und ob des großen Geschenks: ein kompletter Satz Golfschläger für meine zukünftigen europäischen Unternehmungen.

Die Jubilarin mit Emmy Dickow im Hotel Dreesen

2000: Am Allerseelentag verstarb ganz plötzlich unsere liebe Mutter, die ich noch kurz vorher besucht hatte. Sie ruht auf dem Bonner Südfriedhof neben ihrem Mann, ihren Eltern, ihrem Bruder Siegfried und dessen Frau. Die Anteilnahme von Verwandten und Freunden war ergreifend und der folgende Empfang eine Mischung aus Trauer, Wiedersehensfreude und der Dankbarkeit, dass wir sie so lange genießen konnten: Sie starb kurz vor ihrem 95. Geburtstag. Seither ist auch Mamis Bruder Hannibal Lüttichau gestorben, Witwe Angelika lebt auf dem Rodderberg, die vier Söhne Bernhard, Christian, Wolf und Hubertus sind in alle Winde verstreut. Ein gleiches gilt für die Vettern und Cousinen Salza, von denen inzwischen der älteste, Hermann Salza, leider frühzeitig von uns gegangen ist, und für die Vettern Bismarck. Von den Reichenbachs habe ich mit Heini und seiner Frau Helene am meisten Kontakt. Gern sähe man sich öfters, jedoch … Fast alle konnten an meiner 70. Geburtstagsfeier teilnehmen.

2001: Traumhochzeit von Georg. Er hatte einige Jahre zuvor Cristi kennen gelernt, Maria Cristina Silva Diaz, und die Hochzeit wurde in drei Tagen auf dem Besitz des Schwiegervaters in Majagual gefeiert, einem Ort am Strand der sehr schönen Ostküste. Hierdurch wurden wir Teil einer sehr großen, sympathischen, rein venezolanischen Familie.

**Hochzeit Georg und Cristi Silva Diaz in Majagual:
die entscheidende Unterschrift – 17. März 2001**

2003: Unsere Emmy Dickow bekam endlich ein sehr schönes Zimmer in dem von ihr ausgewählten Elisabeth-Seniorenheim in Niederkassel. Bis dahin hatte sie in »unserer« Wohnung in der Buschstraße gelebt, die wir nun auflösten; und wir begaben uns auf die Suche nach einer neuen pied-à-terre-Behausung. Wir hatten uns für Salzburg entschieden und mieteten dort – innerhalb von vierundzwanzig Stunden – ein absolutes Traumobjekt: den oberen Stock eines alten Meiereihauses aus dem 15. Jahrhundert, mit vier Hektar Wiese und Baumabgrenzung rund herum, Blick auf den Untersberg, direkt neben dem Hellbrunner Schloss, dabei nur zehn Minuten vom Zentrum entfernt. Adresse: Hellbrunner Allee 60.

Beigetragen hat zu diesem Entschluss der Umstand, dass Alix schließlich drei Brüder in Österreich hat. Alfred und Putzi leben in Salzburg und Alfred hilft uns sehr, dort eine Infrastruktur aufzubauen. Ebenfalls leben dort die Cousine Gabrielle, unsere guten Freunde Pacher und Neffe Baldo. Für Andreas, Xani und ihre drei Töchter ist Grundlsee die Hauptbasis, nur anderthalb Stunden entfernt, wo Andreas Schafe züchtet; seine Galloway-Rinder hat er aufgegeben. Schließlich leben Godfrey und Maja in Viktring bei Klagenfurt, wo Sohn Alexander inzwischen hauptamtlich den Wald macht. Darüber hinaus gibt es noch eine Anzahl von Vettern und Cousinen, u. a. die Miller-Aichholze in Wien, Spiegelfelds in Schlüsslberg, die Seyffertitze in Klöch, und die Liechtensteins in Rosegg in Kärnten, wo Alix geboren ist. Sie alle tragen dazu bei, dass wir uns in Österreich wohl und fast wie zuhause fühlen. Mit vielen anderen hoffen wir, unseren Kreis dort zu vergrößern; schon jetzt gehören Anne Weth und andere dazu.

2004: Obwohl wir uns nach unserer Tansania-Reise auf Malaria hatten untersuchen lassen und das Resultat negativ gewesen war, ereilte mich diese sehr unangenehme Krankheit im Juli in Caracas: drei Wochen im Bett, Verlust von sieben Kilogramm Körpergewicht. Aber eine gute Medizin rettete mich, ich bin wieder hundertprozentig »da« – und es sollte hierbei angeblich keine Wiederholung eintreten. Weit gefehlt: Im Oktober 2005 – in Österreich – erhaschte es mich nochmals, ein zweiter Malariatyp – »malaria vivax« – war der Grund, anscheinend in Vietnam geholt. Eine Indienreise musste verschoben werden, und Salzburg sah uns somit für ein paar Tage länger.

Vater und Sohn Frederick – Weihnachten 2004

Ausklang und Ausblick

Ein Unternehmen im Jahre 1996 möchte ich nicht unter »Reisen« erwähnen, sondern in diesem abschließenden Kapitel beschreiben: unsere Fahrt nach Raakow, besser gesagt Rakowo, wie es heute heißt. Oppens hatten uns ihren Wagen geliehen, denn mit einem Mietwagen durfte man zu der Zeit nicht in den Osten fahren. Wir waren insgesamt zu fünft: meine Schwester Gabriele und ihr Mann, Frederick, Alix und ich.

Was waren die Eindrücke?

Unser Wappen, aufgenommen von Frederick Schuckmann 1996

Da war einmal die Landschaft, an die ich mich noch so gut erinnern konnte. Wir ergingen uns in unserem kleinen Wald, dem »Gehege«, in dem ich mich besser zurechtfand als der junge Pole, Janek Luczak, der sich uns angeschlossen hatte. Im Dorf hatte sich einiges, aber nicht zu viel verändert. Unser Haus war innen zwar aufgeteilt worden, unter anderem mit Mietwohnungen und Schulräumen, sah aber von außen nicht sehr viel anders aus als früher, nur eben ungepflegter und ohne den wilden Wein. Sogar unser Wappen prangte noch am Giebel der Hausfront! Und die Kirche stand da wie früher, außen unverändert, innen katholisch.

Der Große Raakow See sah völlig unverändert aus: kein Haus, kein Weg, kein Steg, man denkt an Dornröschen, Rip van Winkle oder den Mönch von Heisterbach. (Nachfolgend der Beweis durch das von Frederick gemachte Foto, von der gleichen Stelle aufgenommen wie das damalige im Sommer 1943.) Kein Fahrweg, kein Haus am Ufer, kein Badesteg, keine Boote, mehr oder weniger die gleichen Bäume an den gleichen Stellen, nur das Schilf um den See herum etwas schütterer, kurz: Fünfzig Jahre lang hat keine Menschenhand diese Landschaft verändert. Ist das gut oder schlecht? Hierüber kann man lange streiten. Vom Sentimentalen her ist es natürlich sympathisch, aber gleichzeitig muss man an den mangelnden Fortschritt denken, der sich im dortigen Teil Polens eben sehr in Grenzen hält.
Andererseits fällt mir in diesem Zusammenhang ein, dass im Jahre 1963 Onkel Oskar Pilati für seine Firma eine ausgiebige Erkundungsreise nach Polen unternommen hatte und in hohen Tönen von der Tüchtigkeit der Polen (und ihrer unterschwelligen Antipathie gegen den Kommunismus) berichtete. Mag sein, doch auf Rakowo traf es nicht zu.
Der Verwalter auf dem Hof, zuerst etwas zurückhaltend, taute zusehends auf, als ich ihm eine alte Gutskarte und die Fotokopie eines Messtischblatts der Gegend übergab: Die Schlüssel zum Haus, die erst »nicht da« waren, wurden im Trab geholt. Ich habe über diesen denkwürdigen Tag einen Bericht verfasst, wie ich alles vorfand et cetera. Aber wie lautet unser Fazit?

Wir alle haben diesen Tag sehr genossen, es war herrlich, dass Alix und Frederick den Ort meiner Kindheit kennen lernen konnten. Kein Wermutstropfen fiel in den Becher der Freude. Aber für mich war das Kapitel bereits abgeschlossen, noch bevor ich diese Fahrt begann. Raakow hat mich geformt, wie der Leser nach der Lektüre dieses Buches mitempfinden mag, aber das Leben hat mich vor andere Aufgaben gestellt. Diese so weit gemeistert zu haben, ohne Erbschaft und bei null beginnend, gibt mir tiefe Befriedigung.

Der Große Raakow See 1943 – mit Emmy Dickow, Rigmor Podeus und, wie üblich, vielen Kindern

Der Große Raakow See 1996
Die Geschwister Schuckmann mit ihren Ehepartnern, Janek Luczak vorneweg

Les beaux restes von *unserem* Raakow

»Ein mit dem Silberlöffel im Mund geborener Selfmademan«, hat mich mal jemand skizziert – eine Beschreibung, die ich gar nicht so abwegig fand. Einiges werde ich der kommenden Generation weitergeben können. Sich dessen zu freuen, ist, so glaube ich, gesund. An Schillers Glocke muss ich denken, die wir damals alle auswendig gelernt haben:

So lass uns jetzt mit Fleiß betrachten,
was durch die schwache Kraft entspringt;
den schlechten Mann muss man verachten,
der nie bedacht, was er vollbringt.
Das ist's ja, was den Menschen zieret,
und dazu war ihm der Verstand,
dass er im innern Herzen spüret,
Was er erschafft mit seiner Hand.
Und eingangs heißt es:

Von der Stirne heiß,
rinnen muss der Schweiß,

soll das Werk den Meister loben,
doch der Segen kommt von oben.

Wie wahr.

Inzwischen bewohnen wir seit 1987 unsere Quinta »Raakow«, allein, angesichts ihrer 500 Quadratmeter etwas extravagant. Die Kinder sind ausgeflogen, Frederick arbeitet heute auf dem Finanzsektor ebenso wie seine Freundin Carol, sie bilden ein gutes Team. Gerade haben sie eine neue Duplexwohnung gekauft. Georg ist bei Industrial Esco tätig, sehr schön für einen Vater zu sehen, dass sein Unternehmen weiterhin fortbesteht, wenn auch zurzeit mit großen Schwierigkeiten zu kämpfen ist. Er lebt mit seiner Frau Crista Maria nicht weit entfernt von uns, und wir haben durch Cristis Familie Zugang zu einem sehr großen und sehr sympathischen venezolanischen Kreis. Isabel lebt weiterhin hochzufrieden in London. Im Moment steht der Erwerb eines geeigneten »Flats« an. Alle drei Kinder gehen ihren Weg, und es ist *ihr* Weg: Wir unterstützen ihn voll und ganz.

Isabel in London, 1988

Die ältere Generation ist inzwischen dahingegangen: Der Vater verstarb 1975 in Bonn, die Mutter folgte ihm im Jahr 2000, fast 95-jährig. Alix' Eltern liegen ebenfalls unter der Erde. Oft fehlen sie uns.

Die Schwestern haben beide geheiratet, Gabriele Christoph v. Haehling und Lanzenauer, Professor für Betriebswirtschaft, speziell »Operation Research«, Ulla Jürgen Wilkens, Oberst der Luftwaffe und nach seiner Pensionierung mit der Leitung des Niederländischen Hofs in Schwerin beschäftigt. Besonders Gabriele habe ich in den vergangenen Jahren auf meinen Zellstoffreisen oft in Kanada besuchen können, wo Christoph über zwanzig Jahre lang an der Universität in London, Ontario gelehrt hat.
Im Jahre 2001 ergab sich bei Gabriele eine Trennung von Christoph. Seit zwei Jahren führt sie ein glückliches Leben mit dem Witwer einer sehr guten Freundin von ihr, Dr. Götz v. Boehmer, Botschafter a. D. und heute noch als Rechtsanwalt tätig. Nach der Wende hatte er den früher seiner Familie gehörenden Besitz Kähnert bei Burg in Sachsen-Anhalt zurückgekauft, mit zirka zweihundert Hektar Wald und einem entzückenden Forsthaus. Beide pendeln zwischen seiner Berliner Wohnung und Kähnert hin und her, wenn sie nicht gerade auf Auslandsreisen sind. Gabrieles drei Söhne tun gut: Konstantin, bereits verheiratet und mit Nachwuchs, lebt in Toronto, Canada, Hubertus in Chicago, Andreas in Deutschland.

Carol Alonso (ohne Frederick): ihr Geburtstag 2004.

Damit komme ich ans Ende meiner Reminiszenzen. Andere mögen inhaltsreicher sein, aber diese sind halt *meine!* Leider steht uns zu diesem Zeitpunkt eine neue Zäsur ins Haus, hervorgerufen nicht durch die Rosinen in meinem, sondern die in Chávez' Kopf, der systematisch vorgeht, um Venezuela in ein zweites Kuba zu verwandeln. Der Weg in den »Sozialismus des 21. Jahrhunderts« hat begonnen. Wann ist der Moment gekommen, zu dem man all das hier aufgeben und das Land verlassen muss? Das ist augenblicklich Tagesgespräch. Uns erwartet vorerst unser vorsorglich organisiertes kleines Pied-à-terre in Salzburg, aber was machen die Söhne? Was wird aus Industrial Esco, ließe sich die Firma vielleicht sinnvoll von Miami aus führen? Wird man den Kindern die vielen schönen Dinge, die man über die Jahre angesammelt hat und die einem ans Herz gewachsen sind, einschließlich Haus und allem, weitergeben können? Oder landen diese in den Händen irgendwelcher »Invasoren«; in diesem Fall wäre der Name »Raakow« ein schlechtes Omen gewesen. Auf der anderen Seite: Wie lange kann sich ein solcher Wahnsinn überhaupt halten? Auch Erdölgeld ist nicht unerschöpflich. Steht ein Wechsel vielleicht vor der Tür? Mehr Fragen als Antworten.
Verglichen mit der Mehrheit der Menschen ist es uns wesentlich besser ergangen. Auch verglichen mit meinen Eltern und Großeltern hat mich das Schicksal wohlwollender behandelt. Dennoch drängt sich mir die Frage auf: Ist es fair, wenn man, nachdem man schon einmal und ohne eigene Schuld, nur um das nackte Leben zu retten, alles verlassen musste, heute nach sechzig Jahren vielleicht zum zweiten Mal die Flucht ergreifen muss? Ein Möbeltransport, der in diesen Tagen nach Salzburg abgeht, löst das Problem nur zu einem kleinen Teil.

Hochzeit von Jürgen Wilkens mit Ursula Schuckmann

Hier nun kommt mir passenderweise in den Sinn, was ich meinen Söhnen jahrelang eingehämmert habe, wenn sie sich über ungerechte Lehrer beklagten: Jungens, das Leben ist hart, ungerecht und gemein, und je früher ihr das lernt, desto besser wird das für euer späteres Leben sein.

Ich stehe zu dieser Lebensweisheit, sie gilt auch für mich. Außerdem und ganz von oben betrachtet: Alles hat einen Sinn. So beschließe ich meine Erinnerungen in Dankbarkeit und Freude, dass es meiner Familie und mir bisher so gut ergangen ist.

Stammtafeln

Stammtafel No.1 - Siegfried v. Schuckmann

Ernst Ulrich v. Schuckmann 1874 - 1957
oo Gabriele Gräfin Pilati v.Thassul zu Daxberg
1875-1965

Gerhard v. Schuckmann 1902 - 1973
oo Ursula Frein v.Salza u.Lichtenau
1906-2000

Marie Luise v. Sch.1903-1994
oo Christoph Graf v. Reichenbach
1900-1990

1) Heinrich Graf v. Reichenbach geb.1928
oo Helene Frein v. Knigge geb. 1936
(5 Kinder)

2) Konrad Graf v. Reichenbach geb. 1929
oo I Almut Freiin v.der Goltz geb.1935
2 Kinder
oo II Renate Bruenning geb. 1938

3) Gabriele Gräfin v. Reichenbach geb. 1935
1 Sohn

4) Christoph Graf v. Reichenbach 1935-1986
oo Gisela Schaumeier 1935-2005
1 Sohn

Monika v.Sch.
1904-1984

Esther v.Sch. 1913-1981
oo Joachim Graf v. der
Recke v. Volmerstein
1904-1987

Siegfried v. Schuckmann geb. 1929
oo Maria Alexandra v. Milller zu Aichholz
geb. 1930

Friedrich Cyril v. Schuckmann geb.1962

Georg Henry v. Schuckmann geb. 1963
oo Maria Cristina Silva Diaz geb.1965

Margareth Isabel v. Schuckmann geb.1968

Gabriele v. Schuckmann geb.1935
oo Christoph v. Haehling u.Lanzenauer
*1939

Konstantin v. H. u. L. geb.1960
oo Melissa Catherine Finnson geb.1973
Tochter Olivia Gabriele geb.2001

Hubertus v. H. u. L. geb. 1968

Andreas v. H. u. L. geb. 1971

Ursula v. Schuckmann geb.1940
oo Jürgen Wilkens geb.1937

Stammtafel No.2 - Alix v. Schuckmann

Artur Reichsritter v. Miller zu Aichholz 1869 - 1939
oo Paula Reichsfreiin v. Haussmann zu Stetten 1871 - 1926

Joseph Maria Reichsritter v. Miller zu Aichholz 1899 - 1976

oo

Prinz Friedrich Aloys v. u. zu Liechtenstein 1871 - 1959
oo Gräfin Irma Apponyi v. Nagy-Appony, 1877-1956

Aloisia Prinzessin v. u. zu Liechtenstein 1904 - 1993

Maria Alexandra v.M.z.A.
geb. 1930
siehe Stammtafel No.1

Gottfried (Godfrey) Livio v.M.z.A. geb. 1933
oo Maja Gräfin Plater-Zyberg geb.1940

3 Kinder:

Alexander, geb. 1965
oo Astrid Schlieber, geb. 1973
1 Tochter Livia, geb. 2006

Maria-Helena "Marysia", geb.1968

Joseph Andreas, geb. 1970
oo Agnes Simonin, geb. 1979
2 Söhne
Victor, geb. 2004
Frederic, geb. 2006

Alfred v.M.z.A. geb. 1940
oo Gerhild Copony, geb. 1937

2 Toechter:

Gabriele, geb.1965

Andrea, geb. 1967

Andreas v.M.z.A. geb. 1940
oo Prinzessin Christiane v. Croy, geb. 1945

3 Toechter

Anna Maria, geb.1979
oo Philipp v. Matuschka
Frhr. v Gablenz, geb. 1969

Franziska, geb.1981

Elisabeth, geb.1983

Stammtafel No.3 - Urgrossvater Gustav v. Schuckmann

Gustav v. Schuckmann
1833 - 1903
oo Luise v. Behr
1849 - 1933

Martha v. Schuckmann
1869 - 1949
oo Wilhelm v. Schuckmann
1870 - 1902

Heinrich v. Schuckmann
1870 - 1946
oo I. Mercedes de Ondarza
1881-1974
oo II.Luise Koenigsdorf
1890 - 1981

Ernst Ulrich v. Schuckmann
* 1874 + 1957
oo Gabriele Gräfin Pilati
* 1875 + 1965
Fortsetzung Stammtafel No.1

Margarete v.Sch.
1898 - 1982
oo Adolf v. dem Hagen
1888 - 1935

3 Kinder:
Mechthild, 1922 - 2000

Giselher, 1923 - 1943

Adelheid, geb. 1927

Ernst Guenther v. Sch.
1899 - 1970
oo I. Ursula Eichler
II. Mechthild Gräfin Schack
v. Wittenau 1905 - 1990

3 Kinder 2. Ehe
Angelika-Ehrengard geb. 1941
oo Johannes Coronini
Graf v. Cronberg, geb. 1935
2 Toechter:
Sophie-Dorothee, geb. 1978
Alexia-Maria, geb. 1979

Marie-Therese, geb. 1944

Marie-Luise, geb. 1947

Carl-Egon v. Sch.
1901 - 1982
oo Ebba Steindler
v.Julheim 1900-1987

keine Kinder

Soehne 1. Ehe

Gustav v.Sch.
1901- 2005
oo Emilie Mueller
1907 - 2000

2 Soehne
5 Enkel

Heino v. Sch.
1910 - 1975
oo Helene Buhl
1896 - 1982
verw. v. Schuckmann

keine Kinder

Soehne 2. Ehe

Ekkehart v. Sch.
1923 - 1983
oo Christa Bergfeld
1921 - 1980

2 Kinder
Hans geb. 1945
oo I. Marianne Slevogt
3 Kinder
oo II Silke Stichling
5 Kinder
Stephanie-Anette
geb. 1961
oo I. Oscar Hallowell
Jonathan, geb. 1982
oo II. Hans Zurbuchen
geb. 1940
Timothy, geb. 1998

Joachim v. Sch.
geb. 1924
oo Irmgard Lehn
geb. 1925

3 Kinder
Heino geb. 1959
oo Kristine Voelckel
1 Sohn

Anne Metje
geb. 1960
oo Ulrich Kresse
geb. 1953

Birte 1963-2005

Stammtafel No.4 - Grossmutter Margaret Palmer Soutter 1880 - 1967

verheiratet in erster Ehe mit Hugo Freiherrn v. Salza u. Lichtenau, 1862 - 1909
Kinder:

Nickel Frhr. v. S.u.L. 1903-1977 Eleonore v. Kleist 1908 - 1990 Kinder	Ursula Freiin v.S.u.L. Fortsetzung Stammtafel No.1	Anette Freiin v.S.u.L. 1908 - 1977 oo Fritz Moering 1899 - 1975

Hermann, 1939 - 2003 oo Ulrike Prescher, geb.1949 Kinder: Hermann (Harry), geb.1978 Anna, geb. 1981	Guenther, geb. 1940	Margaret, geb. 1941 oo I. Pascal Michel oo II. Pierre Fillet, geb. 1927 Kinder 1.Ehe Patricia "Titi", geb. 1965 Christoph "Toto", geb. 1966 Sophie, geb. 1971	Elisabeth, geb. 1944 oo Peter Lindeiner gen. v.Wildau, geb. 1939 Tochter: Leonie, geb.1975 oo Robert (Clarkson) Bunning, geb. 1972	Christoph, geb. 1947

verheiratet in zweiter Ehe mit Siegfried v. Luettichau-Baerenstein, 1880 - 1959
Kinder

Hannibal v. L. 1915 - 2002 oo Angelika Haniel geb. 1923 4 Soehne	Margarethe v .L. geb. 1917 oo Ferdinand v.Bismarck- Osten, 1909 - 2004 3 Soehne	Siegfried-Hannes v.L. 1919-1992 oo Edelgard v. Reden verw. Frfr. v. Houwald gest. 1995

Bernhard v.L. geb. 1944 oo Florence Kraft v.. Dellmensingen, geb. 1953 (geschieden) 2 Kinder: Nikolaus, geb. 1985 Frederick, geb. 1988	Christian v.L. geb. 1946 oo I. Friederike v.Sydow, geb 1962 oo II. Ulrike Haberland 1958-2004 1 Sohn II Ehe: Philipp, geb. 1988	Wolff v. L. geb. 1948 oo Maria Gergely Kinder: Leonard, geb. 1988 Max, geb. 1990	Hubertus v.L. geb. 1953	Friedrich Carl v.B.-O. geb 1942 oo Stephanie, 1945-1990 Kinder: Leopold, geb. 1977 Isa, geb. 1980	Ulrich, v.B.-O. geb. 1952 oo Annette Simon geb. 1958 Kinder: Clemens, geb. 1982 Franz, geb. 1987 Antonie, geb. 1990	Mathias v.B.-O., geb. 1957 oo Vanessa de Senarclens geb. 1968 Kinder: Clara, geb. 1996 Louis, geb. 1998 Benedict, geb. 2004

Stammtafel No.5 - Grossmutter Gabriele Gräfin Pilati v. Thassul zu Daxberg - 1874 - 1965, verh.v. Schuckmann

Carl Graf Pilati von Thassul zu Daxberg, 1825 - 1901
oo Henriette Frein v. Hildprandt v. u. zu Ottenhausen - 1840-1921

Oscar Graf Pilati 1860-1941
oo Margarete v. Kessel-Zeutsch 1866-1950

Rudolf Graf Pilati, 1863-1915
oo Alice Grfn.Schaffgotsch gen.
Semperfrei,1874-1924 - 7 Kinder

Gabriele Gräfin Pilati, 1875-1965
oo Ernst Ulrich v. Schuckmann 1874 - 1957
Fortsetzung auf Stammtafel No.1

Margarethe Gräfin Pilati
1887 - 1955
oo Gerhard Graf v. Arnim
1879-1929

Esther Gräfin Pilati 1888-1940
oo I.Herbert Frhr v. Zedlitz
u. Neukirch 1887-1925
oo II. Willy Quaatz 1881 - ...

Erika Gräfin Pilati
; 1890 - ...
oo Ernst v. Stegemann
1884-1914

Johann Baptist Graf Pilati
1894 - 1947
oo Ilse v. Koelichen
1903-1982

Oscar Graf Pilati 1898 - 1972
oo Margarete Lampert 1903-1990

Gerta 1908-1949
oo Jobst v. Chamier-
Gliszinski, 1914 - 20..

Wolf Traugott, 1914-1918

Wernfried, 1916-1940

Dankwart, 1919-1981
oo Gabriele Schenke
geb. 1917
3 Kinder
9 Enkel

Margarita geb. 1935
oo Friedrich v. Stechow
geb. 1923

Johann Friedrich, geb. 1937
oo Helga Schmidt, geb. 1943

Sylvia, geb. 1938
oo Rupprecht Zapf, geb. 1926

Siegward, geb. 1940
oo Margit Strausss, geb. 1940

(Kinder & Enkelkinder!)

Eliza, 1924 - 2003
oo I. Werner v. Hanstein
geb. 1919
oo II. Victor Köhnk
1913 - 1994

Soehne 1. Ehe
Carlo, geb. 1947
Hubertus, geb. 1949

Amélie geb. 1931
oo Ulrich Frh.v.Varnbueler
geb. 1927
1 Tochter
Ellen, geb. 1961
oo Christian Bartels
geb. 1961

Kinder:
Sophie, geb. 1993
Alice, geb. 1995
Johann, geb. 1999

CPSIA information can be obtained at www.ICGtesting.com
Printed in the USA
BVOW08s1727191213

339478BV00004B/237/P